Emma Donoghue
Das rote Band

EMMA DONOGHUE

DAS ROTE BAND

Roman

Deutsch von
Armin Gontermann

Piper München Zürich

Mehr über unsere Autoren und Bücher:
www.piper.de

Die englische Originalausgabe erschien
unter dem Titel
»Slammerkin« bei Virago Press, London.

FSC
www.fsc.org
MIX
Papier aus verantwortungsvollen Quellen
FSC® C014496

ISBN 978-3-492-05522-2

Gesetzt aus der Sabon
Satz: Fotosatz Amann, Aichstetten
Druck und Bindung: GGP Media GmbH, Pößneck
Printed in Germany

Dieses Buch ist meiner Agentin und nimmermüden Mitstreiterin Caroline Davidson gewidmet.

Ich bin nackt von meiner Mutter Leibe gekommen,
nackt werde ich wieder dahinfahren.

Ijob 1, 21

INHALT

Prolog

Es war einmal ein Flickschuster namens Saunders, der elf Tage lang starb. So jedenfalls erinnerte es seine Tochter.

Im Jahr 1752 wurde verkündet, dass auf den 2. September der 14. folgen werde. Natürlich ging es hierbei lediglich um die Benennung, die Zeit selbst in ihrem Lauf sollte keinerlei Änderung erfahren. Und was war schon eine kurze Ungelegenheit, ein Augenblick der Konfusion, gemessen an der Tatsache, dass diese kalendarische Reform das Königreich endlich in Einklang mit seinen Nachbarn bringen würde? Die Londoner Zeitungen druckten zwar spöttische Verse über die »Auslöschung der Zeit«, doch niemand zweifelte an den gewichtigen Gründen der Regierung. Noch kam jemand auf den Gedanken, sie Menschen ohne jede Bedeutung zu erklären, wie Cob Saunders einer war.

Der jedoch wusste eines immerhin: Das war eine Ungerechtigkeit! Für elf Tage Lederstanzen würde man ihn niemals entlohnen, elfmal würde man ihm das Nachtmahl vom Munde rauben und ihn elf Nächte um die süße Wohltat betrügen, dass er auf seine Strohmatratze sinken konnte.

Am 14. September – im »Neuen Stil«, wie er genannt

wurde – wachte Cob Saunders mit dröhnendem Kopf auf und wusste, dass elf Tage seines Lebens verloren waren. Besser gesagt, sie waren ihm gestohlen worden, aus der ihm beschiedenen Zeitspanne herausgeschnitten wie ein Wurmloch aus einem Apfel. Er hatte keine Ahnung, wie man ihm diese Tage abspenstig gemacht hatte oder wie er sie vielleicht zurückbekommen könnte. Ihm wollte schier der Kopf zerspringen, wenn er versuchte, es zu ergründen. Er war nun ein Mann, der seinem Tod um elf Tage näher gerückt war, und nichts konnte er dagegen tun.

Oder vielleicht ja doch. Cob hatte zwar keinen Anteil am Ausbruch der Kalenderunruhen, doch als sie einmal begonnen hatten, beteiligte er sich mit voller Lungenkraft daran und ergoss seine Wut in das kollektive Fegefeuer. Der Ruf erscholl: *Gebt uns unsere elf Tage wieder!*

Die Regierung ließ Gnade walten. Cob Saunders wurde nicht hingerichtet. Er starb am Kerkerfieber.

Weihnachten kam in diesem Jahr elf Tage früher. Das Gedröhn der Kirchenglocken spannte die Luft so stramm wie Katzendärme, und die fünfjährige Tochter des Schusters kniete sich vors Fenster und hielt Ausschau nach Schnee, der nie fiel.

Elf Jahre später war Mary Saunders wieder auf Knien und selbst im Kerker.

Der Apfel fällt nicht weit vom Stamm.

Der Schlafsaal im Kerker von Monmouth war gut einundzwanzig Fuß lang und knapp fünfzehn Fuß breit. Sie hatte ihn abgeschritten, an ihrem ersten Abend. Vier Mauern, keine Fenster. Die Männer und Frauen, die hier darauf warteten, dass ihnen im Frühjahr der Prozess gemacht wurde, lebten wie Ratten. Manche wurden nach Einbruch der Dunkelheit angekettet, aber nicht unbedingt die Mörder. Ein System konnte Mary dahinter nicht erkennen.

Doch sie lernte, dass im Dunklen alles Mögliche geschehen konnte. Vergewaltigungen, begleitet nur von einem Keuchen, oder Schläge, deren einziges Geräusch ein Klatschen auf Fleisch war. Stroh wurde keines bereitgestellt, deshalb häufte sich in den Ecken der Kot an. Die Luft hätte man zerschneiden können. Eines Morgens fand man einen alten Waliser, mit dem Gesicht nach unten lag er reglos da. Aber das konnte Mary Saunders schon nicht mehr erschüttern. Sie ließ nichts mehr an sich heran.

Im September war es noch schlimmer gewesen, als die Mücken durch die nächtliche Hitze surrten und die Wachen kein Wasser brachten. Einmal hatte es vor Sonnenaufgang so heftig geregnet, dass durch die rissige Decke Wasser gesickert war. Die Gefangenen hatten schrill wie Geisteskranke gelacht und die Wände abgeleckt.

Jetzt war es kurz vor Weihnachten, und Mary Saunders hockte im Tagessaal des Gefängnisses da wie eine Schnitzfigur, Stunde um Stunde. Solange sie sich nicht rührte, würde sie auch nichts empfinden. Ihre Hände ruhten auf dem groben braunen Kleid, das ihr die Kerkerwächter vor drei Monaten gegeben hatten. Es fühlte sich an wie Sackleinen und starrte vor Dreck. Ihr Blick war auf das vergitterte viereckige Fenster geheftet, er folgte den Krähen, die über dem frostig weißen Himmel nahe der walisischen Grenze ihre Kreise zogen. Ihr spöttisches Krächzen drang an Marys Ohren.

Die anderen Gefangenen hatten sich inzwischen angewöhnt, die Londonerin wie Luft zu behandeln. Die dreckigen Lieder der anderen hörte sie nicht, ihr Geschwätz kam ihr vor wie eine fremde Sprache. Ihre Kopulationen bedeuteten ihr nicht mehr als das Scharren der Mäuse. Wenn geworfene Würfel zufällig an ihre Knie kullerten, zuckte sie nicht zurück. Als ein Junge ihr das blauschimmelige Brot aus der Hand stahl, krümmte Mary Saunders nur die Finger und schloss die Augen. Sie würde im Kerker sterben, genau wie ihr Vater.

Dann kam jener Morgen, als sie ein leichtes Ziehen in der Brust spürte, so als würde ihr Herz aufklappen. Ein Gestank von Gin erfüllte die Luft. Sie machte die Augen auf und sah, dass eine einarmige Diebin gerade über ihr hockte und sachte ein verblichenes rotes Band aus Marys Mieder zupfte.

»Das gehört mir«, sagte Mary, die ungeübte Stimme belegt. Mit einer Hand griff sie nach dem Band, mit der anderen packte sie das Weib an der weichen Kehle. Sie umklammerte das graue, schlaffe Fleisch und drückte fest zu, während die Diebin sich röchelnd zu entwinden versuchte.

Mary ließ los und wischte sich an ihrem Rock die Hand ab. Dann wickelte sie das Band um ihren Daumen, bis daraus ein enger, rostfarbener Ring geworden war, und steckte es wieder in ihr Mieder, wo es hingehörte.

LONDON

Band so rot

Dieses Band war noch leuchtend rot gewesen, als Mary Saunders es damals in London zum ersten Mal zu Gesicht bekam. Im Jahr 1760, da war sie dreizehn Jahre alt. Der breite Streifen hatte genau dieselbe Farbe wie die Mohnblumen auf Lambs Conduit Fields am Ende von Holborn, wo sich die Bogenschützen übten. Er war in das silberne Haar eines Mädchens geflochten, nach dem Mary an den Seven Dials stets Ausschau hielt.

Marys Mutter – nun unter dem Namen Mrs Susan Digot bekannt, sie hatte wieder geheiratet, diesmal einen Kohlenmann – hatte ihre Tochter nicht nur einmal ermahnt, von der Armenschule nicht den Rückweg über die Seven Dials zu nehmen. *Einen Pfuhl mit dem übelsten Abschaum von London*, nannte sie die Dials. Doch die Ermahnungen lockten das Kind nur an wie ein warmes Feuer an einem Winterabend.

Ohnehin hatte Mary es nie eilig, nach Hause zu kommen. Sofern sie den Zweizimmerkeller auf der Charing Cross Road, in dem die Familie lebte, überhaupt noch im Hellen erreichte, wusste sie schon vorher, was sie durch das niedrige, verkratzte Fenster zu sehen bekommen würde:

ihre Mutter nämlich, die wie eine Schiffbrüchige in einem Meer aus billigem Leinen die Nadel in den rissigen Fingern hielt und mit Kreuz- und Zierstichen unzählige Stoffquadrate säumte, während daneben in seinem Korb der neue Säugling schrie. Nirgends konnte man sitzen oder stehen, ohne dass man entweder im Weg oder im Licht war. Es wäre an Mary, den Kleinen aus seinen stinkenden Windeln zu wickeln, und zwar ohne ein Wort des Murrens, denn schließlich war er ein Junge, das kostbarste Gut der Familie. William Digot – der Digot-Mann, wie sie ihren Stiefvater insgeheim nannte – würde erst Stunden später nach Hause kommen. Und dann würde es Marys Aufgabe sein, für zwei Eimer Wasser vor der Pumpe in der Long Acre bis Einbruch der Nacht Schlange zu stehen, damit er sich vor dem Schlafengehen noch das Gesicht waschen konnte.

Wen wunderte es da, dass sie den restlichen Nachmittag lieber an den Dials vertrödelte, von wo aus sieben Straßen in sieben verschiedene Richtungen abgingen? Wo es Stände voll mit Seidenstoffen gab. Wo sich in großen Eimern lebende Karpfen tummelten, während über ihnen die Möwen krächzten. Wo der Krämer mit seinen Röcken stand, jeder mit Schnüren und Bändern verziert, deren Farben Mary geradezu auf der Zunge schmecken konnte: gelb wie frische Butter, schwarz wie Tinte und blau wie Feuer. Wo Jungen, halb so groß wie sie selbst, lange Pfeifen rauchten und schwarze Flatschen auf die Straße spuckten, derweil sich die Spatzen um Pastetenkrümel stritten. Wo Mary den eigenen Atem nicht mehr hören konnte vor lauter Fußgetrappel, dem Gepolter der Karren, den Kirchenglocken, der Schelle des Briefausträgers, den Fiedeln und Schellentrommeln und über allem dem wetteifernden Geschrei der Krämer, die Lavendel und Brunnenkresse oder Quark und Molke und überhaupt alles feilboten, was es nur gab. *Was darf es sein, was darf es sein?*

Und dann die Mädchen. Immer zwei oder drei Mädchen standen an jeder spitzen Straßenecke der Dials, die Wangen gebleicht und die Münder dunkel wie Kirschen. Mary war nicht dumm. Sie wusste, dass das Dirnen waren. Sie sahen einfach durch Mary hindurch, und etwas anderes erwartete sie auch nicht. Was kümmerte die schon ein schlaksiges Kind in einem grauen Knöpfkittel, aus dem es schon längst herauswuchs, und einer Haube, die seine verschwitzten schwarzen Haare verbarg? Außer dem Mädchen mit dem glänzenden scharlachroten Band, das aus dem Haarknoten wippte, und einer Narbe, die quer über die kreideweiße Maske ihrer Wange lief. Sie lächelte Mary gelegentlich aus einem Winkel ihres schiefen Mundes an. Ohne dieses schartige Mal vom Auge bis zum Kinn wäre dieses Mädchen das schönste Wesen gewesen, das Mary je gesehen hatte. Ihre Röcke waren mal smaragdgrün, mal erdbeerfarben, mal violett und immer aufgebauscht, als wären sie voller Luft. Ihre Brüste quollen über den Rand ihres Mieders wie in der Pfanne aufschäumende Milch. Ihr hochgetürmtes Haar war silbrig gepudert, und das rote Band wand sich hindurch wie ein blutiges Rinnsal.

Mary wusste, dass Dirnen der allerniederste Abschaum waren. Manche von ihnen sahen zwar fröhlich aus, aber das war nur dreiste Verstellung. »Ein Mädchen, das seine Unschuld verliert, verliert alles«, hatte ihre Mutter einmal erklärt und sich im Eingang abgewandt, als zwei dieser Mädchen Arm in Arm vorbeistolzierten und dabei die üppigen Röcke schwingen ließen wie Glocken. »Alles, Mary, hörst du mich? Wenn du nicht rein bleibst, wirst du niemals einen Mann finden.«

Außerdem waren sie verdammt. Das wusste Mary aus einem der Reime, die sie in der Schule lernen musste.

Auf Zecher, Lügner, Dieb und Hur
Wartet's ew'ge Feuer nur.

Wenn sie in kalten Nächten unter ihrer fadenscheinigen Decke lag, versuchte sie sich diese Hitze vorzustellen, die ihre Handflächen röstete. Alle Farben, die eine Flamme annehmen konnte, sah sie vor sich.

Mary besaß überhaupt nichts Buntes und wurde daher von entsprechenden Gelüsten heimgesucht. Wann immer sie eine halbe Stunde Zeit hatte, schlenderte sie am liebsten die Picadilly entlang und unter den riesigen Holzschildern hindurch, die dort an Ketten baumelten. Das beste war das des Goldschlägers, es hatte die Form eines riesigen vergoldeten Arms mit einem Hammer. Vor jedem der großen Schaufensterrundbögen blieb sie stehen und drückte das Gesicht ans kühle Glas. Wie hell die Lampen schienen, sogar bei Tageslicht! Wie schmuck und farbenfroh die Hüte und Handschuhe und Schuhe ausgelegt waren, die sich ihren Augen darboten! Silbrige, güldene und elfenbeinfarbene Stoffe türmten sich bis in Kopfhöhe der Menschen, die Farben ließen ihr das Wasser im Munde zusammenlaufen. Nie wagte sie es, eines dieser Geschäfte zu betreten – sie wusste ja, man würde sie hinausscheuchen. Aber am Schauen konnte niemand sie hindern.

Ihr eigener Kittel war kieselgrau – damit die Gönner der Schule auch wüssten, dass die Mädchen bescheiden und gehorsam seien, erklärte der Schulleiter. Dasselbe galt für die Hauben und Pelerinen, die am Ende jedes Tages gemeinsam mit den Büchern in der Schule zu bleiben hatten, damit die Eltern sie nicht versetzten. Einmal hatte Mary versucht, *Die Könige und Königinnen von England* über Nacht in die Charing Cross Road zu schmuggeln, damit sie im fahlen Licht der Straßenlampen, das in den Keller drang, unter der Decke darin lesen konnte. Aber vor der Schultür war sie mit dem Buch unter dem Arm erwischt und mit dem Rohrstock geschlagen worden, bis ihre Handflächen voller roter Striemen waren. Nicht, dass dies sie aufgehalten hätte, es machte sie nur erfinderischer. Als die Lehrerin das nächste Mal vergaß, die Bücher am Ende des Tages zu zählen, klemmte Mary sich *Ein Kinderbuch der Märtyrer* zwischen die Oberschenkel und tippelte mit steifen kleinen Schritten hinaus, als ob sie Schmerzen hätte. Dieses Buch brachte sie überhaupt nicht mehr in die Schule zurück. Ihre Lieblingszeichnung war die von dem Heiligen, der auf einem riesigen Rost verbrannt wurde.

Obwohl die Digots nur zweimal im Jahr zum Abendmahl in St. Martin-in-the-Fields gingen, besaß Mary neben ihrem Alltagskleid auch eines für sonntags, das aber schon lange zu einem Beige verblasst war. Das Brot, von dem die Familie sich ernährte, war grobkörnig von der Kreide, die der Bäcker zum Weißen hineingab. Der wässrige Käse war bleich und schwitzte. Falls es bei den Digots überhaupt Fleisch gab, einmal alle paar Wochen, wenn Marys Mutter eine große Charge an Näharbeit pünktlich fertiggestellt hatte, dann war es hellbraun wie Sägemehl.

Nicht, dass sie wirklich arm gewesen wären. Mary Saunders und ihre Mutter und der Mann, den sie Vater nennen sollte, besaßen jeweils ein Paar Schuhe, und falls der Säugling Billy nicht zu schnell laufen lernte, würde er, sobald er sie benötigte, auch welche haben. Arm war etwas gänzlich anderes, das wusste Mary. Arm war, wenn man durch die Löcher in den Kleidern das nackte Fleisch sah. Arm war, wenn man eine Prise Tee wochenlang immer wieder aufbrühte, bis er nur noch die Farbe von Wasser hatte. Wenn man auf der Straße zusammenbrach. Oder wenn der Atem nach Metall roch wie bei dem Jungen, der in der Schule beim Beten umgekippt war. »Selig sind die Sanftmütigen«, hatte der Schulleiter gerade feierlich angehoben, dann, verärgert über diese Störung, einen Moment innegehalten, um schließlich fortzufahren: »... denn sie werden das Erdreich besitzen.« Aber dieser Junge hatte gar nichts besessen. Er war lediglich am nächsten Morgen abermals ohnmächtig geworden und dann nie mehr zur Schule gekommen.

Ja, Mary wusste, dass sie für vieles dankbar sein musste, von den Ledersohlen unter ihren Füßen über das Brot in ihrem Mund bis hin zu der Tatsache, dass sie überhaupt zur Schule gehen konnte. So langweilig es auch sein mochte, es war immer noch besser, als mit acht Jahren in einer Schenke den Boden zu wischen wie die Kleine von nebenan. Es gab nicht viele Mädchen, die mit dreizehn immer noch zur Schule gingen. Die meisten Eltern hielten derart viel Bildung für überflüssig. Aber es war Cob Saunders' Lieblingsmarotte gewesen, dass seine Tochter einmal lernen sollte, was er nie gelernt hatte – Lesen, Schreiben und die Rechnerei. Und für seine Witwe war es Ehrensache, dafür zu sorgen, dass das Mädchen nie die Schule versäumte. Ja, Mary war dankbar für das, was sie hatte; die harschen Ermahnungen ihrer Mutter brauchte sie gar nicht. »Wir kommen doch zurecht, oder etwa nicht?«, war Susan Digots Antwort auf jede Klage, und sie zeigte mit ihrem langen, schwieligen Finger auf die Tochter. »Wir kommen über die Runden, dem Schöpfer sei Dank.«

Als Mary noch sehr klein gewesen war, hatte sie einmal gehört, wie man Gott den Allmächtigen genannt hatte, und seitdem neigte sie dazu, ihn mit dem Mann zu verwechseln, für den ihre Mutter stickte. Ungefähr einmal pro Woche kam der Austräger mit einem Sack voller Leinen vorbei und warf ihn Susan Digot vor die Füße. »Der Herr sagt, das hier muss bis Dienstag fertig sein, sonst kostet es dich ein Vermögen. Und keine Flecken mehr, oder er zieht dir zwei Pennys pro Schilling ab.« So kam es, dass in der Vorstellung des Kindes dem allmächtigen Herrn alle Dinge und Menschen auf der Erde gehörten, und jeden Moment konnte man für alles, was man damit getan hatte, zur Rechenschaft gezogen werden.

Neuerdings träumte Mary des Nachts, dass schnauzbärtige Franzosen vor ihr knieten, während sie selbst ihr Gesicht hinter einem steifen Spitzenfächer verbarg. Die narbengesichtige Dirne von den Dials schüttelte den Kopf wie eine Silberbirke im Wind, und das rote Band glitt just in Marys Hände, so weich wie Wasser.

»Jetzt aber aufstehen, Mädchen.« Dieser Ruf der Mutter war das Erste, was sie am Morgen hörte. Mary musste den randvollen Nachttopf der Digots in die Gosse leeren, die Glut vom Abend zuvor anfachen und an einer rußschwarzen Gabel Brotkanten rösten. »Nun beeil dich mal. Dein Vater kann nicht den ganzen Tag hier vertrödeln.« Als ob das ihr Vater wäre; als ob seine Freundlichkeit ihr gegenüber einen Deut länger gedauert hätte als das Werben um die Witwe Saunders. »Los jetzt, hörst du nicht, wie der kleine Billy jammert?« Als ob Mary das gekümmert hätte.

Ein Junge war zehnmal mehr wert als ein Mädchen, das musste man Mary nicht erst sagen. Doch seit der Halbbruder des Mädchens auf der Welt war, sah Susan Digot nicht etwa zufriedener aus, eher im Gegenteil. Ihre Ellbogen waren noch spitzer, ihre Stimmung noch gereizter. Manchmal schien sie beim Anblick ihrer Tochter von einem regelrechten Zorn erfasst. »Vier Mäuler habe ich zu stopfen«, murrte sie einmal, »und eines davon gehört einem großen, nutzlosen Mädchen.«

Jeden Morgen, wenn Mary an der Ecke auf den Milchhändler wartete, und besonders dann, wenn er die Milch mit Schneckensaft vergällt hatte, damit sie schäumte wie frische, suchte sie Zuflucht in ihren Lieblingserinnerungen: an den Tag etwa, als ihre Mutter sie mitgenommen hatte, um die Parade des Oberbürgermeisters anzuschauen, oder an letztes Silvester das Feuerwerk am Tower Hill, das schier den Himmel aufgerissen hatte. Während sie beide Hände um ihre Teeschale legte und ihre Brotkanten hineintunkte, damit sie weich wurden, malte sie sich eine Zukunft im Überfluss aus. Sie gab sich der Vorstellung hin, wie sie das Hausmädchen jeden Morgen hieß, ihr ein scharlachrotes Band in die Zöpfe zu flechten, wie dieser grelle Fleck ihr Haar kohlrabenschwarz schimmern ließe. Die Klänge ihrer Zukunft würden exotisch sein: Flöten und galoppierende Pferde und glockenhelles Lachen.

In der Schule stellte Mary sich bunte Farben vor, während sie die Verhaltensmaßregeln abschrieb oder die Rechtschreibung der Mädchen an den Nachbartischen korrigierte. Keine der Aufgaben, die man ihr stellte, verlangte ihr mehr als einen Bruchteil ihres Hirns ab, das war das Problem. Der Schulleiter schalt sie zwar stolz, aber Mary hielt es für Unsinn, so zu tun, als wisse sie nicht, wie gescheit sie war. So weit sie sich zurückerinnern konnte, hatte sie ihre Schularbeiten immer lächerlich einfach gefunden. Inzwischen lenkte sie sich mit Tagträumen über Reifröcke mit drei Meter langen Schleppen ab, während sie – einen Kopf größer als die übrigen Kinder – dastand und die Leitsätze der Tugend aufsagte.

Arbeit ist des Daseins Pflicht,
Nur böse Kinder schaffen nicht.

Mary waren diese Verse inzwischen schon so vertraut, dass sie in den Chor einstimmen konnte, während sie in Gedanken ganz woanders war. So konnte sie zum Beispiel die fünf Gebote zur Erlösung singen und gleichzeitig beschließen, dass sie, wenn sie erst zur Frau herangewachsen war, nie mehr Beige tragen würde. Sie versuchte, nicht daran zu denken, wie leer ihr Magen war, und auch nicht an den Allmächtigen im Himmel oder welche Stücklohnarbeit er ihr zuteilen würde und wie lange in ihrem Leben sie diese würde verrichten müssen. Oder an die unsterbliche Seele, auf der die Lehrer immer so herumritten. Mary wusste, die würde sie im Nu eintauschen für nur ein kleines bisschen Pracht. Für ein einziges leuchtend rotes Band.

Im September fiel der alte König George tot um, und George der Jüngere war der neue König. William Digot sagte, dass sich nun vielleicht alles zum Besseren wenden würde. Dieser Bursche war schließlich auf englischem Boden geboren, was man von seinem Vater und Großvater nicht hatte behaupten können, »und von diesen Deutschen und ihren fetten Weibsbildern haben wir weiß Gott genug«.

Als ihr Stiefvater in seinem Sessel einschlief, schaute Mary verstohlen über seine Schulter hinweg auf die Zeitung in seinem Schoß. Sie bezweifelte, dass er auch nur ein Wort darin lesen konnte. Er mühte sich lediglich mit den Überschriften ab und sah sich die Bilder an. Unter der Überschrift »König von Großbritannien, Irland, Gibraltar, Kanada, Amerika, Bengalien, der Karibischen Inseln und Kurfürst von Hannover« befand sich eine Zeichnung des jungen Königs in voller Lebensgröße. Er wirkte ein wenig nervös. Die Oberschenkel in den samtenen Kniehosen sahen aalglatt aus.

Susan Digot hockte im letzten Tageslicht am Fenster und kaute auf ihrer Lippe. Mary wusste, dass ihre Mutter sich nicht für Politik interessierte. Alles, was diese Frau je gewollt hatte, war, Damenschneiderin zu sein und elegante Kleider und Röcke zu nähen, anstatt für einen Hungerlohn für einen Meister, den sie nie kennengelernt hatte, zwölf Stunden am Tag grobe, sechs Zoll große Quadrate zu säumen. Sie und Cob Saunders waren in einer weit entfernten

Stadt namens Monmouth aufgewachsen, bevor sie im Jahr 1739 nach London gekommen waren. »Was hat dich und meinen Vater eigentlich nach London geführt?«, fragte Mary jetzt so leise, dass sie den Kohlenmann nicht weckte.

»Wie kommst du darauf, ausgerechnet so etwas zu fragen?«, gab ihre Mutter zurück, wartete aber die Antwort nicht ab. »Ich und Cob, wir dachten, dass wir uns hier verbessern würden. Aber wir wären mal besser zu Hause geblieben.« Wie Mäuse huschten ihre Finger über einen Saum und nähten blitzschnell. »Man schafft es nicht.«

»Was schafft man nicht?«

»Sich zu verbessern«, antwortete ihre Mutter niedergeschlagen. »Cob wusste ja nicht, dass die Londoner Schuster das Gewerbe längst unter sich aufgeteilt hatten. Nie bekam er die Arbeit, die er wollte, die schönen, kunstfertigen Sachen. Löcher mit Pappe flicken, das war schon der Gipfel. Hier, zähl die mal durch.«

Mary trat zu ihr, hockte sich neben das Knie ihrer Mutter und reihte die mit Nesselstoff wattierten Quadrate aneinander. Sie stellte sich ihren Vater vor wie den Mann aus einem Märchen, der im Schneidersitz mit seinem winzigen Hammer Nägel in spitze Tanzschuhe trieb. Aber nein, das stimmte ja gar nicht, das stammte nur aus einer Geschichte. Wenn sie sich konzentrierte, sah sie ihn noch vor sich, wie er wirklich gewesen war, mit seinem massigen Körper.

»In Monmouth wäre Cob nie und nimmer losgezogen und hätte sich umbringen lassen«, fuhr ihre Mutter mit mürrisch heruntergezogenen Mundwinkeln fort. »So ein Blutvergießen hat es dort niemals gegeben.«

Mary versuchte sich das vorzustellen: das Blut auf dem Londoner Pflaster. Im letzten Jahr hatte sie einmal gesehen, wie eine wütende Menge durch die Charing Cross Road gezogen war: das Getrappel der Stiefel vor dem Kellerfenster, die »Kein Papismus!«-Rufe und das Klirren zerspringenden Glases. »So wie bei ›Kein Papismus?‹«, fragte sie jetzt erwartungsvoll.

Susan Digot prustete verächtlich. »Das war doch gar nichts im Vergleich zu den Kalenderunruhen, in die dein Vater hineingeraten ist, rein gar nichts. Ein Chaos und Durcheinander, das kannst du dir nicht vorstellen.« Sie verstummte, nur noch das Scharren der Nadel auf dem Stoff war zu hören. Dann fragte sie: »Und wie ist es mir ergangen?« Sie sah Mary durchdringend an, als ob die die Antwort wissen müsste. »War ich denn nicht eine ebenso geschickte Näherin wie meine Freundin Jane? Und jetzt sieh nur. Jetzt mache ich mir hier an irgendwelchen viereckigen Fetzen die Finger kaputt, als wäre ich eine Eisenmaschine. Und Jane näht derweil Gewänder für die bessere Gesellschaft, wie ich gehört habe.«

Das konnte Mary sich schon eher vorstellen: *Gewänder für die bessere Gesellschaft,* seidenglänzend und bunt wie Obst auf einem Porzellanteller. Mit scharlachroten Bändern in den Säumen, Ärmeln und Miedern. »Aber warum kannst du denn jetzt nicht auch Schneiderin sein?«, fragte sie unvermittelt.

Susan Digot schnaubte gereizt. »Auf was für abwegige Sachen du immer kommst, Mary. Mehr als Säumen habe ich doch schließlich nie gelernt. Und wo sollte ich wohl die Mittel hernehmen, um mich selbstständig zu machen? Von einem Geschäft ganz zu schweigen. Außerdem sind meine Augen auch nicht mehr das, was sie mal waren. Und quillt London nicht sowieso schon über von Damenschneidern? Was sollte jemanden reiten, ausgerechnet bei mir etwas in Auftrag zu geben?«

Ihre Stimme quälte Marys Ohren. Nur trostlose Klagen, etwas anderes war in letzter Zeit von ihrer Mutter nicht mehr zu hören. Mary versuchte sich an das letzte Mal zu erinnern, als sie ihre Mutter hatte lachen hören.

»Außerdem«, fügte diese gestreng hinzu, »sorgt jetzt William für uns.«

Mary hielt den Kopf gesenkt, damit ihre Mutter nicht ihr Gesicht sehen konnte.

Sie war sich sicher, dass es auch bessere Zeiten gegeben hatte, als sie selbst noch klein und ihre Mutter Mrs Saunders gewesen war. Irgendwo in ihrem Kopf hauste noch eine schwache Erinnerung daran, wie sie einmal vom Fieber geschwächt gewesen war und ihre Mutter sie im Arm gehalten und ihr mit einem Zinnlöffel heiße Milch mit Bier eingeflößt hatte. Der Löffel war inzwischen wohl verloren gegangen oder vielleicht auch versetzt worden. Außerdem war Mary sich sicher, dass sie sich auch noch an Cob Saunders erinnerte, an seine riesige Gestalt im Gegenlicht, wenn er am Fenster saß und arbeitete, die Hammerschläge so verlässlich wie ein Herzschlag. In seinem dunklen Rauschebart hingen immer die Brotkrumen, und nach dem Abendessen hob er sich seine kleine Tochter auf den Schoß, damit die ihn mit den Fingern auskämmte. Eine solch lebhafte Erinnerung konnte Mary sich doch unmöglich nur einbilden. Sie wusste, dass sie ihren hohen Wuchs und die dunklen Augen und Haare von ihrem Vater hatte. Von ihrer Mutter hatte sie nur zwei geschickte Hände geerbt.

Sogar das Essen war damals besser gewesen, da war Mary sich sicher. Sie meinte sich noch daran zu erinnern, wie Susan Digot einmal eine große Charge verkauft und es danach eine Woche lang alles im Überfluss gegeben hatte. Die Familie bekam frisches Fleisch und für zwei Pennys Bier, und alles war so reichhaltig und aufregend, dass Mary sich über ihr ganzes Hemdchen erbrach, aber niemand wurde böse.

»Wie viele sind es nun also?«, fragte ihre Mutter und riss Mary damit in die Gegenwart und das abnehmende Nachmittagslicht zurück.

Unsicher schaute Mary den Stapel Werkstücke in ihrem Schoß an. »53, glaube ich, vielleicht auch 54 …«

»Zähl sie noch mal«, befahl ihre Mutter, die Stimme so ermattet wie eine alte Matratze. »*Vielleicht* nützt mir schließlich nichts, wenn der Meister danach schickt.«

So schnell sie konnte, machte Mary sich daran, die Stoffquadrate erneut zu zählen, und gab acht, sie nicht schmutzig zu machen. Susan Digot beugte sich derweil neben ihr noch tiefer über ihre Näharbeit. »Mutter«, fragte das Mädchen, dem plötzlich ein Gedanke kam, »warum bist du eigentlich nicht nach Monmouth zurückgegangen?«

Die Näherin zuckte kraftlos mit den Schultern. »Cob und ich hatten keine Lust, wieder nach Hause zurückzukriechen, weil aus unseren ganzen hochfahrenden Plänen nichts geworden war. Außerdem war er einer, der nie die Hoffnung aufgab. Er hatte an London Gefallen gefunden«, erklärte ihre Mutter verächtlich. »Überhaupt war es ja ganz allein seine Idee gewesen, uns hierherzuzerren.«

»Nein, ich meine, später«, widersprach das Mädchen ungeduldig. »Als mein Vater gestorben war.«

Sie sah es vor sich wie eine Geschichte aus einem Buch. Sich selbst als kleines Mädchen in den zärtlichen Armen ihrer verwitweten Mutter, beide in schwarze Seide gekleidet, wie sie in einer mit Plüsch ausgeschlagenen Kutsche der Märchenstadt Monmouth entgegenruckelten, wo die Luft sauber roch und die Menschen einander auf der Straße anlächelten.

Ihre Mutter schüttelte so heftig den Kopf, als würde darin eine Biene summen. »*Wie man sich bettet, so liegt man*«, zitierte sie. »An diesen Platz hat der Schöpfer mich gestellt, und hier bleibe ich auch. Ein Zurück gibt es nicht.«

Und dagegen ließ sich nichts mehr einwenden.

Eines feuchtkalten Novemberabends war Mary losgeschickt worden, um an einem Muschelwagen für zwei Pence Strandschnecken zu kaufen. Da begegnete sie dem fliegenden Händler mit den Bändern, der gerade an Short's Gardens aus einer Gasse kam. Wie ein Flügelpaar öffnete er vor ihr seinen Mantel. Furchtsam machte Mary einen Schritt zurück. Sein Mantel war alt und an den Säumen ganz schwarz. Doch da! An das Jackenfutter geheftet, schlängelte sich – lang und am Ende hochgerollt wie eine Zungenspitze – genau so ein Band, wie die Dirne eines hatte.

»Was kostet das rote?« Die Worte waren ihr einfach herausgeruscht.

»Dich einen Schilling, Herzchen.« Der Krämer legte seinen grauhaarigen Kopf schief, als hätte sie gerade einen Scherz gemacht. Seine Augen glänzten.

Mary lief weiter.

Ebenso gut hätte er eine Guinee verlangen können. Mary hatte noch nie einen Schilling in der Hand gehabt. Und als sie an diesem Abend schließlich am Muschelkarren stand und in der kleinen Kittelschürze nach den zwei Pennys kramte, die William Digot ihr anvertraut hatte, um damit für die Familie das Abendessen zu kaufen, war einer davon weg. Der Stoff hatte ein Loch, die ausgefransten Ränder so weich wie Billys Wimpern.

Was sollte sie jetzt machen? Von Strandschnecken für einen Penny wurden niemals vier Leute satt, das wusste sie. Deshalb rannte sie um die Ecke zum Pastetenstand auf der Flitcroft Street und fragte den Händler, ob er irgendetwas für einen Penny habe. Die Schinkenpastete, die er ihr gab, hatte zwar eine zerkrümelte Kruste, sah aber wenigstens sättigend aus. Den ganzen Weg nach Hause hielt Mary die Augen zu Boden gerichtet, um irgendwo zwischen zwei Pflastersteinen oder in einer vor Schalen und Pferdeäpfeln überquellenden Gosse den Penny aufblitzen zu sehen, aber nirgends entdeckte sie ihn. Als ob eine Münze auch lange im Dreck von Charing Cross liegen würde!

Sie hoffte, die Digots würden mit der Pastete zufrieden sein, denn sie war warm und roch gut. Doch stattdessen nannte Susan Digot sie eine Lügnerin. »Den Penny hast du doch für einen warmen Fettkrapfen ausgegeben«, schimpfte sie und rieb sich mit dem Handrücken die schmerzenden Augen. »Das kann ich an deinem Atem riechen.«

Immer und immer wieder, während der harte Besenstiel auf ihre Beine traf, verteidigte sich das Mädchen schluchzend: »Ich habe ihn verloren! Ich schwöre, ich habe den Penny verloren!«

»Ach, Mary«, schimpfte Susan Digot und schlug sie weiter.

Sie war schon öfter verprügelt worden, auch schon schlimmer, aber irgendwie hatte es sie noch nie so sehr verletzt. Was nützte es denn, eine große Dreizehnjährige zu sein, wenn ihre Mutter sie immer noch übers Knie legen und für etwas schlagen konnte, was sie gar nicht getan hatte?

Danach hockte sie sich in die Ecke und sah zu, wie die Digots die Pastete aßen und die Enden an den kleinen Billy verfütterten. Die Tränen auf ihrer Wange trockneten zu Salz. Ihr Magen knurrte. Sie hoffte, dass die anderen das hörten.

Schließlich stand sie auf und stülpte ihre Tasche nach außen. »Seht doch!«, rief sie mit zitternder Stimme. »Es war ein Loch drin, und ich wusste es nicht.« Sie schob ihren Daumen durch den aufklaffenden Saum, um es ihnen zu zeigen.

William Digot sah von seinem Abendessen auf. »Das kannst du auch selbst hineingestochert haben«, schalt er.

Seine Frau starrte auf die ausgefranste Tasche, und einen Moment lang verirrte sich so ein merkwürdiger Ausdruck auf ihr Gesicht, dass es beinahe den Anschein hatte, sie würde anfangen zu weinen.

»Es war kein Diebstahl!« Mary schrie beinahe.

Ihre Mutter musterte sie mit flackernden Augen. »Nicht aufzupassen ist genauso schlimm.« Dann hielt sie ihr, so wie man einen Hund füttern würde, ihren Blechteller mit der Pastetenkruste hin.

»Das verdient sie nicht«, bemerkte ihr Ehemann und beäugte den Teller.

»Sie ist meine Tochter«, erklärte Susan Digot in stillem Zorn.

War sie wütend auf ihre Tochter oder auf ihren Mann oder auf den Allmächtigen, der ihr solch eine Familie aufgebürdet hatte, noch dazu mit so wenig Pastete für alle? Am liebsten hätte Mary die Kruste zu Boden geschlagen oder, noch besser, einfach gleichgültig weggesehen. Aber heute Abend war sie zu hungrig, um Stolz zu zeigen. Sie nahm die Kruste zwischen Daumen und Zeigefinger und schlang sie hinunter.

Die Lektion, die sie an diesem Abend lernte, war nicht die beabsichtigte. Als sie das nächste Mal geschickt wurde, um das Abendessen zu kaufen, war sie schlau genug, über den Preis für das halbe Dutzend Austern zu lügen. Diesen Penny behielt sie, als Entschädigung für die Schläge.

Mary hatte jetzt schon mehrere Monate in Folge geblutet. Beim ersten Mal hatte Susan Digot feuchte Augen bekommen und gemurmelt, sie sei reichlich früh damit dran, dass diese Geschichte schon anfange, auch wenn Mary größer sei als manch Erwachsene. »In Monmouth war ich noch ein Kind, als ich schon über sechzehn war«, fügte sie gekränkt hinzu. »In der Großstadt passiert einfach alles zu schnell.«

Die spitzen Knochen an Marys Ellbogen drückten sich durch ihre graue Uniform, und dort vorne, wo ihre Brust anschwoll, hatte sie einen Knopf verloren. In der Schule passte sie nicht mehr auf. Sie vergaß, die Reime mitzusingen, obwohl sie sie sämtlich auswendig konnte. Ihr Inneres reckte sich gähnend wie ein Tiger. Sie konnte besser lesen, schreiben und rechnen als jedes andere Mädchen in der Schule. Was sollte sie sonst noch hier lernen können? Alle anderen Mädchen in ihrem Alter waren inzwischen weg. Eines, um Wäscherin zu werden, ein anderes Lehrmädchen bei einem Strumpfmacher und drei weitere, um für Stücklohn zu säumen. Ein Mädchen, das Mary beinahe eine Freundin gewesen war, hatte eine Stellung in Cornwall angenommen, was praktisch gleichbedeutend war mit dem Ende der Welt. All diese Tätigkeiten erschienen Mary erbärmlich.

Anderen Mädchen schien jeder Ehrgeiz fremd zu sein. Die meisten waren offenbar zufrieden mit ihrem Los. Mary aber spürte den Ehrgeiz wie ein Jucken im Schuh oder eine Made im Gedärm. Selbst wenn sie ein Buch las, flogen, ja galoppierten ihre Augen über die Zeilen, um nur ja schnell ans Ende zu kommen. Mary hatte sogar den Verdacht, dass es der Ehrgeiz war, der ihre Beine so lang im Wuchs und ihren Mund so rot machte. Manchmal, wenn sie ihren schwellenden Körper im Halbschlaf in die Kuhle der Matratze rollte, die sie sich mit Billy teilte, plagten sie undeutliche Träume von einem besseren Leben. Einem Dasein, in dem Schmutz und Plackerei lauter Farbenpracht, Abwechslung und durchtanzten Nächten in den Lustgärten von Vauxhall wichen, drüben auf der anderen Seite des Flusses. Manchmal bündelte sich Marys Kummer wie ein Lichtstrahl. Wenn sie dann noch vor Morgengrauen erschrocken hochfuhr, vom Lärm der ersten vorbeirumpelnden Karren oder vom Weinen und Strampeln des Jungen am Fußende geweckt, sah sie es im Geiste glasklar vor sich: *Ich verdiene etwas Besseres*.

Sogar die Erde selbst schien in jenem Jahr ruhelos zu sein. Im Februar gab es ein Erdbeben und im März ein zweites, bei dem Susan Digots einziger Porzellanteller, der schon ihren Eltern gehört hatte, vom Bord rutschte und auf dem Herd zerschellte. Die Menschen hielten dies für eine Warnung. Manche behaupteten, ein großes Beben stehe bevor, das London dem Erdboden gleichmachen werde. Die Prediger verkündeten, Gott werde in seinem Zorn die Wasser der Themse anschwellen lassen und alle Spieler, Trunkenbolde und Unzüchtigen ersäufen.

William Digot erklärte seiner Familie, dies sei alles blanker Unsinn. Als aber dann die Zeit kam, wo die Londoner begannen, in die umliegenden Dörfer zu fliehen, gelang es seiner Frau, ihn zu überzeugen, dass es nicht schaden könne, die Familie für die Nacht nach Hampstead zu verlagern. Dort saßen sie dann in der Heide und schauten hinab auf die Stadt. Als bis zehn Uhr nichts geschehen war, machten sie die Scheune ausfindig, wo sie neben elf anderen Familien auf der Erde im Stroh nächtigen sollten. William Digot geriet mit der Besitzerin in Streit über den maßlosen Preis, den sie forderte. Sie zwang ihn, als Pfand für das Geld sein bestes Hemd zurückzulassen.

Der Gestank und die lauten Stimmen hielten Mary wach. Irgendwann stand sie auf und schlich sich hinaus in die Heide. In den Schal ihrer Mutter gewickelt, hockte sie sich neben die Scheune und starrte auf die flackernden Lichter von London hinab. Sie stellte sich Maskenbälle und die ganze Nacht währende Kartenpartien vor und Nachtschwärmer in Satinschuhen, die dem zornigen Allmächtigen ins Gesicht lachten. Es war eine Stadt voller funkelnder Freunde, und jetzt würde das alles zerstört werden, noch bevor Mary davon gekostet hatte.

Sie wartete darauf, dass die Erde zu beben anfing, dass die Luft sich mit dem aufsteigenden Gestank der Themse füllte. Aber in jener Nacht gab es kein Strafgericht, nur eine lang andauernde, gespannte Stille, während einer nach dem anderen die Sterne zum Vorschein kamen.

Im Mai des Jahres 1761 wurde Mary vierzehn. Nach der Schule ging sie an diesem Tag bei den Seven Dials vorbei und erhaschte einen Blick auf den Rücken der narbigen Dirne. Einer plötzlichen Regung folgend, ging sie dem Mädchen in die Mercer Street und vorbei an St. Giles-in-the-Fields nach. Was hatte ihre Mutter noch gleich gesagt? *Wer in St. Giles kein Bettler ist, der ist ein Dieb.* Trotzdem huschte Mary jetzt der weißen Perücke mit dem kessen roten Band nach. Als das Mädchen eine Branntweinschenke betrat, blieb Mary stehen. Bald tauchte ihre Beute, eine Flasche schwenkend, wieder auf.

Im Straßengewirr von Holborn, das, wie Mary wusste, *Rookery* genannt wurde, blieb sie stehen, denn vorm Weitergehen fürchtete sie sich. Die Dirne verschwand zwischen zwei Häusern, die sich über eine Straße hinweg, die kaum breiter war als Marys ausgestreckte Arme, wie Zecher aneinanderlehnten. Die angrenzenden Straßen führten auf kleine Plätze und Vorhöfe, die wiederum durch verwinkelte Seitengassen miteinander verbunden waren. Mary hatte gehört, dass niemand, den ein Wächter oder gar ein Schutzmann in die Rookery verfolgte, jemals gefasst wurde. Gerade kamen zwei indische Seeleute vorbei, einer zwinkerte ihr mit seinem weißen Auge zu. Den halben Weg nach Haus rannte Mary.

Susan Digot blickte von ihrer Näharbeit auf und wischte sich mit der Hand, in der sie die Nadel hielt, über die feuchte Stirn. Ihr kupferfarbenes Haar wurde allmählich grau. »Ach, Mary, da bist du ja endlich. Schau hier, ich habe uns eine Taube besorgt. Sie ist schon ziemlich angegangen, aber in einem kräftig gewürzten Ragout schmecken wir das kaum.«

Die Federn der Taube fielen schon fast aus der Haut des Vogels heraus. Um es rasch hinter sich zu bringen, rupfte das Mädchen sie behände und mit leichtem Schaudern. Die größeren Federn loderten im Feuer, aber der Flaum blieb an ihren Fingern kleben. Ihr Messer legte die Innereien der Taube bloß. So ist es also, wenn man vierzehn ist, dachte sie.

Susan Digot beobachtete ihre Tochter und leckte dabei den Faden, als dürste sie nach seinem Geschmack. »Du hast geschickte Hände für die Arbeit.«

Das Mädchen ignorierte die Bemerkung.

»Höchste Zeit, dass du einen Beruf erlernst, wo du jetzt eine ausgewachsene Frau bist.«

Mary konzentrierte sich darauf, die schmierigen Innereien aus der Taube zu entfernen. Sie hatte nicht damit gerechnet, dass ihre Mutter an ihren Geburtstag denken würde.

»Nähen ist eine einfache Arbeit, will aber gelernt sein. Kein Mädchen hat je zu hungern, solange es eine Nadel im Ärmel stecken hat, Mary.«

Das Mädchen wandte sich um und starrte der Mutter in die Augen. Sie waren immer graublau wie Regenwolken gewesen, aber in letzter Zeit fiel Mary auf, dass sie rot gerändert waren. Wie Ringe auf einer Zielscheibe und gesprenkelt wie von Pfeilen. Wie viele Jahre würden sie wohl noch durchhalten? Mary hatte einmal zwei blinde Näherinnen gesehen, die in Neals Yard in einer Dachkammer wohnten. Man konnte die Knochen in ihren Armen zählen. Also schüttelte sie noch einmal den Kopf und wandte sich wieder der platt gedrückten Taube zu. Mit der Messerschneide schabte sie die Innereien heraus und schnippte sie ins Feuer.

Für einen Moment glaubte sie, damit sei die Sache vom Tisch. Stille breitete sich im Raum aus, während das letzte Licht der Abenddämmerung wich. Wenn Digot zum Abendessen aufwachte, würde das Gespräch wieder beginnen, und Mary wusste schon, wie sie es auf unverfängliche Themen lenken konnte: wie mild die Luft war und wie kräftig Billys Arme schon wurden.

Susan Digot jedoch schob sich das dünner werdende Haar aus dem Gesicht und schnaufte dabei, als ob es ihr wehtun würde. »Das ganze Lesen und Schreiben und die Rechnerei sind ja schön und gut, und als Cob Saunders darauf bestand, du solltest in die Armenschule, habe ich dagegen ja schließlich auch kein Wort gesagt.«

Es war keine Frage, auf die eine Antwort erwartet wurde.

»Habe ich dir etwa im Weg gestanden?«, fragte Susan Digot ihre Tochter in aller Deutlichkeit. »Oh nein, obwohl mir jeder gesagt hat, so viel Schulbildung sei an einem Mädchen verschwendet.«

Mary starrte trotzig ins Feuer.

»Aber jetzt ist es an der Zeit, dass du allmählich daran denkst, wie du dein eigenes Brot verdienst. Was sagen denn die in der Schule dazu?«

»Dienstmagd.« Das Wort kam tief aus Marys Kehle. »Oder Näherin.«

»Na bitte! Meine Rede. Nicht wahr, William?«

Von dem Mann in der Ecke kam keine Antwort. Mary schielte hinüber. Ihr Stiefvater nickte, noch halb im Schlaf. Sein Kopf hinterließ den üblichen Kohlenstaubfleck an der Wand.

»Und wenn es um Nadel und Faden geht, da könnte ich dich doch gleich selbst anlernen, Mary«, drängte ihre Mutter weiter.

Einen Moment lang hörte sie sich so an, als sei sie ihrer Tochter zugetan. Mary wurde an die Jahre erinnert, als es nur sie beide gegeben hatte, die Witwe Saunders und ihr Kind, die sich ein schmales, warmes Bett geteilt hatten.

»Und wenn du dich dann ganz besonders geschickt anstellst, Mary, und warum solltest du das nicht mit deinen Fingern, die du ganz und gar von mir hast, dann könnte ich dich doch auch aus dieser schmutzigen Stadt hinausschaffen, Mary. Vielleicht könnte ich dich sogar nach Monmouth schicken.« Susan Digots Stimme hellte sich ein wenig auf, so wie immer, wenn sie diesen Namen aussprach. »Meine Freundin Jane Jones ist da Schneiderin, der könnte ich schreiben. Die nimmt dich bestimmt im Handumdrehen in die Lehre.«

Fetzen der Taube klebten an Marys Händen. Einen nach dem anderen schüttelte sie sie in den Topf. Zusammen ergaben sie nicht einmal so viel wie ein Ei. Wie sollte daraus ein gut gewürztes Ragout für vier werden?

»Monmouth, das wäre ein rechter Ort für ein heranwachsendes Mädchen«, verkündete ihre Mutter inbrünstig. »So saubere, anständige Menschen gibt es dort, und überall ist es grün, und die Straßen sind so ruhig.«

Mary stellte es sich vor, so gut sie konnte: eine dumpfe, makellose Stadt. »Ruhig mag ich nicht«, sagte sie.

»Als ob du schon wüsstest, was du magst, in deinem Alter«, erwiderte ihre Mutter, jetzt schon wieder angriffslustig. »Außerdem ist es das Wichtigste, dass du ein Handwerk findest.« Ihre Stimme wurde wieder weicher, und die Hände auf dem Stoff lagen still. »Wenn du erst einmal ausgelernt hast, könntest du ja wiederkommen und mit mir zusammenarbeiten. Wir würden uns das Geschäft teilen.«

Mary blickte erst in die leuchtenden Augen ihrer Mutter und dann auf die feuchte Unterlippe. Ihr zog sich der Magen zusammen. Jetzt wusste sie also, was wirklich gespielt wurde. *Geteiltes Leid ist halbes Leid.* Vielleicht hatte man sie ja nur aus diesem Grund großgezogen – als Puffer zwischen Susan Digot und ihrem Los. *Wie die Mutter, so die Tochter*. Mit skrupelloser Liebe bot Susan Digot ihrer Tochter alles dar, was sie hatte, was sie kannte: eine Zukunft, die nicht weiter reichte als bis in diesen nasskalten Keller. All dies würde Mary schließlich erben: die Digot-Männer, den krummen Rücken, die Nadeln und die geröteten Augenlider.

»Es tut mir leid«, flüsterte sie.

Einen Moment lang glaubte sie, ihre Mutter wisse, was unausgesprochen zwischen ihnen stand, ihr heikler gegenseitiger Verrat aneinander. Einen Moment lang sah es so aus, als könnten sie zu einer Art Verständigung gelangen.

Aber dann begriff sie, dass Susan Digot sie gar nicht gehört hatte, sie nie hören würde. »Oder würdest du lieber in den Dienst gehen?«, fragte die Frau kaltherzig. »Nun sag schon, was ist dir lieber?«

»Keines von beiden«, erklärte Mary klar und streifte dabei das Messer am Rand des Topfes ab.

Aus der Ecke kam ein raues Husten. William Digot war aufgewacht.

»Und was willst du sonst mit dir anfangen?«, blaffte seine Frau. Sie wies mit der Nadel wie mit einer Waffe auf ihre Tochter.

Mary setzte den Kochtopf auf die Kohlen und kaute dabei auf ihrer Lippe. Zwischen ihren Zähnen spürte sie einen schmalen Hautstreifen und süßen Blutgeschmack. »Weiß nicht. Das sind alles beides erbärmliche Tätigkeiten.«

»Und wie kommst du auf den Gedanken, Mylady«, fauchte ihre Mutter, »dass ausgerechnet dir etwas Besseres zustünde? Was für Begehrlichkeiten! Und dieser Trotz!«

Ihr Mann ruckte die Schultern vor und erhob sich. »Glaubt dieses Mädchen etwa, wir füttern sie für immer durch?«, fragte er rau.

Mary schaute weg, damit er nicht ihr Gesicht sah. Mit dem Messer stocherte sie in den zischenden Taubenstücken herum.

»Gib deinem Vater Antwort«, schnauzte Susan Digot.

Mary schwieg, sah aber ihrer Mutter in die Augen, wie um zu sagen, dass sie reden würde, wäre ihr Vater tatsächlich da gewesen.

Susans kleine, schiefergraue Augen, die so anders waren als Marys eigene, funkelten sie an. »Also, was willst du nun werden?«

»Etwas Besseres«, murmelte Mary.

»Wie war das?«, fragte ihr Stiefvater.

Also etwas lauter: »Ich habe den Wunsch, etwas Besseres zu werden als eine Näherin oder eine Dienstmagd.«

»Den Wunsch!«, dröhnte William Digot, jetzt hellwach, und krallte seine schwarzen Fingernägel in die Kniehose. »Deine Mutter und ich rackern uns den ganzen Tag ab, um etwas zu essen auf den Tisch zu bringen. Aber für Mylady Saunders ist das wohl nicht gut genug, wie? Und was für einen *Wunsch* mag Mylady Saunders wohl haben?«

Mary war versucht, sich umzudrehen und zu sagen: *Jeden Geruch außer dem Gestank von Kohlenstaub. Jede Arbeit außer der verfluchten Nadel. Jeden Ort der Welt außer in diesem Pferch von einem Keller.* Fast wäre es ihr herausgerutscht.

Doch noch bevor sie auch nur einen dieser Sätze aussprechen konnte, ließ ihre Mutter die Näharbeit sinken und packte Mary mit der schwieligen Hand am Kinn. Beinahe zärtlich hielt sie ihr mit ausgetrockneten Fingern den Mund zu. *Rette mich, Mutter*, wollte Mary ihr zuflüstern. *Mach, dass ich hier herauskomme.*

»Jeder von uns wird an seinen Platz in der Welt geboren. Aus dem müssen wir dann das Beste machen.« Die Stimme ihrer Mutter klang niedergeschlagen. »Dein Vater hat das vergessen und sich gegenüber Leuten, die über ihm standen, Freiheiten herausgenommen.«

»Und man sieht ja, was daraus geworden ist«, fügte William Digot selbstzufrieden hinzu.

Mary riss sich los. Krachend fiel die Tür hinter ihr zu. Sie hörte noch das leise Krähen des Kleinen.

Die Dämmerung überzog den Himmel wie Rinde einen Käse. Die ganze Long Acre entlang warfen die Lampen kleine gelbe Kreise auf den Boden, und das Öl verströmte seine Rauchschwaden. Weiter hinten an der Covent Garden Piazza glitzerte es hell, begleitet vom lauten Klang der Violinen. Aber Mary wollte sich vom Licht fernhalten.

Als sie in die Mercer Street einbog, verdichtete sich die Dunkelheit an den Stellen, wo die Laternen zerschlagen worden waren. Die Gemeinde von St. Giles, so wurde erzählt, mochte nicht, wenn ihre Machenschaften allzu grell beleuchtet wurden. Keuchend rannte Mary über die glatten Pflastersteine. Sie war froh, dass sie ihre Schuhe nicht angezogen hatte. So gab es nichts, was sich zu stehlen lohnte. Nichts, wofür es der Mühe wert war, ihr etwas zuleide zu tun.

An den Seven Dials standen an diesem warmen Maiabend nur ein paar Dirnen. Die mit der Narbe im Gesicht war nicht dabei. Mary stellte sich an die Säule in der Mitte und rieb die Hände daran ab, bis sie das Fett und die Daunen der Taube los war. Der Stein hinterließ Striemen auf ihren Handflächen. Niemand schenkte ihr die geringste Beachtung. Ihr leerer Magen zog sich zusammen. Aus einem nahen Keller drang schwaches Licht, begleitet vom Geräusch kullernder Würfel. Um sie herum senkte sich schon die feuchte Luft, es musste bald neun Uhr sein. Immer wieder umrundete Mary die Säule und zählte die sechs angelaufenen Zifferblätter ab, bis sie aus der Reihe kam.

Außer nach Hause konnte sie nirgendwo hin, also machte sie wieder kehrt. Ihr Magen knurrte, und erneut stieg der Zorn in ihr hoch. Wenn ihre Mutter glaubte, Mary würde sich mit demselben kümmerlichen Leben zufriedengeben wie sie selbst, immer ausgelaugt, immer tränende Augen …

Der fliegende Händler lehnte an einem Hauseingang in Short's Gardens. Mary erkannte ihn erst, als sie näher herangekommen war. Inzwischen war sie schon fast so groß wie er, wie sie erschrocken feststellte. Gingestank umwaberte ihn. Als sie vor ihm stand, vollführte er eine ungelenke Verbeugung.

Dann hob er seine buschigen Augenbrauen und nahm einen Schluck aus der dunklen Flasche in seiner Hand. »Das Schulmädchen«, sagte er mit einem feuchten Grinsen.

»Kostet es immer noch einen Schilling?« Mary klang wie eine Krähe.

»Was?«

»Das Band, Sir. Das rote«, fügte sie dümmlich an.

Der Mann öffnete seine Rockschöße, als versuche er sich daran zu erinnern, welches sie meinte, aber ohne Licht ließen sich die Farben nicht unterscheiden. Er spitzte die Lippen, als wolle er seiner Erinnerung auf die Sprünge helfen.

»Einen Schilling und sechs Pence«, erklärte er schließlich.

Vom Spähen ins Zwielicht brannten Mary schon die Augen. »Aber Ihr sagtet doch …«

»Harte Zeiten, meine Liebe. Und jeden Tag werden sie *härter.*« Das letzte Wort betonte er besonders. Es hörte sich an wie ein Rätsel, aber Mary fiel nicht die geringste Antwort darauf ein.

»Einen Schilling und sechs Pence«, wiederholte der Krämer und ließ die Rockschöße fallen. »Oder einen Kuss.«

Mary blinzelte ihn an. Der Mann grinste, die Zähne ließen noch ein Weiß erahnen. Dann trat das Mädchen, das

Mary Saunders nie in sich vermutet hatte, einen Schritt näher heran.

Die Zunge des Alten schob sich zwischen ihren Lippen hindurch, als suche sie nach etwas, nach einem verborgenen Schatz. Sie schmeckte wie verbrannt, zappelte wie ein sterbender Fisch und rieb ihr den Gaumen wund. Mary meinte schon, würgen zu müssen.

Sie schrie nicht, als er sie gegen die Mauer drückte. Was sie überraschte, war das dumpfe Ausbleiben jeder Überraschung. »Ganz ruhig, ist ja alles gut«, lallte er ihr ins Ohr, und Mary meinte sich daran zu erinnern, wie ihr Vater genau diese Worte zu ihr gesagt hatte, als sie in einer stickigen Nacht nicht hatte schlafen können. Jetzt wühlten sich die Hände des Händlers durch ihren Rock, und sein Stoppelgesicht rieb auf ihrer Stirn, als wolle es dort ein geheimes Mal hinterlassen. Die Dunkelheit hüllte sie ein wie Rauch. Um keinen Laut von sich zu geben, hielt Mary den Atem an. Irgendwie wusste sie, dass sie den Zeitpunkt, wo sie hätte schreien können, verpasst hatte. »Ruhig!«, flüsterte Alte jetzt eindringlicher, wie zu sich selbst.

Sie wimmerte selbst dann nicht, als ein Stein in der Mauer ihr an der Schulter die Haut abschürfte. Nach wenigen Minuten war alles vorbei. Weder Schmerzen noch Vergnügen. Nur ein plötzliches Ziehen und ein heißer, schwarzer Himmel über ihr.

Mary stand auf und schaute dem sich entfernenden Händler nach. Ihr Gesicht war nass, und ihre Faust umklammerte ein glattes, seidenes Band.

Als sie an diesem Abend schließlich nach Hause kam, gab es einen Moment, wo sie etwas hätte sagen können. Ihre Schenkel klebten und zitterten unter dem Kittel. Sie glaubte, beim ersten Wort, das sie sprach, in Tränen ausbrechen zu müssen. Fast hätte sie gesagt: »Mutter, etwas Schreckliches ist …«

Aber Susan Digot tobte. Ein Mädchen von vierzehn Jahren nach zehn Uhr auf der Straße, wenn anständige Leute längst im Bett lagen? Bestimmt hatte Mary sich, trotz des ausdrücklichen Verbots, an den Dials herumgetrieben, zusammen mit dem Abschaum der Stadt. »*Wenn du dich mit Dreck gemein machst, wirst du genauso schmutzig wie er*«, zitierte sie voller Verachtung.

Also sagte Mary lediglich, es tue ihr leid. Sie wandte das aufgeschürfte Gesicht von der Kerze ihrer Mutter ab und legte sich im Nachbarzimmer hin, wo Billy schon tief und fest schlief. Eines seiner Beine hing am Fußende aus dem Bett.

Als sie am nächsten Morgen beim ersten Dämmerlicht das Band aus der Matratze zog, war es ein braunes.

Danach hielt sich das Mädchen zwar von dem Händler fern, einen Unterschied machte das aber nicht. Sie war der Unschuld entwachsen wie einer zu engen Haut, die abgestreift und zu Staub zerkrümelt war. Von nun an würde Mary nie mehr ein Kind sein.

Trotzdem gab sie sich alle Mühe, ihre Rolle zu spielen. Später sollte sie einmal zu dem Schluss kommen, dass sie damals eigentlich sich selbst hatte täuschen wollen.

Der Sommer lag in den letzten Zügen, und Mary machte ihrer Mutter keinen Kummer. Wenn William Digot einmal aus seinem erschöpften Schlaf erwachte und der Tochter seiner Frau etwas befahl oder sie ermahnte, gab sie keinerlei Widerworte. Im September fanden aus Anlass der Hochzeit des jungen Königs ausgelassene Feste statt und zwei Wochen später noch ausgelassenere zu seiner Krönung. Doch Mary fragte noch nicht einmal, ob sie hinausdürfe, um das Feuerwerk anzuschauen. Sie beklagte sich nicht mehr über die spärlichen Mahlzeiten, nicht einmal in einer schlimmen Woche im Oktober, als ein Bündel Stepparbeit auf den Herd fiel und versengt wurde. Susan Digot schrie so laut auf, dass die Nachbarn es hören konnten, und musste den Schaden aus eigener Tasche ersetzen. An manchen Tagen behauptete Mary keinen Appetit zu haben und gab, nachdem sie es weich gekaut hatte, ihrem Bruder die Hälfte ihres Brots. Dann eilte sie über die glatten Straßen, die im Schatten der tief hängenden, knarrenden Schilder von Bierschenken lagen, zur Schule. An ihrem Pult hielt sie den Kopf gesenkt und sang die Lieder mit, als wären sie das Evangelium.

Wer Zeit tut verschwenden,
Wird böse enden.

Ihre Stimme war inzwischen tiefer und lauter als die aller anderen.

Des Lasters Preis
sind Feuer und Eis

Einmal fand man Mary, wie sie sich nach einem Besuch des Kaplans weinend unter den Kleiderhaken verbarg. Als der Schulleiter fragte, was los sei, brachte sie nur heraus, dass sie beinahe einen weiteren Kittelknopf verloren hätte.

Zum ersten Mal in ihrem Leben versuchte Mary zu beten. *Allmächtiger,* flüsterte sie in ihr Kissen, *allmächtiger Gott.* Sie horchte angestrengt, doch es kam keine Antwort.

Als sie dann eines Oktoberabends nach Hause kam, schlug ihr Stiefvater sie mitten ins Gesicht. Verwirrt blinzelnd, starrte sie vom Boden hoch. Besonders seltsam war, dass Susan Digot gar nicht nähte. Ihr Leinen lag in einem unordentlichen Haufen auf ihrem Stuhl. Ihr Gesicht war verzerrt wie eine zerknüllte Tüte. In der Hand hielt sie, zitternd wie von einem Luftzug, ein Blatt Papier. In der Ecke quengelte der ungefütterte Kleine. Susan Digot hob die Zeilen an ihre Augen und fing an, laut vorzulesen. »Eure Tochter …« Dann brach ihr die Stimme. Sie ließ den Zettel zu Marys Füßen fallen.

Mary wollte den Brief nicht anfassen. Sie legte den Kopf schief und entzifferte die auf dem Kopf stehenden Wörter.

Euer Tochter is ne Hure. Man mus nur mal ihrn Bauch ansehn.

Das war alles. Im Geiste wiederholte Mary den Satz so oft, bis die Worte einen Sinn ergaben. Bis sie mit Sicherheit wusste, was sie nun schon seit fünf Monaten halb befürchtete und halb von sich wies.

Ihre Mutter beugte sich hinab und zerrte sie hoch. Sie waren beide gleich groß. Mit beiden Händen packte Susan Digot den grauen Schulkittel und zog ihn über dem Körper ihrer Tochter stramm. Nur eine leichte Wölbung über den dürren Schenkeln des Mädchens, nichts, was man unter dem weiten Kittel erkennen konnte, wenn man nicht genau hinsah. Die Mutter schnappte nach Luft.

»Es ist also wahr. Der Teufel soll sie holen«, stieß ihr Mann leise hervor.

Marys Halbbruder brüllte: »Milch!« Das Kleid seiner Mutter hatte an der Brust zwei dunkle Flecken.

William Digot trat so nahe an Mary heran, dass sie den beißenden Kohlengestank riechen konnte. »Mit wem hast du dich eingelassen?«

Sie merkte, dass sie nicht sprechen konnte.

»Wer war es, du Flittchen?« Jetzt schien er endgültig aufgewacht zu sein. Seine geballten Fäuste sahen aus wie Ratten. Dann aber zwängte sich seine Frau zwischen ihn und ihre Tochter und legte ihre knochigen Arme um das Mädchen.

Einen Moment lang dachte Mary, irgendwie werde sich

alles wieder richten. »Warum?«, flüsterte ihre Mutter. Fest, beinahe liebevoll drückte sie ihr das Kinn auf den Kopf. Ihr säuerlich riechendes Mieder strich über Marys Schulter. »Warum?«

Das Mädchen versuchte sich zu erinnern. Ihre Gedanken waren zäh wie Schlick.

»Hatte er ein Messer?«, flüsterte ihre Mutter, beinahe hoffnungsvoll.

Mary schüttelte den Kopf. Keine einzige Lüge wollte ihr einfallen. »Ein Band«, murmelte sie mit belegter Stimme.

»Ein was?«

»Ein Band.« Stille breitete sich aus. »Er hatte ein rotes Band«, ergänzte Mary leise, »und das wollte ich gern.«

In jener Nacht lernte Mary, dass alles, was sie auf Erden besaß, in einem alten Schal Platz fand. Ihre Mutter packte die Unterhemden und Unterröcke zusammen, als zerstampfte sie eine Kartoffel. Ihre Fingerknöchel waren weiß. Nicht ein einziges Mal sah sie ihre Tochter an. Ihr Mann stapfte in eine Bierschenke davon, und den Jungen hatte man mit einem Brotkanten zu Bett gelegt. Während Susan Digot faltete und drückte, redete sie ohne Unterlass, als befürchte sie, dass ein Moment der Stille sie würde schwach werden lassen. »Wir haben in diesem Leben nur eine Gelegenheit, Mary Saunders, und du hast deine gerade vertan.«

»Aber …«

»Aber du konntest dich ja nicht mit deinem Los zufriedengeben, so wie jeder andere auf der Welt, nicht wahr? Trotz all meiner Anstrengungen, dich anständig aufzuziehen, trotz meiner ganzen Plackerei, hast du dich an das niedrigste Gewerbe verkauft, das es gibt. Für ein Band!« Sie spie das Wort aus, als wäre es der Name einer Sünde. »Für ein billiges, schmutziges bisschen Tand. Bist du dir denn nicht mehr wert? Ist das der Preis, für den du dich hergibst?«

»Es tut mir leid«, schluchzte Mary, und in diesem Augenblick war es auch die Wahrheit. Alles hätte sie dafür gegeben, die Zeit zurückdrehen und sich wieder in der Kindheit verkriechen zu können.

»Sag mir nur eines: An was hat es dir gefehlt?«, fragte Susan Digot und wrang dabei die Kleider, als könnte sie aus ihnen eine Antwort herausquetschen. »Hast du je Hunger leiden müssen? Was haben William und ich und der kleine Billy je gehabt, was wir dir vorenthalten hätten?« Ihre Fragen hingen in der Luft wie ein Nebel.

»Nichts«, antwortete Mary mit sanftmütiger, kleinlauter Stimme, so als wäre dies die Antwort auf eine Frage im Katechismus. Dabei wusste sie, dass gar nicht die Sanftmütigen das Erdreich besaßen. Die Sanftmütigen besaßen überhaupt nichts.

»Wir haben dir ein Heim gegeben und eine Schulbildung, oder etwa nicht?«, fragte ihre Mutter. »Oder etwa nicht? Und die Möglichkeit, mit der Nadel ein gutes Auskommen zu haben, wenn du nur nicht zu stolz gewesen wärst, sie zu ergreifen. Wir haben dir alles gegeben, was wir konnten ... alles, was wir hatten. Aber du bist trotzdem in der Gosse gelandet.« Ihre Mutter sprach, als hätte sie lauter Salz im Mund, und zog den letzten Knoten des Schals so fest, dass sie einen Fetzen abriss.

»Ich habe nicht ...« Aber der Satz blieb unvollendet, weil Mary nicht mehr einfiel, was sie *nicht* gemacht hatte, sondern nur noch daran denken konnte, *was* sie vor fünf Monaten gemacht oder man mit ihr gemacht hatte: an die dunkle, fremde Begegnung dort in der Gasse an jenem warmen Maiabend. »Ich wollte nicht ...« Aber sie erinnerte sich nicht mehr, was sie eigentlich gewollt hatte. Und außerdem spielte es auch keine Rolle mehr. Die Tatsachen ragten auf wie Findlinge auf einem morastigen Feld.

»Du bist genau wie dein Vater«, fuhr Susan Digot fort,

und für einen Moment klang ihre Stimme so brüchig, dass Mary darin schon ein erstes Anzeichen von Verzeihen hörte.

»Sobald du auch nur den Kopf wendest, sehe ich Cob Saunders in dir.«

Mary kroch ein wenig näher heran. Sie schaute in die geröteten, wässrigen Augen ihrer Mutter, die so anders als ihre eigenen waren. »Als er noch bei uns war …«, wagte sie sich vor.

Susan Digots Gesichtszüge verschlossen sich wie eine Tür. »Daran erinnerst du dich doch gar nicht mehr. Du warst noch zu klein.«

»Tue ich doch«, beharrte Mary.

»Er war ein stinkender Dreckskerl«, verkündete Susan Digot, als verläse sie eine Grabinschrift. »Einfach so zu randalieren und mich als verschuldete Witwe im Stich zu lassen! Ich bereue den Tag, an dem ich ihn geheiratet habe.«

Ihrer Tochter zitterten die Lippen, aber die Mutter fuhr nur umso schneller fort: »Du bist genau wie Cob, von Grund auf verderbt. Die böse Saat kommt immer wieder durch. Du bist auf schnurgeradem Weg zur Verdammnis.« Mit zwei spitzen Fingern hob sie das kleine, pralle Bündel auf und starrte es an, als wäre es voller Ungeziefer.

»Was soll ich denn jetzt machen?«, flüsterte das Mädchen.

Susan Digots Schultern zuckten hoch, als wären sie ausgekugelt. »Wenn du Bänder und Schleifen so magst, dann versuch doch, davon zu leben!«, fauchte sie. »Verlass dich ruhig auf deine noblen Galane anstatt auf deine Familie. Du wirst schon sehen, wie weit du es alleine bringst. Und schon bald wirst du noch eine Seele in dieses Jammertal zerren«, fügte sie mit vor Zorn zerfurchter Stirn hinzu. »Ich hoffe nur, sie wird nie die Augen öffnen.«

Mary versuchte etwas zu erwidern, brachte aber nur ein schwaches »Was ... was soll denn aus mir werden?« heraus.

»Vielleicht landest du im Armenhaus oder baumelst am Ende vom Strick«, antwortete Susan Digot nüchtern und hielt ihr das Bündel hin. »Ich werde dem Herrn danken, wenn ich es nicht mitansehen muss.«

Das Mädchen riss den Mund auf. »Wenn du mich nur eine Weile bleiben ließest, Mutter ...«

»Nenn mich nicht so.« Sie stieß Mary den vollgepackten Schal in die Arme.

»Nur noch eine Chance.«

»Du hast all deine Chancen aufgebraucht.« Die Frau marschierte zur Tür und riss sie so heftig auf, dass der Oktoberabend ins Haus gesogen wurde und die Luft mit Rauch schwängerte.

»Mutter«, flehte Mary noch einmal.

Aber die hellblauen Augen blickten geradewegs durch sie hindurch. »Du hast keine Mutter mehr.«

In den vierzehn Jahren ihres Lebens war Mary noch nie nach Mitternacht auf der Straße gewesen. Allmählich begriff sie, dass die Nacht erst wirklich begann, wenn anständige Leute ihre Türen verriegelten. Es gab noch ein ganz anderes Fest der Dunkelheit, für das die Dämmerung nur ein Vorspiel war.

Auf der Dyott Street sah Mary, wie man einen Bewusstlosen am Kragen aus einem Keller zerrte und ihm die Perücke vom Kopf stahl. Darunter hatte er nur noch ein paar Haarbüschel, die die Farbe von Abwaschwasser hatten. Auf der High Holborn versuchte ein betrunkener Junge, ihr das Bündel zu entreißen, aber sie lief davon. »Blöde Hure«, rief er ihr nach und noch andere Wörter, die sie nicht kannte. Irgendwann später verbarg sie sich, zitternd vor Kälte, auf der Ivy Lane in einem Hauseingang. Eine alte Frau kroch vorbei, deren nackte Brüste herabhingen wie Lumpen. »Die Vögel sind mir unter die Haut gekrochen«, kreischte die Jammergestalt ein ums andere Mal. Mary kniff die Augen zu, damit niemand sie sah. Eine Weile später vernahm sie hinter der Tür ein Grunzen und bückte sich, um durchs Schlüsselloch zu spähen. Zwei Menschen lagen, mit dem Gesicht nach unten, gemeinsam auf der Erde und ruckelten hin und her. Beide waren Männer.

Manches war so rätselhaft, dass Mary es nicht im Geringsten verstand, und anderes so abscheulich, dass es ihr Vorstellungsvermögen überstieg. Damit ihr die Füße nicht taub wurden, stapfte sie weiter, so schnell sie konnte, und überlegte dabei, an welche Tür sie wohl zu dieser Stunde mitten in einer Oktobernacht klopfen konnte. Sie hatte in London keine Verwandten. Sie nahm an, dass Cob Saunders in der Stadt bestimmt ein paar Freunde gehabt hatte. Aber die hatte er nie mit nach Hause gebracht, und ohnehin war sie damals zu jung gewesen, um jetzt noch ihre Namen zu wissen.

Wie von selbst trugen ihre Füße sie auf dem Weg, den sie jeden Morgen ging, den zur Schule. Die schmalen Fenster waren düster. Mary starrte durch das eiserne Tor. War sie tatsächlich erst heute Nachmittag noch ungehindert hier hindurchgegangen, ein Kind in einer Uniform, genau wie hundert andere? Hier gab es für sie keine Zuflucht. Die Mädchen, die sie gut gekannt hatte, waren inzwischen alle nicht mehr in London. Und auch wenn sie hier die ganze Nacht stehen blieb, würden die Lehrer sie am Morgen doch nicht einlassen, nicht einmal, wenn sie sie halb erfroren auf der Treppe fanden. Nicht, wenn sie herausfanden, warum sie kein Zuhause mehr hatte.

Mary klammerte sich an ihr Bündel wie an etwas Sterbendes. Sie wusste nicht mehr, wo sie war, die Namen der Straßen hier kannte sie nicht. An einer finsteren Ecke stolperte sie über etwas und schlug auf die Knie. Als sie ihre Hand ausstreckte, ertastete sie das eiskalte Fell eines halb ausgeweideten Hundes. Sie fühlte die Maden zwischen ihren Fingern und schrie auf, dann schlug sie die Hand heftig auf die Erde, um die Tiere abzuschütteln.

Eine Laterne schaukelte vorbei. In ihrem schmalen Lichtkegel erkannte Mary einen Wächter mit einem Schlagstock und einer Rassel. Sie kam auf den Gedanken, um Hilfe zu rufen. Aber was sollte sie dann sagen? Also kauerte sie sich nur in die Ecke und sah ihm nach, wie er vorbeiging. Wenn sie schon so tief gesunken war, dass nicht einmal ihre eigene Mutter ihr noch Obdach gewährte, was sollte es da nutzen, Fremde um Hilfe zu bitten?

Sie sprang wieder auf die Füße und lief jetzt schneller. Da vorne war wieder der Turm von St. Giles. Oder war das eine andere Kirche? Der Mond war aus ihrem Blickfeld gesunken, und Mary war so trunken vor Müdigkeit, dass sie nicht mehr merkte, wo sie ihre Füße hinsetzte. *Allmächtiger*, flehte sie stumm, *bitte, Allmächtiger.* Aber falls er da war, hörte er sie nicht.

Schließlich kletterte sie in einen Graben, und kaum berührte ihr Gesicht die kalte Erde, war sie auch schon eingeschlafen.

Ein Schmerz wie von einem langen Messer in den Eingeweiden weckte sie. Ihr Kittel war bis zur Taille hochgerutscht, es war tiefste Nacht. Etwas saß auf ihrem Rücken, ein Tier. Sein heißer Atem brannte ihr im Nacken. Von weiter weg hörte sie wie aus einem Traumfetzen Gelächter. Da schrie sie endlich auf, so wie sie es schon vor fünf Monaten hätte tun sollen, damals in jener Gasse. Sie fand ihre Stimme wieder, voll rasender Kraft, und was sie schrie, war: »Nein!«

Aber der Mann – denn jetzt, wo sie wach war, wusste sie, dass es nur ein ganz gewöhnlicher Mann war –, dieser Mann schlug sie ins Gesicht, immer wieder und so fest, wie sie in ihrem Leben noch nicht geschlagen worden war. Diesmal ging es nicht so schnell und leicht vonstatten wie bei dem Hausierer. Dieser Mann wollte sich nicht nur befriedigen, er wollte sie ganz und gar brechen. Er riss sie an den Haaren hoch, schlug ihren Kopf auf die kalte Erde und drückte ihn so lange hinunter, bis sie weder ein Geräusch von sich geben noch atmen, noch sonst etwas tun konnte, außer seinen Schmerz in sich zu spüren.

Das Lachen, begriff Mary sehr bald, stammte von den anderen Soldaten, die sich auf ihre Bajonette stützten und darauf warteten, dass sie an die Reihe kamen. Später konnte sie nicht einmal sagen, wie viele es gewesen waren.

Ewigkeiten später wachte Mary auf und spürte Finger auf ihren Lidern. Sie zuckte zusammen, aber die Hand verschwand nicht. Wie eine Nadel stach ihr das Licht unter die Lider. Sie wand sich, aber die tastenden Finger folgten. Blindlings biss sie zu.

Ein kreischendes Lachen. »Wirst du wohl aufhören, du garstiges Ding!«

Alles an Mary war so taub, dass sie ihren Körper kaum noch spürte. Erst als sie anfing, sich auf der Seite zusammenzukrümmen, merkte sie, dass ihre steifen Glieder von der Kälte herrührten. Über ihr ragten die Umrisse einer Fremden auf und versperrten die milchige Sonne. Mary versuchte sich aufzusetzen, aber dann begann sie zu schlottern.

Die Fremde lutschte ihren gebissenen Finger. Dann zog sie ihren Umhang aus und legte ihn über Mary. »Den will ich aber wiederhaben!«, bemerkte sie, als wären sie beide gerade beim Plaudern.

Alles drehte sich, als Mary sich mühsam auf die Knie zog. Ihr Kleiderbündel war verschwunden. Der Kittel, den sie trug, war steif und verknittert und schien nur noch aus Schlamm zu bestehen. Von oben zwinkerte ihr der Turm von St. Giles zu. Alles war im Morgenlicht mit Reif überzogen: die Geländer, die Pflastersteine und die Nesseln, die den Graben säumten. Auf ihrem Gesicht fühlte sie, wie eine verworrene Landkarte, den Abdruck des Bodens. Und darunter, unter ihrer verfrorenen Haut, in ihrer Nase, auf ihrem Kinn und den Rippen und überall zwischen den Beinen scharten sich die Schmerzen zusammen wie eine Armee.

»Du bist ja vielleicht ein Anblick.« Die Fremde grinste zu ihr herab, in dem fürchterlichen Licht kräuselte sich ihre Narbe.

Sie war es – die Dirne mit der roten Schleife in der gepuderten Perücke. Genau die, deren Schuld es war, dass Mary geglaubt hatte, das Leben habe mehr zu bieten als Arbeiten und Schlafen. Einen Augenblick stieß der Zorn wie ein Nagel in sie hinein.

»Wie wäre es mit einem kleinen Frühstück?«

Mary fing an zu weinen.

Die Dirne hieß Doll Higgins. Mary folgte ihr, halb weitergezerrt von der heißen Hand des Mädchens, Stufe um Stufe hinauf in eine dunkle Kammer unter dem Dach, wo Mary liegen blieb, bis die Matratze unter ihrem Gesicht klitschnass war. Der Schmerz nagelte sie fest. Sie versuchte zu sagen, wo er herkam, doch ihre Stimme hörte sich an wie das Krächzen einer Saatkrähe.

»Bist wohl zur Frau gemacht worden, wie?«, sagte Doll.

Als Mary aufwachte, glaubte sie, die Kammer stünde in Flammen. Trotz des gedämpften Lichts ergossen sich alle möglichen Farben über die Wände. Mary blinzelte, bis sie sich sicher sein konnte, dass dies nur Kleider waren, die an den verrosteten Nägeln in den Wänden hingen. Nichts als Gaze und Seide, dazu lauter Jade, Rubin, Bernstein und Aquamarin.

Ein warmer Hefegeruch stieg neben ihr auf. Ein Gesicht auf dem Kissen, die Züge schlafesmilde und von braunen Haarsträhnen verborgen. Anfangs erkannte Mary Doll ohne die silbrige Perücke gar nicht. Endlich gelang es ihr, den trockenen Mund zu öffnen und zu flüstern: »Wo bin ich?«

»In meiner Kammer natürlich«, gähnte Doll mit geschlossenen Augen. »Im Rattenschloss.« In der eisigen Luft ballte ihr Atem sich zu Hauch.

»Aber wo ist das?«

»In der Rookery? Wo denn sonst?«

Anfangs ließen diese Worte Marys Herz hämmern. Die Rookery war ein gesetzloser Ort, wo ein Mädchen ausgeraubt, geschlagen und vergewaltigt werden konnte. Aber dann wurde ihr mit beinahe zitternder Freude klar, dass das Schlimmste überstanden war und es nichts auf der Welt gab, was sie noch zu befürchten hatte.

Doll setzte sich auf der Strohmatratze auf und reckte die Hände so hoch, dass ihre Muskeln zu ächzen schienen. Von Nahem betrachtet, waren ihre Züge zwar hart und die Kleidersäume schmutzig, aber ihr Gesicht war immer noch das lieblichste, das Mary je gesehen hatte. »Nun denn«, fragte sie ganz geschäftsmäßig, »wo ist dein Zuhause?«

Mary schüttelte den Kopf und spürte, wie in ihren Augen die Tränen emporquollen. Sie kniff die Lider zusammen. Um keinen Preis würde sie jetzt wegen der Digots weinen.

»Von irgendwoher musst du ja wohl gekommen sein«, stellte Doll fest.

Im Geiste ging Mary den Weg zurück bis zu dem Kellerloch in der Charing Cross Road. Zehn Minuten zu Fuß und gleichzeitig unendlich weit entfernt. Mary war jetzt nicht mehr das Mädchen, das noch gestern *Mutter, hilf mir!* gewinselt hatte. Während der Nacht im Graben war alles Weiche in ihr irgendwie versteinert. Nie wieder, schwor sie sich, würde sie so schwach sein, jemanden anzuflehen. Nie wieder würde sie sich hinauswerfen lassen wie Abfall.

»Also?«, fragte Doll ungeduldig nach.

»Ich kann nicht zurück«, flüsterte Mary.

Doll zuckte mit den Achseln. »Und irgendwelche Freunde vielleicht? Einen netten Gentleman?«

Mary schüttelte heftig den Kopf.

»Na, hier kannst du jedenfalls nicht bleiben, Miss, das schlag dir lieber gleich aus dem Kopf!«, erklärte Doll, während sie aus dem Bett kletterte, und musste dabei fast kichern. »Ich bin genauso ein Christenmensch wie jedes andere Mädchen, und ich trage es dir auch nicht nach, dass du mir in den Finger gebissen hast, aber Streuner aufnehmen tue ich nicht.«

Mary starrte die Dirne an.

»Jedes Mädchen für sich allein, verstehst du?«

Mary nickte, als würde sie verstehen.

Tatsächlich aber machte Doll Higgins keine Anstalten, Mary sofort hinauszuwerfen. Weder an diesem Tag noch am nächsten oder übernächsten.

In ihrem ärmellosen Hemd und gegen den Schüttelfrost in Decken gehüllt, lag Mary entkräftet da. Sie hatte blaue, rote und purpurfarbene Blutergüsse. Ihre gebrochene Nase sah in Dolls dreieckigem Spiegel monströs aus. »Schöner glatter Bruch«, beruhigte das Mädchen sie. »Der heilt ohne großen Höcker.« Mary starrte in den Spiegel und wartete darauf, wie ihr neues Gesicht aussehen mochte.

Was den Bauch betraf – bestimmt hatte das, was die Soldaten ihr angetan hatten, alles darinnen beseitigt. Schon jetzt kam er ihr ein bisschen flacher vor. Außerdem gab es gewisse Anzeichen, und als sie am fünften Morgen den Schmerz zwischen ihren Beinen untersuchte, wusste sie, dass alles vorbei war. »Aus mir läuft was raus, Doll«, flüstere sie der neben ihr dösenden Frau ins Ohr. »Was Komisches.«

»Gelblich, grünlich?«, fragte Doll und wälzte sich träge auf den Rücken, wobei eine warme Parfümwolke aufstieg.

Mary nickte beschämt.

»Wird wohl der Tripper sein.«

Bei dem Wort brannten Mary die Augen. Sie wusste zwar nicht genau, was es bedeutete, aber gehört hatte sie es schon einmal.

»Kriegt jede von uns früher oder später«, fuhr Doll unbekümmert fort. »So ziemlich jeder Gauner in London hat entweder Tripper oder Syphilis. Oder beides, die Dreckschweine! Aber wenn es der Tripper ist, hast du Glück. Im Vergleich zu Syphilis ist Tripper ein Zuckerschlecken.«

Eine Träne lief Mary über die Wange. Sie zwinkerte heftig.

»Wirst schon nicht dran sterben«, sagte die Dirne und reichte ihr die Ginflasche.

Mary inspizierte die ölige Flüssigkeit in der braunen Flasche, dann setzte sie sie an die Lippen. Wie ein Messer fuhr sie ihr in die Kehle, und anfangs musste sie husten, doch nach ein paar Schlucken fühlte sie sich besser.

Doll Higgins sagte immer grausame Sachen, so als wären es Scherze. Aber trotz ihrer Warnung, jede müsse selbst sehen, wo sie bleibe, ließ sie Mary zwei Wochen in ihrer Kammer bleiben, teilte die Matratze mit ihr und brachte ihr gelegentlich einen Teller mit Brot und Yarmouth-Heringen und manchmal eine Schüssel mit eiskaltem Wasser und einen Lappen, damit sie sich, so gut es ging, säubern konnte.

Mary nahm alles dankbar an. Selbst besaß sie ja nichts, sie hatte alles in der Welt verloren. *Ein Mädchen, das seine Unschuld verliert, verliert alles*, summte ihre Mutter in Marys Kopf wie eine Wespe.

Das Rattenschloss war das größte und baufälligste Haus in dieser sonderbaren Welt, die Rookery genannt wurde. Unterm Dach gab es vier kleine Kammern, die von Doll besaß kein Schloss. Wenn Doll in der Stadt unterwegs war, lag Mary zusammengerollt auf der Matratze und wartete darauf, dass sie wieder heimkehrte. Weiter unten im zweiten und dritten Stockwerk hauste lauter Gesindel aus Trägern, Hausierern, Branntweinhändlern und Gelegenheitsdieben. Die besten Kammern, die im ersten Stockwerk, waren an Zuhälter vermietet, die jeder einen Stall von einem Dutzend Pferdchen laufen hatten, wie Doll erzählte. Mercy Toft, eine von den Dunkelhäutigen und ein sehr freundliches Mädchen, war von einem Mann aus der Ostindien-Kompanie hergebracht und dann verlassen worden, als er nach Holland ging. Unten im Keller schließlich waren dreißig Iren gemeinsam mit ihrem Esel eingepfercht.

Und es war auch eine verhutzelte Irin, der die gesamte Herberge und noch zwanzig weitere gehörten. Aus dem halben Bezirk um St. Giles floss Geld in die greisen Hände von Miss Farrel. Die Kammern lagen stets im Dämmerlicht. Als Mary einmal fragte, warum die Fenster mit zusammengeknülltem Packpapier verstopft seien, erklärte Doll, die alte Hexe Farrell sei zu geizig, um sie verglasen zu lassen, »und mir ist die Dunkelheit immer noch lieber als ein heulender Wind. Außerdem weiß man ja, dass die Nachtluft giftig ist.«

»Also ist Miss Farrell … ist sie es, der du gehorchst?«, fragte Mary verwirrt.

»Wie, meinst du etwa, ob sie meine Kupplerin ist?« Doll grinste verächtlich. »Von wegen. Der schulde ich nur die

Miete. Ich bin meine eigene Herrin, jawohl. Ich bin niemandem Rechenschaft schuldig.«

Mercy Toft, das indische Mädchen, das gelegentlich den Kopf durch die Tür steckte, um der Neuen einen guten Tag zu entbieten, hielt Doll Higgins für verrückt. »Ohne eine Madam oder einen Zuhälter, die das Geschäft ankurbeln und einem Ärger vom Hals halten, ist es schwer.«

Mary nickte zögerlich, so als verstünde sie, und bestaunte dabei die tintenfarbenen Locken, die sich immer wieder aus Mercys Haarknoten lösten. »Wohnst du schon lange hier?«, frage sie mit belegter Stimme.

»Ein halbes Jahr im Rattenhaus und davor sechs Jahre hier in der Nähe. Aber weißt du, die schlimmsten Gauner von London findet man in der Rookery«, warnte sie Mary mit einem Lächeln, das ihre weißen Zähne entblößte. »Die stehlen dir noch die Beine, wenn du zu lange still stehst.«

Wie verdreht war es da doch, dass Mary sich hier inzwischen beinahe zu Hause fühlte, umgeben von lauter Menschen, die ihre Mutter immer Gezücht oder einfach nur Abschaum genannt hatte. Sie verbrachte ihre Tage dösend auf Dolls fleckiger Matratze, während ihr Fieber stieg und sank wie ein Feuer in ihrer Wirbelsäule. Erstaunlicherweise fühlte sie sich hier sicher, so als schwebte sie über dem Rest der Welt.

Lange bevor die Tür aufging, konnte sie schon Doll die Stiege hinaufstapfen hören. Doll konnte zu jeder Tages- oder Nachtzeit hereinstaken und sich auf die dünne Matratze fallen lassen. Dann roch sie wie ein Fischhändler, und in ihren prall gefüllten Taschen klimperten die Schillinge. »Der Teufel soll mich holen«, verkündete sie, »wenn ich nicht dieses widerliche Gewerbe aufgebe.« Aber wenn Mary dann nachfragte, schien Doll sich weder an eine Zeit erinnern zu können, wo sie nicht *herumspaziert* war, wie sie es nannte, noch über irgendwelche darüber hinausgehenden

Aussichten zu verfügen. Es war wie ein Land, in dem sie lebte. Wie man sie über das Leben auf der Straße reden hörte, schien sich jeder – ob Mann, Frau oder Kind – auf die eine oder andere Weise zu prostituieren. Und wenn ihr geliebter Gin – das Blaue Verderben, wie sie ihn zärtlich nannte – sie berauscht hatte, hauchte sie Mary Parfüm ins Gesicht und schwor, dass nichts vergleichbar sei mit dem Gewerbe einer *Miss*. Man brauche weder eine Ausbildung noch Kapital oder ein Geschäft, und bis zum Ende der Welt würden die Kunden nie ausgehen. »Ich wette mit dir«, lallte sie dann, »ich wette mit dir, dass du mir kein anderes so vergnügliches Gewerbe nennen kannst.«

Manchmal musste Mary sich selbst daran erinnern, dass sie gar keine Dirne war. Nur die Freundin einer Dirne. Nur ein gefallenes Mädchen, das in Schwierigkeiten steckte.

Nach zwei Wochen war Marys Fieber abgeklungen und mit ihm die Schmerzen. Voller Bewunderung hatte Doll aufgenommen, dass Mary eine *Gelehrte* war, wie sie es nannte, und manchmal brachte sie sie an den langen Winternachmittagen dazu, Pamphlete vorzulesen. Meistens waren es derbe politische Knittelverse, die Mary nicht recht verstand, zum Beispiel, was die Gräfin P—m mit dem Ehrwürdigen Abgeordneten in B—h beim K—n so trieb, aber Doll brüllte jedes Mal vor Lachen. Manchmal ließ sie sich dazu herab, Mary einzuweihen, und erzählte ihr irgendwelche anzüglichen, unglaubwürdigen Geschichten wie zum Beispiel die, dass der alte Hauslehrer des Königs ein Techtelmechtel mit der Königsmutter hatte.

Eines Morgens dann fühlte Mary sich genügend bei Kräften, um aufzustehen. Sie fragte nach ihrem Kittel, aber da lachte Doll beunruhigend laut und rief: »Dieses verdreckte Ding? Das habe ich dem Lumpensammler gegeben und nicht mehr als einen halben Penny dafür gekriegt.«

»Aber sonst habe ich doch nichts.« Bei dem Gedanken, dass sie mit nichts als einem leinenen Hemd auf dem Leib hinaus auf die Straße musste, fing Marys Stimme an zu zittern.

Doll machte eine ausladende Bewegung in Richtung der Kleider, die an den Nägeln hingen. »Such dir was aus, Schätzchen.«

Mary warf einen staunenden Blick über die Schulter. Solche Kleider, solche Farben – an ihr? Sie würde sich ja selbst nicht mehr wiedererkennen.

Doll schnaubte ungeduldig. »Du kannst mit denen anfangen, die ich übrig habe«, erklärte sie und bückte sich, um in einer Ecke herumzukramen.

Das Mieder war steif und fleckig. Als Doll an Marys Rücken die Schnüre festzog, keuchte das Mädchen erschreckt.

»Du hast dich also noch nie geschnürt?«, fragte Doll.

Mary schüttelte den Kopf und biss sich auf die Unterlippe. Sie meinte, ihre Rippen müssten brechen.

»Vierzehn Jahre alt und noch nie ein Korsett angehabt?«, wunderte sich Doll. Sie lockerte die Schnüre um eine Winzigkeit, und Mary japste nach Luft. »Höchste Zeit, dass du lernst, dich wie ein erwachsenes Mädchen zu kleiden. Eine Weibsperson ohne Korsettstäbe ist nicht besser als ein Mehlsack.«

Doll lieh Mary zwei Unterröcke und ein stählernes Panier, das aussah, als hätte sich das Mädchen einen Vogelkäfig um die schmalen Hüften geschnallt. Mary wählte die am wenigsten auffälligen Kleidungsstücke: einen zartblauen Rock, ein rosafarbenes Mieder und ein paar zum Rock passende Ärmel, die an den Schultern festgeknöpft wurden. Doll zeigte ihr, wie alles zusammengehörte und wie man die Taschen vom Saum der Taille herabhängen ließ. Dann machte sie einen Schritt zurück und hielt Mary einen dreieckigen Spiegel vors Gesicht.

Mary starrte das herausgeputzte, mit blauen Flecken übersäte Wesen an, ein Kind in den Kleidern einer Frau, die doppelt so alt war wie sie selbst. Sie erkannte sich nicht, noch nicht einmal, als sie zu lächeln versuchte.

Sie konnte zwar schon alleine gehen, aber als sie die Stiege hinabgingen, musste sie sich noch keuchend auf Dolls drallen, milchweißen Arm stützen. Mercy Tofts Tür war verschlossen, dahinter hörte man wiederholt einen tiefen Bass stöhnen. Noch bevor Doll sie anstupste, wusste Mary, was das zu bedeuten hatte.

Als sie aus der kaputten Haustür des Rattenschlosses traten, schlug ihr der Lärm der Stadt ebenso hart entgegen wie der kalte Wind. Das Panier ließ ihren weiten Rock wogen und schaukeln wie ein Schiff auf rauer See.

Doll war ihre heilige Erlöserin und ihre einzige Freundin auf der Welt. Sie erklärte alles und fragte nichts. Sie zeigte Mary die ganze Stadt, an diesem und noch an vielen anderen Tagen, in denen auf den Oktober der kühle November folgte. Hinsichtlich ihres Reviers kannte Doll keinerlei Grenzen. Selbst in die neuen, aus weißem Sandstein erbauten Viertel im West End nahm sie Mary mit, wo die Einwohner so reich waren, dass sie sogar Fackelträger anheuerten, die mit brennenden Lichtern vorausgingen, damit sie nicht in Unrat treten mussten. Die Damen ließen sich in Sänften herumtragen, aus denen ihre quastenverzierten Röcke hervorquollen.

Auf der Carrington Street in Mayfair zeigte Doll zu einer frisch gestrichenen Wohnung hoch und sagte: »Die gehört der berühmten Kitty Fisher.«

»Wofür ist die denn berühmt?«, fragte Mary.

»Weißt du denn überhaupt noch nichts?« Doll seufzte selbstzufrieden. »Sie hat bloß sechs Liebhaber im Oberhaus, weiter nichts.«

»Sechs?«, wiederholte Mary fassungslos.

»Es heißt, dass sie eines Abends gerade Lord Montfort empfing – der ist ein kleines Hutzelmännchen, musst du wissen. Da kam Lord Sandwich die Treppe heraufmarschiert. Und was glaubst du, wie Miss Kitty den Pygmäen hinausgeschmuggelt hat?«

Mary zuckte mit den Achseln, zum Zeichen, dass sie keine Ahnung hatte.

»Unter ihrem Rock!«, kreischte Doll lachend und schlug auf Marys Reif, dass er dröhnte. »Es heißt, sie verlangt hundert Guineen«, fügte sie nachdenklich hinzu.

»Pro Jahr?«

»Pro Nacht, du Dummchen!«, krähte Doll. »Und einmal, als ihr ein Gentleman beim Frühstück nur fünfzig Pfund gab, war sie so gekränkt, dass sie den Schein zwischen zwei Scheiben Brot legte und aufaß.«

Mary schaute zu den hohen, gläsernen Rechtecken hinauf, in der Hoffnung, einen Blick auf diese Kitty Fisher erhaschen zu können. Aber der Lakai vor dem gewölbten Eingangsportal starrte sie und Doll grimmig an. Mary schlug den Blick nieder. Plötzlich sah sie sich mit seinen Augen und wusste, was er dachte. Für ihn gab es keinen Unterschied zwischen ihnen beiden. *Dirnen*, dachte sie und wägte das Wort ab. *Misses von den Seven Dials, Metzen, Buhlerinnen.*

Doll hingegen warf dem Lakaien eine dicke Kusshand zu. Sie scherte sich nie darum, wer sie wie anglotzte.

»Warum hast du mich aufgenommen?«, fragte Mary an diesem Abend auf dem Heimweg. Im nächsten Moment hätte sie die Worte am liebsten wieder verschluckt, denn sie fürchtete, Doll würde abweisend und verächtlich reagieren oder ihr sagen, dass Marys Zeit längst um sei und sie ihr übrigens ein ordentliches Sümmchen schulde.

Stattdessen setzte Doll ein eigenartiges, beinahe verlegenes Lächeln auf. »Als ich an dem Morgen neulich stehen geblieben bin und dich da in dem Graben gesehen habe, war ich nur neugierig«, begann sie. »Eigentlich wollte ich ja im Chesire Cheese in der Fleet Street frühstücken. Aber dann hast du mich in die Hand gebissen, das hat mir gefallen.«

»Das hat dir gefallen?«, fragte Mary entgeistert.

»Hast Temperament bewiesen«, erklärte Doll mit Genugtuung. »Genauso hätte ich es auch gemacht.«

Allerdings erwähnte Doll nie, ob sie selbst auch schon einmal in einer solchen Lage gewesen war: mit dem Gesicht nach unten in einem Graben, in dem sie auch hätte verrotten können. Über die Vergangenheit sprach Doll ohnehin nicht viel. Es schien so, als wäre sie immer gewesen und würde immer sein, was sie eben war: eine Miss. Das sei ihr Lieblingswort für ihresgleichen, erklärte Doll, obwohl *Hure* eigentlich ehrlicher sei. Die Männer, die ihre Dienste in Anspruch nahmen, nennt man *Freier*. Männer gebe es in allen Schattierungen, erklärte Doll Mary, aber eigentlich wollten alle immer dasselbe.

Voll Erstaunen erfuhr das Mädchen, dass die Misses nicht etwa eine abgeschottete Gruppe von Menschen waren, die mit dem Rest der Weiblichkeit nichts zu tun hatte. Eine nächtliche Metze konnte durchaus am Tage Heringe verkaufen. Und neben den Halbtagshuren, wie Doll sie verächtlich nannte, gab es noch zahllose andere, vor allem Ehefrauen, die nur ein oder zwei Jahre zum Gewerbe gehörten, wenn schlechte Zeiten herrschten. »Lebenslange Dirnen, wie ich eine bin, sind in Wahrheit so rar wie schwarze Schwäne«, rühmte sie sich. »Sozusagen das Adelsgeschlecht der Zunft. Ich stand sogar anno '55 auf der Harris-Liste.«

»Was ist das denn?«

Doll verdrehte die Augen, so wie immer, wenn Mary ihre Unwissenheit unter Beweis stellte. »Die *Liste der Ladys von Covent Garden*. Kennst du die etwa nicht? So eine Art

Flugblatt, das jedes Jahr zum Gebrauch der Gentlemen herausgegeben wird.«

»Und weißt du, was darin über dich stand?«, fragte Mary.

»Wort für Wort. Ich habe einen Jungen dafür bezahlt, dass er es mir so oft laut vorlas, bis ich es auswendig konnte. *Miss Dolly Higgins*«, zitierte Doll, »*fünfzehn und gut genährt, von heiterem Wesen. Geneigte Anmeldung am Schild des Moor's Head.*«

Das hieß ja, dass Doll erst einundzwanzig war, rechnete Mary erschreckt. Und dann so ein verlebtes Gesicht.

»*Auch der anspruchsvolle Beau wird gewiss zufrieden sein*«, fuhr Doll fort, »*und keinerlei Folgen zu fürchten haben.*« Sie lachte heiser. »Dabei war ich schon von oben bis unten voll Tripper, genau wie du. Aber schön geklungen hat es.«

»Aber ich bin wieder geheilt, glaube ich«, widersprach Mary.

»Ach, wenn man den erst mal im Blut hat, wird man ihn nie wieder richtig los«, erklärte Doll sachkundig. »Wenn du es das nächste Mal mit einem treibst, dann wasch dich vorher mit Gin, wenn du welchen übrig hast, und wenn nicht, dann mit Pisse.«

»Ich treibe es mit keinem mehr«, erklärte Mary kühl. Beim schieren Gedanken daran fingen ihre Hände zu zittern an, und sie verschränkte sie hinter dem Rücken.

Doll stieß ein heiseres Lachen aus. »Und wie willst du dir sonst dein Brot verdienen?«

»Mir fällt schon etwas ein.«

Jetzt, wo Mary die Stadt besser kennenlernte, stellte sie fest, dass es für Frauen mehr Tätigkeiten gab, als sie je geahnt hatte. Nicht jedes Mädchen musste als Dienstmagd oder Näherin enden. Es gab Köchinnen und Milchhändlerinnen, Fischfrauen und Blumenmädchen, Wäscherinnen und Gärtnerinnen und Hebammen, manche verkauften sogar Arznei. Frauen arbeiteten in Schulen oder Heimen, an Kuchenständen und in Hutgeschäften. Wo immer sie hinkam, zwang Mary sich dazu, Fremde auszufragen. Alles, was sie wissen musste, war, wie eine Vierzehnjährige ihren Platz in der Welt finden konnte.

Aber jedes Mal lautete die Antwort, dass Mary zu jung war. Zu unerfahren. Dass sie keine Kuh hatte, keinen Karren, kein Geschäft. Weder Geld, um sich in eine Lehrstelle einzukaufen, noch einen Ehemann, in dessen Geschäft sie eintreten konnte. Dass sie nichts von der Welt wusste und nichts von Geschäften und Kunden.

Wäre sie allein gewesen, das wusste Mary, dann hätte sie sich schon irgendwann von irgendeinem Gewerbe einen Zipfel erobert. Wenn nötig, hätte sie auch Bratenfett oder alte Zeitungen oder gebrauchte Teeblätter verkauft, Reste, die man nicht wegwarf. Wenn sie allein gewesen wäre, dann hätte sie gelernt, wie man mit halben Pennys über die Runden kam, und sich gezwungen, jahraus, jahrein nur einfache Kleider zu tragen – nur um die Voraussage ihrer Mutter zu widerlegen, sie werde im Armenhaus enden.

Aber sie war ja nicht allein. Sie war bei Doll, die neben ihr in Samt und Seide herumstolzierte und jede Vorstellung, ein anderer Broterwerb könne anständiger sein als ihr eigener, verlachte. Unter Dolls Anleitung kostete Mary Rum aus Barbados, französischen Wein, Zitronen aus Portugal und eine Ananas, so süß, dass sie meinte, der Kopf würde ihr zerspringen. »Die stammt aus einem Gewächshaus Richtung Paddington«, erklärte Doll. »Und weißt du auch, worin sie gewachsen ist?«

»In was?«

»In unserer Scheiße!« Doll brüllte vor Lachen. »Ich schwöre es bei Gott dem Schöpfer. Sie kaufen den Fäkaliensammlern von London die frische Scheiße ab und pflanzen Ananas rein!«

Mit Doll kamen der Gin und die Heiterkeit und das Gefühl, dass nichts wichtig war, dass man nicht wissen konnte, was der Tag einem bringen würde. Langsam und klammheimlich stahlen sich die Entscheidungen aus Marys Blick, und die Zukunft glitt ihr aus den Händen.

Und da war noch etwas: ihr Bauch. Jeden Morgen befühlte Mary seine Wölbung, und trotz aller schwachen Hoffnungen musste sie sich nun eingestehen, dass die Wölbung nicht zurückgegangen war. Irgendwie hatte das, was da in ihr heranwuchs, die Soldaten und den Graben und sogar das grässliche Fieber überstanden. Jede Woche wurde es ein bisschen größer. Des Nachts lag sie, Rücken an Rücken mit Doll, in ihrem Hemd da, verschränkte die Arme und drückte so fest auf die Beule, dass sie meinte, sie müsse platzen.

Aber eine Fischhändlerin, die sie nach dem Austernhandel befragt hatte, warf einen wissenden Blick auf ihr geborgtes Mieder und bemerkte: »Du könntest dich immer noch als Amme verdingen, wenn dein Eigenes nicht am Leben bleibt.« Mary war zu erschrocken, um etwas antworten zu können. Wortlos ging sie weg.

Sie wusste, dass sie es Doll erzählen musste. Die Frage war nur, wie man den richtigen Moment fand und die richtigen Worte. Aber Doll musste man natürlich gar nichts erzählen.

»Allerhöchste Zeit, dass du das da loswirst«, erklärte sie Mary eines Morgens ohne lange Vorrede, während sie noch durch die Tür ihrer düsteren Kammer torkelte.

Von der Strohmatratze aus starrte Mary sie entgeistert an. Sie hatte die Hände über dem Bauch gefaltet. »Du meinst …«

»Herrgott, haben sie dir denn in der Schule überhaupt nichts beigebracht?«

Mary schaute auf ihren Bauch hinab.

Mit einem tiefen Seufzen ließ sich Doll auf die Matratze fallen. Sie roch wie eine ganze Ginschenke. »Nun werd doch nicht gleich so grämig«, gähnte sie. »Ich spreche doch nur aus, was das Beste ist, zum Teufel. Du wirst mir doch nicht etwa weismachen, dass du es austragen willst?«

Alles, was Mary über Geburten wusste, war das, was sie sich bei der Geburt ihres Bruders zusammengereimt hatte, als ihre Mutter sie im Nachbarzimmer eingesperrt hatte. Sie erinnerte sich nur noch an das entsetzliche Keuchen und die fleckigen Laken, die anschließend zum Trocknen über der Kommode hingen. Und an William Digot, der stockbetrunken gegrölt hatte: »Ein Junge! Ein Junge! Jetzt sind wir eine richtige Familie!«

»Auf jeden Fall wird es mit Tripper geboren«, fügte Doll hinzu. »Hast du schon mal daran gedacht?«

Mary schossen vor Entsetzen die Tränen in die Augen, doch sie blinzelte so lange, bis sie wieder sehen konnte. Das hatte sie nicht gewusst. Sie stellte sich einen Säugling vor, der sich zwischen ihren Beinen herausdrückte und schon vor seinem ersten Atemzug krank war. Übelkeit stieg in ihr hoch. »Dann erklär es mir«, drängte sie. »Erklär mir, wie man es wegmacht.«

Doll gähnte ausdauernd und stützte sich auf einen Ellbogen. »Na ja, wie es aussieht, ist es für Kaffeebohnen wohl schon zu spät. Aber ich weiß von einem Gebräu aus Tamariske, da hilft schon eine kleine Prise … Setz dich mal gerade hin«, befahl sie.

Mary setzte sich auf. Jetzt, wo sie nicht mehr versuchte, ihn einzuziehen, wölbte sich vor ihr der Bauch. Beide starrten ihn an.

»Wann hast du es bekommen? Juli, August?«

»Im Mai.«

Doll zählte ihre Finger ab und schnalzte mit der Zunge. »Sechs Monate! Du bist ja so ein dürres Ding, hätte nicht gedacht, dass du schon so weit bist. Da wirst du wohl bei Ma Slattery vorbeischauen müssen, das ist die einzige Möglichkeit. Aber sie verlangt eine ganze Krone.«

»Die habe ich nicht«, erwiderte Mary nach ein paar Sekunden und biss sich auf die Lippen. »Ich habe keine …«

»Das weiß ich«, unterbrach Doll sie. »Aber tu doch nicht so, als wüsstest du keine Möglichkeit, wie du sie bekommen könntest.«

Mary wandte den Kopf ab

»Jetzt hör mal zu«, fuhr Doll sie an, »wenn du glaubst, du kannst hier für immer so herumliegen …«

»Tue ich nicht«, unterbrach Mary sie. »Und ich bin dir unendlich dankbar …«

»Dankbarkeit war nicht verlangt. Und leben kann man davon auch nicht.«

Erdrückendes Schweigen.

»Hast du sonst irgendwas?«, fragte Doll schließlich leise. »Irgendwas, was man versetzen kann? Oder irgendwelche Freunde, die du noch nicht erwähnt hast?«

»Nein.«

»Dann würde ich vorschlagen, setz ein, was du hast. Verkauf es, solange du noch jung bist und es einen Markt dafür gibt.«

Mary schüttelte den Kopf wie ein Pendel. »Ich kann nicht«, sagte sie. »Schon allein der Gedanke ist mir zuwider.«

Es folgte eine lange Stille. Doll Higgins schien sie wie aus großer Ferne zu betrachten.

»Wenn es dir vielleicht möglich wäre«, wagte sich Mary erbärmlich vor, »mir etwas zu leihen …«

Aber aus den Augen der Älteren blitzte die Wut. Doll schlug so heftig auf die Matratze, dass zwischen ihnen der Staub aus dem Stroh stob. »Ich kann also ruhig herumhuren, aber die Gelehrte von der Armenschule nicht?«, brüllte sie. »Soll ich mir etwa die Hände schmutzig machen, damit die von Madam sauber bleiben? Dann hör mir mal gut zu, du Kostbare. Auf dieser Welt verhält es sich so, dass man für das, was man braucht, bezahlen muss. Wie jede billige Dirne hast du deine Jungfräulichkeit in der Gosse verloren, und du bekommst sie auch nicht wieder. Außerdem hast du den Tripper und bist in anderen Umständen, falls du das noch nicht bemerkt hast. Du bist jetzt eine von uns, ob es dir nun passt oder nicht.«

Nachdem Mary sich erst die Augen ausgeweint und beteuert hatte, wie leid ihr das alles tue und »Ja doch, na gut« gesagt hatte, war Doll sehr freundlich zu ihr. Sie wischte ihr das Gesicht mit einem Taschentüchlein ab, das sie vorher in Ungarnwasser getunkt hatte, und von dem durchdringenden Zitronengeruch bekam Mary wieder einen klaren Kopf.

»Ein junges Ding wie du, taufrisch«, sagte Doll, »und praktisch noch eine Jungfrau. Das sollte dir zwei Schillinge pro Fischzug einbringen.«

Mary versuchte sich in dieser neuen Form der Mathematik. Drei *Fischzüge,* jeder zwei Schillinge – und was das harmlose Wort hier bedeutete, den Gedanken verbat sie sich –, das machte eine Krone und noch einen Schilling obendrauf. Einmal hatte sie es ja schließlich sowieso schon getan, beruhigte sie sich. Und mit Sicherheit würde es nicht so schlimm sein wie das, was ihr die Soldaten in diesem Graben angetan hatten. »Aber nur dieses eine Mal«, murmelte sie schließlich.

»Genau.«

»Und sobald alles überstanden ist« – Mary schielte auf ihren dicken Bauch hinab –, »suche ich mir eine andere Arbeit, selbst wenn sie weniger einbringt.«

»Aber natürlich«, säuselte Doll.

Derweil zerrte sie bereits an den Schnüren von Marys

Mieder. Sie schnürte sie so fest, dass Mary laut aufschrie. Aber Doll durchwühlte schon die Kleidungsstücke, die an der Wand hingen. »Nein ... auch nicht«, murmelte sie, »viel zu unauffällig.« Schließlich zog sie ein Kleidungsstück aus orangefarbener Seide hervor.

»Aber das kann man ja gar nicht zuknöpfen.«

»Soll man ja auch nicht, du Dummerchen. Das ist ein *Slammerkin,* das ist zum Kokettieren da. Man ruft uns ja sogar Slammerkin, wie dieses Kleid.« Rasch streifte Doll ihr das lange Gewand über und band es an der Taille zusammen. »Schau mal, wie kurz es geschnitten ist und wie viel Unterrock man sieht. Die Freier lieben es, wenn man was sieht. Und schau nur, wie sich die Schleppe hinter dir auffächert! Ist dir schon mal aufgefallen, dass alle Wörter für unsereins sich irgendwie betrunken anhören?« Doll ahmte ein bezechtes Lallen nach. »Schlampige Slammerkins, lotterige, liederliche Luder, genau das sind wir!«

Mary merkte, dass Doll sie zum Lachen bringen wollte, um ihre panische Angst zu verscheuchen. Trotzdem hielt sie sich die Hand vor den Mund.

Ohne darauf zu achten, warf Doll ihr ein Paar getragener roter Schuhe hin. »Ein Mädchen muss auf der Straße auffallen. Als Mauerblümchen kommt man zu nichts.«

»Aber ich weiß nicht, wie man es macht.«

»Was gibt es denn da groß zu machen?«, fragte Doll und klopfte den Staub aus der orangefarbenen Kokottenrobe.

»Was man da sagt«, stammelte Mary. »Was muss ich sagen?«

»Keine Sorge, die Kleider sprechen schon für sich selbst«, antwortete Doll munter. Sie fand eine geschnitzte hölzerne Schließe und steckte sie dort an Marys bänderverziertes Korsett, wo es sich schonungslos verengte und derart auf eine bestimmte Stelle zu deuten schien.

Fassungslos betrachtete Mary sich in dem kleinen Spiegel in ihrer Hand und wurde puterrot. Weiß und spitz wie Ellbogen stachen ihre kleinen Brüste aus dem Mieder hervor. An ihrem Hals und an den Schultern kräuselte sich die grellbunte Seide, die schmuddelige blaue Spitze hing an ihren Unterarmen. Sie sah aus wie nur halb bekleidet. Sie sah genau aus wie die Dirne, die sie heute Abend sein würde.

»Siehst du?«, rief Doll und zupfte anzüglich an Marys Mieder. »Diese Säume führen die Blicke der Kerle genau an die richtige Stelle. Und die vielen bauschigen Rüschen«, fügte sie hinzu und griff nach Marys Rock, »sollen dafür sorgen, dass sie nur noch an Titten und Ärsche denken. Wir binden die Schleppe an einer Seite an der Taille fest – siehst du? –, und das ist das Zeichen, dass wir käuflich sind. Nur für den Fall, dass sie es nicht schon vorher gemerkt haben.«

»Aber mein Gesicht ist doch noch ganz falsch«, jammerte Mary und schaute wieder in den Spiegel. »Ich sehe aus wie ein klapperdürres Kind.«

»Die Gentlemen mögen doch junge Dinger, wusstest du das nicht? Und du hast durchaus was vorzuweisen«, erklärte Doll fachmännisch. »Schöne dunkle Augen, und wenn wir dir deine Haare hochstecken, kannst du sogar deine eigenen tragen. Schwarz ist dieser Tage sehr *à la mode*. Der Höcker da auf deiner Nase ist nicht schlimmer, als wenn du schon damit geboren wärst. Und die Freier mögen große Münder, die erinnern sie an die anderen Stellen.« Doll stieß ein obszönes Gelächter aus.

Mary versuchte mitzulachen.

»Alles, was dir jetzt noch fehlt, ist ein bisschen Puder.« Doll holte ein Döschen und eine Quaste hervor und machte sich an Marys Gesicht zu schaffen. »Und ein bisschen rotes Band.«

»Rotes Band?«

Doll stieß einen kurzen Seufzer aus, der ihre Verzweiflung ebenso wie ihr Entzücken über ihre eigene Kennerschaft zum Ausdruck bringen sollte. »Das geht schneller als Karminrot« erklärte sie, »und billiger ist es auch.« Sie zog am Ende ihrer eigenen scharlachroten Haarschleife, spuckte auf das welke Band und lutschte daran. Dann rieb sie es so fest über Marys Lippen, als wollte sie einen angelaufenen Teekessel polieren. Danach bearbeitete sie Marys Wangenknochen, und ein warmes Rosa breitete sich auf ihnen aus, eine gesunde Röte. Es war wie Magie.

Mary verfolgte im Spiegel, wie ihre Maskerade Gestalt annahm. Das dort war nicht mehr sie selbst, es war eine lebendige, unerschrockene Puppe. Sie setzte ein Lächeln auf.

Doll streckte Mary die Zunge heraus. Das Band hatte sie so rot gefärbt wie die eines Teufels.

Das Mädchen lachte hell auf. Sie war eine gelehrige Schülerin, wie Doll ihr immer wieder versicherte. Schon begann sie, sich die Redeweisen einzuprägen, die ordinären und die neckischen Wörter, die sie in der Schule oder den engen Stuben auf der Charing Cross Road nie gehört hatte.

An diesem Abend stand Mary an den Dials, schob eine Hüfte vor, wie Doll es ihr gezeigt hatte, und versuchte das verruchte Lächeln ihrer Freundin nachzuahmen. Fett und Puder bedeckten ihr Gesicht wie ein Harnisch, doch unter den Unterröcken, die der hauchdünne orangefarbene Slammerkin offenbarte, zitterten ihr die Knie. Unter dem glockenförmigen Rock war die Luft eiskalt. Sie hielt sich den Pelzmuff vor den Bauch, damit man die Wölbung nicht sah. Eigentlich hatte Doll mitkommen wollen, doch nach einer halben Flasche Gin war sie auf der Matratze eingeschlafen.

Mary selbst hatte nur ein paar Schlucke getrunken. Der Alkohol rumorte in ihrem Magen und hinterließ ein Gefühl von Wärme und Übelkeit. Sie rief sich Dolls Ratschläge ins Gedächtnis: *Mit Schüchternheit kommt man nicht weit.* Sie musste lernen, jeden vorbeikommenden Mann in Kniehosen als Freier zu sehen. Wie dreist nur die anderen Misses waren, die jeden Fremden ansprachen oder ihm eine Hand aufs Bein legten. »Was darf es sein, Gentlemen?«, rief eine Frau in einer Filzhaube.

»Gesellschaft gefällig?«, fragte eine andere und hängte sich bei einem vorbeikommenden Soldaten ein, doch der schüttelte sie ab.

»Ein Schilling für einen Blick ins Paradies«, rief ein Mädchen mit brauner Perücke. Mary fiel ein, dass sie Alice Gibbs hieß, und man erzählte sich, dass sie die Männer in ihren Mund ließ. Die Vorstellung widerte Mary an, und sie schaute weg.

Als ein Mann in einer feinen Kniehose aus Plüsch vorbeieilte, räusperte sie sich. »Vierzehn und rein«, flüsterte sie.

Er starrte sie kurz an, lief aber weiter. Schon war er um die Ecke.

Doll hatte ihr beigebracht, diesen Satz als Köder zu benutzen. *Vierzehn und rein.* Nur die Hälfte war gelogen. Es hörte sich beinahe an wie ein Kinderreim. Wie ging noch gleich das, was Mary in der Schule gelernt hatte?

Den Körper und die Seele rein,
So soll ein frommes Kindchen sein.

»Heute ist ja wirklich gar nichts los«, sprach ein hellhäutiges Mädchen in einer silbern gesäumten Contouche sie an, und Mary nickte.

»Habe ich dich schon mal gesehen?«

»Nein«, antwortete Mary nervös und nannte ihren Namen, bevor ihr einfiel, dass jetzt vielleicht ein guter Zeitpunkt gewesen wäre, ihn zu ändern.

Die Miss hieß Nan Pullen. Tagsüber sei sie Dienstmagd am Puddle Dock Hill, erklärte sie Mary ziemlich stolz, aber sobald sie sich sicher sei, dass ihre Herrin schlafe, leihe sie sich aus deren Eichenschrank ein hübsches Kleid und gehe die halbe Nacht auf die Straße. Die schönen Kleider kamen ihr gut zustatten, sie hatte stets Kundschaft. »Gesteppte Sachen halten die schlimmste Kälte ab«, erklärte sie fachkundig und klopfte auf ihren schweren Unterrock. Und um vier Uhr morgens sei sie immer zu Hause, um sich eine Mütze Schlaf zu gönnen. »So lege ich den einen oder anderen Schillinge beiseite.«

»Wirklich?«, fragte Mary.

»Eines Tages werde ich meine eigene Herberge besitzen«, prahlte Nan. »Dann bin ich niemandem mehr verpflichtet.« Kurz darauf ging sie, weil angeblich ihr Instinkt ihr sagte, dass die Freier heute Abend alle auf der Piazza in Covent Garden waren. »Ich folge meiner Nase«, sagte sie und tippte darauf. Während sie davonrauschte, winkte sie den anderen Mädchen zu. Ihr feines Kleid wirbelte den Staub auf.

Eine Weile später eilte ein Mann mit in den Taschen vergrabenen Händen vorbei. »Lass mich unter deinen Mantel, Schätzchen«, grölte die Rothaarige, die im Halbdunkel, das ihr Alter verbarg, an den Fensterläden lehnte. Mary fiel wieder ein, dass Doll erzählt hatte, sie sei die Frau eines indischen Dieners, der sich die Finger zerquetscht habe und nicht mehr arbeiten könne. Gerade kam ein Schreibergehilfe mit lauter Papieren unterm Arm die Straße hinauf. Die Rothaarige hob ihre Röcke bis zum Strumpfband hoch. »Wie steht denn heut Abend der Prengel, Sir?«

Mary wurde bei diesen Worten rot, aber der Mann ließ die Frau links liegen, als hätte er nichts gehört. Auch an Mary marschierte er vorbei, doch dann blieb er stehen und drehte sich nach ihr um.

Mary stellte sich ein wenig aufrechter hin, drückte die Brust heraus und versuchte gleichzeitig, den Bauch einzuziehen. Sie begann zu zittern. Nur dieses eine Mal, schwor sie sich, nur dieses eine Mal. Wenn alles vorüber war, würde sie sich eine andere Möglichkeit suchen, ihr Brot zu verdienen. Irgendetwas musste es doch herzustellen oder zu flicken oder zu verkaufen geben.

Der Gehilfe hatte sie inzwischen am Ärmel gepackt und zog sie ins Licht. Mary wollte ihr rot glühendes Gesicht zur Wand drehen. Sie fragte sich, ob er er wohl mit einem Kompliment beginnen würde oder mit einem Begehr, das sie nicht verstand. Sie fragte sich, wann sie erwähnen musste, dass ihr Tarif zwei Schillinge waren.

»Neun Pence.« Der Mann sagte es so gelassen, als stünde er an einem Pfefferkuchenstand.

Und obwohl sie spürte, wie ihr die Tränen in die Augen schossen, was hätte Mary anderes entgegnen können als Ja? Wenn sie diesen Freier ablehnte, wer konnte wissen, wann sie den Nächsten bekommen würde?

Sie standen im Halbdunkel. Mary fand das alles sehr merkwürdig. Es war nicht wie bei den letzten Malen. Dies war keine Vergewaltigung, sie ließ es geschehen, beförderte es gar. Sie half dem Gehilfen, seine dünnen Kniehosen aufzuknöpfen; sie wollte, dass es schnell vorüber war. Seine Papiere raschelten störend. Der Mann schaute auf sein Glied hinab und sie ebenfalls. Es war das erste Mal, dass sie so etwas tatsächlich von Nahem sah, und sie musste unwillkürlich kichern. Was für ein blasses, ausgepelltes Ding! Der Gehilfe legte ihre Hand darauf, und sie fing an zu reiben, als würde sie einen Teller abwischen. Plötzlich spürte sie, wie er in ihrer Hand anschwoll wie ein Kürbis. Was für eine Macht sie da verspürte!

Doch schon hob er, als sei er in großer Eile, ihre Röcke, schob mit dem Knie ihre Beine auseinander und drückte sich fest in sie hinein. Urplötzlich war Mary wieder ein hilfloses Kind. Es tat eigentlich nicht weh, es war nur trocken und schwer wie ein Gewicht, das sie in sich tragen musste.

Der abgestandene Papiergeruch des Mannes umfing sie. Sie hielt sich an den Schultern seines einfachen Mantels fest, ertrug seine Stöße und kam auf den Pflastersteinen kurz ins Taumeln. Als die Angst ihr die Kehle zuzuschnüren drohte, konzentrierte sie sich auf ihr Ziel: die Krone für Ma Slattery – fünf Schillinge, zehn Sixpence, sechzig Pennys.

Dann ein heißes Spritzen in ihr, und alles schien vorbei zu sein. Der Gehilfe schien einen Moment lang unsicher auf den Beinen und legte ihr kurz den Kopf auf die Schulter. Mary verachtete ihn, und gleichzeitig bedauerte sie ihn fast, bis er sich zurückzog, aufrichtete und nach seinem Geldbeutel griff.

Neun Pennys. Mary ließ sie in die Tasche gleiten, die am Innern des Taillensaums befestigt war. So. Sie hatte es getan. Es war kein Weltuntergang. Sie war dafür bezahlt worden, statt dass man es ihr geraubt hatte. Plötzlich tat ihr der Kopf weh vor lauter Tränen.

Nach dem Schreibergehilfen kam ein Zimmermann, über und über voll Sägemehl, und dann ein Soldat in einer sehr alten Uniform und danach ein Alter, der stank, als hätte er noch nie gebadet, und ihr anschließend dankte. Was sie alle gemeinsam hatten, war dieser schreckliche, brunftige Notstand. Es war so, wie Doll es immer sagte, wenn sie betrunken war: *Die Grotte lockt den Freier wie der Knochen den Hund.*

Nach jedem hieß es immer wieder lange warten. Marys Schenkel waren klebrig. Der Bauch tat ihr weh. Bis Mitternacht hatte sie drei Schillinge eingenommen und gewöhnte sich allmählich die Überheblichkeit einer Dirne an. Sie konnte es. Sie hatte etwas, wofür ein Mann bezahlte.

Aber dann stelzte das Mädchen mit der braunen Perücke herbei. »Zeit für den Einstand, Schätzchen«, verkündete sie.

Mary starrte sie an. In ihrem Muff verknotete sie die Hände.

»Hat dir Doll Higgins gar nichts von unserem Brauch erzählt?«, fragte das Mädchen jovial. Hinter ihr reihten sich mit verschränkten Armen die anderen auf. »Die Anfängerinnen geben immer einen Einstand.«

Sie nahmen ihr jeden Penny, den sie in ihrem Geldbeutel hatte. Mary wagte nicht, etwas zu verstecken, denn sie hatte das Gefühl, die anderen würden es merken. Ebenso wenig weinte sie, damit man auf ihrem gepuderten Gesicht keine Furchen sah. Stattdessen rang sie sich etwas wie ein Lächeln ab. Schließlich war es das Revier der anderen, und sie konnte es sich nicht leisten, sich Feindinnen zu machen. Nicht, dass sie gehässig gewesen wären. Das Mädchen mit der braunen Perücke lud sie sogar zum Aufwärmen auf ein Glas Punsch in den Bulls Head ein, doch Mary entgegnete, sie wolle noch ein wenig dableiben.

»Diese jungen Dinger«, bemerkte eine fette Ältere, »wo nehmen die nur die Kraft her?«

Jetzt war Mary das einzige Mädchen an den Dials. Als sie mit einem Mann fertig war und sich an der Mauer umdrehte, wartete da schon ein weiterer und beobachtete sie. Irgendwie war das das Schlimmste: dass man gesehen wurde. Der Mann hatte, während er zugesehen hatte, schon halb seine Hose aufgeschnürt, als gelte es, keine Zeit zu verlieren.

Er war bis jetzt der Größte und auch der Gröbste. Mary widersetzte sich nicht. Sie schloss nur so lange wie möglich fest die Augen. Im Geiste jedoch sprach sie ein Wort, das sie eigentlich gar nicht mehr sagen durfte: *Mutter*. Nach diesem Mann glaubte sie, ein wenig zu bluten, aber bei all dem anderen, was ihr sonst noch über die Schenkel lief, war das schwer zu sagen.

Inzwischen wollten ihre Beine sie nach jedem Freier heim in die Rookery tragen, aber dann drehte sie sich doch wieder zur Säule mitten auf den Dials um, verschränkte die

Arme und presste sie gegen die verräterische Wölbung unter ihren Rippen, um sich zu ermahnen, worum es hier ging: die Abtreibung, für die sie zahlen musste. Es war die einzige Möglichkeit.

Bitte, Allmächtiger. Oder sonst jemand. Lass es bald vorüber sein.

Ein paar Stunden vor dem Morgengrauen schleppte Mary sich die Stiege des Rattenschlosses hinauf. Sie fühlte sich, als wäre sie nicht mehr sie selbst. Der Schmerz in ihrem Bauch pochte. Die Milch von elf oder zwölf Fremden – genau wusste sie es nicht mehr – braute sich in ihr zu einem Gift zusammen. Sie konnte es durch die Unterröcke riechen und durch den verknitterten orangefarbenen Slammerkin; dunkel und heftig. Jetzt wurde ihr klar, wonach Doll immer gerochen hatte.

Aber Mary hatte überlebt, und die Gesichter der Männer lösten sich schon wieder auf. Und in ihrer zusammengeballten Faust lagen viele kleine, schmierige Münzen, die zusammen eine Krone ergaben.

»Jetzt bist du also eine von uns«, murmelte Doll verschlafen und legte einen Arm um sie.

Am nächsten Tag kümmerte Doll sich um alles. Sie war es, die die große Flasche Gin holte, selbst aber nur einen Schluck davon nahm. Doll wusste, welcher Keller in der Carrier Street der richtige war. Sie war es, die Marys Kopf gegen ihr eigenes, parfümgetränktes Mieder drückte, sodass das Mädchen nur flüchtige Blicke auf Ma Slattery erhaschte. Als die Alte ein rostiges Messer hervorholte, um den Stock anzuspitzen, wimmerte Mary unwillkürlich los, doch Doll hielt ihr den Mund zu und flüsterte ihr irgendwelchen Unsinn ins Ohr. Und dann stand sie am Kopfende der fleckigen Matratze, auf der Mary lag, zog ihr an den Handgelenken die Arme über den Kopf und packte dabei so fest zu, dass sie schier brachen. Dabei plapperte sie drauflos, erzählte über ein elegantes lavendelfarbenes *Trollopee*, das es auf der Monmouth Street billig zu erstehen gab – ein Trollopee war so etwas wie ein Slammerkin – und das Mary unheimlich gut stehen würde, redete über den neuen Tiger in der Zirkusschau am Tower, den Aufruhr wegen der Makrelenpreise unten in Billingsgate und wie bald jetzt schon die Weihnachtszeit kam. Die ganze Zeit über schnatterte sie, während die schweigsame Alte Mary Dinge antat, für die das Mädchen keine Worte hatte, Dinge, die sie wegzucken und strampeln ließen wie der verrückte Hund, den sie im letzten Sommer auf der Holborn Street gesehen hatte. Es kam ihr vor, als läge dieser Sommer mindestens zehn Jahre zurück, als sie noch ein Mädchen in Uniform gewesen und von der Schule nach Hause getrottet war. Jetzt aber wurde die neue Mary Saunders von Krämpfen gepackt und durchgeschüttelt wie eine blutbesudelte Fahne im Wind.

Doll war es auch, die Mary mit dem Handrücken das Erbrochene vom Mund wischte. Und Doll war es schließlich, die den Topf hinaustrug und in der Gosse ausleerte, trotzdem hatte Mary noch einen Blick darauf erhascht, was sich darinnen befand. Nur ein bleiches Ding, das in einer roten Brühe schwamm; ein Wurm, ein Parasit, ein Dämon, den man aus ihrem Körper ausgetrieben hatte. Eigentlich gar nichts. Nichts von Bedeutung.

Eine Woche lang blutete Mary. Aber als dann die Miete fällig wurde, war sie wieder auf der Straße, mit blau angelaufenen Handgelenken. »*Was darf es sein, Gentlemen, was darf es sein?*«

Magdalena

Denn dies war natürlich das Einzige, was sie tun konnte. Man hatte ihr mit Gewalt die Augen geöffnet. In Wahrheit gab es sonst nichts, womit ein vierzehnjähriges Mädchen auch nur einen Bruchteil von dem verdienen konnte, was Mary einnahm, nachdem sie erst einmal abgebrüht genug war, sich gegen die Freier zu wehren und ihren eigenen Preis durchzusetzen. Die Welt war vollkommen ungerecht, das begriff sie jetzt. Die Reichen wurden zum Müßiggang geboren, und die Armen waren nur Staub unter den Rädern ihrer Kutschen. Aber für ein Mädchen, das bereits alles verloren hatte, war dies die Gelegenheit, sein Schicksal selbst in die Hand zu nehmen. Wozu sich die Finger kaputt- und den Rücken krummmachen, um einen ungewissen Lebensunterhalt zusammenzukratzen, wenn doch ohnehin stimmte, was Doll ständig mit einem heiseren Lachen erklärte: *Die Lustgrotte schlägt alles!*

Das war eben der Lauf der Welt. Die meisten Frauen ließen sich doch auf diesen Handel ein, ob nun als Eheweib oder als Hure, im Bett oder anderswo. »Begreifst du das denn nicht?«, lallte Doll eines Abends auf der Oxford Street, riss dabei Mercy Toft eine Flasche aus der Hand und leerte sie. Darauf schmiss sie sie gegen die frisch gestrichene Tür eines vierstöckigen Hauses und klatschte vor Freude in die Hände, als sie zersprang. Dann fiel ihr wieder ein, was sie hatte sagen wollen, und sie wandte sich zu Mary um. »Du hast schließlich etwas, für das jeder Mann, vom Bettler bis zum Baronet, zahlt, damit er es bekommt.«

Zur Veranschaulichung begann sie, ihre Röcke zu lupfen, einen Unterrock nach dem anderen. Mercy Toft bog sich schier vor Lachen. Nur Mary sah, wie sich die Tür des großen Hauses öffnete. Sie packte Dolls Röcke, noch bevor diese vor der ganzen Nachbarschaft ihre Möse entblößen konnte, und schubste sie auf die Straße.

»Ist doch wahr, verdammt!«, grölte Doll. »Du kannst ihn dir bei seiner Waffe schnappen – siehst du? – und sie ihm vors Gesicht halten.« Diese Geste war sogar noch obszöner. Mercys Lachen verwandelte sich in einen heftigen Hustenanfall. Keine der beiden bemerkte, dass zwei Lakaien die marmornen Stufen hinuntereilten, um die Scherben zu begutachten. Mary musste Doll und Mercy unterhaken und sie von der Soho Street zerren, bevor ihnen allen der Kopf eingeschlagen wurde. Auf dem Weg zu St. Giles kicherten die beiden ohne Unterlass.

Es war ein nasskalter Winter, aber Mary und Doll erstanden aus vierter Hand pelzbesetzte Muffs, die sie wärmen sollten, wenn Bier und Wein und Gin nicht mehr reichten. Die meisten Mädchen suchten sich ein Revier und arbeiteten dort, aber Doll fand, das sei zu mühsam. »Die ganze Stadt ist unser Freudenhaus, meine Kleine«, krähte sie. Mary sollte lernen, dass Männer letzten Endes einfach zu handhaben und es nicht wert waren, dass man sich vor ihnen fürchtete. Doll zeigte ihr, wo man sie fand und wann man sie ernten konnte. Mary ließ Männer an Hausmauern, in Schenken und in Mietzimmern heran. Sturzbetrunkene Kaufmannsgehilfen auf der Strand und reiche Juden aus

Bishopsgate, die am Samstag nach Sonnenuntergang die Lust überkam. Oder junge Kerle, die aus dem Almack's torkelten, wo sie Hunderte beim Brag-Spielen verloren hatten.

Mary war jetzt Herrin ihrer selbst und hatte mehr Geld in den Taschen, als sie jemals zuvor gesehen hatte. Sie trug die buntesten Kleider, die sie an den Ständen in der Monmouth Street finden konnte – rosa und purpurrot und orange. Dass die Farben nicht zusammenpassten, scherte sie nicht, solange die Freier nur hinschauten. Sie wusste, dass man sie begehrte, und trug ihr geschminktes Gesicht wie eine Karnevalsmaske.

Eines grauen Morgens fiel ihr zum ersten Mal seit Monaten wieder der Allmächtige ein. »Kommen wir in die Hölle?«, fragte sie, plötzlich unsicher geworden, ihre Freundin.

Doll lachte trocken. »Ich bin doch schließlich eine gute Römische.«

»Eine was?«

»Na, du weißt schon, eine Papistin, genau wie meine Eltern. Jedes Ostern empfange ich die Sakramente, ob es regnet oder schneit«, fügte Doll stolz hinzu. »Wenn ich also merke, dass mein Stündlein geschlagen hat, muss ich nur nach einem Priester schicken und mir die Absolution erteilen lassen.«

»Was ist das denn?«

»Da wirst du sauber geschrubbt. Ich meine, deine Seele.«

Mary versuchte sich das vorzustellen. »Aber was ist mit mir?«, fragte sie beunruhigt.

Doll zuckte mit den Achseln. Doch dann erbarmte sie sich und fragte: »Haben sie dir in deiner Schule denn nie etwas über Magdalena erzählt. Maria Magdalena?«

Der Name kam dem Mädchen irgendwie vertraut vor.

»Die war doch auch eine Hure, und trotzdem ist es am Ende gut für sie ausgegangen.«

Am Dreikönigsfest nahm Doll sie ins Theatre Royal in der Drury Lane mit, »damit du mal lernst, wie man sich an die große Welt heranmacht«, wie sie es ausdrückte. Jede bezahlte einen Schilling, um sich auf die Empore zu zwängen. Der Preis für einmal Ficken, dachte Mary und ließ sich das neue Wort auf der Zunge zergehen. Doll schaute sich prüfend um und schätzte, dass heute Nachmittag nicht mehr als anderthalbtausend Leute da waren. Wie Bienengesumm schwoll das Gewirr der Stimmen zu ihnen herauf.

Mary war ganz flau vor lauter Aufregung. Es hieß, dass das Stück neu und aus dem Französischen übersetzt sei: *Das Spiel der Liebe*. Ihre Mutter hatte sie immer vom Theater ferngehalten und ihr gesagt, es könne nur böse enden, wenn man vorgab, man wäre jemand, der man nicht war. Die Luft war so heiß, dass es Mary vorkam, als werde ihr Rücken von der Sonne geküsst. Erst um zehn nach sechs hob sich der Vorhang, und im ersten Moment war Mary so geblendet von der Kulisse, dass sie sonst überhaupt nichts wahrnahm. Es gab große Bäume, die auf die und von der Bühne glitten, es gab vergoldete Sofas und einen Vollmond, der ohne erkennbare Hilfsmittel leuchtete. Die Laternen stanken nach verbranntem Haar.

Aber dann trat Mrs Abington auf, in einem weiß geblümten Kleid mit bogenförmigen Rüschen und auf dem Mieder eine Leiter immer kleiner werdender Schleifen. Mary vergaß alles um sich herum. »Lässt der Direktor sie selbst aussuchen, was sie anziehen will?«, fragte sie Doll.

»Aussuchen? Das gehört alles ihr«, erklärte Doll. »Die Schauspielerinnen müssen selbst für ihre Kostüme sorgen.«

Mit einem Anflug von Neid sah Mary Mrs Abington zu. Allein die Vorstellung, solche Kleider zu besitzen und vor Tausenden von Menschen eine Bühne zu betreten, die einen alle anstarrten!

»Kein Wunder, dass die alle einen reichen Galan brauchen!«, sagte Doll und lachte obszön.

Mary warf ihr einen prüfenden Blick zu, um zu sehen, ob das ein Witz sein sollte. Dann nahm sie die Frau noch genauer in Augenschein, die dort über die Bühne schwebte, als habe sie in ihrem Leben noch kein männliches Glied gesehen. Es verblüffte sie, wie ein Mädchen aus dem Gewerbe sich ein solches Gesicht bewahren konnte. Vielleicht war es bei Schauspielerinnen ja anders. Vielleicht konnte sie in eine Kniehose greifen und dabei die ganze Zeit so tun, als wäre sie eine andere.

Wegen der schrillen Zwischenrufe des Publikums, des Rauschens der Fächer und des stets anschwellenden Geraunes, sobald sich in der Loge ein Graf oder eine Herzogin zeigte, waren die eigentlichen Dialoge nur schwer zu hören. Trotzdem verstand Mary bald, worum es in dem Stück ging. Mrs Abington war eine Lady, die als eine Art Scherz mit ihrer Zofe die Kleider getauscht hatte. Es war erstaunlich zu sehen, was für einen Unterschied ein Hut machen konnte oder eine Schürze oder vergoldete Schnalle. Wenn man wie eine Dame aussah, dann verbeugten sich die Herren oft vor einem, und wenn man sich als Zofe kleidete, versuchten sie einen hinter der Tür zu küssen. Was die Zofe und die Herrin nicht wussten, war, dass der Gentleman, der gekommen war, um der Lady den Hof zu machen, mit seinem Diener einen ebensolchen Tausch vorgenommen hatte. Also waren sie allesamt Lügner, und keiner wusste, mit wem er tändelte, was die Sache sehr lustig machte.

Jedes Mal, wenn irgendeine spritzige Replik Lacher erntete, knuffte Doll Mary in die Rippen. »Merk dir diese schlagfertige Antwort, Mary!«

»Wenn du mal einen Moment den Mund halten könntest, dann könnte ich sie vielleicht sogar verstehen«, antwortete Mary und knuffte zurück.

Es gab Leute, mit denen sie bekannt waren – und einige, mit denen sie befreundet waren, zum Beispiel Mercy Toft, Nan Pullen, Alice Gibbs und die Royle-Brüder, die um die Ecke vom Rattenschloss ihre Apfelweinschenke betrieben. Aber letzten Endes kam Mary doch zu dem Schluss, dass sie und Doll eigentlich nur einander hatten und sonst niemanden. Selbst wenn sie sich einmal in einer Menge verloren – denn wann immer es in diesem Winter Krawall gab und die Steine flogen, waren sie meistens dabei und halfen einmal sogar mit, die Strohpuppe eines Seidenhändlers zu verbrennen, der sich weigerte, die Löhne zu erhöhen –, behielten Mary und Doll einander doch immer im Auge. Eigentlich sprach sonst niemand ihre Sprache oder verstand ihre Witze. Und auch wenn ein Altersunterschied von sieben Jahren sie trennte, konnte die eine trotzdem jederzeit den Satz der anderen vollenden.

Es gab ein altes Lied, das Doll oft spät in der Nacht sang:

Ob rotes oder graues Band,
Du bist doch in der Männer Hand.

Inzwischen gab es kaum mehr einen Winkel in der Stadt, in dem Mary noch nicht angeschafft hatte; von den makellosen Gehsteigen im West End bis zu dem Straßengewirr von Cockney, wo spanische Juden, ostindische Matrosen, Schwarze und Chinesen sich wie Farben in einem Bottich mischten. Sie hatte Schutzmänner und Schuster, Messerschleifer und Fensterputzer gehabt, Wächter und Steuereintreiber und einen Metzger mit schrundigen Händen. In der Menge, die sich an der alten Gießerei in Moorfields versammelt hatte, um den berühmten Mr Wesley predigen zu hören, hatte sie es dreien mit der Hand besorgt und zwei Schillinge verdient. In Marylebone hatte sie einen irischen

Maurer und einen aus dem französischen Krieg zurückgekehrten einbeinigen Seemann herangelassen, in Spitalfields einen hugenottischen Seidenweber, einen Plantagenbesitzer aus Jamaika und einen äthiopischen Studenten der Medizin. Bei diesem Burschen hatte sie das Doppelte verlangt, aus Furcht, er werde ihr mit seinem riesenhaften Schwengel wehtun. Darüber wurde viel erzählt, aber letztlich stellte sich dann heraus, dass er auch nicht größer war als der eines Engländers. Nun wusste sie es also besser. Sie kannte sich in der ganzen Stadt aus, von einer über die Pall Mall rollenden Kutsche über die Mauer hinter St. Clement Danes bis hin zu einer Kammer im Obergeschoss des Lamb and Flag in der Rose Street. Ein Viehhändler aus Wales war es gewesen, der sie gemietet hatte. »Bleib liegen«, hatte er anschließend gesäuselt, »bleib noch eine Weile liegen, Miss, dann zahle ich noch zwei Pence mehr.«

Sie hatte auch ein paar üble Nächte erlebt, aber sie verbot sich danach, weiter daran zu denken. Als sie einmal mit langen Kratzern auf der Kehle von den Fingernägeln eines Freiers heimkehrte, nannte Doll sie *dumme Kuh* und brachte ihr bei, wie man einem Mann das Knie so fest in den Sack rammte, dass ihm der noch Wochen später wehtat.

Mary wusste, dass sie ab jetzt nie wieder hungern würde. Darauf immerhin konnte sie sich verlassen. *Die Grotte lockt den Freier wie der Knochen den Hund.* Was sie zwischen ihren Beinen hatte, war wie der Geldbeutel aus dem Märchen, der niemals leer wurde.

Ob graues oder goldnes Band,
Du tanzt um eitel Flittertand.

Nach ein paar Monaten in diesem Gewerbe verschwammen in Marys Kopf die meisten Männer zu einem einzigen, doch es gab einige wenige, die herausstachen. Zum Beispiel ein Kerl mit fettigen Haaren auf der Queen Street, der sie, an einen Karren gepresst, genommen und ihr dabei – wie sie erst später herausfand – die Tasche unter ihren Röcken mit einem Messer abgeschnitten hatte. Dabei hätte sie es ihm an seinen verschlagenen Augen ansehen müssen, dass er ein Dieb war.

Einer ihrer Stammkunden war ein junger Schotte, den alle Dirnen nur den Gepanzerten nannten und hinter seinem Rücken verspotteten, weil er stets darauf bestand, einen dünnen Überzug aus Schafsdarm zu tragen. »Was ist das denn?«, fragte Mary erschrocken, als er ihn das erste Mal überstreifte.

»Ein Kundom«, erklärte er, während er ihre Brüste aus dem Mieder förderte. »Aus Gründen der Gesundheit.«

Sie schob ihn mit einer Hand weg. »Und was für Gründe sollten das sein?«

Der Schotte zuckte mit den Achseln. »Es wappnet mich gegen geschlechtliche Juckreize und Ausflüsse.«

»Wie denn, trägst du dieses Kundom etwa jedes Mal, wenn du zu Werke gehst?«

Er zerrte hektisch an ihren Schnüren, um sie zu lösen. »Nun, nicht bei den Damen natürlich, das versteht sich von selbst. Nur bei den Frauen aus der Stadt.«

Mary stieß ein kreischendes Lachen aus. Ihr fiel selbst auf, dass sie sich schon anhörte wie Doll. »Und was soll mit uns sein?«, fragte sie, während der Gepanzerte seinen Kopf in ihrem Busen vergrub und ihre Röcke lupfte. »Sind wir etwa eher davor gefeit, den Tripper oder die Syphilis von Freiern wie euch zu kriegen als ihr von uns Huren?«

Mit wildem Blick glotzte er hoch, so als habe er keine Gegenfrage erwartet. »Mir erscheint«, keuchte er, »dass es für euresgleichen ein Risiko eures Gewerbes ist.«

Er drückte schon ihre Knie auseinander, doch sie hatte

noch eine letzte Frage. »Könnte ich mir dann nicht auch so ein Kundom kaufen?«

»Aber natürlich«, antwortete er freimütig, dann fügte er grienend hinzu: »Doch kann ich mir nicht recht vorstellen, wo du es tragen solltest.« Und schon war er bis zum Schaft in sie eingedrungen – genug geredet.

Der Soho Square um fünf Uhr morgens war ein gutes Jagdrevier. Um diese Zeit nämlich wurden die Lords endgültig aus Mrs Cornelys erlauchten Assemblées herauskomplimentiert. Einmal ging Mary mit irgendeinem Vornehmen ins Gebüsch, der sich später als Abgeordneter des Parlaments entpuppte. Die ganze Zeit erzählte er von einem Monsieur Merlin, der für die Gesellschaft eine Darbietung in Schuhen gegeben hatte, die auf Rollen liefen. »Aber ja, Rollen!«

»Niemals«, murmelte Mary, während sie über die Schwellung in seiner Kniehose rubbelte, nicht ohne den makellosen Flor des Samts zu registrieren.

»Er flog geradezu dahin wie ein Vogel – bis er einen Sturz hinlegte und in Mrs Cornelys Spiegel krachte. Ich sage dir, überall Glas und Blut. Der arme Frosch.«

»Der arme Frosch«, wiederholte Mary, meinte aber den schlaffen Schwengel, den sie gerade aus dem Samt beförderte. »Armes, armes kleines Fröschlein.«

»Aber so klein doch gewisslich nicht?«, fragte er beinahe verzweifelt.

Mary vermutete, dass der Lord entweder zu viel getrunken oder geträumt hatte, dass er sich so eine Geschichte ausdachte. Aber während sie sich auf ihn setzte, stellte sie sich das Bild vor: ein kleiner Franzose, der wie ein Spatz über der Erde und ins Verderben flog.

An einem Tag lernte Mary einen Träger mit kaputtem Rücken kennen. Er verdiente seinen Lebensunterhalt mit dem Tragen von Sänften und litt bei jedem Schritt. Dieser

Mann mietete ein Zimmer in einem Bordell, damit sie es im Liegen machen konnten. Sie kletterte auf ihn und versprach, ihn nicht durchzurütteln. Was für ein Luxus das war, anschließend einzuschlafen und davon zu träumen, wie sie in der königlichen Sänfte mit den goldenen Karfunkelsteinen getragen wurde.

Ob goldnes Band oder braunes Band,
Das Glück, das ist des Teufels Pfand.

Nicht, dass Mary sehr wählerisch gewesen wäre. Das konnten sich Straßenmädchen gar nicht erlauben, »anders als die Luder in den Freudenhäusern mit ihren samtenen Sofas«, wie Doll immer sagte. Mary legte sich zu Preisboxern mit zerschlagenen Gesichtern ebenso wie zu einem Seemann, dem ein Hoden von der Syphilis abgefallen war. (Er schwor, die Krankheit sei lange ausgeheilt, trotzdem machte sie es ihm nur mit der Hand.) Es brauchte inzwischen viel, bis Mary sich ekelte. Sie ließ sich auf Freier ein, die Mutter und böser Sohn spielen und den Stock spüren wollten. Wie seltsam, dachte sie beim ersten Mal, dass es Männer gibt, die lieber selbst geschlagen werden wollen, als andere zu schlagen. Sie ließ sich sogar auf einen ein, der ihr zwei Schillinge dafür bot, dass er ihr in den Mund spucken durfte. Der einzige Bursche, den Mary nicht anfassen wollte, war ein Kohlenmann, weil der Geruch des Kohlenstaubs sie zu sehr an den Keller in der Charing Cross Road erinnerte.

Seit dem Novemberabend, als sie ihr Zuhause verlassen hatte, hatte sie die Digots nicht mehr zu Gesicht bekommen. Einmal hatte sie in Lincolns Inn Fields einer Frau nachgestarrt, die – den Kopf über einem Bündel Stoff gebeugt – vorbeigeeilt war. Aber das hatte unmöglich Susan Digot sein können, nicht so weit weg von Charing Cross.

»Anständige Leute streunen nicht so herum wie wir«, sagte Doll immer und schürzte verächtlich die Lippen, »anständige Leute bleiben, wo sie hingehören.«

Gelegentlich fragte sich Mary allerdings doch, ob die Frau wohl je einen Versuch unternommen hatte, sie zu finden. Vielleicht sogar herumgehorcht oder die Augen offen gehalten. Etwas musste von der früheren Liebe doch sicherlich noch übrig sein, ein kleiner Rest. Oder war es einer Mutter wirklich möglich, die eigene Tochter aus ihrem Leben herauszuschneiden, als wäre sie nie geboren worden?

Nicht, dass es wirklich von Belang war. Mary wäre eh nicht mehr zurückgekehrt, selbst dann nicht, wenn ihre Mutter die ächzenden Stufen des Rattenschlosses hinaufgestiegen und sie auf Knien darum angefleht hätte. An ihr früheres Leben konnte sie sich kaum noch erinnern. An die Enge, an die nicht nur materielle, sondern auch geistige Armut; an die Stunden bleischweren Schweigens, wenn sie alle um das flackernde Feuer saßen. Nein, es war zu spät für eine Rückkehr, zu spät selbst für Vergebung.

Ob braunes Band oder rosa Band,
Wer Freunde, der auch Feinde fand.

Mit Doll war das Leben nie langweilig. Es gab keinen Tadel, keine Predigten, keine Aufgaben. Sie schliefen geschminkt, was bunte Flecken auf ihren Kissen hinterließ. Eine Irin aus dem Keller des Rattenschlosses bezahlten sie dafür, dass sie ihre Wäsche wusch. Alle paar Wochen gingen sie in ein Badehaus und schrubbten sich in dem brühend heißen Wasser sauber. Je nachdem, wie es in ihren Geldbeuteln aussah, holten sie sich Essen aus einem Speisehaus oder fasteten, aber selbst hätten sie sich nicht einmal ein Röstbrot zubereitet. Wenn ihnen die Hände kalt wurden, kauften sie sich einen Becher Tee oder Kaffee. Sie tranken jeden Schnaps, dessen sie habhaft werden konnten, und dachten nie weiter als bis zum nächsten Tag. Freiheitsliebend, so nannte Doll sie beide. Sie standen auf, wann sie wollten, blieben die ganze Nacht auf, wenn ihnen der Sinn danach stand, und konnten, wann immer es ihnen beliebte, wieder die Stiege nach oben und in ihr Bett steigen. Zum ersten Mal in ihrem Leben hatte Mary Zeit zum Müßiggang. Selten nahm ein Freier sie länger als eine Viertelstunde in Anspruch. Sie konnte einen Burschen einem anderen vorziehen oder auch einfach alle stehen lassen, wenn ihr schon bei dem bloßen Gedanken übel wurde. Manchmal nahmen Doll und sie sich einen Abend frei, saßen in einer Ginschenke am Feuer und teilten sich eine Pfeife. Der Alkohol ließ alles in einem weicheren Licht erscheinen und verwandelte Stumpfsinn in Heiterkeit.

Eines kalten Februarabends traf Mary einen milchgesichtigen Lehrjungen, der auf den Lambs Conduit Fields Kricket spielte. Er konnte kaum älter als zwölf sein. »Bitte, Miss, wie viel?«, fragte er wie Hans im Glück bei seinem ersten Tauschhandel.

»Mehr, als du hast«, antwortete sie nicht unfreundlich und tätschelte ihn am Hals. Er war so weich wie der einer Katze.

»Ich habe einen Schilling«, erklärte er voller Ernst und förderte ihn aus den Tiefen seiner Tasche zutage.

Mary wusste, dass er ihn vermutlich von seinem Meister gestohlen hatte, um für seine Unterweisung in Fleischesdingen zahlen zu können. Sie nahm ihn trotzdem und führte den Jungen bei der Hand hinter einen üppigen Hülsdornbusch. Der Boden war weich und fast trocken.

Nachher war sie beinahe traurig und hoffte nur, dass sie den Jungen nicht mit dem Tripper angesteckt hatte. Eigentlich hielt sie sich in jener Zeit für gesund. Sie hatte weder Fieber noch irgendeinen Ausfluss, und sie wusch sich immer mit Gin, wenn welcher da war, oder ansonsten mit Urin. Aber man konnte ja nie wissen.

»Also, jetzt kennst du dich aus«, sagte sie dem Lehrjungen, während der noch mit seinen Knöpfen kämpfte.

Er wurde rot und grinste sie an.

»Such dir lieber ein Mädchen«, riet sie ihm, »und verschwende nicht dein Geld.«

Bevor er wegrannte, warf er ihr noch eine Kusshand zu.

In dieser Nacht lagen Doll und Mary in ihrer dunklen Kammer auf der löchrigen Strohmatratze und redeten, bis der Dichter, der nebenan eingezogen war, mit den Fäusten an die Wand schlug.

Ob rosa Band oder weißes Band,
Die Nacht beginnt, der Tag verschwand.

Viele von den Dirnen waren auch Taschendiebinnen, was dem Gewerbe nicht nur einen schlechten Leumund bescherte, sondern auch gefährlich war.

»Den feinen Leuten macht die Syphilis weniger aus, als beklaut zu werden«, warnte Doll sie. Und ohnehin hatte Mary ihre Prinzipien. Nur ein einziges Mal hatte sie einen Mann bestohlen, und der war ein dreckiger Lügner gewesen und hatte ihr nicht die versprochene halbe Krone dafür bezahlt, dass sie sich vorher von ihm mit dem Schuh verhauen ließ. Sie wartete, bis er sich am Schenkentisch in den Schlaf getrunken hatte, und nahm dann mit zwei schönen Messingschuhschnallen und einer silbernen Uhr Reißaus. »Das stand dir zu«, erklärte Doll.

Bislang konnte Mary sich keinen Reim darauf machen, warum es Frauen gab, die es umsonst machten. Sie wusste, dass manche es machten, um Kinder zu bekommen, und andere aus Vergnügen oder dem, was sie Liebe nannten. Auch Doll machte es manchmal umsonst, meistens mit einem milchbärtigen Zimmermannsgesellen. »Es tut mir eben gut«, war ihr Argument. Mary verstand das nicht. Auch Mercy Toft hegte zarte Gefühle für einen französischen Bücherwurm, dessen Haut so blass war wie ihre dunkel. Manchmal schmuggelte sie ihn heimlich in ihr Zimmer, wenn ihr Zuhälter nicht da war. Mary waren solcherlei Sehnsüchte fremd.

So etwas wie Lust hatte sie noch nie verspürt, aber immerhin wusste sie genug von deren Anzeichen, um sie vorzutäuschen. Mit Unflätigkeiten kannte sie sich inzwischen aus. Dabei ging es nicht so sehr um ihre schmutzigen Worte, obwohl auch die einige Freier durchaus stimulierten. Vor allem jedoch kam es auf den Ton an. Wenn ihre Stimme sich nur aufreizend genug anhörte, hätte sie auch ebenso gut über Haferschleim reden können. Ein schnappender Atemzug, ein Keuchen in der Stimme – von so etwas ließ sich jeder Freier zum Narren halten, und dann ging es gleich viel schneller.

Gelegentlich lag sie des Nachts neben Doll und ihrem Zimmermann und stellte sich schlafend, während die beiden sich im Gleichklang bewegten wie Fische. Wie unter Schmerzen warf Doll dann den Kopf in den Nacken, doch der Ausdruck ihres Mundes war gelöst und ihre Wangen waren feucht. In der Finsternis sah Mary zu.

Noch nie hatte sie für die Bedürfnisse ihres eigenen Körpers die Beine gespreizt, sondern immer nur dafür, was es ihr einbrachte: Geld, Obdach und die Aussicht auf ein Morgen. Nicht sich selbst verkaufte Mary, dessen war sie sich sicher. Sie verlieh nur ein Kleid mit Namen Haut.

Ob weißes oder grünes Band,
Des Menschen Leib hat kein' Bestand.

Nach Ma Slatterys Keller hatte Mary ihre Regel nicht mehr bekommen, was ja gar nicht einmal schlecht war, fand sie. Jedenfalls sicherer. Zunächst hatte sie es nur für eine vorläufige Unterbrechung gehalten, aber inzwischen war sie überzeugt, dass die Tage ihrer Monatsblutungen vorbei waren. Es war ein eigenartiges Gefühl zu wissen, dass man all das schon mit vierzehn hinter sich hatte. Aber unter den Dirnen war das gar nicht ungewöhnlich, hatte Doll ihr erklärt. Und war es unter dem Strich für ein Mädchen in ihrem Gewerbe nicht sogar praktisch, dass man sich um seinen Bauch ein für alle Mal keine Gedanken mehr zu machen brauchte?

Mary war sich ziemlich sicher, dass Doll in ihrer Anfangszeit ein, zwei Bälger bekommen hatte. Sie wusste, dass es nicht lohnte, sich nach ihnen zu erkundigen. Sie hatten bestimmt nicht überlebt.

Zu gerne hätte sie mehr über das Schicksal ihrer Freundin gewusst, aber das ließ sich nur mit List erreichen, nach und nach. Auf direkte Fragen erhielt man keine Antwort. Eines Tages kamen die beiden an einem Perückengeschäft in der Monmouth Street vorbei, und Doll erwähnte, dass ihr Erster ein Perückenmacher gewesen sei.

»Wer?«

»Mein erster Mann. Der, an den meine Alten mich verkauft haben.«

Mary warf ihr einen skeptischen Blick zu. Bei Doll wusste man nie, ob sie nicht vielleicht nur Witze machte.

»Er hatte gehört, dass das beste Mittel gegen Syphilis eine Jungfrau sei«, fuhr Doll im Weitergehen fort. Dann lachte sie kollernd. »Rausgeworfenes Geld!«

Mary beeilte sich, sie einzuholen. »Wie alt warst du?«

Doll zuckte die Achseln.

Mary fragte sich, ob es bedeuten sollte, dass Doll sich nicht mehr erinnerte oder dass sie es nicht für wichtig hielt.

An diesem Tag sprach die Ältere nicht weiter über die

Angelegenheit, aber als Mary später einmal nachfragte, sagte sie noch: »Ich war noch so jung, dass ich überhaupt nichts wusste. Ich war so grün hinter den Ohren, dass ich dachte, er würde in mir Wasser lassen.« Und dann ließ Doll aus tiefster Kehle ihr schreckliches Lachen hören.

Ob grünes oder rotes Band,
Des Lebens Frist verrinnt wie Sand.

Eines Abends im März traf Mary hinter St. Mary-le-Bow auf zwei Matrosen, die gerade *Die Mösen von England* sangen.

Einst taten wir entern
Das Schiff und das Weib,
Die Schwerter stets spitz
Und die Schwengel bereit.

Dann fiel sein Freund beinahe fröhlich ein:

Doch jetzt ist der Sack leer
Und das Grab nicht mehr weit.

Und zweistimmig grölten sie schließlich den mitreißenden Refrain:

Ja, die Mösen von England,
Die sind feucht allezeit.

Mary stand grinsend dabei und wartete auf das Ende des Liedes. Schließlich drehte sich einer der Matrosen mit offener Hose um, seinen Pimmel in der Hand. Sie trat näher heran, und er schlug sie vor die Brust. »Dich höbe ich nicht mal mit 'ner Mistgabel hoch, Schätzchen«, krähte er.

Mary wich zurück und schürzte sich, doch er pisste sie von oben bis unten voll und durchnässte ihren besten violetten Überrock. Sein Freund versuchte mitzumachen, musste aber so lachen, dass er nicht zielen konnte.

»Verrotten sollt ihr, ihr verdammten Darmstecher!«, kreischte sie.

Sie hatte gelernt, deutlich ihre Meinung zu sagen, aber ein großer Trost war das nicht. Später im Rattenschloss bearbeitete sie ihren Rock mit einem Schwamm. Doll schwor, er sei wieder wie neu, aber Mary konnte immer noch die Säure der Männer riechen.

Nicht, dass sie etwas dagegen gehabt hätte, es von hinten zu machen. Es gab mehr als genug Freier, die ihn anders gar nicht hochbrachten. Manche Miss erklärte, sie würde sich lieber die Kehle durchschneiden lassen, als sich so etwas Verderbtem hinzugeben, aber Mary verstand nicht, wo der große Unterschied liegen sollte. Schließlich lagen der Arsch und die Möse doch kaum zwei Fingerbreit auseinander. Ein Uhrmacher hatte ihr beigebracht, wie man so etwas ertrug, und obwohl sie auf seinen Fingern Bissspuren hinterlassen hatte, war sie ihm schließlich doch für die Lektion dankbar gewesen. Damals, beim ersten Mal, war sie noch nicht erfahren genug gewesen und begriff zunächst nicht, warum er auf sein Glied gespuckt hatte. Als er in sie eindrang, schrie sie auf. Aber sie lernte schnell, wie man es machen musste, an jenem Abend und anderen, die folgen sollten. Wenn sie dabei an eine sich quietschend öffnende Tür dachte oder an eine Orange, die man schälte, tat es fast gar nicht weh. Ganz offensichtlich gab es nichts, was Mary Saunders nicht lernen, hinhalten oder öffnen konnte, wenn sich damit ein Penny verdienen ließ.

Eines Morgens stand sie gerade in einer Gasse und hatte ihre Hand in den fleckigen Kniehosen eines Sattlers, als sie zufällig den Kopf wandte und das Tor ihrer ehemaligen

Schule erkannte. Sie hatte ein sonderbares Gefühl, als sie sah, wie sich die kleinen Gestalten in ihren grauen, geknöpften Kittelchen im Hof aufstellten. Was war sie nur noch vor einem Jahr für eine blauäugige, unschuldige Göre gewesen!

Eines Abends standen Mary und Doll auf der King Street, teilten sich eine Taubenpastete und leckten sich, nachdem jede ihr Stück abgebrochen hatte, die verbrannten Finger. Mary nickte in Richtung der frisch lackierten Tür eines Bordells auf der anderen Straßenseite. »Glaubst du, die stellen welche ein?«

Doll prustete verächtlich. »Auf der Straße wollen die Freier nur, dass man die Beine breitmacht, meine Liebe. Aber in den Freudenhäusern zahlen die Gentlemen so viel, dass sie auch noch verlangen, dass das Mädchen vor Verzückung die Augen verdreht.« Doll schnaubte schon bei der Vorstellung!

»Woher kennst du dich denn da so genau aus?«, fragte Mary.

»Ich habe ja schließlich zwei Jahre bei Mother Griffith gearbeitet.«

»Das wusste ich gar nicht.«

Doll verzog den Mund zu einem Grinsen. »Du weißt eben noch nicht alles. Schätze, du weißt schon ein bisschen mehr als damals, als ich dich in dem Graben aufgelesen habe, aber viel ist es immer noch nicht.«

»Dann erzähl mir eben von Mother Griffith«, bat Mary kurzerhand, ohne auf die Stichelei einzugehen.

Doll zuckte mit den Achseln und breitete die Hände aus. »Was gibt es da schon groß zu erzählen. Man liegt auf Sofas herum und wartet darauf, dass man gevögelt wird, das ist eigentlich schon alles. Also bin ich nach zwei Jahren weggelaufen, damit ich ein bisschen mehr Freiheit hatte.«

Mary grinste sie an.

»Aber dieser dreckige Lude Caesar ist hinter mir her, um mir eine Lehre zu erteilen.«

»Wer ist Caesar?«

»Du bist ja wirklich ein Unschuldslamm«, antwortete Doll herzlich. »Wenn du nicht mal Caesar kennst.«

Am nächsten Tag, unten auf der Strand, zeigte Doll ihn Mary. Der Mann war ein Afrikaner, ganz in weißen Samt gekleidet, und er trug eine Perücke, die aussah wie eine Schneewehe, was sein glattes Ebenholzgesicht umso stärker betonte. Seine Haut hatte jenen Glanz, den nur Geld verlieh. »Beim nächsten Mal erkennst du ihn.«

»Allerdings«, sagte Mary staunend.

»Es heißt, dass er bei einer Meuterei dabei war«, erklärte Doll gewichtig.

»Wo?«

»Keine Ahnung, auf einem Sklavenschiff irgendwo in der Karibik. Die Schwarzen haben rebelliert und ihre Herren massakriert, heißt es. Stell dir das mal vor!«

Mary starrte den Mann namens Caesar an. Gerade sprach er mit einem blassen Mädchen, eine Hand lässig in die Hüfte gestemmt. Er trug eine makellose Rehlederhose. Ein Schauer lief ihr über den Rücken bei dem Gedanken, dass dieser Bursche früher in Ketten gelegen hatte. Und jetzt stolzierte er dort die Strand auf und ab. Es stimmte einfach nicht, was Susan Digot früher ihrer Tochter hatte weismachen wollen, es stimmte einfach nicht und hatte wahrscheinlich noch nie gestimmt: dass jeder sein Leben lang an dem Platz bleiben musste, den das Schicksal ihm zugewiesen hatte.

»Das muss eine seiner Huren sein, und da drüben zwischen den Säulen steht noch eine und dann noch die beiden, die drüben mit der Grenadierwache schäkern«, erklärte Doll und zeigte hin. »Caesar kontrolliert das ganze Revier hier, vom George Court bis zur Carting Lane. Keiner kommt ihm in die Quere. Es heißt, dass ein Schutzzauber ihn umgibt.«

»Ein Schutzzauber?«

»Schwarze Magie, irgend so was.«

Tatsächlich wagte sich niemand näher als einen Meter an den Zuhälter und das Mädchen heran, die Menge teilte sich vor ihnen wie Wasser. Und als Mary nahe genug heranging, dass sie das lange Messer in seinem glänzenden Gürtel sehen konnte, wusste sie auch, warum. Der schwere Geruch von Caesars pomadisierter Perücke lag in der Luft, und er grinste. Ohne ihm in die glänzenden Augen zu sehen, rannte Mary zurück zu Doll, und als sie in das Gesicht ihrer Freundin blickte, beschlich sie plötzlich ein schrecklicher Gedanke. »Es war doch nicht etwa er, der …?«

Als wolle sie den Wert taxieren, fuhr Doll prüfend mit dem Finger über die Narbe, ließ dabei aber den imposanten Afrikaner nicht aus den Augen. »Doch. Damals war Caesar noch Mother Griffith's persönlicher Schläger, bevor er dann sein eigener Herr geworden ist. Allerdings hat er mich noch glimpflich davonkommen lassen, das muss ich ihm zugestehen.«

»Glimpflich?« Mary hob eine Hand an das vernarbte Gesicht ihrer Freundin, ohne es jedoch zu berühren. Wie konnte Doll die Sache nur einfach so abtun, als wäre sie ganz einem anderen widerfahren?

»Erinnerst du dich noch an den Falschspieler mit der halben Nase, den wir neulich abends gesehen haben?«

Mary nickte.

»Und auf der Pig Lane hat man sogar mal ein Mädchen gefunden, das überhaupt kein Gesicht mehr hatte, das hat auch dieser Mistkerl getan. Es heißt, sie sei weggelaufen, obwohl sie ihm noch ein Sümmchen schuldete.«

Mary stellte sich vor, wie das große Messer niederfuhr, und hielt sich die Hand vor den Mund.

»Nun ja, wenn er nicht der Beste wäre, würden sie ihn wohl auch nicht anheuern«, fügte Doll überzeugend hinzu.

Dagegen ließ sich nichts mehr sagen.

»Es hätte also wirklich schlimmer kommen können. Ich nenne es meine Glücksschramme«, sagte Doll und tippte mit einem langen, schmutzigen Fingernagel auf die Narbe. Dann legte sie Mary einen Arm um die Schulter, und die beiden gingen weiter. »Lass dir das eine Lehre sein, Herzchen. Zolle niemals irgendeinem faulen Zuhälter oder Bordellbesitzer irgendeinen Tribut. Jedes Mädchen gehört sich selbst, verstanden? Hier kommt Regel Numero eins: *Gib niemals deine Freiheit auf!*«

Das also war die Freiheit. Allmählich begann Mary, sie auf ihrer Zunge zu schmecken: eine Süße, von Angst vergällt.

Doll konnte jedermann am Schnitt seiner Kleidung abschätzen, von Lyoner Samt bis hin zu verdrecktem Barchent. Eines kalten Abends Ende März kehrten sie und Mary gerade von der Cock Lane in Smithfield zurück, wo jede einen halben Penny bezahlt hatte, um den berühmten Geist der Vergifteten Lady zu sehen, der dann aber nicht erschienen war. Da deutete Doll an der Ecke zur Maiden Lane auf ein Mädchen mit einem hübschen schmalen Gesicht, das nur ein zerrissenes Hemd und einen Unterrock trug. »Die da wird den Sommer nicht mehr erleben«, sagte Doll, als spräche sie übers Wetter.

Mary warf einen prüfenden Blick auf das Mädchen, so als wolle sie die Hand des Todes auf ihr entdecken. »Wird sie erfrieren?«

»Verhungern«, erklärte Doll. »Wenn sie sich nicht ein anständiges Kleid erbettelt oder leiht oder stiehlt, wird kein Freier sie eines Blickes würdigen.«

»Aber sie ist doch ein hübsches Ding«, hielt Mary dagegen und warf noch einen Blick zurück auf die kleiner werdende Gestalt an der Ecke.

»Die wollen doch nicht uns, du Dummchen!«, rief Doll. »In solchen Fetzen kann die Kleine nicht so tun, als wäre sie etwas anderes als das, was sie ist. Denk immer daran, mein Herz: lieber eine Woche ohne Abendessen auskommen als sein letztes gutes Kleid versetzen.«

Das war Regel Numero zwei: *Kleider machen Leute.*

An einem anderen Abend, als sie gerade vor dem Almack's herumstanden, sahen sie einen Phaeton heranfliegen, und schon öffnete sich wie ein Flügel die Tür.

Mary stieß Doll mit dem Ellbogen an. »Wer ist denn die strahlende Erscheinung dort?«

»Die?« Doll grinste so breit und verächtlich, dass ihre Narbe sich in Falten legte. »Dies ist auch nur eine geschminkte Hure, keinen Deut besser als du und ich und zehn Jahre älter.«

»Nicht doch. Die muss etwas Besseres sein.«

»Du lässt dich wirklich von jedem Glitzern blenden, Mary Saunders.«

Von ihrem Platz hinter einer Säule aus sahen sie zu, wie ein beleibter Gentleman um die Kutsche eilte, um der Lady herauszuhelfen.

»Aber was ist mit dem Rock?«, widersprach Mary. »Der ist doch aus geätztem Samt, oder?« Sie war stolz, dass ihr solche Finessen inzwischen schon auffielen.

»Nur vorne, wo man es unter dem Überkleid sieht«, gab Doll verächtlich zurück. »Der Rest ist einfacher Musselin. Und die Diamanten in ihrem Ohr sehen mir ganz nach Strass aus«, fügte sie hämisch hinzu. »Und wenn sie ihr Mieder auszieht, fallen ihr die Euter bestimmt bis auf den Bauch.«

Mary versetzte ihrer Freundin einen Stoß. »Neidische alte Hexe.«

Doll seufzte, stemmte die Hände in die Hüften und ließ ihren weißen Busen anschwellen wie eine Welle. »Ich schwöre dir, vielleicht holt sie ja noch ein paar Monate und Geschenke aus ihm heraus, aber niemals eine Leibrente. Und noch etwas«, sagte sie, während sie zusah, wie das Paar in den Klub eilte, »unter diesen Glitzerfetzen da ist sie randvoll mit Syphilis.«

»Wie kommst du darauf?«

»Ich wette, sie ist kaum über das Fieber weg. Die ist doch so bleich wie Kotze.«

Mary lernte alles, was Doll ihr beibringen konnte. Als Lektion dieses Abends prägte sie sich ein: *Kleider sind die größten Lügen, die es gibt.*

Eines lauen Abends im April schlenderten sie und Doll die Charing Cross Road hinab. Als sie an der Tür vorbeikamen, die zu dem Keller führte, wo sie früher gewohnt hatte, fing sie ein wenig an zu zittern. Aber Doll merkte nichts, und Mary sagte kein Wort. Sie blickte verstohlen die Stufen hinab, konnte aber durch das staubige Fenster nichts erkennen. Inzwischen konnte die Wohnung ebenso gut voller Fremder oder verlassen sein, sie wusste es nicht.

Da begriff sie, dass sie jetzt eine vollkommen andere war. Sie hatte entdeckt, dass das, was sie zwischen den Beinen hatte, nicht ihre einzige Goldgrube war. Eine zweite hatte sie im Mund. Wenn sie sich gehen ließ, war sie ein keckes Ding, so übermütig und derb, wie ein Mann es sich nur wünschen konnte. Es bereitete ihr großes Vergnügen, spitzzüngige Sachen von sich zu geben und sie dann als Witz hinzustellen. Manchmal befürchtete sie, noch zur Kratzbürste zu werden, wenn sie sich nicht vorsah.

Nicht, dass sie der Frau, die einmal ihre Mutter gewesen war, irgendetwas zu sagen gehabt hätte, wenn sie sie auf der Straße getroffen hätte. Und ohnehin hätte Susan Digot ihr einstiges Kind, ausstaffiert mit einem Jackenkorsett und einem abgenutzten, von einem Panier ausgestellten Seidenrock, nicht mehr erkannt. Mary sah inzwischen aus wie ein Straßenmädchen. Sie roch sogar anders, was am köstlich-penetranten, zitronenartigen Duft des Ungarnwassers lag.

Was für eine Närrin Susan Digot doch gewesen war, zu glauben, dass jede mit einem goldenen Zierband etwas Besseres sei, und je weiter der Rock, desto höher die Herkunft. In der Drury Lane hatte Mary einfache Frauen aus dem Volk gesehen, die als Königinnen auf die Bühne gekommen waren. Doll öffnete Mary die Augen für all die Abkürzungen im Leben, die geheimen Pfade und die Lücken in der Mauer. Es waren unsichere Zeiten, und Mary lernte, dass sich hinter so mancher Herzogin auch nur ein Straßenmädchen verbarg, das sich den richtigen, achtbaren Freier ausgesucht hatte.

In einem vierstöckigen Haus am Golden Square wohnte eine Dame, die man in der Zunft einst als »Engelsarsch« gekannt hatte. An der Ecke zum Hyde Park gab es ein neues Herrenhaus, das der Herzog von Kingston gerade für Miss Chudleigh errichten ließ, die schon seit einem Dutzend Jahren seine Geliebte war, und noch immer war er ihrer nicht müde. Von der berühmten Kitty Fisher hieß es, sie werde demnächst all ihre adeligen Liebhaber gegen einen Ehemann aus dem Unterhaus eintauschen. Ein bisschen Liebreiz und ein bisschen Glück, das war alles, was ein Mädchen brauchte.

An den langen hellen Abenden saß Mary hinter Holborn auf den Lamb's Conduit Fields im Gras und sah den vorbeischlendernden Liebespaaren zu. Die Luft war angefüllt mit vergnügten Rufen, den ins Ziel treffenden Pfeilen der Bogenschützen, dem Klackern der Kugeln auf dem Bowlingrasen und dem fernen Gebrüll bei einem Hunde- oder Ringkampf. Zum ersten Mal seit ihrer Schulzeit las Mary wieder. Sie hatte sich zerlesene Liebesromane gekauft und alle langen Wörter auswendig gelernt, für den Fall, dass sie sie einmal brauchen konnte. Die *Geschichte der Pamela Andrews* war ihr Lieblingsbuch. Hatte die ausgefuchste Dienstmagd doch tatsächlich die ganze Zeit über ihren Herren zurückgewiesen und ihm am Ende auch noch einen Heiratsantrag abgepresst. Dann hatte sie ihre Dienstbotenschürze gegen das samtene Ehegewand getauscht und war ja nun wahrhaftig keine schlechtere Lady geworden als jede andere. Da sieht man es mal wieder, dachte Mary. Wenn ein Mädchen heutzutage nicht auf den Kopf gefallen war, konnte sie so hoch hinaus, wie sie nur wollte, so sicher, wie die Sahne auf der Milch schwamm. Alles war möglich.

Im Mai wurde Mary fünfzehn. Doll schenkte ihr eine Haube mit einer hoch aufragenden Feder darin. Zwischen ihrem neuen Leben und dem alten floss ein breiter Fluss.

Jeden Monat gab es einen Morgen, an dem die Huren früh aufstanden: der Hinrichtungstag.

Es war ein heißer Juli, und die Stadt roch nach Vergeltung. Endlich sollten die Meteyards hängen, und verderbte Frauen lockten immer viele Menschen an. Mary und Doll mussten ihre Röcke heben und schieben und drängeln, um dem Reiterzug aus Newgate zu folgen, als er auf dem Weg nach Tyburn an der Rookery vorbeikam. Wie immer stand der Ausscheller an der Mauer von St. Sepulchre und mahnte zur Buße, aber in dem ausgelassenen Gelärme war er kaum zu verstehen. Mary war in diesem Sommer noch mehr gewachsen, aber trotzdem konnte sie die Gefangenen nicht so gut sehen, wie sie gewollt hätte. Sie stellte sich auf ein Fass und reckte ihren langen Hals. »Der Herr möge euch gnädig sein«, hörte man gedämpft den Ruf des Ausschellers, während sich hinter dem Karren die Menge über die Holborn wälzte. Mary knuffte sich so weit nach vorn, bis sie die Gesichter der Verbrecher und ihre bleichen Hälse sehen konnte, um die schon der Strick hing. Mit dem Rücken zu den Pferden schaukelten sie dahin, die Hände im Schoß zusammengebunden.

Der Karren war schwer beladen. »Sechs Dieben soll es heute an den Kragen«, brüllte Doll Mary ins Ohr, »außerdem drei Falschmünzern, einem entlaufenen Soldaten, einer Sodomitin und einem Mädchen, das ihren Säugling erstickt hat.« Vorne saß Thomas Turlis, der berühmte Henker, leicht zu erkennen an seiner schwarzen Maske. Und vor ihm, als stünden sie unter seiner besonderen Bewachung, das mussten die Meteyards sein. Kein Anzeichen von Reue bei der Tochter, sie wirkte gleichgültig, aber die Mutter zitterte, als habe sie einen Anfall. Mary hatte einen spitzen Stein in der Tasche und zielte damit nun auf die Tochter in dem weiterrumpelnden Karren, doch sie warf daneben.

Dann wogte die Menge vorbei. Während Mary weiterlief, versuchte sie sich die Meteyard-Frauen vorzustellen, wie sie früher gewesen waren, ohne die wirren Haare, die zusammengekniffenen Augen, die Galgenstricke und die gefesselten Hände. Ohne die ganzen Spuren von Newgate. Sie stellte sich die beiden als respektable Kurzwarenhändlerinnen vor – *allem Anschein nach anständige Leute,* hörte sie im Geiste Susan Digots missgünstige Stimme. Über Jahre hinweg hatten sie sich den Dank der Obrigkeit erworben, indem sie der Kirchengemeinde Kinder abgenommen und Lehrmädchen aus ihnen gemacht hatten.

Nun gut, aus Nanny Nailor hatten sie allerdings Hackfleisch gemacht. Mary wusste noch jede Einzelheit aus den Zeitungen, die sie Doll an den verschlafenen Nachmittagen vorgelesen hatte. Nanny Nailor war in dem Sommer, als sie dreizehn wurde, bei den Meteyards weggelaufen, hatte aber keine Gelegenheit mehr gehabt, jemandem zu erzählen, welchen Zuständen sie entflohen war. *Sie* hatte keine Doll

Higgins gefunden, die sie aufgenommen hatte. Stattdessen hatten die Meteyards sie ausfindig gemacht, auf jenen Dachboden zurückgeschleppt und dort in der Hitze ohne Wasser gefesselt. Nach drei Tagen hatten sie begonnen, den Nachbarn zu erzählen, sie hätten keine Ahnung, was aus der armen kleinen Nanny Nailor geworden sei. Dann hatten sie sie in Stücke gehackt und die in einen Abflussgraben geworfen.

Mary reckte wieder den Hals, um noch einen Blick auf die Meteyards zu erhaschen, wie sie jetzt in dem Karren hockten: Mutter und Tochter, beide willenlos wie Puppen, die man von ihren Fäden geschnitten hatte, schaukelten sie mit ihrem Galgenstricken um den Hals dahin. Eigentlich sah es lustig aus. Sie hatten wohl geglaubt, dass sie mit Mädchen wie Nanny Nailor verfahren könnten, wie es ihnen beliebte, dass solche Wesen ihren Herrinnen mit Leib und Seele ausgeliefert wären, auf Gedeih und Verderb. Und während nach Nannys Tod die Jahre dahingingen, verließen sich die Meteyards darauf, dass die anderen Mädchen zu viel Angst hätten, um den Mund aufzumachen. Sie hatten sich für unangreifbar gehalten.

»Ein herrlicher Tag, oder?«, sagte Doll, während sie sich im Schlepptau des Karrens schwitzend und hechelnd durch die Menge kämpften.

Mary grinste zurück.

»Trotzdem, dieser Auflauf hier ist noch gar nichts im Vergleich zu dem bei Earl Ferrers. Damals hat der Zug für drei Meilen drei Stunden gebraucht, und die ganze Strecke über hat der Herr Tabak gekaut und aus dem Fenster gewunken. Weißen Samt hat er angehabt…«

»Ja, ich weiß, und silberne Spitzenborte, das hast du mir schon oft genug erzählt«, unterbrach Mary sie. Doll konnte nicht aufhören, davon zu schwärmen, dass sie dabei gewesen war, wie ein Angehöriger des Hochadels gehängt worden war. Aber nichts konnte an einem solchen Tag Marys Laune trüben, wo eine halbe Meile weit auf jeder Straße, jedem Balkon und Karren nichts als ausgelassene Gesichter zu sehen waren, die alle darauf warteten, dass die Mörderinnen von Nanny Nailor baumelten. Mary roch Lebkuchen und hörte kurz eine Baritonstimme singen: *A Soldier Met a Silly Lass*. Es erheiterte sie, als ihr plötzlich auffiel, dass sich das West End ausgerechnet um das grausame Tyburn herum ausbreitete. Was für eine Vorstellung, dass die feinen Leute Jahr um Jahr ein Stück weiter nach Westen auswichen, nur um dann zu erleben, dass sich trotzdem an jedem Hinrichtungstag ihre Straßen mit dem gemeinen Pöbel füllten. Ein paar von ihnen fanden allerdings wohl auch selbst Geschmack daran. Mary entdeckte neben der Tribüne drei mit Vorhängen verhängte Kutschen, die man dort um des besseren Blicks willen abgestellt hatte.

Für je einen Penny zwängten sich Doll und Mary auf die oberste Bank von Mother Proctors Podest. Bei solch einer Gelegenheit war Sparsamkeit fehl am Platze. Die Henkersgehilfen hatten bereits das riesige schwarze Trapez des Galgenbaums herangerollt. »Weißt du, früher hat er das ganze Jahr hier gestanden«, schrie Doll Mary ins Ohr, »aber dann hat er doch fürchterlich den Verkehr behindert.« Da vorne stand, untadelig in seiner Maske, Thomas Turlis und wies die anderen Männer beim Aufrichten des Galgens an. »Ein enorm gebildeter Mann, heißt es«, bemerkte Doll, »obwohl er sich angeblich immer über die Trinkgelder streiten soll.«

Der Geistliche sprach gerade einen Psalm, der jedoch weitgehend vom Gejohle der Menge übertönt wurde. Mary stimmte mit ein: »Lasst sie baumeln! Lasst sie baumeln!«

Schließlich hatte Turlis sich vergewissert, dass jeder Strick an den Galgenbaum geknotet war und jeder Verurteilte auf dem Karren ein Tuch über dem Kopf hatte. Mutter Meteyards Körper bäumte sich krampfhaft auf, und Turlis hatte Mühe, ihr den weißen Beutel über den Kopf zu ziehen. Mary spürte, wie sich ihr der Magen zusammenzog. Dabei empfand sie nicht etwa Mitleid, jedenfalls nicht für die beiden Meteyards. Es war eher dasselbe Gefühl, das sie manchmal hatte, wenn ein Freier sich so lange in ihr rieb, dass sie ihm am liebsten ins Gesicht gespuckt hätte.

Nun trieb der Henker mit der Peitsche die Pferde an, und der Karren rollte langsam davon. Die Stricke neigten sich wie Segelskelette, die Körper wurden weggezogen, und dann geschah plötzlich etwas Unvorhergesehenes. Die junge Meteyard war vom Karren gesprungen und hatte sich das Genick gebrochen. Schwer wie ein Sack Kartoffeln schwang ihr Körper hin und her.

Turlis brüllte seine Männer an, und die Menge tobte. »Verdammt!«, schrie Mary, den Tränen nahe, Doll ins Ohr. »Das war viel zu leicht!«

Doll schlang ihr einen Arm um die Taille. Derweil starben Mutter Meteyard und alle anderen auf die langsamere, traditionelle Weise, als Turlis nacheinander jeden Strick strammzog und festzurrte. Es kam Mary vor wie ein eigentümlicher Pantomimentanz: die in den Säcken verborgenen Köpfe und die zuckenden Beine, der plötzliche Kotgestank. Die Freunde und Verwandten und die angeheuerten »Klammerer«, die an den Beinen zerrten, um den Tod zu beschleunigen, wobei man allerdings an Mutter Meteyard niemanden heranließ. Und schließlich die hoch oben schon kreisenden Aaskrähen. Mary hielt ihren Blick unverwandt auf die zuckenden Gliedmaßen der Mrs Meteyard, bis ihre Augen tränten und alles vorbei war.

Da die Leichen eine Stunde lang hängen bleiben mussten, war es jetzt erst einmal an der Zeit, sich ein wenig zu stärken. Doll zauberte eine Pastete mit Kalbsbries hervor, und Mary verspeiste ihre Hälfte mit recht gutem Appetit, obwohl sie sich dabei immer wieder über die Schulter dorthin umsah, wo über dem besudelten Sägemehl die Meteyards hingen.

Als Turlis' Männer geschickt die Leichen abschnitten, wobei jeweils ein Mann die Hüfte umklammerte und ein Zweiter den Strick durchschnitt, entstand der übliche Tumult. Mit den rubinroten Malen der Stricke am Hals lagen die Leichen ausgestreckt im Staub. Die Gehilfen der Wundärzte, denen laut Gesetz alle Kadaver aus Tyburn zustanden, kamen herbeigelaufen, während Turlis und seine Männer die Familien der Toten mit Stöcken verscheuchten. Diejenigen in der Menge, die von Warzen geplagt waren, ergriffen die noch warmen Hände und rieben sich damit übers Gesicht.

Mary wollte nicht, dass der Hinrichtungstag schon vorbei war. Sie drängte sich bis zu der Stelle vor, wo man die Meteyards abgeschnitten hatte, und gab aus einem Überschwang des Hochgefühls heraus einen Sixpence für einen Zoll vom Strick der Mutter aus.

»Halb so viel wie einmal Vögeln hat das gekostet«, sagte Doll mit leichtem Tadel in der Stimme.

»Als ob du nicht an jedem Tag deines Lebens zweimal so viel vertrinken würdest, und am nächsten pisst du es dann wieder raus!« Aber trotzdem starrte Mary jetzt die rauen Fasern in ihrer Hand an. Mit welchem Teil hatte sie den Strick wohl bezahlt – mit dem Eindringen oder Herausziehen?

Auf dem Heimweg wurde ihr klar, dass sie kein Geld mehr fürs Abendessen hatte, und Doll war genauso abgebrannt. Also schaute Mary sich um, bis sie einen Burschen vom Lande entdeckte, dem noch das Heu in den Kleidern steckte. Sie streifte ihn in der Menge. »Suchst du vielleicht ein Liebchen?«, fragte sie und lächelte dabei wie ein Engel.

Er machte Glotzaugen und war zu verlegen, um Ja oder Nein zu sagen. Also führte sie ihn in der Oxford Street hinter ein paar Brüstungen und machte dem armen Einfaltspinsel anschließend weiß, der übliche Preis in London betrage drei Schillinge. Ihre rosafarbene Contouche war anschließend voller Rostflecken, aber Doll beruhigte sie, die könne man ausbürsten.

In diesem schwülheißen Sommer schauten Mary und Doll sich alles an, was es zu sehen gab. Eigentlich nur, um die Gesichter der Burschen zu sehen, nahmen sie eine Herrenpartie aus Dorset in einen Klub mit, über den Mercy Toft gehört hatte, die Tänzerinnen seien allesamt aus Afrika oder Indien. Die Bewegungen der Mädchen waren fließend wie Wasser, und sie trugen Namen wie Cleopatra, Cocoa Betty oder Dusky Sal. Mary fragte sich, wie sie wohl in Wahrheit hießen.

Dann wieder schlenderten Mary und Doll an den Druckereien auf der Strand vorbei, besahen sich die neuen Bilder und lachten über die unflätigen. »Daraus wird nichts«, sagte Doll dann vielleicht und klopfte gegen die Scheibe. »Aus diesem Winkel kriegt er ihn niemals rein.« Dann gingen sie in Bedlam Schokolade trinken und drückten ihre Gesichter an die Gitter, um den Verrückten beim Tanzen zuzusehen. An einem anderen Abend sahen sie in Cheapside zu, wie ein Haus abbrannte, bis eine Dienstmagd aus einem Fenster im dritten Stock sprang und bei ihrem Sturz umkam.

An manchen Abenden hinterließen die Freier ihnen einen üblen Geschmack im Mund, aber die Antwort darauf war einfach: noch eine Flasche trinken. Der Gin ließ alles in einem weicheren Licht erscheinen und parfümierte die Fäulnis des Lebens. »Wir haben ja nur das eine Leben, Mary«, lallte Doll dann.

Und Mary antwortete stets: »Ja, meine Liebe, und kein anderes ist so fröhlich.«

Einer der wenigen Männer, für die Mary überhaupt Hass empfand, war der Barbier, der unten im Rattenschloss wohnte. Als sie ihn in diesem Juli bat, ihr einen Zahn zu ziehen, der ihr wehtat, verlangte er von ihr, sich hinzulegen und ihn zu bezahlen, bevor er auch nur seine Gerätschaften hervorholte. Sie machte die Augen zu und presste die Schenkel zusammen, damit er schneller fertig wurde. Und als er versuchte, sie zu küssen, wurde ihr vor lauter Zahnschmerz ganz schlecht.

Jetzt im August war ganz London nur noch ein riesiges stinkendes Loch. Im Palast von St. James gebar Königin Charlotte einen Sohn, »kaum elf Monate nachdem der junge Georgie sich an sie herangemacht hat!«, wie Doll derb anmerkte.

Eines schwülen Nachmittags sah Mary auf der Strand den Gepanzerten, Arm in Arm mit einem dicken alten Mann. Warum es nicht mal probieren, dachte sie sich. »Drei Schillinge für euch beide, *Gen'men*«, raunte sie, als sie vorbeikamen.

Der junge Schotte starrte stur geradeaus, als hätte er sie im Leben noch nicht gesehen, sie nie am helllichten Tage auf der Themsebrücke nach hinten übergebeugt, während die Möwen ihn anfeuerten. Mary begriff, dass er sich schämte. Am liebsten hätte sie ihn ausgelacht. Der ältere Gentleman jedoch wandte sich um. Seine wulstigen Finger waren voller Tintenflecken, und er schüttelte sein schweres Haupt. »Aber nein, Mädchen«, sagte er, »das geht doch nicht.«

Mary trat zwei Schritte näher heran, so als wollte sie gleich einen Knicks machen, und zeigte ihm den Stinkefinger. Der Alte verzog peinlich berührt den Mund, dann zog der Gepanzerte ihn fort. Mary sah ihnen nach, wie sie davoneilten. Seltsamerweise war sie regelrecht verstört.

Doch was hätte sie denn sonst machen sollen? Was den alten Knaben fragen? Zu was taugte sie denn sonst?

Nach dem Bartholomäus-Jahrmarkt im September ertränkte der Himmel allmählich die Hitze. Mary merkte, dass sie nie mehr sehen wollte, wie ein Mann seine Hosen herunterließ. »Zeit für einen freien Tag«, erklärte Doll. »Lass uns nach Vauxhall fahren.«

Ein Flussjunge aus Westminster, der nicht älter als zehn sein konnte, ruderte die beiden an diesem Abend in ihren besten, fein gewebten Slammerkins hinüber ans Südufer. Mary war noch nie in den Vauxhall Gardens gewesen. Es gab gepflegte Wege und Sitzbänke, auf deren Rückenlehnen Szenen aus Theaterstücken gemalt waren. Oben in den Bäumen hockten Geigenspieler, und in Glasschüsseln schmolz Zitroneneis dahin. Mary und Doll flanierten einher, tranken in einer von Geißblatt umrankten Laube ihren Tee und erheiterten sich über die Hässlichkeit diverser feiner Herren und Damen. Sie erkannten drei Taschendiebe aus der Rookery wieder, die hier jedoch ihre Hände bei sich behielten. Als in dem hohen hölzernen Pavillon die Orgel einen triumphalen Choral erschallen ließ, erhoben sich aus den Bäumen die erschrockenen Krähen und kreisten am tiefblauen Himmel.

Viel später, als die Musik verklungen war, kühlte sich der Abend ab. Mary fand Doll mit dem Kopf im Schoß eines Uniformierten, hoffnungslos mit Gin betrunken und von einem solchen Lachanfall geschüttelt, dass sie beinahe keine Luft mehr bekam. »Entschuldigt uns, Soldat. Für uns ist es an der Zeit zu gehen«, sagte Mary und zerrte an Dolls Hand.

Ihre Freundin gähnte und grinste schuldbewusst. »Hast du Fahrgeld für uns beide, Schätzchen?«, lallte sie. »Ich muss nämlich zugeben, dass …«

»Ach, Doll! Nicht schon wieder!« Mary funkelte den

Soldaten an. Doch der schaffte es nur noch, seine Tasche nach außen zu kehren, in der sich nichts weiter als Krümel befanden.

So viel also zum freien Tag. Mary ließ die beiden auf der Bank zurück und lief über einen langen Kiespfad bis an die Stelle, wo die Lichter aufhörten, der Weg sich wie in eine Art Irrgarten ausfächerte und wartend schemenhafte Gestalten herumstanden. Das Geschäft war mühsam, und sie brauchte über eine halbe Stunde, um einen Freier zu finden. Er hatte Spitzenmanschetten, so lang, dass sie ihm bis auf die Fingerspitzen hingen, und einen feuchten, krank aussehenden Nacken. Aber von ihm bekam sie die zwei Schillinge, mit denen sie und Doll sicher über den Fluss nach Hause kamen und sogar noch etwas zum Trinken übrig hatten.

Wenn Mary in diesen Herbsttagen witzig sein wollte, kam nur Unwirsches dabei heraus. Doll hatte sich inzwischen schon angewöhnt, sie die katzige Miss zu nennen. »Versucht es doch einmal mit diesem Kätzchen hier, aber nehmt euch vor den Krallen in Acht«, rief sie manchmal und schubste Mary in die Arme irgendeines Freiers. »Sonst fehlt euch am Ende noch was, wenn ihr aufwacht.«

In diesen Tagen schlenderten die beiden nicht mehr den ganzen Fluss entlang, nur um die Lerchen zu hören. Stattdessen waren sie darauf verfallen, sich in der Sackgasse hinter dem Rattenschloss einen Schluck zu genehmigen und zu schwatzen. Dort konnten sie ihre müden Knochen auf einem Haufen Backsteinen und Kieseln ausruhen, die jemand hier hinten versteckt hatte, ohne sie je wieder abzuholen. In diesem Hof verschanzten sich Mary und Doll auch, sobald sie Wind davon bekamen, dass die Reformvereinigung ihre Männer wieder losgeschickt hatte.

Vor den Gendarmen der Stadt, die ihre Zeit mit der anstrengenden Verfolgung von Dieben und Mördern verbrachten und nur selten ein Mädchen bei seinem ehrlichen Broterwerb behelligten, hatten die Straßenmädchen keine Angst. Aber die Schergen der Tugendwächter wurden von ihrer Vereinigung ausschließlich dafür angeworben, dass sie das Laster ausmerzten, wie sie es nannten. Eines Abends im frühen Oktober war Mary nicht schnell genug. Als rund um die Seven Dials der Schrei »*Die Reformisten, es sind die verdammten Reformisten*« erscholl, war sie gerade in einem Hauseingang in Neal's Yard dabei, einen Knopfmacher mit der Hand abzufertigen. Sie versuchte wegzurennen, aber am Ende des Platzes schnitten die Männer ihr den Weg ab. Sie hatten eisenbeschlagene Knüppel und waren schnelle Läufer. Sie beschimpften die Freier als Sünder und Hurenböcke, doch sie verhafteten nur die Mädchen. Mary war eine von ungefähr zwanzig Dirnen, die geschnappt wurden. Aus Angst vor den Knüppeln fügte sie sich.

An den Dials konnte sie Doll in der Menge nicht entdecken. Sie wusste, dass sie sich eigentlich freuen sollte, dass ihre Freundin entwischt war, aber ihren Beistand hätte sie jetzt gut gebrauchen können. Das Gerücht machte die Runde, dass man sie alle in den Kerker werfen würde, und die Angst schnürte Mary die Kehle zu. Einige der betrunkeneren Dirnen jammerten schon.

Dann hörte Mary ihre Freundin, noch bevor sie sie sah. »Nehmt eure dreckigen Pfoten von mir, ihr gemeinen Strolche!« Doll Higgins wurde gerade durch die Mercer Street gezerrt und bäumte sich im Griff von drei Schergen der Reformisten auf wie ein Segel im rauen Wind. Ihr Mieder war aufgerissen, eine milchweiße Brust lugte heraus, und Doll hatte eine blutende Wunde am Kinn, aber trotzdem einen Heidenspaß. »Ihr wollt Christen sein?«, johlte sie. »Dass ich nicht lache!«

Mary hatte Angst um Doll und wollte sie bremsen, aber die war in voller Fahrt. »Hier sind Mädchen dabei, die noch keine dreizehn sind«, grölte sie und machte eine ausladende Geste über die Menge hinweg. Dann senkte sich ihr Zeigefinger auf Mary, und sie zwinkerte ihr zu. »Dieses dürre Ding da zum Beispiel. Zwölf Jahre alt und kaum eine Woche auf der Straße, die Ärmste. Würdet ihr die etwa auch ins Bridewell zerren, ihr dreckigen Hunde?«

Beinahe respektvoll trat der Anführer der Reformisten vor Doll, doch dann schlug er sie mit dem Handrücken ins Gesicht. Mary hörte seine Knöchel auf ihren Kiefer krachen. Das brachte Doll zum Schweigen. Sie zuckte zusammen und spuckte ein Stück Zahn aus.

Mary kam an diesem Abend dann doch noch nach Hause. Alle jüngeren Mädchen ließ man gehen. Aber diejenigen, die die Reformisten die *harten Fälle* nannten, wurden in Fesseln gelegt und ins Bridewell unten in Blackfriars abgeführt.

Zwei Abende lang ging Mary nicht auf die Straße, außer um Neuigkeiten zu erfragen, doch es gab keine. So blieb sie in der Dachkammer, wartete und kaute sich den Daumen wund. Manchmal, das wusste sie, kamen die Mädchen aus dem Bridewell mit einer aufgeschlitzten Nase zurück, als ewiges Mal ihrer Verfehlung.

Am dritten Morgen dann taumelte Doll Higgins herein, den Rücken ganz zerschunden von der Peitsche, doch die Nase keck wie eh und je. »Da hast du ein ziemliches Abenteuer verpasst, Mädchen«, war alles, was sie sich entlocken ließ. Mary wusch die Striemen ihrer Freundin mit Gin aus.

Alles in allem machte Doll in diesen Tagen einen mitgenommenen Eindruck. Es schien ganz so, als werde sie immer saft- und kraftloser. Einst, als die kleine Mary noch an den Dials nach der wunderschönen Hure Ausschau gehalten hatte, hatte Doll ihre Narbe stolz und keck im Gesicht getragen, doch jetzt grub sie sich in ihre Wange wie eine Ackerfurche. Mary versuchte sie dazu zu bringen, dass sie etwas Anständiges zu Abend aß, doch Doll fand nur noch Geschmack am Blauen Verderben. Mary fürchtete schon, ihre Freundin werde so enden wie jene Frau, die sie beide einmal auf der Suche nach ihren Kindern durch den Fleet Ditch hatten schwanken sehen, zu besoffen, um noch zu wissen, wo sie sie gelassen hatte. Immer wieder war sie auf den Schlachtabfällen ausgerutscht, die die Kuttelverkäufer hatten liegen lassen. Im letzten Winter war es noch Doll gewesen, die Mary vor allem Unheil bewahrt hatte. Doch jetzt kam es immer öfter vor, dass die Jüngere auf die Ältere aufpassen musste, ob Ärger drohte, und ihr um vier Uhr morgens die wackelige Stiege im Rattenschloss hinaufhelfen musste, deren Stufen ächzten, als könne sie jeden Moment einstürzen.

Schlimmer noch: Doll hatte ihre eigene Regel gebrochen. Sie hatte angefangen, ihre Kleider zu versetzen. Oft fehlte ihr das Geld, wenn die Miete fällig wurde. »Ich habe eben nicht so einen Kopf für Zahlen wie du«, klagte sie dann. Wenn Mary nicht genügend Geld hatte, um für sie beide aufzukommen, dann schleppte Doll sich eben am späten Nachmittag mit einem Korsett oder Umhang unterm Arm aus ihrer muffigen Kammer, lief zu den Ständen auf der Monmouth Street und kam prahlend zurückgeschlendert, dass sie jetzt wieder reich sei. Sie behauptete, genügend Samt und Seide zu besitzen, dass sie doch durchaus für den Moment ein paar Teile verpfänden könne. Etwas Dümmeres hatte Mary noch nie gehört. Selbst Seeleute wussten, wie wichtig Kleider waren. Deshalb zerschnitten sie einer Miss ja auch jeden Fetzen am Leib, wenn sie sie dafür bestrafen wollten, dass sie sich bei ihr angesteckt hatten.

Manchmal brachte Mary eine Woche später Doll ihre

Sachen wieder vom Pfandleiher mit, zum doppelten Preis. Ihre Freundin bemerkte es kaum. »Die Kleider einer Miss sind ihr ganzes Vermögen, Doll, das hast du selbst mir doch immer erklärt.«

Aber Doll lachte nur und sagte, nackt sehe sie besser aus.

Eines Abends erwähnte Doll in der Apfelweinschenke der Royle-Brüder, sie sei gerade 22 geworden. »Wann?«, fragte Mary, die vermutete, dass Doll log, damit die Royles ihr etwas spendierten.

»Gestern.«

»Du hast überhaupt nichts gesagt.«

Doll zuckte mit den Achseln. »Ich war besoffen. Ist mir gerade erst wieder eingefallen.«

Nick Royle war ein Geizkragen, deshalb hob er auch lediglich sein Glas, um auf Dolls Wohl zu trinken.

»Lass das«, sagte Doll und riss seinen Arm herunter.

Nick spritzte sich Apfelwein über den ganzen Ärmel. Sein Bruder wrang den Stoff aus und lutschte ihn aus wie ein Säugling. Mercy Toft lachte wie eine Verrückte.

»Was ist denn mit dir los?«, zischte Mary Doll zu.

»Ich will nicht, dass auf mein Wohl getrunken wird«, erklärte Doll finster. »Sterben wir denn nicht sowieso schon alle früh genug?«

Bei Kerzenschein sah Doll immer noch so strahlend aus wie eh und je, aber zu Mittag hing ihr die Haut fahl wie Leder im Gesicht. Es gab Zwei-Penny-Dirnen, die sogar schon dreißig waren, das wusste Mary. Eine von denen hatte das Quecksilber, mit dem sie ihre Syphilis hatte kurieren wollen, halb wahnsinnig gemacht. Huren mit vierzig gab es nur unter der Erde, nicht darüber. Mary würde nicht länger dabeibleiben als bis zwanzig, das immerhin hatte sie sich geschworen.

Damit blieben ihr noch fünf Jahre. In der Zwischenzeit gab sie jeden Penny, den sie übrig hatte, für eigene Kleider aus. Mittlerweile kam es ihr vor, als gebe es sonst nichts, worauf man sich verlassen konnte. Kleider waren so langlebig wie Geld und dabei schöner anzufassen und anzusehen. Sie machten einen selbst wunderschön und andere krank vor Neid. Sonntags ging Mary immer in den Hyde Park, um zu sehen, was die feinen Leute dieser Tage trugen, wenn sie herumritten und sich den Blicken der anderen präsentierten. Jede Kleinigkeit, jede Falte und jeder Knopf, jede neue Form eines Reifringes fiel Mary auf. Einmal hatte sie Doll aus dem Bett gezerrt, damit sie mitkam, aber am Ende hatte Doll dann nur eine Szene gemacht und das Pferd eines Baronets erschreckt.

Mary konnte sich kaum noch daran erinnern, was für ein schüchternes Mädchen sie einmal gewesen war. Jetzt konnte sie es im Feilschen an den Ständen mit den Allerbesten aufnehmen, von den Seven Dials bis hinunter zur Piazza in Covent Garden. Alle Händler wussten, dass sie lieber nicht versuchen sollten, sie über den Tisch zu ziehen. Wenn sie nachts nicht schlafen konnte, tröstete sie sich mit dem Fundus ihrer Besitztümer. Sie hatte Ärmel, Mieder, Spitzenrüschen und bestickte Schnürleibchen, eine braune Samtmantua und einen Kardinalsumhang. Sie besaß eine seidene Ansteckblume mit lauter Tausendschön und ein schwarzes Kropfband, einen seidenen Slammerkin in Violett und einen zweiten in Dunkelgrün. Doll hatte ihr beigebracht, was immer sie nur konnte, aber Marys Geschmack war exquisiter. Sie hatte auch vier Yard an austernfarbenem Grosgrain, die sie billig bei einem Pfandleiher erstanden hatte. Eines Tages würde sie sich daraus eine Wickelrobe anfertigen lassen, für die jede Herzogin ihren Eckzahn hergegeben hätte.

Irgendetwas würde sich schon ergeben, für sie und auch für Doll. Man konnte nie wissen. Sinnlos, sich über eine Zukunft Gedanken zu machen, die es vielleicht gar nicht gab, denn das Ende konnte blitzschnell kommen. Erst neulich Abend hatte eine warme Böe Tilly Denton das Schild des Blue Lion auf den Kopf fallen lassen. Ihr Zuhälter war Caesar gewesen, und alle Mädchen waren sich einig darin, dass er eine wirklich hübsche Beerdigung spendiert hatte. Alle hatten sie Wert darauf gelegt, auch ja am Grab zu stehen, zum Zeichen ihres Respekts. (Nicht so sehr für die arme Tilly als für ihren Zuhälter. Den beleidigte man lieber nicht, wenn einem an seiner Haut lag.) Aber eine anständige Beerdigung wäre dann auch kein großer Trost, dachte Mary, wenn einem so schnell wie bei einer Kerze das Lebenslicht ausgeblasen wurde.

Der Husten kam mit dem ersten Frost im Oktober. Mary ignorierte ihn. Schon bald war er ihr ständiger Begleiter, schnürte ihr beim Bergangehen die Brust zu, gab den ganzen Tag über keine Ruhe und meldete sich auch bei Nacht. »Halt den Mund«, stöhnte Doll und versuchte sich mit der Matratze die Ohren zuzuhalten.

Mary hatte immer schon eine tiefe Stimme gehabt, aber jetzt war sie noch rauer und dunkler, beinahe schon wie ein Knurren. Einige Freier machte es nervös. Statt zu sprechen, versuchte Mary es mit Lächeln.

Es würde wahrscheinlich der härteste Winter seit Jahren werden. Alle Zeichen deuteten darauf hin: die Vögel, die Beeren und der Kaffeesatz der Weissagerinnen.

Das mit dem Magdalen war Dolls Idee. So wie eigentlich alle. »Mary, alte Schlampenfreundin«, erklärte sie eines Tages, »du wirst den Winter nicht überleben.«

Sie drehten gerade ihre Runde über die Drury Lane, knicksten vor den Schauspielern und schürzten bei allem, was Hosen anhatte, die Lippen. Dort, wo Mary zum Zeichen ihres Gewerbes die Röcke hochgebunden hatte, blies ein bitterkalter Wind herein. Keuchend beugte sie sich vor und hustete Blut, rot und gelblich, auf den glitschigen Morast der Straße. Die ganze Welt war von Hässlichkeit überdeckt. Mary starrte auf das Gesudel hinab, als wolle sie darin ihre Zukunft lesen.

Doll stand über ihr, ihre Hände hockten auf den Hüften wie hungrige Vögel. »Damit solltest du ins Magdalenenhospital gehen, lass es dir gesagt sein.«

»Vielen Dank, aber so krank bin ich noch nicht, dass ich mein Leben in einem Hospital riskiere«, keuchte Mary.

»Es ist doch kein richtiges, du Hohlkopf«, schnaubte Doll. »Es heißt nur so. Es ist dafür da, junge Mädchen von der Straße zu holen, bevor sie als verlebte alte Mähren enden so wie ich.«

Mary grinste sie an. Ihre Lippen waren feucht.

»Denk doch mal darüber nach«, fuhr Doll fort. »Freie Kost und Logis, und das im schlimmsten Winter. Als Liz Parker hinging, war sie nur noch Haut und Knochen, und zurück kam sie so fett wie ein Schinken.«

Mary versuchte zu sprechen und musste schon wieder husten. Als sie endlich zu Atem kam, sagte sie: »Ach, Doll, ich bin doch keine Bittstellerin.«

Doll verdrehte die Augen, dann wies sie mit dem Daumen über ihre Schulter in Richtung des Theaters auf der Drury Lane hinter ihnen. »Hast du denn all die Male, wo ich dich in ein Stück mitgenommen habe, überhaupt nichts übers Schauspielern gelernt?«

Der Wind schwoll an, und Mary hielt sich ihren Taftschal vor den Mund. Sie machte sich auf den Heimweg.

Doll lief neben ihr her. »Du musst doch zugeben, dass ich recht habe.«

»Ich denke darüber nach«, hauchte Mary und unterdrückte ein Husten.

»Das machst du auch, dafür werde ich schon sorgen, sonst soll mein nächster Schlaf der letzte sein«, verkündete Doll triumphierend.

Mary blieb stehen und funkelte sie an. »Und was ist mit dir?«

»Was soll mit mir sein?

»Was ist mit der Miete?« Mary wusste nicht, wie sie es sonst ausdrücken sollte. »Mrs Farrell hat nichts für Dirnen übrig. Die würde dich im Handumdrehen hinauswerfen, wenn du in Rückstand gerietest.«

Dolls Blick war eiskalt. Urplötzlich war ihr Kopf nur noch einen Zoll vor dem ihrer Freundin. Mary versuchte, nicht die gepuderte Narbe anzustarren, die sich kräuselte wie Spitze. »Mach dir mal keine Sorgen um Doll Higgins, Herzchen. Wann hätte ich dich denn je gebraucht?«

Also wischte Mary sich am ersten Donnerstagmorgen im November sämtliche Spuren von Schminke ab, dann machte sie sich mit einem Kloß im Magen auf den Weg quer durch die Stadt bis nach Whitechapel.

»Gute Nacht«, nuschelte Doll aus ihrem Kissen.

Mary wusste nicht, was sie sagen sollte. Sie stand in der Tür und winkte mit der Hand, aber Doll hatte schon die Augen geschlossen.

So weit aus ihrem Viertel wie diesmal hatte Mary sich bislang noch nie entfernt. Dreimal musste sie nach dem Weg zum Magdalen fragen, und es kam ihr ein wenig so vor, als würden die aus dem Osten, die ihn ihr beschrieben, sie irgendwie schief ansehen. Eigenartig, dass sie sich mehr schämte, sich als Büßerin auszugeben, als sie es auf der Straße je getan hatte.

Das Hospital der Magdalenen war ein imposanter Steinklotz. Stunden nachdem die Schlange der Bittsteller sich gebildet hatte, wand sie sich immer noch um zwei Flanken des Gebäudes. Es mussten an die vierzig Mädchen da sein, schätzte Mary, und sie selbst stand irgendwo in der Mitte. Bei sämtlichen Fenstern im Erdgeschoss waren die Läden geschlossen – vielleicht um zu verhindern, dass die Bittstellerinnen sahen, was drinnen vor sich ging. Ein Mann in einer Art Uniform ging auf und ab, damit sie in einer Reihe blieben. Er wirkte eher wie ein Diener, trotzdem nickten ihm alle ehrfürchtig zu, nur für den Fall, dass er vielleicht doch jemand Wichtiges war. Mary zog ihren Schal so fest um sich, dass ihre Schultern sich krümmten, und drückte sich ein wenig näher ans Gitter. War das dort etwa Con March aus der Rookery? Mary nickte ihr zaghaft zu, aber das andere Mädchen mied jeden Augenkontakt.

In der kalten Morgenluft trat Mary von einem Fuß auf den anderen, ihr Atem umgab sie wie eine Wolke. Ein heftiger Hustenanfall schüttelte sie durch wie ein Erdbeben. Nur gut, dass sie daran gewöhnt war, an Straßenecken herumzustehen. Wie gut sie das Gefühl kannte, zwischen eisigen Pflastersteinen Wurzeln zu schlagen. Wie oft hatte sie sich nicht schon von einem Freier mit dem Rücken an einer kalten Mauer nehmen oder sich auf neun Pence herunterhandeln lassen, nur um in ein Haus zu kommen.

Sie lenkte sich damit ab, die anderen Bittstellerinnen verstohlen zu mustern. Die Kleine dort im scharlachroten, spitzenbesetzten Kleid sah ganz nach einem Straßenmädchen aus Covent Garden aus. Die daneben kam Mary vor, als habe sie die Syphilis. Wenn sie die Krankheit entdeckten, hatte Doll behauptet, würden sie das Mädchen ins Lock-Hospital weiterschicken, wo es das schlechteste Essen gab.

Mary ließ ihren Blick an der Schlange entlangwandern und unterschied die Dirnen von den Gefallenen. (So wurden die braven Mädchen genannt, Gefallene. Spöttisch hatte Doll ihr erklärt: »Wenn man dich fragt, sag immer, dass du so rein wie Schnee warst, bis irgendein Gentleman dich missbraucht hat.«) Die Gefallenen machten einen irgendwie verletzten und verwirrten Eindruck. Eine trug eine kleine Perle um den Hals und umklammerte sie, als könne sie im nächsten Moment in eine bessere Welt übertreten.

Inzwischen stand die kleine Novembersonne hoch am Himmel und bohrte sich in Marys Augen. Sie hätte besser einen Strohhut aufgesetzt, aber der einzige, den sie besaß, war rot und hatte eine abgebrochene Feder. Doll hatte ihr gesagt, damit würden sie sie niemals hineinlassen, also hatte Mary ihn in der Mansarde zurücklassen müssen, so wie all ihre anderen Lieblingssachen. Dabei war es nicht etwa so, dass sie ihrer Freundin nicht vertraute. Sorgen machte sie sich wegen Räubern oder eines Feuers oder der tausend anderen Dinge, durch die ihr all ihre geliebten Kleider abhandenkommen könnten.

Beim Ankleiden am Morgen war sie unsicher gewesen, ob es wohl besser sei, wie eine anständige Bittstellerin auszusehen oder wie eine liederliche. Sie zog die einfachste Jacke und das einfachste Hemd an, das sie besaß, dennoch wusste sie, dass sie immer noch den Stempel einer Miss trug. Waren es vielleicht die Satinschuhe mit den abgenutzten Spitzen? Oder nur die Art, wie sie dastand, ein bisschen zu eingeübt, die Hüfte zu weit vorgeschoben? Sie konnte sich nicht mehr erinnern, wie Unschuld aussah. Sie versuchte, das Bild von sich selbst als Mädchen in der Armenschule heraufzubeschwören, das Gesicht so weiß wie Papier. Sinnlos, alles war weg.

In der Schlange wurde es unruhig: Die winzig kleine Miss in dem zerrissenen Slammerkin war in der Gosse zusammengesackt. Mary reckte den Hals, um etwas zu sehen. Nach einem peinlichen Moment eilten fünf Frauen herbei, um sie hochzuheben. Mary fragte sich, ob sie damit wohl versuchten, ihre Gutherzigkeit unter Beweis zu stellen. Zwei Pförtner mit mächtigen grauen Perücken kamen mit einer gepolsterten Trage heraus. Sie trugen das junge Mädchen an der gesamten Schlange vorbei. Ihre Lippen waren blau. Hinter ihr schlossen sich die mächtigen Tore.

»Die ist eine Schwindlerin, das wette ich«, raunte ein Weib mit tief in den Höhlen liegenden Augen vor Mary.

Mary grinste und wollte antworten, doch vor lauter Husten krümmte sie sich und presste sich dabei sämtliche Luft aus den Lungen. In der Gosse zusammenzubrechen war ein guter Trick. Warum war der ihr nicht eingefallen? Doll bestimmt. Wenn Doll Higgins jetzt bei ihr gewesen wäre, hätte Mary nichts zu befürchten gehabt. »Warum kommst du denn nicht auch mit?«, hatte Mary sich beschwert, als sie noch vor Sonnenaufgang aufgestanden war.

Doch Doll hatte sich nur wieder auf ihre höckerige Strohmatratze gelegt und wie üblich krächzend gelacht. »Das fehlte noch, dass ich mich von denen da einsperren lasse!«

Mary versuchte, nicht an die Schlösser zu denken. Sie versuchte nur daran zu denken, warum sie hier war. Dass es um Medizin für ihren Husten ging. Um Essen, das sie sich nicht verdienen musste. Um ein Dach über dem Kopf im schlimmsten Winter, dessen bittere Kälte sich jetzt schon ankündigte. Das Haus der Magdalenen war der einzige Ort in London, wo ein Mädchen wie sie Aufnahme finden konnte, und alles, was sie dafür tun musste, war, diese Weltverbesserer davon zu überzeugen, dass sie sich schämte. Mehr verlangten sie nicht.

Saurer Speichel lief ihr im Mund zusammen. Mary überlegte inzwischen, ob sie einfach gehen sollte, ihren Platz in der vier Wartestunden langen Schlange aufgeben und sich auf den Rückweg durch die Stadt machen, hin zum Cheshire-Käse auf der Fleet Street und einem Glas Dünnbier. Nur der Gedanke an Dolls wutverzerrtes Gesicht sorgte dafür, dass sie wie angewurzelt stehen blieb. »Du musst doch lediglich ein paar Monate lang mit gesenktem Kopf herumlaufen, um deine verfluchte Haut zu retten«, hatte Doll am Ende ihrer Auseinandersetzung gesagt. »Hast du jemals von einem besseren Geschäft gehört?«

Gerade lief ein Gerücht durch die Schlange: »Sie nehmen nur jede Fünfte.«

Mary presste die Lippen zusammen.

Dann wanderte eine weitere Kunde von Ohr zu Ohr, schneller diesmal: »Sie haben es lieber, wenn man barfuß ist.« Einige Mädchen fingen an, ihre Schuhe abzustreifen und in die Gosse zu werfen. Die Frau vor Mary war bereits barfüßig, wie Würmer streckten sich ihre Zehen von der harten Erde hoch. Mary blickte verstohlen auf ihre eigenen Satinschühchen hinab. Fünf Schillinge hatte sie dafür auf dem Bartholomäus-Jahrmarkt bezahlt, damals waren sie noch fast sauber gewesen. Den Teufel würde sie tun, die wegzuwerfen, bevor nicht zumindest ein Loch drin war.

Während die Schlange im Schneckentempo durch die hohen, holzvertäfelten Türen kroch, spitzte Mary die Ohren. Sie begriff, dass sie sich unbedingt eine Geschichte zurechtlegen musste. Etwas, das die Schreiber notieren konnten. Etwas, das sich gut anhörte. Drei Frauen, die vor Mary in der Schlange standen und allesamt Dirnen aus der Drury Lane waren, behaupteten nacheinander, sie wären Dienstmägde und ihre Herren hätten sie mit einem Eheversprechen getäuscht. Andere stahlen sich ihre Geschichten aus Balladen, französischen Liebesromanen und sogar aus einem noch gar nicht lange zurückliegenden Fall vor Gericht. Die Mütter, so schien es, waren alle im Kindbett gestorben und die Väter allesamt auf See.

Die einzigen wahren Worte, die Mary zu hören bekam, stammten aus dem Mund der Frau direkt vor ihr, die keine Zähne mehr hatte, vermutlich von einer Quecksilberkur. Mary beugte sich weiter vor, um zu verstehen, was die andere nuschelte. Die Frau versuchte erst gar nicht zu lügen. Sie erzählte den Schreibern, dass sie ihr ganzes Leben auf die Straße gegangen sei, damit aber in ihrem Alter nicht mehr ihr Brot verdienen könne.

Der jüngere Schreiber warf ihr einen eisigen Blick zu. »Ist das alles, was du zu deiner Verteidigung vorzubringen hast?«

Die Frau nickte erschöpft.

Der ältere Schreiber wischte seine Feder ab. ›*Gesuch abgelehnt*‹, las er vor, was er gerade in ein riesiges ledergebundenes Geschäftsbuch eintrug. ›*Bittstellerin zu verstockt, um sie zum Glauben zurückzuführen.*‹

Blindlings drückte sich die Frau an Mary vorbei. Auf dem Weg nach draußen spuckte sie gegen den Türpfosten.

In Marys Brust pochte es wie wild. Jetzt war sie an der Reihe. Sie versuchte zu husten, ihre Bedürftigkeit zur Schau zu stellen, doch heraus kam nur ein klägliches Räuspern.

»Name?«

»Mary Saunders«, sagte sie, noch bevor sie auf den Gedanken kam zu lügen. Ihre tiefe, raue Stimme ließ den jüngeren Schreiber zu ihr hochschauen. Sie machte einen Knicks, um den Eindruck abzumildern, und beobachtete, wie der ältere Schreiber den Namen in die rechte Spalte eintrug.

»Alter?«

»Fünfzehn«, antwortete sie leise. Das stimmte, doch es hörte sich an wie eine Lüge. Vielleicht wäre vierzehn sogar noch besser gewesen.

»Grund für das Gesuch?«

»Wenn Ihr so gut wäret aufzuschreiben, was immer Euch passend erscheint, Sir«, flüsterte sie.

Ein Schweigen. Doch dann kamen die Wörter herausgeflossen wie bei einem Gebet, es hatte geklappt: »*Gnädigste Gentlemen*«, murmelte der Schreiber beim Notieren, »*diese*

Bittstellerin hat sich der Prostitution schuldig gemacht und ist sich ihrer Verfehlung ehrlich bewusst. Ihrer Reue ebenbürtig ist nur ihr Vorsatz, ein besseres Leben zu führen.«

Das Allerschlimmste war der Arzt. Hinter einem dünnen Vorhang legte er Mary flach auf den Rücken und steckte seine Finger in ihre Weichteile, »um deinen Gesundheitszustand festzustellen«, wie er behauptete, ohne auch nur einen Penny für das Privileg zu zahlen. Und dann auch noch solch hässliche Finger, übersät mit Warzen.

»Irgendwelche Schmerzen? Irgendein weißer Ausfluss? Oder gelblicher?«, fragte er. »Schwierigkeiten beim Urinieren?«

»Nichts von all dem, Sir«, antwortete Mary und versuchte so zu klingen, als habe sie keine Ahnung, wovon er überhaupt rede.

Sie merkte, dass er ihr nicht glaubte. Er spähte ihr weiter murmelnd zwischen die Schenkel. Mary vermutete aber nicht, dass es noch Anzeichen ihrer früheren Krankheit gab. Sie war versucht, ihm ins Gesicht zu treten, doch vermutlich hätte das ihre Chancen zunichtegemacht. Schließlich stand er auf und schaute ihr in den Mund, wahrscheinlich auf der Suche nach Quecksilbernarben. Zum Glück hatte sie nie die Syphilis gehabt. Die war schwerer zu verheimlichen als ein Tripper.

Mary hatte das Gefühl, dass sie sie nehmen würden. Sie roch geradezu, wie ihr Glück sich wendete.

Eine Woche später lag sie in ihrem schmalen Bett auf der Krankenstation und sagte sich immer wieder, dass sie doch eigentlich eine glückliche Hure war. Warum war ihr dann ständig nach Heulen zumute?

Wenn sie den Arm ausgestreckt hätte, hätte sie den knochigen Rücken von Honour Boyle im Nachbarbett berühren können. Honour war ein Mädchen aus Devon. Ihr

Revier war die Piazza gewesen, bis sie ein nur halb entwickeltes Kind geboren und ihr Gewerbe sie daraufhin angewidert hatte. Sie war kein übles Mädchen, aber eine Doll Higgins war sie auch wieder nicht. Diese Station war den etwas gescheiteren Dirnen vorbehalten. Jede hier konnte ihren Namen schreiben. Nicht, dass sie dazu große Veranlassung gehabt hätten.

Schritte im Flur. Mary erkannte den ausschreitenden Gang von Oberin Butler. Die Oberin besaß traurige Augen und einen solch hohen Haaransatz, dass ihre Stirn sich von der Last ihres Wissens schier vorzuwölben schien. Sie traute keiner von den Dirnen, was in Marys Augen bewies, dass sie keine Närrin war. Ihr Erbarmen behielt die Oberin den unglückseligen Gefallenen vor, die von den Damen, die das Krankenhaus unterstützten, schon einmal einen Korb mit Obst bekamen und die beste Station ganz oben im Hospital bewohnten, von wo aus man einen Blick über die Goodman's Fields bis hin zum Tower Hill hatte.

Mary hatte das Guy-Fawkes-Freudenfeuer verpasst. Seit sieben Tagen war sie nicht mehr draußen gewesen und hatte die Sonne auf ihrem Gesicht nur durch Fensterglas gespürt.

Das Magdalen war das größte Haus, in dem sie je gewohnt hatte, und auch das sauberste. Ganz gleich, wie lange Mary auch wach lag und unter ihren gebleichten Laken in die blank gescheuerte Station hineinlauschte, nie hörte sie auch nur das Getrippel einer Ratte. Nichts von dem Gepolter und Schmutz der Stadt drang durch die Tore des Magdalen. Keine der Nachrichten und nichts von dem Lärm. Dies hier war eine eigene, stille Welt und von der wirklichen abgeschirmt. Ein Kloster – oder ein Käfig.

Jeden Tag und sonntags zweimal knieten die Büßerinnen in der Kapelle und hörten die Predigt von Pastor Dodds. Was ihre Kleidung betraf, so hatte Oberin Butler deutlich gemacht, dass sie keine Ausschweifungen wünsche, nichts Eitles, nichts, woran eine der Gönnerinnen bei einem Besuch Anstoß nehmen konnte. Jedes Mädchen trug die gleichen flachen Schuhe, die gleichen Kammgarnstrümpfe, und sogar Marys blassgrüne Strumpfbänder mussten unter dem am Oberschenkel umgeschlagenen Strumpf verborgen werden. Pro Person zwei wattierte Leinenkittel und ein Unterkleid. Nicht mehr und nicht weniger. Ihre Kleider waren allesamt aus dünner, staubfarbener Chalonwolle, die Schürzen so bleich wie Schafsknochen. Die Ärmel, die sie sich am Morgen anknöpften, hatten an den Ellenbogen allesamt die gleichen Batistrüschen – jeweils nur eine, aus Furcht vor Eitelkeit. Ihre langen Fingerlinge, ihre Beuteltaschen, ihre Nadelköcher, alles war vollkommen einheitlich. Und das oberste Gebot: Schicklichkeit. Das leinene Halstuch hatte ins Mieder gesteckt zu sein, damit auch nur ja jeder Zoll Haut bedeckt war, und die Haube hatte das zu einem festen Knoten gebundene Haar zu bedecken, sodass keine Locke zum Vorschein kam.

All das trostlose Grau tat Mary in den Augen weh. Es hinterließ in ihrem Mund einen Geschmack wie Asche. Des Nachts drückte sie die Augen fest zu und träumte davon, wie sie in ihrem rötesten Kleid über die Strand lief. Wenn sie beim Aufwachen mit der Hand über ihr ungeschminktes Gesicht fuhr, fühlte es sich so trocken an wie altes Papier.

Dabei wusste sie, dass sie dankbar sein musste. Jeden Morgen um neun und mittags um eins gab es im lärmenden Speisesaal Fleisch und Gemüse. Nie besonders schmackhaft und »nichts so übermäßig gewürzt, dass es die weibliche Konstitution entflammen könnte«, wie die Oberin trocken erläuterte. Aber es war immer anständiges Essen und alles umsonst. Die Büßerinnen mussten vor und nach den Mahlzeiten beten, aber das kannte Mary ja schon von der

Schule her. Sie hätte sogar den Almanach herunterbeten können, wenn man es von ihr verlangt hätte. Der Tee war zwar nur aus Salbeipulver, aber zumindest war er heiß. Als man ihnen an jenem ersten Nachmittag aufgeschnittenes Rindfleisch servierte, lag auf Marys Teller so viel, dass es in der Charing Cross Road für ihre ganze Familie hätte reichen müssen.

Mit halb geschlossenen Augen überstand sie diese ersten Tage wie eine Schlafwandlerin. Sie aß, und sie schlief. Ihr Husten wurde allmählich besser. Selbst ihre spröden Lippen wurden wieder weich.

Ständig musste Oberin Butler die Büßerinnen daran erinnern, sich keine schwärmerischen Geschichten aus ihrem früheren Leben zu erzählen. Besonders lächerlich fand Mary daran, dass man von ihnen erwartete, ihr Gewerbe zu vergessen, während sie doch gleichzeitig mit Dutzenden anderer Huren zusammengepfercht waren. Wenn Oberin Butler vor dem Frühstück zu ihnen sprach, verdüsterte sich sorgenschwer ihr Blick: »Dies ist eure einmalige Gelegenheit, eure Vergangenheit hinter euch zu lassen und neu anzufangen.« Davon abgesehen, waren ihre Regeln einfach: *Nicht trinken, nicht auf der faulen Haut liegen, nicht fluchen, nicht spielen, kein Gezänk und keine Unschicklichkeit. Keine wird gegen den eigenen Willen hier festgehalten.*

Es war das Trinken, das Mary am meisten vermisste. Nach einer Woche ohne auch nur ein einziges Glas Branntwein, um sich den Bauch zu wärmen, war sie kurz davor wegzulaufen. Das Wasser, das man ihnen gab, roch zwar frisch, kam einem aber vor, als trinke man gar nichts. Danach fühlte sich Mary sogar noch leerer. Die Überlegung war, die Büßerinnen reinzuwischen wie Tafeln und dafür zu sorgen, dass sie neu anfingen. Man wollte sie vergessen machen, wer sie waren.

Aber Mary hatte Doll nun einmal versprochen, es zu versuchen, und draußen hingen die Eiszapfen von den Traufen. Der Winter stellte sich als genauso hart heraus, wie die Wahrsager es prophezeit hatten. Mary vergrub sich unter der Decke und dachte an die anderen Bittstellerinnen: diejenigen, die man abgewiesen hatte, weil sie zu alt waren oder zu krank von der Syphilis oder weil sie ihre Reue zu schlecht vorgetäuscht hatten. Sie fragte sich, wie viele von denen wohl heute Abend ein Dach über dem Kopf hatten. Nicht, dass sie für die anderen eine Träne übrig gehabt hätte. *Jedes Mädchen für sich allein*, wie Doll immer sagte.

Und wie lautete noch gleich Dolls andere Weisheit? *Gib niemals deine Freiheit auf*. Wie grandios sich das anhörte! Und ausgerechnet auf Dolls Rat hin war Mary jetzt hier, eine gefallene und wieder aufgehobene Magdalena, zuschanden geworden und wieder aufgerichtet – und sicherer eingesperrt als jedes Mädchen im Freudenhaus.

Es war still geworden im Arbeitsraum. Oberin Butler hielt die Nadel mit der Spitze nach oben.

»Ich kann nicht nähen, Madam«, wiederholte Mary ein wenig lauter. Sie hustete heftig auf ihren Handrücken.

»Du musst begreifen, Saunders«, sagte die Oberin freundlich, »dass es sonst für dich keine Arbeit gibt.«

Das Mädchen verschränkte die Arme noch fester.

»Es ist wirklich bedauerlich, dass man dir diese nützlichste aller weiblichen Fertigkeiten nicht beigebracht hat«, fuhr Oberin Butler fort, »aber es ist nie zu spät, neu anzufangen, wie Pastor Dodds uns gern erinnert.«

Mary schaute verstohlen hoch. Hörte sie da etwa einen Hauch Ironie?

»Die Prinzipale«, erklärte die Oberin offiziös, »wünschen, dass die Büßerinnen sich an Fleiß gewöhnen, indem sie Hemden und Handschuhe für jene Herrschaften herstellen, die die Güte besitzen, dem Hospital ihre Unterstützung angedeihen zu lassen.«

Mary nickte gelangweilt.

Oberin Butler stemmte ihre blassen Fäuste auf den Tisch und sprach mit leiser Eindringlichkeit weiter. »Außerdem ist es eine Chance für dich zu lernen, zum ersten Mal in deinem Leben mit ehrlicher Arbeit einen ehrlichen Lohn zu verdienen.«

Mary kochte vor Zorn. Als ob sie nicht wüsste, was Arbeit bedeutete. Wie einfach wäre es jetzt gewesen, in diesem überfüllten Hühnerstall einen kleinen Aufruhr zu veranstalten. Sie könnte ein paar Köpfe einschlagen, ein paar Röcke zerreißen, sich hinauswerfen lassen und noch vor Einbruch der Dämmerung wieder bei Doll im Rattenschloss sein.

Aber der Gedanke an Doll stählte sie. Sie hatte versprochen, so lange zu bleiben, bis ihr Husten weg war. Also nahm sie nach einer langen Minute die Nadel zwischen Daumen und Zeigefinger. Vorne war sie ganz spitz. Mary malte sich aus, welche Verletzungen man damit anrichten konnte.

Die Oberin machte sich daran, ihr den Grundstich beizubringen. Mary machte sich einen Plan: Sie würde eine derart unfähige Näherin sein, dass man ihr nach einem oder zwei Tagen zu ihrem eigenen Besten die Arbeit wieder wegnehmen würde. Sie nahm sich vor, sich in den Daumen zu stechen und ihr Leintuch mit braunen Flecken vollzuschmieren.

Nie hätte sie vorausgesehen, dass sie nach einem halben Morgen beim Anblick ihrer Nadel, die in den Stoff hineintauchte und wieder hervorkam wie eine Natter in einem Bach, ein heißes Vergnügen in den Fingern spüren würde. Aus dem Augenwinkel meinte sie Oberin Butler lächeln zu sehen, aber als sie dann aufsah, hatte die Oberin schon den Kopf abgewandt.

Am Ende des Monats war Saunders die geschickteste Näherin im Magdalen, und jeden zweiten Tag lächelte Oberin Butler sie an. Die Gefallenen wandten sich abrupt von ihr ab, und Mary war durchweg unbeliebt. Es war nicht etwa der magere Lohn, der sie weitermachen ließ, sondern die Befriedigung beim Nähen selbst. Höchst sonderbar.

Der Faden schien Mary zu gehorchen. Das Tuch legte sich bei ihrer Berührung gefügig nieder. Sie konnte nicht begreifen, was andere Mädchen so schwierig daran fanden und warum sie so oft mit Rissen und Knoten zu kämpfen hatten. Mary schnitt weißen Glacé für die Handschuhe zurecht, und ohne dass man es ihr erklärt hätte, wusste sie, wie man das Leder in die Daumenbeuge legen musste. Ihr gefiel die Herausforderung der komplizierteren Stiche, die sie von der Oberin lernte, aber selbst ein einfacher Saum, wenn er nur perfekt gelungen war, erfüllte sie mit einem Entzücken, als ränne ihr der Gin durch die Kehle. Wie stolz Susan Digot wohl gewesen wäre, wenn sie ihre Tochter jetzt hätte sehen können, wie sie den Faden abbiss und das Altartuch für die Kapelle des Magdalen fertig säumte. Und Doll Higgins würde erst Augen machen!

Mary hätte ihrer Freundin geschrieben, hätte sie nicht gewusst, dass die Oberin sämtliche Korrespondenz öffnete, eingehende ebenso wie ausgehende. Bestimmt hätte Doll dem Fälscher aus dem Rattenschloss den halben Penny gegönnt, den sie ihm dafür hätte geben müssen, dass er ihr den Brief ihrer alten Schlampenfreundin vorlas. *Doll*, hätte Mary gern geschrieben, *Du wirst es im Leben nicht glauben, aber ich habe mich zur Vorsteherin meiner Station hochgearbeitet. Das ist so etwas wie eine Herrin. Die anderen müssen mich anständig behandeln, sonst melde ich sie wegen moralischer Abkehr. Nur die Vorsteherinnen bekommen echten Tee zu trinken und nicht diesen Salbeimist.*

Und außerdem hielt sie schließlich ihr Versprechen! Dass sie gesunden und bis Weihnachten aushalten würde. Nicht, dass Weihnachten sich hinter den Fensterläden, die Vorbeikommende daran hindern sollten, in die dunklen Stuben des Magdalen zu spähen, groß von irgendeinem anderen Tag unterschieden hätte. Honour Boyle ließ ihren Zuhälter den ganzen Weg von Whitechapel herkommen, aufgemacht wie ein Mann der Kirche. Er brachte ihr einen Zuckerhut und lamentierte: »Nichte, ach Nichte, in was für eine Lage bist du nur geraten!«, während er unter ihren Röcken heimlich ihre Wade tätschelte. Honour lachte so laut, dass sie so tun musste, als wäre sie in Tränen aufgelöst.

Aber Mary besuchte niemand. Natürlich wusste auch niemand außer Doll, dass sie hier war. Am Weihnachtstag ging sie nachmittags ins Nähzimmer und arbeitete weiter an einem Ärmelaufschlag mit Spitze. Sie versuchte sich den Mann auszumalen, dessen Arm ihn füllen würde. Würde ihm das wiederkehrende Rosenmotiv auffallen, oder würde er sich daran nur die Nase abwischen? Sie fragte sich, wie lange es wohl noch dauerte, bis sie hier, eingesperrt in diesem Puppenhaus, wo ein Tag dem anderen glich, den Verstand verlor. Auf der Station der Gefallenen gab es ein Mädchen, von dem es hieß, es sei schon seit drei Jahren hier. Vielleicht konnte man sich so sehr daran gewöhnen, Anordnungen zu befolgen, dass man nie mehr wegging.

Am Silvesterabend kniete Mary Saunders. Seit zwei Stunden hockte sie nun schon so da, und jeder Muskel in ihrem Körper tat ihr weh. Die hohen Fenster der Kapelle waren in Finsternis gehüllt.

Sie hatte die Augen geschlossen. Es hatte sie mit Zorn erfüllt, als sie heute Morgen ihr graues Mieder angezogen hatte. Hier im Magdalen brauchte man keinen Spiegel, wo einem doch eh 72 andere Gestalten die eigene widerspiegelten. Wie die Kleiderpuppen von Umhangschneidern knieten die Mädchen in Reih und Glied in der Kapelle und bewiesen den Gästen ihre uniforme Tugend. Jedes trug, als wolle es die Augen vor dem Licht beschirmen, einen flachen Strohhut, doch in Wahrheit sollte er das Gesicht verbergen. Gehalten wurde er von einem blauen Band, dem einzigen Farbtupfer, der gestattet war, und ein Ton, den Mary noch nie gemocht hatte. Die Büßerinnen rochen sogar eine wie die andere, bemerkte Mary, und wen wunderte es denn? Dasselbe Kochfleisch, derselbe Schweiß und derselbe Hauch von Ascheseife an jedem Hals.

Der Eingangschoral brachte die Gemeinde mit viel Geraschel und dem Knarren von Fischbein auf die Füße. Mary stützte ihren tauben Körper mit den Händen ab und rappelte sich hoch. Als sie sich verstohlen umblickte, zählte sie hinter sich fünf Prinzipale, deren weiße Zeremonienstäbe das Licht der Wandleuchter reflektierten. Die mildtätigen Damen wedelten mit ihren Fächern.

Die Magdalenen waren bekannt für ihren Gesang und die Beherrschung ihrer gegliederten Harmonien.

Wie viele Seelen traten gleich
Den Weg an in das Totenreich

Marys Finger waren eiskalt. Auf der Suche nach dem Text blätterte sie das Gesangbuch durch. Krächzend fiel sie in der dritten Zeile mit ein.

Bis heut die Sonne nun fürwahr
Beendet ihren Lauf in diesem Jahr.

Während zwischen den einzelnen Strophen die Orgel schmetterte, verschwammen vor Marys Augen die schlecht gedruckten Buchstaben. Wer mochte wohl in diesem Jahr gestorben sein, ohne dass sie es wusste? Kurz musste sie an Susan Digot in der Charing Cross Road denken, die für einen Sixpence pro Stück Quadrate für Unterröcke säumte. Mary fragte sich, ob Billy wohl gediehen war oder ob er inzwischen eine Nadel verschluckt hatte. Und dann William Digot – wann würde der wohl unter seiner Kohlenlast zusammenbrechen? Sonderbar, aber inzwischen konnten sie alle schon in ihren Gräbern verfaulen, ohne dass Mary es überhaupt wusste. Oder es sie besonders interessierte.

War das hartherzig? Und wenn schon. Bei dem, was sie durchgemacht hatte, wäre jedermann hart geworden. Sie hatte es sich nicht selbst so ausgesucht. Sie hatte sich lediglich an ihr Leben geklammert wie an die Spiere eines gekenterten Schiffes. Besser, man war hartherzig, als dass man zerschmettert wurde.

Ein frostiger Seitenblick von Oberin Butler sorgte dafür, dass Mary den Kopf wieder senkte und in die *Hymne an das neue Jahr* einstimmte. Morgen würde das Jahr 1763 beginnen, und irgendwie klang das neu und fremd. Wer konnte schon sagen, ob Mary selbst noch ein weiteres Weihnachten erleben würde? Wieder erstarb ihre Stimme mitten in der Strophe. Sie verspürte den unwiderstehlichen Drang, aus diesem Gebäude herauszukommen. So fest, als wollte sie eine Waffe abfeuern, umklammerte sie ihre Daumen.

Jetzt war sie wieder auf ihren schmerzenden Knien und versuchte, sich im Gleichgewicht zu halten. Wie ein taumelnder Drachen an seinem Seil schwankte sie auf dem Steinboden zuerst ein wenig nach vorne und dann zurück. Hoch oben in seiner Kanzel aus Walnussholz stand der junge Pastor Dodds und kündigte das Thema an. »*Vermag wohl ein Mohr seine Haut zu ändern«,* zitierte er bedeutungsschwer, *»oder ein Leopard seine Flecken?«*

Mary dachte an Leoparden. Im letzten Winter hatte sie einen halben Penny bezahlt, um einen zu sehen. Seine Flecken waren riesengroß gewesen und das Tier selbst die bedrohlichste Kreatur, die sie jemals gesehen hatte. Manchmal lief er in ihren Träumen unruhig auf und ab.

»Der dreizehnte Vers im Buch Jeremia«, fuhr Dodds fort, »ist ein überaus geeigneter Text für diesen Augenblick, den letzten Abend im Jahr des Herrn 1762.« Seine Blumenkohlperücke umrankte seine roten Wangen. Verstohlen musterte Mary die dunkelbraune Kniehose, die seine Schenkel ohne jede Falte umspannte. Die musste ganz bestimmt fünf Pfund gekostet haben. Es juckte sie in den Fingern, den Samtflor zu befühlen.

Die andächtig Lauschenden in den ersten Bankreihen nickten im Takt wie Tauben, so als sei Jeremia 13 genau der Vers in ebenjenem Buch, den auch sie selbst ausgewählt hätten. Auf der Empore nickte eine Straußenfeder, luftig wie Schaum. Aus gutem Hause, dachte Mary: mit einem Anstrich von Aristokratie und einer Menge Kusinen vom Lande, die über die Weihnachtstage gekommen sind, um sich die Sehenswürdigkeiten anzuschauen. Und keine hübscher als ein Lotterweib, das sein Glück gemacht hatte.

Auf den Pastor war Verlass, dass er die Besucher nicht mit zu vielen schweren Gedanken ermattete. Nun wandte er sich der Drangsal der anfälligen jungen Frauen von London zu, »die wie streunende Schafe«, jammerte er, »den gefräßigen Wölfen der Habgier und des Lasters zum Opfer gefallen sind«. Die mildtätigen Damen zogen ihre weißen und roten Wangen ein. Und die Herren schauen in die Ferne, als hätten sie noch niemals von solch einem Phänomen wie der ›Sklaverei der Prostitution‹ gehört, dachte Mary mit bitterer Häme.

Nun begann Dodds seine Eloge auf das ach so menschliche, ach so barmherzige Hospital der Magdalenen. »Ein Hospital nicht für den Leib, nein!, sondern für den *Charakter* – wo diese jungen Frauen in den natürlichen Stand der weiblichen Tugend zurückkehren und lernen können, die Früchte ehrlicher, mühevoller Arbeit zu ernten.« Als sich seine Wangen allmählich kirschrot färbten, verstand Mary beinahe, warum die kleinen Mädchen so schwärmten für den Hochehrwürdigen Kaplan, wie sein voller Titel lautete. Jetzt stellte sich Dodds auf die Zehen und streckte seine lange weiße Hand in Richtung der Büßerinnen aus, wobei er eine dreifache Rüsche zurückschüttelte. Belgische Spitze, vermutete Mary, als sie unter dem Rand ihres Hutes hervorlugte. Und einen fetten Diamanten an dem Finger, mit dem er jetzt auf ein Mädchen in der ersten Reihe zeigte, die kleine Amy, die am Petitionstag in der Gosse ohnmächtig geworden war. »Obwohl der Äthiopier nach göttlichem Ratschluss auf immer schwarz sein wird, kannst doch *du*, Amy Pratt, dich von deinen mannigfaltigen Sünden reinwaschen!«

Der Sünde Preis
Ist Feuer und Eis.

Marys Kopf war voll mit lauter Unrat. Die Reime, die man ihr in der Schule eingetrichtert hatte, waren am schwersten wieder hinauszuschütteln. Schon sprang Amy Pratt auf die Füße, schwankend vor Erregung. Mary überlegte, ob sie es ihr gleichtun sollte, als Vorwand, um ihre Beine zu strecken. Hatte der Pastor Amy heute Abend rein zufällig ausgewählt, oder war es wegen ihres rosigen ovalen Gesichts, das jetzt offen zu sehen war, da sie ihre Augen zum gütigen Himmel hob, und das ihr Hut umkränzte wie ein Heiligenschein aus Stroh. Der Gentleman mit der Zopfperücke schien die Wahl gutzuheißen. Er reichte sein Fernglas an seinen blonden Freund weiter – der zu modisch war, um überhaupt eine Perücke zu tragen. Wo hatte Mary den schon einmal gesehen?

»Hier vor uns«, verkündete Dodds mit einem sanften Wink in Richtung Amy Pratt, »sehen wir eine Frau – nein, gar noch ein Kind, das, entkleidet von Armut, entkräftet von Hunger, in viel zu jungen Jahren in die Verderbtheit gelockt wurde.«

Besser verkaufen als verlieren, hörte Mary Doll im Geiste sagen. Sie tauschte eine rasche Grimasse mit Honour Boyle aus, die sich gerade mit einem Splitter aus der Kirchenbank die Fingernägel sauber machte.

»Aber Jeremia lehrt uns: *Dann freilich könnt auch ihr Gutes tun, die ihr des Bösen gewohnt seid*«, zitierte der Prediger mit dem rollenden Bass, den er für die Propheten bereithielt.

Oberin Butler, die wie festgewachsen am Ende der Reihe kniete, spitzte die Lippen, so als habe sie da ihre Zweifel. Mary spürte geradezu den kühlen Blick der Oberin auf sich und musste so tun, als betrachtete sie ein Gemälde an der Wand. Marys Namensvetterin in verstaubten Ölfarben. Die Jungfrau, im sechsten Monat, stolperte auf einem ausgedörrten Feld ihrer Kusine in die ausgebreiteten Arme. Mary stellte sich vor, wie ihre dicken Bäuche aufeinanderklatschten.

Dodds trug jetzt einen der eigenen Choräle des Hospitals vor und wippte dabei auf seinen winzigen Zehen auf und nieder.

Flieht, Sünder, das verbot'ne Bett,
Dass ihr nicht einst zugrunde geht,
Hinabfahrt in der Hölle Schlund
Und dort versinkt bis auf den Grund.

Inbrünstig trug er die Zeilen vor. Plötzlich hatte Mary ihn im Verdacht, womöglich in seiner Freizeit Verse zu schreiben.

Aber nun schwoll Amy Pratts leises Schluchzen an. Lautes Wehklagen entfuhr ihr, und sie rang nach Luft wie ein Fisch. Honour Boyle kicherte, und wenn sie erst einmal angefangen hatte, konnte sie nicht mehr damit aufhören. Mary vermied den Blickkontakt. Die Mädchen neben Amy Pratt, angesteckt von ihrer Scham, rappelten sich eine nach der anderen hoch. Die müden Beine zitterten.

»Lasset Euch vom Licht umfangen«, drängte Dodds sie und umklammerte den schimmernden Rand der Kanzel. Jill Hoop, erst elf Jahre alt und noch keine Metaphern gewöhnt, warf einen entsetzten Blick auf den Lüster, der nahe der Kanzel hing. Ganz offensichtlich versuchte sie die Entfernung abzuschätzen. Die anderen Mädchen zitterten in ihren Bänken. Wer wäre heute Abend die Erste, die ohnmächtig würde? Die meisten waren sechzehn oder siebzehn, mehrere Jahre älter als Mary. Die müssten es eigentlich besser wissen, dachte sie ungerührt. Eine Schale mit anständigem Tee, um die Nerven zu beruhigen – das war es, was sie jetzt brauchten. Oder noch besser, einen Schluck Gin.

Dem Pastor gelang es, gleichzeitig bekümmert und hochzufrieden dreinzuschauen. Waren das da in seinen Augen etwa Tränen oder nur ein Glitzern vom Kerzenlicht? »Seid guten Mutes«, rief er den Mädchen nun mit buttermilchener Stimme zu. »Durch die Gnade Gottes und seines Sohnes seid ihr aus dem Hades der Straße in dieses Elysium der Schwesternschaft emporgehoben worden.« Ihre Gesichter starrten ihn, verwirrt von diesen Anspielungen, an. »Dies ist keine trostlose Besserungsanstalt«, frohlockte er, »es ist eine sichere Zuflucht aus eurem früheren Elend – endlich ein glückliches Zuhause.«

Aber die Mädchen waren jetzt von Gram erfasst wie von einem Fieber. Ein Wimmern lief durch die Bänke. Und die Gefallenen sind die Sentimentalsten, dachte Mary verächtlich. Jane Taverner krümmte sich, in Tränen aufgelöst. Sie war die Tochter eines Vikars. War es da vertretbar, dass eine Vorsteherin sich keine Träne abrang?, fragte Mary sich, kurz erschrocken. Sie verknotete über dem harten Saum ihres Mieders die Hände und senkte als halbherzige Geste das Kinn. Im Rhythmus ihrer zitternden Knie pulsierte nun auch ihr Hals.

Als sie das nächste Mal aufsah, flüsterte der blonde Mann im Samtmantel seinem Freund gerade einen Witz ins Ohr. Wenn sie sich doch nur daran erinnern könnte, wer er war. Ein Advokat vielleicht? Er schaute höchst begierig auf die Magdalenen hinab. Dann soll er wenigstens dafür bezahlen, dachte Mary wütend. Warum sollten wir hier herumknien und ihn umsonst gaffen lassen?

Die Dame mit der Straußenfeder reckte den Hals über die Brüstung. Über einem dunkelblauen Unterrock und Mieder trug sie einen cremefarbenen Slammerkin aus gekräuselter Seide, deren Rüschen das Licht jeder einzelnen Kerze in der Kapelle einfingen. Ihr Haar war zu einem überaus schweren, blumenbesetzten Ei hochfrisiert, wahrscheinlich würde sie sich gleich über den Rand hinwegstürzen und dafür sorgen, dass Honour Boyle noch das ganze Jahr lachte. Ihre mit Perlen beringten Hände krallten sich um die Decke der Kirchenbank. Drei der Gefallenen hatten sie mit Efeublättern bestickt, wie Mary jetzt wieder einfiel. Zwei Wochen hatten sie dafür gebraucht und sich die größte Mühe gegeben.

Dodds nestelte an seinem Hals, um das schwarze Beffchen zu lockern. Er breitete die Arme in Richtung Empore aus. »Vor euch, höchst ehrenwerte Gönner, seht Ihr ein ergreifendes Beispiel an wahrhaftiger Buße. Bezeugen denn nicht die salzigen Tränen dieser liebreizenden Ausgestoßenen den Abscheu vor ihrer Verfehlung?«

Wer Zeit tut verschwenden,
Wird böse enden.

Mary schüttelte den Kopf, um die kindischen Worte loszuwerden. Nicht zu glauben, wie viel Zeit sie damit vergeudet hatte, in dieser Kapelle herumzuknien, Tag um Tag und sonntags zweimal, alles nur, um ein Dach über dem Kopf zu haben. Und jetzt war sie hier bei dieser schier endlosen Predigt mit einer Herde von Heulsusen zusammengepfercht, und das am besten Abend im Kalender der Stadt. Marys Blick wanderte zum Westfenster. Was würde sie nicht dafür geben, sich heute Abend dort draußen im so vertrauten Londoner Dreck suhlen zu können, wo die Straßen mit Lichtern behängt waren wie für einen immerwährenden Feiertag!

Plötzlich kam die Stadt ihr vor wie eine Geschichte, an die man einen Moment lang glaubte, bevor sie dann verblasste. An die riesige, geblähte Kuppel von St. Paul's erinnerte sie sich wie aus einem Traum. Konnten es denn wirklich erst zwei Monate sein, dass man sie in diesem Hühnerstall eingeschlossen hatte?

Pastor Dodds knallte mit der weißen Hand auf die Kanzel. Mary schrak auf und kippte beinahe um, doch in der Enge der zusammengedrängten Leiber wäre dafür gar kein Platz gewesen. Sie spürte ihre Knie nicht mehr, und beinahe kam es ihr vor, als hielten nur noch ihre hohlen Unterröcke sie aufrecht. Das Batistschnupftuch des Pastors flatterte in seiner Hand wie eine weiße Fahne. Seine Erregung erinnerte Mary an die letzten Stöße eines Freiers vor dem Erguss. »Obwohl weder der Leopard noch der Neger die Farbe ihrer Haut ändern können«, rief Pastor Dodds, »so kann doch *jede* von euch die Farbe ihres Herzens ändern, und das noch heute Abend. Der Himmel«, beschwor er sie mit überschlagender Stimme, »ist in eurer Reichweite.«

Vielleicht gab es heute Abend in der Stadt sogar einen Aufruhr. Der Silvesterabend war immer ein guter Zeitpunkt für Krawalle. Keine halbe Minute brauchte Mary, um sich mit Asche aus dem Schornstein das Gesicht zu schwärzen. Was ihre Vorlieben betraf, da waren Doll und sie nicht wählerisch. Für sie spielte es keine Rolle, ob sie »Alte Preise!« oder »Holländer raus!« schrien, Wirte zwangen, eine Runde zu spendieren, oder Hausbesitzer, zu Ehren von Halloween ihre Fenster zu erleuchten. Einmal hatten sie sogar dabei mitgeholfen, zwei Taschendiebe bis hinaus nach Shoreditch zu verfolgen.

Genau, daher kannte sie den Blonden. Er war kein Advokat, sondern ein Kaufmann. Mary hatte ihn eines Abends im letzten Sommer in Shoreditch aufgegabelt. Jetzt fiel es ihr wieder ein: Er konnte seinen Schwengel nicht zum Stehen bringen, und sie musste ihn mit der Hand hineinstopfen. Dabei hatte er ihr durch die Finger gespritzt und dann versucht, sie um ihren Schilling zu prellen. »Es ist nicht meine Schuld, wenn du deinen Saft nicht bei dir behalten kannst!«, hatte sie ihn angebrüllt. Er warf ihr fünf Pence vor die Füße und torkelte dann auf der Suche nach einer Kutsche davon, während ihm immer noch die Milch von der Hose tropfte. Mary hatte gewartet, bis er außer Sichtweite war, bevor sie die Münzen aus dem Morast klaubte.

Jetzt starrte sie zu ihm hoch. Unmöglich, dass er sie in dieser Quäkerkluft wiedererkannte. Er sah aus wie geleckt, mit den goldenen Siegeln an seinen Taschen und der Schnupftabakdose, die er gerade der Dame neben ihm reichte. Shoreditch war für ihn nur eine Episode gewesen, die er wahrscheinlich längst vergessen hatte. Ganz bestimmt war er danach nach Hause gegangen, in sein Bett und zu seiner Frau. Das Leben einer Hure bestand aus den Fragmenten des Lebens anderer Leute.

Für seine Karte heute Abend musste der mindestens zehnmal fünf Pence bezahlt haben, was Mary lustig fand, bis ihr wieder einfiel, dass sie davon keinen Penny sehen würde.

Pastor Dodds näherte sich seinem Höhepunkt. »Es liegt nur an diesen jungen Frauen selbst, auf immer das Leben zu wählen. *Wählet* also!«, rief er, wandte sich den Mädchen direkt zu und reckte ihnen seine rosafarbenen Hände entgegen. »Wählet selbst!« Er hielt einen Moment inne. Dann schnupperte er kurz an dem frischen Blumensträußchen, das an seinem Wams steckte, und verbeugte sich vor der Empore, worauf er unter donnerndem Applaus von der Kanzel trottete.

Marys Hände klatschten wie von selbst mit. Sie hielt die meisten von Dodds Bemerkungen zwar für scheinheiligen Unsinn, trotzdem versuchte sie sich aber daran zu erinnern, wann sie das letzte Mal tatsächlich etwas *selbst gewählt, selbst entschieden* hatte. Hatte sie gewählt, den fliegenden Händler zu küssen, aus ihrem Zuhause geworfen zu werden, auf die Straße zu gehen? Vielleicht nicht, aber sie hatte auch nichts dagegen unternommen. Verzweifelt versuchte sie, sich auch nur an einen einzigen Tag in den über fünfzehn Jahren ihres Lebens zu erinnern, an dem sie sich nicht nur hatte treiben lassen wie ein Blatt im Fluss, sondern sich einfach genommen hatte, was sie wollte.

Hoch über ihr wippte die Straußenfeder. Einmal hatte Mary sich bei einem Hutmacher mit solch einer Feder über den Hals gestrichen. Bei der Berührung hatte sie am ganzen Leib ein Schauer überlaufen. Jetzt starrte sie hinauf zu der mildtätigen Dame, die sich gerade mit einem Spitzentuch eine Träne aus dem Auge wischte. Ihr Rock lag über der Kirchenbank wie eine Schneewehe. Jede

Falte, jeder Knopf, jeder Schatten war wundervoll. Im Geiste gelobte sich Mary: *Das wähle ich. Das werde ich sein. Alles, was du hast, wird eines Tages mir gehören, das schwöre ich.*

Und für den Moment befand sie, dass das Leben jedenfalls viel zu kurz war, um es auf Knien zu vergeuden. Sie drückte sich mit den Händen ab und setzte sich in die Bank. Ihre Knie pulsierten vor lauter Schmerz und Erleichterung. Unter den Magdalenen war sie nun die Einzige, die aufrecht saß. Um sich herum bemerkte sie blankes Entsetzen und Seitenblicke. Sie fühlte sich wie eine Königin und lächelte in sich hinein.

Ihr Blick traf auf den von Oberin Butler im Mittelgang, die mit dem Finger eine winzige, aber unmissverständliche Bewegung machte: *Auf die Knie*! Mary dachte darüber nach und ließ dann ihren Blick ins Leere schweifen, so als hätte sie die Oberin gar nicht gesehen. Sie lehnte sich auf der Bank zurück und genoss den Halt des soliden Mahagonis. Das Gesangbuch rutschte ihr in die Rockfalte. In ein paar Stunden würden sie am Tower Hill ein Feuerwerk entfachen, so hell, dass es sich sogar in den blank geschrubbten Fenstern des Magdalen spiegeln würde.

»Warum diese ungebührliche Eile?« Oberin Butler saß in ihrem vertäfelten Kontor und starrte Mary an wie eine Eule ihre Beute.

»Meine Gesundheit ist ganz wiederhergestellt. Ich glaube, ich bin lange genug hiergeblieben, Madam. Und die Offerte ist so verlockend …« Mary geriet ins Stocken. Früher war sie eine bessere Lügnerin gewesen. Über sich konnte sie das dumpfe Stapfen der anderen Mädchen hören, die mit den Überresten ihrer Butterbrote zu Bett gingen.

Die Oberin ließ ein langes Seufzen hören, und einen Moment lang taten Mary die Worte, die sie gleich würde aussprechen müssen, irgendwie leid. Dann überkreuzte die Oberin ihre langen Arme auf dem Schreibtisch wie eine Barrikade. »Wenn du tatsächlich das außerordentliche Glück gehabt hast, eine Stellung bei einer Schneiderin in Monmouth zu finden, so weit weg von der Verruchtheit dieser Stadt«, sagte sie, »dann sehe ich keinen Grund, dich davon abzuhalten. Nun muss ich nur noch den Brief inspizieren.«

Mary leckte sich über die Lippen. »Den Brief?«

Die Oberin streckte fordernd die Hand aus. »Den Brief, Saunders, in dem die Freundin deiner verstorbenen Mutter diese so großzügige und, wenn ich so sagen darf, ungewöhnliche Offerte macht. Den Brief«, fügte sie mit ätzender Stimme hinzu, »der zu dir gelangt ist, ohne mir selbst, den Schwestern oder dem Pförtner unter die Augen gekommen zu sein.«

Mary starrte auf die Täfelung: hässliches Holz, so teuer es auch gewesen sein mochte. »Es gab keinen … ein Brief war nicht vonnöten.«

Oberin Butler verschränkte die Arme wieder an ihrem angestammten Platz. »Tatsächlich?«

»Wie ich schon sagte, Mrs Ann Jones war meiner armen dahingeschiedenen Mutter … so ergeben«, stotterte Mary weiter, »dass sie immer gesagt hat, hat immer versprochen, sie würde mich jederzeit anstellen, falls ich London je verlassen wolle.«

»Ein Mädchen anstellen, das selbst die eigene Verderbtheit eingestehen muss?« Die Oberin ließ sich das Wort auf der Zunge zergehen.

Überrascht spürte Mary, dass sie so rot wurde wie eine heiße Kohle. »Sie hat es aber gesagt. Miss Jones, meine ich. Sie hat immer gesagt, sie würde es tun, egal, was passiert, meiner Mutter zuliebe.«

Oberin Butler ließ Mary zunächst warten und glättete

ihre Leinenschürze. »*Falls* diese Frau namens Jones noch lebt«, erklärte sie dann bedächtig, »und *falls* sie immer noch in Monmouth lebt und *falls* ihre Familie tatsächlich ein Hausmädchen benötigt – was macht dich so sicher, dass ihr Gatte bereit wäre, dich – eine bekannte Prostituierte – in sein Haus und in die Nähe seiner Kinder zu lassen?«

Mary konnte sich selbst nicht mehr erklären, warum sie je auch nur die geringste Zuneigung für diese verbitterte alte Kuh empfunden hatte. Ihr fielen keine Antworten mehr ein, also grub sie die Zähne in die Unterlippe, bis es wehtat. Von oben hörte sie lärmendes Geplapper. Der Hunger lag ihr im Magen wie ein Stein. Da sah sie auf und blickte der Oberin in die grauen Augen. Wie von selbst flossen ihr die Worte aus dem Mund. »Ihr müsst mich gehen lassen.«

»Wie bitte?«

»Ich habe ein Anrecht auf meine Freiheit«, sagte Mary leise. »Ich erinnere mich noch an die Regeln. Immer und immer wieder habe ich sie mir angehört. *Keine wird gegen ihren Willen hier festgehalten.* Dies ist kein Gefängnis. Es fühlt sich nur so an.«

Plötzlich erinnerten Oberin Butlers Augen Mary an die ihrer Mutter, an jenem letzten Abend in der Charing Cross Road. Sie sah weg, weil sie die Last dieses Blickes nicht ertrug. Ein langer Augenblick verstrich, und dann krächzte die Stimme der Oberin plötzlich wie eine Geigenseite. »In nur einem oder zwei Monaten, Mary Saunders, wenn du zuschanden und nackt im Fleet Ditch liegst …«

»Ich bin keine Hure mehr«, widersprach Mary. Die Heftigkeit ihrer Stimme erschreckte sie selbst.

Die Oberin zog kaum merklich die Augenbrauen hoch.

»Das ist doch alles vorbei«, fuhr Mary beinahe flehentlich fort. »Ich will … ein … besseres Leben führen.«

Der versteinerte Blick wurde ein wenig weicher. Die Oberin zog ihren Stuhl näher heran und beugte sich über den Tisch. »Mary«, raunte sie, als gebe sie ein Geheimnis preis, »ich weiß, dass du eine junge Frau mit großen Fähigkeiten bist. Du verfügst über eine solide Bildung, einen wachen Verstand und einen starken Willen. Mit meinen eigenen Augen habe ich dich in weniger als zwei Monaten zu einer Näherin von außergewöhnlicher Fertigkeit erblühen sehen. Trotzdem liegt immer noch ein Schatten auf dir.«

Mary sah weg.

»Wenn du aufrichtig deiner ehemaligen Schande entfliehen willst und deinen früheren sogenannten Freundinnen, dann musst du hier bei uns bleiben, bis deine alten Gewohnheiten vollständig gebrochen sind.«

»Das sind sie«, erklärte Mary knapp.

Oberin Butler schüttelte bekümmert den Kopf. »Noch nicht. Du bist immer noch rastlos und verderbt. Ich habe gesehen, wie du eine Arbeit aufnimmst und sie eine Minute später wieder hinwirfst. Dein Gesicht verschließt sich wie ein Tresor, wenn du das geheiligte Wort Gottes hörst. Du erzählst Lügenmärchen, zum Beispiel diese unsinnige Geschichte über Monmouth. Die Saat mag gesät sein, meine Liebe, aber es ist noch nicht Zeit zur Ernte.«

Mary starrte die Wand an und folgte mit dem Blick dem Muster der Vertäfelung.

»Nur noch ein paar Monate«, beschwor die Oberin sie. Ihre Hand glitt über den Tisch und schloss sich um Marys eiskalte Finger. »Um dich auf ein wirklich besseres Leben vorzubereiten, musst du noch etwas länger hier in der unantastbaren Geborgenheit des …«

»Ich kann nicht«, unterbrach das Mädchen und schüttelte die Hand der Oberin ab. Sie stieß die Worte geradezu hervor. »Das hier ist kein Leben!«

Die Oberin musterte Mary wie von jenseits einer großen Schlucht. »Na schön«, erwiderte sie beinahe kühl. Sie stand auf, drehte sich um, nahm ein riesiges, in Leder gebundenes Buch auf und legte es mitten auf den Tisch. Dann legte sie beide Hände auf den Einband. »Du gehörst zum letzten Drittel.«

»Welchem letzten Drittel?«

»Seit Gründung dieser Anstalt haben wir die Erfahrung gemacht, dass wir nicht erwarten können, mehr als zwei von dreien retten zu können.«

Ein leises Bedauern durchfuhr Mary. »Ich will mich ganz ehrlich bessern«, murmelte sie.

Die Oberin ignorierte das. Mit beiden Händen öffnete sie das große Buch, als wäre es das Wort Gottes, und las mit lauter Stimme vor: *»Sarah Shore, durch die Gnade Gottes ihren Freunden zurückgegeben, in Glasgow als Waschfrau in den Dienst gestellt.«*

Die ärmste Sally, dachte Mary; wahrscheinlich bluteten ihr inzwischen schon die Fingernägel.

»Betty Vale, ins St. Bent's Hospital geschickt«, las die Oberin tonlos vor. Mary erinnerte sich noch an Betty, die irgendwie ihren Bauch so lange hatte verbergen können, bis ihr in der Kapelle die Fruchtblase geplatzt war. Da hatte Pastor Dodds aber ziemlich improvisieren müssen!

»Moll Gatterly, wegen Unregelmäßigkeiten entlassen.«

War das denn dafür das Wort? Moll hatte die kleineren Mädchen so lange mit der Nadel bedroht, bis sie ihr ihren kümmerlichen Lohn aushändigten.

»Jessie Haywood«, murmelte die Oberin weiter, *»durch die Gnade Gottes ihren Freunden wiedergegeben, verheiratet mit einem Handwerksgesellen von gutem Charakter. Lucy Shepherd, reuevoll gestorben.«*

Wohl eher unter qualvollem Angstgeschrei über die Würmer gestorben, erinnerte sich Mary. Enthielt dieses Buch etwa sämtliche Schicksale, seit das Magdalen seine Pforten geöffnet hatte?

»Und *Mary Saunders*«, fügte die Oberin schließlich

hinzu, »*auf eigenen Wunsch entlassen.*« Als Oberin Butler aufsah, waren ihre Augen so trocken wie Salz. »Aus welchem Grund?«

»Erträgt die engen Mauern nicht«, schlug Mary mit ernster Miene vor.

Die Oberin hielt einen Moment lang inne, dann schrieb sie es hin. »Du wirst uns Ende der Woche verlassen.«

»Nein«, hauchte Mary, »heute Abend.«

Freiheit

Die Rakete zerplatzte eine Meile über ihrem Kopf. Mary fuhr der Schreck durch die Glieder, ihre Trommelfelle knackten und juckten. Da, noch eine und noch eine. Langsam wie Blätter segelten die gelb geschweiften Sterne auf die Köpfe der Zuschauer hinab. Weit oben an die Mauer des Towers gespießt, wand sich ein Feuerrad wie eine Seele in der Hölle. Knallfrösche zuckten wie Schlangen, die in den Himmel zu entfliehen suchten, bevor auch sie schließlich ihre glitzernden Eingeweide ausspien. Schmutzig weiße Rauchschwaden waberten wie Nebel am schwarzen Nachthimmel, das Glitzern des Feuerwerks verfing sich in ihnen wie ein goldener Regen.

Mary konnte es nicht fassen, wie kalt die Nachtluft heute Abend war. Sie brannte ihr im Mund wie ein Büschel Pfefferminze. Husten musste sie davon jedoch nicht, ihre Lungen waren wieder kräftig. Ruß fiel ihr in die Augen. Sie hielt sie sich zu, dann nahm sie die Hand wieder fort und spähte darüber hinweg. Farben, die sie noch nie gesehen hatte, für die sie keine Worte fand, überschwemmten den Himmel. Es war ihr ein Rätsel, wie dieser Zauber vollbracht wurde, wie die Luft explodieren konnte, ohne die

Zuschauer zu verletzen, wie man die ganzen Sterne in sämtlichen Farben des Regenbogens alle auf einmal erscheinen lassen konnte.

Männer mit nackten Oberkörpern, die trotz der Kälte schwitzten, liefen mit Wachskerzen zum Fuß des Towers und rannten rasch wieder in sichere Entfernung zurück. »Letztes Jahr ist einer in die falsche Richtung gelaufen und auf eine Rakete gefallen«, ließ ein Alter direkt vor Mary seine Nachbarin wissen.

»Ich erinnere mich«, bestätigte die mit Genugtuung. »Habe gehört, dass ein Loch mitten durch ihn hindurchgebrannt ist!«

Silberne Lichter stürzten herab, und überall um Mary herum kamen wieder die Gesichter zum Vorschein, Hunderte und Tausende übersäten den gesamten Tower Hill wie Schlüsselblumen.

Niemand schaute sich nach ihr um, alle Augen waren auf die verschwenderischen Lichter gerichtet. In der Menge sah sie ein Kind, den Kopf zum Himmel erhoben und den Mund zu einem staunenden O gerundet. Dann bemerkte sie, wie seine kleine Hand in die Tasche des Gentleman neben ihm glitt, und sie lachte laut auf. Es kam ihr vor, als sei es das erste Mal, dass sie in diesem Winter lachte.

Weiße Rauchschwaden rollten über die Menge hinweg, und die Leiber wogten zurück. Die Frau vor Mary trat ihr auf den Fuß. Mary stieß sie weg. Heiße Asche regnete auf Perücken und Hauben, Schreie wurden laut. Von allen Seiten drängten sich Menschen gegen Mary, sie bekam keine Luft mehr. Mit den Ellenbogen eroberte sie sich etwas Platz.

Der Rauch legte sich. War das schon alles gewesen? »Mehr«, grölte die Menge. Plötzlich Stille, als etwas in den Himmel zischte und jeder in der Stadt den Atem anzuhalten schien. Dann folgte ein Schuss wie von einem Gewehr, und wieder riss die Dunkelheit auseinander. Raketen explodierten wie Blut aus einem Dutzend Wunden. Ein Römisches Licht spie Sterne. Mary hatte schon einen steifen Nacken davon, dass sie die Welt schon so lange auf dem Kopf sah. Beinahe konnte sie den Predigern jetzt Glauben schenken, die behaupteten, Erdbeben seinen Zeichen von Gottes Zorn. Wie hätte der Allmächtige denn auch nicht darüber erzürnt sein können, wie man ihm hier seinen Donner stahl?

Als das Spektakel schließlich vorüber war und der Himmel wieder klar wurde, dünnte sich die Menge allmählich aus. Mary stolperte, weil sie ihre verfrorenen Beine nicht mehr spürte. Von hinten packte sie ein Alter mit nur einem Arm. »Das ist ja regelrechter Kriegslärm!«, brüllte er ihr angsterfüllt ins Ohr.

»Als wenn du dich daran erinnern könntest«, erwiderte Mary, gar nicht unfreundlich.

Sie nahm eine kleine Münze von dem Handarbeitslohn, den die Oberin ihr gegeben hatte, und kaufte, um sich den Bauch zu wärmen, von einem Straßenhändler einen Becher heißen Gin. Sein beißender Geruch mischte sich auf ihrer Zunge mit dem des Rauchs. Wenn sie nur in Bewegung blieb, würde ihr schon nichts passieren. Sie gab noch ein paar Pence für einen kleinen Tiegel Rouge aus und rieb es sich auf die Lippen und die Wangenknochen. Als sie in ein Schaufenster blickte, war ihr Spiegelbild, das altvertraute, rot geschminkte Hurengesicht, zurück.

Als sie um die Ecke zur Billingsgate bog, stieß sie mit einem Mann zusammen. Sein Wams hing über der Schulter, und das Hemd bauschte sich. »Komm, gib mir einen Glückskuss.« Er wickelte sich um sie wie eine Fahne.

Sie stieß ihn weg.

»Heute Abend kannst du nicht Nein sagen, Liebchen.« Er hauchte ihr puren Brandy ins Gesicht. »An Silvester kann keine Nein sagen.«

Seine Lippen waren warm und feucht. Mary ließ zu, dass er ihr für einen Moment die Zunge in den Mund schob, dann riss sie sich los und ging weiter. Sie stolperte über einen Stecken, der immer noch rauchte. Entgeistert stellte sie fest, dass es sich um eine Feuerwerksrakete handelte. Von der ganzen Pracht war nichts mehr übrig als ein verkohlter Spieß. Wie viel all das gekostet hatte! Da hätten sie auch ebenso gut Geldscheine ins Feuer werfen können, wie das Laub am Ende des Sommers.

Ausgerechnet so eine eiskalte Nacht hatte sie sich für ihren glorreichen Abschied vom Magdalen aussuchen müssen. Trotzdem bereute Mary es nicht. Sie ging jetzt schneller und ließ ihren Beinen nach den zwei Monaten im Hühnerstall freien Lauf. Vor Kälte keuchte sie. Ihre Kleider, die Oberin Butler ihr an der Tür zur Station ausgehändigt hatte, als wären es dreckige Bandagen, waren viel dünner, als Mary sie in Erinnerung hatte. Wie hatte sie es nur früher darin aushalten können? Jetzt stellten ihre baumwollenen Poschen ihren rosafarbenen Rock über den Hüften so weit aus, dass er beim Gehen hin und her schwang und ihr eiskalte Luft um die Beine fächelte. Ihre Fingerspitzen ergötzten sich nach der langen Zeit des Darbens zwar am Glanz ihres Jackenmieders, aber darunter hatte sie eine harte Gänsehaut.

Die Straßenlaternen verströmten ihren üblichen Ölgestank. Mary atmete tief ein, obwohl er ihr in den Augen brannte. Die Stadt war ein gefrorenes Schlammloch und Mary eine heimgekehrte Exilantin. Sie erinnerte sich noch an all die Gefahren, aber heute Abend konnte keine davon sie schrecken. Schon allein die Straßennamen versetzten sie in Hochstimmung, weil sie frank und frei durch jede hindurchmarschieren konnte, wie es ihr gefiel. Clement's Lane, Poultry Street, Cheapside … Der Klang der Mitternachtsglocken erfüllte die Stadt. Als St. Paul's in Sichtweite kam, beschleunigte Mary ihren Schritt.

Die Straßen rund um die hoch aufragende Kuppel waren voll von Nachtschwärmern. Mit Fuchs- und Hasenköpfen Maskierte liefen vorbei. Gleich an zwei Straßenecken musste der heilige Georg die Jungfer retten. Ein rotäugiger junger Gentleman in cremefarbenem Brokat warf Münzen hoch in die Luft und lachte dröhnend, wenn die Bettler ihnen nachkrochen. Auf den Stufen zur Kathedrale rang ein dicker Mann mit einem alten Bären; beide umschlangen sich wie Kain und Abel.

Während sich Mary Whisky und einen Haferfladen kaufte, um auf das neue Jahr anzustoßen, hielt sie Ausschau nach Doll, die doch bestimmt heute Abend in der Stadt unterwegs war. Es wäre doch spaßig, sie zu überraschen. »Schönen guten Abend, alte Schlampenfreundin«, würde Mary rufen, so als ob sie sich gerade erst tags zuvor gesehen hätten. War das da drüben etwa Doll, unter der mit lauter Äpfeln behängten Kussgirlande, die jemand an eine Laterne gebunden hatte? Nein, das Gesicht war ohne Narbe, das war ein anderes Mädchen, das dort ungeschminkt seine Brüste in die schneidend kalte Nachtluft hielt, an jeder Warze einen Mann.

Mary wurden die Beine schwach. Sie fühlte sich zerbrechlich wie ein Eiszapfen. Tief in ihren Eingeweiden kämpfte der Whisky mit dem Gin. Zeit, sich auf den Heimweg zu machen.

Als sie in Newgate an der riesigen, schmucklosen Festung vorbeieilte, musste sie einen Moment lang an die Insassen denken. Bestimmt fühlten sie sich von dem ganzen vergnügten Gelärm verhöhnt. Wie sehr mussten sie sich danach sehnen, wenigstens für eine Nacht freizukommen? Mary versuchte sich vorzustellen, wie es wohl war, wenn man dort drinnen saß und auf sein Schicksal wartete, ob es nun der Strick war oder Amerika. Für einen Moment sah sie die dunkle, massige Gestalt ihres Vaters vor sich. Sah, wie er im Stroh hockte. Wie hatten wohl Cob Saunders' letzte Tage ausgesehen, bevor ihn das Kerkerfieber dahingerafft hatte? Was hatte er in diesem Delirium gesehen?

Es hatte in ihrer Kindheit Zeiten gegeben, in denen Mary beinahe geglaubt hatte, was ihre Mutter über Cob Saunders erzählte: dass er ein Narr sei, der sich selbst weggeworfen habe wie ein Stück Papier. Aber dann kamen immer ganz plötzlich die Erinnerung an seine Arme hoch, die Mary umarmten, bleich, aber stark wie die Äste einer Eiche, und an einen buschigen schwarzen Bart, der zwischen Mary und allem Unbill stand. Sein Gesicht sah sie nicht mehr vor sich, es war verschwommen wie eine vom vielen Weiterreichen blank geriebene Münze. Aber er, das wusste sie, hätte seine Tochter niemals aus dem Haus geworfen, ganz gleich, was sie getan hätte. Und erst jetzt kam sie auf den Gedanken, dass er wohl so etwas wie ein Held gewesen sein musste – ihr rebellischer Vater, der sich einem Aufstand angeschlossen und all die Jahre, die ihm noch geblieben wären, um elf gestohlener Tage willen in die Waagschale geworfen hatte.

Man hatte ihnen nie seinen Leichnam zurückgegeben, nachdem das Fieber ihn kaltgemacht hatte. Er war irgendwo hinter diesen hohen Mauern von Newgate, seine Knochen auf dem abgesperrten Totenacker zwischen denen aller anderen verstreut. Wenn die Obrigkeit einen in die Finger bekommt, dachte Mary verbittert, dann gehört einem gar nichts mehr, nicht einmal der eigene Körper. Es hätte ihr gefallen, wenn es ein Grab gegeben hätte. Dann hätte sie heute Abend dort hingehen und sich für einen Moment auf die festgefrorene Erde knien können, wie um zu sagen, dass sie heimgekehrt war.

Sie ließ sich von dem breiten Strom aus Menschen, der die Strand jetzt ausmachte, mitreißen bis hinauf zum Aldwych Place und zur Drury Lane. Hinter einer Kellertür hörte sie das harte Klackern von Würfeln und das Gegröle der Gewinner und Verlierer. Zwei warme Brüder huschten Arm in Arm in ihren Taftröcken vorbei, unter dem Puder kamen ihre Bartstoppeln zum Vorschein. Männer von dieser Sorte begaben sich auf die Straße, aber wer konnte schon am Silvesterabend zu Hause bleiben? Jetzt noch die High Holborn hinunter, und dann näherte Mary sich auch schon ihrem eigenen Viertel um St. Giles herum. Hier kannte sie jeden stinkenden Pflasterstein. Da endlich die Seven Dials, der Mittelpunkt, um den die Welt sich drehte.

Die Misses waren heute Nacht in voller Kampfstärke angetreten: *Manche Huren gönnen sich einfach nie eine Pause*, hörte Mary Doll im Geiste lachen. Da war Nan Pullen in einem der fein gearbeiteten Seidenumhänge ihrer Herrin. Um der Kälte zu trotzen, wanderte sie auf und ab. Sie nickte Mary zu und verbarg hinter ihren dürren Fingern ein Gähnen.

Was machte denn Alice Gibbs hier, so weit weg von ihrem eigenen Revier in der Downing Street, noch dazu in einem solch schäbigen Wickelkleid? »Spendiert Ihr mir ein Glas Wein, Sir?«, rief sie, schrill wie immer, einem vorbeikommenden Advokaten zu, doch der bog stattdessen in Short's Gardens ein. Mary nickte Alice im Vorbeigehen zu, doch der Blick der Älteren war schon wieder leer.

Ein torkelnder, mehlbestäubter Bäcker blieb stehen und musterte Mary von oben bis unten. Er spitzte die Lippen, wie um den Preis abzuschätzen. Sie hatte alle Regeln ihres Handwerks verlernt; beinahe wäre sie rot geworden. Einen Moment lang sehnte sie sich irrsinnigerweise nach dem schmucklosen braunen Kleid und der Schürze zurück, die sie zusammengeknüllt auf ihrem Bett im Magdalen liegen gelassen hatte; nach dem breiten Strohhut, der sie vor den Blicken Fremder beschirmt hatte, und dem ungeschminkten Gesicht, das selbst eine Art von Maske war. Es schien nicht

Monate, sondern Jahre her zu sein, seit sie eine Metze gewesen war, und ganz plötzlich kamen ihr Zweifel, ob sie ihr altes Leben wieder an dem Punkt aufnehmen konnte, wo sie es verlassen hatte. Vielleicht stimmte ja, was sie der Oberin gesagt hatte. Vielleicht war sie keine Dirne mehr.

Voll stand der Mond über St. Giles-in-the-Fields, von der alten Wetterfahne aufgespießt wie ein Apfel. Winzige Eiszapfen säumten die hohen Brüstungen, und die Bäume waren bedeckt mit weichen weißen Höckern. Mary atmete ein paar Mal tief die eiskalte Luft ein, und sie lastete auf ihren Lungen wie Stein. Sie zitterte vor Müdigkeit und konnte an nichts anderes mehr denken als an ihr Bett, ihres und das von Doll. An die lustigen Momente und die muffige Wärme. Sie wollte die erste Prise Schnupftabak seit Monaten mit Doll teilen und ihr alles über das Magdalen erzählen, um so endgültig die drückende Last dieses Ortes abzuschütteln. Sie nahm sich vor, ihrer Freundin zu zeigen, wie Buße aussah und wie man sich als Vorsteherin zu benehmen hatte. Sie würde Doll so lange zum Lachen bringen, bis die sich vor Schmerzen japsend den Bauch hielt. Wenn es irgendjemanden gab, der Mary davon überzeugen konnte, dass das Leben einer Hure die einzige wahre Freiheit bedeutete, dann Doll. Wenn irgendjemand sie wieder zu sich selbst bringen konnte, dann Doll Higgins.

Mary hockte sich hin, um durch das mit Eisblumen übersäte Kellerfenster der Apfelweinschenke zu spähen. Ein paar Taschendiebe, manche kannte sie gut, manche nur dem Namen nach: Scampy, Huckle. Irish Ned und Kartenmischer-Jemmy. Dann noch ein paar St.-Giles-Drosseln, deren ebenholzfarbene Gesichter sich von ihren weißen Hemden abhoben. Aber keine Spur von Doll, wie sie in ihrer Stammecke eine Runde Brag spielte. Die Tür spie ein paar Seeleute aus, und ein in dröhnendem Bass vorgetragenes Lied drang auf die Straße.

Was meins ist, ist meins,
Und ich lass keinen dran,
Doch wenn and're sich schenken,
Das geht mich nichts an.

Mary eilte weiter, vorbei an den Fäkaliensammlern, die mit ausdruckslosen Gesichtern ihre stinkenden Karren zogen. Vielleicht gewöhnte man sich ja mit der Zeit an jede Arbeit, wie unangenehm sie auch war. Sie duckte sich unter einem Bogen hindurch. Rattenschloss war ein passender Name für die übelste Bude, die sie je ihr Heim genannt hatte, doch jetzt war sie froh, als sie ankam. Und ein wenig überrascht, dass es immer noch stand, dass die gebeizten Balken sich noch aneinanderlehnten wie Betrunkene. Jedes Mal, wenn sie bisher diese Stiege hinaufgegangen war, hatte sie sich gefragt, wann sie wohl unter ihr zusammenbrechen würde.

Ohne Kerze musste sie sich an den klammen Wänden entlang nach oben tasten. Als sie an Mercy Tofts Tür vorbeikam, konnte sie die endlos langsamen Stöße eines ihrer Freier hören. Bei dem Tempo wird der im Leben nicht fertig, dachte Mary sachlich. Im dritten Stock stand eine Tür offen und knarrte im eisigen Luftzug. Der Fälscher, dessen Name Mary sich nie merken konnte, war mit verrutschter Perücke über seinen Pässen eingeschlafen. Mary stolperte durch einen Haufen Unrat. In der Fäulnis roch sie etwas Sonderbares: eine Orange vielleicht? An so viel Dreck war sie nicht mehr gewöhnt, die sauberen, mit Essig gewischten Böden des Magdalen hatten ihre Sinne weich und gegen jeden Gestank empfindlich gemacht. Sie wandte den Kopf ab und stieg weiter zwischen den enger werdenden Wänden hinauf.

Die Dachkammer schien leer zu sein. Im Halbdunkel machte Mary einen länglichen Haufen aus, und sie beugte sich hinab, um ihn sanft zu berühren, aber er gab unter ihren Fingern nach: nicht Doll, nur ein Deckenknäuel.

Mary hatte einen langen Weg hinter sich. Sie legte sich hin, und noch bevor sie sich die Schuhe abstreifen konnte, war sie schon eingeschlafen.

Sie träumte den schönsten Traum, den sie je gehabt hatte. Sie saß auf einem Pferd und ritt mitten durch die Menge, sogar ihre Absätze waren noch über den Köpfen der Menschen. Der blasse Rücken des Hengstes wogte unter ihr wie frische Sahne. In die Mähne waren rubinrote Bänder eingeflochten. Auf Marys gepuderter Perücke saß ein Dreispitz. Ihre Wangen waren jetzt makellos. Der weiße Samt ihres Reitkostüms türmte sich über dem Damensattel auf wie ein reißender Fluss. Ein Bänkelsänger hob an, ein Lied auf sie zu singen, doch die Worte verstand sie nicht. Sie tat, als hörte sie nichts, lächelte nur in sich hinein und streichelte den pulsierenden Hals ihres Pferdes. Jetzt rief die versammelte Menge laut ihren Namen: *Lady Mary! Lady Mary!*

Vielleicht hatte die Kälte sie geweckt oder das Trippeln einer Ratte in der Ecke. Es war noch dunkel – vielleicht vier Uhr morgens, schätzte sie. Aber inzwischen hatten sich ihre Augen an die Dunkelheit gewöhnt, und sie konnte sehen, dass die Kammer vollkommen leer war. Ihr wurde übel. Im Magdalen hatte es wenigstens Stühle zum Sitzen gegeben. Hier klebte der Boden vor unbeschreiblichem Dreck. Das war kein Zuhause, sondern ein Schweinestall. Die Nägel ragten noch aus den Wänden, aber es hingen keine Kleider mehr daran. Erst jetzt begann Mary sich zu fragen, wo ihre ganzen Sachen waren – ihre Spiegelscherbe zum Beispiel und ihre Kleider, die Doll doch für sie hatte verwahren wollen. War es etwa möglich, dass dieses gierige Weibsstück sie versetzt hatte? Alles verspielt oder versoffen?

Mary rappelte sich hoch; ihre dünnen Schuhe fühlten sich an, als wären sie voller Steine. Sie legte sich eine Decke um und schleppte sich durch das stille Haus nach unten.

Als sie auf die dunkle Straße hinaustaumelte, schlug ihr die Kälte entgegen. Erst als ihr ein fader Geruch vom Speisehaus an der Ecke in die Nase stieg, bemerkte sie, wie hungrig sie war. Die letzte richtige Mahlzeit, die sie zu sich genommen hatte, war das Abendessen im Magdalen gewesen: gekochte Hammelkeule, gestern um drei Uhr.

Sie starrte durchs Fenster der Ginschenke, wo vier oder fünf Männer über ihren Bechern schliefen. Von Doll keine Spur. Dann fiel Mary die Sackgasse hinter dem Rattenschloss ein. Wenn Doll die ganze Nacht über anschaffte, dann war es durchaus möglich, dass sie sie dort fand, um zwischen zwei Freiern eine Pause zu machen.

Als sie die Gasse erreichte, lief sie unwillkürlich schneller. »Doll?« Ihre Stimme war noch belegt vom Schlaf. Aus der Gasse kam keine Antwort, aber im Mondlicht erkannte Mary etwas. Sie schlenderte hin, und in ihren Mundwinkeln zuckte bereits ein Lächeln. Die Mauern waren von Reif überzogen und weiß wie Schimmel. »Da bist du also, du alte Schlampe«, rief sie.

Die Frau, die auf dem Steinhaufen saß, rührte sich nicht. Die Füße hatte sie unter ihren hauchdünnen blauen Unterrock gezogen, der in der Nachtbrise flatterte. Ihre halb entblößten Brüste wölbten sich wie wächserne Birnen. Ihre Hand umklammerte eine Ginflasche. Das Mondlicht beleuchtete die Narbe auf ihrer Wange.

Es war wohl die Kälte, die Marys Hirn so schwerfällig machte. Sie starrte auf den sanft flatternden himmelblauen Flor hinab. Ihr Kopf mühte sich ab wie ein Maultier an einem Strick. Ihr erster Gedanke war, was für eine verrückte Kuh Doll Higgins doch war, in so einer Nacht auf einem Steinhaufen ein Nickerchen zu machen.

Wahrscheinlich sturzbetrunken.

Erst dann begriff sie: *tot*.

Sie trat nahe genug heran, um die Anzeichen zu erkennen, die blauen Venen unter der Haut, fahl wie Blei. Aber kein Gestank. Dafür war es zu kalt.

Mary schwankte, als würde die Gasse plötzlich von einer Sturmböe durchbraust. Auf ihrer Zunge schmeckte sie salziges Blut. Was sie als Nächstes tat, entsetzte sie später selbst: Sie kam so nahe heran, bis sie ihre Freundin berühren, irgendetwas sagen würde, das sie aufwecken würde. Doch stattdessen griff sie nach der Flasche. Mit etwas Drehen und Ziehen ließ sie sich aus der Hand lösen. Mary hörte ein leises Knacken, so als wäre ein Eiszapfen von dem Dachgesims gefallen. Mit geschlossenen Augen setzte sie die Flasche an die Lippen. Der Rand war schartig. Vom scharfen Geruch des Gins musste sie würgen, trotzdem trank sie und trank immer weiter, bis die Flasche leer war. Als sie wieder hinsehen konnte, griff die erhobene Hand nur noch ins Leere, als säße dort ein Gast bei einem nachgestellten Bankett.

Leck im Rumpf! Alle Mann an Deck!

Mary würde sich nicht übergeben. Aufs Kotzen hatte sie noch nie Zeit verschwendet. Sie stellte die leere Flasche ab, das Glas klirrte auf den Steinen. Dann zwang sie sich hinzusehen. Kein Blut, keine frischen Blutergüsse auf den geschminkten Wangen, nichts Außergewöhnliches. Die silberne, mit einer schlaffen roten Schleife verzierte Perücke aus Rosshaar war nur wenig verrutscht. Darunter kam über einem Ohr eine hellbraune Strähne zum Vorschein. Die vollen Lippen unter den Resten roter Schminke waren rissig. Doll lehnte an der Mauer, so als gönnte sie sich eine kleine Verschnaufpause, ein kurzes Tête-à-tête mit Madame Gin, so wie in jeder Nacht ihres Lebens.

Und tatsächlich hätte es in jeder beliebigen Nacht dieser langen kalten Jahreszeit geschehen können, dass sie einschlief und nie mehr aufwachte. Es gab nichts, woran Mary hätte erkennen können, wie lange Doll schon hier mit ironisch gekräuselten Lippen wartete. Hatte sie Hunger gehabt? Oder Fieber? War sie zu betrunken gewesen, um sich noch zu besinnen und am Ende der Nacht nach Hause zu gehen? Oder zu verfroren, um sich noch aufraffen zu können? Hatte sie denn keine einzige Freundin auf der Welt gehabt, die nach ihr hätte Ausschau halten können?

Am liebsten hätte Mary laut losgeheult, doch sie fürchtete, Doll könnte anfangen zu lachen.

Was machen wir jetzt, Schätzchen?

Jetzt musste Mary versuchen, die Schlaue zu sein. Aber sie wusste nicht, wo sie anfangen sollte. Zumindest fiel ihr wieder ein, dass eine Leiche, wenn man sie auf den Straßen Londons fand, auf eine Trage geladen, zum nächsten Friedhof gezerrt und dort ins Armenloch geworfen wurde. Kein Krümel Erde bedeckte es, bevor die Grube dann im Spätsommer voll mit namenlosen Leibern war. *Mary, mein Schatz*, hatte Doll einmal erklärt und sich dabei die Nase zugehalten, *geh nie vor dem ersten Frost auch nur in die Nähe eines Friedhofs.*

Wie unwirklich, sie jetzt so reglos dort sitzen zu sehen. Doll Higgins, die noch nicht einmal im Schlaf aufhören konnte, sich herumzuwälzen und um sich zu treten, die so über die Strand lief, wie ein Posiermädchen auf dem Tisch tanzte, die nur aus Beinen und wippenden Brüsten bestand, mit denen sie vor den Freiern herumwackelte. Ihre letzte Pose hatte dagegen etwas seltsam Züchtiges an sich: das azurblaue Kleid bis zu den Waden hinuntergezogen und der rot geschminkte Mund nur mit dem Hauch eines Lächelns.

Mary schloss einen Moment lang die Augen und stellte sich den verschwenderisch prächtigen Sarg vor, den sie kaufen würde, wenn sie eine Lady wäre, und die schlohweißen Pferde, die Doll dann bis zu ihrer Marmorgruft ziehen würden. Eines immerhin wusste sie: Auf keinen Fall durfte sie heulend zu den Männern von der Gemeinde laufen. Niemals wäre Doll Higgins damit einverstanden gewesen, im überfüllten Armengrab auf dem Rücken zu liegen. Mary würde sie noch ein paar Tage hierlassen müssen, nur so lange, bis sie genügend Geld verdient hatte, um ihrer Freundin ein anständiges Begräbnis zu besorgen.

Vor lauter Kälte drehte sich ihr fast der Magen um. Ihre Lippen bewegten sich, aber sie brachte keinen Laut heraus. *Dauert nicht mehr lange, mein Herz.* Für einen Moment überlegte sie, ob sie Dolls straffe, vernarbte Wange küssen sollte, doch dann brachte sie es doch nicht über sich. Schon die leiseste Berührung würde sie womöglich hier festhalten, wie eingewurzelt in dieser eiskalten Gasse. Stattdessen griff sie nach dem verblichenen roten Band in Dolls Perücke. Ob es wohl noch dasselbe war? Das erste, das die kleine Mary vor drei langen Jahren an den Seven Dials zu Gesicht bekommen und an das sie ihr Herz verloren hatte?

Nach einem Moment des Zögerns löste sich die Schleife und glitt heraus. Die Ränder waren steif gefroren. Mary stopfte sich das Band ins Mieder. Ein Schauer lief ihr über den Rücken.

Zum Ausgleich nahm sie sich die Decke ab und legte sie über die Tote. Der Kopf verschwand unter einem Höcker und die leere Hand unter eine Ausbuchtung. Bestimmt würde niemand diese Ruhe stören, bevor Mary wiederkommen konnte.

Vom Eingang der Gasse sah die Decke aus wie ein Sack, den man auf einen Haufen Steine geworfen hatte.

Mary riss Papierballen aus dem Fenster der Mansarde und ließ die graue Dämmerung und die eiskalte Luft herein. Es gab keinerlei Anzeichen, dass je eine andere Person in dieser Kammer gewohnt hatte. Keinen Fetzen Kleidung, nicht einmal einen Kanten Brot. Es war, als hätte Doll sämtliche

Spuren ihrer Anwesenheit getilgt, bevor sie in die Nacht hinauslief.

Aber es gab ja noch das Loch unter den kaputten Holzdielen, wo sie beide immer in einer kleinen Pulverdose ihr Geld versteckt hatten, wenn sie welches besessen hatten. Mary kniete sich hin und stemmte mit schmutzigen Fingernägeln die Planke auf. Erleichterung überkam sie, als würde ihr Südwein durch die Kehle rinnen. Die Dose war zwar nicht da, aber wenigstens ihre Kleider. Immer noch zusammengefaltet, lagen sie übereinander oder zusammengerollt und vor Kälte ganz steif zwischen den Sparren. Mary machte sich daran, sie herauszuzerren. Alles war noch da, ihr ganzer Besitz an Miedern, Ärmeln und Schnürkorsetts. Und dort war ihre Tasche, vollgestopft mit der Weißwäsche, den Unterröcken und dem Zierrat. Ihr tabaksbrauner Umhang war so gut wie eh und je, und die Bahn austernfarbener, gerippter Seide floss immer noch dahin wie Sahne. Mary berührte die Stücke scheu, wie Freunde nach langer Abwesenheit.

Und da war auch die Spiegelscherbe, die sie sich aus einem abgebrannten Haus in der Carrier Street geholt hatte. Mary puderte sich das Gesicht, bis das Spiegelbild, das sie anblickte, kalkweiß war. Heute brauchte sie die vollständige Aufmachung. Sie rötete ihre Lippen und zwei Stellen oben auf den Wangenknochen. Feine schwarze Haarschlangen wanden sich unter ihrer Haube hervor. Bisher hatten nur die Freier Mary je schön genannt. *Komm her, meine Schöne*, raunten sie. Und warum hätte sie denen glauben sollen, sie wollten sich ja nur selbst Mut und sich weismachen, dass dieses Mädchen den Schilling wert war. Aber Mary war hübscher als manche andere, das wusste sie schon. Und heute war sie bestimmt nur müde. Unmöglich, dass sie schon ihr gutes Aussehen verlor, nicht mit fünfzehn. Sie zog ihren verknitterten Filzhut auf, holte einmal tief Luft, um ihr Dekolleté aufzublasen, und versuchte ein verruchtes Grinsen aufzusetzen. Aber ihre dunklen Augen spielten nicht mit.

Zwischen den verschiedenen Lagen muffiger Kleider fand Mary die kleine Pulverdose. Nicht einmal ein Viertelpenny. Doll musste vollkommen abgebrannt gewesen sein. Hatte sie am Ende sogar gehungert und immer noch keines der Kleider ihrer Freundin versetzt? Der Gedanke schnürte Mary die Kehle zu, als hätte sie einen Stein verschluckt. Sie hätte wissen sollen, dass sie Doll vertrauen konnte. Und sie hätte hinter die Fassade von Dolls Prahlerei schauen müssen, dass sie niemanden brauche, hinter ihr hochtrabendes Geschwätz über Freiheit und *jedes Mädchen für sich allein.* Niemals hätte sie weggehen und Doll allein lassen dürfen.

Obwohl sie selbst nicht wusste, warum, legte sie die Dose wieder in das Loch zurück. Von der Stiege her kam das Getrappel von Stiefeln, doch erst als krachend die Tür aufflog, drehte sie sich um. Mrs Farrels Nase war sogar noch kleiner, als Mary sie in Erinnerung hatte. Die Hauswirtin wedelte mit ihrem rasselnden Schlüsselbund. Wie immer war sie in Fahrt. »... und du kannst deiner narbengesichtigen Kumpanin ruhig sagen, dass niemand ungestraft Biddy Farrel prellt und dann auch noch damit prahlt!«

Mary funkelte sie an, dann bückte sie sich, um ihre Kleider zusammenzuraffen.

Mrs Farrel riss ihr ein Stück Spitze aus der Hand. »Hast du mich verstanden, du Flittchen? Was für eine Frechheit, hier mitten in der Nacht reinzuschleichen und Eigentum zu entwenden, ohne seine Schulden zu begleichen!«

»Ich schulde dir überhaupt nichts.« Mary hielt die Spitze fest, und sie spannte sich zwischen den beiden.

»Dann aber jedenfalls die andere Hure.«

Mary ließ den Stoff los, »Was habe ich damit zu tun?«, fragte sie nach einem Moment.

»Seit fünf Tagen ist sie jetzt schon auf der Flucht, nachdem sie mir entwischt ist, aber so wahr ich hier stehe, ich finde sie schon noch, egal, wo sie sich versteckt. Du kannst ihr sagen, entweder bezahlt sie, oder ich lasse ihr auch noch den Rest vom Gesicht abschneiden.«

Eine Welle der Übelkeit drehte Mary den Magen um. Sie meinte, die Frau im nächsten Moment bei der Kehle packen und mit beiden Daumen fest zudrücken zu müssen. *Such hinten in der Gasse nach deiner Miete*, könnte sie dann fauchen. Aber nein, Mary würde nicht zulassen, dass irgendjemand Doll fand, bevor sie nicht das Geld für ihre Beerdigung zusammengekratzt hatte. Sie verschränkte fest die Arme vor der Brust. »Wie viel macht es?«

Ein kurzes Zögern blitzte in dem puterroten Gesicht auf. »Zehn Schillinge.«

»Nie im Leben!«

»Nicht mal einen Viertelpenny hat mir diese hässliche Schlampe in den letzten zwei Wochen bezahlt. Den ganzen Monat noch nichts«, fügte Mrs Farrel hinzu und glättete das ochsenblutfarbene Hemd über ihrem ausladenden Mieder.

Log die Frau? Bitte, lass es eine Lüge sein, flehte Mary innerlich. Allein der Gedanke, dass Doll den ganzen Dezember über Hunger gelitten hatte! »Eine halbe Krone für deine Unannehmlichkeiten«, bot Mary kühl an und griff in den Bund ihres Kleides, um ihre Tasche hervorzuziehen.

»Eine halbe Krone? Die kannst du dir sonst wohin stecken!« In den Mundwinkeln der Alten sammelte sich schaumiger Speichel.

Mary zuckte mit den Achseln und fing an, ihre Kleider in ihre Tasche zu stopfen, die Wäsche ganz nach oben.

»Das lässt du alles gefälligst da unten, wo du es gefunden hast.«

»Jeder Fetzen davon gehört mir«, sagte Mary leise. So

schnell es ging, packte sie weiter. »Was nicht mir gehörte, hast du doch sowieso schon verhökert, oder? Ich wette, Dolls Sachen sind inzwischen schon über alle Stände in der Monmouth Street verstreut.«

»Wenn ja, habe ich jedenfalls herzlich wenig dafür gekriegt«, fauchte Mrs Farrel.

»Und was ist mit ihrer Gemmenkette? Und dem französischen Umhang mit dem Pelzbesatz?« Vorsichtig durchquerte Mary die Kammer.

Mrs Farrel machte sich in der Tür breit wie eine Spinne. »Nichts war auch nur zwei Pennys wert. Stell die Tasche hin, sonst schreie ich, dass eine Diebin im Haus ist.«

Mary prustete verächtlich.« »Und was hättest du davon, hier in diesem Viertel? Glaubst du etwa, die Ordnungshüter aus der Bow Street kommen in die Rookery gerannt?«

»Bei mir ist ein Kerl im Lohn, der wird dir schon Manieren beibringen«, fauchte Mrs Farrel.

Mary trat ganz dicht an die andere heran. »Mach Platz, du alte Hexe.«

Einen Augenblick lang glaubte sie schon, sie hätte gewonnen. Mrs Farrel wich zurück – doch nur bis zum Fenster. Sie steckte den Kopf durch die Gitterstäbe. »Caesar?«, kreischte sie nach unten, so laut, dass man es bestimmt noch an den Dials hörte.

Doch nicht etwa *der*?!

»Caesar!«

Das konnte einfach nicht sein. Es gab bestimmt noch andere Männer mit diesem Namen. Und der Caesar, von dem Mary wusste, war schließlich sein eigener Herr. Der würde sich doch niemals als Jagdhund für Mrs Farrel anheuern lassen! Nicht einmal für einen Lohn, den nur die reichste Frau in St. Giles aufbringen konnte!

»Komm sofort hier rauf, Kerl!«, brüllte Mrs Farrel hinunter.

Allerdings hatte Caesar früher einmal für Mother Griffith gearbeitet, oder? Damals, als er mit seinem langen Messer Doll nachgejagt war.

»Hier ist ein Mädchen, das offenbar gern eine Scharte hätte!«, schrie Mrs Farrel voller Genugtuung.

O Gott im Himmel! Er war es.

Mary rannte durch die Kammer und gab Mrs Farrel einen so heftigen Stoß, dass die mit dem Kopf gegen den Fensterrahmen knallte. Entsetzt starrten die beiden Frauen einander an. Ein Blutfaden rann durch die Falten der Irin.

»Ich sorge dafür, dass er dir die Lippen abschneidet«, keuchte Mrs Farrel.

Mary raffte ihre Tasche an sich und sprang auf die Tür zu.

»Caesar!«, jaulte die andere hinter ihr auf.

Mary kam gerade im zweiten Stock an, als sie hörte, wie die Haustür krachend aufsprang. Eine Sekunde lang blieb sie auf den Fußballen stehen. Die Tasche mit den Kleidern hing bleischwer an ihrem Arm, und sie hatte das Gefühl, ihr ganzes Leben hänge an einem seidenen Faden. Sie wandte sich schon wieder in die Richtung um, aus der sie gekommen war, als ihr Blick auf Mercy Tofts Tür fiel. Sie erinnerte sich, dass die dumme Nutte nie ihre Tür abschloss.

Mercys Kammer war leer. Leise und mit zitternden Händen schloss Mary die Tür und drückte sich dagegen. Sie hielt die Luft an.

Auf der anderen Seite der dünnen Holztür trampelten Caesars Füße vorbei. Der Afrikaner konnten laufen wie der Blitz. Mary zählte eins, zwei, drei, vier, bis sie davon ausgehen konnte, dass er im dritten Stock angekommen war. Sie riss sich die Schuhe von den Füßen und machte die Tür auf. Das Stiegenhaus war leer. Der zuckersüße Hauch seiner Pomade hing in der Luft.

Als sie geduckt und barfuß, ihre Tasche an die Brust gedrückt wie einen Säugling, durch das Gewirr der namenlosen Plätze und Höfe der Rookery huschte, merkte Mary, dass sie immer noch die Luft anhielt. Sie machte eine scharfe Kehre nach links und hetzte auf die Dials zu, in der Hoffnung, dass sie sich dort in der Menge verlieren würde. Während sie über die Monmouth Street rannte und sich zwischen den grellbunten Kleiderständen hindurchwand, fiel ihr wieder ein, was ihre Mutter früher immer gesagt hatte: *Als ich noch ein Mädchen in Monmouth war, da gab es nicht so ein Herumgerenne.*

Sie schlug einen weiteren Haken und lief jetzt über die Mercer Street und die St. Giles Passage zurück. Noch bevor sie die Kirche erreichte, konnte sie schon die Glocken hören, ihr Geläut scholl zwischen den eng aneinanderstehenden Häusern hindurch. Vor lauter Gebimmel in den Ohren und der entsetzlichen Angst in ihrer Brust konnte sie überhaupt nicht mehr klar denken. Auf der Turmspitze drehte sich der goldene Vogel in einer Windböe. Hoch über der gemeißelten Eingangspforte krochen Sünder mit steinernen Gesichtern übereinander, um dem Blick Gottes zu entgehen.

Mittags saß Mary im Cheshire Cheese über einer Schale starken Tees. Inzwischen hämmerte ihr Herz nicht mehr in der Brust. Eine Zeit lang verdrängte sie den Gedanken an Caesar. Im Geiste hörte sie Doll kichern. *Du kannst dich doch nicht, nur weil jemand dich umbringen will, von deinem Tee abhalten lassen, Mädchen.* Aber an Doll wollte Mary genauso wenig denken.

In einem der Ersatzschuhe in ihrer Tasche lag – zusammengerollt, damit er wertlos aussah – ein einzelner Strumpf mit Goldmünzen. Den anderen hatte sie schon vor langer Zeit bei einem Gingelage auf der Bow Street verloren.

Jetzt leerte sie den aufgerollten Strumpf unauffällig in ihren Schoß und zählte immer wieder das Geld. Zwei Monate Saumarbeit, und das war alles, was sie dafür vorzuweisen hatte: ein Pfund, sechs Schillinge und einen Penny. So viel zum Lohn ehrlicher Arbeit. Mit den Fingern harkte sie die Münzen wie Sand.

Als eine Stimme nach ihr rief, verstaute sie das Geld wieder in ihrem behelfsmäßigen Geldbeutel. (*Bei Huren kann man nie vorsichtig genug sein, Süße,* hörte sie Doll sagen.) Es war Biddy Doherty, ein Mädchen aus Cork, das im St. James Park anschaffte. Als sie sprach, roch es nach Ratafia-Likör, ein Gestank wie Mandeln. Immer wieder musste Mary erklären, dass sie fort gewesen sei und Doll Higgins in letzter Zeit nicht gesehen hätte. Etwas schnürte ihr die Kehle zu und ließ die wahre Geschichte nicht heraus.

Um der alten Zeiten willen und um die neuesten Nachrichten zu hören, spendierte sie Biddy einen Becher Bier. Biddy zufolge war der Fluss in Richmond vollkommen zugefroren. Ein paar Misses waren zum Schlittschuhlaufen und wegen des Freudenfeuers da gewesen. Die Geschäfte liefen schon den ganzen Winter über schlecht. Biddy schob es auf die warmen Brüder. »Na klar, die machen es doch die halbe Zeit umsonst, diese Dreckskerle!« Außerdem wollten die Freier in dieser nicht enden wollenden Kälte auf der Straße nicht die Hose runterlassen, aus lauter Angst, dass ihnen der Sack abfror. Und der Krieg war auch nicht gerade eine Hilfe. Biddy schob es auf die Franzosen. Oh, und dann war da noch etwas: Nan Pullen war verhaftet worden.

»Aber die habe ich doch noch gestern Abend an den Dials gesehen«, staunte Mary.

»Klar, sie haben sie sich ja auch erst heute Morgen geschnappt.«

»Wegen Hurerei?«

»Überhaupt nicht«, schnaubte Biddy. »Dafür, dass sie sich die Kleider ihrer Herrin geborgt hatte, stell dir das mal vor! Sie tun so, als hätte sie sie gestohlen. Erwischt haben sie sie in einem feinen Taftkleid, also wird sie dafür baumeln, das kannst du mir glauben.«

Mary schwirrte der Kopf. Im Geiste sah sie wieder den Galgen von Tyburn vor sich und die zuckenden Leiber, wie Fliegen in einem Netz. »Gott sei ihr gnädig.«

»Tja, Nan hätte es besser wissen müssen, die arme Irre. Diebstahl verzeihen die am allerwenigsten.«

Mary lehnte sich auf der klebrigen Eichenbank zurück und ließ Biddy weiterplappern. Sie wusste, was sie jetzt eigentlich tun müsste, was Doll an ihrer Stelle getan hätte. *Biddy, mein Schatz, kann ich eine oder zwei Nächte bei dir schlafen?* Aber die Vorstellung, neben diesem dürren, nach Fusel stinkenden Körper zu liegen, widerte Mary an. Vielleicht kam sie ja ein paar Nächte ohne Bett aus. Vielleicht konnte sie ja von Sonnenuntergang bis Sonnenaufgang in ihrem violetten Slammerkin auf der Straße ein bisschen Geld verdienen. Genug, um Doll beerdigen zu können. Trotz des Wetters war Mary sich sicher, dass sie die Freier herumkriegen konnte, wenn sie pro Nummer den Preis auf einen Sixpence senkte. (Im Geiste hörte sie Doll *dz-dz* machen. *Nie unter neun Pence gehen, meine Liebe. Das sind wir uns schuldig.*) Mary überlegte, dass sie am besten Tag und Nacht anschaffen müsste, an eine Mauer gelehnt, bis ihr die Beine einknickten, bis sie ihre Eingeweide nicht mehr spürte, bis die Erinnerung an Dolls erfrorene Hand zusammen mit all dem anderen ausgelöscht war.

Aber dann war da noch Caesar. Mary klopfte schon wieder das Herz, so als könnte sie ihn beinahe riechen, den herben Geruch nach Muskeln, der vom wabernden Duft seiner riesigen weißen Perücke überdeckt wurde. Wenn es nur irgendwer sonst gewesen wäre! Mary hielt sich die Hand vor den Mund, wie um ihn vor dem Messer zu schützen. Sie versuchte die Vorstellung zu verdrängen, wie sie aussehen würde, nachdem man ihr die roten Lippen abgeschnitten hätte.

Sie musste praktisch denken. Wie viel würde es kosten, wenn sie Mrs Farrel dafür bezahlte, dass sie Caesar zurückpfiff? Jetzt, wo schon die Rede von Blut gewesen und sein Opfer ihm mit einem Trick entwischt war? Jetzt, wo es um seine Geschäftsehre ging?

Mary konnte hier nicht ruhig sitzen bleiben. Jeden Moment konnte der Mann hereinkommen, makellos und ernst, das lange Messer auf sie gerichtet. War hier auch nur einer, der sich Caesar in den Weg stellen würde? Sie hatte noch nie gehört, dass jemand ihm die Stirn geboten und es überlebt hatte. Mary rappelte sich hoch und ließ Biddy Doherty, die weiter in ihren Becher brabbelte, im Speisehaus zurück.

Auf der Strand sah Mary niemandem in die Augen. Stattdessen beugte sie den Kopf über ihre Tasche und fing an zu laufen. Unter ihren nassen Schuhen matschte der alte Schnee wie Schmalz. An jeder Ecke hielt sie Ausschau nach Caesar. Einmal, als sie glaubte, ihn zu sehen, duckte sie sich so schnell in eine Seitengasse, dass sie hinfiel und ihren Rock bis zum obersten Unterrock durchnässte. Aber dann war es doch ein anderer Schwarzer gewesen, ein Laufbursche in goldfarbener Livree.

Wäre sie jetzt Doll Higgins, das wusste Mary, dann würde sie über die Gefahr lachen, alte Kunden begrüßen und die Werbetrommel rühren. Wäre sie Doll Higgins, dann würde sie wieder in ihr altes Leben schlüpfen wie in einen fleckigen Rock, den man von innen nach außen kehrte. Aber sie war nur Mary Saunders, ein Mann jagte sie durch die glitschigen Straßen der Stadt, und sie konnte an nichts anderes denken, als wegzulaufen.

Der Gefährte des Gepanzerten fiel ihr wieder ein, der alte Mann mit den tintenbefleckten Händen. *Aber nein, Mädchen, das geht doch nicht*, hörte sie ihn im Geiste sagen.

Nein, nein, nein,
Das darf nicht sein.
Nein, nein, nein,
Das darf nicht sein.

Sie konnte keine Miss mehr sein, erkannte Mary plötzlich, nicht ohne ihre Freundin, die das Ganze in einen Spaß verwandelte. Nicht, nachdem sie zwei Monate lang auf sauberen Laken geschlafen hatte. Es musste doch etwas Besseres geben. Ohne Doll war das kein Leben.

Sie schlich am Fluss entlang und hielt sich von jedem fern, der sie vielleicht kannte und womöglich auf den Gedanken kam, sich einen Sixpence zu verdienen und Caesar zu sagen, wo sie war. In ihrer Tasche fand sie einen Musselinschal, unter dem sie ihren Kopf und das Gesicht verbergen konnte. Der Fluss rauschte in seinem Bett vorbei wie Bier durch eine Kehle. Vor lauter Kälte bekam sie weiche Knie. Ein falscher Schritt, und sie stürzte in das eiskalte Wasser. Jeder Londoner, der schon einmal gesehen hatte, wie die Bootsleute eine mit dem Arsch nach oben auf dem Wasser tanzende Leiche an den Haken nahmen, einholten und dabei lachten, so wie man bei dieser Sorte Fisch eben lachen musste, wenn man nicht laut schreien wollte – jeder Londoner wusste, dass das Leben nicht länger dauern musste, als man es ertragen konnte. Aber Mary war sich nicht sicher, ob das heute klappen würde, bei all dem Eis auf dem Wasser. Wenn sie hineinsprang, würde sie vielleicht oben bleiben, sich irgendwo verhaken wie Abfall und langsam davongetrieben werden.

»Entschuldigt bitte, aber es heißt, Ihr fahrt nach Monmouth.« Das Pferd neben Mary hob seinen Schwanz und ließ einen Mistapfel fallen. Gerade noch rechtzeitig zog Mary ihre Röcke weg. Dieser blaue Rock aus Rohleinen, den sie an einem Stand gekauft und in einer schmalen Seitengasse angezogen hatte, war der einzige dezente, den sie besaß. Alles hing davon ab, dass er auch sauber blieb.

Der Kutscher nahm eine Pfeife aus dem schwarzen Mund. »Und wenn es so wäre?« Er schob sich den verknitterten Hut aus den Augen und musterte sie von oben bis unten.

Mary richtete sich auf. Wusste er, was sie war? Wie konnte er in ihr eine Miss erkennen, wo sie sich doch ein großes Taschentuch ins Mieder gesteckt hatte und unter einem nagelneuen Strohhut eine reine weiße Haube trug? Ihr Gesicht war sauber geschrubbt wie das eines Kindes, ohne die geringste Spur von Schminke oder einen Hauch von Rouge. Trug sie vielleicht trotzdem eine Art Mal, selbst jetzt noch, wo sie all das hinter sich gelassen hatte?

»Wo genau liegt Monmouth eigentlich?«, fragte sie nach einer Sekunde in ihrer tiefsten Stimme zurück. Vor lauter Nervosität klang sie ungehalten.

Er grinste sie an. Nein, er hatte keine Ahnung, dass sie etwas anderes war, als sie sich den Anschein gab. Dafür musste sie dem Magdalen wirklich dankbar sein, wurde Mary jetzt klar. Diese Rolle hätte sie sonst nie spielen können!

»In Frankreich«, antwortete der Kutscher schließlich.

Mary runzelte die Stirn. Frankreich lag jenseits des Meeres. Bestimmt hätte ihre Mutter erzählt, wenn sie übers Meer gefahren wäre. »Das ist nicht in England«, sagte sie misstrauisch.

Der Kutscher platzte mit einem solch dröhnenden Gelächter heraus, als habe es ihm schon geraume Zeit in der Kehle gesteckt. »Nein«, sagte er, »in Indien.«

Sie wandte sich ab.

»Genug Spaß gemacht, Schätzchen.«

Sie funkelte ihn über die Schulter an. »Ich glaube, Ihr würdet bei schlechtem Wetter nicht einmal Dover finden.«

»Monmouth«, erklärte der Mann, »liegt in den Marken.«

»In den Marken«, wiederholte sie, als wüsste sie, was das bedeutete, und würde ihm nicht glauben.

»An der Grenze. Beinahe schon in Wales.«

Mary wurde flau im Magen. Ihre Mutter war doch keine Waliserin. Sie hätte bei Susan Digots Geschichten eben besser aufpassen sollen. *Ich und meine Freundin Jane*, begannen sie immer, oder: *Damals in Monmouth, als ich in deinem Alter war …* »Wales liegt nicht in England, oder?«, riskierte sie zu fragen.

»Nein, mein Liebes«, erklärte der Kutscher. »Wales fängt da an, wo England aufhört.«

Bald darauf saß sie schlotternd in einer Ecke des Fuhrwerks. Statt für ein Kleid hätte sie ihr Geld lieber für eine Decke ausgeben sollen. Der Mann auf dem Bock nannte dieses Ding zwar eine Kutsche, aber mit einem solch hochtrabenden Namen hätte Mary es nicht bedacht. Außer für ihr Gewerbe war sie noch nie in einer Kutsche gewesen – »Zweimal rund um den Park, Bursche, und pass auf die Schlaglöcher auf.« Trotzdem wusste Mary genau, wie eine auszusehen hatte. Samt war ganz entscheidend. Die Sitzbänke mussten gefedert und gepolstert sein. Abgeschrägte Fenster mussten das Licht der Straßenlaternen einfangen. Dieses Ding hier, in dem sich Mary nun wiederfand, war nichts weiter als eine große Kiste auf Rädern, mit acht lahmen Gäulen, die darauf warteten, sie zu ziehen. Links neben ihr pfiff durch einen Spalt im Holz der Wind, und die Fenster waren mit einem Fächer aus Schlamm bespritzt.

Der Name des Kutschers war John Niblett; ihren hatte

sie ihm nicht genannt. Diese Kutsche war die einzige in den nächsten vierzehn Tagen. »Da hast du aber mächtig Glück, wie«, hatte er gesagt, »dass du am Neujahrstag was findest, was in deine Richtung fährt.«

Mary hingegen fand, dass sich dies womöglich noch als die schlechteste Idee herausstellen würde, die sie je im Leben gehabt hatte.

Eines wusste sie allerdings mit Gewissheit: In London würde sie Caesar nicht entkommen. Schon damit, dass sie seinem gewetzten Messer einen halben Tag lang entgangen war, hatte sie vermutlich ihr ganzes Glück aufgebraucht. Wenn sie bis zum Einbruch der Dämmerung nicht aus den Toren der Stadt verschwunden war, dann würde man sie ganz gewiss in irgendeiner Ecke der Rookery finden, in Scheiben geschnitten wie ein Sonntagsbraten und ihre welkenden Lippen als Andenken in Caesars Tasche. Wenn sie dablieb, um Doll zu beerdigen, dann lägen sie am Ende nebeneinander im Armenloch. *Vergibst du mir?*, fragte sie in sich hinein, doch es kam keine Antwort. Sie musste einfach aus dieser Stadt hinaus. Dem entfliehen, was sie einmal gewesen war und was aus ihr womöglich geworden wäre, dem Schicksal, das sie am Ende einer eiskalten Sackgasse erwartet hätte.

Noch vor ein paar Stunden wäre der letzte Ort, der Mary in den Sinn gekommen wäre, die Stadt gewesen, aus der ihre Mutter stammte. Was sie der Oberin gestern Abend im Magdalen erzählt hatte, dass dort eine Stellung auf sie wartete, war eine aus der Luft gegriffene Lüge gewesen. Sie hatte einfach nur das rührende Märchen auftischen wollen, im Hause der besten Freundin ihrer Mutter sei sie stets wärmstens willkommen. Dabei wusste sie nicht einmal, ob diese Jones nicht am Ende schon tot und begraben war oder womöglich den Namen Susan Saunders längst vergessen hatte. Wer nahm schon die Tochter einer Freundin auf, die er seit zwanzig Jahren nicht mehr gesehen hatte? Wie närrisch musste man sein, um eine Fremde in sein Haus zu lassen?

Aber letzten Endes ließ sich alles ganz einfach erklären. Ihr altes Leben war Mary aus den Fingern geglitten. Außer Monmouth fiel ihr kein einziger Ort ein, an den sie hätte gehen können, und auch kein einziger Mensch, der sie vielleicht aufnehmen würde, außer einer Frau, die sie noch nie im Leben gesehen hatte.

»Alles einsteigen!«, rief John Niblett den Passanten zu. »Alles einsteigen für Hounslow, Beaconsfield, Burford, Northleach, Oxford, Cheltenham, Gloucester, Monmouth.«

Im schwindenden Nachmittagslicht kroch die Kutsche über die Strand, noch langsamer als die Straßenmädchen und ihre Freier. Der Verkehr kam nicht weiter, weil weiter vorne eine Gruppe Lehrburschen Fußball spielte, die Strümpfe bis zu den Knien schlammbespritzt.

Niblett hatte angekündigt, die Fahrt werde neun Tage dauern. Mary hoffte, dass das nur wieder einer seiner Scherze gewesen war. Er hätte wohl nicht so laut gelacht, wenn er gewusst hätte, wie wenig sie noch in dem aufgerollten Strumpf hatte, den sie als Geldbörse benutzte: Nachdem sie nun das Leinenkleid gekauft hatte, waren es nur fünfzehn kümmerliche Schillinge. Sie hatte keine Ahnung, wie ihr Geld unterwegs fürs Essen und Schlafen reichen sollte, ganz zu schweigen von Nibletts Fahrgeld von acht Pence pro Etappe. Aber sich darum jetzt schon zu sorgen, konnte sie sich nicht leisten. Mit tauben Fingerspitzen tastete sie nach der Tasche unter ihren Röcken. Niblett hatte ihr angeboten, sie hinten aufzuladen, aber davon hatte sie nichts wissen wollen. Um als vermögende Frau zu erscheinen, hatte sie die Tasche mit zwei Pflastersteinen beschwert, doch nun fürchtete sie, dass er die Steine unter ihren zusammengefalteten Kleidern herumkullern hören würde.

Die Kutsche ruckelte ein Stück weiter. Mary gegenüber saß ein Kaufmann, dessen Bauch den pelzbesetzten Mantel wölbte. Er pflanzte seine Beine links und rechts neben ihre und grinste. Ein Bauernehepaar hatte sich untergehakt wie Nussknacker, daneben saßen noch ein triefnasiger Student und drei untererernährte Wandergesellen. Neben Niblett auf dem Bock saß, um seine Pennys zu sparen und sich lieber den Hintern abzufrieren, ein Bursche, der mit seinem hageren, kalkweißen Gesicht aussah wie ein Schulmeister.

Als das Fuhrwerk an der Pall Mall abbog, kreuzte eine Sänfte ihren Weg, getragen von zwei Laufburschen, die in ihren Livrees schwitzten. Kunden trödelten auf der Straße vor den Läden herum, als hätten sie vergessen, was sie brauchten, und traten verwirrt blinzelnd zurück, wenn Niblett seine Peitsche knallen ließ. Und da, vor einem Hutmacher, stand Marys Traumkarosse: ein grün-goldener Schmetterling, der auf riesigen Rädern ruhte. Mary drückte ihr Gesicht ans Fenster, um einen Blick auf die geschminkte Gestalt zu erhaschen, die in ihrem weiten Rock gerade vom Trittbrett stieg. So verharrte sie, obwohl ihr schon der Nacken wehtat.

Durch das dicke, schlammbespritzte Glas tauchten Rundbögen, grasbedeckte Höfe, helle Säulen und marmorne Fensterbänke auf. Der Kaufmann räusperte sich und zeigte auf die neuen Häuser am Picadilly Square. »Es heißt, das des Herzogs von Devonshire ist das *nonpareil.*« Er lehnte sich vor, um ihr Berkeley Square zu zeigen, während seine andere Hand gleich neben ihrem Knie verweilte und es berührte, wenn das Fuhrwerk über einen Stein ruckelte. Mary bedachte ihn mit einem eiskalten Blick. Er zog die Hand so schnell zurück, als wären seine Finger in eine Mausefalle geraten. Es klappt tatsächlich, dachte sie vergnügt, wenn man die Prüde spielt.

Als sie knarrend am Hyde Park vorbeikamen, erhaschte

Mary einen Blick auf eine gefrorene Wasserfläche und zwei Reiterinnen mit Dreispitzen, die am Rand entlangtrabten. Als sie am Tyburn-Galgen vorbeikamen, gab sie sich alle Mühe, ihn ausdruckslos anzusehen, so als wüsste sie gar nicht, was das sei, als hätte sie dort nie gejohlt und gejubelt und sich für den halben Preis von einmal Vögeln einen Zoll vom Henkerstrick gekauft.

»Madam?«

Der Kaufman sprach sie an. Mary versuchte sich zu erinnern, ob sie im Leben schon je zuvor so angeredet worden war: mit *Madam*. Mit einfältigem Grinsen beugte er sich erneut vor und bot ihr ein grünes Fläschchen an. Mary zuckte zusammen. Hatte sie etwa die Maske fallen lassen? Hatte er erraten, was sie war?

»Ein Schlückchen Portwein gegen die Kälte?«, fragte er.

Sie schüttelte schon den Kopf, noch bevor er zu Ende gesprochen hatte. Dann saß sie mit geschlossenen Augen da, verlockt vom warmen Hauch des Weines in seinem Atem; die ganze Flasche hätte sie in einem Zug leeren können.

Selbst wenn die Straße vor ihnen frei war, kam das Fuhrwerk nur mit der Geschwindigkeit eines alten Mannes voran, zu mehr waren diese Mähren wohl nicht mehr in der Lage. Da wäre ich ja schneller, wenn ich den ganzen Weg laufen würde, dachte Mary finster. Aber als sie das nächste Mal die Augen aufmachte, dünnte London sich schon allmählich aus. Sie hatte immer den Eindruck gehabt, London gehe mehr oder weniger einfach immer weiter, aber schon jetzt war es kaum noch mehr als ein Flickenteppich aus morastigen Gärten. Die Dörfer, durch die sie kamen, waren kümmerlich: Paddington, Kilburn, Cricklewood. Mary verschloss die Ohren vor dem Gebrabbel des Kaufmanns über die Bevölkerung und den Handel und hielt ihre Augen auf die Welt draußen gerichtet, jenseits der schlammbraunen Fenster.

Eines Tages würde sie zurückkehren, das stand fest. Eines Tages, wenn Caesar oder der Hunger und die eiskalte Nachtluft ihr nichts mehr anhaben konnten. Dann würde sie wieder in London einfahren, und zwar nicht in so einem verdreckten Karren, sondern in ihrer eigenen, vergoldeten, passend zu ihrem Haar von zwei schwarzen Stuten gezogenen Kutsche, zu beiden Seiten die eigenen, livrierten Laufburschen, die sie mit ihren Fackeln flankierten, und auf dem Dach festgezurrt ganze Truhen voll mit Putz. Sie würde am Golden Square in einem brandneuen Haus mit heller Fassade wohnen. Und von dort aus würde sie aus einem Fenster von so weit oben hinunterschauen, dass die Leute die Hälse recken mussten, um einen Blick auf sie zu erhaschen.

»Meine liebste Lady Mary«, würde er sie nennen. Ein jüdischer Kaufmann vielleicht, wie der aus den »Eine Dirne steigt auf«-Stichen. Angeblich waren Juden die Gönner mit den besten Manieren. (Beim ersten Mal mit so einem hatte Mary vor lauter Überraschung laut aufgelacht, als sie seinen ganz und gar barhäuptigen Schwengel gesehen hatte.) Oder vielleicht würde sie, wenn sie dann nach London zurückkehrte, ja auch einen Gatten haben, man konnte nie wissen. Sie versuchte sich am Arm eines Ehemannes vorzustellen. Aus irgendeinem Grund gelang es ihr nicht. Aber eines war jedenfalls sicher: Sie würde niemals ihren eigenen Nachttopf ausleeren müssen.

In den ersten Tagen hielt Mary sich noch mit ihren müßigen Träumereien aufrecht, während die Straßen immer schlechter und die Passagiere durchgeschüttelt wurden, als hätten sie einen Krampfanfall. Der Geruch all der Leiber verpestete die Luft. Mary sperrte alle Sinneswahrnehmungen aus, atmete durch den Mund und träumte vom klassischen Arkadien. Vor dem Fenster dehnte sich ein starres

Meer aus Morast und Eis aus. Am dritten Nachmittag kamen sie auf einer Kuppe an einem Galgen vorbei. Durch das Fenster spähte Mary auf den teerschwarzen Leib in dem eisernen Käfig und versuchte auszumachen, welcher Teil wohl das Gesicht gewesen war.

Jeden neuen Morgen hoffte sie auf ein Anzeichen von Tauwetter. Die Reisenden sprachen kaum noch über etwas anderes als darüber, wann wohl das Wetter umschlagen werde. Noch nie in ihrem Leben hatte Mary eine solche Kälte erlebt. Und bislang hatte sie immer irgendetwas Wärmendes in der Nähe gehabt: den Ofen einer Schenke, einen Becher mit heißem Glühwein oder wenigstens eine Handvoll gerösteter Kastanien. Diese Kutsche jedoch schleppte sich so nackt und bloß quer durchs Land wie eine Kuh. Mary konnte nicht auf und ab gehen oder mit den Füßen stapfen, sie konnte nur reglos dasitzen. Bis hinunter zu den Zehenspitzen waren ihre Beine so taub, dass sie schon meinte, sie wären ihr abgefallen, und wenn sie ihre Röcke heben würde, gäbe es darunter nichts mehr.

Eine eigentümliche Erinnerung nagte an ihr. Als sie noch ein Kind gewesen war, hatte ihre Mutter im schlimmsten Winter immer Steine in der Glut erhitzt, sie dann in einen Lappen gewickelt und ihr fürs Bett mitgegeben. Einmal hatte die Kleine sich den Stein zwischen die Schenkel gelegt, und einen Augenblick später war in ihr eine Wonne aufgewallt wie Wasser in einem Kessel, aus dem ein winziger Fisch sprang. Offenbar hatte sie dann aber einen Laut von sich gegeben, denn ihre Mutter fragte, was sie da mache, und sie sagte: »Nichts« und schob den Stein hinunter bis an die Füße.

Gelegentlich rasselten jetzt Expresskutschen an ihrem Gefährt vorbei. Mary sah ihnen nach, wie sie in die Ferne preschten.

»Manche haben es gut, da werden alle sechzig Meilen

die Pferde gewechselt«, bemerkte einer der Wandergesellen säuerlich.

»Wenn Niblett seinen mal die Peitsche geben würde«, knurrte Mary, »dann kämen wir vielleicht ein bisschen schneller voran.«

»Wenn Ihr so in Eile seid, dann wäret ihr wohl besser in der anderen Kutsche aufgehoben.«

»Was für eine andere Kutsche?«

Der Geselle lachte auf und entblößte seine gelblichen Zähne. »Die, die in drei Tagen nach Monmouth fährt.«

Niblett nahm immer die langsame Route, erfuhr Mary nun zu ihrem größten Unmut. Und nicht, weil seine Schindmähren so alt waren, sondern weil er gerne handelte. Unter der sackleinenen Plane hinten auf der Kutsche war Ware aus London verstaut: patentierte Stärkungsmittel, bedruckte Baumwolle, Liedblätter und Bücher. Unterwegs hielt Niblett in jeder noch so kleinen Stadt an und feilschte. Jedes Mal beugte er sich zum Fenster hinab und brüllte seinen Passagieren zu, wo sie gerade waren, aber die Namen sagten Mary nichts. Sie blieb in ihrer Ecke hocken und nagte wütend auf ihrer Unterlippe. Das Geld rann ihr nur so durch die Finger, und schuld daran war nur dieser Trottel, weil er die langsame Strecke fuhr.

In Gasthof von Northleach beanstandete sie die Zeche und bekam zwei Schillinge zurück. Sie gab den Köchen und Zimmermädchen nicht mehr die üblichen Trinkgelder, schlief in der Folge auf klammen Pritschen und nahm ihr Abendessen lauwarm ein. In Oxford wischte sich der schweigsame Student noch ein letztes Mal an seinem schwarzen Rock die Nase ab und stieg aus. Das Gasthaus hier war das schmutzigste, das Mary bislang gesehen hatte, und als sie – in diskreter Manier – um das Billigste bat, servierte man ihr eine Geflügelkeule, die schon eine solch graue Farbe hatte, dass Mary die ganze Nacht über zum

Topf greifen musste. Als am Morgen die Dienstmagd kam, um ihn auszuleeren, hielt sie demonstrativ die Hand auf, doch Mary behandelte sie einfach wie Luft.

Eigentlich fand Mary diese Städte sogar recht hübsch, aber trotzdem blieben es kleine Flecken in einer wilden Ödnis aus Heideland und Sumpf, gelegentlich überragt von einem Galgen mit einer schwarz gewordenen Leiche daran. Das Problem war, dass Mary sich nichts anderes vorstellen konnte als London. Selbst die Stadt, die sie verlassen hatte, überhaupt beim Namen zu nennen, kam ihr seltsam vor. Als sie noch dort gelebt hatte, war London für sie einfach die Welt gewesen. Der Ort, an dem ihr Leben sich abspielte. London war das Blatt, auf dem ihre Geschichte von Beginn an geschrieben war. Wenn sie nicht dort war, dann wusste Mary gar nicht, wer sie war. Nicht, dass sie der Stadt gegenüber irgendeine sentimentale Verbundenheit verspürt hätte. Ebenso gut hätte sie den Matsch auf ihren Schuhen lieben können oder die Luft, die sie atmete – oder besser gesagt, geatmet hatte. Was sie neuerdings einatmete, wusste sie gar nicht und ebenso wenig, wie das sie am Leben halten sollte.

Eines Januartages spät am Nachmittag schlug Mary die Lider auf und blinzelte sich den kalten Staub aus den Augen. Sie legte die Schläfe gegen das eiskalte Glas, um zu sehen, was vor sich ging. Schon wieder ein bis obenhin mit Korn vollgeladener Karren, der von zwei Ochsen gezogen wurde. Und vor dem Knäuel von Fahrzeugen, das sich um die Kurve der schmalen Straße mühte, schon wieder ein Viehtrieb auf dem Weg zu den fetten Weiden rund um London. Womöglich würde es eine Stunde dauern, bis die Hunderte ausgemergelter Kühe sich da vorn hindurchgezwängt hatten. Mary schloss die Augen wieder, um nicht deren hungriges Stieren ansehen zu müssen. Um die Kutsche herum verbreitete sich der Gestank frischen Dungs. Wenigstens etwas, was genauso ist wie zu Hause, dachte Mary und grinste verstohlen. Inzwischen war sie schon umzingelt von Vieh, das seitwärts gegen die Kutsche stieß. Die Treiber stießen raue, unverständliche Vogelschreie aus. Alle Welt schien bedächtig unterwegs zu sein, noch dazu auf entgegengesetztem Kurs, sie schob sich über die stinkende Piste hinab zu den grünen Weiden des Südens. Mary wurde das Gefühl nicht los, dass sie in der falschen Richtung unterwegs war und sich unsinnigerweise nach Nordwesten der Flut entgegenstemmte.

Die Nacht senkte sich bereits herab. Seit der Strand hatte Mary keine Straßenlaterne mehr zu Gesicht bekommen. Der Geruch des rußigen Öls schwand bereits aus ihrem Gedächtnis. Hier draußen, wo – das begann Mary nun zu begreifen – die eigentliche Welt lag, der größte Teil dieses gottverlassenen Landes, war der Tag zu Ende, sobald die Sonne am flachen Horizont verschwunden war. Dann konnte man nur noch Unterschlupf suchen, bevor das Licht des Tags ausgeblasen wurde und die Mauern des Himmels zusammenfuhren. Alles, was einem übrig blieb, war, in der Nähe jener zu bleiben, die einen umgaben, aus Angst vor den namenlosen wilden Kreaturen dort draußen. Selbst die schnarchende Bauersfrau, die Mary im Schlaf den Ellbogen in die Seite rammte und zuweilen auf die Schulter ihres guten blauen Kleides sabberte, erschien ihr inzwischen beinahe wie eine Freundin.

Die Finsternis griff um sich. Mary versuchte daran zu denken, weshalb sie hier war, wo immer sie auch gerade sein mochte. Von dieser Ödnis hier, eine Tagesreise entfernt von den Lichtern des letzten Gasthofs, hatte sie den Namen noch nie gehört. Die Vorstellung, dass sie tatsächlich zwischen zwei Städten unterwegs war, gelang ihr nicht mehr. Sie war einfach nur unterwegs. Und weshalb? Wegen einer Erinnerung, die nicht einmal ihre eigene war, sondern die sie der Frau gestohlen hatte, die einmal ihre Mutter gewesen war. Des Hauchs einer Aussicht auf Zuflucht. Vielleicht hatte sie ja den Verstand verloren, so wie jene Miss aus Covent Garden, die nach dem Wochenbett krank im Kopf geworden und in die Heide weggelaufen war. Der Säugling war aus Mangel an Milch gestorben, aber was aus dem Mädchen geworden war wusste niemand. Nein, so weit war Mary noch nicht. Aber was um Himmels willen hatte sie nur geritten, dass sie eine Kutsche in dieses vollkommene Niemandsland genommen hatte?

Als das Vieh vorübergezogen war und die Kutsche endlich weiterkam, fuhr sie durch kniehohen Dung, der die Räder beschmierte und hemmte. Mary wollte nur noch schlafen und erst wieder aufwachen, wenn sie hier heraus waren.

»Vierzehn Schillinge schuldet Ihr mir bis jetzt, Miss Saunders«, bemerkte John Niblett, als sie an diesem Morgen die Kutsche bestieg.

Es konnte doch unmöglich so viel sein! Um ihre Angst zu verbergen, bedachte Mary ihn mit einem schmallippigen Lächeln. »Das ist richtig«, antwortete sie leichthin. »Ich fahre ja die ganze Strecke bis nach Monmouth. Dort werdet Ihr dann bezahlt.«

Er zuckte gleichmütig die Achseln. »Es ist eben nur so, dass die meisten Leute am Ende jedes Tages bezahlen.«

Mary verdrehte ein wenig die Augen. »Diese ganze Geldwechselei, was für eine Zeitverschwendung!«

»Stimmt«, gab Niblett zu, »nicht besonders praktisch. Aber einmal hat sich in Gloucester so ein Schuft davongemacht, und ich saß ohne meine achtzehn Schillinge da!« Niblett stieß ein raues Lachen aus.

Sollte das etwa eine Warnung sein? Mary schüttelte den Kopf, so als könne sie kaum fassen, dass es solch eine Bosheit in der Welt gab.

Hinter der Kutsche griff sie in ihre Tasche und zählte, nur tastend, die Münzen in ihrem aufgerollten Strumpf nach: alles zusammen eine Krone und ein paar Pennys. Insgeheim verfluchte sie sich. Was hatte sie schon davon, dass sie ihre halben Ersparnisse für schlichte Kleidung ausgegeben hatte, wenn sie nun ihre Schulden nicht bezahlen konnte? Der Saum des blauen Leinenrocks war inzwischen schon schmutzig. Ihr Halstuch war vollkommen verknittert. Und wie anständig sie erst aussehen würde, wenn man sie in die Schuldnerzelle des Kerkers von Monmouth warf!

Den ganzen Tag über schmiedete sie in der Kutsche Pläne. Weglaufen kam nicht infrage. Monmouth war ihre einzige Hoffnung auf Zuflucht. Wenn sie nur lange genug von dieser stinkenden Kutsche wegkäme, um einen Käufer für einige Teile vom Putz aus ihrer Tasche zu finden …

Aber als sie am Gasthaus von Cheltenham anhielten, war es schon stockfinster. Hier verließ der Kaufmann die Reisegruppe. Gegen seine Wassersucht wollte er das hiesige Heilwasser trinken. Mary lag auf ihren muffigen Laken wach, im Kopf überschlugen sich ihre Gedanken. Vielleicht konnte sie ja gleich morgen früh hinaushuschen und einen Markt mit einem Kleiderstand suchen.

Aber als sie dann hastig ihren Becher Tee ausgetrunken hatte und auf den Hof trat, schirrte John Niblett schon die müden Gäule an. »Heute werden wir gut vorankommen«, sagte er und grinste sie an.

»Das gebe Gott«, antwortete Mary mit einem flauen Gefühl im Magen.

Auch in Gloucester gab es noch keinerlei Anzeichen für Tauwetter. Der Frost ließ die Fenster der Kathedrale schillernd glänzen. Ein Waliser stieg zu, der nach Schankwirt roch. Seine Augenbrauen waren so buschig wie die eines Adlers, und die Perücke saß ein wenig schief. Von der grellen Sonne tränten ihm noch die Augen. Als er Marys Blick auf sich spürte, setzte er sich noch ein wenig aufrechter hin. Was er wohl in ihr sah, wenn er in ihre Ecke linste? Vielleicht eine Dienstmagd, sehr züchtig bis auf den großen Mund, der keine Bemalung brauchte, um rot zu sein. Sie sah ihm an, dass er kein begüterter Mann war, aber unter der Bürde ihres Blickes warf er John Niblett für die erste Etappe einen Schilling zu und verzichtete mit einer wegwerfenden Handbewegung auf das Rückgeld.

Fisch am Haken, hatte Doll früher immer geraunt, wenn ein Freier auf sie aufmerksam geworden war.

Mary hatte den ganzen Tag noch nichts gegessen. Sie konnte den Gedanken nicht ertragen, dass auch noch ihre letzten Münzen zerrannen, bevor sie wusste, wie sie sie ersetzen konnte. Sie tat zwar so, als wäre ihr nicht wohl, vermutete aber, dass Niblett sie durchschaute. Früher waren sie und Doll eine halbe Woche lang mit ein paar Vierteln Wein und einem Dutzend Austern aus Essex ausgekommen, aber das Magdalen hatte Mary verweichlicht. Sie hatte vergessen, wie man ohne Essen durchhielt. Und etwas anderes hatte sie inzwischen auch wieder vergessen: ihren erst kürzlich gefassten Beschluss, dem Gewerbe den Rücken zu kehren.

Um Mitternacht saß Mary auf einer ächzenden Bettkante im Swan Inn in Coleford. Der Lärm des Dreikönigsfestes hallte durch das Haus: Trommeln und Schellen und dreckiges Gelächter. Jetzt, wo er seine Perücke abgenommen hatte, war sie größer als der Waliser. Er musste zu Mary hochschauen. Er war nicht verheiratet, das sah sie ihm an. Seine Hemdschöße waren voller brauner Flecken. Ein Schauer lief ihr über den Rücken. Sie zitterte und musste sich dabei kaum verstellen, so klamm wie es in der Kammer war. In der Öffnung, die das aus dem Mieder gezupfte Halstuch hinterlassen hatte, bebten ihre kleinen Brüste. Ihre Augen folgten den schmutzigen Rissen in den Bodendielen. Ihr Haar löste sich allmählich aus seiner roten Schleife.

O wie sie jammerte, wie sie schwor, dass nichts als die allergrößte Verzweiflung sie dazu gebracht hätte, einen Gentleman anzusprechen, der ihr doch so vollkommen unbekannt sie. »Wenn ich nur nicht die Geldbörse meiner Herrin verloren hätte, oder vielleicht ist sie mir auch gestohlen worden … wenn Mr Niblett nicht zu geizig wäre, um mir Aufschub zu gewähren … solltet Ihr auch nur in Erwägung ziehen können, mir das Fahrgeld zu leihen, Sir, dann gebe ich Euch mein Wort, dass ich es Euch zurückzahle, sobald ich nach Hause komme, sonst soll mich der Teufel holen …«

Ganz einfach. Zu einfach. Mary starrte dem Waliser unter seinen buschigen Brauen in die roten, tränenden Augen. Als seine Hand sie umflatterte und schließlich auf der fleckigen Bettdecke hinter ihrem Rock innehielt, hätte sie ihn am liebsten geschlagen. Wie konnte sich ein erwachsener Mann nur so leicht übertölpeln lassen? Ihm schien es wohl so, als habe er alle seine Schäfchen im Trockenen. Dieses Mädchen von solch zartem Alter, allein und ohne Schutz. In seiner immer enger werdenden Umarmung hockte sie so warm, so behütet da, vielleicht würde sie nicht einmal aufbegehren …

Aber Mary wusste, wie brave Mädchen sich benahmen. Kaum machten seine wulstigen Finger sich an ihrem Mieder zu schaffen, da holte sie so tief Luft, als wolle sie losschreien. Dem Waliser blieb nichts anderes übrig, als ihr die Hand auf den Mund zu legen. Ihr heißer Atem versengte ihm die Finger. Eigentlich hatte er wohl gar nicht so weit gehen wollen, aber jetzt war das Halstuch des Mädchens schon fast gelöst, und ihre Brüste sprangen hervor wie aufgeschreckte Hasen. Nur für einen kurzen Augenblick drückte er seinen glänzenden Kopf dazwischen.

Mary war klar, dass der Mann das hier seit Jahren nicht mehr gemacht hatte. Sie würde sich vorsehen müssen, dass sie ihn nicht gar umbrachte. Das alternde Herz in seiner Brust zappelte wie ein Fisch. Unter ihrem Protest wurden ihre Unterröcke gelupft. »Aber Sir«, wimmerte sie durch seine Finger, »aber Sir!«

Er brauchte drei Anläufe, um die Kerze auszublasen.

Schwer wie ein Kohlensack lag der Waliser auf ihr, trotzdem ließ Mary ihn noch eine Weile schlafen. Gern hätte sie in seine Geldbörse geschaut, um zu wissen, wie viel sie verlangen sollte, doch sie kam nicht heran. Von zwei Stockwerken tiefer hörte sie den Refrain eines Liedes darüber, was die Heiligen Drei Könige in ihren Satteltaschen gehabt hatten, danach ein Krachen und *Hoppla!* und Gelächter. Letztes Jahr hatten Doll und sie den Abend noch im Theater verbracht und waren dann zu den Lustbarkeiten an der Börse weitergezogen, nicht ohne sich an jedem Stand ein Stück Dreikönigskuchen zu holen. Aber an Doll wollte sie jetzt nicht denken. Sie würde nicht zulassen, dass sie zu zittern anfing bei dem Gedanken, die Freundin unbeerdigt in einer Gasse hinter dem Rattenschloss liegen gelassen zu haben. Stattdessen dachte sie an das Frühstück, das sie sich heute Morgen bestellen wollte.

Als die Morgendämmerung das verschmierte Fenster erhellte, knurrte Marys Magen so laut, dass der Waliser davon fast wach wurde. Er zuckte und scharrte wie ein Hund. Mary fing an zu weinen. Zunächst war es noch ein trockenes Schluchzen, doch dann riss sie die Augen so weit auf, dass sie anfingen zu tränen, und dachte dabei an Doll, bis sie mit Sturmeskraft heulte.

Das Gesicht des Mannes war aschfahl vor Peinlichkeit. Mary zwängte sich unter ihm hervor und drückte sich zur Bettkante weg. Nein, nicht einen Moment länger werde sie dableiben, sie werde ihm nicht einmal ihren Namen sagen. Durch die Finger hindurch beobachtete sie, wie er sich den Latz seiner Hose zuknöpfte, und wies empört sein erstes Angebot einer halben Krone zurück. »Ich bin ruiniert, versteht Ihr das nicht?«

»Psst, ist ja gut.«

»Wie könnt Ihr es wagen, mich bestechen zu wollen?«, schrie sie tonlos. Dann verfiel sie in einen leidenden Tonfall. »Seht nur, was Ihr aus mir gemacht habt. Und alles nur, weil ich mich auf das Ehrgefühl eines Walisers verlassen habe.«

Das saß. Als er nervös nach seiner Geldbörse tastete, entdeckte Mary auf dem Laken einen rötlichen Fleck. Es musste Wein sein, denn seit Ma Slattery hatte sie keine Monatsblutung mehr gehabt. Aber vielleicht bemerkte dieser Trottel ja den Unterschied nicht. Mit zitterndem Finger zeigte sie darauf und brach aufs Neue in Tränen aus. Für die Jungfrau würde er ihr zehn Schillinge geben, ob es ihm nun gefiel oder nicht.

Der Mann packte sie an den Handgelenken. »Ich schwöre, ich mache es wieder gut, wenn Ihr nur still sein wollt.«

Mary wand sich in seinem Griff. »Und was, wenn ein Kind kommt?« Ihre Worte waren wie ein Peitschenhieb.

Seine weißen Augenbrauen stießen beinahe zusammen.

Mary verließ die Kammer mit einem ganzen Pfund und einem unterdrückten Kichern.

In der Kutsche spielte sie den ganzen Tag über die Verheulte. Der Waliser saß eingezwängt zwischen zwei staubigen Steinmetzen und stierte auf seine Stiefel hinab. Seine zerzauste Perücke saß ihm schief auf dem Kopf, und das Gesicht war voller Stoppeln.

Heute waren die Straßen genauso buckelig wie die Felder. Sie kamen an einem so tiefen Schlagloch vorbei, dass der Bauer darauf bestand, abzusteigen und es sich anzusehen. Als er mit nassen Stiefeln wieder einstieg, berichtete er, in der Grube sei ein Esel ertrunken. »So ein Trottel«, sagte er zu Mary und versuchte sie zum Lachen zu bringen. Sie tat so, als hätte sie ihn gar nicht gehört. Sie hatte Geld und eine Tasche voller Kleider. Sie glühte vor Freude.

Im Fenster erschien verkehrt herum John Nibletts Gesicht. »Nur noch eine Stunde bis Monmouth«, rief er gut gelaunt.

Aber die Landschaft hier kam Mary nicht so vor, als könne in ihr irgendeine Stadt auftauchen. Sie hatte die ganze Welt immer für flach gehalten, aber dieses Land hier hob und senkte sich und war so verknautscht und verknittert, als hätte ein ruheloser Riese unter einer frostigen Decke geschlafen. Abgesehen von anderen Radspuren als ihren eigenen gab es auf dem Hügel, den sie gerade umfuhren, kein Anzeichen menschlichen Lebens. Was Mary am meisten beunruhigte, waren die Krähen. Sie konnte es kaum fassen, dass es auf der Welt so viele davon geben sollte. Eigentlich hätte ein Stadtrand übersät mit Spatzen oder erfüllt vom Geschrei der Möwen sein sollen, aber in der vergangenen Stunde hatte Mary nichts gesehen und gehört außer Krähen und ihrem Krächzen.

Als die Kutsche an einem steinigen Feld vorbeirumpelte, schniefte Mary leidensvoll und bat den Waliser darum, seine Schreibutensilien ausborgen zu dürfen, solange das Licht noch nicht ganz verschwunden war. Er reichte ihr sein Kistchen mit Federkielen, Tinte und Papier. Ob es ihn wohl wunderte, dass sie schreiben konnte? Auf die Knie gestützt, die bei jedem Ruckeln der Kutsche mitruckelten, macht Mary sich an ihr mühevolles Werk und spürte dabei den besorgten Blick des Walisers auf sich ruhen. *Meine libe alte Freuntin*, schrieb sie. Sollte er nur ruhig ins Schwitzen kommen. Sollte er sich ruhig die Fingernägel abkauen vor lauter Angst, dass sie womöglich gerade beeidete, er habe sie vergewaltigt. Gestern Nacht war er recht brünstig gewesen und hatte sich um nichts anderes Gedanken gemacht. Die sollte er sich also ruhig jetzt machen.

Die Straße sah eigentlich eher aus wie ein Graben. Niblett stieg ab, um die Pferde einen bewaldeten Hügel hinabzuführen. Die Kutsche neigte sich zur Seite, und Mary befürchtete schon, dass sie am Ende durch die Bäume rasen würde wie ein verfolgtes Tier. Sie umklammerte die Schreibfeder. *Meine libe alte Freuntin Jane, ich schreiwe dir diesen Brif, weil ich vileicht im Sterben lige.* Mary konnte eigentlich recht gut buchstabieren, bezweifelte aber, dass auch Susan Digot es konnte, und es war ja ihre Mutter, ihre erfundenermaßen sterbende Mutter, die hier schrieb. Von der vielen Schaukelei wurde ihr schwindelig, und sie hob den Kopf. Ein dürres Schaf, das eher wie ein Hund aussah, schnüffelte an einem Bach herum, der ihren Weg kreuzte. Das Wasser war braun.

Mary machte sich wieder an ihren Brief. *Der Gefallen, um den ich dich wegen unser Freutschaft bitte, ist kein kleiner.* Als sie, vorbei an einer Reihe Schmelzöfen, ins Tal hinabkrochen, verstärkte sich der Geruch nach heißem Metall. Sie überholten einen in seinen Schaffellmantel gehüllten Schäfer. In diesem Teil der Welt trugen Mensch und Tier ganz offenbar die gleiche Kleidung. Die Kutsche ruckelte auf eine Brücke aus steinernen Bögen zu, die über einen reißenden Fluss führte. Das sei der Wye, erklärte der Bauer Mary. Inzwischen war schon fast die Dämmerung angebrochen, jene knappe Stunde vor der Finsternis, in der das letzte Licht vom Himmel gesogen wurde. Auf der anderen Seite der Brücke konnte Mary mit Mühe eine Ansammlung von Häusern ausmachen, gesäumt von geweißten Holzbalken. Das musste der äußerste Stadtrand sein.

Angestrengt blinzelnd, spähte Mary im Dämmerlicht auf das Blatt hinab. Hoffentlich trocknete die Tinte schnell, Streusand hatte sie nicht. Während die Kutsche hin und her schaukelte, umklammerte sie den Federkiel wie ein Messer und versuchte sich vorzustellen, was wohl eine Mutter auf ihrem Totenbett schrieb. *Ich fürchte, mit meinem Tot lass ich meine einzike Tochter allein und ohne ein einziken Freunt in einer krausamen Welt zurück.* Die Wörter verschwammen ihr beim Kritzeln schon vor den Augen. Einen Moment lang glaubte sie ihre Geschichte beinahe selbst. Sie stellte sich eine Mutter vor, die ihre einzige Tochter nie mehr wiedersehen würde.

»Monmouth«, röhrte John Niblett.

Dem Allmächtigen sei Dank, dachte Mary. Wenigstens konnte sie jetzt endlich aus diesem Nachttopf von einer Kutsche aussteigen, in dem sie die längste Woche ihres Lebens verbracht hatte. Sie drückte die Wange ans Fenster, und Ernüchterung erfasste sie.

Monmouth. Das war gar keine Stadt. Nicht annähernd. Das war ja kaum ein Städtchen. Was hatte sie nur getan?

Der Waliser streckte die Hand nach seinen Schreibutensilien aus. Als Mary unten den Namen ihrer Mutter hinkritzelte, wurde ihr plötzlich klar, dass er ja ebenfalls hier ausstieg. Der Teufel sollte ihn holen. War der etwa von hier? Warum musste er bei all den stinkenden Käffern an Englands Rändern ausgerechnet aus diesem hier kommen?

Daran hätte sie denken sollen, bevor sie ihn beschlafen hatte. Sie hätte besser aufpassen müssen. Jetzt konnte sie nur noch hoffen, dass sein Haus weit draußen auf dem Lande war und sich ihre Wege nie wieder kreuzen würden.

Sie reichte dem Mann sein Kistchen und wandte den Blick ab.

Unterhalb der Brücke ragten flussabwärts auf mehreren schlammigen Inseln im Fluss Bäume auf. In ihren höchsten

Wipfeln versammelten sich Krähen. Eine stieß einen gebieterischen Schrei aus und flog heftig flatternd zum nächsten Baum, die Federn gespreizt wie wulstige Finger. Ihre Unruhe steckte eine weitere an und noch eine. Schemen, die Mary für Blätter gehalten hatte, erwachten zum Leben und begannen zu kreisen. Bald schon flatterten alle von Baum zu Baum, wie Nadeln, die einen zerrissenen Himmel flickten.

Ächzend rollte die Kutsche über die Brücke. Ein erster flüchtiger Blick eröffnete Mary ein paar erbärmliche Häuserreihen und einen einzelnen Kirchturm. Das war ganz offensichtlich alles, woraus Monmouth bestand. Den ganzen Weg hatte sie gemacht, nur um sich in einer Krähenstadt wiederzufinden, in der es mehr Vögel als Menschen gab.

MONMOUTH

Alle Pflichten des Weibes

»Siehst du hier die Spuren ihrer Tränen?« Mrs Jones reichte den Brief an ihren Gatten weiter.

Er hielt ihn einen Augenblick lang ins Licht der Kerze, dann reichte er ihn zurück und kam um das Bett herum.

»Wenn man bedenkt, dass Su Rhys' Kindchen zu so einem großen und schönen Mädchen herangewachsen ist und sie es nun nicht mehr miterleben kann.« Mrs Jones seufzte, und der kleinen Lücke zwischen ihren Schneidezähnen entwich ein Fiepen. »Aber wenigstens hat es nicht lange gedauert, dem Schöpfer sei Dank. Das Mädchen hat mir erzählt, dass das Fieber Su am Ende im Nu dahingerafft hat.«

Mr Jones nickte leidenschaftslos und zog sein Bein hoch, um seinen einen rothackigen Schuh auszuziehen.

»Hör mal zu, Thomas, es gibt da eine Stelle, die mir schier das Herz zerreißt.« Rasch las sie murmelnd den Brief durch. »*Was sie in der Armenschule gelehrnt hat, sind Lesen, Schreiben, Nehen … kann ein ordentliches Hemd schneidern und Aufschläge säumen und viele andere einfache Handgriffe … meine arme Mary wäre eine gute Dienstmagd, schnell und fleißik und von bescheidnem Gemüte, ohne Frechheit oder Hinterlist.*«

»Was soll daran herzzerreißend sein?«, fragte er und zog sich das Nachthemd über den Kopf.

»Dazu komme ich gleich.« Mrs Jones beugte sich noch tiefer über die dünne Kerze. »*Wenn du, alte Freuntin, eine christliche Tat vollbringen und meine arme mutterlose Tochter in dein Dinst stellen willst, habe ich keine Befürchtung, das sie alles tuht, um dein Vertrauen zu verdienen und dein Lohn soll im Himmel sein.*« Mit erstickter Stimme fuhr sie fort: »*Bitte, liebe Jane, lass meine Seele Ruhe finden, weil ich weis, das mein einzickes Mädchen in deinen Händen gut aufgehoben ist.*« Sie fuhr sich mit dem Handrücken über ein Auge.

»Komm jetzt ins Bett, meine Liebe«, sagte Mr Jones und bog sein müdes Kreuz durch.

»Ja, sofort. Du weißt, dass das Mädchen keinen Penny hat. Seit Cheltenham hat sie nichts mehr gegessen! Ich habe ihr gesagt, sie soll im Robin Hood Koteletts bestellen und sagen, die Jones' stehen dafür gerade.«

Er nickte noch einmal und zog sich die Nachtmütze über den stoppeligen Schädel. Seine Frau hielt den Brief ganz still und versuchte die krakeligen Zeilen zu entziffern. »*Deine gehorsame Dinerin und ewickliche Freuntin Mrs Susan Saunders, früher Rhys*«, murmelte sie. Dann faltete sie den Brief mehrmals zusammen. »Was für ein Gekrakel, und dabei war sie in der Mädchenschule immer die Ordentlichste von uns allen. Erinnerst du dich noch, wie gewissenhaft Su Rhys immer bei allem war?«

Er nickte.

»Saunders, meine ich. Wie schön sie an ihrem Hochzeitstag aussah, weißt du noch?«

»Ich war bei dem Fest nicht dabei«, erinnerte er sie. »Ich bin doch erst im Jahr darauf von meiner Lehrzeit in Bristol zurückgekommen.«

»Natürlich.« Mrs Jones schlug sich auf die Stirn. »Erinnern kann ich mich noch an alles, aber ich bringe es durcheinander wie einen Haufen Wäsche.« Sie sah auf das zusammengefaltete Blatt hinab und schloss ihre Hand darum. »Ich glaube, ich habe Su damals einen Brief geschrieben, als ich gehört hatte, dass sie verwitwet war, und dann noch einen, um sie wissen zu lassen, dass ihr Vater gestorben war. Aber seitdem keinen mehr. Bei der ganzen drängenden Arbeit habe ich es immer wieder vergessen. Es gibt immer so viel zu tun …«

»Ja, das stimmt«, antwortete er freundlich. »Die Jahre gehen schneller vorbei, als man mitzählen kann.«

»Sie hat nicht so ein Glück gehabt wie ich, die arme Su.« Schon bebte Mrs Jones' Stimme wieder. »Allein der Gedanke, dass dieser Trottel Cob Saunders Su im Stich gelassen hat und sie von dieser schäbigen Stückarbeit leben musste!«

Ihr Gatte grunzte verächtlich. »Da hat sie sich wirklich an einen schwachen Ast geklammert.«

»Aber wie schnell es mit einem Menschen auf der Welt bergab gehen kann! Anscheinend hat sie nie wieder geheiratet und sich stattdessen mit der Sorge um ihr kleines Mädchen verschlissen. Dabei war sie doch genau sechs Monate jünger als ich, weißt du noch?«

»Tatsächlich?«

»Und jetzt nur noch ein Gerippe auf einem Friedhof in London.«

Mr Jones sah seine über die Kerze gebeugte Gattin an. Weinte sie etwa, oder flackerte nur das Licht? Er strich die kalte Decke über dem Rand seines Stumpfes unterhalb seiner rechten Hüfte glatt.

»Allein die Vorstellung.« Die Stimme seiner Gattin schwankte wie ein Seil im Wind. »Wenn man fühlt, dass das letzte Stündlein schlägt und sein Kind haltlos in die Welt geworfen wird. Das muss beinahe so schlimm sein wie …«

Er konnte sie nicht weitersprechen lassen. »Vielleicht ist es ja an der Zeit, dass du jemanden bekommst, der dir hilft«, unterbrach er, »wo jetzt die geschäftige Jahreszeit auf uns zukommt.«

Sie drehte ihm das Gesicht zu, es war beschienen vom gelblichen Licht. Ob es feucht war, konnte er nicht sehen.

»Hat sie Susans Hände?« fragte er, nur um irgendetwas zu sagen.

Mrs Jones' Stimme wurde kregel. »Das hat sie. Einen guten Daumen für die Nadel, der ist mir besonders aufgefallen. Aber Thomas, wir können uns doch bestimmt nicht noch einen vierten Bediensteten leisten.«

»Wir müssten sie ja erst am Ende des Jahres bezahlen«, sagte er aus dem Stegreif, »und bis dahin müsstest du eigentlich ein paar sehr einträgliche Bestellungen haben. Zum Beispiel die Brautaussteuer für das Mädchen der Morgans.«

»Ach was«, wehrte seine Gattin scheu ab. »Dafür fahren die doch womöglich nach Bristol.«

»Aber Mrs Morgan schätzt deine Arbeit sehr. Und außerdem, meine Liebe«, fügte er achselzuckend hinzu, »wenn wir unser Geschäft je erweitern und die Aufmerksamkeit berühmterer Namen als der Morgans erringen wollen, dann müssen wir auch gelegentlich etwas riskieren. *Nur wer wagt, gewinnt.*«

Mrs Jones sog genüsslich die Luft durch die Zähne. Ihre Wangen nahmen die zarte Färbung eines Apfels an. In solchen Momenten fielen die Jahrzehnte von ihr ab, und er erblickte ihre altvertraute, bescheidene Schönheit. Als ob ihre hochnäsige Freundin Susan ihr je das Wasser hätte reichen können!

Insgeheim fand Thomas Jones, dass es Cob Saunders gewesen war, der ein schlechtes Geschäft gemacht hatte. In ihrer Kindheit war Cob auf dem Schulhof immer der König gewesen, zum Klassenbesten jedoch wurde schließlich sein verkrüppelter Freund Thomas. Cob war ein angenehmer Zeitgenosse, doch er konnte keinen wurmstichigen Apfel von einem gesunden unterscheiden. Bei jedem, der eine Susan Rhys einer Jane Dee vorzog, konnte man sagen, dass er verdiente, was er bekommen hatte: nämlich in einen Aufstand hineinzustolpern und am Kerkerfieber zu sterben. Vor einem Vierteljahrhundert, als Thomas Jones als frischgebackener Schneider aus Bristol zurückgekehrt war und entdeckt hatte, dass Jane Dee aus unerfindlichen Gründen immer noch unverheiratet war, war er überzeugt gewesen, dass dies der Wille eines göttlichen Plans war, und an diesem Glauben hielt er bis heute fest. Eine weitere Art des Schöpfers, ihn für den Verlust seines linken Beins zu entschädigen.

Seine Gattin hatte inzwischen ihren besorgten Blick aufgesetzt. »Und wenn wir dann feststellen, dass wir uns das Mädchen doch nicht leisten konnten?«

»Dann könnten wir ihr bezahlen, was wir ihr schuldig sind, und sie jederzeit wegschicken.«

»Ich wollte nur sichergehen. Wie recht du doch hast, Thomas, so wie immer. Soll ich also Daffy heute Abend zum Robin Hood schicken, um ihr zu sagen, dass sie morgen früh kommen kann?«, fügte sie eilig hinzu.

Mr Jones senkte den Kopf. »Dem Geschäft wird es nutzen.«

»Glaubst du?«

Zweimal beantwortete er eine Frage nie. Stattdessen lächelte er versonnen.

Seine Frau verknotete unter dem spitzen Kinn die Bändel ihrer Nachtmütze. »Jetzt fühle ich mich schlecht, dass wir Daffy gesagt haben, wir könnten seine Kusine nicht nehmen.«

»Aber Gwyneth ist ein Bauernmädchen.«

»Das stimmt.«

»Was hätten wir mit ihr anstellen sollen?«, fragte Mr Jones nachsichtig. »Wir haben doch schon Mrs Ash für das Kind und Abi und Daffy für alles andere. Diese kleine Saunders dagegen könnte für dich nähen und dir bei der Kundschaft zur Hand gehen. Ein gebildetes Mädchen aus London verleiht uns einen Anstrich von *bon ton.*«

Mrs Jones hörte es stets heraus, wenn er einen neuen Ausdruck probierte, den er im Bristol Mercury aufgeschnappt hatte. Und er wusste auch, dass er sie nie täuschen konnte, wenn er ihr einen Gefallen tat und es als Vernunft ausgab. Sie lächelte über die Schulter hinweg und vergaß dabei, ihre Zahnlücke zu verbergen. »Du wirst es nicht bereuen, Gatte.«

Er tätschelte ihre Seite des Bettes. Sie blies die Kerze aus und zog in der rauchgeschwängerten Dunkelheit ihre restlichen Kleider aus.

Er lag neben ihr und rührte sich nicht. Es war sicherer, sie nicht anzurühren. Er wusste, er konnte ihr all das nicht noch einmal antun, nicht sechs Monate nach der letzten Katastrophe. Es gab eine Grenze für das, was das schwächere Geschlecht zu ertragen vermochte. Also streckte er nur ganz leise sein Bein aus und lauschte auf seinen eigenen Atem. Allmählich gewann Thomas Jones seine Selbstbeherrschung zurück.

Dann drehte seine Frau sich um und legte ihre weiche, heiße Hand auf ihn.

Das Licht eines frostigen Morgens umfing das Robin Hood. Im Hof des Gasthauses stellte Daffy Cadwaladyr sich vor. »Kurz für Davyd«, erklärte er freundlich.

Die Londonerin machte ein Gesicht, als habe sie in ihrem ganzen Leben noch keinen dümmeren Namen gehört.

Er schulterte ihre Tasche. Etwas darin rumpelte. »Was hast du da denn drin? Pflastersteine?«

Jetzt starrte sie ihn an, als hätte man sie getreten. Ihre Augen waren so schwarz wie Grubenschächte und ihr Gesicht das eines Engels. Doch um schön zu sein, war sie zu dürr, entschied er. Ein Mann brauchte ein bisschen Fleisch, an dem er sich festhalten konnte.

»Wollte nur eine höfliche Frage stellen«, murmelte er.

Mary Saunders gab darauf keine Antwort. Die ganze Monnow Street hinauf folgte sie ihm direkt auf dem Fuß, als befürchte sie, er könne sich mit ihren wertvollen Besitztümern aus dem Staub machen. Die abgelaufenen Sohlen von Daffys Stiefeln glitten auf den vereisten Steinen aus.

Eigentlich hatte er zu Weihnachten auf ein Paar neue gespart, aber dann hatte er eine Enzyklopädie in zehn Bänden entdeckt, die billig zu haben war. Stiefel hielten bestenfalls zehn Jahre, aber Wissen hielt ewig.

Mrs Jones war es gewesen, die ihn losgeschickt hatte, um die Tasche der Fremden zu tragen. Aber warum eine Dienstmagd, wenn sie ihre Stellung antrat, so behandelt wurde wie eine Lady, verstand er nicht. Wenn sie nicht einmal die Kraft hatte, ihr eigenes Gepäck zu schleppen, würde sie in dem hohen, schmalen Haus in der Inch Lane von keinem großen Nutzen sein. Noch hatte jemand ihm erklärt, warum in einer Familie, in der es dafür noch vor zwei Wochen keinen Bedarf gegeben hatte, jetzt plötzlich eine neue Dienstmagd benötigt wurde.

Fleisch- und Papierfetzen waren auf den Pflastersteinen festgefroren. Gebückt unter ihrer Last, schwärmten die Händler aus. Es gab Käfige mit alten Ziegen und sechs Wochen alten Zicklein, und auch die Fischhändler, die immer freitags Lachs an die Papisten verkauften, bauten schon ihre Stände auf. »Der Marktplatz«, sagte Daffy über seine Schulter hinweg, ohne stehen zu bleiben.

»Das hier?« Mary Saunders Stimme war tief und rau.

»Ja.«

»Das ist kein Platz«, widersprach sie. »Der muss viereckig sein, und das hier sieht eher aus wie ein plumper Diamant.«

Daffy drehte sich um und starrte sie an. Krächzten die Londoner etwa alle so? Ihr dunkles Haar war unter einer Haube verborgen, und ihr zerknittertes Halstuch straffte sich um den Hals wie ein Galgenstrick. Sie hatte etwas Prüdes an sich, abgesehen von der klaffenden Scharte ihres roten Mundes.

»Er heißt einfach nur so«, erwiderte er kühl.

»Außerdem habe ich mich gefragt«, rief sie ihm nach, »warum das Wasser so braun ist.«

»Von den Kohlengruben«, erklärte Daffy ihr. »Die verdrecken die Bäche. Aber schaden tut es einem nicht.«

Sie machte ein Gesicht, als bezweifle sie das sehr, als krieche jetzt bereits Gift durch ihre Adern.

Daffy eilte weiter bis zur Grinder Street. Er war in Versuchung, bis zu den Kais weiterzulaufen, sich zwischen die Stapel von Säcken und Weinfässern zu ducken und sie dort abzuschütteln. Doch stattdessen bog er in die schmalen Mauern der Inch Lane ab und blieb unter einem geschwärzten Schild stehen. Auf der einen Seite stand: *Thos. Jones, Korsettmacher-Meister* und auf der anderen: *Mrs Jones, Lieferantin feiner Kleider gehobener Güte*. Die römischen Buchstaben sahen prächtig aus, wie er fand. Er hatte sie aus dem *Musterbuch für Schildermacher* abgezeichnet, das er sich von einem Malerfreund unten in Chepstow geliehen hatte, und dann mit einem Schüreisen eingebrannt.

Mit gespitzten Lippen starrte das Mädchen zu dem Schild hoch.

»Du kannst also lesen?«, fragte er mit einem plötzlichen Gefühl der Geistesverwandtschaft.

»Du etwa nicht?«

Was für eine eingebildete Hexe! »Du solltest wissen, dass ich neunzehn gebundene Bücher besitze«, knurrte Daffy, »und ebenso Teile von noch vielen anderen.«

»Daher hast du also deine hohlen Augen«, bemerkte Mary Saunders.

Er entschied, ihr diese Bemerkung nicht übel zu nehmen, weil sie zutraf. Stattdessen steckte er einen tauben Finger unter seine Perücke und kratzte sich. »Hast du denn auch irgendwelche Bücher in deiner schweren Tasche hier?«, fragte er, während er vor ihr die Stiege erklomm.

»Lesen ist etwas für Kinder, die nichts Besseres zu tun haben.«

Daffy beschloss, so zu tun, als hätte er das nicht gehört. In der Dachkammer ließ er die Tasche mit einem mächtigen Rums am Fuß des schmalen Bettes fallen. »Du teilst es dir mit Abi, dem Mädchen für alles.«

Mary Saunders nickte.

»Ich sollte dich vorwarnen, dass sie eine Negerin ist. Aber sie tut einem nichts.«

Das Mädchen sah über ihre spitze Nase hinweg auf ihn herab. »Du vergisst, dass ich aus London komme, Bürschchen. Da haben wir alle Hautfarben.«

Schon wieder schaffte sie es, dass die Wut fast schmerzhaft in seiner Brust aufflammte. »Und was bringt dich dann nach Monmouth?«, fragte er spitz. Am liebsten hätte er ihr vorgeschlagen, dass Nibletts Kutsche sie gleich morgen wieder mitnehmen könne, und er werde sogar selbst einen Schilling drauflegen, damit sie schneller fortkomme.

»Meine Mutter kam aus dieser Gegend.«

»Und wer ist das?«

»Susan Saunders«, antwortete sie widerwillig.

»Geborene Rhys?«

Ein argwöhnisches Nicken. »Kanntest du sie?«

»Ich bin erst zwanzig«, begehrte Daffy auf.

Sie zuckte kurz mit den Achseln, als wolle sie damit sagen, dass es ihr nicht viel bedeutete, ob er neun oder neunzig war.

»Nein, deine Mutter muss schon Jahre vor meiner Geburt in die Großstadt gegangen sein«, fügte er hinzu, »aber ich habe meinen Vater von ihr sprechen hören. Von den Rhys ist jetzt keiner mehr da, glaube ich. Und von den Saunders auch nicht, oder?«

»Nein«, erklärte sie mit Nachdruck. »Keiner, der noch lebt.« Und dann setzte sich das Mädchen auf die äußerste Bettkante, und ihre Augen waren so hart wie die einer Möwe. Da begriff er, dass sie versuchte, nicht zu weinen.

Was er gesagt hatte, war taktlos gewesen. Er hatte das Mädchen daran erinnert, dass es ganz allein auf der Welt war, ohne eine Menschenseele, die in ihr eine Verwandte sah. Er versuchte höflich, das Thema zu wechseln. »War die Fahrt von London schlimm?«, fragte er.

Mary Saunders blinzelte einmal, dann noch einmal und setzte sich aufrecht hin. »Enorm unkomfortabel«, erklärte sie. »Eure Straßen verdienen den Namen gar nicht.«

Daffy gab auf. Er wischte sich an seiner offenen Baumwolljacke die Hände ab und wandte sich zum Gehen.

Er hatte schon die Tür erreicht, als sie weitersprach – so als könne sie es nicht ertragen, allein zu sein. »Wir sind fast in ein zehn Fuß tiefes Loch gefahren. Ein Pferd mitsamt Reiter war darin ertrunken. Der Mann war ganz grün, er saß immer noch im Sattel.«

Daffy nickte kurz, dann wandte er sich ab. Er würde sie nicht eine Lügnerin nennen. Nicht an ihrem ersten Tag.

Mrs Jones hatte immer gewusst, dass sie keine Lady war. Ihre Klientinnen – wie ihre höhergestellten Kundinnen lieber genannt werden wollten – hätten sie vielleicht als eine hochanständige Frau bezeichnet. *Höchst vornehm für ihren Stand, wenn man es recht bedenkt.* Heute war sie ein wenig außer Atem. Sie zeigte der Tochter ihrer Freundin das schmale Haus und versuchte sich auf alles zu besinnen, was eine Herrin einer neuen Dienstmagd sagen sollte.

Das Winterlicht bohrte sich in die dunklen Augäpfel des Mädchens, und ihr Atem hinterließ in der Luft einen feinen Nebel. Die Augen muss sie von ihrem Vater haben, dachte Mrs Jones, und auch die große Statur. Die hübschen Ohrläppchen stammten aber von ihrer Mutter, genau wie die Daumen einer Näherin. Ihr staubiges blaues Kleid und das breite Halstuch ließen vermuten, dass sie nicht damit rechnete, aber sie zog unweigerlich alle Blicke auf sich.

Mrs Jones zupfte ihre Schürze zurecht und wünschte sich in einem schwachen Moment, sie hätte die mit dem Spitzenbesatz angezogen. Nur um bei dem Mädchen etwas Eindruck zu machen. Es von Anfang an ihre Autorität spüren zu lassen. Falls sie und ihr Gatte jemals in der Gesellschaft aufsteigen wollten, dann musste sie lernen, wie man eine gute Herrin war, freundlich, aber bestimmt. »Zehn Pfund gibt es am Ende des Jahres«, erklärte sie Mary, »und an jedem Weihnachten neue Kleider, dazu Kost und Logis. Bist du eine große Esserin?«

Mary Saunders schüttelte den Kopf.

»Nicht, dass wir dich hungern lassen wollten«, fügte Mrs Jones eilig hinzu. »Du siehst ein wenig kränklich aus.«

Mary Saunders versicherte ihr, sie sei nur blass von der Reise. »Es war enorm kalt.«

»Aber das ist doch noch gar nichts!«, rief Mrs Jones fröhlich aus. »In dem Winter, als ich zwanzig wurde, sind die Vögel an den Zweigen festgefroren. Der Preis für Brot war so hoch, dass wir ...« Dann besann sie sich und faltete die Hände über ihrem Korsett. Sie hätte besser ihr gutes aus Brokat angezogen. Ach Jane, um der Barmherzigkeit willen! »Ich glaube, Mary, du weißt, wie man feines Leinen wäscht und hübsch aufmacht und einfache Näharbeiten verrichtet, nicht wahr? Hat deine Mutter das nicht in ihrem Brief geschrieben?«

»Ja.«

Mrs Jones fand zwar, eine Dienstmagd hätte »Ja, Madam« sagen sollen. Aber das war nur eine Kleinigkeit, und das Mädchen war ja neu in Stellung. »Alle Hausarbeiten, die dir unbekannt sind«, fuhr sie eilends fort, »kann ich dir rasch beibringen. Du musst nur fragen. Fürs Erste wirst du unserer Dienstmagd Abi beim Putzen und Ähnlichem helfen und mir außerdem mit der Nadel zur Hand gehen. Alles, was ich erwarte, ist, dass du fleißig bist und ordentlich und ...« Sie suchte nach einem weiteren Wort. »Ehrlich«, schloss sie mit Genugtuung.

Das Mädchen neigte den Kopf. Mrs Jones fiel ein Satz aus einem ihrer Romane ein, der einen beeindruckenden Beiklang hatte. »Täuschung und jede derartige Hinterlist kann ich nicht dulden«, ermahnte sie das Mädchen. »Denn wenn ich eine Dienerin bei einer Lüge erwische, kann ich mich niemals mehr auf sie verlassen, verstehst du?«

Ein weiteres Nicken.

»Ach, und bevor ich es vergesse. Ich habe ein Buch für dich.« Sie kramte in ihrer Hängetasche und holte aus dem Saum ihrer Taille einen abgenutzten Band zum Vorschein. »*Alle Pflichten des Weibes*«, las sie vor und gab ihn dem Mädchen in die Hand. »Hochlehrreich.«

Noch bevor Mary Saunders ihr danken konnte, kam ein kleines Kind durch die Tür gelaufen, und Mrs Jones hob es hoch. Kurz vergrub sie ihr Gesicht in dem buttermilchfarbenen Haar. »Das ist Hetta, unser Schatz«, sagte sie und bereute das Wort im nächsten Moment.

Die neue Dienstmagd lächelte vorsichtig.

»Muda?«

»Was ist denn, Kind?«

»Kann ich raus auf die Weide?«

»Heute nicht, Hetta. Sie ist doch ganz voll Schnee. Ich habe sie Henrietta genannt, nach der Heldin in Mrs Lennox' Liebesroman«, vertraute Mrs Jones Mary Saunders an, indem sie sich zu ihr umwandte und das mollige Kind auf ihre andere Hüfte verlagerte. »Ich habe sie während meiner langen Zeit im Wochenbett gelesen. Ganze vierzehn Tage lag ich da …« Aber dann fiel ihr ein, dass sie ja mit einem Mädchen von fünfzehn Jahren sprach. Sie errötete ein wenig und legte ihr Kinn auf das heiße, runde Gesicht des Kindes. Hetta strampelte in ihren Armen, und Mrs Jones ließ sie an ihren Röcken hinabgleiten. Dann erhob sie sich wieder und drückte sich beide Fäuste ins Kreuz. »Sag unserer neuen Dienstmagd Mary guten Tag, *Cariad.*«

Mit ihren vier Jahren war Hetta bei Fremden im Allgemeinen scheu. Als aber das Mädchen aus London sich vorbeugte und die Hand ausstreckte, nahm die Kleine sie und schüttelte sie. Mary Saunders' Mund öffnete sich zu einem Lächeln, und für einen Augenblick sah sie aus, als wäre sie Su Rhys aus dem Gesicht geschnitten.

»Du musst bei Mary ein braves Mädchen sein, mein Herz«, ermahnte Mrs Jones ihre Tochter sanft, »denn sie hat ihre Mutter verloren. Kannst du dir das vorstellen?«

Hettas Lächeln verschwand. Sie spiegelte das ernste Gesicht ihrer Mutter wider.

»In den Himmel aufgefahren ist die arme Frau«, fügte Mrs Jones hinzu.

»In einem Wagen, so wie mein Bruder?«

Mrs Jones zuckte unmerklich zusammen. »So ist es, mein Herz.« Dann wandte sie sich zu Mary Saunders um und raunte leise: »Deine Mutter hat doch nicht lange gelitten, oder?«

Das Mädchen schüttelte stumm den Kopf.

Mrs Jones hielt sich einen Moment die Hand vor den Mund. Wie konnte sie nur? Auch noch auf der Trauer des Mädchens herumzureiten! »Also, mein Liebes, wenn du auch nur ein halb so anständiger Mensch bist wie die arme Su, dann werden wir bestens miteinander auskommen. Jetzt komm mit hinunter, damit du Hettas Amme kennenlernst. Mrs Ash ist eine sehr … christliche Frau«, fügte sie unsicher an.

Das Mädchen hob die dichten Augenbrauen. Es lag etwas Ironisches darin.

Auf der Stiege zermarterte Mrs Jones sich den Kopf, welche weiteren Erläuterungen dem Anlass noch angemessen wären.

»Oh, und dann der Schnupftabak, Mary.«

»Der Schnupftabak?«, fragte das Mädchen.

»Vor dem muss ich dich warnen. Eine sehr kostspielige Angewohnheit und außerdem der Gesundheit abträglich.«

Das Mädchen versicherte ihr, sie habe noch nie Schnupftabak angerührt. Lag da etwa ein verhohlenes Grinsen hinter den seltsam vertrauten Lippen?

Auf der steilen Stiege hörte Mrs Jones immer ihre Knie knacken. Sie ging schneller. Mit 43 war man noch nicht so alt.

»Ist Hetta Euer einziges Kind?«, fragte Mary.

Hatte das Mädchen ihre Gedanken gelesen? »So ist es«, antwortete Mrs Jones leichthin.

Manchmal blutete sie noch. Mit 43 war es nicht unmöglich. Da musste sie noch das Saatkorn für ein weiteres Kind in sich tragen. Für einen Sohn!

Es war der längste Morgen in Marys Leben. Beharrlich und aufrecht verrichtete sie in der befohlenen Reihenfolge ihre Aufgaben. Nicht annähernd hatte sie schon einmal so gelebt. Es schien, dass in diesem hohen, schmalen Reihenhaus alles immer wieder aufs Neue geputzt werden musste, Woche für Woche. Susan Digot war des Schmutzes in ihrem Keller in der Charing Cross Road, wo jeden Sommer die Ameisen über die Wände krochen, nie wirklich Herr geworden.

Nicht etwa, dass Mary Mrs Jones dies gesagt hätte. Sie ließ die Frau in dem Glauben, dass sie und ihre verwitwete Mutter in unauffälliger, anständiger Weise zusammengelebt hätten, bis dann ein plötzliches Fieber Su Saunders dahinraffte, bevor sie noch irgendwelche Vorkehrungen für ihre geliebte Tochter hätte treffen können, abgesehen von dem Brief, den sie ihrer alten Freundin schrieb. Wann immer Mrs Jones' Fragen an diesem Morgen zu bohrend wurden, senkte Mary den Kopf, als ob die Trauer sie wieder übermannte.

Das jämmerliche Weib schien zu glauben, für ein Mädchen ohne Mutter sei es ein Allheilmittel, wenn man es den ganzen Tag über jede Minute auf Trab hielt. Es gab so viele kleinliche Regeln zu lernen. Um neun Uhr, nachdem sie alle bereits zwei Stunden auf den Beinen bei der Arbeit waren, musste Mary mit dem Glöckchen zum Frühstück rufen. Wozu das in so einem kleinen Haus gut sein sollte, verstand sie nicht, aber »der Herr des Hauses möchte es so«, wie Mrs Jones erklärte. »Er sagt, es hebt den Stil.«

Auf dem Weg zum Frühstück wurde Mary in der Diele von Mr Jones überholt, der sich so gewandt bewegte wie jeder andere Mann. Er schwang sich in die Stube und setzte sich ans Kopfende des Tisches, neben sich den chinesischen Teekessel, der über der winzigen Flamme blubberte. Seine Krücken aus geölter Birke lagen unter dem Tisch wie Hunde. Mary hatte noch nie gemeinsam mit einem Einbeinigen gegessen. Mühsam unterdrückte sie die Versuchung, sich hinabzubeugen und unter dem Tisch seinen Stumpf zu begaffen, als wäre sie in einer Monstrositätenschau.

Dem kleinen Kammerdiener quollen unter dem Rand seiner Perücke braune Locken hervor. Wenigstens war Daffy nicht so ein unangenehmer Anblick wie diese vertrocknete Amme Mrs Ash, die sich über den Tisch lehnte, um den Neuankömmling zu begutachten. Nervös schaute Mary auf ihr blaues Leinenkleid hinab. Sie hatte den Schmutz herausgebürstet, so gut es ging.

»Tragen die Dienstmägde in London etwa Poschen?«, wollte Mrs Ash wissen.

Mühsam trank Mary einen Schluck Tee. »In London war ich ja keine Dienstmagd.«

»Verstehe.« Das Wort kam eisig.

Mr Jones tippte mit seiner Gabel auf den Tisch. »Na, na, gute Mrs Ash.«

Die Röcke der guten Mrs Ash hingen genauso schlaff herab wie ihre Brüste. Ihr Oberkörper erinnerte Mary an ein Fass. Sie konnte höchstens vierzig sein, wirkte aber wie eine alte Frau.

»Wir alle wollen Mary willkommen heißen«, ergänzte die Herrin leise. »Stellt euch nur vor, sie hatte noch nie einen Fuß in ihre Heimatstadt gesetzt.«

Mary versuchte, einen dankbaren Eindruck zu machen. Ihre *Heimatstadt* – was für ein Unsinn. Als würde ihr irgendetwas an diesem hässlichen Gewirr von Straßen liegen. Und den Teufel würde sie tun, auf ihre Reifröcke zu verzichten, nur um unter diesen Landeiern nicht aufzufallen!

Langsam wie eine Schlafwandlerin trug Abi den Haferbrei herein. Hetta brabbelte die ganze Zeit, dass sie lieber geröstete Brotkrusten wolle, aber das Mädchen für alles schien das Kind nicht zu hören. Man hatte sogar den Eindruck, als verstehe Abi nicht einmal Englisch. Wie sonderbar, dass sie ausgerechnet hier in Monmouth gelandet war. Seit der Strand war es das erste schwarze Gesicht, das Mary sah. Während Abi auftrug, beobachtete Mary sie verstohlen von der Seite. Vor den weiß getünchten Wänden glänzte das Mädchen kohlefarben. Mit ihren Wangenknochen hätte man Butter schneiden können. Sobald der Haferbrei in ihre Schalen geschöpft war, verschwand sie wieder in der Küche. Ob sie wohl später aß und allein?

»Ist Abi eine Afrikanerin?«, fragte Mary, als die Tür sich wieder geschlossen hatte.

»Ach, das glaube ich nicht«, antwortete die Herrin ein wenig aufgeschreckt.

»Oh doch, meine Liebe«, ließ Mr Jones seine Gattin zwischen zwei Löffeln Haferbrei wissen. »Angola liegt in Afrika, weißt du das nicht mehr?«

Zum Tadel für ihre Vergesslichkeit schlug Mrs Jones sich auf die Stirn.

»Weißt du, wir glauben, dass Abi aus Angola stammt«, sagte Daffy und schaute Mary an. »Aber aufgewachsen ist sie als Barbadierin.«

Was für ein gelehrter kleiner Gockel er doch war. Was hatte Doll noch gleich über Bücherwürmer gesagt? *Großes Wissen, kleine Schwengel.* Mary musste ein Lächeln unterdrücken. Sie versuchte den Gedanken zu verscheuchen, nur für den Fall, dass man es ihr ansah. Das liegt jetzt alles hinter mir, ermahnte sie sich. Jetzt musste sie denken wie eine Dienstmagd, und zwar in jeder Hinsicht.

»Barbarin«, meldete sich plötzlich die Amme zu Wort.

»Ich muss Euch korrigieren, Mrs Ash«, widersprach Daffy höflich, »das Wort heißt Barbadierin. Aus dem Lande Barbados.«

»Und ich sagte Barbarin«, wiederholte Mrs Ash. »Ich habe es zwar schon mehrmals gesagt, aber es ist meine heilige Pflicht, es noch einmal zu sagen: Es kann nichts Gutes zeitigen, wenn man eine Heidin so nah an ein christliches Kind heranlässt.«

Hetta hörte, dass man über sie sprach, und hüpfte auf ihrem Stuhl auf und ab. Mary sah, wie Mrs Jones' Züge plötzlich entkräftet einfielen. »Bitte, Mrs Ash …«

Die Amme unterbrach ihre Herrin. »Es steht mir nicht an zu murren, Madam, dennoch kann ich nicht anders, als darauf hinzuweisen, dass so etwas Ratlosigkeit und Verwirrung hervorruft. Dieses Kind macht große Augen und Ohren. Erst neulich kam sie zu mir gelaufen und fragte mich, welche Farbe unser Herrgott wohl habe!« Mrs Ash fielen fast die blassen Augen aus dem Kopf.

Mrs Jones machte schon den Mund zu einer Erwiderung auf, aber ihr Mann legte seine Hand auf die ihre.

»Anfangs habe ich das Weibsstück bedauert, wie es meine Pflicht ist«, fuhr Mrs Ash fort, »aber als ich dann hörte, dass Daffys Vater ihr angeboten hatte, sie zu taufen, und sie sich dagegen gewehrt hat …«

Die Tür ging auf, und Abi schwebte mit einem Tablett herein, um die Schalen abzuräumen. Eine knisternde Stille breitete sich aus. »Wir wissen Ihre Besorgnis durchaus zu würdigen, Mrs Ash«, hob Mr Jones einen Augenblick später bedächtig an, »und werden noch einmal darüber sprechen.«

Mary studierte Abis Gesicht, um zu erkennen, ob die etwas verstanden hatte, doch die Magd hatte die Lider gesenkt.

»Sehr wohl«, sagte die Amme fromm.

Nachdem Abi in die Küche zurückgegangen war, herrschte Schweigen. Mary bemerkte, dass jeder in der Familie vermied, den anderen anzusehen. Es war, als säße man bei einer Runde Brag zusammen und sie wären die einzige Fremde, die nicht wusste, welche Karten im Spiel waren.

Jetzt holte Mrs Ash eine kleine, eselsohrige Bibel hervor. Sie sah genauso aus wie die, die im Magdalen ausgegeben wurden, aber die Erinnerung ans Magdalen schob Mary beiseite. Ihr Blick traf auf den des Hausherrn. (*Hat er wirklich nur sein Bein verloren?*, fragte Doll sie im Geiste anzüglich.) Er lächelte, doch sie wagte es nicht zurückzulächeln, nur für den Fall, dass das kokett wirken könnte. Insgeheim nahm sie sich vor, vor dem Spiegel das Lächeln einer unschuldigen Waisen zu üben.

Der Haferbrei lag ihr im Magen wie Stein.

Eine neue Regel war, dass Mary – ganz gleich, womit sie gerade beschäftigt war – stets die Haustür zu öffnen hatte. Die Vorstellung, dass ein Mädchen aus London in einer Spitzenschürze die Klientinnen begrüßte, entzückte Mr Jones ganz offenkundig. »Es wird einen solch vornehmen Eindruck machen, dass niemand bei unseren Preisen mehr die Stirn runzelt!« Selbst wenn Mr Jones also zufällig gleich hinter der Haustür stünde, so würde er doch immer Mary rufen und sich in der Korsettstube verbergen, sobald er es klopfen hörte.

Aber als sie an diesem Morgen das erste Mal die Tür öffnete, war es gar keine Klientin, sondern nur ein Grüppchen von Bauernjungen. Sie gaben höchst merkwürdige Laute von sich und zogen dabei ein großes, schmutziges Gerät hinter sich her, das mit weißen Bändern geschmückt war. Marys erster Impuls war, ihnen die Tür vor der Nase zuzuschlagen, aber da kam auch schon Mrs Jones durch die Diele geeilt und hielt sie davon ab. »Heute ist doch der Pflug-Montag, meine Liebe. Hattest du das vergessen?«

Mary starrte sie verständnislos an.

»Hat dir denn deine Mutter nie davon erzählt?«, fragte die Herrin entgeistert.

Mary sah zu, wie Mrs Jones jedem der jungen Burschen einen Viertelpenny in die ausgestreckte Hand drückte. Einer davon war mit einem Rock und einer Schürze verkleidet. Und hatte er da etwa Rouge auf den Wangen? Was für ein verrückter Erdenwinkel war denn das, wo warme Brüder sich am helllichten Tag auf die Straße wagen konnten? Ein anderer Junge nannte den Geschminkten Bessie. Sie fingen an, irgendeinen Unsinn zu singen, und schoben den Homo nach vorne, um Mrs Jones einen Kuss zu geben. Noch verrückter fand Mary, dass die ihn auch noch gewähren ließ!

Als die Tür wieder zu war, drehte Mrs Jones sich zu Mary um. Die Wangen über ihrem hochgeschlossenen schwarzen Kleid waren errötet. Sie sah aus wie ein junges Mädchen. »Das ist wegen der Ernte, kennst du das etwa nicht?«

»Wegen der Ernte?«

»Der Pflug muss vor der Aussaat im Frühling von jedem Haus seinen Segen bekommen, sonst gedeiht das Korn nicht.«

Mary konnte sich ein kurzes Kichern nicht verkneifen. »Das glaubt Ihr doch nicht wirklich, oder?«

»Nun ja«, erwiderte Mrs Jones steif.

Mary begriff, dass sie zu weit gegangen war. Schon am ersten Tag würde sie ihre Stellung verlieren. Ihr wurde flau in der Magengrube.

»Mit Sicherheit könnte ich nicht behaupten, ob es wirklich besonders hilft.« Wie ein Kind fingerte die Herrin an den Bändern ihrer Schürze herum, doch schon strahlten ihre kleinen Augen wieder. »Aber schaden kann es ja ganz gewiss wohl nicht!«

»Ganz gewiss nicht«, plapperte Mary nach. Sie kehrte in die Stube zurück, wo sie gerade mit feuchten Teeblättern die Teppiche abgeschrubbt hatte. Leuten vom Lande war mit Vernunft nicht beizukommen. Die würden sich noch bis zum Jüngsten Gericht an ihre Zauberformeln und Bräuche klammern. Wo sie jetzt darüber nachdachte, fiel ihr wieder ein, dass Susan Digot sich immer Salz über die

Schulter geworfen hatte, selbst wenn sie sich nicht hatten leisten können, neues zu kaufen. Und einmal, als Mary einen kleinen Spiegel fallen gelassen und zerbrochen hatte, war ihre Mutter in die Knie gegangen und hatte gejammert, dass nun schon wieder sieben Jahre Unglück bevorstünden.

Die Welt war im Wandel, daran immerhin glaubte Mary. Schon jetzt war sie nicht mehr dieselbe wie die, in der ihre Mutter aufgewachsen war. Aber in einem Provinznest wie Monmouth hatten sie von all den großen Veränderungen bestimmt noch nichts gehört, und selbst wenn, würden sie nicht daran glauben.

Keuchend sammelte sie die schmutzigen Teeblätter auf. Ihre Rippen protestierten gegen das eng geschnürte Mieder. In einem immerhin hatte Mrs Ash recht: Beim Hinknien waren Poschen hinderlich. Aber seit wann zog sich eine junge Frau nur für die Bequemlichkeit an, wie ein Hund oder eine Katze?

Als sie sich gerade eine Haarsträhne aus den Augen schob, sah sie wie eine Salzsäule Abi in der Tür stehen. Mary hatte sie nicht hereinkommen hören. Das Mädchen für alles schlich von einer Kammer zur anderen wie ein Gespenst. Vielleicht war sie ja erst vor Kurzem aus den Plantagen angekommen. Was für eine leblose, stumme Kreatur!

»Herrin mich schicken dir helfen«, sagte Abi schließlich. Sie hatte einen starken Akzent, aber wenigstens sprach sie Englisch. Ihre Stimme war gar nicht die eines Mädchens, bemerkte Mary. Sie musste mindestens schon dreißig sein.

»Sehr gut«, antwortete Mary mit einem höflichen Lächeln. Sofort beschloss sie, dass es das Beste war, von Anfang an das Kommando zu übernehmen. Dieses Weib war doppelt so alt wie sie und würde am Ende sonst womöglich noch Schwierigkeiten machen. Mary begriff sich als eine höhere Form von Dienstmagd – eigentlich als angehende Schneiderin. Und selbst wenn sich einige ihrer Aufgaben mit denen des Mädchens für alles überlappten, durfte man sie beide doch nicht in einen Topf werfen. Mary zeigte auf den größten Teppich, ein braunes, vollkommen verstaubtes Viereck.

Eine Pause entstand. Abi verzog ein wenig den Mund, doch dann kniete sie sich am Rand des Teppichs hin. Auf Händen und Knien arbeiteten sie schweigend vor sich hin, manchmal jedoch, wenn Mary den Kopf wandte, um ihren steifen Nacken zu lockern, sah sie, dass Abi sie mit ihren weißen Riesenaugen beobachtete. Ihr Mieder war aus Leder. Durch ein Loch unterm Arm konnte Mary einen Blick darauf erhaschen. Der Rock der Dienstmagd hing so schlaff herab, dass die Ärmste darunter bestimmt nicht einmal einen einzigen Unterrock trug. Auf der braunen Haut der linken Hand fiel Mary eine rosarote Scharte auf, quer über den ganzen Rücken. »Was ist mit deiner Hand passiert?«, fragte sie.

Keine Antwort.

Mary warf den Kopf herum. So versessen auf eine Unterhaltung mit dieser mürrischen Kreatur war sie sowieso nicht.

Später in der Spülküche tauchte Abi ihre Hände in eine Schüssel mit Kesselwasser, und ein leises Stöhnen entfuhr ihr. Beinahe schmerzhaft durchströmte die Linderung sie von den Fingern weiter hinauf. Sie war schon seit über acht Jahren in diesem Land, aber an die Kälte würde sie sich bis zu ihrem letzten Stündlein nicht gewöhnen. Schon Anfang des Monats hatte die Herrin gesagt, ein Hauch von Tauwetter liege in der Luft, aber Abi roch davon nichts. Alles, was in ihre Nase drang, waren draußen der Schnee und Morast und im Haus Feuer und Menschenleiber. Beim

Morgengrauen war Abi immer schon viel zu sehr mit ihrer Arbeit beschäftigt, um zu bemerken, wie die Luft roch, und bevor sie überhaupt dazu kam, aus dem Fenster zu schauen, war der nachmittägliche Anteil des Lichts verbraucht, und es war schon wieder Nacht. Soweit sie es beurteilen konnte, war dieses Land in einem ewigen Winter gefangen. Selbst in der Jahresszeit, die sie hier Sommer nannten, war die Sonne nur lau und schwach. Nie durchtränkte sie Abis Haut.

»Abi?« Die Stimme der Herrin auf der Stiege. Die Magd goss das heiße Wasser in den Schmutzeimer und betrat die winzige Abstellkammer, um den Schinken zu holen.

Abi war natürlich nicht ihr richtiger Name, nur der Zuruf, auf den sie in dem Haus in der Inch Lane reagierte, abgesehen von den Momenten, wo sie so tat, als hätte sie nichts gehört. In ihren dreißig Jahren hatte sie so viele Namen angesammelt wie Finger an ihren Händen. Als Säugling in Afrika hatte sie einen Kindernamen besessen. Als sie dann allmählich zu einer Frau herangewachsen war, hatten die Alten einen Namen für sie ausgesucht, der *Busch voller Beeren* bedeutete. Aber sie hatte keinen mehr die Laute ihres wahren Namens in den Mund nehmen hören, seit sie, an die Hände ihrer Mutter geklammert, auf das Schiff gehievt worden war. Neun Jahre war sie damals gewesen. Auf der Reise nach Barbados hatte sie überhaupt keinen Namen gehabt. Sie war vollkommen verwirrt gewesen und aus ihrem alten Ich wie durch eine Spalte in ein neues gerutscht.

Die Jones' nannten sie Abi, weil es eine Kurzform von Abigail war, was Mrs Jones zufolge Dienstmagd hieß. Abi erinnerte sich noch an andere Namen, die ihr andere Herren und Herrinnen schon in Barbados gegeben hatten. Jeder schwirrte ihr dann ein oder zwei Jahre im Kopf herum: *Phibba, Jennie, Lu.* Sie spielten allesamt keine Rolle. Jedes

Mal, wenn sie in andere Hände gekommen war, hatte sie ihren Namen abgelegt wie ein Hemd.

Leichtfüßig kam Mrs Jones hereingelaufen. »Abi? Vergiss diesmal nicht, den Salat gründlich zu waschen.«

Abi nickte stumm und schnitt weiter den Schinken zurecht. Salat! Was sollte das? Ebenso gut hätte man das Gras auf dem Feld kauen können. Aber ihr stand es nicht zu, etwas dazu zu sagen. Die erste Überlebensregel hatte sie schon damals auf der Plantage gelernt. *Immer den Kopf senken, Kind*, hatte ihre Mutter sie ermahnt, bevor sie an der Himbeerkrankheit gestorben war. *Nie jemandem in die Augen sehen.*

Der Schinken war so rot wie eine Wunde. Jahre hatte es Abi gekostet zu lernen, wie man solches Essen kochte. Sogar die Namen dafür klangen sonderbar und unappetitlich. *Milchsuppe, Erbsendurcheinander, Lammrücken mit Eiersoße, Wackelpudding.* Keines dieser ekelhaften Gerichte hatte auch nur einen Hauch von Sonne in sich. Selbst der getrockenete Pfeffer und Zimt, die in Tongefäßen auf dem Kaminsims standen, waren nur Schatten eines Gewürzes. Wenn Abi sich nach jeder Mahlzeit in der Küche selbst zum Essen hinsetzt – denn sie aß allein, und es war ihr auch lieber so –, dann schmeckte ihr Resteteller nach gar nichts. Da war auch nicht das geringste Prickeln.

Da war die Neue, das Mädchen aus London, das mit etwas unsicherem Blick in der Tür stand. Hatte wohl gehofft, die Küche wäre leer, was? Abi schnitt weiter die harte Schwarte vom Schinken und tat so, als hätte sie die Gegenwart des Mädchens gar nicht bemerkt.

»Ach, Abi«, sagte Mary Saunders, als wäre sie hier die Herrin. »Ich bin nur heruntergekommen, um mir einen Becher Dünnbier zu holen.«

Abi schüttelte den Kopf wie eine Glocke, was heißen sollte: nein.

Das Mädchen ereiferte sich. »Ich will doch nur …«

»Nichts bis Abendessen«, unterbrach Abi sie. »Ist Regel.«

Mary Saunders biss sich auf die Unterlippe.

»Wenn was fehlt, ich schuld«, fügte Abi sachlich hinzu.

»Mag sein. Aber von diesen staubigen Teppichen habe ich einen fürchterlichen Durst. Ich bin mir sicher, Mrs Jones würde einräumen, dass das ein Sonderfall ist.«

»Du nichts Besonderes«, erklärte Abi mit Nachdruck und starrte das Mädchen an.

Eine lange Pause. Die Pupillen der Londonerin waren so schwarz wie Ruß. Ohne ein weiteres Wort machte sie auf den Hacken kehrt.

Ärger lag in der Luft. Abi konnte ihn riechen wie etwas Verdorbenes unter den Dielen. Was sie gerade getan hatte, war dumm gewesen. Sie hatte ihrer Wut freien Lauf gelassen. Der Tag war von Anfang an schlecht gelaufen. Schuld war dieses Ash-Weib, das sie mit seinen farblosen Augen beim Frühstück so schief angesehen hatte. Und gerade eben hatte sie sich dazu hinreißen lassen, eine weitere Überlebensregel zu vergessen, die ihre Mutter ihr eingebläut hatte: *Die Weißen haben immer recht.*

Um eins knurrte Mary schon der Magen. Die Hauptmahlzeit des Tages gab es um zwei in der guten Stube. Suppe mit gepökeltem Schinken und rohen Salat. Mary hob ihn mit der Gabel hoch, um ihn auf Schnecken hin zu untersuchen. In ihrem ganzen Leben hatte sie noch nicht so viel Grünzeug gegessen.

»Frischen Salat bist du sicher nicht gewöhnt, nicht wahr, Mary?«, sagte die Herrin. »Er ist ein Geschenk von Mrs Ha'Penny aus ihrem eigenen Gewächshaus, stell dir das mal vor!«

Mary lächelte, als wäre sie dankbar. Sie faltete ein Salatblatt zu einem kleinen Päckchen zusammen und spülte es mit Dünnbier hinunter.

Das Gespräch bestand hauptsächlich aus »Reich mir doch mal den Pfeffertopf, Daffy« und »Gurken, Mr Jones?«. Gelegentlich verkündete Mr Jones seine Ansichten über die Korruption in der Regierung Seiner Majestät oder holländische Handelsbeschränkungen. Mrs Ash sprach kein einziges vernehmbares Wort. Wenn sie nicht gerade Hetta eine Anweisung zuflüsterte, bewegten sich ihre Lippen im stummen Gebet, wie bei einer Geisteskranken. Die Jones' hinderten das Kind nicht daran, Häppchen von ihren Tellern zu stibitzen, als wäre es nicht schon drall genug. Plötzlich wurde Mary klar, dass es wohl mehr als eines gegeben hatte, dass ein weiteres gestorben war. Wenn man zwanzig Jahre verheiratet war und nur ein lebendes Kind vorzuweisen hatte, war das keine besonders große Ausbeute.

Nun ja, dieses hier würden sie sicher nicht wegen Appetitlosigkeit verlieren. Mary sah zu, wie Hetta sich ein riesiges Salatblatt in den weit aufgerissenen Mund schob, und musste unwillkürlich grinsen. Hetta erwischte sie dabei und erstarrte. Mary rümpfte die Nase. Hetta machte es ihr nach und lachte leise, sodass ihr das Blatt aus dem offenen Mund hing. Das Kind hat also offenbar ein bisschen Humor, schloss Mary.

Kaum hatte Mrs Ash ihr kleines Spiel bemerkt, drückte sie Hetta mit der Hand den Mund zu und ließ den Tisch mit apokalyptischer Stimme wissen, eine Krähe habe ihr den Ehering vom Fensterbrett gestohlen.

Mary hob erstaunt die Augenbrauen. »Ich wusste gar nicht, dass Ihr einen Gatten habt«, sagte sie wie zur Beglückwünschung.

Die Amme wurde puterrot.

»Mrs Ash ist Witwe«, raunte Mrs Jones. Mary unterdrückte ein Grinsen. Allein die Vorstellung, dass irgendein

Mann überhaupt tapfer genug gewesen war, die kalten Röcke dieses Weibes zu lupfen. Kein Wunder, dass er es nicht lange ausgehalten hatte.

Mary selbst tat eher die Krähe leid. Sie hätte wissen sollen, dass sie mit dem goldenen Ring nichts anfangen konnte, aber offenbar hatte sie seinem Glanz trotzdem nicht widerstehen können, dem Hauch eines Sonnenstrahls mitten im Januar.

Später am Tag putzte Mary die Stiege – *wie eine alte Dienstmagd*, verspottete Doll sie im Geiste. Da kam der Diener mit einem riesengroßen Ballen groben Leinens in die Diele. Jede Unterbrechung war eine Gelegenheit, den schmerzenden Rücken zu strecken, also richtete Mary sich auf und zog ihre Poschen wieder gerade. »Wo fängt eigentlich Wales an?«, fragte sie Daffy und drückte sich eine Hand ins Kreuz.

»Gleich da hinten«, sagte er und deutete mit dem Kopf über die Schulter. »Die Schwarzen Berge. Hinter Abergavenny wird meistens Walisisch gesprochen.«

»Also sind wir hier noch in England?« Mary spürte eine gewisse Erleichterung.

»Durchaus nicht. Das hier sind die Marken. Wir sind Markenbewohner.«

Mary schnaufte ungeduldig. »Und in welchem Land sind wir nun?«

»In beiden. Oder gewissermaßen auch in keinem«, fügte Daffy schlau hinzu und hievte den schweren Ballen auf die andere Schulter.

Er ging weiter zur Tür der Korsettstube, in der Mr Jones arbeitete. »Unglaublich, dass ihr Leute nicht einmal wisst, wo ihr wohnt!«, rief sie ihm nach.

Zuerst meinte sie, er habe sie nicht gehört. Doch dann wandte er den Kopf. »Du weißt doch nicht das Geringste über uns«, warf er ihr über die Schulter zu.

Gerade kam die Herrin herunter und zog lächelnd ihren Reifrock an den eisernen Angeln hoch, um sich an Mary vorbeizudrücken. Das Mädchen zog ihre Scheuerbürste zurück und beobachtete, wie Mrs Jones' Schuhe sich den Weg durch die Seifenlauge bahnten. Die roten Hacken an der Ferse waren schon abgelaufen. Offenbar waren die Geschäfte des Familienbetriebs noch nicht besonders profitabel. Mit einem Hauch von Schadenfreude sah Mary zu, wie sich der Saum eines Unterrocks durch eine seifige Pfütze zog.

»Ach, Mary, du hast ja noch gar nicht das Atelier gesehen, oder?«

Mary schüttelte den Kopf.

»Wo bin ich bloß mit meinen Gedanken?«, rief Mrs Jones und trug auch schon den Eimer und die Bürste hinunter, um sie in einer Ecke des schmalen Flurs zu verstauen. »Lass das erst mal sein, und komm gleich mit.«

»Sehr wohl.«

Aber dann blieb die Herrin so plötzlich in der Diele stehen, dass Mary von hinten gegen sie stieß. »Ach ja. Mein Gatte …«, begann Mrs Jones verlegen.

Mary wartete mit verschränkten Armen.

»Mr Jones findet vielleicht, besser gesagt, vielleicht wäre es am besten, wenn du mich in Zukunft mit ›Madam‹ anredest, Mary.«

»Sehr wohl.«

Mrs Jones' Wangen erröteten. »Zum Beispiel«, fuhr sie fort, als redete sie übers Wetter, »könntest du an dieser Stelle sagen: ›Sehr wohl, Madam‹.«

»Sehr wohl, Madam«, sagte Mary. Ihre Nachäfferei war kaum herauszuhören.

Das Atelier war eine winzige Kammer, ausschließlich von Kleidern bevölkert. An einem der Deckenhaken hing ein besticktes Mieder mit silbernen Schnüren. Gerüschte

Unterröcke wiegten sich in der eiskalten Zugluft, die aus der Tür hereinwehte. Mary kam es so vor, als hätten sie gerade erst aufgehört zu tanzen. Ein gesteppter Unterrock aus geköpertem Flanell war an zehn Stellen mit Quasten besetzt. Eine französische Contouche fiel in üppigen Bahnen aus gelber und weißer Seide herab. »Eine gestreifte Contouche?«, fragte Mary.

Mrs Jones ergriff den Saum, um sie ins Licht zu heben. »Mein Tuchhändler in Bristol hat mir versichert, das sei das Allerneueste. Diese hier ist Mrs Fortune für den Fastnachtsball versprochen. Sie hat mir gesagt, wenn ich an irgendeine andere Lady in Monmouth etwas Gestreiftes verkaufe, dann sorgt sie dafür, dass ich ruiniert bin.«

Mary fiel etwas geistesabwesend in das Gelächter ein. Sie trat auf ein Reitkleid aus edler grüner Wolle zu und strich mit einem Finger darüber. Das Wasser lief ihr im Munde zusammen wie beim Anblick einer aufgeschnittenen Zitrone.

Sie drehte sich zu Mrs Jones um. »Ihr habt diese ganzen Sachen gemacht ..., Madam?«, fügte sie verspätet hinzu.

»Ja, nur die Hüte nicht«, sagte Mrs Jones bescheiden. »Die und die Handschuhe lasse ich mir aus Cheltenham kommen.«

Mary versuchte sich daran zu erinnern, was sie ihrer Mutter in dem Brief über die Nähkenntnisse der armen Waisentochter in den Mund gelegt hatte. Auch in den Geschäften auf der Pall Mall hatte sie noch nie schönere Stücke gesehen. Ihr prüfender Blick fiel auf ein blau geflammtes Tuch. »Daraus wird wohl ein Casaquin, oder?«, fragte sie beiläufig.

»Um Himmels willen, nein, du Dummerchen!«, lachte Mrs Jones. Und die nächste Stunde verbrachte sie damit, den Unterschied zwischen einem eng sitzenden Casaquin und einem Caraco wie diesem hier, einem Pentelair, der eigentlich eine Mischung aus Rock und einer Contouche war, nur kürzer, und einem Palatin und einem Mantelet und einem Cardinal und, was am allerwichtigsten war, zwischen einem geschlossenen und einem offenen Gewand zu erklären, nicht zu vergessen einem Wickelgewand und einem Nachtgewand (was nur am Tage getragen wurde). Mrs Jones hatte klare Vorstellungen davon, was *à la mode* war und was *démodé* und was wahrscheinlich *im Kommen* war. Die erste Schneiderregel war: *den Stoff zu seinem Recht kommen lassen.* Die erste Geschäftsregel war: *den Kunden geben, was sie möchten.*

Während sie weitersprach, entfaltete Mrs Jones eine Bahn brauner und so dünner Seide, dass diese sich für Mary anfühlte wie die Flügel einer Motte. Mary nickte zwar die ganze Zeit über, war aber eigentlich zu abgelenkt, um alles zu behalten. Verstohlen musterte sie all den Chintz, den Satin und Damast, der im Luftzug flatterte.

»Und das hier ist Mrs Morgans Slammerkin, manche würden auch Trollopee dazu sagen. Eine Art lockeres Morgenkleid. Sie ist die Gattin unseres Parlamentsabgeordneten, musst du wissen.«

Mary grinste innerlich. Die Huren wollten sich alle kleiden wie Ladys, und wie es schien, revanchierten die Ladys sich nun für dieses Kompliment. Mrs Morgans noch unfertige Robe war aus weißem Samt. Wie hingegossen hing sie von einem Haken an der Decke. »Ist sie schön?«, fragte Mary spontan.

»Mrs Morgan?« Die Schneiderin schürzte in milder Bestürzung die Lippen. »Ehrlich gesagt, nein. Ich müsste lügen, wenn ich das behaupten wollte.«

»Wie schade«, sagte Mary. Über dem auffällig festonierten Saum der Schleppe begann schon eine feine Musterung sich auszubreiten. Mary sah näher hin: Äpfel und Schlangen aus Silberfäden.

»Ich besticke es schon seit einem Monat«, erklärte Mrs Jones mit einem kaum hörbaren Seufzen. »Wenn ich eine sehr gute Arbeit abliefere und bis August fertig bin, könnte das Mrs Morgan vielleicht dazu bewegen, uns mit der Aussteuer ihrer Tochter zu betrauen. Man kann nie wissen!«

Mary schaute zu der silbrigen Faltenpracht hoch und schwor sich eines: Sie würde lernen, solche Kleider zu machen. Und vor allem würde sie sie eines Tages tragen. Ihre Finger umklammerten den schneeweißen Saum. Der Flor fühlte sich so dick an wie ein Pelz.

»Vorsichtig!«, rief Mrs Jones.

Mary zuckte zurück, als hätte sie sich verbrannt.

Sie wusste, dass man ihr noch nicht traute. Was konnte man auch sonst erwarten?

Zum Beispiel schloss Mrs Jones an diesem Nachmittag nach dem Tee die kleine Lade ab und steckte den Schlüssel ein. Als ob sie eine Kelle aus ihrem billigen Teeservice stehlen würde!

Das Erste, was Mary tat, als sie spät am Abend endlich in der Dachkammer war, war, *Alle Pflichten des Weibes* aus ihrer Tasche zu holen und in den vollgespritzten Nachttopf unter ihrem Bett zu werfen. Ein Buch, in dem stand, wie man eine gute Dienstmagd wurde, war nun wirklich das Letzte, was sie wollte. Sie konnte ja die Seiten eine nach der anderen herausreißen und sich damit den Hintern abwischen.

Abis schlafendes Gesicht auf dem flachen Kissen war ausdruckslos. Sie trug keine Nachtmütze, und ihr störrisches Haar sah aus wie eine Gewitterwolke. Im fahlen Licht der Sterne traten ihre Wangenknochen hervor. Sie wirkte jetzt älter. Irgendwie sah man es an der Kinnlade.

Mary schlich sich neben sie und legte sich dicht an den Rand, damit sie das Mädchen für alles nicht weckte. Das

Bett miteinander zu teilen war eine heikle Sache, und sie hatte nicht vor, sich so schnell eine Feindin zu machen, auch wenn dieses Weib heute Morgen wegen des Bieres unerträglich gemein gewesen war. Was für ein komisches Gefühl, neben jemandem zu liegen, der nicht Doll war, und auch kein Wort miteinander zu wechseln. Mary blieb ganz still liegen. Der Tag, den sie überstanden hatte, kam ihr so lang vor wie ein ganzes Jahr. Sie hatte schon nicht mehr daran geglaubt, dass man ihr je erlauben würde, schlafen zu gehen.

Eine dicke Frostschicht bedeckte das schwarze Fenster, und neuer Schnee begann herabzurieseln. Abis Atem ging langsam und rauschend wie das Meer. Auf der Straße war es ganz still, und Mary konnte sich gar nicht vorstellen, dass dort draußen überhaupt eine Stadt war. Es kam ihr vor, als triebe das kleine Haus auf einem weißen Meer.

Offenbar war sie eingeschlafen, denn in ihrem Traum war sie auf der Piazza in Covent Garden und tanzte mit einem Bären. Überall um sie herum waren Leute, die Sachen aus Fässern verkauften: Frösche, angezündete Feuerwerkskörper, Säuglinge und goldene Becher. Ein Männlein knackte eine Walnuss und zog ein sternenfarbenes Hemd heraus. Kutschen und Leiterwagen polterten über den Platz, und zwei stießen zusammen. Ein Fass mit blauem Wasser kippte um, und auf dem Pflaster schnappten zappelnde Fische nach Luft. Doch mitten auf der Piazza, mit kaum sich berührenden Fingern und Krallen, tanzten Mary und der Bär weiter unbehelligt ihre würdevolle Gavotte.

Mitten in der Nacht wachte Abi auf, und das Gefühl beschlich sie, dass sie nicht allein war. Die Londonerin lag neben ihr und schnarchte leise, umgeben von einem unangenehmen, irgendwie säuerlichen Parfümgeruch. Abi legte fest die Arme um ihre Schultern und achtete darauf, dass ihre Nachthemden sich nicht berührten.

»Ihr werdet euch bestimmt gut verstehen«, hatte Mrs Jones mit einem nervösen Lächeln zu ihr gesagt.

Nichts hätte Abi sich jetzt mehr gewünscht als ein Obeah-Weib. Damals in Barbados waren solche Sachen einfacher gewesen. Wenn auf der Insel irgendein junges Ding daherkam und dich herumzukommandieren versuchte, ohne deine Erlaubnis auf deiner Matratze schlief und dann mit seinen blassen, spitzen Ellbogen auch noch fast jeden Zoll davon beanspruchte – dann suchte man ganz natürlich Hilfe bei Obeah. Damit würde man so ein Mädchen schon die Angst lehren. Selbst nach einem noch so langen Tag auf den Feldern würde man da zur Hütte der Alten laufen, mit etwas Maisbrei oder einem Schlückchen Rum als Geschenk, und einfach sagen: *Das Mädchen da ist mir ein Dorn im Auge, kannst du nicht für mich einen guten, starken Obeah auf sie legen?*

Natürlich war bei Barbados das Problem, dass jede süße Erinnerung von zehn schrecklichen begleitet wurde. Wenn sie sich jetzt zum Beispiel einfach nur am Schulterblatt kratzte, dann berührten ihre Finger das S aus dem Wort *Smith*. Smith war ihr erster Besitzer gewesen. Er hatte einen Restposten von ihnen vom Schiff weg gekauft, 86 Weiber und Mädchen, alle mit Palmöl eingerieben, damit sie gesund aussahen. Sie sah immer noch das rotgoldene Brandeisen vor sich, und als es auf sie zugekommen war, hatte es gerochen wie nach gebratenem Gekröse.

In den meisten Nächten sagte sich Abi immer und immer wieder ihren Namen auf, ihren wahren Namen aus Afrika, um sich in die Arme des Schlafes zurückzubegeben. Aber jetzt, wo ihr Bett von einer Fremden in Beschlag genommen war, durfte sie ihn noch nicht einmal flüstern, ihn noch nicht einmal heimlich denken, nur für den Fall, dass er ihr entfleuchte.

Alles war still in der Inch Lane. Nichts rührte sich im Haus.

In ihrem schmalen Zimmer rollte sich Mrs Ash auf den Rücken. Das Mondlicht stach seine Sichel durch die Fensterläden und ließ ihre Brüste schmerzen. In Momenten wie diesem, in der gnadenlosen Klarheit der Nacht, wusste sie, was aus ihr geworden war: ein vertrocknetes, verbittertes Ding von 39 Jahren.

Offenbar fing sie immer alles auf dem falschen Fuß an. Bei diesem Mädchen aus London zum Beispiel. Mrs Ash hatte ja die besten Absichten gehabt, aber dieses Geschöpf hatte sie aus irgendeinem Grund vom ersten Moment an nicht leiden können, wie sie da so keck und strahlend mit ihren modischen Poschen am Tisch gesessen hatte. Und Mrs Ash wusste, dass ihr selbst die Fähigkeit fehlte, sich beliebt zu machen. Sie war immer die Außenseiterin.

Irgendwann einmal hatte es ein Weib von 21 Jahren gegeben, das Nance Ash hieß, eine frisch vermählte junge Mutter im kleinen Dorf Abergavenny in den Black Mountains. Da sie kein Walisisch konnte, sprach ihr Gatte mit ihr Englisch, was sehr lieb von ihm war. Sie blieb meistens für sich, tat aber niemandem etwas zuleide. *Ein gutes Herz*, hätten die Nachbarn vielleicht gesagt, sowenig sie auch von ihr wussten. So gut immerhin, dass sie in kalten Januarnächten ihren Säugling zwischen sich und ihren Gatten ins Bett nahm. Sie hätte den Kleinen nicht in einer Krippe erfrieren lassen, wie es allzu viele taten. Nein, sie hielt ihn warm und behaglich zwischen ihren Brüsten.

Hätte jedem passieren können, hatten sie zu ihrem Mann gesagt. *Der Wille des Schöpfers, da hilft auch kein Grämen.*

Wenn nur Owen Ash nicht besinnungslos betrunken gewesen wäre und sich auf den Rücken gerollt hätte, ohne zu merken, dass er das weiche Bündel unter sich erdrückte. Wenn Nance nur nicht so tief und fest geschlafen hätte oder wenn sie wenigstens in der Nacht wach geworden wäre, um nach dem Kriechling zu sehen. Wenn das Menschlein nur ein wenig stärker gewesen wäre oder ein wenig lauter geschrien hätte …

Erdrücken, dafür kann keiner etwas. Das hatten alle gesagt. Nur zeigte sich dann, dass dieses Kind Nance Ashs einzige Gelegenheit sein würde. Ohne dass sie es hätte wissen können, wurde in jener langen Nacht auch alle Hoffnung in ihrem Leben erdrückt. Am nächsten Tag wurde ihr Winzling in einen Sarg gelegt, der nicht größer war als eine Hutschachtel. Und ihr Mann, randvoll mit Gin, beschimpfte sie fürchterlich und torkelte dann auf die Gasse hinaus. Nach drei Tagen wusste sie, dass er nicht mehr zurückkommen würde, wie lange sie auch warten mochte.

Keine Mutter mehr und keine Gattin mehr. Ihre Eltern waren tot, und sie war ein Einzelkind, ohne noch lebende Verwandte. So etwas wie Freunde hatte sie nie gehabt. Die Nachbarn gaben ihr, was sie nur konnten, aber in einem Winter in Abergavenny war das nicht viel und bestimmt nicht ausreichend, dass eine erwachsene Frau nicht vom Fleisch fiel. Ihre einzigen Fertigkeiten waren jene, die sie zu einer guten Ehefrau und Mutter gemacht hätten. Nance Ash blieb nur noch übrig zu betteln, während ihr Mieder von ihrer eigenen Milch durchtränkt wurde.

Deshalb war sie den Jones' auch auf ewig zu Dank verpflichtet. Als sie voller Straßenstaub und durchgeschüttelt auf dem Karren eines Nachbarn nach Monmouth gekommen war, hatte Thomas Stone anerkennend auf ihre geschwollenen Brüste geschaut und sie vom Fleck weg angestellt. Jetzt fiel ihr wieder ein, dass sie anfangs nicht hatte sprechen können. Sie hatte nur mit dem Kopf genickt. Mr Jones hatte sie sehr sanft gebeten, mit dem Weinen aufzuhören. »Sonst wird vielleicht die Milch für unseren kleinen Grandison sauer.« Dann hatte er gefragt, ob ihr Gatte für immer weg sei. Sie hatte die Frage sehr wohl verstanden. Als Amme war eine Witwe am besten. Samen verdarb die Milch.

In dieser Zeit war es gewesen, dass sie sich zum ersten Mal dem Buch der Bücher zugewandt hatte. Davor hatte sie das Leben für eine recht angenehme Sache gehalten und nicht groß darüber nachgedacht. Aber im ersten Jahr dessen, was alle ihre Witwenschaft nannten, hatte Mrs Ash eine unstillbare Sehnsucht danach empfunden, die ganze Angelegenheit zu verstehen. Und aus der Heiligen Schrift – so verstörend und rätselhaft sie manchmal auch sein mochte – hatte sie einen Plan herauszulesen gelernt. In diesem Leben mochte vielleicht Tag für Tag das Böse über das Gute obsiegen, aber am Ende würden die Sünder niederfahren und die reinen Seelen emporgehoben werden. Die Gesellschaft des Herrn war die einzige, in der Nance Ashe sich wohlfühlen konnte, weil sie überzeugt war, dass Er sie liebte, ganz gleich, wie unwirsch sie war, ganz gleich, wie viele Falten ihre Stirn zerfurchten. Er war ihr einziger wahrer Freund, und sie wusste, dass sie Sein niedergeschriebenes Versprechen hatte: Am Ende würde Er ihre Tränen trocknen.

Als Gegenleistung zeigte sie regelmäßig, wie dankbar sie war. Die Jones' hatten ihr damals schließlich ein Heim geboten, als sie nirgendwo sonst hingekonnt hatte als ins Armenhaus oder gar in die Gosse. Als Gegenleistung hatte sie ihre Kinder gut genährt. Als Grandison abgestillt war, hatte Mrs Ash sich weiter an die Familie geklammert. Sie hatte sogar ein paar andere Säuglinge angenommen, damit weiter die Milch floss. Sämtliche Jones-Kinder hatte sie gestillt, und es war nicht ihre Schuld, dass sie gestorben waren, alle bis auf die kleine Hetta. So etwas kam vor. Es war ja nicht so, als hätte sie sie verflucht. Insgesamt dreizehn Jahre lang hatte sie ihnen jeden Tropfen gegeben, den sie hatte, bis zu dem Tag, als Hetta ihr Gesicht von der verschrumpelten Warze abgewandt und schreiend nach Brot und Bratfett verlangt hatte. Zu diesem Zeitpunkt gab es in Monmouth schon viele Ammen, und niemand bat mehr Mrs Ash, sich ihres Kindes anzunehmen. Ihre ausgemergelten Brüste schmerzten noch eine Weile, trockneten dann aber rasch aus. Seltsam, wie flach sie ihr jetzt über die Rippen hingen, nachdem sie all die Jahre prall gefüllt gewesen waren.

Sie konnte Thomas Jones nicht genug loben. Dem Mann mochte vielleicht ein Bein fehlen, doch an Prinzipien war er dafür überreich. Einem anderen Vater hätte es vielleicht an Verständnis für das heilige Band zwischen Amme und Kind gefehlt. Ein Geringerer hätte ihr vielleicht gesagt, dass ihre Aufgabe beendet sei, nachdem Hetta abgestillt war. Die Familie hätte sie entlassen und die Kosten für ihren Lohn einsparen können, und nur wenige in Monmouth hätten sie deswegen geringer geachtet. Aber Mr Jones behielt Mrs Ash, um das Mädchen aufzuziehen, damit Mrs Jones im Atelier schneidern und nähen konnte. O nein, an Dankbarkeit fehlte es Nance Ash wahrlich nicht.

Vor allem aber wusste sie, wie dankbar sie ihrem Schöpfer sein musste. Zweimal in der Woche ging sie in die Kirche, vor allem aber las sie die Heilige Schrift, zerbrach sich den Kopf darüber und versuchte nach ihr zu leben. Und jeden Abend hockte sie neben ihrem Bett, bis ihr die Knie wehtaten. Aber wenn an einem Abend wie diesem das Mondlicht durch die Fensterläden drang, konnte Nance Ash nur noch daran denken, dass sie eine einzige Chance gehabt und sie verloren hatte, wie ein Blatt von einem Baum geweht wird – nur weil sie eines Nachts vor siebzehn Jahren so fest geschlafen hatte, und Gott allein mochte wissen, wovon sie geträumt hatte. Seitdem hatte sie keine einzige Nacht mehr durchgeschlafen. Wenn sie sich doch wenigstens daran erinnern könnte, wovon sie vor so langer

Zeit geträumt hatte. Was daran so süß gewesen war, dass sie gar nicht mehr hatte aufwachen wollen.

Draußen war es immer noch stockfinster. Mary schloss, dass es nicht später als halb sechs sein konnte. Der zweite Tag in ihrem neuen Leben.

»Mary!«

Da war es wieder. Es kam irgendwo von unten. Mrs Jones. Ihre Stimme hatte so eine eigentümliche Melodie – genau wie die von Susan Digot, fiel Mary jetzt auf. Aber dies hier war weder Marys Mutter noch Marys Zuhause. Dies hier war eine Herrin, die ihr Hausmädchen weckte.

Ganz plötzlich begriff Mary, dass sie aus ihrer eigenen Geschichte in eine andere übergewechselt und verloren war. Sie drückte ihr Gesicht ins Kissen und hielt den Atem an. *Dienst.* Das Wort hörte sich so harmlos an, so alltäglich. Ständig ließen sich irgendwelche Leute in einen Dienst anwerben. *Ich habe eine sehr anständige Stellung gefunden*, sagten sie dann, *die darf ich nicht verlieren.* Aber was immer das für eine Stellung sein mochte – für Mary war das nichts.

Um sich selbst Furcht einzuflößen, vergegenwärtigte sie sich Caesars pflaumenfarbenen Mund. *Monmouth ist ein Schlupfwinkel, mehr nicht*, redete Doll ihr im Geiste zu. *So wie dieser stinkende Graben, in den wir uns damals gehockt haben, als der Aufstand wegen des Brotes aus dem Ruder gelaufen ist, weißt du noch? Eine Zeit lang lässt sich alles aushalten.*

»Mary Saunders!«

Nan Pullen hatte einmal etwas Sonderbares über ihre Herrin erzählt, ebenjene Frau, die Nan dann eines Tages dem Magistrat überantworten sollte. Nan fand, dass Herren und Herrinnen auch nur Freier seien, nur nenne man sie anders. Man tat so, als wäre man zufrieden oder sogar glücklich. Man diente ihnen, aber kennen taten sie einen nicht. Man bestahl sie, wo immer man konnte, denn was sie bezahlten, war nicht genug für das, was sie verlangten.

Mary drückte sich vom Kissen hoch und setzte sich auf. Abi lag mit überkreuzten Armen neben ihr wie eine Figur auf einer Grabplatte. Beinahe wäre Mary hochgeschreckt. Sie hatte erwartet, das Mädchen für alles sei schon seit Stunden auf den Beinen, um das Feuer anzumachen und Wasser zu kochen. »Guten Morgen«, brachte sie argwöhnisch heraus.

Abi erwiderte nichts. Sie starrte nur an die Decke.

»Wirst du denn unten nicht gebraucht?«

»Ich krank.«

Mary sah näher hin. Keine Rötung, kein Schweiß, nicht einmal ein Frösteln.

»Was genau fehlt dir denn?«, fragte sie spitz.

»Ich krank«, wiederholte Abi und drehte den Kopf zum Fenster.

Als Mary nach unten eilte und am Schlafgemach der Jones' vorbeikam, rief die Herrin sie herein. »Braucht Ihr Hilfe beim Ankleiden, Madam?«, fragte sie.

»Aber nein«, erwiderte Mrs Jones verwirrt, während sie den Reifring um ihre schmale Taille legte. »Ich wollte mich nur erkundigen, ob du gut geschlafen hast.«

»Recht gut, Madam. Und Abi ist krank geworden, wie es scheint«, erwiderte Mary leidenschaftslos.

»Ach ja, das hat sie mir gesagt, als ich heute Morgen als Erstes vorbeigeschaut habe.« Mrs Jones kämpfte mit einem Knoten in den Bändern ihres Reifrocks. »Weißt du, sie ist nicht so kräftig, wie sie aussieht.«

Das sollte wohl bedeuten, interpretierte Mary, dass Abi eine Simulantin war, aber die Herrin heute keinen Streit wollte.

»Vielleicht könntest du mir beim Frühstück helfen.«

»Natürlich«, antwortete Mary und griff ungefragt nach den Riemen des schmalen Reifrings, die sie im Kreuz am Rücken ihrer Herrin zu einer ordentlichen Schleife band.

»Ach, danke, Mary!«

Der Herr des Hauses schenkte Mary nicht mehr Beachtung, als wenn sie eine Katze gewesen wäre. Ein sonderbares Gefühl. Die meisten Männer hatten bisher bei ihrem Anblick die Hosen heruntergelassen, aber Mr Jones fuhr einfach fort, sich anzukleiden. Aus den Augenwinkeln beobachtete sie, wie er unter seinem weiten Hemd die Unterhosen überstreifte. Eine geradezu kindliche Neugier überkam sie, seinen Stumpf zu sehen, doch er blieb unter dem Leinenstoff verborgen. Einen Pinsel und Eier würde er ja wohl haben, wie jeder Mann, vermutete sie. Hetta war ja der Beweis. Gerade wickelte er sich gewissenhaft einen Wollstrumpf über die bleiche Wade und befestigte ihn über dem Knie mit einem Strumpfhalter. Sein Bein war behaart und stämmig. Ob es wohl die Kraft von zweien hat?, überlegte Mary.

Sie hielt Mrs Jones den weiten schwarzen Rock über den Kopf – feine, gerippte Seide, wie sie bemerkte, aber ohne Glanz – und half ihrer Herrin, sich hineinzuschlängeln. Dann griff sie nach den dazu passenden Ärmeln und begann, sie am Mieder festzuknöpfen.

»Ach, Mary, du bist ja so gewandt.«

»Danke, Madam.«

Verstohlen linste sie wieder zum Hausherrn hinüber. Als er sich in seinem einen Lederschuh aufrichtete, schlenkerte einen Augenblick lang das leere Bein seiner Kniehosen hin und her. Dann nahm er es und befestigte es an einem kleinen Knopf, den seine Frau ihm an den Hosenbund sämtlicher Kleidungsstücke genäht hatte. Danach zog er sich weiter an wie jeder andere Mann. Die altmodischen, mit Buckram appretierten Schöße seines Gehrocks schlotterten ihm um die Knie.

Nachdem er ansonsten fertig angekleidet war, sah sein stoppeliger Kopf jetzt komisch aus. Als er seine zerzauste Perücke ausschüttelte, stieg eine blaue Puderwolke auf.

»Sollen wir Daffy holen, damit er dir deine Perücke zurechtmacht, mein Lieber?«, fragte seine Frau.

Mr Jones schüttelte den Kopf, setzte sich vor den Spiegel und griff nach einem Kamm.

Mary vermutete, dass der Herr sich stets selbst um seine Perücke kümmern würde, selbst wenn er zehntausend Pfund im Jahr verdienen sollte. *Ich brauche* hatte sie ihn bislang noch nicht sagen hören.

Nach einer Woche befand Mr Jones, dass das neue Mädchen sich gut einfügte. Zuweilen hatte sie eine etwas kecke Art, aber das war ja zu erwarten gewesen bei einem Mädchen, das auf den Straßen der Großstadt aufgewachsen war. Er hatte gehört, dort grassiere die Impertinenz.

Üblicherweise fand man Mary dabei, dass sie das Haus putzte oder seiner Gattin im Atelier half, aber hier und da schickte seine Gattin sie auch mit einer Nachricht oder einer Frage in die Korsettstube. Amüsiert registrierte er, dass das Mädchen sehr auf sein fehlendes Bein bedacht war. Manchmal bot sie ihm an, etwas zu holen, damit er nicht aufzustehen brauchte. Vielleicht befürchtete sie ja, dass er über die Kante einer Bodendiele stolpern würde. Dann scheuchte er sie immer weg und hüpfte, die Arme voll mit noch unfertigen Korsetts, so hoch durch die Stube, dass sein Kopf beinahe an die Decke stieß. »Such dir jemanden, der dich braucht, Mädchen«, sagte er dann gerne.

Einmal kam Mary Saunders herein, als er gerade mit abgewinkeltem Bein über seiner Arbeit saß. Vor ihm auf einem tiefen Tischchen, das zerkratzt war wie von einem wilden

Tier, lagen die Fischbeinplatten. Er schnitt mit seinem Messer Knochenstreifen ab und brachte sie dann in Form. Wie sie da vor ihm auf der Binsenmatte nebeneinanderlagen, sahen sie für ihn immer aus wie die Gräten eines sternförmigen Fisches.

»Wie viele Grätenteile braucht Ihr?«, fragte Mary und fügte das »Sir« eine halbe Sekunde zu spät hinzu.

Er schaute zu ihr hoch. »Vierzig Teile«, antwortete er freundlich. »Mindestens vierzig.«

Sie sah ihm ein paar Minuten über die Schulter zu. Er spürte ihren Blick auf seinen Händen. »Ich dachte, sie müssten alle dieselbe Form haben«, sagte sie schließlich.

Mr Jones sah lachend von seiner Klinge hoch. »Ach, Mädchen! Ist die menschliche Form denn ein Rechteck?«

Mary blinzelte ihn verwirrt an. Kannte sie das Wort überhaupt? Schließlich besaß sie nur die Bildung einer Weibsperson.

»Bin ich denn nur ein Kistenmacher?«, stellte er die Frage einfacher.

Sie lächelte unsicher.

Er seufzte ein wenig, aber in Wahrheit erklärte er sein Gewerbe ja nur zu gern. Er nahm das neue Mieder für Mrs Broderick, das noch nicht bezogen war. »Man braucht starke Querstreben, um den Bauch einzudrücken, und diagonale über den Rippen«, erläuterte er dem Mädchen und strich sanft über die doppelten Steppstichnähte, die zu beiden Seiten jeder Strebe verliefen. »Dann braucht man noch hinten diese dünnen waagerechten, um die unansehnlichen Schulterblätter zu verbergen. Nicht zu vergessen vorne diese breiten Gräten, um die Brüste schön hochzudrücken.«

Beim letzten Satz schlug sie die Augen nieder. Plötzlich fiel ihm wieder ein, dass das Mädchen ja erst fünfzehn war.

»So sind eben die Launen der Mode«, fuhr er eilig fort, »dass der Ausschnitt jedes Jahr weiter nach unten sinkt.

Manche Korsettmacher benutzen oben auch Stahl«, fügte er noch hinzu, »aber meiner Ansicht nach ist Fischbein genauso tauglich und dabei vornehmer.«

Mary sah ihm immer noch nicht in die Augen. Vielleicht war sie ja eines von diesen modernen jungen Dingern, die Opfer ihrer eigenen Sittsamkeit waren. »Wie viele Nähte gibt es?«, fragte sie leise.

»Oh, manche, die es nicht so genau nehmen, kommen mit fünf oder sechs aus«, erklärte Mr Jones, »aber ich selbst würde mich bei weniger als zehn schämen.« Seine Finger liebkosten die Schulterriemen des Korsetts, das er in der Hand hielt. »Die Schulterriemen staffiere ich auch mit Bein aus. Solche kleinen Extras sind es, durch die ein Stück sich von all den anderen abhebt. Der große Korsettmacher Cosins aus London ...«

Doch da unterbrach sie ihn. »Wie kann es sich denn abheben, wenn niemand es sehen kann?«

Er schenkte ihr die Andeutung eines Lächelns. »Wer ein Auge dafür hat, der sieht die Form, ganz gleich, wie viele Hemden oder Röcke darüberliegen.«

»Als ob der Stoff aus Glas wäre?«, fragte das Mädchen fasziniert.

»Ganz genau. Die Franzosen nennen uns *tailleurs de corps,* Körperformer«, fügte er erläuternd hinzu. »Wir sind Künstler, die mit Bein arbeiten. Obwohl der Walknochen in Wahrheit ein riesiger Fischzahn ist.« Mr Jones legte dem Mädchen winzige Splitter in die Hand. »Einige billige Korsettmacher begnügen sich auch mit Gänsekielen und andere mit Schilfrohr, aber meiner Ansicht nach gibt es nichts Besseres als echtes Grönlandbein.«

Sie sah ihn verständnislos an.

»Hast du noch nie einen Wal gesehen, Mary?«

»Nein, Sir. In London gab es keine.«

»In Monmouth auch nicht«, erwiderte er kichernd. »Ich

meine, das Bild von einem Wal. Hier ...« Mithilfe seiner Hände drückte er sich hoch. Das Mädchen machte einen Schritt zurück, ganz offenbar aus Angst, sie würden zusammenprallen. Mit zwei Hüpfern hatte er den kleinen Bücherschrank erreicht und schloss ihn auf. In einem alten, mit Goldschnitt verzierten Periodikum fand er, wonach er gesucht hatte: den Stich eines unförmigen Ungetüms, das durch die Wellen pflügte. Er tippte auf die Linien, die die Küste darstellen sollten. »Grönland«, sagte er. »Drei Monate von hier entfernt.«

Das Mädchen musterte das Bild. Erst als sein schwieliger Finger auf das Boot mit den winzigen Männern darin zeigte, schien sie zu begreifen, wie groß der Wal tatsächlich war. Er konnte hören, wie ihr der Atem stockte.

»Es heißt, seine Zähne sind fünfzehn Zoll lang, Mary.«

»Ist das wahr?«

»Ich weiß es nicht« Er musterte das Bild. »Ich hoffe es aber.«

Nun bot sie an zu gehen. Sie habe den Herrn nicht stören wollen, erklärte sie. Aber er versicherte ihr, er könne etwas Hilfe gebrauchen, da Daffy unterwegs sei, um Strümpfe auszuliefern. Also ließ er sie ein langes Stück Fischbein zu einem Bogen zusammendrücken, während er es in ein schmales Leinenfutteral einnähte. Ihre Hände waren erstaunlich ruhig.

Am Nachmittag fühlte Mary sich immer am rastlosesten. Manchmal schien die Herrin das zu bemerken, und dann schickte sie Mary zu irgendwelchen Besorgungen los, mit der Ausrede: »Abi scheint heute müde zu sein, findest du nicht?« Das schwarze Hausmädchen schien in der letzten Zeit Dienst nach Vorschrift zu machen und tat auf störrische Weise nur das Allernötigste, was Mary interpretierte als: *Soll es doch die aus London machen.*

Dabei war Mary heilfroh, aus dem Haus zu kommen. Heute endete die lange Liste, die sie sich einprägen musste, mit: »... ein halbes Pfund Kaffee vom Krämer, und frag alle, ob sie so freundlich sein wollen, es bis Freitag anzuschreiben, hörst du wohl?« *Hörst du wohl.* Das hatte auch Marys Mutter früher immer gesagt. Aber anders als Jane Jones war es Susan Digot dabei immer um irgendeine Katastrophe gegangen: etwas verschüttet, etwas zerbrochen, schon wieder ein schlimmer Tag.

Vor den Häusern aufgetürmt lag schmutziger Schnee. In den Wochen seit Marys Ankunft hatte sich die Inch Lane auf die Weite eines Rockes geschmälert. Sollte der Winter denn ewig andauern?

Anders als in vielen Teilen Londons gab es hier nirgendwo Straßenpflaster. Man musste sich an dem ganzen Unrat und Dung vorbeischlängeln, der aus dem Schnee lugte. Wenn sie aus der Inch Lane kam, fand Mary sich unmittelbar im Zentrum von Monmouth wieder, genau zwischen den vornehmen Häusern in der Whitecross Street und dem Gestank der kleinen Kais. Die Gedrängtheit des Ortes erstaunte sie immer noch. Keine zwei Minuten Fußmarsch voneinander entfernt wohnten die bessere Gesellschaft und der Pöbel. Und wo immer sie sich hinwandte, waren alle Mauern gekalkt, und die kleinen Türen gleißten.

Seit dem ersten Tag, an dem sie das Haus verlassen hatte, hielt sie immer wieder angstvoll Ausschau nach dem Waliser aus dem Gasthaus in Coleford, dem Mann, dem sie wegen des angeblichen Verlustes ihrer Jungfräulichkeit ein Pfund abgeschwindelt hatte. Bisher hatte sie ihn in Monmouth nie zu Gesicht bekommen. Wahrscheinlich war er wohl ein Bauer, der jenseits der Berge hauste.

Inzwischen hatte Mary die Namen des Dutzends an Straßen gelernt, mehr schien es in diesem kleinen Nest, das hier zwischen zwei Flüssen im Schnee versank, auch nicht zu geben. Drüben in der Kurve, wo der kleine Monnow in den breiten Wye floss, lag die Chippenham Meadow. Daffy zufolge gingen die Leute dort an Sommerabenden spazieren. Aber Sommer kam Mary vor wie aus einem anderen Land. In diesem Teil der Welt stand die Zeit still. In dem Haus in der Inch Lane hing immer noch das an die Wände genagelte weihnachtliche Immergrün.

Vom Wind tränten ihr die Augen. Sie zog sich ihren Schal vors Gesicht und zog die offenen Enden ihrer Fingerlinge bis auf die Fingerspitzen. Ihre dünnen Stiefel glitten auf dem festgetretenen Schnee aus. Sie wusste selbst nicht mehr, warum sie heute unbedingt nach draußen gewollt hatte. Über dem Umhang hatte sie sich zwei Schals um die Schultern geknotet und fror trotzdem noch. Die Luft war so erstaunlich klar, dass sie nach gar nichts roch.

Beim Kolonialwarenhändler kaufte Mary ein bisschen in Papier eingeschlagenes Salz. Beim Apotheker Lomax einen zugepfropften Tiegel mit einer grünen Salbe für Mrs Ash, der aus unerfindlichem Grund die Beine wehtaten, und am Stand neben der Brücke eine Scheibe frische Butter. Eine Stunde später trottete Mary mit einem schweren Korb am Wye entlang zurück. Die halbe Krone in ihrer Tasche war das Wechselgeld für Mrs Jones. Das würde sie bestimmt nicht verlieren. Seit jenem Abend, als ihre Mutter sie wegen des verlorenen Pennys geschlagen hatte, steckte Mary niemals die Hand in ihre Tasche, ohne dabei die Säume auf Löcher zu untersuchen.

Achte darauf, immer eine halbe Krone dabeizuhaben, damit du beweisen kannst, dass du keine Hure bist.

Was beweist das denn, Doll?

Damit bestichst du den Schergen der Reformisten, du Dummchen!

Das war von Doll Higgins, die immer eine halbe Krone in ihrem Schuh gehabt und sie nie vertrunken hatte, nicht einmal, wenn sie gerade den Umhang über ihren Schultern versetzt hatte. Doll, die eine Heidenangst davor gehabt hatte, ihre Unabhängigkeit zu verlieren, und gedacht hatte, eine halbe Krone könne sie vor allem Unheil bewahren.

Eine Frau stapfte an ihr vorbei durch den Schnee, drei Kinder hingen ihr an den Rockschößen. »Faule Hände«, keifte sie Mary an.

Das Mädchen schrak zurück. Zuerst verstand es die Worte nicht, weil die Frau einen so starken Akzent hatte. Sie starrte in die stumpfsinnigen braunen Augen der Frau, die beim Gehen Wolle kardierte und die verdreckten Flusen zurechtkämmte. Die hinter ihr hereilenden Kinder waren mit kleineren Kämmen zugange.

»Ich habe einen Korb zu tragen«, wehrte sich Mary mit etwas zu schriller Stimme.

Die Fremde marschierte einfach weiter. Über die Schulter rief sie: »Trag ihn das nächste Mal einfach in der Armbeuge, und tu was Nützliches mit deinen Fingern.« Ihre Kinder trippelten hinter ihr her und klapperten mit den Kämmen wie mit Musikinstrumenten.

Als sie vorbei waren, starrte Mary ihre Fingerspitzen an, die aus den Handschuhen hervorlugten. Die Stellen, die den Korb getragen hatten, waren krebsrot, Mary konnte sie kaum noch spüren. Gleichzeitig fiel ihr aber auch schadenfroh auf, wie glatt sie waren im Vergleich zu denen eines echten Markenweibs. In ihrem alten Leben war die einzige Arbeit, die ihre Hände je verrichtet hatten, gewesen, ihre Röcke über den Schlamm zu lupfen oder gelegentlich den Schwengel irgendeines Kerls zum Leben zu erwecken. Bei dem Gedanken daran prustete sie vernehmlich. Wie die Einheimischen sie wohl nennen würden, wenn sie das wüssten?

Beim Krämer schnatterten die Frauen laut wie Gänse, doch sobald Mary eintrat, schwiegen sie. Noch immer war

Mary sich nicht sicher, ob sie untereinander Walisisch sprachen oder Englisch mit starkem walisischem Akzent. Immerhin war der Krämer ein freundlicher Bursche.

»Su Rhys' Tochter, nicht wahr?«, fragte er, während er Marys gemahlenen Kaffee zu einem Päckchen schnürte.

Überrascht nickte Mary. »Seht Ihr das an meinem Gesicht?«

Der Krämer lachte wie ein Affe, und ein paar der Frauen stimmten mit ein. »Überhaupt nicht, meine Liebe. Wir haben nur von dir gehört, das ist alles.«

»Willkommen zu Hause«, fügte eine der Kundinnen hinzu.

Mary dankte ihr steif und verließ den Laden, so schnell sie konnte. *Zu Hause* – von wegen. Waren die verrückt?

Als sie die Monnow Street entlangeilte, wirbelte der Wind den gefallenen Schnee auf wie ein Besen den Staub. Die Straße wurde leer gefegt und füllte sich erneut, als würde Musselin sich in der Luft ballen und wieder glätten. Jetzt schneite es von unten, von der Erde herauf stoben ihr die Flocken ins Gesicht. Mary blickte zur Sonne über dem Kirchturm von St. Mary's hoch, einem weißen, von einer Wolke umhüllten Ball. Die Scheunen in der Ferne waren vom selben trüben Braun wie die Bäume. Eine farblose Welt. Mary wurde das Gefühl nicht los, dass sie allmählich blind zu werden drohte.

Ein schwarzer Tupfer lenkte ihren Blick nach oben. Krähen versammelten sich in einer dürren Buche, schaukelten in den Zweigen und ruckten beim Krächzen mit den Köpfen, als suchten sie Streit. Mary reckte den Hals und versuchte sie zu zählen.

Fünf für den Wohlstand,
Sechs für den Dieb.

Sie sperrte den Mund auf und legte den Kopf so weit in den Nacken, dass es schmerzte. Da, im nächsten Wipfel war noch eine. Und noch eine.

Sieben für den Henker,
Acht für den Hieb.

Weitere zogen am Himmel ihre Kreise. Mary begannen die Augen zu tränen. Die Schreie der Vögel vermischten sich zu einem einzigen großen Tumult. Mary zwinkerte sich den Schnee von den Augenbrauen. Dutzende, Hunderte von Krähen, die alle in diesen skelettartigen Baum zurückflogen, dann in einem weiten Bogen von ihm wegflatterten und schließlich doch wieder wie aus einem inneren Zwang heraus zurückkehrten. Manche hockten am äußersten Ende der Zweige, als würden sie sich zu ihrem Zug sammeln, aber Mary wusste, dass es nicht so war. Sie konnten ja nirgendwo anders hin.

Jetzt, wo sie genauer darauf achtete, fiel ihr auf, dass die Luft schon den ganzen Morgen über erfüllt gewesen war von den kurzen, schnellen Schreien der Krähen. Ein wundes Krächzen, so wie bei einer leichten Halsentzündung, das offenbar weder Kenntnisnahme noch eine Antwort und gewiss keinen Trost zu erwarten schien. Mary fragte sich, was die Krähen wohl so bekümmerte. Die wenigen Würmer? Das lange Warten auf den Frühling? Die Tatsache, dass sie nicht als Pfauen auf die Welt gekommen waren? Immer wieder stießen die schwarzen Schnäbel der Vögel ihren Unmut aus, als könnten sie nicht anders, als hätten sie vergessen, warum sie überhaupt damit angefangen hatten, könnten aber jetzt keinen anderen Laut mehr von sich geben. Der bleierne Himmel wurde zerrissen von ihrer Klage.

Auf der anderen Seite des Flusses liefen die Männer mit

Schubkarren auf den Feldern auf und ab. Ein dunkler Gestank zog durch die Stadt. »Was machen sie da auf den Feldern?«, fragte Mary Daffy, als sie sich auf dem kleinen Hof an ihm vorbeidrückte.

»Düngen«, sagte er zwischen zwei Schlägen. Der Holzklotz spaltete sich unter seiner Axt.

Spöttisch wiederholte sie das Wort.

Sein Atem kam in einer Wolke heraus. »Sie verteilen Dung, damit er untergepflügt werden kann, verstehst du? Um die Erde fruchtbarer zu machen.«

Der immer mit seinen Wörtern. Mary verzog den Mund. »Was werden sie denn säen?«

»Huflattich«, sagte er und stützte sich einen Augenblick auf seine Axt. »Bärenklau. Vielleicht auch Weinbergslauch.«

Mary lachte laut auf. »Glaub bloß nicht, du könntest mich mit deinen unsinnigen Namen aufziehen.

»Als ob ein Mädchen aus der Stadt ein Blatt vom anderen unterscheiden könnte«, erwiderte er.

Jetzt glaubte sie ihm, aber das würde sie nicht zugeben. Sie trödelte auf der vereisten Türschwelle herum. Als der Mann wieder mit der Axt ausholte, sahen seine Schultern so kräftig aus wie die eines Bullterriers. »Die Londonerin. So nennt ihr mich doch alle, oder?«

Daffys Axt hielt inne. Er sah hoch.

»Ich habe dich in der Korsettstube mit dem Herrn reden hören und auch mit Abi.«

Daffy schlug den Klotz mitten entzwei. »Hier kommt noch ein schrulliges Sprichwort vom Lande, das du vielleicht noch nicht kennst: *Der Lauscher an der Wand hört seine eigene Schand.*«

»Du hegst also einen Groll gegen mich?« Ihre Stimme klang munter.

Seine Axt blieb stecken. Er musste das Holz auf den Hauklotz schlagen, damit sie es spaltete. Seine Antwort war brüsk. »Ich sage nur, und das sage ich dir auch ins Gesicht, dass du eine Stellung erhalten hast, die eine andere hätte bekommen sollen.«

Das war es also. Diese erbärmliche Stellung! Sofort ging Mary zum Angriff über, genau wie Doll es ihr beigebracht hatte. »Diese andere, von der du sprichst«, begann sie zuckersüß, »ist das vielleicht zufällig die kleine Braunhaarige, mit der ich dich auf dem Markt habe herumtändeln sehen?«

Daffy richtete sich auf. »Meine Kusine Gwyneth«, stieß er mit zusammengebissenen Zähnen hervor, »ist das anständigste Frauenzimmer, das je das Licht der Welt erblickt hat.«

Er hatte ihr seinen wunden Punkt gezeigt. Er wusste es, und sie wusste es. »Ich bitte um Entschuldigung«, sagte Mary sanft. »Ich muss wohl deine brave Kusine mit irgendeiner Vogelscheuche verwechselt haben, die ich gesehen habe, wie sie hinter dem Fischstand um ein paar Köpfe und Schwänze bettelte.«

Sie wäre nicht überrascht gewesen, wenn er sie jetzt geschlagen hätte. Aber seine Hand umklammerte weiter den Axtstiel, und er starrte auf den Holzhaufen hinab. Seine Beherrschung beeindruckte Mary. Vielleicht fragte er sich ja, wie sie mit ihren kaum sechzehn Jahren schon eine solche Kratzbürste sein konnte. Manchmal fragte Mary sich das selbst.

Schließlich blickte Daffy zu ihr hoch. »Eines Tages, wenn deine Lebensumstände nicht mehr so günstig sind, wirst du deine mitleidlosen Worte bereuen.«

Ein bisschen bereute Mary sie jetzt schon. Manchmal waren Worte wie Glas, das ihr im Mund zerbrach.

Für Abi fing der letzte Montag jedes Monats schon Stunden vor Sonnenaufgang an. Dann drückten die Wäscherinnen, die man für den Tag angeheuert hatte, ihr den Stock in die Hand, mit dem man die Laken rührte, während sie selbst die Lauge zugossen. Nur wenn Abi hier über den Kessel gebeugt in der Spülküche stand, wurde ihr überhaupt einmal ein wenig warm. Die Frauen waren immer froh, wenn Mrs Jones sie schickte, damit sie ihnen half. Sie könne den Dampf doppelt so lange aushalten wie jede Christin, berichteten sie. »Die hat Leder statt Haut, deshalb.« Sie glaubten, Abi würde sie nicht verstehen, nur weil sie sich nie die Mühe machte, in ihr närrisches Geplapper einzustimmen. Manchmal, das war ihr klar geworden, war es nützlich, für eine Halbidiotin gehalten zu werden oder, besser gesagt, für einen Halbaffen.

Für die weiße Leibwäsche stellten sie eine Wanne auf den Küchentisch und gossen sauberes, kochendes Wasser hinein. »Nun reg dich mal, Abi«, rief das jüngere Waschweib laut und goss eine Wäscheladung in den Schaum.

Das Mädchen für alles lächelte schmallippig, denn es hatte gelernt, dass bei Weißen der Anblick seiner schneeweißen Zähne zu Ausbrüchen nervösen Gelächters führen konnte. Als Abi die Hände ins Wasser tauchte und mit dem Schrubben begann, brannte die Lauge in den rosaroten Scharten. Von den im Wasser treibenden Tuchbahnen konnte Abi ganze Bücher ablesen. Jeder Fleck erzählte eine Geschichte. Über das Kind Hetta zum Beispiel. Ihr wollenes Leibchen war winzig und ließ sich schnell zwischen Daumen und Fingern waschen. Ihr Unterrock war am Saum schmutzig und gelb bekleckert. Wie ging noch gleich die höfliche Umschreibung der Herrin? *Gleiches holt Gleiches heraus*. Was nichts anderes bedeutete, als dass man den Unterrock nach der ersten Wäsche in einen Kessel mit kochender Pisse würde stecken müssen.

Die Waschweiber in der Spülküche lachten wie Betrunkene. Wenn sie wieder weg waren, würde Abi den Bierstand prüfen müssen.

An den Ärmelrüschen der Londonerin klebte wächserner Talg. Ganz offensichtlich war Mary Saunders noch nicht daran gewöhnt, wie man Kerzen kürzte und löschte. Abi würde den Talg am Ende mit dem Kanten eines heißen Brotlaibs abschmelzen müssen, und danken würde es ihr auch keiner. Das Hemd des Mädchens roch nach ihrem zitronigen Parfüm. Angeblich war sie erst fünfzehn, diese Mary Saunders. Aber ihre Augen waren doppelt so alt. Wo hatte sie nur diesen harten Blick her? Vielleicht waren in London ja alle so.

Eigentlich bedauerte es Abi, dass sie es nie bis in die große Stadt geschafft hatte. Nach der großen Reise vor acht Jahren war ihr Herr, der Doktor, von Bristol nach Monmouth gefahren, um dort den Winter zu verbringen, und hatte die Jones' beauftragt, ihm eine neue Garderobe für die Saison herzustellen, vom Hut bis zu den Schuhschnallen. Als er im darauffolgenden März wieder abgefahren war, hatte er ihnen immer noch sechs Pfund zehn geschuldet, also hatte er ihnen statt des Geldes Abi überlassen. Drei Tage lang hatte sie stumm in sich hineingeweint – nicht weil sie ihren Herrn vermisste, sondern weil ihr alles in England fremd war.

Die Jones' hatten anfangs nicht recht gewusst, was sie mit ihr anstellen sollten, doch bald schon hatten sie Abi nützlich gefunden. In dem eiskalten Haus in der Inch Lane hatte sie gelernt, wie man aus Asche Seife machte und aus Schilf Anzünder, wann man einen Knicks machte, wie man *Ja, Sir* und *Ja, Madam* sagte und wen man nicht verärgern durfte (vor allen dieses Ash-Weib). Der Hausdiener Daffy hatte ihr angeboten, sie das Lesen zu lehren, aber anfangs hatte sie seinen Beweggründen misstraut. Wann hatte es das denn je gegeben, dass ein Weißer für eine Sache nichts haben wollte? Und als sie ihm dann doch erlaubt hatte, ihr eine Seite in seinem Buch zu zeigen, hatte das Gekrakel auf dem Papier sie abgeschreckt. Mit dieser Form von Zauberei wollte sie nichts zu tun haben.

»Abi?« Die Londonerin, beide Arme voll mit Batist. »Die Herrin hat mich geschickt, diese Charge neuer Taschentücher zu waschen, wenn ich darf.«

Das Mädchen für alles räusperte sich. »Warten noch. Das Wasser hier schmutzig.«

»Sehr gern«, sagte Mary Saunders verdächtig höflich, lud ihre Last auf dem Tisch ab und zog sich einen Stuhl heran.

Abi arbeitete weiter. Unter dem Blick der Fremden fühlte sie sich unwohl.

Nach einigen Minuten des Schweigens legte Mary Saunders wie ein Kind das Kinn in die Hände. »Eine Schnatterente bist du nicht gerade, was?«, murmelte sie.

Abi schrubbte noch fester.

»Spricht man in der Karibik denn kein Englisch?«

»Meistens Zuckerrohr ernten«, erwiderte Abi kühl. »Nicht viel Grund für sprechen.«

»Ich selbst habe gern eine kleine Unterhaltung bei der Arbeit.«

Was glaubt diese Göre eigentlich, wer sie ist, dachte Abi. *Das* hier nannte sie Arbeit? Als ob ein bisschen einfacher Wäsche auch nur die geringste Ähnlichkeit mit der Schufterei auf dem Feld hätte! Nun warf Abi die Männerunterkleider in den Kessel: Flanellunterhosen, Hemden aus Musselin, Strümpfe aus Kammgarn und Strumpfhalter, alle ungefähr in derselben Größe.

»Gehören die dem Herrn?«, fragte Mary Saunders und langte nach dem Saum einer Kniehose, bevor er im Wasser versank.

Abi schüttelte den Kopf.

»Ach ja, der Stoff ist abgewetzt, und hier ist ein kleines Loch. Die muss von Daffy sein. War wohl zu sehr mit seinen Studien beschäftigt, um einen Flicken draufzunähen. Ein eigenartiger Bursche, findest du nicht? Daffy, meine ich«, wiederholte Mary Saunders, weil Abi sie beim ersten Mal nicht gehört hatte.

Das Mädchen für alles hob langsam die Achseln und rieb weiter im Seifenwasser die Wäsche.

»Ist er schon lange da?«

Ein Kopfschütteln.

»Drei oder vier Jahre?«

»Vielleicht ein Jahr«, erwiderte Abi zögerlich.

»Und wo war er vorher?«

»Ich glaube, er arbeiten in Gasthaus von sein Vater.«

Mary Saunders nickte und merkte sich diese Information. »Ja, als Zapfjungen kann ich ihn mir gut vorstellen. Die ganze Brust voller Apfelweinflecken.« Sie zog eine alte Samthose aus der Wäsche. »Die muss aber nun wirklich dem Herrn gehören. An der Stelle, wo er sie sich zuknöpft, ist der Stoff überhaupt noch nicht abgewetzt. Erzähl mal, wie hat er sein Bein verloren? Oder ist er schon so auf die Welt gekommen?«

Abi zuckte mit den Achseln, was heißen sollte, dass sie keine Ahnung hatte. Es war ihr nie in den Sinn gekommen zu fragen. Man konnte so leicht einen Körperteil verlieren, wusste sie, bei so vielen Gelegenheiten, dass es an ein Wunder grenzte, wenn jemand bei seinem Tod noch vollständig war. Jetzt schlug sie mit dem Stock auf die herumwirbelnde Wäsche und sah zu, wie der Schmutz an die Oberfläche stieg. Heißes Wasser schwappte über den Rand. Sie arbeitete vielleicht nicht schnell, aber Pausen machte sie eigentlich auch nicht. Es war das Erste, was sie gelernt hatte, als sie mit zehn Jahren in die Arbeitskolonne gekommen war: *Immer in Bewegung sein. Nie einen untätigen Eindruck machen.*

Mary Saunders musterte ein Paar Nottinghamer Strümpfe.

»Sehr hübsch«, erklärte sie sachkundig und befühlte mit dem Daumen das dünne Gewebe. Sie wollte sie schon in den Kessel werfen, doch Abi hielt sie zurück. »Die kommen in kalt«, sagte sie und wies auf einen Bottich.

»Und die Spitzenrüschen hier? Die müssen doch auch der Herrin gehören.«

»Gar nicht nass. Nur abreiben mit Kleie, dass Fett rauskommen.«

Mary Saunders nickte und ging zum Kleiebottich. »In London habe ich nie gewaschen. Wir hatten eine Nachbarin, die das für uns erledigte. Alles mächtig kompliziert. Ich weiß gar nicht, wie du das alles hinbekommst.«

Abi merkte sofort, wenn ihr jemand schmeichelte, und ignorierte es.

Jetzt griff die Londonerin nach einem Batisthemd. »Das muss Mrs Ash gehören«, murmelte sie und schnupperte daran. »Riecht genauso sauer wie ihr Gesicht.«

Abi merkte, wie sich ihr Mund unwillkürlich zu einem verstohlenen Grinsen verzog.

Mary Saunders zupfte lange graue Haare aus der Nachtmütze der Amme. »Wenn sie so weitermacht, ist sie bald so kahl wie ein Ei. Woran ist ihr Gatte eigentlich gestorben? Daran, dass sie ihn vollgepredigt hat?«

Die Waschweiber wrangen gerade in der Spülküche die Laken aus und bekamen kein Wort davon mit. Abi murmelte: »Nicht gestorben. Ich hören, weglaufen.«

Das Mädchen hob die Augenbrauen. »Das erklärt einiges. Kann man dem Mann nicht verdenken.«

Abi presste die Lippen zusammen, damit sie nicht grinsen musste.

»Wann ist das passiert?«

»Ich hören, zwanzig Jahre her«, sagte Abi und lehnte sich ein wenig näher heran.

Mary Saunders hielt sich den lachenden Mund zu und

flüsterte durch die Finger: »Das letzte Mal, dass also jemand die alte Hexe angerührt hat, war... 1743!«

Ein kreischendes Lachen entfuhr Abi. Und dann kamen die Waschweiber vorbei, also richtete sie sich auf und begann, die Wäsche aus dem Kessel zu hieven. Das Mädchen aus London arbeitete neben ihr.

An jenem Nachmittag saßen Mary und ihre Herrin keine zwei Fuß voneinander entfernt im Atelier und nähten. »Ich habe mich gefragt ...«, hob Mary zurückhaltend an, »ist Abi eine Sklavin?«

»Überhaupt nicht.« Mrs Jones blickte schockiert zu ihr hoch. »Wir würden nie auf den Gedanken kommen, unsere Abi zu verkaufen.«

»Was ist sie dann?«

»Eine Dienerin«, sagte Mrs Jones unsicher. »Sie gehört zur Familie.«

Mary dachte darüber nach. Was für eine Vielfalt an Absonderlichkeiten das Wort *Familie* doch beinhalten konnte. »Aber sie dürfte nicht einfach weggehen, oder?«

»Weggehen?« Mrs Jones spitzte die Lippen. »Wo sollte dieses Geschöpf denn hin? Ich glaube, wir gehen recht freundlich mit ihr um.«

»Bekommt sie einen Lohn?«, fragte Mary weiter.

»Nun, das nicht, aber was sollte die arme Abi auch mit einem Lohn anstellen?« Mrs Jones sah Mary derart verwirrt an, dass die nicht mehr weiter darüber redete.

Hier in den Marken, das wurde ihr allmählich klar, konnten sich die Leute überhaupt nicht vorstellen, dass die Welt sich je ändern könnte.

Nach drei Wochen in dem Haus auf der Inch Lane konnte Mary sich kaum noch ein anderes Leben vorstellen. Die dünnen Gewänder und Taftkleider von den Seven Dials, die sie in der Tasche unter ihrem Bett verborgen hielt, kamen ihr vor wie Relikte eines früheren Lebens, leblose Kostüme aus einem Theaterstück. In ihrer Spiegelscherbe erkannte sie sich gar nicht mehr wieder. Wie schockierend anständig sie aussah, mit ihren gestärkten weißen Hauben, den einfachen Wollstrümpfen und nur einem Hauch von Karmesin auf den Lippen. Wie jung! Und wie die Straßenmädchen von St. Giles johlen würden, wenn sie Mary Saunders jetzt sehen könnten, wie sie ihren kümmerlichen Lebensunterhalt verdiente, ohne die Beine breitzumachen.

Ihre Herrin faszinierte sie. Mrs Jones schien kein bisschen eitel zu sein. Ihr Gesicht war nur ganz wenig verhärmt, und die Falten sahen liebreizend aus, besonders wenn sie lachte. Doch die einzige Gelegenheit, wo die Schneiderin einmal in den langen Spiegel schaute, war, wenn eine ihrer Kundinnen davorstand und kritisch in einem halb fertigen Gewand posierte. »Warum tragt Ihr immer Schwarz?«, fragte Mary leicht spöttisch. »Ist es um der Schlichtheit willen oder um einen Kontrast zur Kundschaft zu bilden?«

»Ich kann es dir wirklich nicht sagen, Mary«, murmelte die Herrin über einem schwierigen Stich. Dann schaute sie in die Ferne. »Ich habe das Trauergewand für meinen letzten Jungen angelegt, und wahrscheinlich bin ich nie auf den Gedanken gekommen, es wieder abzulegen.«

Es war das erste Mal, dass sie die anderen Kinder erwähnte, die toten. Mary hätte gern mehr gewusst, die Anzahl und die Namen, aber irgendetwas hielt sie davon ab, in einem so schmerzhaften Thema herumzustochern.

Den ganzen Tag über gönnte sich Mrs Jones kaum je eine Pause und Mary ebenso wenig. Die Ecke des Ateliers, die im Licht des Fensters lag, war ein einziges Durcheinander aus Stoffen, Bändern, Spulen und Scheren, aber Mrs Jones behauptete stets zu wissen, wo alles sei, selbst wenn es zuweilen eine halbe Stunde dauerte, etwas zu finden. Den ganzen Januar über arbeiteten die beiden nun schon an einem Reitkleid für die dicke Mrs Fortune. Das graue Wolltuch, aus dem es bestand, war so flauschig, dass Marys Finger darin versanken. Alles, was das Mädchen zu tun hatte, war zu säumen, das aber einwandfrei. Niemals wäre es Mrs Jones eingefallen, ihr auch nur den kleinsten Fehler durchgehen zu lassen.

Die einzige Gelegenheit zu einer Pause bekam das Mädchen, wenn es einen Moment zwischen dem Atelier und der Korsettstube verweilte oder nach draußen ging, um den Abort hinter dem Haus zu benutzen, gegen den frostigen Wind die Arme vor sich verschränkt. In solchen Momenten wäre sie am liebsten, ohne erst noch die Hintertür zuzumachen, durch die Inch Lane gelaufen, um den schnellsten Weg hinaus aus dieser engen Stadt zu suchen.

Eines Morgens hagelte es von zehn bis halb zwölf. Noch nie hatte Mary so etwas erlebt. In diesem Teil der Welt waren dem Wetter keine Grenzen gesetzt, nichts konnte es eindämmen. Sie stand am schmalen Fenster und sah zu, wie der eisige Hagel auf die Dächer niederprasselte. Als Daffy vom Markt zurückkehrte, war sein ganzer Nacken blutig, und an seinem Ohr klaffte eine Wunde, die einen halben Zoll lang war. Er berichtete, es gehe ein Gerücht um, dass eine Kuh mit gespaltenem Schädel vom Himmel gefallen sei.

»Ich höre, du hast früher in der Schenke deines Vaters gearbeitet«, sprach Mary den Hausknecht beim Hauptessen an. »Dabei dachte ich, er sei Hilfsprediger.«

Daffy bedachte sie mit einem unergründlichen Blick.

Um das Schweigen zu durchbrechen, plapperte Mrs Jones los: »Ach, von dem, was der Vikar ihm zugesteht, könnte Joe Cadwaladyr doch nie und nimmer Leib und Seele zusammenhalten.«

»Das stimmt«, fügte ihr Gatte an. »Wenn der Arme seine

Schenke nicht hätte, wäre er inzwischen schon verhungert!«

Mit herabhängenden Mundwinkeln sah Mrs Ash von ihrer winzigen Bibel auf. »Der Prediger Salomo sagt: *Besser ein trocken Stück Brot mit Frieden als ein Haus voll Opferfleisch mit Zank.*«

Darauf wusste keiner etwas zu sagen.

»Krähennest«, sagte Hetta.

»Das ist richtig, du kluges Mädchen«, sagte ihre Mutter und beugte sich hinab, um dem Kind über das weißblonde Haar zu streicheln. »Die Schenke, die Daffys Vater gehört, heißt Zum Krähennest.«

Der Dienstbursche wand sich, weshalb Mary das Thema natürlich nicht ruhen lassen konnte. »Wenn du Arbeit in der Schenke deines Vaters hattest, warum bist du dann hierhin zum Arbeiten gekommen?«, fragte sie unbekümmert.

Daffy schob seinen Stuhl zurück und stand auf. »Ich sollte diese Hüte wohl besser gleich ausliefern«, sagte er zu Mr Jones.

Als sich die Tür hinter ihm geschlossen hatte, schaute Mary sich mit großen Augen um.

Der Herr griff nach seinen Krücken. »Es ist sehr gut für Daffy, dass er bei uns ist und ein anständiges Handwerk lernt«, erklärte er ernst. »Aber ich möchte mich nicht in die Angelegenheiten von Vater und Sohn einmischen.« Mehr sagte er nicht mehr dazu, bevor er durch den Flur in die Korsettstube entschwand.

»Was habe ich denn gesagt?«, fragte Mary.

»Ach, da gibt es böses Blut«, raunte Mrs Jones kopfschüttelnd.

An manchen Nachmittagen schlich Mary sich nach oben und legte sich ein paar Minuten aufs Bett, nur um einmal woanders zu sein. Sie konnte es nicht ertragen, ständig mit Menschen zusammen zu sein, die ihren Namen kannten und Dinge von ihr verlangen konnten. Im Geschiebe und Gedränge von St. Giles war es irgendwie einfacher gewesen, allein zu sein. Sie legte sich auf dem schmalen Bett auf die Seite und blätterte die speckigen Seiten des *Almanach für die Dame* durch, den sie auf dem letzten Bartholomäus-Jahrmarkt für neun Pence erstanden hatte. Auf dem Einband machte die junge Königin Charlotte trotz ihrer pelzbesetzten Pelerine ein verdrießliches Gesicht. Mary schloss für einen Moment die eiskalten Lider und stellte sich diesen vorzüglichen Pelz an ihrem Hals vor.

»Mary?« Die Stimme der Herrin, spitz wie der Schrei einer Amsel. »Ich brauche dich.«

London war in Marys Erinnerung ein Hort unendlicher Freiheit. Jetzt aber schien es, als hätte sie schon im Voraus ihr gesamtes Leben an die Jones' verpachtet. Der Dienst hatte aus ihr wieder ein Kind gemacht, das nach den Launen eines anderen aufzustehen und sich hinzulegen hatte. Den ganzen Tag verbrachte sie damit, die Regeln anderer Leute zu befolgen und für deren Gewinst zu arbeiten. Nichts an ihr war mehr Mary. Nicht einmal die Zeit gehörte ihr, damit sie sie vergeuden konnte.

»Ich komme, Madam.« Sie stapfte die Stiege hinunter.

Wann immer es Hetta gelang, ihrer Amme zu entkommen, lief sie gerne der neuen Dienstmagd nach und hielt sich an ihren Röcken fest. Die Fragen des Kindes kamen wie Wellen. »Wie heißt die Farbe da?«; »Ist schon Essenszeit?«; »Wie alt bist du?«

»Rate doch mal«, keuchte Mary, die gerade Asche vom Kaminrost schaufelte.

»Bist du … zehn?«

»Nein. Älter.«

»Bist du hundert?«

»Warum, sehe ich etwa so aus?«, fragte Mary und musste unwillkürlich lachen. Mit dem Handrücken wischte sie sich die Asche von der Wange. »Ich bin fünfzehn, und das ist die Wahrheit.«

»Mein Bruder war neun. Mein Bruder Granz.«

»Tatsächlich?«, sagte Mary und warf dem Mädchen einen neugierigen Blick zu.

»Dann ist er ganz dünn geworden und mit einem Wagen in den Himmel gefahren.«

»Genau.«

»Ich bin nicht dünn«, bemerkte Hetta ein wenig schuldbewusst.

Mary unterdrückte ein Grinsen. »Das hoffe ich auch nicht.«

»Mrs Ash nennt mich ein verfressenes Schweinchen.«

Jetzt konnte Mary nicht anders, als laut aufzulachen.

»Hast du wirklich keine Mutter?«, fragte Hetta plötzlich.

Mary hörte auf zu lachen. »So ist es.«

»Ist sie in den Himmel gekommen?«

»Das hoffe ich«, sagte Mary grimmig und nahm den Ascheeimer auf.

Der Nachmittag war immer die längste Arbeitszeit am Stück, aber wenigstens saß Mary dann meistens im Atelier. Sie döste, während sie die Röcke und Mieder für die feinen Leute von Monmouth säumte. Gerbereibesitzer, Mützenmacher und Schmiedemeister, das war alles. Nicht einmal ein Vicomte war darunter. Neben ihr schnitt Mrs Jones mit ihrer großen, gebogenen Schere und sicherer Hand Seiden- und Brokatstoffe zurecht. Dabei drehte sie sich gelegentlich um und zog die Musterpuppen zurate, die John Niblett ihr letzte Woche hinten auf seiner Kutsche mitgebracht hatte. Ihre Schürzen waren nur zwei Zoll lang und die Röcke nicht weiter als Kohlköpfe. Mit ihren spindeldürren Ärmchen und dicken Hälsen kamen sie Mary vor wie Ratten, die sich als Herzoginnen verkleidet hatten.

Stundenlang konnte Mrs Jones über die letzte Romanze erzählen, die sie gerade las. Und manchmal sprach sie sogar über den Jungen, den sie im Sommer zuvor verloren hatte, ihren Grandison – natürlich nach Mr Richardsons bestem Roman so genannt. Insgeheim fand Mary es gar nicht schlimm, dass der Junge kein langes Leben gehabt hatte, bei der Bürde eines solchen Namens. Wenn man Mrs Jones so reden hörte, hätte man glauben können, dass er der reizendste, klügste junge Bursche gewesen sei, der je das Alter von neun Jahren erreicht hatte. Aber als Mary Daffy über ihn ausgefragt hatte, hatte der zugegeben, dass er den Jungen einmal dabei erwischt hatte, wie er den Schwanz einer Katze in die Kohlen hielt.

Gerade musste sie fürchterlich gähnen.

»Du bist es wohl nicht gewöhnt, so viele Stunden lang zu arbeiten, nicht wahr?«, fragte Mrs Jones mit einem Hauch von Belustigung.

Mary schüttelte den Kopf. »In London war ich oft müßig«, gab sie zu.

»Aber du hast doch erzählt, du bist in die Schule gegangen?«

»Oh ja«, antwortete Mary erschrocken. *Leichtsinnig, Schätzchen!*, meldete sich Doll in ihrem Kopf. »Ich meinte nur in den letzten Monaten, bevor Mutter …«

Mrs Jones schnalzte mitfühlend mit der Zunge, weil sie gerade Nadeln im Mund hatte. Einen Moment später nahm sie sie heraus und sagte: »Ich nehme an, du hast mit der Schule aufgehört, als die arme Su gepflegt werden musste?«

Mary nickte stumm, so als wäre die Erinnerung zu schmerzhaft, um darüber zu sprechen.

Wenn gegen vier Uhr die Dämmerung einsetzte, ließ Mrs Jones Mary nur noch an den schlichten Hemden und gesäumten Strümpfen arbeiten, die sie fertig ans einfache

Volk verkaufte. Da spielte es keine Rolle, wenn ein Stich nicht ganz gerade war. Während sie dann so nähend neben Mrs Jones saß, fiel ihr ein, dass es genau dies war, was Susan Digot immer für ihr Mädchen gewollt hatte. Mary biss die Zähne zusammen. Was für ein erbärmliches Schicksal, dass sie jetzt dieser kaltherzigen Hexe gehorchte, die sie mitten im Winter auf die Straße geworfen hatte! Wenigstens würde ihre Mutter nie erfahren, wie die Geschichte ausgegangen war, wenn Mary es verhindern konnte. Susan Digot würde sich durchs Leben quälen und sich fragen, ob die einzige Tochter wohl in einer eiskalten Gosse ein Kind zur Welt gebracht hatte. Sie würde ins Grab fahren, ohne es zu wissen, und etwas anderes hatte sie auch nicht verdient.

»Mary?«

Sie schaute hoch, besorgt, dass man ihr die Gedanken am Gesicht ablesen könnte.

Aber Mrs Jones lächelte nur mütterlich. »Du hast dich gestochen.«

Das hatte sie gar nicht gemerkt. Blut befleckte den Saum von Mrs Jarret-the-Smiths Winterunterrock.

»Lauf rasch in die Küche und wasch es aus. Bitte Abi um kaltes Wasser, und reib es mit Zitrone ab.«

»Es ist doch nur ganz einfache, billige Baumwolle«, murmelte Mary.

»Dann soll sie wenigstens sauber sein«, erwiderte Mrs Jones.

»Warum kann ich nicht lieber die Taftpelerine von Miss Barnwell bedampfen?«

»Weil das hier unser täglich Brot ist, Mary.«

Als Mary wieder aus der Küche kam, blieb sie vor dem kleinen Atelierfenster stehen und starrte hinaus. Die Dämmerung legte sich schon auf die Dächer von Monmouth. »Hat es meiner Mutter hier gefallen?«, fragte sie unvermittelt.

Mrs Jones schaute verwundert auf. »Aber Mary, was ist denn das für eine Frage?«

»Hat es ihr nun gefallen oder nicht?«

Die Herrin beugte sich über ihre Näharbeit. »Das war keine Frage, die Su sich gestellt hätte.«

»Warum nicht?«

»Keine von uns hätte das getan. Es war unser Zuhause. Ist«, fügte sie verwirrt hinzu.

»Dann bleibt Ihr also für immer hier?«, fragte Mary neugierig.

Mrs Jones dachte einen Moment lang nach, dann fragte sie: »Wo sollten wir denn sonst hin?«

Mary hatte schon immer ein Gefühl gehabt für Kleider und das, was sie bedeuteten. Aber neuerdings lernte sie, ein Gewand zu lesen wie ein Buch und all die kleinen Anzeichen von Stand oder Armut zu erkennen. Sie entwickelte eine Nase für Vulgarität. Vieles von dem, wofür sie früher an den Ständen der Seven Dials ihr Geld ausgegeben hatte, kam ihr jetzt vor wie schäbiger Plunder. Feines Tuch, darauf kam es Mrs Jones zufolge an, und saubere Nähte. Und die allerbesten Kleider waren nicht die buntesten und grellsten, sondern die, die Monate an harter Arbeit erforderten. Säume, reich besetzt mit handgeklöppelter Spitze oder aufgenähten Perlen. Dabei konnte man nicht täuschen oder stümpern. Schönheit war fleischgewordene Arbeit.

Und noch etwas anderes lernte Mary: Genauso wichtig wie das, *was* jemand trug, war, *wie* er es trug. Selbst das schönste Seidenkleid konnte dadurch verdorben werden, dass es an einer krumm dastehenden, bäuerlichen Kundin hing. Worauf es ankam, waren dieser gewisse Blick, die Haltung, die geraden Schultern. Mary machte sich daran zu lernen, dass sie sich so bewegte, als wäre der Körper – in all seiner feuchten Würdelosigkeit – genauso seidig glänzend und aufrecht wie das Kleid.

Jedes Mal, wenn sie ein besonders lautes Pochen an der Haustür hörte, wusste sie, dass es wahrscheinlich ein Diener mit seiner Herrin war. Dann lief sie schnell, um das kleine Sofa im Atelier leer zu räumen, und glättete noch unterwegs ihre Schürze. An den meisten Nachmittagen ging es in dem Haus in der Inch Lane so emsig zu wie in einem Hornissennest, weil Klientinnen Mrs Jones auf die letzte Minute mit ihren Wünschen plagten.

Am Samstag hatte sie zum Beispiel schon um elf Uhr keine gelben Bänder mehr und musste Mrs Lloyd enttäuschen, die genau solche wollte, um eine seidene Chrysantheme an ihren Hut aus Weizenstroh zu binden. Dann kam Mrs Canning hereinmarschiert, um den Saum ihrer neuen *robe à la française* einen halben Zoll kürzen zu lassen, weil sie Angst bekommen hatte, sie könne vielleicht darüber stolpern, wenn sie die Kirche betrat. Mary kniete sich hin, um die malvenfarbene Seide abzustecken. »Wir haben jetzt auch einen Mohr«, jauchzte Mrs Channing, als sie einen Blick auf Abi erhaschte, die gerade mit einem Eimer schmutzigem Wasser durch den Flur kam. »Einen Diener, nur halb so groß wie Euer Hausmädchen. Ein sehr nützliches Bürschlein. Ich habe ihn Cupido genannt. Mein Gatte hat ihn aus Jamaika mitgebracht, da kriegt man sie für sechs Pence pro Pfund.« Sie ließ ihr übliches schrilles Lachen hören. Das Fleisch um ihre Knie wackelte wie Pudding.

Ob eine der Klientinnen wirklich Niveau hatte, konnte Mary daran erkennen, dass es dieser gelang, ihr durch die schmale Diele zu folgen, ohne auch nur anzudeuten, dass sie ihre Anwesenheit überhaupt bemerkt hatte. Die Wirkung war ausgesprochen ernüchternd. Die Freier damals hatten ihr wenigstens ins Gesicht gesehen. Aber echte Ladys und Gentlemen hatten offenbar nur Augen für ihr eigenes Bild im glänzenden Spiegel.

Die Klientin, die Mrs Jones mit dem größten Stolz erfüllte, war Mrs Morgan, die Gattin des Ehrenwerten Abgeordneten. »Aber die Morgans aus Tredegar sitzen doch schon seit eh und je für Monmouth im Parlament«, klärte die Herrin Mary auf und staunte über deren Unwissenheit. Die plattgesichtige Mrs Morgan trug zu jeder Jahreszeit eine schwarze, pelzbesetzte Pelerine und wurde überallhin in einer Sänfte getragen. Voraus lief ein großer Franzose namens Georges, der ihren Geldbeutel trug und mit einem riesigen Elfenbeinfächer herumwedelte, um Herumlungerer vor ihr von der Straße zu scheuchen.

An dem Tag, als Mrs Morgan ihre jüngste Tochter für eine Anprobe mitbrachte, fand Mary, dass Mrs Jones bemerkenswert albern wurde. »Dann ist es wohl Miss Annas allererste Saison?« Die Schneiderin quietschte geradezu, als sie sich hinkniete, um dem Mädchen den Schnee von den Stiefeln zu wischen.

»Darf ich mir erlauben, einen offenen Halbrock vorzuschlagen, über einem Unterrock, der mit diesem rosa Satin abgesteppt ist? Perfekt für die vielen Abendgesellschaften und Bälle, zu denen Miss Anna, wie ich mir vorstelle, in London eingeladen worden ist.«

Mary biss sich auf die Lippe und schämte sich für ihre Herrin. Mrs Morgan rieb den Satin zwischen zwei Fingern, als prüfe sie ihn auf einen Fehler im Gewebe.

Dann wandte die Herrin sich Mary zu und lächelte mit geschlossenen Lippen, um ihre Zahnlücke zu verbergen. »Unser neues Hausmädchen hat den ganzen weiten Weg aus der Hauptstadt bis zu uns gemacht, nicht wahr, Mary?«

»Ja, Madam«, murmelte Mary. Es ärgerte sie maßlos, dass sie vorgeführt wurde wie ein neuer Ballen gerippter Seide.

»Wisst Ihr, ich selbst komme ja nicht dorthin, Madam, wegen meiner familiären Verpflichtungen«, sagte Mrs Jones und wandte sich wieder der Gattin des Ehrenwerten Abgeordneten zu, »aber ich habe meine Gewährsleute. Oh ja, Mary erzählt uns alles über die Wunder der Stadt London.«

»Was für Wunder?«, piepste das Mädchen mit dem langen Hals, das sich gerade ein gepunktetes Mieder an die Brust drückte. Es war viel zu schön für sie.

Alle Augen richteten sich auf Mary. Rasch kramte sie in ihren Erinnerungen. Sie war sich nicht sicher, welche sie für Anna Morgan hervorklauben sollte, deren Augen so blau waren wie Schimmelkäse. Der Pöbel, der die Türen aus den Angeln gerissen hatte. Die Dienstmagd, die in Cheapside aus dem lichterloh brennenden Fenster gesprungen war? Doll, in einer Gasse erfroren und so weiß wie Fischbein?

»Hat du uns nicht einmal erzählt, dass es Feuerwerk gibt, Mary?«, half ihr die Herrin mit einem Hauch von Verzweiflung auf die Sprünge.

Mrs und Miss Morgan starrten sie an.

»Ja, Madam«, bestätigte Mary widerstrebend. »Mehrmals im Jahr.«

»Als würden die Sterne zum Vergnügen der *beau monde* aus dem Himmel fallen!«, jauchzte Mrs Jones. »Und darf ich vielleicht noch vorzuschlagen wagen, dass Miss Anna für die Vauxhall Gardens eine Pelerine aus diesem grünen Palatin tragen könnte?«

»Ranelagh«, korrigierte Mrs Morgan sie, hielt sich eine Handvoll des Palatins vor die schmalen Augen und ließ ihn wieder los. »Wir setzen keinen Fuß nach Vauxhall.«

»Natürlich«, sagte die Schneiderin kleinlaut.

Nicht, dass die arme Mrs Jones den Unterschied wüsste, dachte Mary. Sie erinnerte sich noch an Vauxhall um Mitternacht und den Tau auf dem Gras, als sie sich ihre Rückfahrt verdient hatte.

»Wir sehen Euch nie in der Kirche, Mrs Jones«, bemerkte die Gattin des Ehrwürdigen Abgeordneten und unterbrach damit Marys Erinnerungen.

»Nein, Madam.« Mrs Jones zögerte einen Moment. »Der Gesundheitszustand meines Mannes, Ihr versteht.«

»Das hindert ihn aber nicht daran, so schnell wie jeder andere über die Wye Street zu hoppeln.« Die Stimme dieses Weibes war wie Sand.

»Nein, Madam«, murmelte Mrs Jones.

Es konnte nicht mehr lange dauern, dann würde Ihre Durchlaucht sie bitten, ihr die Stiefel zu lecken. Ein alter Schulreim fiel Mary wieder ein.

Tret ich in den Himmel ein,
Soll mein Herz voll Demut sein.

Jetzt musterte Mrs Morgan ihren Slammerkin aus weißem Samt, dessen Saum schon ein paar Zoll weit mit silbernen Äpfeln und Schlangen bestickt war. »Die Arbeit geht recht langsam voran, Mrs Jones.«

»Werte Madam, ich versichere Euch, dass ich im nächsten Monat, wenn die Tage allmählich länger werden, große Fortschritte zu machen erwarte.«

»Stickt Euer Mädchen aus London auch?«

Mary hatte schon den Mund geöffnet, um zu verneinen, als die Herrin sich beeilte zu erklären: »Natürlich. Sie kennt sämtliche neuesten Effekte!«

Ein würdevolles Nicken. Jetzt begutachtete Mrs Morgan in dem langen Spiegel eine winzige Flügelhaube. Mrs Jones stellte sich auf die Zehenspitzen und steckte sie auf dem ergrauenden Haupt der Klientin fest. »Wie die Spitze Euer Haar zur Geltung bringt! Die hier kommt direkt aus Bristol.«

»Ich glaube, Mrs Fortune hat die Gleiche.«

»Madam!«, protestierte die Schneiderin. »Deren ist überhaupt nichts dagegen. Mary hat mir gesagt, dieses Muster hier ist genau gemacht wie jene, die Mrs Cibber in der Drury Lane als Juliet auf der Bühne trägt.«

Mrs Morgan begutachtete stirnrunzelnd ihr Spiegelbild. »Und Ihr seid Euch sicher, dass ich nicht um die Fassung gebracht werde, wenn ich Mrs Fortune auf dem Fastnachtsball treffe?«

»Da sei der Herrgott vor!«, betete die Schneiderin, während sie in einer Truhe wühlte. Gedämpft drang ihre Stimme hinaus. »Und wenn ich Madam noch mit anderem Zierrat dienlich sein kann …« Keuchend kam sie mit einem Fetzen Spitze wieder zum Vorschein. »Vielleicht wollt Ihr Euer Auge einmal auf dieses außergewöhnlich schöne Taschentuch werfen, das mit dem Frieden von Utrecht bemalt ist …«

Mrs Morgan wandte den Blick nicht vom Spiegel. »Ich nehme diese Haube«, unterbrach sie die Schneiderin. Sie nahm sie ab, als wäre es eine winzige Krone, und machte Mary ein Zeichen, sie solle ihr die pelzbesetzte Pelerine zurückbringen. »Sie können es auf meine Rechnung setzen.«

Mrs Jones eilte herbei, um der Gattin des Ehrenwerten Abgeordneten in die Pelerine zu helfen. Der Lakai Georges in seinem prächtigen gesteppten Rock wartete mit zwei Fuß großen Taschen in der dunklen Diele. Mit großem Zeremoniell hielt er seiner Herrin die Tür auf.

Als die sich hinter dem Morgan-Tross wieder geschlossen hatte, holte Mary einmal tief Luft. »Da bleibt sie eine volle Stunde«, beschwerte sie sich, »und alles, was sie ausgibt, ist eine halbe Krone für einen Zoll Baumwolle und Spitze, und die lässt sie auch noch anschreiben!«

»Mrs Morgan ist nicht immer in Käuferlaune«, erwiderte Mr Jones erschöpft.

»Und warum habt Ihr behauptet, ich könnte sticken?«,

fragte Mary und lächelte dann, um die Respektlosigkeit abzumildern.

»Weil du es im Nu lernen wirst, da bin ich mir sicher«, sagte Mrs Jones. Sie nahm Marys Finger in ihre eigenen, wärmte und musterte sie. »Du hast es im Blut. Außerdem, weil ich es allein niemals rechtzeitig schaffen werde, Mary«, klagte sie eingedenk des riesigen weißen Wasserfalls von Mrs Morgans samtenem Slammerkin.

Am Ende dieser Woche hatte Mary ihren Übungsflicken mit Veilchen, Palmwedeln, Schnörkeln und Schleifchen bestickt. Die Herrin hatte bei ihr recht gehabt: Sie konnte Muster sticken, als hätte sie noch nie etwas anderes gemacht. Ihre Finger waren sicher und ihre Augen scharf. Nie brachte sie die Farben durcheinander.

Bald kam der Tag, an dem Mrs Jones Mary den Saum von Mrs Morgans Slammerkin in den Schoß legte und ihr einen silbernen Faden in die Nadel fädelte. Ihre Augen strahlten, sie war schier zu Tränen gerührt, wie Mary mit einem verlegenen Kribbeln feststellte. »Was ist denn, Madam?«

»Es ist nur … wenn deine Mutter dich jetzt sehen könnte!«

May rang sich ein schmallippiges Lächeln ab. Einen Moment lang spielte sie die Komödie mit. Sie stellte sich eine echte Mutter vor, sanft und mit weißen Flügeln, die vom Himmel auf sie herabsah und Tränen der Erleichterung vergoss. Mary stach die Nadel in den Stoff. Er war weich wie ein Kaninchen.

An manchen Tagen klopfte es alle halbe Stunde an der Haustür. Ganz gleich, wie beschäftigt sie selbst und Mary waren, stets bot Mrs Jones den Damen von Monmouth eine Schale Tee an, niemand sollte auf die Idee kommen, sie wisse nicht, was sich gehört. Eine oder zwei der Klientinnen wurden von Kammerzofen begleitet, die viel zu hochstehend waren, um in der Küche zu warten, sondern mit gefalteten Händen hinter den Stühlen ihrer Herrinnen standen und das Mobiliar nach Staub absuchten.

Klatsch war der anerkannte Zeitvertreib. »Bei diesem Fußballspiel letzte Woche gab es zwei Tote.«

»Schrecklich.«

»Ja, schrecklich!«

»Wie ich höre, wohnt am St. James Square eine neue Familie, Bekannte von den Philpotts.«

Bei solchen Hinweisen konnte Mary sehen, dass ihrer Herrin der Kopf schwirrte wie ein Spinnrad. Sollten sie vielleicht schnell am St. James Square einen Besuch abstatten und eine Karte hinterlassen, auf der Mrs Jones ihre Dienste anbot?

»Die Tochter von Witwe Owen sieht sehr elend aus.«

Mary wusste, was das bedeutete, trotz all des frommen Kopfnickens. Miss Owen würde in diesem Frühling keine ausgefallene Garderobe benötigen, wenn überhaupt je noch einmal.

»Nächste Woche gibt es in St. Mary's eine Beerdigung?«, fragte Mrs Jones animiert nach. »Welches Wappen hatte denn der Fuhrwagen?«

»Zwei Wappenvögel.«

»Nein, drei.«

»Das müssen die Hardings aus Pentwyn sein.«

Marys Blick traf sich mit dem ihrer Herrin. Die Hardings würden Trauergarderobe benötigen. Vielleicht waren sie ja in zu großer Eile, um dafür noch nach London zu schicken ...

Es war Mary, die die große Porzellanteekanne hereintrug, an der Mr Jones so hing. Abi durfte sie nicht anrühren, und selbst Mary musste sich zunächst seinen Belehrungen unterwerfen. Die Besucherinnen zuckerten den Tee in ihren Schälchen, bliesen hinein und tranken ihn dann in kleinen, vornehmen Schlückchen. Mary sah ihnen durstig zu.

Mr Jones hatte sie belehrt, einen Knicks zu machen, wenn sie die Stube verließ. Er hatte es auf einem Bein vorgemacht.

»Auch wenn sie mich gar nicht ansehen?«

»Ja, aber wenn du es vergisst«, sagte er und lachte laut auf, »dann sehen sie es bestimmt.«

Und tatsächlich schien es, dass die Damen von Monmouth es kaum ertragen konnten, dass sie nicht wussten, was sie von Mary Saunders halten sollten. »Euer Dienstmädchen ist nicht aus der Gegend, wie ich höre. Aber ihre Mutter?«

Wenn sie hörte, wie ihr Märchen immer und immer wieder mit Mrs Jones taktvollem Unterton erzählt und Susan Digot auf ihrem Totenbett immer anrührender, immer mehr zu einer Gestalt aus einem von Mr Richardsons Romanen wurde, schämte Mary sich beinahe. Manchmal peinigte sie das schier unwiderstehliche Verlangen aufzulachen, wie zum Beispiel einmal, als sie gerade einen Saum für Witwe Tanner absteckte, der Häuser und Waldstücke in ganz Monmouth gehörten. Als sie sah, wie die dicke Mrs Tanner beim tragischen Höhepunkt der Geschichte vor lauter Mitgefühl Kulleraugen bekam, musste Mary mit der rasch gemurmelten Entschuldigung aus der Stube laufen, sie müsse neue Stecknadeln holen.

Dann stand sie im Flur, hielt sich den Mund zu und schüttelte sich vor schuldbewusstem Entzücken. In der Schneiderei hörte sie die leicht gedämpften Stimmen der Frauen. Mrs Jones fragte sich hörbar, ob sie Mary wohl traurig gemacht habe. Witwe Tanner äußerte die Ansicht, solcherlei Empfindlichkeiten stünden einer Dienstbotin, die im Leben allein zurechtkommen müsse, nicht zu.

Daffy Cadwaladyr wusste, dass er nur ein Wicht von einem Mann war. Mit seinen kurzen, dicken Armen und den vom nächtlichen Lesen hohlen Augen war er wohl nicht besonders eindrucksvoll. Aber wenn er mit seiner Kusine Gwyneth neben sich über die Monnow Street lief, kam er sich vor wie die Statue von David nach dem Sieg über Goliath, die er einmal als Stich im *Gentleman's Magazine* gesehen hatte.

Heute jedoch schlug sie seinen Arm aus. Irgendetwas lag ihr auf der Seele, das merkte er. Er würde sie nicht bedrängen.

Trotz der harten Zeit, die Gwyneth durchgemacht hatte, seit ihre Familie ihren Bauernhof unten bei Tintern verloren hatte, waren ihre Wangen immer noch so rosarot wie frisch gespaltenes Holz und die Handgelenke, die aus den ausgefransten Rüschen ihrer Ärmel herauslugten, rundlich. Ihr Haaransatz unter der welken Morgenhaube war weizenblond. Ihr Anblick musste solch klapperdürre, dunkelhaarige Geschöpfe wie Mary Saunders geradezu beschämen, und überdies war sie ebenso vernünftig wie Mädchen mit doppelt so großer Schulbildung. Aber heute war sie nicht besonders redselig, seine Gwyneth. Trotzdem machte es ihn glücklich, einfach nur neben ihr die Straße hinabzuschlendern, wo jeder sie zusammen sehen und seine Schlüsse ziehen konnte.

Ihm war es egal, wenn man sie eine Bettlerin nannte. Das Zeitalter derart aufgeblasener Attitüden neigte sich ohnehin seinem Ende zu. Jetzt breitete sich das Licht der Vernunft auf der Welt aus. In Zukunft, da war Daffy sich sicher, würden nicht mehr Geburtsrecht oder Erziehung zählen, sondern das, was man aus sich zu machen verstand. Außerdem besaß eine Frau ohnehin keinen eigenen Rang; sie konnte in den Stand jedweden Mannes aufsteigen, den sie heiratete. Er schaute hinab auf die alten rosa Schuhe seines Feinsliebchens und die Spuren, die der Schneematsch auf ihnen hinterlassen hatte.

»Daff«, begann sie schließlich, »weißt du … das, was zwischen uns ist?«

Er strahlte über das ganze Gesicht. »Du brauchst kein Wort mehr zu sagen.«

»Nein, aber …«

»Gwyn«, sagte er und umklammerte, obwohl sie abwehrte, mit beiden Händen ihre Linke. »Du brauchst keine Angst zu haben.«

Sie presste ihre rosigen Lippen zusammen.

»Seit dem Johannistag vor zwei Jahren haben wir doch eine Übereinkunft«, sagte er, »und was mich betrifft, gilt die immer noch.« Sie machte den Mund auf und wieder zu. Ein schmaler Sonnenstrahl fiel auf die nassen Pflastersteine der Monnow Street, und Daffys Stimme entfaltete sich wie eine Fahne. »Ich werde nicht ein Leben lang ein Diener sein. Irgendwann in den nächsten Jahren werde ich auf eigenen Füßen stehen – mein eigener Herr sein, musst du wissen. Und ich werde eine Schwelle haben, über die ich dich tragen kann.«

Ihre hellblauen Augen blinzelten ihn an. Bevor sie etwas sagen konnte, beeilte er sich hinzuzufügen: »Und ich sage dir, meine liebste Gwyn« – und jetzt presste er ihre Hand zwischen den seinen zusammen wie ein Blatt –, »die gegenwärtigen Missgeschicke deiner Familie ändern nichts an meinem Trachten. Es ist nur eine Frage der Geduld.«

Sie entzog ihre Hand seiner feuchten Umklammerung. »Daff«, brachte sie mühsam heraus, »es tut mir wirklich leid.«

Er starrte sie an.

Da wurde ihm endlich klar, warum Gwyn sich so sonderbar benahm. Ach, was hatte dieses Mädchen doch für ein Herz, gesund wie ein Apfel. Sie hatte Angst, ihn an sein

Versprechen zu binden, ihn mit sich hinabzuziehen. Als gäbe es irgendetwas auf der Welt, was er lieber wollte, als sie zu heiraten und auf Händen zu tragen. Er strahlte bis über beide Ohren.

»Ich bin dem Kastrierer Jennett versprochen«, flüsterte sie und schlug die Augen nieder.

Daffys Beine liefen weiter die Straße hinab, wie bei einem Hahn, dem man den Kopf abgeschlagen hatte. Er sah sie an und versuchte zu verstehen, warum sie nur so etwas sagte.

»Im Oktober soll es so weit sein, nach der Ernte.«

Schließlich brachte er etwas heraus. »Aber unsere Übereinkunft ...«

»Es wäre unbedacht von uns«, sagte sie mit rotem Kopf.

»Unbedacht?«, wiederholte er wie betäubt. Dann sammelte er seine Truppen. »Aber willst du wirklich einen Mann wie Jennett heiraten, der sein Brot damit verdient, Schweinen die Eier abzuschneiden?«

Gwyneth wurde wieder rot, aber ob wegen seiner Derbheit oder aus Scham über ihren Verrat, vermochte er nicht zu sagen.

»Er hat meinen Vater zum Kompagnon genommen, verstehst du?«

Daffy verstand.

»Vater sagt, er mag dich zwar gern, aber wir müssen den Tatsachen ins Auge sehen, verstehst du?«

Den Tatsachen. Bisher war immer er derjenige gewesen, der Tatsachen geschaffen hatte. Er war es doch gewesen, der ihr beigebracht hatte, wie man eine wohlbegründete Meinung vortrug.

»Im Moment bist du noch ein Diener, und einen Diener kann ich nicht heiraten.«

»Ich habe Ambitionen«, brach es aus ihm heraus.

»Hoffnungen«, erwiderte sie leise.

Er wandte sein hochrotes Gesicht von ihr ab. Auf einmal

sah er sich so, wie andere ihn sehen mussten: als einen Handlanger mit zehn Pfund im Jahr und einer Perücke, die ihm ein bisschen zu klein war.

Beim Essen musterte Mrs Ash Daffy, der mit eingefallenen Wangen dasaß und unverwandt auf seinen Teller starrte. So viel also zur Zuträglichkeit des Lesens, dachte sie. All seine Bildung bescherte ihm nicht den Trost, den sie aus dem Buch der Bücher bezog.

Hettas dralle Arme wanden sich aus der Umklammerung der Amme. Ihre Mutter ermahnte sie freundlich. »Jetzt bleib schön still bei Mrs Ash sitzen.«

»Aber ich will zu Mary.«

Die Londonerin sah von ihrem Teller hoch, die Unschuld selbst, so als würde sie nicht schon seit einer halben Stunde mit dem Kind Zuzwinkern spielen.

In Mrs Ashs Magen stieg die Säure hoch. Sie stocherte in dem gepökelten Dorsch herum und rief sich in Erinnerung, wie sehr die Jones' sie brauchten. Besaß nicht sie die Weisheit der Jahre, die Lebenserfahrung, die Obhut der Frömmigkeit – alles, was diesem neuen Mädchen fehlte? Mrs Ash starrte einfach durch Mary Saunders' Halstuch hindurch auf die kecken kleinen Brüste, die sich in ihrem Mieder verbargen. Sie hatte noch nie ein Kind gestillt, noch nie diese reine Gier eines Säuglings an der Warze gespürt. Dieses Mädchen wusste doch gar nicht, wie es war, wenn man gebraucht wurde.

Jetzt glitt Hetta unter den Tisch. Hämisch kam ihr Blondschopf auf der anderen Seite wieder zum Vorschein. Sie setzte sich zwischen Mary Saunders und Daffy auf die Bank. Der Mann sah noch nicht einmal auf. Kinder sind allesamt Verräter, dachte Mrs Ash. Während sie dir noch sanfte Judasküsse auf die Wange geben, schauen sie dabei immer schon verstohlen über deine Schulter.

»Was machst du denn für Dummheiten, Hetta?«, sagte Mrs Jones leise.

»Warum sitzt du denn lieber bei Mary?«, fragte der Herr ohne sonderliches Interesse und pellte eine Kartoffel.

Das Lächeln des Kindes entblößte seine Zähnchen. »Sie riecht besser.«

»Hetta!« Ihre Mutter war aufgesprungen und beugte sich vor, um dem Kind auf die Hand zu schlagen. Lang anhaltendes Geheul erscholl.

Mary Saunders schaute nach unten und schenkte dem Mädchen heimlich ein strahlendes Lächeln. Von ihrem Platz aus konnte Mrs Ash einen Hauch vom Parfüm der Dienstmagd riechen: verdorbene Früchte und Alkohol, ein Ausbund an Verruchtheit.

Eisig wandte die Amme sich an die schluchzende Hetta. »Was geschieht mit dem Auge, das des Vaters spottet und die greise Mutter verachtet?«

Die Londonerin starrte sie über den Tisch hinweg an, als sei sie verrückt. Ohne Zweifel war sie der Schrift nicht kundig, wie Mrs Ash feststellte.

»Also, Hetta, was geschieht mit diesem Auge?«

Hetta schluckte und verzerrte vor lauter Anstrengung, sich wieder zu erinnern, das Gesicht. »Raben?«

»*Das werden die Raben im Tale aushacken*«, intonierte Mrs Ash mit einem Kopfnicken, »*das werden die jungen Adler fressen.* Sprüche Kapitel 30, Vers 17.«

»Man sollte meinen, die Krähen würden sie selbst essen und nicht den Adlern abgeben«, murmelte Mary Saunders, den Mund voll mit salzigem Fisch.

Mrs Ash funkelte sie an.

»Nicht gerade ein Festmahl für einen ganzen Adlerhorst, so ein kleines Auge.«

Mrs Ash entfuhr ein leises Schnauben. Hetta machte den Mund auf und lachte unsicher. Die Londonerin wechselte über dem kalt werdenden Essen einen Blick mit der Herrin.

Mrs Ash merkte, wenn man sich über sie lustig machte. Sie verspotteten die Schrift und lachten ihr ins Gesicht. Sie hatte dieser Familie die Blüte ihres Lebens gegeben, man hatte sie buchstäblich ausgesaugt.

»Irgendetwas Neues über den Krieg mit Frankreich in der Zeitung, Sir?«, fragte Daffy den Hausherrn tonlos und versuchte noch nicht einmal zu verbergen, dass er das Thema wechseln wollte.

»Ach, du weißt doch, wie es geht«, erwiderte Mr Jones recht trostlos. »Man gewinnt die eine Schlacht und verliert die nächste.«

Mrs Ash blieb stocksteif sitzen, als diese Saunders Hetta in ihre glatten Arme nahm und ihr etwas ins Ohr flüsterte. Sie beobachtete die beiden und griff nach ihrem Messer. Sie stellte sich vor, wie eine Axt immer und immer wieder auf diese schmalen Schultern hinabfuhr und der Londonerin ihrer Arme beraubte, während aus den Stümpfen das Blut schoss wie bei der Maid in dem alten Märchen.

Früher waren die Kerzen Mrs Ashs Aufgabe gewesen, aber jetzt war es Mary, die sie anzündete und stutzte. Das Gefühl, dass sie der verbitterten alten Bibelhexe etwas wegnahm, auch wenn es nur so eine Geringfügigkeit war, befriedigte das Mädchen sehr. *Es ist gar nicht so schlimm, sich einen zum Feind zu machen*, hatte Doll immer gesagt. *Da fühlt man sich gleich wohler in seiner Haut.*

Mary wusste inzwischen genau, wie viel Wachs man brauchte, um die Nacht noch eine Stunde länger abzuwehren. Licht war ein eindeutiges Statussymbol, das hatte sie gelernt. Die Jones' konnten ein bisschen länger aufbleiben als die meisten ihrer Nachbarn in der Inch Lane, jeden Tag ein bisschen mehr leben, ohne dass die Dunkelheit sie gar so früh hinabriss. Weiter unten in der Stadt, in einer armseligen Straße namens Back Lane, gingen die Familien um sechs Uhr ohne Nachtmahl zu Bett, denn was hätten sie in der Finsternis auch sonst tun sollen? Wenn man sich gar keine Kerze leisten konnte, fand Mary, nicht einmal die Stummel und Binsenleuchten, in deren Licht Daffy in seiner Kellerkammer las, dann war man kaum besser dran als ein Tier. Eines Tages, versprach sie sich, eines Tages würde sie ein Haus voller Kandelaber haben und sie alle auf einmal anzünden, selbst in den Stuben, die nie einer betrat. Sie würde um zehn Uhr zu Abend speisen, um drei Uhr morgens Rotwein trinken und auf die Dunkelheit spucken.

Die Jones' nahmen ihr Nachtmahl um sieben Uhr in der kleinen Stube ein, sehr hungrig, aber stolz, dass sie bis zu so vornehmer Stunde warten konnten. Steckrübensuppe oder ein pochiertes Ei für jeden und geröstete Brotkanten, aber nie beides zusammen. Wenn Abi dann die Teller abgeräumt hatte, rückte die Familie die Stühle mit den harten Lehnen näher ans Feuer und lauschte dem Wind. Mrs Ash saß vor sich hinmurmelnd über ihrer Bibel, gerade so laut, dass sie störte, aber nicht laut genug, als dass man etwas verstanden hätte. Wenn es etwas für die Familie zu stopfen gab, tat Mrs Jones das jetzt, und Mary fühlte sich verpflichtet, ihr zu helfen. Sie hatte noch nie eine Frau gesehen, die so hart arbeitete, außer vielleicht ihre Mutter – aber Mrs Jones setzte dabei nie Susan Digots Leidensmiene auf. War es London, das die Leute so verbitterte?, fragte Mary sich. Wenn das Schicksal alles umgekehrt und die Jones' in die große Stadt geführt hätte, während die Saunders' daheim geblieben wären – wäre es dann jetzt Mrs Jones, die diese tief zerfurchte Stirn hätte? Wäre sie es, die ihre einzige Tochter auf die Straße geworfen hätte?

Erst nach dem Nachtmahl ließ der Herr die Pflichten des Tages von sich abfallen. Gern neckte er Daffy wegen dessen

Leserei. »Was hast du denn da? Ein Bilderbuch, nicht wahr?«

Der Hausknecht warf ihm einen beleidigten Blick zu und zeigte es vor: *Eine vollständige Geografie der Welt.*

Mary beugte sich tiefer über den Strumpf, den sie gerade stopfte, und grinste in sich hinein. Auch wenn er sich noch so viele Bilder ansah, der Bursche hatte ganz eindeutig nicht den Mumm, um weiterzukommen als bis Abergavenny. Seit vierzehn Tagen lief er nun schon mit einem Gesicht herum wie ein Basset. Allmählich ging er ihr auf die Nerven.

Der Herr pfiff angesichts des Titels anerkennend. »*Vollständig*, was? Und keine einzige Südseeinsel ausgelassen?«

Mrs Jones ließ ein leises, tadelndes Zungenschnalzen hören.

»Ganz recht, meine Liebe, Pfeifen ist eine vulgäre Angewohnheit«, räumte ihr Gatte ein. »Das muss ich mir abgewöhnen, wenn wir im Leben vorankommen wollen. Du wirst doch wohl nicht pfeifen, wenn du groß bist, Hetta?«

Das Mädchen schüttelte den Kopf und zappelte auf den Knien ihrer Mutter. Mrs Jones beugte sich über das Kind, um ihm die verworrenen weißblonden Locken zu glätten, und sang dabei flüsternd:

Migildi Magildi hei nun nun,
Migildi Magildi hei nun nun.

»Was bedeutet das?«, fragte Mary.

»Das weiß ich eigentlich gar nicht. Ich habe es von meiner Mutter.«

In diesem Teil der Welt scheint nichts etwas zu bedeuten, dachte Mary gereizt. Die Dinge waren einfach, wie sie waren, weil man sie vor hundert Jahren so festgelegt hatte.

Hetta riss sich von den Fingern ihrer Mutter los und

kletterte auf den unebenen Schoß ihres Vaters. »Fafa«, begann sie im Plauderton, »wo ist dein Bein hin?«

Mary spitzte die Ohren.

»Es ist hier in meiner Hose«, erklärte Mr Jones Hetta mit heiligem Ernst.

»Nein, Fafa«, quiekte das Kind und schlug ihm auf den Oberschenkel, »dein anderes Bein.«

»Du lieber Himmel, das ist ja weg!« Ihr Vater zupfte entsetzt an dem losen Stoff. »Das muss ich in den Fluss geworfen haben.«

»Hast du nicht.« Sie ließ ihr glockenhelles Lachen hören.

Er runzelte nachdenklich die Stirn. »Na ja, vielleicht habe ich es auch in einem Gebüsch liegen lassen, und als ich es mir dann wiederholen wollte, war es weg.«

»Nein«, krähte Hetta entzückt.

»Na, dann muss es wohl abgegangen sein, als deine Mutter mir gestern Abend den Stiefel ausgezogen hat.«

»Ist es immer noch im Stiefel?«

»Das nehme ich an.«

»Wo ist denn dann der Stiefel, Fafa?«

»Den muss ich in den Fluss geworfen haben.«

Hetta krähte aufs Neue.

Um acht war sie immer noch hellwach. Ihr Vater war inzwischen mit einer Laterne in seinen Händlerklub gegangen. (»Gerede und billiger Portwein oben im King's Arms«, vertraute Mrs Jones Mary an.) Das Kind zupfte an Marys Flickarbeit und quengelte so lange, ob es auch einmal einen Stich versuchen dürfe, dass Mary ihm am liebsten die Nadel in den weizenblonden Kopf gestochen hätte.

»Nun lass gut sein, *Cariad*, ich erzähle dir gleich eine Geschichte«, sagte Mrs Jones und zog das Kind von Mary weg. Hetta hockte sich zu deren Füßen hin; Daffy, der mürrisch auf seinem Stuhl döste, zog die Beine ein, um ihr Platz zu machen.

»Es war einmal ein altes Paar ...«

»Wie hießen sie?«, fragte Hetta.

»Huw. Und Bet.« Mrs Jones leckte ihren Faden spitz. Über das Häuflein auszubessernder Sachen hinweg beobachtete Mary sie und fragte sich, ob die Frau sich das wohl alles spontan einfallen ließ. »Und die fuhren zum Winterjahrmarkt nach Aberystwyth, ja genau, und da suchten sie sich eine Dienstmagd.«

»Wie hieß ...?«

Mrs Jones unterbrach ihre neugierige Tochter. »Elin.«

Sie schien sich dieses Namens so sicher zu sein, dass Mary sich allmählich fragte, ob die Geschichte nicht vielleicht wahr war.

»Und sie war eine sehr gute Magd.«

Mary verzog den Mund. Sie hasste Geschichten über gute Mägde. In der Schule hatten die Lehrer immer von tugendhaften Dienern erzählt, deren Lohn sie im Jenseits erwartete. Da hörte sich der Allmächtige nach der Sorte Herr an, die immer über Jahre hinweg mit dem Lohn im Rückstand waren.

»Und so lebten die drei«, fuhr Mrs Jones fort, »den ganzen Winter über glücklich und zufrieden auf ihrem Hof im Schutze der Berge.«

Wer kann wissen, ob sie glücklich und zufrieden waren, dachte Mary. Wie konnte man sich so sicher sein, dass Elin nicht von der großen Stadt träumte, mit so hellen Lichtern, dass Elin sie auf ihrer Zunge schmecken konnte.

»Als dann der Sommer kam«, erzählte Mrs Jones weiter, »trug Elin jeden Abend ihr Spinnrad zur Weide hinab und setzte sich an den Bach. Beim Arbeiten sang sie. Der Herr und die Herrin waren hocherfreut, dass Elin so viel spann. Sie zählten die Wollknäuel und jauchzten: *Was haben wir nur für ein Glück gehabt, dass wir so eine gute Magd gewählt haben.*«

Hinter ihrem Fingerhut verbarg Mary ein Gähnen. In ihr keimte der Verdacht, dass die Herrin diese spezielle Geschichte wohl eher für sie erzählte als für Hetta.

»Aber was Huw und Bet nicht wussten«, erzählte Mrs Jones jetzt mit einer tieferen und lebhafteren Stimme weiter, »war, dass die ganze Zeit über die Wichtel Elin beim Spinnen halfen.«

Marys Mundwinkel zuckten. Damit hätte sie rechnen müssen. In der Gegend hier wimmelte es ja nur so von Aberglauben. Die Leute vom Land konnten einfach das Zeug aus ihren Träumen nicht vom wirklichen Leben unterscheiden. »Helfen diese Feen einem auch beim Nähen?«, murmelte sie, den Mund voller Nadeln.

»Das habe ich noch nie gehört. Nur beim Spinnen«, antwortete Mrs Jones mit einem raschen Lächeln, das ihre Zahnlücke zum Vorschein brachte. Merkte sie, dass Mary sich über sie lustig machte? Mit theatralischer Stimme wandte sie sich wieder dem Kind zu. »Also weiter. Elin hatte immer ein kleines scharfes Messer dabei, für den Fall, dass die Wichtel je versuchen sollten, sie mitzunehmen.«

Hetta nickte ernst.

»Aber eines Tages vergaß sie ihr Messerchen.«

Das Kind hielt erschrocken die Luft an.

»An jenem Abend kam sie nicht vom Bach zurück«, flüsterte Mrs Jones dramatisch, »und auch nicht am nächsten oder übernächsten. Das ganze Jahr über warteten Huw und Bet auf ihre Magd, aber sie kam nie mehr nach Hause.«

Hetta drückte sich enger an die schwarze Rundung des Reifrocks ihrer Mutter.

»Und auch im nächsten Frühjahr«, erzählte Mrs Jones leise weiter, »lief Bet, kaum dass es getaut hatte, hinunter zum Bach, um wieder nach dem Mädchen zu suchen.«

Als ob die so was tun würde, dachte Mary. Als ob sie sich die Mühe machen würde.

»Den ganzen Tag lang schaute Bet auf und ab, und am nächsten Tag kam sie wieder und am übernächsten auch. Und irgendwann, als sie gerade am Ufer entlanglief, fiel sie in eine große Höhle unter dem Wasser. Und was glaubst du, wen sie da gefunden hat?«

Hetta strahlte über das ganze Gesicht. »Elin. War sie …«

Ihre Mutter legte dem Kind einen Finger auf den Mund. »Aber egal, wie sehr Bet es auch gewollt hätte, sie konnte das Mädchen nicht retten und nach Hause bringen.«

Hetta sog die Oberlippe ein.

»Elin war nämlich jetzt das Weib eines bösen Kobolds und hatte von ihm ein Kind bekommen. Und sie konnte nie mehr in die Welt der Sterblichen zurück.«

Außer dem Knistern des Feuers war kein Laut mehr zu hören.

»Was für ein dummes Mädchen«, sagte Mary schließlich, »dass es sein kleines Messer vergessen hatte.«

Mrs Jones lächelte sie betrübt an. »Das könnte jedem von uns passieren.«

Hetta war immer noch ganz in Gedanken. »Und danach waren Huw und Bet ganz allein?«

Mrs Jones wollte schon antworten, aber Mary kam ihr hämisch zuvor. »Aber nein. Sie gingen zum nächsten Jahrmarkt und holten sich eine gescheitere Magd.«

Daffy räusperte sich und schreckte damit alle auf. Er hatte ausgesehen, als würde er schlafen. »Du kennst die Geschichte doch gar nicht«, wies er Mary unwirsch zurecht. »Warum kannst du da nicht deinen verfluchten Mund halten?«

Mary starrte ihn an. Auf seinem Gesicht war im Halbdunkel nichts zu lesen. Sie steckte die Nadel durch die doppelte Falte des Leinens. »Ich gehe wohl zu Bett«, erklärte sie steif, stand auf und warf ihre Flickarbeit auf den Haufen.

Als Mrs Jones zurückkam, nachdem sie das Kind in sein Bettchen gebracht hatte, sah sie, dass Daffy immer noch in die Flammen starrte. Er kaute an einer Schwiele an seinem Daumen. Eigentlich war es doch gar nicht seine Art, so unhöflich zu sein. Sie hatte ihn immer für einen gutmütigen Burschen gehalten. Das Mädchen musste ihm unter die Haut gegangen sein.

Nach außen hin war Su Rhys' Tochter wirklich eine ziemliche Kratzbürste, aber das war ja nur ihr Panzer. Das musste doch jeder merken, der ihr einmal in die dunklen, suchenden Augen geschaut hatte. Gerade erst fünfzehn, und dann die Mutter so schnell und grausam verloren wie ein Säugling, den man in der Gosse ausgesetzt hatte! Mrs Jones wollte nicht weiter darüber nachdenken. Wenn sie sich das Leben ihrer Freundin Su in London vorstellte, lief ihr ein Schauer über den Rücken. Sie dankte ihrem Schöpfer, dass er ihr einen Gatten gegeben hatte, auf den sie sich bei allen Prüfungen des Lebens verlassen konnte, und ein anständiges Gewerbe und ein Haus, in dem sie ihre Tochter aufziehen konnte und vielleicht sogar noch einen zukünftigen Sohn.

Sie griff nach ihrer Flickarbeit und setzte sich dem Hausknecht gegenüber hin. Es wäre jetzt einfacher und unverfänglicher, nichts zu sagen, aber manchmal kam es Mrs Jones so vor, als hätte sie ihr ganzes Leben lang den einfachen und unverfänglichen Weg gewählt und nichts gesagt.

Doch dann war es Daffy, der zu reden begann. »Es tut mir leid, dass ich geflucht habe.«

»Oh, das ist es nicht, Daffy. Du warst nur sehr harsch zu dem Mädchen«, sagte sie leise.

»Wenn es so ist, dann war es mehr als verdient.« Er schrie beinahe. Was war nur mit dem Burschen los?

»Aber ...«

»Ihr müsst doch zugeben, dass sie ein mürrisches Luder

ist, diese Saunders«, unterbrach er sie. »Schwebt majestätisch mit ihrem Großstadtgetue und ihrem losen Mundwerk durchs Haus …«

»Sie ist eine Fremde hier, Daffy. Sie kennt sich mit unseren Gepflogenheiten nicht aus.«

»Immerhin kennt sie sich mit Nörgeln und Sticheln aus!«

Mrs Jones stieß einen langen, erschöpften Seufzer aus. Autorität zu zeigen war ihr noch nie leichtgefallen. Da sie mit ihren Bediensteten so eng zusammenlebte, fand sie es schwer, in ihnen etwas anderes als Familienmitglieder zu sehen, ihr eigenes, adoptiertes Fleisch und Blut. »Du hast Su Rhys nicht mehr gekannt, oder?«, fragte sie stattdessen.

Er starrte sie an, als habe sie den fadenscheinigen Versuch gemacht, das Thema zu wechseln.

Mrs Jones schnalzte angesichts ihrer eigenen Dummheit mit der Zunge. »Was rede ich denn da? Die muss ja schon nach London gegangen sein, als du noch ein kleiner Junge warst. Was ich sagen wollte, war: Su – Susan Saunders, wie sie danach hieß – war eine sehr gute Frau.«

»Soll das heißen, das Mädchen hat seine Augen von ihr?«, fragte er nüchtern.

Amüsiert stellte Mrs Jones fest, dass er also offenbar gegen die Augen des Neuankömmlings nicht immun war. »Nein, Daff, ich meinte nicht hübsch, ich meinte gut. Su war mir die allerbeste Freundin, bis ihr Gatte sie nach London mitgenommen hat. Und Mary ist mit einer solchen Mutter aufgewachsen und hat so vertraut mit ihr zusammengelebt, wie es zwei weibliche Wesen nur können, und dann wurde sie ihr von einem Moment auf den anderen entrissen …« Ihre Stimme bebte. »Und dann ist Mary hierher zurückgekehrt, an ihren Heimatort, dessen Gepflogenheiten sie dennoch nicht besser kennt als eine Fremde – nun, ist es denn da ein Wunder, dass das Mädchen am Anfang ein wenig mürrisch ist?«

»Mein Beileid«, erklärte Daffy kalt.

Die Erschöpfung hüllte Mrs Jones ein wie eine Decke aus Schnee. »Versuch doch bitte, sie wenigstens ein bisschen zu verstehen. Bei den ganzen Büchern, die du liest, musst du so etwas doch begreifen können.«

Er zuckte nur kurz mit den Achseln und starrte in die Glut. Mit Schmeicheleien brauchte sie ihm also nicht zu kommen.

»Weißt du, die Trauer kann seltsame Dinge mit einem Menschen anstellen«, sagte Mrs Jones sehr leise. »Sie kann einem fast das Herz brechen.«

Eigentlich hatte sie ihre eigenen Verluste gar nicht ins Gespräch bringen wollen. Das Letzte, was sie erheischen wollte, war das Mitleid dieses jungen Mannes. Aber jetzt sah er sie an, als habe sie das einzig Richtige gesagt. Ruckartig stand er auf und lächelte auf seine Herrin herab. »Ich werde mein Bestes tun.«

»Danke, Daffy«, sagte Mrs Jones.

Als er ins Bett hinunterging, flickte sie im letzten Licht des Kaminfeuers immer noch.

In dieser Nacht lag Mary auf der Seite und war zu müde zum Einschlafen. Neben ihr in der Dunkelheit lag Abi so reglos wie ein Leichnam. Von St. Mary's nebenan schlug die Glocke die elfte Stunde. Schon wieder eine eiskalte Nacht. Bald würde Mary die Augen zumachen, und eher, als man sich vorstellen konnte, würde sie sie an einem weiteren eiskalten Tag wieder aufmachen.

Das alles war ein entsetzlicher Fehler gewesen.

Wie war sie nur darauf verfallen, in Stellung zu gehen, und wenn auch nur für kurze Zeit – ein Mädchen wie sie, das erfahren hatte, was Freiheit war? Nach nicht einmal einem Monat in diesem Haus hatte sie schon erkannt, dass sie dafür kein Talent hatte. Die Rolle der dankbaren, gehorsamen Magd konnte sie vielleicht für eine oder zwei Stunden am Stück spielen, spielen – aber früher oder später meldete sich ihre spitze Zunge.

Nun wusste sie es also. Der Gedanke an eine weitere Kutschfahrt durch den tiefen Schnee war ihr unerträglich, aber sobald das Wetter seinen Griff lockerte, würde sie hier verschwinden und sich abermals auf die Flucht begeben. Dass sie in London nicht sicher war, wusste sie. Bestimmt hatte Caesar noch sein Messer für sie gezückt. Aber es musste doch einen anderen Ort geben, wo sie in der Zwischenzeit hingehen konnte. Bristol oder Bath oder vielleicht Liverpool. An jeden Ort, der mit ihren Talenten etwas anfangen konnte. Jeden Ort, der den Namen Stadt verdiente.

Wie immer, wenn sie nicht einschlafen konnte, grub Mary den Kopf ins Kissen und malte sich aus, wie sie sich ankleidete. Ein Seidenhemd gleich auf der Haut. Ein paar silbern durchwirkte Strümpfe. Als sie die miteinander wetteifernden Vorzüge eines geblümten grünen und eines rüschenbesetzten rosafarbenen Schnürleibs gegeneinander abwog, spürte sie, wie eine süße Schwere sich auf ihre Glieder legte.

Bald würde ihre Zeit in dieser Vorhölle vorbei sein. Aber bis es taute, musste sie durchhalten und eine Maske tragen. Es ging nur noch um ein paar Wochen in dieser merkwürdigen Stadt, wo nie etwas passierte und nie etwas passieren würde. Fürs Erste musste sie so tun, als wäre dies ihr Leben.

Abi war wach. Mary hörte es an ihrem ruhigen Atem. Jetzt bewegte sich das Mädchen für alles, und seine Hand lag über dem Laken. Im fahlen Licht der Sterne schien die alte Narbe auf. »Abi«, flüsterte Mary, »was ist mit deiner Hand passiert?«

Die Stille zog sich so lang hin, dass sie schon nicht mehr daran glaubte, eine Antwort zu bekommen. Sie wusste selbst nicht, warum sie diese Frau so unbedingt zum Reden bringen wollte, aber eine große Auswahl an Gesellschaft hatte sie nun einmal nicht. Außerdem mochte sie die Herausforderung.

»Messer durchgestochen«, sagte Abi schließlich.

»Wirklich?«, lockte Mary. Wieder eine endlose Pause. »Wie kam es dazu?«, flüsterte sie.

Der Körper neben ihr zuckte langsam mit den Achseln, und dann murmelte Abi etwas, was Mary nicht verstand.

»Wie bitte?«

»War auf mein Arm«, wiederholte Abi und gab einen Laut von sich, der ebenso gut ein Glucksen oder ein Hüsteln sein konnte. Dann spannte sich die Decke, als Abi sich – nicht unbedingt feindselig – wieder umdrehte. Rücken an heißem Rücken lagen sie aneinander und warteten darauf, dass die lange Nacht vorbeiging.

Tauwetter

Hell wie ein Apfel brach der Februar an. Der Schnee schmolz dahin, und der Wye und die Monnow liefen über die Ufer. Wo immer Mary den Blick hinwandte, war nur nasses Grün. Sie hatte gar nicht gewusst, dass die Erde aussehen konnte wie Samt.

Mrs Ash erklärte, es müsse schon mehr als eine Woche Sonnenschein geben, bevor sie sich zum Narren halten lasse. Düster zitierte sie:

Ist Mariä Lichtmess hell und klar,
Dräut zweimal Winterzeit im Jahr.

Doch trotz ihrer Voraussagen blieb die Luft so sanft und weich wie eine Feder. Jeden Tag gab es ein paar Minuten mehr Licht. Erst jetzt, wo sie entschwand, merkte Mary, wie sehr die Düsternis ihr aufs Gemüt gedrückt hatte.

»Meine Familie«, hörte Mary sich selbst sagen, als sie an der Pumpe auf der Monnow Street mit einer Spülmagd schwatzte, »meine Familie, das sind die Jones' aus der Inch Lane.«

»Die Roberts-Schwestern waren die Ersten in dieser Gegend, die sich eine Kutsche anschafften«, raunte Mrs Jones, damit der Kutscher es nicht hörte. »Sie haben bisher noch nie nach mir gesandt. Wie freundlich von ihnen, mir den Kutscher zu schicken.«

Mary durchwühlte abwesend die Truhe am Boden der Kutsche. »Sollen wir ihnen den burgunderfarbenen Grosgrain zeigen?«

»Und den rosafarbenen. Sie haben es gern ein bisschen heller.«

Die dicke Schlammschicht auf der Monnow Street bremste die Kutschräder. Die Torbrücke an diesem Ende der Stadt war ein uraltes steinernes Bauwerk, grau mit rötlichen Flecken. An der engen Passage kroch der Verkehr nur mehr dahin. Packpferde rempelten in der engen Durchfahrt mit Korn beladene Leiterwagen an. Mary erhaschte einen Blick auf eine winzige Tür. Ganz offenbar wohnte in dem steinernen Bauwerk über ihnen jemand. Kaum waren sie jenseits des Tores, löste sich etwas in ihrer Brust, und es schien plötzlich mehr Luft zu geben. Es war das erste Mal, begriff sie, dass sie wieder außerhalb der Stadtmauern war.

»Sind diese beiden Schwestern schöne Damen?«, fragte sie, während die Kutsche die Rampe hinabruckelte. Dichtes Gebüsch überwuchs die trüben Fenster. Sie schaute hoch zu den bemalten Fensterläden des Drybridge House und den zerbröckelnden Reliefs über dem Eingang und stellte sich darin zwei Heldinnen aus einer vornehmen Komödie vor, die eine blond und die andere dunkelhaarig.

»Vielleicht früher einmal«, antwortete Mrs Jones, die diese Frage belustigte.

Mary hatte noch nie solche Antiquitäten aus nächster Nähe gesehen. Miss Maria Roberts war so dünn wie eine Bohnenstange, und ihr Gesicht sah aus wie eine eingelegte Walnuss. Sie trug ein Wickelkleid mit orangefarbener Spitze.

Ihre Schwester, Miss Elizabeth, kam in fleckigen französischen Pantoletten herausgeschlurft, um sie zu empfangen. Ein grünseidenes Sackkleid hing ihr schlaff von den Schultern. Es war zwar alt, aber sorgfältig gearbeitet. Mary starrte es an und dachte: *Ich würde darin den Leuten den Kopf verdrehen.*

Ein flehentlicher Blick ihrer Herrin erinnerte sie an ihre Höflichkeitsbezeugung. Sie machte einen tiefen Knicks. Alles, was sie zu tun hatte, war, Stücke zu halten, zuzubinden, auseinander- und wieder zusammenzufalten und dabei einen zutiefst respektvollen Eindruck zu machen. Für die Überzeugungsarbeit war Mrs Jones zuständig. Schmeicheleien flatterten hoch und schwängerten die Luft wie Weihrauch. »Für einen Winterball? Wie entzückend! Aber *überhaupt* nicht unpassend für eine Dame Eures Alters, Miss Maria, wie könnt Ihr so etwas nur denken? Eine umfangreiche Konfektion in rosa Taft. »Seht nur, wie sie das Rosa in Miss Elizabeth' Teint zum Ausdruck bringt!«

Mary kniete sich auf den dicken Orientteppich, um am Oberschenkel der Alten ein golden geflochtenes Strumpfband zu befestigen. Das Fett wellte sich wie Satin. »Ein bisschen zu eng«, beklagte sich Miss Elizabeth.

»Euer Mädchen zwickt meine Schwester«, blaffte Miss Maria.

Dem Mädchen tat es unendlich leid. Der Herrin noch mehr. In der Stube wurde es heißer. Die rosa Strümpfe, mit Gold durchwirkt, warfen Falten in Marys Fingern und wollten nicht oben bleiben.

»Hol das Panier meiner Schwester, Kind.«

Mary lief zum Schrank und kam mit einem so großen Reifrockgestell zurück, wie sie es noch nie gesehen hatte, dreißig Jahre alt. Gemeinsam mit Mrs Jones hielt sie es auf, damit Miss Elizabeth hineinsteigen konnte. Dann befestigten sie den Reif mit Riemen an ihrer Hüfte. Er wippte und schaukelte und war an einer Seite ein wenig ausgebeult. Schließlich ging Mary auf Hände und Knie und kroch hinein.

Eingesperrt in der übel riechenden Leinwand, kämpfte sie mit den Knoten eines Bandes. Wie hässlich doch die heimlichen Mechanismen der Schönheit sind, dachte sie. Die Stimmen von draußen hörte sie nur noch gedämpft. Als Miss Elizabeth von einem Bein aufs andere trat, ächzte das Fischbein wie ein Schiff. Jona fiel Mary ein, und sie musste an ihre Schulzeit denken.

Schließlich hob sie den Rand der Reifs an und krabbelte an die frische Luft. Miss Elizabeth strahlte sich selbst im Spiegel an wie ein Kind. Mary klopfte sich unauffällig den Staub ab.

»Vollkommen vulgär«, verkündete Miss Maria.

Ihre Schwester machte ein langes Gesicht.

»Zieh ihn aus, Elizabeth. Du weißt, dass ich recht habe.«

Von den Damen konnte man nicht erwarten, dass sie an die Zeit dachten, denn sie dinierten erst um sechs. Marys Magen knurrte wie ein Tier. Aber sie sah und hörte zu, knickste bei jeder sich bietenden Gelegenheit und tat alles, worum die Roberts-Damen sie baten, und vieles mehr, bevor sie auch nur daran denken konnten, es zu wünschen, und erwarb sich schließlich von Miss Elizabeth ein kurzes freundliches Lächeln.

»Eure Magd ist ein fähiges Mädchen«, hörte sie Miss Elizabeth zu Mrs Jones sagen.

»Das ist wahr, Madam. Ich weiß gar nicht, wie ich je ohne sie ausgekommen bin.«

Diesen Satz sprach Mrs Jones in ihrer unverstellten Stimme. Keine Übertreibung oder Falschheit war darin zu hören. Mary, die den anderen den Rücken zugewandt hatte, hörte ihn und spürte, wie ihre Haut sich straffte und erglühte.

»Wären die Damen vielleicht geneigt, heute irgendwelche Kleider zu bestellen?«

Sie waren nicht geneigt. Nichts wollte so recht gefallen. Doch sie würden wieder nach ihr und ihrer Dienstmagd schicken.

»Er ist ein guter Mann, wahrhaftig«, erklärte Mrs Jones Mary, während beide, jede von ihrer Seite her, den vier Ellen langen Saum von Mrs Hardings neuer, lavendelfarbener *robe à la française* nähten. »Er hat noch nie die Hand gegen mich erhoben, weißt du, nicht so wie …« – ihre Stimme senkte sich zu einem Raunen – »Jed Carpenter, der seine Frau mit der *Pferdepeitsche* traktiert.«

»Wie hat er eigentlich sein Bein verloren?«, fragte Mary.

Mrs Jones lächelte sie an. Tatsächlich war dies eine ihrer Lieblingsgeschichten, obwohl sie sie nie außerhalb der Familie erzählte. »Ich sage dir, Mary, Mr Jones ist der tapferste Bursche, den man sich vorstellen kann. Du musst wissen, er war damals noch ein kleiner Junge von erst neun Jahren.« Keinen Moment verloren ihre Augen die winzigen Stiche aus den Augen. »Für drei Pennys am Tag half er dem Stallknecht unten im Robin Hood. Da kam ein Vierspänner auf dem Weg nach Gloucester vorbei, und der Gentleman stieg vor der Schenke aus. Und natürlich ist der arme Thomas hingerannt, um die Zügel zu halten, und das Pferd neben ihm ist auf ihn getreten.«

»Es hat nach ihm ausgetreten?«

»Nein, es hat einfach nur ganz sacht den Huf gehoben und ihn dann auf den bloßen Fuß des Jungen gestellt.« Mrs Jones hatte die Szene so deutlich vor Augen wie einen handkolorierten Stich: das glänzende Braun der Flanke, den roten Fleck im Schnee. »Hat ihn buchstäblich zu Mus zertreten.«

»Igitt!«, rief Mary und verzog den Mund.

Mrs Jones' Hände hielten über dem Stoff inne. »Er fing an zu faulen, bis er so schwarz war wie dein Stiefel. Am nächsten Tag war es schon hoch bis zum Knie und am übernächsten bis zur Hüfte.« Sie zeigte die Stadien der Fäulnis auf ihrem staubigen schwarzen Rock an.

»So schnell geht das?«

»Wie Schimmel auf einem Stück Obst«, führte Mrs Jones genussvoll aus. Sie nähte jetzt schneller weiter als vorher. »Also ist der Barbier Dai gekommen, um das Bein abzuschneiden. Aber Thomas' Mutter – eine gute Frau, sie war unsere Nachbarin –, jedenfalls haben wir gehört, wie sie zu Dai sagte: ›Leg deine Säge weg. Wenn mein Junge stirbt, dann mit all seinen Gliedmaßen.‹« Mrs Jones unterbrach sich, um ihren Faden wieder einzufädeln, und blinzelte im ersterbenden nachmittäglichen Licht. Ihre Augen waren nicht mehr die besten.

»Und was ist dann passiert?« Mary streckte ihre verkrampfte Hand aus.

»Nun, da brüllte der Junge, der da in seinem Rollbett lag, so laut, dass die ganze Straße es hören konnte: ›Hör gut zu, Mutter, ich sterbe nicht. Noch lange nicht. Bringt mir die Axt, dann hacke ich es mir selber ab!‹«

In den Augen des Mädchens stand schon wieder diese Skepsis. Wo hatte dieses junge Ding nur einen solchen Blick gelernt? London musste ein sehr hartes Pflaster sein. »Und ich sage dir, Mary«, erklärte Mrs Jones, »so ein Geräusch hast du außer im Hof eines Sägewerks noch nie gehört.«

»Hat Mr Jones sich etwa selbst das Bein abgeschnitten?«

Mrs Jones schüttelte unwillig den Kopf. »Der Barbier Dai hat es gemacht, mit seiner Säge. Er hat Thomas mit Gin betäubt, aber der Junge hat selbst im Traum noch geschrien. Keiner von uns in der Back Lane hat in dieser Nacht ein Auge zugetan.«

Mary beugte sich über ihre Nadel und machte ein angewidertes Gesicht. Doch dann fragte sie in neugierigem Ton: »Ihr habt früher in der Back Lane gewohnt?«

Es hatte keinen Zweck, etwas anderes zu behaupten. Vor der Dienerschaft konnte man nichts verbergen, das wusste Mrs Jones längst. »O ja«, sagte sie leichthin. »Dort sind Thomas und ich aufgewachsen, nur zwei Türen voneinander entfernt.«

Sie konnte sehen, wie Mary diese Nachricht in sich aufnahm und speicherte. In solchen Momenten hatte das Mädchen den gleichen nachdenklichen Gesichtsausdruck wie früher Su Rhys. »Aber erzählt doch weiter von dem Bein.«

»Nun ja, sie haben den Stumpf in Salzwasser getaucht, und er ist so glatt verheilt wie dein Ellbogen. Schon nach einem Monat hüpfte der Junge herum wie ein Hahn mit einem Bein.« Ein Lächeln kräuselte Mrs Jones' Gesicht.

Sie bestickten eine weitere Spanne der gerüschten Seide. Dann holte Mrs Jones einmal tief Luft, um die Müdigkeit zu verscheuchen.

»Dann ist er also doch nicht daran gestorben, trotz aller Befürchtungen, die seine Mutter hatte«, merkte Mary an.

»Dem Schöpfer sei Dank, nein!«, rief Mrs Jones mit einem entsetzten Auflachen. »Wo wäre ich denn sonst jetzt?«

»Hier.«

Mrs Jones starrte Mary an. Manchmal gab einem das Mädchen die seltsamsten Antworten.

»Was wäre denn, wenn ihr den Bäcker Ned Jones geheiratet hättet?«, murmelte das Mädchen verschlagen.

»Na, was denn wohl?« Mrs Jones schlug Mary mit dem Handballen sanft auf den Arm. »Dann wäre ich jedenfalls nicht *diese* Mrs Jones, oder? Bis zu den Augenbrauen würde ich dann im Mehl versinken, sodass du mich nicht einmal mehr erkennen würdest.« Eigentlich gefiel ihr diese

Vorstellung von sich selbst recht gut: unkenntlich und kalkweiß. Sie stickte noch schneller weiter.

Ihr kam der Gedanke, dass wohl jeder, der sie beide so beieinander sah, sie für Freundinnen halten würde oder für Mutter und Tochter. Mrs Jones wusste, dass ihr das Gehabe einer Herrin fehlte. Nicht, dass sie nicht gewusst hätte, wie man sich als solche benahm. Alle Unterweisungsbücher gemahnten, einen angemessenen Abstand zu wahren, und eine Romanze, die sie erst neulich am Abend gelesen hatte, illustrierte die Gefahren, wenn man sich mit den niederen Ständen freundschaftlich einließ. *Berauscht von jedweder Vertraulichkeit, fallen sie bald der Impertinenz anheim.* Die Heldin war am Ende von einem Herzog kompromittiert worden.

Aber was sollte Mrs Jones schon tun? Sobald sie und Mary mit ihren Nadeln zusammenhockten und ins Gespräch kamen, vergaß sie alle Ratschläge. Das Mädchen mochte vielleicht mittellos sein, weil sein nutzloser Vater im Kerker gestorben war, aber war es denn nicht trotzdem noch Su Rhys' Tochter? Und konnte es, wenn man ehrlich war, nicht sogar besser lesen, schreiben und rechnen als Mrs Jones selbst? Unbehaglich verlagerte die Herrin auf dem Schemel ihr Gewicht. Plötzlich kam es ihr seltsam vor, dass sie, die barfüßig in der Back Lane aufgewachsen war, jetzt die Tochter ihrer besten Freundin herumkommandierte. Wie launisch es doch im Leben auf und ab gehen konnte. Und wie hätte sie denn nicht ein wenig vertraut mit diesem Mädchen werden sollen, wenn sie sich gemeinsam über ein Stück Seide beugten, das zwischen ihnen hin und her glitt wie ein Vogel auf einem warmen Luftstrom?

»Tut es ihm immer noch weh?«

Mrs Jones schrak aus ihrer Träumerei hoch. Mary starrte ihren entblößten Ellbogen an, dessen vorwitziger Knochenhöcker aus der schmutzigen Spitze hervorlugte.

»Das Bein? Nur das übliche Jucken im Winter. Thomas sagt immer, es hat ihm Glück gebracht.«

»Glück gebracht?« Entsetzen lag in Marys Stimme.

Wie sollte sie es diesem Mädchen erklären, das erst fünfzehn Jahre alt war, gesund an Leib und Seele, und dessen Leben vor ihm angerichtet war wie ein unberührtes Festmahl? »Er weiß, dass er das Schlimmste schon hinter sich hat«, erklärte seine Gattin sanft. »Er hat nichts mehr zu befürchten.«

Marys geheimes Vorhaben zu verschwinden, sobald es getaut hatte, war vorerst aufgeschoben. Sie hatte Mr Jones über Bristol ausgefragt, wo er in die Lehre gegangen war. Er behauptete, nach London sei es die großartigste Stadt überhaupt – nicht, dass er selbst jemals London zu Gesicht bekommen hätte. Und nichts, was er Mary beschrieben hatte, hörte sich so an, als sei Bristol viel besser als Monmouth. Sie hatte Daffy nach anderen Städten befragt, die nur ein paar Tagesreisen weit weg lagen, doch der hatte ihr nur etwas über deren Besiedelung seit der Zeit der Römer und ihre wichtigsten Ausfuhrgüter berichten können. Allesamt hörten sie sich schäbig an. Da Mary noch nicht riskieren konnte, nach London – und zu Caesars Messer – zurückzukehren, fand sie, dass sie für den Augenblick ebenso gut an Ort und Stelle bleiben, sich satt essen und ihren Lohn verdienen konnte.

Wenn sie des Nachts aufwachte, beruhigten sie die schwachen Konturen in der Dachmansarde. Wenigstens konnte sie sich mit jemandem ein Bett teilen und nicht nur eine Strohmatratze. Wenigstens waren die Decken nicht voller Flöhe. Hier gab es keine Löcher in den Mauern, durch die der Wind pfiff. Keine Hauswirtin kam die Stiege heraufgetrampelt. Kein Mordbube hämmerte gegen die Tür. Reglos lag Mary da und rief sich, um Dankbarkeit zu empfinden, die schlimmsten Dinge an London in Erinnerung. Hier in der Inch Lane konnte sie durch eine Glasscheibe zum Mond emporschauen, anstatt seinem nackten Lichtstrahl bis hinab in eine Gasse zu folgen, wo aller Wahrscheinlichkeit nach Doll immer noch saß, blau und zuschanden und seit dem ersten Tauwetter verwesend.

Mary rollte sich auf die Seite und legte sich an Abis beständig warmen Rücken. Sie wollte nicht mehr an Doll denken. Sie wollte nicht mehr in dem verweilen, was vergangen war.

Abi war im Halbschlaf, als die Stimme des Mädchens aus der Dunkelheit zu ihr drang. »Abi«, kam ein Flüstern. »Bist du wach?« Sie hörte, wie Mary sich bewegte und das Kopfkissen zurechtklopfte. Dann flüsterte es weiter. »Ich kann nicht schlafen. Ich bin zu müde.«

Seufzend drehte Abi sich zu Mary um und stützte den Kopf auf die Hand.

»Es ist nicht recht, dass die Jones' dich dabehalten«, sagte Mary. Langsam wie eine Schildkröte hob Abi den Kopf vom Kissen. Sie wog diese Bemerkung ab. Nicht nur das, was gesagt wurde, sondern auch, warum.

»Eine Freundin von mir«, fuhr Mary fort, »hat einmal gesagt: *Gib niemals deine Freiheit auf.*«

Abi grübelte über diesen Satz nach.

»Weißt du, was Freiheit bedeutet? Sich selbst zu gehören.«

»Ich hatte nie«, sagte Abi schließlich.

»Aber das musst du doch«, erwiderte Mary ein wenig ungehalten. »Ich meine, bevor du eine Sklavin wurdest. Als du noch ein Kind in Afrika warst.«

Abi streckte sich auf dem Rücken aus und dachte darüber nach. »Nein«, erklärte sie Mary schließlich bedächtig. »Damals ich gehöre König.«

»Welchem? König George?«

»Nein, unser König. Ich und meine Mutter und viele … hundertmal von Kindern und Frauen, wir alle gehören damals König.«

»Was?«, fragte Mary verdutzt. »Du warst damals schon eine Sklavin?«

Abi zuckte verlegen die Achseln. »War Familie. War Vater.«

»Wie, dein eigener Vater hat dich als Sklavin gehalten?«

Dieses Mädchen verstand ja überhaupt nichts. Abi gähnte ausgedehnt.

»Kein schlechtes Leben da. Wenig Arbeit, viel Essen.«

»Aber er hat dich an die Weißen verkauft?«

Abi legte das Gesicht in die Armbeuge. An diesen Teil erinnerte sie sich nie gerne. Ihre Worte kamen gedämpft.

»Er braucht Waffen.«

Es blieb so lange still, dass sie fast schon wieder eingeschlafen war, als das Mädchen erneut sprach. »Warum steht auf deiner Schulter Smith?«

»War ein Herr.«

»Der, der dich nach England gebracht hat?«

»Nein. Anderer.«

»Wie viele Herren hast du in Barbados gehabt?«, fragte Mary neugierig.

»Weiß nicht mehr.«

»Weißt du, in London«, erklärte Mary, »gibt es ganz viele Leute wie dich.«

»Wie mich?«, fragte Abi mit rauer Stimme und hob den Kopf.

»Schwarz im Gesicht«, sagte Mary und fügte dann kichernd hinzu: »Überall, meinte ich.«

Das war Abi neu. Sie räusperte sich. Es hörte sich so laut an in dem schlafenden Haus. »Wie viel?«, fragte sie.

»Viele.«

»Aber wie viel?« Seit dem Tag, an dem der Doktor sie nach Monmouth gebracht hatte, hatte Abi nur noch drei dunkle Gesichter gezählt, und die waren alles Lakaien von vornehmen Besuchern gewesen. Keiner davon lebte in der Stadt.

»Woher soll ich das wissen?«, antwortete Mary mit einem Hauch von Schroffheit. »Zwei in jeder belebteren Straße, würde ich sagen.«

Abi kostete diese Vorstellung aus. »Herren lassen sie raus auf die Straße?«, fragte sie einen Moment später.

»Oh, die allermeisten von ihnen haben gar keine Herren«, erklärte Mary. »London ist voll mit Entlaufenen. Das East End quillt über vor Negern. Manche haben sogar englische Frauen.«

»Aber auch freie Mädchen?«

»Jawohl. Ich kannte eine aus Indien, deren Herr sie dagelassen hat, um das Geld für ihre Überfahrt nach Holland zu sparen. Oh, und es gibt einen Klub, wo alle Mädchen schwarz sind.«

»Klub?« Abi stellte sich die kleine Zusammenkunft der Händler im King's Arms vor.

»Du weißt schon«, erklärte Mary geduldig. »Das ist so ein Ort, wo Mädchen tanzen.«

Abi stellte sich das vor. »Für weiße Männer?«

»Nun ja, meistens. Für jeden, der bezahlt, um sie zu sehen«, ergänzte Mary ein wenig verlegen. »Aber die sind nicht wie du, diese Mädchen. Sie bekommen richtig viel Lohn.«

Abi schloss die schweren Lider und versuchte, sich einen solch außergewöhnlichen Ort auszumalen. Was sie wohl anhatten, diese Mädchen, die so sehr wie sie waren und gleichzeitig überhaupt nicht wie sie? Wie tanzten sie? So wie daheim in Afrika oder bei den Sklaventänzen in Barbados? Oder hüpften sie in komplizierten Schrittfolgen herum, so wie die Engländer? Schließlich fragte Abi: »Wie viel Lohn?«

»Oh, das darfst du mich nicht fragen. Aber das Entscheidende ist, sie sind frei und können kommen und gehen, wie sie wollen.«

Abi dachte darüber nach, über das Kommen und Gehen. »Spucken Weiße da?«

Mit einem Seufzer stützte das Mädchen sich auf den Ellbogen. »Machen sie was?«

»Manchmal«, erklärte Abi nüchtern, »wenn ich gehen Botschaft bringen, Leute spucken.«

»Bauerntrampel«, erklärte Mary nach einigen Sekunden verächtlich. »Was kannst du von den Leuten hier aus den Marken schon anderes erwarten? Die haben bei deinem Anblick einfach nur Angst. Gib ihnen noch ein Jahr oder zwei, dann haben sie sich an dein Gesicht gewöhnt.«

»Acht«, sagte Abi leise.

»Wie war das?« Mary lehnte sich ein wenig näher zu ihr.

»Ich hier schon über acht Jahre.«

Eine Pause entstand. Dem Mädchen schien dazu nichts einzufallen. Mit einem dumpfen Klatschen legte es sich zurück und ließ das Bett wackeln.

»Erzähl mir mehr«, flüsterte Abi in die Dunkelheit hinein.

»Über London?«

Abi nickte. Sie hatte vergessen, dass Mary sie gar nicht sehen konnte.

Das Mädchen gähnte herzhaft. »Also, dass Schwarze dort bespuckt wurden, daran kann ich mich eigentlich nicht erinnern. Die Londoner sparen sich ihre Spucke für die Franzosen auf. Die Schwarzen bleiben unter sich und machen niemandem Scherereien. Die scheinen sich alle untereinander zu kennen. Wenn einer in den Kerker geworfen wird, dann kommen die anderen ihn besuchen, mit Essen und Decken und solchen Sachen. Einmal habe ich von einem Fasten gehört, einer Art Ball«, ergänzte sie mit einem weiteren Gähnen, »bei dem nur Schwarze zugelassen waren.«

Die Ältere stellte keine weiteren Fragen. Ihr brummte und rasselte ohnehin schon der Kopf wie ein Topf voller Kieselsteine. Sie lag neben Mary, bis die Atemzüge des Mädchens im Schlaf langsamer wurden.

Ach Kind, was ist denn das für ein Unsinn?

Mary war in eine Routine hineingerutscht wie in ein tiefes Wasser. Sie hatte von der eintönigen Süße geschmeckt, in jeder Stunde eines jeden Tages zu wissen, was jetzt zu tun war. Sich zum Beispiel sicher zu sein, dass es ein Frühstück gab und wie es aussehen würde.

Der Augenblick, den sie am meisten schätzte, war die Teezeit, falls nicht gerade Klientinnen eine Aufwartung machten. Dann konnten sie und die Herrin für eine Viertelstunde ihre Arbeit ruhen lassen und im Atelier zusammen Tee trinken. Anfangs war das Gebräu so heiß, dass es Mary schier den Leib von innen verbrühte, aber in der Untertasse kühlte es schnell ab. Sie nahm immer nur kleine Schlückchen, um länger etwas davon zu haben, und behielt dabei die Porzellanschale zwischen den Zähnen. Wenn sie darauf bisse, würde die Schale sofort zerbrechen. Gelegentlich wurde Mary immer noch von solchen Vorstellungen geplagt, von Bildern der Zerstörung. Bestimmt würde sie eines Tages, durch ein Wort oder einen Hinweis, nicht mehr länger verbergen können, wer sie war – oder zumindest gewesen war.

»Noch ein Schlückchen, Mary?«

»Ja bitte, Madam.«

Eines Tages beugte sich Mrs Jones über die Teetassen, als wolle sie Mary ein Geheimnis anvertrauen. »Weißt du«, begann sie, unterbrach sich dann aber. »Besser gesagt, mein Gatte hatte ganz recht, dass es dabei ums Prinzip geht.«

Mary wartete ab.

»Ich will damit sagen, du solltest mich Madam nennen, wann immer wir in Gesellschaft sind oder Ähnliches. Aber wenn wir allein sind, weißt du«, sprach sie hastig weiter, »dann ist das nicht notwendig.«

Das Mädchen lächelte in seinen Tee hinein. Der Sieg, so süß wie eine Ananas.

Warum war sie nicht der Jane Jones geboren worden anstatt Susan Saunders?, fragte sie sich inzwischen. Mary wollte nicht die Hände ihrer Mutter haben. Sie wollte nicht die Tochter ihrer Mutter sein. In diesem Haus, stellte sie allmählich fest, verblassten Flecken und wurden Lügen zur Wahrheit. Mary war tatsächlich eine emsige Arbeiterin, und sie stickte wie ein Engel. Fast hätte sie glauben können, dass sie tatsächlich wieder eine Jungfrau war.

An den meisten Abenden stahl sie sich vor dem Nachtmahl zehn Minuten, um ihre Stoffreste anzuschauen. Von jedem Teil, das sie bislang angefertigt hatte, besaß sie einen kleinen Flicken: champagnerfarbenen Satin von Mrs Tanners Nachtgewand, den grün gepunkteten Stoff für Miss Partridges plissierten Unterrock und noch ein Dutzend andere. Jetzt, wo sie wusste, wie sich gute Stoffe anfühlten, begriff sie erst, was für ein hässlicher Plunder das meiste von dem war, was sie unter dem Bett in ihrer Tasche verbarg. Zunächst einmal taugten die Stoffe nichts, viel zu rau und welk und mit billiger Färbung, die im Sonnenlicht oder nach nur einer Wäsche verblasste. Da war der offene Leibrock mit dem lachsfarbenen, festonierten Unterrock, den sie einst für so edel gehalten hatte, als sie ihn an einem Stand in der Mercer Street entdeckte – jetzt befühlte sie seinen fleckigen Schimmer und wurde rot bei dem Gedanken, dass sie für dieses Ding vier Schillinge bezahlt hatte. An ihrem Jackenmieder war das Königsblau am Rücken schon ganz verwaschen. Unrat. Und was den Schnitt der meisten ihrer Kleider anbetraf, entsetzte sie jetzt der Gedanke, dass sie so lange mit lauter schiefen Nähten herumgelaufen war.

Ihre neuen Stofffetzen waren allesamt nur Reste, die sie sich im Ende des Tages in die Tasche gesteckt hatte. Mrs Jones schien nie aufgefallen zu sein, dass sie fehlten. Aber inzwischen hatte Mary sich schon aus sechs Dreiecken feinsten weißen Batists ein Taschentuch genäht und mit blauem Band umsäumt, und neuerdings nahm sie an manchen Abenden nach dem Essen einen kurzen Kerzenstummel mit auf ihre Kammer und arbeitete eine Zeit lang an einem kleinen Schal aus Reststreifen der silbrigen Gaze, aus der sie gerade Miss Fortunes Überrock nähten. Nicht, dass sich in ihrem derzeitigen Leben eine Notwendigkeit für irgendeinen Putz ergeben hätte – aber irgendwann …

Nach wie vor war Mary der festen Überzeugung, dass die Arbeit als Dienstmagd etwas für Narren war und keine Art, seinen Lebensunterhalt zu verdienen. Aber für den Augenblick fiel ihr nichts Besseres ein. Ihr altes Gewerbe schien ausgeschlossen. Das Leben an den Seven Dials kam ihr inzwischen vor wie ein schlechtes Spektakel, das vor einem schwarzen Tuch mit Puppen aufgeführt wurde.

Eine gewisse Angst verfolgte sie insgeheim immer noch. Bestimmt würde sich irgendwann jemand im Haus fragen, warum sie keine Monatsblutungen hatte wie andere Mädchen. Sie hatte sogar schon daran gedacht, sich ein wenig Schweineblut zu beschaffen und es in irgendwelche Lumpen einzuwickeln. Aber als sie dann eines Tages im schmalen Flur an Mrs Jones vorbeikam, beide mit einem kleinen Stoffballen unter dem Arm, legte die Herrin ihr eine Hand auf die Schulter und raunte, sie wisse, dass Mary noch ein junges Geschöpf sei.

Mary lächelte sie verwirrt an.

»Und ich selbst habe auch erst mit siebzehn angefangen. Aber wenn deine Zeit dann gekommen ist ... wenn du je feststellen solltest, dass deine Unterwäsche *befleckt* ist«, flüsterte die Ältere ihr ins Ohr, »dann kommst du gleich zu mir.«

Mary verzog keine Miene. »Ja«, flüsterte sie nur.

»In solchen Momenten«, erklärte Mrs Jones, »braucht ein Mädchen seine Mutter.«

Mary sah ihr nach, bis sie verschwunden war. Sie musste sich so sehr das Lachen verkneifen, dass ihr ganz schwindelig wurde. Wenn man bedachte, dass sie schon mit vierzehn, in Ma Slatterys stinkendem Keller, die ganze Sache mit dem Bauch hinter sich gebracht hatte – und in diesem Hause hielt man sie für ein Kindchen, das damit noch nicht einmal angefangen hatte!

Plötzlich hätte sie am liebsten geweint.

Die Jones' zu täuschen war ganz einfach. *So einfach, wie ins Bett zu pissen*, hatte Doll immer gesagt. Anständige Leute sahen nur das, was sie zu sehen erwarteten. Mary fiel wieder eine Taschendiebin namens Mary Young ein, von der man sich erzählt hatte, sie habe zwei künstliche Arme. Diese Young saß immer in der Kirche, die mit Stroh gefüllten Handschuhe gesittet im Schoß, während sie in Wahrheit alle ihre echten Hände voll zu tun hatte, links und rechts die Taschen zu leeren. Sie hatte eine lange, erfolgreiche Laufbahn hinter sich, als man sie schließlich nach Tyburn karrte.

Selbst Hetta vertraute Mary. Ständig wollte sie Ungarnwasser auf ihre sommersprossigen Handgelenke gespritzt haben und unbedingt die Abklatschspiele lernen, die die Kinder in London spielten. Beim Essen strampelte sich Hetta oft frei und blieb neben Mary stehen, bis die Dienstmagd sich endlich geschlagen gab und sie auf ihren Schoß hob. Warum das Kind so viel Gefallen an ihr gefunden hatte, wusste Mary selbst nicht. Aber bei einem solchen Giftefeu von Amme war vielleicht jeder andere Mensch schon eine Erleichterung.

In letzter Zeit versah Mary ihre Pflichten wie jemand, der noch nie nach Mitternacht draußen gewesen war. Vielleicht ein wenig scharfzüngig, aber insgesamt als braves Mädchen. Die Male ihres alten Gewerbes waren ihr anscheinend nicht anzusehen. An manchen Tagen vergaß sie sogar, dass ihre Lügen nicht die Wahrheit waren. Fast glaubte sie schon selbst an ihr Märchen, eine heimatlose Waise zu sein, der besten aller Mütter beraubt. Einmal machten beim Nachmittagstee Mrs Jones und ihre Klientinnen ständig irgendwelche vagen Anspielungen über jemanden namens Sally Mole.

»Du hast sie nie kennengelernt«, erzählte Mrs Jones ihr anschließend.

»Aber wer ist sie denn?«

»War.« Die Herrin seufzte und schüttelte über ihren winzigen, makellosen Stichen den Kopf. »Inzwischen ist sie tot, das arme Geschöpf. Komplikationen.«

»Was für Komplikationen?«

Mrs Jones verdrehte die Augen. »Du kannst einem wirklich ein Loch in den Bauch fragen, Mary Saunders. Also, wenn du es unbedingt wissen willst ...«

»Ja?«

»Sally Mole ... sie war von hier. Und dafür bekannt, sich mit Männern abzugeben. Mit Fremden.« Mrs Jones hielt sich eine Hand vor den Mund. »Da läuft einem ein richtiger Schauer über den Rücken.«

Und tatsächlich spürte Mary, als sie jetzt neben ihrer Herrin saß, wie die Scham in ihr aufstieg wie eine Krankheit. Mit *Fremden*, dachte sie. Das lässt einen ja in der Tat *erschauern*. Eine glühende Hitze verbrühte schier ihre Wangen.

»Siehst du, jetzt bist du meinetwegen rot geworden«, tadelte Mrs Jones sich selbst. »Es schickt sich nicht, dass du in deinem Alter schon solch widerwärtige Dinge hörst.«

Also senkte Mary den Kopf und machte sich wieder ans Säumen.

Nance Ash hatte die Londonerin schon eine ganze Weile im Auge. Irgendeiner musste ja schließlich wachsam sein. Zunächst hatte sie ihrem eigenen Urteil misstraut. War es möglich, dass sie Mary Saunders nur wegen ihrer Jugend und Lebhaftigkeit nicht leiden konnte? Selbstverständlich ärgerte es sie maßlos, wenn sie sah, dass dieser Backfisch mit Hetta im Flur Nachlaufen spielte und die beiden herumrannten wie Hunde und gegen die Möbel polterten. Außerdem hatte Mary Saunders die Angewohnheit, die Autorität der Amme in vermeintlich kleinen Dingen zu hinterfragen – bei der Wahl eines Wortes, einer Vorhersage über den Handel oder das Wetter –, ganz so, als beabsichtige sie, Mrs Ashs Position auch in wichtigeren Angelegenheiten zu unterminieren. Neuerdings stand das neue Mädchen auf sehr gutem Fuße mit der Herrin, und es wurde viel Gewese um *die Hände ihrer Mutter* und *was für ein Talent für die Nadel* gemacht. Als ob es richtige Arbeit wäre, die Dankbarkeit verdiente, wenn man ein paar Blumen stickte. Als ob man das mit der endlosen Last vergleichen könnte, ein Kind aufzuziehen, noch dazu so ein Balg wie Hetta.

Also hatte Mrs Ash zunächst weiter den Herrgott um Verständnis und Geduld angefleht, damit sie es durch seine Hilfe ertragen könne, mit Mary Saunders unter einem Dach zu leben. Erst allmählich, im Laufe der Wochen, hatte sie sich die Überzeugung gestattet, dass die Londonerin durch und durch verdorben war.

Noch gab es keine Beweise, nur eine Art Schwaden, der das Mädchen umgab. Aber es war nur eine Frage der Zeit, bis die Verderbtheit aus ihr hervorbrechen und sich offenbaren würde. Mrs Ash tröstete sich mit dem Buch Hiob.

Wie oft erlischt denn die Leuchte der Gottlosen?
Sie sollten werden wie Stroh vor dem Wind
und wie Spreu, die der Sturmwind davonträgt.

»Irgendetwas stimmt nicht mit ihr, findest du nicht auch?«, äußerte sie eines Morgens Daffy gegenüber, der gerade im Hof ein kleines hölzernes Segelboot für Hetta glatt schmirgelte.

»Wer?« Verdutzt sah er auf.

»Die Londonerin natürlich.«

»Ach, nennt Ihr sie immer noch so?«

»Ich glaube, sie legt Rouge auf. Diese Lippen haben keine natürliche Farbe.«

»Mir kommen sie normal vor«, sagte er unbekümmert.

Mrs Ash sah ihn durchdringend an. Hatte diese Saunders ihn etwa schon in ihren Krallen? »Und es würde mich nicht wundern, wenn sie sich noch als Diebin erweist«, fügte sie hinzu. »Man erzählt, die große Stadt sei voll von denen.«

»Ihr seid ein bisschen hart zu dem Mädchen«, sagte Daffy, beugte sich weiter über das Spielzeug und schmirgelte so heftig weiter, dass ihm die Perücke ins Gesicht rutschte.

»Aber du weißt ja, dass du es der Herrin berichten musst, wenn du sie bei irgendeiner Unehrlichkeit erwischst«, bemerkte Mrs Ash. »Das ist unsere christliche Pflicht.«

»Meiner Meinung nach«, knurrte Daffy, »ist es unsere christliche Pflicht, uns um unsere eigenen Angelegenheiten zu kümmern.«

Die Amme wurde bis über beide Ohren rot. Noch nie hatte der Hausknecht ihr in dem Jahr, das er nun in der

Inch Lane wohnte, solche Widerworte gegeben. Eines war ihr jedenfalls klar: Mary Saunders säte Zwietracht, wo immer sie auftauchte.

Eines Morgens, als das Mädchen zum Markt gegangen war, erklomm Mrs Ash die knarrende Stiege bis zu der kleinen Dachkammer, in der die beiden Dienstmägde schliefen. Und dort fand sie endlich den Beweis. Die Matratze war übersät mit bunten Fetzen: Ecken und Enden von Seide und Taft, ein Stück Silberfaden und ein Streifen Spitze, beide um eine herausgerissene Buchseite gewickelt. All das lag ausgebreitet auf der braunen Decke wie eine winzige Prozession der Laster – Eitelkeit, Müßiggang und ihr Bastard Diebstahl.

Ein paar Stunden lang behielt Mrs Ash ihr Wissen für sich. Doch als sie später am Vormittag an dem Mädchen vorbeikam, hob sie eine Hand und hielt es auf. »Ich kenne dein Verbrechen«, erklärte sie ohne Vorrede.

Mary Saunders wurde aschfahl. »Soll ich die Herrin informieren«, fuhr die Amme beinahe höflich fort, »oder möchtest du lieber selbst ein Geständnis ablegen?«

Das Mädchen schob das Kinn vor. »Was habe ich denn zu gestehen?« Ihre Stimme zitterte vor Schuldbewusstsein.

Mrs Ash trat noch ein wenig näher heran. »Ich weiß, dass du uns Bauern verachtest, die nichts von der Welt gesehen haben. Du hältst dich für etwas Besseres, weil du aus der Großstadt kommst. Als ob wir unsere Schuhe auf den Straßen dieses Gomorras besudeln würden!« Mrs Ash merkte, dass sie beinahe schon spie. Sie unterbrach sich und leckte sich die Lippen ab. »Aber so unwissend sind wir hier unten nicht, als dass wir nicht die Gesetze dieses Landes kennten.«

Mary versuchte, sich an ihr vorbeizudrücken.

»*Du sollst nicht stehlen*«, sprach Mrs Ash mit der Stimme eines Moses.

Das Mädchen blieb wie versteinert stehen und starrte sie an. »Stehlen?«

Als ob sie gar nicht wüsste, was das Wort bedeutete! »Nennt das Gesetz es denn nicht klaren Diebstahl, wenn man die Reste gleich welchen Gewerbes behält, ob zum Missbrauch oder zum Verkauf? Diese hier« – und dabei riss Mrs Ash aus den Tiefen ihrer Tasche eine Handvoll bunter Stofflappen empor – »diese Dinge gehören deinen Herren, das weißt du ganz genau! Das hier ist Seide!«, keifte sie und wedelte mit einem hellblauen Wimpel. »Ich weiß es jedenfalls, und auch du kannst nichts anderes behaupten.«

Jetzt tat die Londonerin etwas sehr Sonderbares. Sie versuchte nicht, ihr die Stofffetzen zu entreißen. Sie leugnete nichts ab. Stattdessen machte sich Erleichterung auf ihrem Gesicht breit. Sie legte den Kopf in den Nacken und lachte wie ein Mädchen, das keine einzige Sorge im Leben kannte. Sie hatte noch gesunde Zähne, und die blitzten auf.

Sie ließ Mrs Ash im Flur stehen, mit geballten Fäusten wie bei einem Krampf.

An diesem Abend nach dem Nachtmahl versteckte sich Marys Nadel ein ums andere Mal im flackernden Licht der Kerze. Punkte liefen über den fadenscheinigen Stoff, und im ersten Moment glaubte Mary schon, es seien Blutflecken. In dem fahlen gelben Kerzenschein lag plötzlich eine Unendlichkeit zwischen ihren Augen und der Nadel, und sie wusste nicht mehr, welche die Vorderseite des Stoffes war. Um das Schwindelgefühl zu verscheuchen, sprang sie auf und kürzte die Dochte. Das machte sie gern, bevor Mrs Jones sie daran erinnerte. Es gab ihr das unbestimmte Gefühl, gebraucht zu werden.

Sie hatte ein mulmiges Gefühl im Bauch. Noch war kein

Wort über die Stoffreste gefallen. Von diesem verdammten Gesetz hatte sie noch nie gehört – wenn es nicht ohnehin nur eine bösartige Erfindung der Amme war. Hatte Mrs Ash beschlossen, es der Herrin nicht zu erzählen? Oder wartete sie nur auf den richtigen Zeitpunkt, um sie vor der ganzen Familie bloßzustellen? Mary spürte, wie sie gelegentlich der Blick der Amme streifte.

Mr Jones las in seinem verschlissenen braunen Ohrensessel eine Zeitung. Seine Lider flatterten. Unter dem Rand ihrer Haube hervor beobachtete Mary ihn. Er saß so kerzengrade da, genau wie jeder andere Mann mit vielleicht überkreuzten Beinen dagesessen hätte, dass es Mary erschien, als wäre sein Bein nicht etwa weg, sondern nur unsichtbar, irgendwie versteckt. Ihr tränten fast die Augen vor lauter Anstrengung, das zu finden, was in diesem Bild fehlte. Die muskulösen Arme des Herrn beulten seine Aufschläge aus.

Sie fragte sich, was an einem Mann wohl unverzichtbar war. Mr Jones schien so, wie er war, ein vollständiger Mann zu sein. Aber was, wenn er gar keine Beine hätte? Oder keine Arme? Wenn nur noch sein Rumpf übrig wäre, der abgestützt auf dem Sofa säße? Wäre er dann immer noch Mr Jones? Wie viel konnte ein Mann einbüßen und trotzdem noch er selbst sein? Was war mit seinem Pinsel?, fragte sie sich. Was wäre er ohne den?

Er sah hoch und blickte sie an.

Mit glühendem Gesicht wandte sich Mary wieder dem Docht zu, den sie gerade abschnitt.

Mr Jones räusperte sich geräuschvoll und blätterte um. »Diese Handelsposten, derentwegen wir uns gerade mit den Franzmännern bekämpfen … ich muss zugeben, es fällt mir schwer, die überhaupt auseinanderzuhalten. *Quebec* zum Beispiel. Ist der vielleicht in Indien?«

»Was für heidnische Namen«, grummelte Mrs Ash.

»Und hier lese ich, dass der Premierminister die amerikanischen Kolonisten warnt, dass es am Ende noch zu Zusammenstößen kommen wird, wenn sie die Rothäute noch weiter nach Westen drängen.«

»Nicht auszudenken«, bemerkte Mrs Jones abwesend, ohne die Augen von der Nadel zu nehmen.

»Und es gibt eine Meldung über einen großen Brand in London, Mary«, fügte der Herr hinzu und spähte angestrengt auf den unteren Teil der Seite. »In einer Straße, die Strand heißt. Kennst du die?«

Nur mit Mühe konnte Mary einen Aufschrei unterdrücken. Sie stellte sich vor, wie all die Arkaden, dreimal so groß wie ganz Monmouth, vom Feuer rußschwarz waren und die Misses an den Abflussgräben entlanghasteten, die hellen Röcke übersät mit Asche. »Das tue ich«, sagte sie leise.

Mrs Jones sah blinzelnd von ihrer Nadel hoch. »Wie ist London eigentlich, Mary?«

Wo sollte man da anfangen? »Nun ja, alle Straßen sind die ganze Zeit erleuchtet«, erzählte sie ihrer Herrin. Sie wusste, dass sie übertrieb, aber das musste sie, sonst würde sie die Wahrheit um eine Meile verfehlen.

Mrs Jones grinste, als hätte sie einen guten Scherz gehört.

»Was für eine Verschwendung an Kerzen«, meldete sich Mrs Ash grimmig aus ihrer Ecke.

Mary wandte nicht einmal den Kopf. »Nein, es sind Öllampen auf Pfählen«, prahlte sie. »Und die Flammen leuchten in allen Farben des Regenbogens.«

»Unmöglich«, sagte Daffy.

»Tun sie aber«, behauptete Mary keck. »Warst du denn schon mal da, dass du so viel darüber weißt?«

»Nein«, sagte Daffy ganz ruhig. »Aber ich wette, ich weiß mehr als du über den chemischen Prozess der Verbrennung.«

Mary verdrehte die Augen. Glaubte er etwa, dass er sie mit seinem Gerede einschüchtern konnte? Oder damit, was für ein wissbegieriger Kerl er doch war? Schon über einen Monat lebten sie unter einem Dach, und noch nie war es ihm in den Sinn gekommen, sie wenigstens küssen zu wollen! Nicht, dass sie ihn gelassen hätte, aber es blieb seltsam, dass er es nicht einmal versucht hatte. Mary war immer noch nicht daran gewöhnt, von Männern umgeben zu sein, die keinerlei Anzeichen zeigten, das von ihr zu wollen, was all die anderen gewollt hatten.

Mrs Jones staunte immer noch über die Straßenlaternen. »Allein die Vorstellung!« In ihren Augen glänzte es wie kleine lichte Nadelstiche.

Nachdem Daffy mit *Botanische Raritäten der britischen Insel* und einem halbzölligen Kerzenstummel in seiner Kellerkammer verschwunden war, wurden Marys Lügen noch dreister. Da die anderen es ihrer Einschätzung nach ohnehin nie merken würden, konnte sie ihnen erzählen, was sie nur wollte. Es kam ihr vor, als könne sie London aus der heißen und stickigen Luft in der kleinen Stube heraufbeschwören. Unter anderem behauptete sie, die Straßen seien so mit Holländern, Mohammedanern und indischen Prinzen übervölkert, dass man einen halben Tag lang herumlaufen könne, ohne ein normales englisches Gesicht zu sehen.

»Wirklich, Mohammedaner?«, fragte Mr Jones interessiert.

»Tausende!« Mary erwähnte auch, dass die feinen Damen zehn Yard lange Schleppen trügen und Spaniel besäßen, denen man beigebracht habe, diese im Maul zu tragen. Den ganzen Tag über duellierten sich junge Männer im St. James Park, die Luft sei erfüllt vom Scheppern ihrer Schwerter und das Gras dunkel von ihrem Blut. Zum Vergnügen der Familie imitierte Mary sogar in bestem Cockney-Akzent das Geschrei der Straßenhändler:

»Noiiiie Herzmuscheln, Sprotten und Neunaugen!«

»Foiiiine Seifenkugeln, kommt und kauft!«

»Hat wer Hühneraugen?«

Sie brachte die anderen zum Lachen, alle außer Mrs Ash, die mitten in Marys Erzählung zu Bett gegangen war.

»Aber in meinen Romanzen ist London nicht annähernd so«, staunte Mrs Jones. »Da geht es nur darum, Aufwartungen zu machen und Handschuhe zu kaufen.«

Erschrocken sah Mary sie an. Sie hätte daran denken sollen, wie gerne Mrs Jones Romane las. Sie hatte sich so daran gewöhnt, Lügen über ihre Vergangenheit zu erzählen, dass sie es jetzt schwer fand, damit aufzuhören. Sie prustete verächtlich. »Pah, Schriftsteller!«, rief sie. »Die bekommen doch höchstens die Hälfte zu sehen, wo sie den ganzen Tag über ihren Federkielen hocken.«

»Wie wahr«, sagte Mrs Jones und nickte. »Ich kann beinahe verstehen, warum dein Vater und deine Mutter sich nach London begeben haben. Das muss ja zuweilen ein aufregendes Leben sein.«

Am liebsten hätte Mary sie für ihre Dummheit geschlagen. Warum glaubte diese Frau einfach alles, was man ihr erzählte?

Sie versuchte sich die beiden zusammen vorzustellen. Ihre finster dreinschauende Mutter und diese Frau, deren Stimme immer dahinplätscherte, deren Gesicht immer in Bewegung war. Aber dafür würde Mary sie sich vorstellen müssen, bevor beider Leben auseinandergelaufen waren wie zwei Pfade in einem Wald. Sie würde sich ihre Mutter so vorstellen müssen, wie sie gewesen war, als sie noch Su Rhys gerufen wurde, bevor alles gründlich schiefgelaufen war und der Narr, den sie geheiratet hatte, seine elf Tage verlor.

»Ach, Mary, bevor ich es vergesse«, murmelte Mrs Jones und griff in die Tasche am Gürtel ihres Rockes. Sie brachte eine Handvoll bunter Stofffetzen zum Vorschein und beugte sich damit vor.

»Es ist ja ganz natürlich, dass ein Mädchen sich für solchen Krimskrams interessiert«, sagte sie unbekümmert, »und ich selbst kann damit sowieso nicht mehr viel anfangen. Beim nächsten Mal fragst du mich, und dann schaue ich, ob ich vielleicht genügend für eine kleine Pelerine erübrigen kann.«

Marys Augen brannten. »Ihr seid zu gut zu mir«, flüsterte sie ganz leise.

Mrs Jones wehrte den Dank ab, als würde sie eine Fliege verscheuchen, und wandte sich wieder ihrer Näharbeit zu. Dann ließ sie ein vornehmes Rülpsen vernehmen und bemerkte: »Diese letzte Lieferung an Bier scheine ich nicht recht zu vertragen.«

»Ein bisschen guten Apfelwein, das ist es, was du brauchst«, sagte ihr Gatte.

»Ach ja, der wäre wohl bekömmlicher, glaube ich.«

»Daffy«, sagte Mr Jones einen Moment später, als der Hausknecht mit einem Arm voll Scheiten für das Feuer hereinkam, »könntest du bitte hinunter ins Crow's Nest laufen und der Herrin ein Pint Apfelwein holen.«

Daffy blieb wie angewurzelt stehen.

»Nun los«, ermahnte ihn Mr Jones freundlich, »es ist schon spät.«

Der Hausknecht räusperte sich. »Bis zum King's Arms ist es nicht viel weiter.«

Mrs Jones legte dem Gatten ihre kleine Hand auf den spitzenbesetzten Aufschlag. »Mein Lieber ...«

»Nun aber genug mit diesem Unsinn, Daffy!«, rief er, dass seine Stimme in der kleinen Stube dröhnte. »Das Crow's Nest ist das nächste und billigste, und es ist längst an der Zeit, dass du diesen dummen Streit mit deinem Vater beilegst.«

Mary stand auf. »Ich gehe.«

Ihr Herr und ihre Herrin starrten sie an.

»Ich hätte nichts dagegen, ein bisschen an die frische Luft zu kommen«, sagte sie gähnend. »Ich hole nur schnell meinen Umhang.«

Daffy warf Mary ein so dankbares Lächeln zu, dass es sie geradezu überraschte. Der Bursche glaubte offenbar, sie tue ihm einen Gefallen.

Mr Jones hatte die Stirn gerunzelt. Er zog seine Gattin zurate. »Ich weiß nicht recht. Sollte das Mädchen noch so spät draußen sein?«

»Ach, es ist doch gleich um die Ecke. Wenn ihr auf den Straßen von London nichts zugestoßen ist, Thomas, dann kann sie auch das Stück bis zur Weide gehen, glaube ich.«

In dieser Stadt war alles gleich um die Ecke.

Marys Laterne spendete nur ein schwächliches Licht, als sie sich über die Grinder Street bis an die Stelle vortastete, wo zwischen den Häusern eine Lücke klaffte. Kühle Luft kroch unter ihren Umhang. Sie wandte sich in Richtung Weide, die nichts anderes war als ein Meer aus schwarzer Erde. Und da war auch schon das Crow's Nest. Sie hatte ein gemaltes Schild erwartet, doch das Krähennest, das über dem Eingang der Schenke hing, war echt. Es lagen immer noch ein paar Eierschalen darin. Ein paar Zweige hingen heraus und bebten in der kalten Brise. Mary blies ihre Laterne aus.

Obwohl Licht nur von den zwei Kaminen gespendet wurde, musste Mary, da sie aus der Nacht kam, angesichts der gleißenden Helligkeit blinzeln. Es stank nach schalem Bier und Stroh. Sie zwängte sich durch ein Knäuel Männer, die auf der gestampften Erde Würfel spielten. Als einer sie raunend anpöbelte, nahm sie davon keine Notiz. Trotz der sengenden Hitze aus dem Kamin öffnete sie ihren Umhang nicht. Das also ist es, was Daffy hinter sich gelassen hat, registrierte sie neugierig. Eine ordinäre, schäbige Kaschemme.

In einer Ecke hinter den Fässern richtete der Schankjunge sich auf. Er konnte höchstens zehn Jahre alt sein. »Ein Schlückchen Birnenmost, Kleine?«, fragte er dreist.

»Apfelwein. Für Mrs Jones. Und frisch gezapft«, wies Mary ihn an und reichte ihm den Krug.

»Immer gerne«, seufzte der Junge und zog den Spund aus dem Fass.

Als er ihr den Krug wieder reichte, umklammerte sie ihn und wandte sich zum Gehen.

»Anderthalb Penny«, rief der Junge lauter als nötig.

Durch den Rauch hindurch sah Mary, wie Köpfe sich nach ihr umdrehten. Sie wurde rot. »Mrs Jones sagte, man möge es anschreiben.«

»Kommt überhaupt nicht infrage. Entweder zahlst du die Zeche, oder du gibst den Apfelwein wieder her.«

Was für ein unausstehlicher Kerl. Mary drehte sich auf den Hacken um, da schrie er hinter ihr: »Cadwaladyr!«

Von hinten kam mit wallender Lederschürze der Wirt zum Vorschein. »Was ist los?«

Mary unterbrach den Zapfjungen. »Ich bin die Dienstmagd der Schneiderin Mrs Jones, Sir, und sie hat mich geschickt …« Aber da hatte sie Daffys Vater schon erkannt. Die Angst packte sie an der Kehle und schnürte ihr die Luft ab. Den Namen des Mannes hatte sie nicht erfahren, aber wie gut erinnerte sie sich noch an die Augenbrauen, die aussahen wie weiße Flammen, und an sein Gewicht auf ihr in jenem verdreckten Gasthaus in Coleford.

Der Teufel sollte ihn holen! Erst verschwand er, und dann tauchte er wieder auf wie ein Schreckgespenst. Seit sie beide in der ersten Januarwoche aus Nibletts Kutsche ausgestiegen waren, hatte sie ihn nicht mehr zu Gesicht bekommen. Und da war er nun, der Wirt der nächsten

Schenke – und er hatte sie ebenfalls erkannt, obwohl sie sofort die Augen niedergeschlagen und ihr Gesicht in der dunklen Kapuze verborgen hatte. Cadwaladyrs Blick brannte auf ihrer Wange.

»Sie will den Apfelwein nicht bezahlen«, sagte der Junge.

»Schreib es an«, befahl ihm sein Herr.

»Ich konnte ja nicht wissen, um *welche* Mrs Jones es ging«, maulte der Junge.

Aber Cadwaladyr schob ihn einfach weg. »Im Keller ist was ausgelaufen und muss aufgewischt werden.«

Mary hielt die Augen weiter auf den Boden gerichtet. Alles, was sie hören konnte, war das Klackern der Würfel und gedämpftes Gemurmel.

Kaum war der Junge weg, trat Cadwaladyr näher heran. »Dich kenne ich doch, nicht wahr?«, sagte er ganz leise.

Mary beschloss, in die Offensive zu gehen. »Zu meinem Unglück«, sagte sie bekümmert.

Der Wirt beugte sich so zu ihr vor, dass seine breite Nase nur noch ein paar Zoll vor ihrem Kinn war. Sein Raunen war feucht. »Hör auf, mir die Unschuldige vorzuspielen, Miss. Nicht einmal eine Woche nach Coleford hatte ich den Tripper!«

Sie sah ihn verständnislos an. Ihr Herz scharrte wie eine Ratte in einem Käfig. Es stimmte also, was Doll einmal gesagt hatte: dass man noch jemanden anstecken konnte, selbst wenn die Symptome längst verschwunden waren. »Mr Cadwaladyr, ich habe keine Ahnung …«

»Irgendwas hast du aber, weil du es bei mir nämlich entflammt hast«, knurrte er. »Ich glaube, du bist die durchtriebenste Tripperhure, die je über die Strand gelaufen ist.«

Er konnte nicht wissen, wie nahe er der Wahrheit kam. Marys Augen huschten hin und her. Sie hätte diesen sogenannten Mann der Kirche als Lüstling beschimpfen können, der das, was er sich eingehandelt hatte, auch verdiente. Aber sie wagte nicht, ihn zu provozieren. Wenn er den Mund aufmachte und sie anschwärzte, war sie in dieser Stadt erledigt. Schon jetzt warfen ein paar der Zecher neugierige Blicke herüber.

»Da ist zunächst einmal das Pfund, das du mir schuldest«, sagte er ein wenig lauter.

Mary verzerrte das Gesicht. Tränen glitzerten in ihren Augen. Verzweifelt suchte sie nach etwas, das sie hervorquellen lassen würden. Sie dachte an Ma Slatterys Keller, an Doll, die da in der Gasse verrottete. Aber immer noch blieb das Augenwasser hinter den Lidern, so als wären diese Erinnerungen nur Geschichten, Gräuel, die einem anderen Mädchen widerfahren waren. Bis sie an einen lange vergangenen Abend dachte und stumm in sich hineinflüsterte: *Mutter*. Da rollten ihr endlich die Tränen über die Wangen.

Sie lehnte sich an die Theke und sprach mit leiser, erstickter Stimme in Cadwaladyrs Ohr: »Wie könnt Ihr es wagen, solche Andeutungen zu machen, nach dem, was Ihr einer hilflosen Waisen angetan habt.«

Noch bevor er etwas erwidern konnte, griff sie nach dem Apfelweinkrug und machte auf dem Absatz kehrt. Sie war schon durch die Tür und halb durch die Gasse, bevor ihr einfiel, dass ihre Laterne gar nicht brannte. Die Nacht war pechschwarz. Sie musste sich weitertasten wie eine Blinde.

Ihre Gedanken überschlugen sich. Jetzt, wo Cadwaladyr wusste, dass das Mädchen, das ihn getäuscht und mit dem Tripper angesteckt hatte, als Dienstmagd in Monmouth lebte, würde er bestimmt das Maul aufreißen und sie zugrunde richten. Vielleicht erzählte der Waliser die Geschichte jetzt gerade schon herum, um die Bauerntölpel damit zu unterhalten. In einer armseligen Krähenstadt wie Monmouth, wo man sich selten etwas zu berichten hatte, würde sich die Neuigkeit wie die Pest verbreiten. Die Jones' würden es vermutlich gleich morgen früh vom Milchhändler erfahren.

Verflucht sollte der Kerl sein, verflucht!

Sie konnte ihre Stellung verlieren – oder noch Schlimmeres. Auf ein Wort des Hilfspredigers hin konnte sie im Kerker am Stadtrand enden, einfach wegen Hurerei.

Unter dem schlammbespritzten Saum ihres Umhanges wurden ihr die Füße taub. Die Knochen wollten nicht weiter. Etwas zog ihre Beine nach unten, als trüge sie einen bleiernen Rock. Etwas verzagte in ihr beim Gedanken an den Weg, der vor ihr lag. Hatte sich in den nur zwei Monaten, die sie nun in Monmouth lebte, ihr Blickfeld so verengt? Hatte sie ihren Wagemut verloren?

Und was sie dann dachte, schockierte Mary selbst. Denn als sie sich im trüben Licht der Sterne über die Pflastersteine tastete, wurde ihr klar, dass sie bleiben wollte.

In dieser Woche bestickten Mrs Jones und Mary jeden Morgen, wenn das Licht noch gut und ihre Augen ausgeruht waren, Mrs Morgans weißen Samt-Slammerkin. Die Herrin hatte beschlossen, dass das Mädchen Abi nicht mehr bei der Hausarbeit helfen sollte. Marys Hände waren zu kostbar, als dass sie sich an einer Scheuerbürste abnutzen durften. Wenn die beiden nebeneinander vor sich hinarbeiteten, Stunde um Stunde, hatte Mrs Jones das eigentümliche Gefühl, dass sie nicht Herrin und Dienerin waren, sondern beinahe schon Gefährtinnen.

Schon jetzt verbanden ihre gewohnten Themen, ihre kleinen Scherze sie.

»Wo habe ich bloß diese Nadel hingesteckt, Mary?«

»In Euren Schürzenbund, Madam.«

»Ach, richtig!« Mrs Jones zog die Nadel hervor, als hätte sie sie noch nie im Leben gesehen. »Was würde ich nur ohne dich machen, Mary?«

»Euch in die Nadel setzen, Madam.«

Sie erzählte Mary Dinge, die sie – hätte sie sich je darüber Gedanken gemacht – niemals für angemessen gehalten hätte. »Es war unser Nachbar Sal Belter, der mir erklärt hat, wie man einen Jungen bekommt«, vertraute sie Mary eines Morgens an.

»Habt Ihr ihn denn nicht auf die übliche Weise bekommen?«

»Ach, du freches Ding!« Mrs Jones spürte, wie sie bis zur Nasenspitze rot anlief. »Was mache ich da überhaupt, über solche Dinge mit so einem Grünschnabel zu reden?«

Mary hielt den Kopf gesenkt und stickte sorgfältig gleichmäßige Muster.

»Ich habe mich auf die rechte Seite gelegt, hörst du wohl!«, erzählte die Herrin raunend weiter. »Und Thomas musste sich auf die linke Seite legen, damit das Kind in der rechten Kammer empfangen und ein Junge wurde.«

Mary runzelte skeptisch die Stirn. »Und für Hetta habt Ihr das nicht so gemacht?«

»Oh doch, das habe ich. Bei allen habe ich es so gemacht«, versicherte Mrs Jones ihr. »Jedenfalls wenn ich daran gedacht habe. Drei von den anderen waren Knaben.« Ihre eigene Stimme klang hell und dünn wie Glas. »Jedenfalls glaube ich das. Bei einem war es nämlich noch zu früh, um es erkennen zu können, verstehst du? Der erste unserer Jungen hat gelebt, bis er sechs war«, fügte sie hastig hinzu.

»Wirklich?«

»Dann hat er sich in der Kohlengrube ein Fieber geholt.«

»Wo ist die?«, fragte Mary nach einer Pause.

»Im Wald, hinter den Weiden. Vielleicht hätte ich ihn nicht Orlando nennen sollen. Der Name war für so einen kleinen Knaben eine Belastung.« Mrs Jones starrte auf den Punkt, wo ihre Nadel den dicken weichen Samt durchbohrte. »Aber Thomas hat es auf die schlechte Luft in der Grube geschoben. Darum haben wir unseren Grandison auch nie zur Arbeit geschickt. Damals hatten wir ja schon all die anderen verloren, verstehst du? Thomas sagte, Grandison würde einmal etwas Besseres sein«, fügte sie ein wenig zusammenhanglos hinzu. »Er würde lernen und seine Gesundheit schonen und zu einem Gentleman heranwachsen, der seiner Familie Ehre mache.« Jetzt zitterte sie ein wenig, wie ein Zaunpfahl bei starkem Wind.

Mary stickte weiter, schaute aber nach jedem zweiten Stich zu ihrer Herrin hoch. Schließlich streckte sie die Hand aus und legte sie Mrs Jones auf den Rock.

Mrs Jones drückte die schmalen Finger des Mädchens. Sie sah Mary mit tränenerfüllten Augen an und schenkte ihr ein schiefes Lächeln. »Achte gar nicht auf mich«, hauchte sie. »Ich bin ein zu weiches, närrisches Weib.«

Um Mrs Jones Gelegenheit zu geben, sich wieder zu fassen, wechselte Mary das Thema. »Was für ein Mann ist eigentlich Daffys Vater?«, fragte sie beiläufig.

»Cadwaladyr? Oh, dazu kann ich nichts sagen.«

»Ich dachte, Ihr würdet ihn kennen.«

»Das tue ich auch, Mary. Deshalb ist es ja auch so schwierig, ihn in einem Satz zu beschreiben. Der arme Joe«, fügte sie seufzend hinzu. »In letzter Zeit sieht er ziemlich verhärmt aus. Er hatte eben nie jemanden, der für ihn sorgte, verstehst du? Geheiratet hat er erst mit über dreißig – irgendeine Fremde von noch hinter Abergavenny, keiner hier kannte sie. Und die ist dann doch tatsächlich schon im allerersten Jahr im Kindbett gestorben! Sie mussten den Jungen aus ihr herausschneiden, habe ich gehört«, fügte Mrs Jones mit entsetztem Entzücken hinzu.

»Daffy hat also nie eine Mutter gehabt?«

Mrs Jones schüttelte den Kopf. »Er und sein Vater mussten sich alleine durchschlagen, obwohl ich für das Würmchen getan habe, was ich nur konnte. Wie oft habe ich ihn hier im Atelier spielen lassen! Ich fürchte, da ist er auch auf den Geschmack für unser Gewerbe gekommen.«

»Ach so«, sagte das Mädchen. Mrs Jones konnte in den dunklen Augen ihre blitzschnelle Intelligenz ablesen. »Und als er dann erwachsen war …«

»Er hat verkündet, er werde nicht neben seinem Vater in dieser stinkenden Schenke seine Zeit vertun. Er wolle für Thomas Jones arbeiten.«

Das Mädchen grinste, dass ihre weißen Zähne aufblitzten. »Und dann war was fällig.«

»Du kannst es dir gar nicht vorstellen! Aber ein geschickter Bursche ist er schon, unser Daffy, das muss man ihm lassen. Er versteht mit dem Messer und mit der Nadel umzugehen. Ohne ihn käme Thomas gar nicht zurecht.«

Mary arbeitete eine Weile neben Mrs Jones weiter, das leuchtende Gesicht über die Nadel gebeugt. »Aber in letzter Zeit«, fragte sie dann, »hat Cadwaladyr vielleicht … glaubt Ihr, er würde ein zweites Mal heiraten?«

»Ganz bestimmt nicht.« Die Vorstellung amüsierte Mrs Jones.

»Oder würde er sich je …« – das Mädchen errötete ein wenig –, »… Ihr wisst schon, mit einem verderbten Weib einlassen? Einem wie diese Sally Mole, als sie noch lebte?«

Mrs Jones bedachte ihre Dienstmagd mit einem strengen Blick. »Mary, wie kannst du nur so etwas über unseren Hilfsprediger sagen, einen Mann Gottes?«

»Ich habe mich doch nur gefragt«, antwortete das Mädchen ein wenig schmollend.

»Man muss sich Joe Cadwaladyr doch nur anschauen, um zu wissen, dass das ein Ding der Unmöglichkeit ist«, sagte Mrs Jones wieder freundlich. »Er riecht nach Einsamkeit wie nach einer … Zwiebel.«

Das Mädchen nickte nachdenklich. Dann wechselte

Mary, wie es manchmal ihre Art war, urplötzlich das Thema und sagte: »Ich muss Euch etwas beichten, Madam.«

»Was denn?«, fragte Mrs Jones beunruhigt.

»Als ich damals in aller Eile aus London abgereist bin, habe ich ... habe ich vorher etwas nicht beglichen.«

»Schulden, Mary?« Mrs Jones' Hand hielt über dem samtenen Saum inne.

»Nur eine«, beeilte das Mädchen sich zu sagen. »Für die Miete. Wisst Ihr, bei ihrer Krankheit konnte meine Mutter gar nicht anders, als in Rückstand zu geraten, und unsere Hauswirtin in der Charing Cross ...« Das Mädchen verstummte.

»Soll das heißen, sie hat einer sterbenden Frau nicht die Schulden erlassen?«, fragte Mrs Jones erschüttert.

Mary schüttelte langsam den Kopf.

»Wie viel ist es, Kind?«

»Fast ein Pfund.« Sie flüsterte nur noch. »Ich wusste, dass es niederträchtig war, mich, ohne zu zahlen, davonzumachen, aber ich wusste nicht, wohin ich sonst sollte außer zu Euch. Aber jetzt nagt diese Summe an mir ...«

»Natürlich«, murmelte Mrs Jones.

»Oder besser gesagt, an meinem Gewissen. Ich finde keine Ruhe, solange ich der Hauswirtin nicht das Geld geschickt habe.«

Was für ein Juwel dieses Mädchen doch ist, dachte die Herrin. Erst fünfzehn Jahre alt und hat zweimal so viel Weisheit in sich.

Marys Stimme verzagte. »Deshalb habe ich mich also gefragt, ob Ihr es mir wohl auf meinen Lohn vorstrecken könntet?«

»Nun ja«, zauderte Mrs Jones. »Weißt du, Mary, das ist eigentlich nicht üblich. Nichts vor dem Jahresende, das ist die Regel. Ich weiß nicht, was Thomas dazu sagen würde.«

Das Mädchen nickte unglücklich.

Ein wildes Entzücken erfasste Mrs Jones. Sie wusste, was sie tun würde. Sie lehnte sich näher heran und murmelte dem Mädchen ins Ohr: »Aber ich habe eine kleine Kasse für Notfälle, siehst du wohl, und wenn ich dir das Geld daraus vorstrecken würde, müssten wir Thomas mit der Angelegenheit doch gar nicht behelligen, richtig?«

Ein Lächeln blitzte auf, flink wie ein Fisch.

»So machen wir es also, Mary. Du musst dich nicht mehr damit grämen. Es bleibt unser kleines Geheimnis.«

Das Mädchen ergriff Mrs Jones' Fingerspitzen und küsste sie. Ihr Mund war so heiß und weich wie der eines Kindes.

Diesmal befahl Mary dem Zapfjungen im Crow's Nest, er solle den Herrn holen, und zwar auf der Stelle. Sobald Cadwaladyr an die Theke kam, trat sie ins Licht. Ja, es ist wahr, dachte sie, als sie in seine müden Augen blickte. Außer ihr hatte er wahrscheinlich seit zwanzig Jahren kein Weib mehr angerührt. Und wenn er sich tatsächlich etwas eingefangen hatte, hieß es, dass er es sich nur bei ihr geholt haben konnte. Sinnlos, das abzustreiten.

»Da bist du also wieder«, sagte er, »die unschuldige Maid.« Er dehnte die Worte höhnisch.

Mary leckte sich über die Lippen und raunte so leise, dass es kaum vernehmlich war: »Wir haben beide etwas getan, was wir nicht hätten tun dürfen, Pastor.«

»Ein Pastor bin ich nur am Sonntag«, gab er in warnendem Ton zurück und zog seine buschigen Augenbrauen zusammen. »Hier bin ich der Wirt.«

»Nun, jedenfalls«, besänftigte sie ihn, »ist es nicht die schlimme Art von Tripper, die Ihr habt. Dieser hier heilt ziemlich schnell von selbst. Ich werde also niemandem etwas sagen, wenn Ihr schwört, dasselbe zu tun.«

Darauf grinste der Mann nur gemein und stützte sich mit den Fäusten auf die Theke. »Unsere beiden Fälle sind nicht vergleichbar. Meine Pfarrkinder ahnen gewiss schon, dass ich auch nur ein Mann aus Fleisch und Blut bin. Wissen deine Herren auch, dass du eine Hure bist?«

Mary schloss eine Sekunde lang die Augen. Das Wort verschlug ihr den Atem. Es war schon so lange her, seit sie es überhaupt gehört hatte.

Seine Stimme rückte näher. Sein Atem roch nach starkem Bier. »Ausgerechnet Jane Jones, bei allen Frauen auf der Welt, die du hättest ausnutzen können! Wie es der wohl gefallen würde zu hören, was für eine Schlampe sie in ihr Haus gelassen hat?«

Wie Sodbrennen stieg die Wut in Mary auf. Hätte sie ein Messer dabeigehabt, dann hätte sie es jetzt schon in der Hand gehabt. Doch dann schlug sie die Augen wieder auf und sah, wie alt dieser Mann war. Wie viel ihm daran lag, sie zu bestrafen. Nicht wegen des Trippers, nicht wegen des Geldes, sondern wegen der Nacht auf einer stinkenden Matratze in Coleford, als sie ihm die Jungfrau vorgespielt und ihm das närrische Gefühl vermittelt hatte, er sei noch mal jung und gefährlich. »Bitte, Sir«, rang sie sich ab. »Bitte. Ich muss meine Stellung behalten.«

Er verschränkte die Arme noch fester. »Ich habe mir etwas überlegt, wie du mir deine Schuld zurückzahlen kannst«, sagte er.

»Tatsächlich?«, fragte sie neugierig. Vielleicht konnte sie das Geld ja doch noch in der Tasche behalten.

Er nickte in Richtung eines Grüppchens von Zechern in der dunkelsten Ecke der Schenke. »Heute Abend hat ein Reisender nach einem Mädchen gefragt, und ich habe ihm gesagt, dass es seit Sally Mole keines mehr gibt.«

Mary erwiderte seinen steten Blick und wartete ab.

»Sally hat sie früher in eine Kammer über dem Stall mitgenommen.« Er deutete mit dem Kopf. »Die Stiege ist hinterm Haus.«

Er wollte sie nur demütigen. Sie hätte es wissen müssen.

»Einen Schilling pro Nummer für dich und dasselbe für mich«, ergänzte er leichthin. »Bei dieser Rate würdest du nicht allzu lange brauchen, bis du mir das Pfund zurückzahlen kannst, das du mir schuldest.«

Mary gestattete sich ein abfälliges Grinsen. Es bereitete ihr großes Vergnügen, die Münzen aus ihrer Hängetasche zu klauben und ihm über die klebrige Theke hinweg zuzuschieben. »Ihr seid zu großmütig, aber die Notwendigkeit besteht nicht. Hier ist Euer Geld, Pastor.«

Überrascht riss er die Augen auf. Sie griff nach der Laterne und dem Apfelwein für Mrs Jones und stolzierte hinaus.

Die Hände in den Taschen, lehnte Daffy an einem Pfahl. Er beobachtete, wie Mary aus der Schenke auftauchte und hinter sich die Tür zuschlug. Sie hatte einen roten Kopf. Das musste von der Hitze des Feuers kommen.

Als sie ihn sah, schrak sie hoch und verschüttete fast den Apfelwein. »Mein Gott, Mann, was schleichst du denn hier so herum?«

»Ich warte auf dich«, sagte er ein wenig beleidigt. »Die Nacht ist dunkel. Ich dachte, ich könnte dich nach Hause begleiten.« Er nahm ihr die Laterne ab und öffnete das Glas, um die Flamme höher zu stellen.

»Nun, dann danke ich«, sagte Mary beinahe kleinlaut. Sie nahm seinen Arm, bevor er ihn ihr entbot, und gemeinsam gingen sie die Grinder Street entlang.

»Gar nicht so übel die Schenke, die dein Vater da betreibt«, bemerkte Mary.

Daffy prustete nur verächtlich.

»Findest du nicht?«

Als er schließlich sprach, ergoss sich ein Schwall von Worten: »Sie ist genauso wie zu Zeiten meines Großvaters und auch schon wie zu Zeiten von dessen Großvater. Der Mann hat nichts vergrößert oder ausgebessert oder wenigstens einmal in zwanzig Jahren die Wände gekalkt!«

»Würdest du das denn tun?«

Sie hatte eine Art, ihren Finger in die Wunde zu legen, die ihn geradezu sprachlos machte. Er dachte einen Moment lang nach, dann antwortete er: »Wahrscheinlich nicht. Bierzapfen ist ein armseliges Gewerbe, ob mit oder ohne gekalkte Wände.«

»Armseliger, als Hausknecht zu sein?«

Er sah sie scharf an, aber sie zog ihn nur auf. »Mein Vater sagt dasselbe«, sagte er ihr. »Er glaubt immer noch, dass ich wieder nach Hause gekrochen komme in der Hoffnung, diese vor Nässe triefende Scheune eines Tages zu erben. Er sagt, sein Sohn und Erbe solle niemals die Anweisungen eines anderen befolgen müssen. Aber was er nicht begreift«, ereiferte sich Daffy, »ist, dass ich hochgesteckte Ziele habe.« Das Lächeln des Mädchens war strahlend breit. Er fühlte sich aufgefordert weiterzuerzählen. »Weißt du, bei Mr Jones bin ich eher so etwas wie ein Lehrjunge als ein Knecht. Das letzte Mieder für die Witwe Vaughan habe ich fast ganz alleine gemacht.«

»Wirklich?«

»Und ich habe auch schon ein ganz einfaches für eine Quäkerfamilie gemacht. Außerdem werden die Geschäfte mit der Stadt wachsen, da gibt es gar keinen Zweifel. Jeden Winter haben wir hier mehr und mehr vornehme Besucher. Monmouth wird die nächste reguläre Haltestation nach Bath. Ich sage dir, Mary, in ein paar Jahren wird hier ein Schild hängen, auf dem steht: *Meister Davyd Cadwaladyr, Korsettmacher*!«

Sie lachte, es war wie ein tiefes Gluckern aus ihrer Kehle.

Er schleuderte ihren Arm von sich, als wäre er eine Schlange. Wie angewurzelt blieb sie stehen Sie waren schon an der Ecke zur Inch Lane.

»Mach dich nur lustig, so viel du willst«, fuhr er sie mit krächzender Stimme an.

»Aber Daffy, über dich habe ich doch gar nicht gelacht«, erwiderte das Mädchen ganz leise und ernst. »Nur über deine ... Leidenschaft.«

Er zuckte mit den Achseln und verschränkte dann die Arme. »Meine Zukunft ist mir eben sehr wichtig«, erklärte er steif. »Worauf sollte ich denn sonst meine Leidenschaft ausrichten?«

Ihre Lippen im Licht der Laterne waren gespitzt wie eine kleine Rosenknospe. »Zum Beispiel auf Gwyneth.«

»Ach so. Nein«, sagte er und staunte selbst, wie leicht ihm die Worte über die Lippen kamen. »Wir heiraten nun doch nicht.«

Mary riss die Augenbrauen hoch. »Aber die Herrin hat mir doch gesagt, dass ihr euch schon seit Jahren gut seid.«

»Nun ja, inzwischen ist meine Kusine einem Schweinekastrierer versprochen, und damit ist die Angelegenheit erledigt.« Als er es aussprach, glaubte er es beinahe selbst.

»Nein!«, rief sie, und ihre schwarzen Augen wurden schmal.

»Ich kann es dem Mädchen nicht verdenken«, erklärte er leichthin. »Ihre Familie hat kaum etwas zu beißen, und ich bin noch nicht in der Lage zu heiraten. Wer sollte es ihr da verübeln, dass sie nach einem besseren Leben trachtet?«

Schweigend bogen sie in die Wye Street ein. Der Mond war riesengroß, und helle Blüten lugten aus der Dunkelheit hervor. An einem Baum reckten sich schmale Knospen wie Fingernägel in den Himmel. Daffy griff nach einer, und sie stach wie eine Nadel. Irgendwie kam es ihm vor, als liege etwas Zwingendes in der Luft, aber eigentlich fühlte er sich im Februar ja immer so. Es war, als wolle etwas aus ihm hervorbrechen.

In der Inch Lane blieb Mary, die Hand schon an der Haustür, noch einmal stehen und sagte: »Ich wollte mich wirklich nicht über deine Ambitionen lustig machen.«

Er nickte besänftigt.

»Ich habe selbst ein paar«, fügte sie hinzu.

Ihr Tonfall war seltsam geheimnisvoll. So hatte sie noch nie geklungen. Er reckte den Hals und sah ihr hinterher, wie sie auf der schmalen Stiege verschwand.

»Nun los, heute machst du es«, sagte Mary zu Abi, als sie sich morgens anzogen.

»Weiß nicht.«

»Wovor hast du denn so viel Angst?«, fragte Mary und schnürte der Älteren am Rücken das lederne Mieder zu.

Abi zuckte mit den Achseln. »Du Ärger«, murmelte sie und stieg in ihren braunen Leinenrock, den Mary für sie auf links gewendet und neu gesäumt hatte. Das Mädchen lachte schallend.

Schon seit zwei Wochen dachte Abi über die Sache nach, aber immer noch brach ihr am Haaransatz der Schweiß aus, wenn sie über dem Küchentisch Brotteig knetete. Sie kannte es nur so, dass es ein Zeichen von Schwäche war, wenn man um etwas bat. Als wenn man seinen Rücken der Peitsche darbieten würde.

»Herrin«, sagte sie leise, als Mrs Jones geschäftig aus der Vorratskammer kam und sich an ihrer Schürze die Hände abtrocknete.

Mrs Jones war mit den Gedanken woanders. »Abi, diese Teigtaschen sind schon ziemlich eingetrocknet. Ich fürchte, die müssen wir wegwerfen.«

»Ja, Herrin. Aber bitte?«

»Was ist denn, Abi?«

Das Mädchen für alles sah auf seine Hände hinab, die bis zu den Handgelenken voller Teig waren. Sie sprach mit erstickter Stimme. »Ich glauben ... mich fragen ... Ich hören ...« Und dann verstummte sie. Sie konnte doch nicht Marys Namen erwähnen, das wäre die schlimmste Form von Anschwärzen. Auf der Plantage hätten sie einem dafür im Schlaf die Kehle durchgeschnitten.

»Nun komm schon, sag mir, was los ist«, verlangte die Herrin mit sanfter Ungeduld. »Ist es wegen der Teigtaschen?«

Abi schüttelte den Kopf. »Manche sagen ...«, begann sie aufs Neue. Und dann kam es plötzlich ganz unverblümt: »Ich wollen Lohn.«

»Du liebe Güte!« Verwirrt blinzelte Mrs Jones sie an. »Das kommt unerwartet, Abi. Nach all den Jahren, die du schon bei uns bist. Bist du denn nicht zufrieden in unserer Familie?«

Abi zuckte unglücklich mit den Achseln.

»Was fehlt dir denn? Sag es mir. Hättest du zu Ostern gern ein neues Kleid? Ich habe nie geglaubt, dass dir an solchen Dingen etwas liegt.«

Abi schüttelte vehement den Kopf. »Lohn«, wiederholte sie, als wäre es ein Zauberwort.

»Aber wofür genau? Ich meine, um was damit zu kaufen?« Da sie keine Antwort erhielt, fuhr Mrs Jones hastig fort: »Du weißt doch, dass du immer noch nicht an unser Geld gewöhnt bist, mein Liebes. Erinnerst du dich noch, wie man dir damals für diese Scheibe altes Pökelfleisch einen ganzen Schilling abgeluchst hat?«

Abi biss sich auf die Lippe. Sie hatte es doch gewusst. Nichts als Unglück hatte sie über sich gebracht. Dieser Hurensohn von Metzger, jetzt fiel er ihr wieder ein. Es war in ihrem ersten Jahr in Monmouth gewesen, und als sie ihn um das Wechselgeld gebeten hatte, hatte er bestritten, dass sie ihm mehr als zwei Pence gegeben hatte. »Ich gesagt Entschuldigung.«

»Ja, das hast du, und es ist alles längst vergessen«, sagte Mrs Jones und tätschelte Abis bemehlten Ellbogen.

Die Stimme des Hausmädchens war heiser vor Enttäuschung. »Ich wollen nur bisschen Lohn.«

»Nun also.« Abi konnte sehen, wie das Gesicht ihrer Herrin sich veränderte, wie sie sich in ihr Schneckenhaus zurückzog. »Das muss ich natürlich mit dem Herrn des Hauses besprechen. Aber ich fürchte, ich weiß schon, was er sagen wird: Wir haben im Augenblick keinen Penny übrig. Wir haben solch hohe Ausgaben, und du bist ja schon lange genug bei uns, um selbst zu wissen, wie die bessere Gesellschaft es mit dem Bezahlen ihrer Rechnungen hält, Abi.«

Das Hausmädchen starrte sie an, verweigerte aber ein Nicken.

»Aber vielleicht zu Weihnachten, wenn wir besser dastehen«, endete Mrs Jones in aller Eile. »Ja, das ist eine bessere Idee. Vielleicht nicht unbedingt ein Lohn, eher ein Weihnachtsgeschenk. Um dich für all die Jahre zu belohnen, die du schon Teil der Familie bist.« Und als wäre damit die Angelegenheit zur Zufriedenheit aller gelöst, nickte die Herrin und ergriff die Flucht.

Abi starrte ihr nach. Acht Jahre lang hatte sie Mrs Jones für eine gute Frau gehalten, die freundlichste Herrin, die sie je gehabt hatte. Aber heute konnte sie ihr mitten ins Herz schauen, bis in den feigen Kern.

Sie zog den Teig in ihren Händen auseinander und zerriss ihn wie Fleisch.

Es war der erste Montag im März und das Licht gleißend gelb vor lauter Narzissen. Nach dem Hauptessen hatten die Bediensteten ihren freien Nachmittag, und Daffy machte sich wie üblich aus dem Staub. Aber eine halbe Meile vor der Stadt, in Richtung Abergavenny, drehte er sich um und verschränkte die Arme über seinem Wams. »Was willst du von mir, Mary Saunders?«

»Jeder hat das Recht zu gehen, wohin er will.« Sie trat aus dem Schatten eines Kirschbaums, dessen erste Blüten sich schon geöffnet hatten.

»Nun, wenn du das nächste Mal jemandem heimlich nachschleichst, dann solltest du diese Schuhe mit den klackernden Absätzen ausziehen. Damit könntest du nicht einmal ein taubes Kaninchen verfolgen.«

Da schenkte Marys roter Mund ihm ein unerwartetes Lächeln. »Ist das alles, was du an deinen freien Tagen so machst? Kaninchen jagen?«

Daffy schüttelte den Kopf.

»Und was machst du dann hier draußen?«

Er zuckte mit den Achseln. »Ich schaue mich um. Und versuche«, fügte er sarkastisch hinzu, »die Ruhe zu genießen.«

»Was gibt es denn zu sehen?«

»Eine Menge.«

Ein Stück weiter den Hügel hinauf war ihm dann von der Anstrengung angenehm warm, während Mary hechelte wie ein alter Hund. Ihre lächerlichen Poschen wackelten hin und her. Er verlangsamte seinen Schritt ein wenig. Eines musste man dem Mädchen lassen, es gab nicht so schnell auf. Sie kamen an mageren Lämmern vorbei, und er zeigte Mary, wo ihre Wolle sich in der rauen Rinde des Schwarzdorns verfangen hatte. Einen Moment blieb er stehen, damit Mary verschnaufen konnte, und sah einem Hasen nach, der über ein Feld huschte.

Der kaum zu erkennende Pfad wand sich durch getrocknete Kuhfladen hindurch, die wie dunkle Wolken im Gras lagen, in ihrem Inneren kleine blaue Pfützen vom letzten Regen. Danach wurde es steinig, und plötzlich hörte Daffy hinter sich Steine kullern. Mary hockte auf einem Knie, und in ihrem Kleid war ein matschbesudelter Riss. Aber geschrien hatte sie nicht. Unwillkürlich musste er lachen.

»Die Blattern sollst du kriegen«, knurrte sie.

»Es ist doch bloß ein kleiner Riss.«

»Und es ist bloß mein bester blauer Rock.«

»Was musstest du mir darin auch nachlaufen?« Er reichte ihr die Hand, um ihr hochzuhelfen, und dann noch einmal, als sie über einen Haufen Geröll klettern mussten. »Das ist der Kymin«, erklärte er ihr.

»Ich bin noch nie auf einem Berg gewesen«, keuchte Mary.

Wieder lachte er schallend los. Es war schon lange her, seit er etwas so Lustiges gehört hatte. »Das ist doch kein Berg, Mädchen! Der Kymin ist ja kaum ein Hügel. Das da hinten«, und er deutete über die spindeldürren Kirchtürme von Monmouth hinweg in die Ferne, »das ist ein Berg.«

Nichts als Grün und das ganze Land wie gefleckt von Schafherden. Er wartete, bis ihre Augen die lange Bergkuppe und deren schroff abfallendes Ende entdeckt hatten. Blaugrauer Fels, der aus der Ferne beinahe durchsichtig aussah. »Es ist natürlich nur ein kleiner, aber dafür eine echte Schönheit«, sagte Daffy.

»Wie heißt er?«

»Das ist der Skyrrid. Er gehört zu den drei schlafenden Tieren: Sugar Loaf, Blorenge und Skyrrid.«

»Bist du schon einmal hinaufgeklettert?«

»Auf den Skyrrid? Allerdings.«

Mary beschirmte ihre Augen. »Ich frage mich, warum man erst einen riesigen Fels hinaufkraucht, nur um dann auf der anderen Seite wieder hinunterzukrabbeln.«

»Damit man weiß, dass man es gemacht hat.«

Mary sah ihn skeptisch an.

»Die Hänge waren voller Moos und Blaubeeren. Als ich

endlich oben auf dem nackten Grat stand, dachte ich, ich würde vor Angst zerplatzen. Er ist nicht breiter als ein Bett«, erzählte er hastig weiter, denn ihr spöttischer Blick war ihm nicht entgangen. »Trotzdem bin ich ihn von einem Ende bis zum anderen abgelaufen.«

Sie kniff die Augenbrauen zusammen. »Aber wozu denn?«

»Ich wollte mir ein bisschen Erde von der Stelle holen, wo früher einmal die Kapelle gestanden hat. Der Berg gilt als heilig.«

»Und hast du welche mitgenommen?«

»Ich habe einen Beutel davon in meiner Truhe«, vertraute er ihr an. »Es heißt, wenn man etwas davon unter sein Bett streut, wehrt es Krankheiten ab. Und wenn man es auf einen Sarg wirft, findet die Seele darin ihre Ruhe.«

Mary verzog belustigt den Mund. »Also glaubst selbst du, ein rationaler Kerl, an diesen Hokuspokus.«

Er zuckte mit den Achseln und grinste unsicher. »Ich glaube vielleicht nicht unbedingt daran, aber ich sichere mich gern nach allen Seiten ab. Und der Berg strahlt auch wirklich etwas Heiliges aus. Von da oben kann man neun Grafschaften sehen.«

Er dachte, Mary Saunders würde ihn vielleicht bitten, sie aufzuzählen, doch sie schaute sich nur abschätzig um. »Warum haben ein paar Weiden Zäune und andere nicht?«

»Ah«, machte Daffy, »daran kannst du den Gang der Geschichte ablesen.« Ihm gefiel der Satz, aber Mary warf ihm nur einen höhnischen Blick zu. »Bis wir tot sind«, fuhr er rasch fort, »wird jeder Zoll Gras in England als Weideland abgezäunt sein, und es wird kein freies Land mehr geben. Das war ja auch der Niedergang von Gwyns Familie. Sie haben auf der Allmende unten in Chepstow Schweine gehalten, bis dann der Lord alles eingezäunt hat.«

»Dann ist also dieses Einzäunen etwas Schlechtes?«

Daffy zuckte kleinlaut mit den Achseln. »Ich weiß es nicht. Der Fortschritt hängt davon ab. Wir können uns den Zeitläuften nicht entgegenstellen.«

Mary nickte abwesend.

»Ich könnte dir ein gutes Buch über genau diese Frage ausleihen.«

»Wann sollte ich denn Zeit haben, Bücher zu lesen?«, fragte sie ihn. Ihre Lippen zuckten amüsiert.

»Da sieht man mal wieder deine Ignoranz«, tadelte er sie. »Die sogenannte weibliche Bildung ist furchtbar unzureichend. Aber du hast einen hellen Kopf, das ist mir aufgefallen…«

»Genau«, sagte Mary und schaute ihn aus ihren spöttischen dunklen Augen an. »Deshalb kann ich auch für mich selbst denken, anstatt nur Dinge aus Büchern nachzuplappern.« Über ihnen flatterte eine Krähe. Mary hob den Kopf, um sie zu beobachten.

»Brân«, sagte Daffy genüsslich.

»Wie bitte?«

»So sagen wir auf Walisisch zur Krähe.«

»Ach, dieses Kauderwelsch!«, rief Mary verächtlich aus. »Das hast du bestimmt auch wieder aus einem Buch, oder?«

»Nein, von meiner Großmutter.«

Mary starrte den schmutzigfarbenen Vogel an, der sich auf einem Busch niedergelassen hatte. »Besonders schön sieht sie nicht gerade aus.«

»Oh, aber die Krähe ist ein umsichtiger und witziger Vogel«, erklärte er ihr.

»Ein dreckiger Plagegeist.«

Er schüttelte den Kopf, einmal mehr erstaunt, wie wenig das Mädchen doch wusste.

»Ich gebe zu, dass sie alles stehlen, was glänzt, aber sie haben Sinn für Humor, und sie wissen Dinge.«

»Was für Dinge?«

»Zum Beispiel, wann es regnen wird.«

Das Mädchen verdrehte die Augen.

»Und es heißt, dass sie die Zukunft weissagen können. Nicht, dass ich das glauben würde«, fügte Daffy an. »Aber ich habe tatsächlich einmal von einer gelesen, die hundert Jahre alt geworden ist.«

Die Krähe flog näher heran, so als wollte sie ihr Lob hören. Sie krallte sich an einen Zaun und nahm ihn in Beschlag. Das dichte, zerzauste Gefieder glänzte wie Eis. Die Krähe riss den Schnabel auf und stieß ein heiseres Krächzen aus.

»Eine Krähe darf man übrigens niemals töten«, warnte Daffy das Mädchen.

»Aber die Bauern tun das doch, oder?«

»Manchmal«, sagte er skeptisch, »aber es bringt Unglück. Vielleicht kommt sie zurück, wenn du tot bist, und hackt dir die Augen aus.«

Mary lachte abermals auf, doch dahinter hörte er auch einen Hauch von Angst. »Kein Vergleich zu einem Geier. In London habe ich Geier am Tower gesehen. Riesige, Furcht einflößende Biester mit krummen Schnäbeln.«

»*Du vergisst, dass ich aus London komme, Bürschchen*«, äffte er genau das nach, was sie ihm an ihrem ersten Tag in Monmouth gesagt hatte. Es war schwer, diesem Mädchen die Röte ins Gesicht zu treiben, aber jetzt meinte Daffy entlang der Wangenknochen doch einen dunkleren Ton zu erkennen.

»Wenn du dein ganzes Leben am Ende der Welt zugebracht hast«, erklärte sie überheblich, »dann kann man von dir wohl kaum erwarten zu verstehen, was dir entgeht. In London gibt es Dinge«, redete sie weiter, bevor er etwas entgegnen konnte, »für die du nicht einmal das Wort wüsstest, trotz deiner ganzen Bücherweisheit! In den Zimmern sind die Wände mit lauter Seide und Satin behängt, so schön, wie du es dir gar nicht vorstellen kannst.«

Plötzlich bückte Daffy sich und pflückte eine kleine schneeweiße Blume. »Eine Anemone«, sagte er und reichte sie ihr. Er ließ sie das Wort wiederholen, bis sie es richtig aussprach. »Zeig mir mal eine Seide, die so aussieht.«

Mary verdrehte wieder die Augen. »Mrs Jones und ich können ganze Röcke mit herrlichen Blumen bedecken und müssen nicht erst hinaus in den Matsch gehen, um sie zu sehen.«

»Pah!«, stieß er rüde aus. »Kümmerliche kleine Dinger stickt ihr, die alle dieselbe Form haben und so platt sind wie der Faden. Das hat nichts mit Natur zu tun.«

Sie zuckte mit den Achseln. Das Halstuch hatte sich gelöst, und das entblößte Schlüsselbein kam zum Vorschein, weiß wie Sahne.

Daffy rannte hin und her und pflückte ihr eine ganze Schürze voll mit Blumen. Rote Waldnelken, die, so erklärte er ihr, gar nicht rot waren, sondern rosa wie die Innenseite einer Lippe. Heide-Günsel, der aus lauter kleinen, rotblauen Stacheln bestand. Nach einer Bergwicke kam ein kleines, blasses Ding, das er Kuckucksspeichel nannte, obwohl manche auch Fleischblume oder Wiesenkresse dazu sagten.

»Wofür braucht sie denn drei Namen?«, fragte Mary.

»Wofür brauchst du denn drei Kleider?«

»Du machst dich über mich lustig.« Im Weitergehen schaute Mary auf ihre Schürze hinab. »Neun«, sagte sie schließlich.

»Blumen?«

»Kleider. Wenn ich ein Mieder und einen Rock als ein Kleid rechne.« Sie wurde ein wenig rot. »Die meisten habe ich sehr billig gekauft, in London.«

»Und wofür brauchst du diese ganzen Kleider«, neckte

er sie, »wenn die Blumen auf dem Feld doch auch keine haben?«

»Ach«, rief sie verächtlich – den Ausruf hatte sie von ihrer Herrin, fiel ihm auf. »Was wären wir denn für arme, kümmerliche Gestalten, wenn wir nackt herumlaufen würden.«

Für einen Moment stellte er sich dieses Bild vor: Mary Saunders, wie sie splitternackt über den Kamm des Kymin lief. Dann schüttelte er den Kopf, um das Gespinst loszuwerden.

»Der Herr allerdings«, fuhr Mary fort, »braucht nicht einmal zwei Beine.«

»Mr Jones ist ein großartiger Mann«, erklärte Daffy ihr ernst. »Als kleiner Junge schon so eine Erschwernis zu überwinden – das nenne ich Willenskraft.«

»Er ist also dein Vorbild?«, fragte Mary spöttisch. »Willst du auch einmal ein einbeiniger Korsettmacher werden und eine Schneiderin heiraten?«

Daffy spürte, wie aus seinem Halstuch die Röte aufstieg, obwohl er selbst nicht recht wusste, warum. »Mrs Jones ist … die beste Frau, die man sich vorstellen kann. Als ich noch ein Kind war, mit solch einem Tölpel als Vater, da war sie unsere einzige Rettung. Wie oft kam sie mit einem Korb voller eingemachter Birnen und sauberer Wäsche in unser schmutziges Haus, und dann strahlte mein Vater, als wäre sie der Erzengel Gabriel.«

»Glaubst du, er hatte ein Verlangen nach ihr?«, fragte das Mädchen. »Er spricht sehr gut über sie«, fügte sie scheu hinzu.

Verdutzt blieb Daffy stehen. »Du meinst … als er gerade Witwer geworden war?«

»Oder vielleicht sogar schon vorher, als sie alle noch jung waren. Cadwaladyr hat doch erst spät geheiratet, oder? Lange nach Mrs Jones. Und er hat sich nie wieder eine Frau gesucht, nachdem deine Mutter gestorben war.

Dabei hätte er die Hilfe doch gut gebrauchen können, wie es sich anhört.«

»Das stimmt«, gab Daffy widerwillig zu.

»Und wenn dein Vater sich tatsächlich nach der Herrin gesehnt hat«, fuhr Mary lebhaft fort, so als erzählte sie eine Geschichte, »würde das auch erklären, warum er es dir so verübelt hat, dass du für Mr Jones arbeiten kamst.«

»Das war überhaupt nicht der Grund«, widersprach Daffy. »Sein Kopf arbeitete so mühsam, als wäre er voller Schlamm. Mein Vater glaubt, dass die Schenke…«

»Zum Teufel mit der Schenke!« Marys Augen glänzten. »Es ist schlicht und einfach Eifersucht. Er kann es nicht ertragen, zu sehen, dass du im Dienst des Mannes stehst, der ihm das Mädchen gestohlen hat, das er haben wollte.«

Daffy schüttelte den Kopf, als wollte er eine lästige Fliege verscheuchen. »Du hast zu viele Romane gelesen«, erklärte er entschieden. »Du solltest es mal mit einer Enzyklopädie versuchen.«

»Romane bilden mehr!«, rief sie ihm zu. Jetzt tanzte sie beinahe und drehte sich vor ihm auf dem grünen Bergrücken im Kreis.

»Tun sie nicht. Sie haben dich in die Irre geführt. Nicht alle Motive sind niedrig«, beharrte er ernst. »Das menschliche Herz ist nicht eine solche Gosse, wie du denkst.«

»Daffy«, sagte sie leise und trat dabei ganz dicht an ihn heran. »Ich weiß mehr über das menschliche Herz, als du je in all deinen Enzyklopädien finden wirst.«

Etwas lag in ihren Augen, Verbitterung oder Trauer. Es erschreckte ihn. Was hatten diese Augen in ihren kaum fünfzehn Lebensjahren gesehen? Am liebsten hätte er den Arm ausgestreckt und sie mit seiner schwieligen Hand geschlossen. Er wollte Mary Saunders küssen, bis sich die Berge um sie beide drehten.

Als könne sie seine Gedanken lesen, wandte sie sich ab.

»Erzähl mir, wie sieht das Bein des Herrn aus?«, fragte sie nach einer Weile, kess wie immer.

»Was?«, fragte Daffy benommen zurück.

»Das Bein, das er nicht hat. Wie sieht es aus?«

Krampfhaft versuchte Daffy, hinter den Sinn der Frage zu kommen.

»Ich meine, das Stück, was er noch hat, bevor es aufhört«, fragte sie ungeduldig nach. »Ist es schartig? Kann man noch die Zähne der Säge sehen?«

»Ich habe es noch nie gesehen.«

»Aber das musst du doch.«

Daffy schüttelte wieder den Kopf.

Sie trat ein wenig näher an ihn heran und flüsterte: »Fehlt sonst noch was?«

Was für ein dreistes und seltsames Mädchen. Daffys Gesicht glühte. Er hielt es in die kalte Brise und starrte ins Tal hinab. »Das da ist der Sugar Loaf«, sagte er nach einer Weile. »Und da hinten liegt Glamorganshire. Da sprechen sie kein Englisch.«

Mary blickte auf das fremde Land hinab. Nach ein paar Minuten sprach sie so, als setze sie gerade eine stumme Unterhaltung fort. »Du solltest es besser wissen.«

Verwirrt sah er sie an.

»Diese Gwyn. Es hört sich ohnehin nicht so an, als wäre sie eine besonders gute Partie, und Vetter und Kusine ersten Grades sollten sowieso nicht heiraten, habe ich gehört. Sie bekommen komische Kinder. Ich bin mir sicher, du könntest etwas Besseres finden.«

Er wusste nicht, was er sagen sollte. Am liebsten hätte er gelacht, brachte aber keinen Laut heraus.

Mary zeigte auf eine Blume mit einer großen weißen Knospe. »Was ist das für eine?«

»Ah ja«, sagte er. »Die heißt Bärlauch. Reib dir damit mal über die Armgelenke, als Parfüm.«

Unbedacht gehorchte sie ihm. Ein Gestank stieg ihr in die Nase.

Daffy lachte laut auf. »Manche nennen es auch Waldknoblauch.«

Sie warf ihm die zerriebenen Stängel ins Gesicht und lief den Hügel hinab.

Noch nie hatte Mr Jones ein größeres Teil angefertigt. Die fette alte Witwe Tanner würde für ihr neues Korsett zu Ostern ganze sechzig Fischbeinstreifen benötigen. Wenn er es bis Karfreitag fertig hatte, würde er ihr jedenfalls das Doppelte berechnen und sich weigern, mit ihr darüber zu streiten! Mary Saunders hielt einen der gewölbten Knochen für ihn, während er ihn hinten festnähte. Ihre Hände waren ganz ruhig, sie zitterten nie.

»Ich nenne keine Namen, Mary«, murmelte er und zog den Faden straff, »aber manche Korsettmacher geben sich nicht mehr Mühe, als die Stäbe in die Schlaufen zu stecken, und dann rutschen sie hin und her, wie es ihnen gefällt.«

Das Mädchen schnappte nach Luft, als sei es schon von dem schieren Gedanken entsetzt. Er wusste, dass sie sich über ihn lustig machte, aber er nahm es ihr nicht übel. Seine Augen konzentrierten sich auf das Fischbeinskelett in seiner Hülle aus schlichtem Leinen. Es würde noch drei Tage Arbeit kosten, bevor er vorne, am Rücken und an den Seiten mit den Schnürungen anfangen konnte, die Mrs Tanners ausufernder Leib erforderte.

»Wird dieses Korsett aus Seide sein?«

Er warf dem Mädchen einen amüsierten Seitenblick zu. Noch nie war ihm jemand begegnet, der sich so für edle Stoffe begeistern konnte. »Das Obermaterial ja, aber das spielt kaum eine Rolle, Mary. Jedes Korsett kann von außen gut aussehen, selbst wenn es innen liederlich gearbeitet ist.« Er schob die kalten Hände des Mädchens eine Winzigkeit zusammen, um den Spannungswinkel zu verändern. »Worauf es ankommt, ist das Fischbein.«

»Das weiß ich«, sagte sie ein wenig gelangweilt. »Aber die neue grüne, gerippte Seide ist viel schöner als der alte Brokat, den Ihr für Mrs Pringles Korsett verwendet habt.«

Mr Jones schmunzelte. »Ach, weißt du, die Schönheit. Die Schönheit erfordert Opfer.«

»Opfer?«

»Die Franzosen haben das nie begriffen«, verkündete er. »Ihre Schönheiten hängen lose herab. Das Einzige, was sie interessiert, sind eine Kante mit glänzenden Schleifen und eine plumpe *décolletage*. Aber hier in England machen wir die unnachgiebigsten Mieder der Welt. *Aufrechter Körper*«, zitierte er, »*aufrechter Geist*. Die Taillen englischer Ladys sind gerader und schmaler als alles, was die Natur hervorbringen kann.«

»Aber manchmal tun Mieder auch weh. Ihr solltet mal eines anprobieren«, sagte sie leise.

Er ignorierte diese kesse Bemerkung. »Es gibt eine universelle Anbetung der Schönheit, der das schwache Geschlecht nicht entrinnen kann. Hast du je die Gunning-Schwestern gesehen?«

Mary schüttelte den Kopf.

»Nein, natürlich nicht. Da musst du ja noch ein Kind gewesen sein. Jedenfalls, sie waren die berühmtesten Schönheiten ihrer Zeit. Miss Maria und Miss Susanna. Kannst du erraten, wie Miss Maria gestorben ist?«

Ein weiteres ungeduldiges Kopfschütteln.

»An Schminke«, sagte Mr Jones mit grimmiger Genugtuung. »Sie hat ein Pulver verwendet, das Ihr Gesicht bleich und glatt machen sollte, und schließlich hat es sie vergiftet.«

Mary schüttelte sich kurz. »Macht Ihr Hetta dann also auch ein Korsett?«, fragte sie einen Augenblick später.

Er schaute sie fragend an.

»Hat sie Euch denn noch nie darum gebeten?«

»Das Kind ist noch nicht einmal sechs Jahre alt«, murmelte er und stach die lange Nadel durch das Leinen.

»Im Fall Eurer eigenen Tochter gebt Ihr also zu, dass es vielleicht wehtut?«

Manchmal hatte das Mädchen wirklich eine schrecklich stichelnde Art. Mr Jones unterdrückte ein Schmunzeln. »Für Hetta würde vielleicht ein kleines aus Leinwand reichen, das locker getragen wird. Ich habe meine Frau immer davon abgehalten, ihres zu fest zu schnüren.«

Mary sah verstohlen an sich herunter. Sein Blick folgte ihrem. Der Brustkorb unter dem blauen Mieder war so straff wie ein junger Setzling. Mit ihren fünfzehn Jahren war sie schon eine voll entwickelte Frau. »Wo hast du dieses da her?«, fragte er fachkundig.

»Aus London.«

»Aber aus welchem Geschäft?«

Ihre dunklen Augen verdüsterten sich noch mehr. Was hatte er denn nur gesagt? »Eine Freundin hat es mir hinterlassen«, antwortete Mary schließlich. »Als sie gestorben ist.«

Er richtete die Augen wieder auf seine Arbeit. »Es ist ein einfaches Teil«, sagte er unwirsch. »Ohne große Straffheit, aber die Auskleidung ist in Ordnung.« Seine Hände fuhren suchend über die weißen Fischbeinstreifen, dann griff er nach dem, den er brauchte. »Allerdings wärst du keine Kundin nach meinem Geschmack«, murmelte er leise.

»Nein?«

»Da gibt es ja kaum etwas zu korrigieren«, erklärte er nüchtern. »Ein Mädchen wie du könnte ebenso gut einen Sack tragen.«

Er sah nicht auf, nur für den Fall, dass sie erröten würde.

»Hässlichkeit ist Euch also lieber?«, fragte das Mädchen mit belegter Stimme.

»In gewisser Hinsicht schon«, gab Mr Jones zu. »Dieses Korsett zum Beispiel, das ich für Mrs Leech gemacht habe – das war nun wirklich eine Herausforderung. Verstehst du das, Mary? Ich kann den weiblichen Körper in jedwede Form bringen, wie es mir gefällt. Ich stelle mir gern vor, dass ich einen Effekt harmonischer Symmetrie anstrebe, so in etwa, wie die architektonischen Entwürfe von Mr Adams es tun.« Dann dachte er, dass diese Anspielung an dem Mädchen womöglich vergeudet war. »Ich könnte sogar so weit gehen, mich einen Schöpfer der Frauen zu nennen.«

»Ihr verschönert also das Werk des Schöpfers?«, fragte sie nassforsch.

Mr Jones dachte darüber nach und schnitt dabei langsam weiter zu. »Ich setze es eher fort. Ich bediene mich dessen, was er uns geschenkt hat, um Seine Schöpfung zur höchsten Perfektion zu bringen.« Mr Jones hob sich prüfend einen gebogenen Knochenstreifen vor die Augen. »Aber ich mag auch schon die Korsette selbst, ganz unabhängig davon, sie denen anzupassen, die sie tragen. Ihre Komplexität, verstehst du? Ihre Stärke.«

»Tatsächlich?«

»Wie sie alles an der richtigen Stelle halten.«

Mary lächelte. Ihr Mund war wirklich zu groß, fand der Herr. Die Lippen zu durchblutet. Wie ging noch gleich der alte Vers?

Groß wie sein Mund ist auch des Weibes Pflaum',
Wie seine Nas' erhebet sich des Mannes Baum.

Leicht errötend beugte er sich über seine Arbeit.

In diesem Moment trat der Hausknecht mit einem Stapel

Kisten ein. Er brachte von draußen einen Hauch mit herein, den Geruch nach harter Arbeit an der frischen Luft.

Mr Jones blickte auf, um Daffy etwas zu fragen, und sah, dass der Hausknecht mit herabhängenden Armen dastand und die Dienstmagd anstarrte, und sah, dass das Mädchen seinen Blick erwiderte. *Mary und Daffy*, dachte er bei sich und wandte den Blick ab. *Daffy und Mary*. Das klang wie ein altes Gedicht.

Im Flur hörte er Hetta plärren und Mrs Ash, die das Plärren mit strenger Stimme zu ersticken versuchte. Er wartete schon auf die eilenden Schritte, die seine Gattin und deren Stimme ankündigen würden, mit der sie das Kind und die Amme gleichermaßen beruhigen würde.

Was Mr Jones da gesehen hatte, schnürte ihm die Kehle zu und hinterließ ihm ein flaues Gefühl im Magen. Seine Hand zitterte, und er legte sein Messer beiseite.

Mr Jones fühlte sich alt – alt und verkrüppelt. Plötzlich fing sein Bein, das er vor einem Vierteljahrhundert verloren hatte, wieder an zu schmerzen.

Nance Ash wachte mit dem Gefühl auf, als laste etwas auf ihren Händen und ihrem Gesicht. Nach ein paar Sekunden kam ihr wieder zu Bewusstsein, dass ja Ostersonntag war. *Der Herr ist auferstanden.* Sie wartete, dass ihre Stimmung sich aufhellte, aber nichts geschah.

Dabei war Ostern, schon aus Prinzip, ihr Lieblingsfest. Es wurde nicht von solchen Frivolitäten begleitet wie Weihnachten. Hier ging es um das Leiden und den Sinn des Leidens, um den Triumph des Leidens und seinen Trost. Aber heute Morgen war ihr Herz verschlossen wie eine Gruft und der große Stein davor zu schwer, um ihn wegzurollen.

Im Stockwerk unter sich konnte sie die eiligen Schritte ihrer Herrin hören. Eine Frau, von der Nance Ash zugeben musste, dass sie herzlich war, selbst wenn Mrs Jones sie in all den Jahren bei vielen Gelegenheiten enttäuscht hatte (erst jüngst und in beschämender Weise in der Angelegenheit dieser Stoffreste). Überdies hatte sie die Neigung, ihr Vertrauen falschen Freunden zu schenken, so wie dieser Mary Saunders. Eine gutmütige Herrin, besser als viele andere und nicht schlechter als nur wenige. Nicht besonders fromm, aber auch nicht unbedingt gottlos. Eine Frau, die durch ihr Geschick mit der Nadel und die Heirat mit einem hart arbeitenden Mann aus dem Nichts emporgestiegen war. Aus der Back Lane, fügte Mrs Ash im Geiste hinzu, was ja noch schlimmer war als Nichts. *Der Herr macht arm und macht reich.* In seinem unergründlichen Ratschluss hatte Gott es für gut befunden, Mrs Jones zum Haupt einer Familie zu machen, behütet in der Liebe eines anständigen und aufrechten Gatten. Und Mrs Ash hatte er diesem Weibe als Dienerin unterstellt.

Nie wäre es Mrs Ash eingefallen, Seinen Willen zu hinterfragen. Er hatte ihr Herrschaften geschenkt, die sie auch bei sich behalten hatten, nachdem ihre Milch längst versiegt war, aus Barmherzigkeit. Das Wort schmeckte wie ein trockener Brotkanten im Mund. Zum tausendsten Mal wappnete Nance Ash sich für den Gehorsam. *Aber der Engel des Herrn sprach zu Hagar: Kehre zurück zu deiner Herrin und ertrage ihre Härte.*

All das ließ sich ertragen. Selbst Schlimmeres konnte man erdulden, in der Hoffnung auf die letztliche Auferstehung.

Sie kleidete sich genauso wie an jedem Tag ihres Lebens. Sich für Ostern herauszuputzen würde den auferstandenen Herrn kaum beeindrucken. Auf einem Stiegenabsatz prallte sie beinahe mit der Londonerin und dem Hausknecht zusammen, die, in ein Gespräch vertieft, beieinanderstanden. Ihre Gesichter waren kaum einen Zoll voneinander entfernt. Beim Anblick von Mrs Ash fuhren sie zurück. Schuldbewusstsein lag in der Luft wie winziger Staub, den das Licht einfängt.

»Guten Morgen, Mrs Ash«, sagte Daffy überfreundlich. »Darf ich der Erste sein, der Euch die Glückwünsche des Tages darbietet?«

»Die Auferstehung unseres Herrn ist kein Karneval«, erklärte sie ihm und rauschte an ihm vorbei. Sie schaute nicht noch einmal zurück, um das Gesicht des Mädchens zu sehen. Auch so wusste sie, welche Mischung aus Unverfrorenheit und Lüsternheit darin liegen würde. Was für eine Frechheit, in dieses Haus zu kommen und sich daranzumachen, einen jungen Mann von seinen Pflichten abzuhalten. Mrs Ash kam zu dem Schluss, dass Daffy ein prachtvoller Bursche gewesen war, bis Mary Saunders ihr dunkles Auge auf ihn geworfen hatte.

Die zwei sollten sich lieber vorsehen, alle beide! Was auch immer die anderen taten – sie jedenfalls würde vor Ferkeleien in irgendwelchen Ecken nicht die Augen verschließen! Und was die zwei gerade empfanden – oh, Nance Ash erinnerte sich nur zu gut an ihre Verlobungszeit, diesen unheiligen Knoten im Bauch. Es konnte die beiden am Ende noch hinwegfegen wie ein Orkan.

Als Osteressen würde es bei den Jones' Hasenpastete geben, dank Daffy, der mit zwei solchen Tieren über der Schulter heimgekommen war. Mrs Jones lächelte in sich hinein, als sie den Teigdeckel mit Ei bestrich. Die Tage des Fastens waren vorüber.

Das war jetzt schon das zweite Mal in kurzer Zeit, dass Mrs Morgan eine Bemerkung über ihr Fernbleiben von der Kirche gemacht hatte. Es war also an der Zeit, dass die ganze Familie sich blicken ließ. In St. Mary's saßen die Frauen nebeneinander auf den hinteren rechten Kirchenbänken, zusammengezwängt wie Fische. Mrs Jones hatte sich zu diesem Anlass ihre Zähne eingesetzt und versuchte daran zu denken, nicht zu breit zu lächeln, nur für den Fall, dass die Zinnprothese im Licht des Kandelabers glänzte. Mrs Ash zu ihrer Linken hatte sich von dem Moment an, wo sie die Kirche betreten hatten, niedergekniet und den Kopf auf die Hände gelegt. Ihre Herrin schluckte einen Anflug von Ärger hinunter. Aus dem Augenwinkel konnte sie drüben auf der Männerseite ihren Gatten und Daffy erkennen. Daffy sah zur Decke hoch, als würde dort oben zwischen all den Spinnen etwas Wundersames vor sich gehen. Ihr Gatte hatte in perfekter orthodoxer Manier die Hände im Schoß zusammengelegt. Niemand würde ihm seine Überzeugung ansehen, dass die Kirche von England, wie er ihr erst neulich abends auseinandergesetzt hatte, so korrupt sei wie ein toter Hund und alles andere als der richtige Ort, den Göttlichen anzurufen.

Mrs Jones holte tief Luft und begann allmählich Spaß zu haben, trotz des Gefühls, dass sie zu viele Zähne im Mund hatte, die an ihr fraßen. Rings um sie überall Kleider, die sie genäht hatte. Sie stieß Mary mit dem Ellbogen an, als Miss Theodosia Fortune in der Taftpelerine mit dem verzierten Saum vorbeikam, der ihnen beiden so viel Sorgen gemacht hatte. Dann reckte sie den Kopf, um an Mrs Ha'penny vorbeizuschauen, die, begleitet von sanftem Schnarchen, in ihrer Haube vor sich hindöste. Auf der anderen Seite der Kirche sah sie, dass Mrs Halfpennys Gatte, der Ratsschreiber, etwas in sein Gesangbuch gesteckt hatte. Beim Lesen bewegten sich seine Lippen.

Mrs Jones spielte mit der Vorstellung, die Damen von Monmouth seien ihre Puppen: wandelnde Annoncen ihrer Kunstfertigkeit. Die Eitleren ruckten die Köpfe hin und her wie Tauben, um zu prüfen, ob auch niemand mehr Rüschen trug als sie selbst. Mit all den bunten Röcken und gefiederten Strohhüten und dahinter den alten Buntglasfenstern war die kleine Kirche so farbenprächtig wie eine Obstschale. Selbst Cadwaladyrs Gewand leuchtete wie ein Bluterguss.

In der Predigt des Hilfspfarrers ging es um Kleider. »Sind denn die Geschöpfe des schönen Geschlechts leere Gefäße«, psalmodierte Cadwaladyr finster, »dass sie ein solches Gewese um ihr Äußeres machen müssen?«

Mrs Halfpenny war inzwischen aufgewacht. Neben ihr saß mit vor Verdruss bebenden Hutfedern die stattliche Mrs Morris aus Chepstow, die den Jones' noch fünf Guineen schuldete, und der Himmel mochte wissen, was überdies noch anderen.

»Die Verschwendung von Zeit und Geld auf nichts als Putz wird unsere Nation gewiss noch bettelarm machen«, klagte der Prediger. »Außer wenn« – sein geröteter Finger fuhr über die Kirchenbänke hinweg – »die Damen sich aus freien Stücken von stolzer Eitelkeit zu nüchterner Sparsamkeit hinwenden.«

Überall raschelte und knarrte es. »Und das von einem, der berauschende Getränke verkauft«, zischte Mrs Halfpenny.

»Der Mensch versucht, unser Geschäft zu ruinieren«, raunte Mrs Jones Mary boshaft ins Ohr. Noch nie hatte sie es erlebt, dass man den Damen solche Tadel ins Gesicht schleuderte.

Aber inzwischen musste Cadwaladyr wohl erkannt haben, dass er zu weit gegangen war. Nach der Hälfte seiner Predigt wechselte er die Richtung. Äußere Zierde könne auch eine innere Zierde zum Ausdruck bringen. Er ging sogar so weit einzuräumen, der Schöpfer erfreue sich der Schönheit seiner Geschöpfe. »Aber vor allem verlangt er ein gläsernes Herz«, fuhr der Hilfsprediger mit anschwellender Stimme fort. »Dass seine Menschen das sind, als was sie erscheinen.«

Die Dienstmagd neben Mrs Jones hatte trotzig das Kinn vorgereckt. Sie schien etwas gegen den Mann zu haben. Was für ein unberechenbares Mädchen Su Rhys' Tochter doch war. Nicht, dass Su selbst vollkommen frei von Stimmungen und Migränen gewesen wäre, was für eine gute Frau sie auch gewesen sein mochte.

Als die Predigt endlich vorüber war, herrschte in St. Mary's eine Hitze wie in einem Ofen. Unter dem schweren Geruch von Weihrauch und Pomade nahm Mrs Jones auch den Schweiß der Empörung wahr. Und noch einen Hauch, den sie nicht erkannte, dunkel und erdig. Erst auf dem Weg nach draußen, als sie hinter weit ausladenden Röcken und gelegentlichen Galadegen zum Ausgang trippelte, kam sie wieder darauf, was es sein musste. Jenseits der Kirchenbänke war der Boden bedeckt mit den Grabsteinen der vornehmen Familien. In einer Ecke war das Pflaster abgetragen und Erde aufgehäuft worden, bedeckt mit Blumen und Blättern. Es musste eine Winterbeerdigung gegeben haben. Jetzt war das Grünzeug zu Schlamm verrottet und roch penetrant lebendig.

»Manchmal«, sagte Daffy verträumt, »wenn ich einen ganzen Tag frei habe, dann laufe ich das ganze Tal hinab bis zum alten Kloster von Tintern. Dort ist nie eine Menschenseele. Ich lege mich gern ins hohe Gras und zähle die Fenster. Und nie komme ich zweimal auf die gleiche Anzahl.«

Mary lag neben ihm auf der Chippenham Meadow, das Gesicht nur sechs Zoll von seinem entfernt. Es war acht Uhr abends an einem ungewöhnlich milden Apriltag. Auf ihrer Wange konnte sie Daffys heißen Atem spüren. Er war einer jener Menschen, die stets in alle Richtungen eine Art Hitzewelle aussandten, selbst durch seinen doppelt gefütterten Winterrock hindurch.

»Über diesen alten Steinsäulen ist der Himmel so blau,

Mary. Es sieht aus, als wäre ein Riese vorbeigekommen und hätte das Dach abgenommen, um zu schauen, was darunter ist. Vielleicht nehme ich dich irgendwann im Sommer mal nach Tintern mit«, schlug er vor. »Es ist zwar ein ziemlich weiter Fußmarsch, aber du bist kräftiger, als du glaubst.«

Sie nickte, ohne hinzuhören. Ihr Kopf ruhte auf ihrer Faust, und sie schaute auf die Wölbungen ihrer Brüste hinab, hell wie frische Butter.

Jetzt plapperte er etwas über die Krähen und zeigte nach oben, wo sie am dunkel werdenden Horizont von Baum zu Baum segelten. »Jede von ihnen geht in der Dämmerung allein auf die Suche nach Futter«, erklärte er aufgekratzt, »aber dann ruft der Leitvogel sie nach Hause. Zum Spiel jagen sie einander, aber am Ende schlafen sie doch alle zusammen in einer großen Kolonie. Die Gemeinschaft macht sie stark, verstehst du?«

Mary reckte sich gähnend und rückte, so als merkte sie es gar nicht, ein Stückchen näher. Sie konnte sehen, dass Daffys Kniehose sich im Schoß zu straffen begann. Ein Machtgefühl stieg in ihr auf wie Wasser in einer Quelle. Sie sagte sich, dass sie diesen Mann zum Stehen bringen konnte wie eine Weizenähre.

Oh, wie köstlich er war, dieser Augenblick vor dem Begehren, vor der Zurückweisung. Denn natürlich würde sie Nein sagen. Sie hatte nicht die Absicht, wegen einer Herumtollerei im Gras mit Daffy Cadwaladyr ihr neues Leben zu riskieren.

Wehe, wenn er es versuchte. Mary würde nicht einmal etwas sagen müssen. Sie würde ihn nur von sich stoßen, genau an dem Punkt, an dem er zu sprechen aufhörte und sich auf sie legte. Denn zu diesem Punkt kam jeder Mann. Ob jung oder alt, höflich oder flegelhaft, für sie alle kam der Moment, wo das, was in ihrem Kopf geschah, unbedeutend wurde gegenüber dem, was in ihrer Hose geschah. Selbst der galanteste Gentleman würde, wenn ihm nichts mehr zu reden einfiel, ein Mädchen packen und an sich reißen, als wäre es nur eine Matratze. Sie konnten nichts dagegen tun, es lag in ihrer niederen Natur. Es lohnte nicht, sich darüber aufzuregen. Wie hatte Doll es noch gleich ausgedrückt und dabei gackernd gelacht? *Sie würden sogar eine Ziege ficken, wenn sie keine Frau finden könnten, meine Liebe. Sie würden ein Loch in der Wand ficken!*

Ohne dass es ihr aufgefallen war, hatte Daffy aufgehört zu reden. Als seien ihm die Worte ausgegangen. Dann tat er etwas Sonderbares. Er streckte die Hand aus und streichelte Marys Wangenknochen. Ganz sanft, so als würde er ein Kohlestäubchen wegwischen. Sie musste an Doll denken, wie sie an jenem ersten Morgen dem verlorenen Kind den Dreck aus den Augen gewischt hatte.

Ganz plötzlich hatte sie einen Kloß im Hals, so als hätte sie einen Stein verschluckt. Am liebsten hätte sie für immer mit ihm in diesem Augenblick verharrt, hier im Gras verborgen, während die Sonne über die Felder von Monmouth glitt. Bevor es zur Frage kam und zur Zurückweisung. Solange dieser seltsame junge Mann sie noch anschaute, als sei sie jeden Preis wert.

Am Ende geht es doch immer um den Marktwert, besann sie sich. Wenn es viel Getreide gab, würde der Brotpreis fallen. Was immer eine Frau freiwillig hergab, setzte sie im Wert herab. Männer wollten immer das, was sie sich nicht leisten konnten. Trotz Daffys ganzer Bücherweisheit wusste Mary doch, dass er am Ende genauso sein würde wie jeder andere Mann. Trotz seines Gesäusels wusste sie genau, was er von ihr wollte. *Ein Loch in der Wand.*

Mary Saunders hatte noch nie etwas umsonst hergegeben, und damit würde sie auch jetzt nicht anfangen. Einen langen Augenblick ließ sie zu, dass seine rauen Fingerspitzen über ihren Mund fuhren, während sie all ihre Kraft für die Verweigerung sammelte.

»Heirate mich«, sagte er einfach.

Sie setzte sich so ruckartig auf, dass sie sich den Ellbogen schrammte. Eine schwarze Welt drehte sich um sie. »Was?«

»Hast du mich nicht verstanden?«, fragte er und wurde rot.

Taumelnd vor Benommenheit, fing sie an zu lachen. Etwas Besseres fiel ihr nicht ein.

Daffy hielt ihr den Mund zu, als wolle er ihn verschließen. »Lass mich ausreden«, sagte er rasch. »Hör mir nur einen Moment lang zu. Es ist ein sehr vernünftiger Plan.«

»Es ist Unsinn!«

»Nein«, stammelte er, »nein, hör mir zu. Ich bin ein umsichtiger Mann …«

»Du bist ein Narr mit einer geschwollenen Hose.«

Bestürzt blinzelte er sie an. Umso besser. Sollte er ruhig sehen, wie derb sie sein konnte. Sollte er ruhig merken, wie unmöglich es war, was er da verlangte.

Daffy hockte sich auf ein Knie und verknotete seine Hände.

»Ich schwöre …«, begann er, »ich schwöre, es geht nicht nur um … Verliebtheit. Mir scheint … mir scheint nun schon seit einer ganzen Weile«, verbesserte er sich, »dass wir manches gemeinsam haben.«

Mary musste unwillkürlich grinsen. So nannte er das also?

»Ich meine«, fügte er hastig hinzu, »wir scheinen wohl beide keine unmittelbaren Aussichten zu haben, voranzukommen, aber wenn wir die Sache einmal genauer betrachten, sind wir beide in einer Stellung, in der wir von unserer Erfahrung profitieren können.«

»Ach, Daffy, was redest du da bloß?«

Er räusperte sich schrill wie ein Esel und machte hurtig

weiter. »Ich weiß, dass du die Familie gern hast, genau wie ich. Aber sie können nicht von uns erwarten, dass wir für immer und ewig dableiben. Ich will damit sagen, am Ende des Jahres bin ich so weit, dass ich mein eigenes Schild als Korsettmacher aufhängen kann. Und du ... du bist doch jetzt schon fast in der Lage, selbst Kleider und Putz und solche Sachen herzustellen, oder? Immer erzählt Mrs Jones, wie schnell du lernst. Also müsste es doch gar nicht mehr lange dauern, bis wir ...«

»Heiraten?«, fragte Mary in die ausgedehnte Stille hinein.

Daffy nickte so heftig, dass sie schon meinte, der Kopf würde ihm abfallen. »Ich möchte dir«, begann er und suchte angestrengt nach den richtigen Worten, »ein guter Gatte sein, der nicht nur ... ein Geliebter ist, sondern ebenso ein Freund. Verstehst du mich? Was ich anbiete, ist eine Partnerschaft, in allen Dingen.«

Marys Gedanken huschten hin und her wie eine Ratte. Dieser Mann mochte sie, wollte sie und war ein ebenso harter und ehrgeiziger Arbeiter wie sie selbst. War das so ein schlechtes Los? Was hatten denn die Jones' gehabt, als sie anfingen, außer gegenseitiger Zuneigung, ein paar Fertigkeiten und dem Wunsch, es zu etwas zu bringen?

»Ich weiß, dass du noch sehr jung bist«, fuhr Daffy eilig fort. »Und wenn es dir lieber wäre, könnten wir noch warten. Aber nicht zu lange, hoffe ich. Ich meine, falls du Ja sagst.«

Mary ließ sich ins Gras sinken. Ihr Herz pochte wie wild in der Brust.

»Bitte«, setzte er hinzu. »Ich wollte Bitte sagen. Ich habe alles gut überlegt und an nichts anderes gedacht. Seit Wochen habe ich kein Buch mehr gelesen!«

Das brachte sie zum Lachen. Sieg! Ihr Blick ruhte auf seinen hellblauen Augen. »Und was ist mit Gwen?«, fragte sie, nur aus Vorfreude auf die Antwort, die sie hören würde.

Das Blut schoss ihm in die Wangen, dass er dunkelrot wurde. Seine Perücke war verrutscht. »So etwas habe ich noch nie empfunden«, sagte er einfach. »Ich hätte nicht gedacht, dass ich es je empfinden würde.«

Wie würde das Leben mit einem solchen Mann sein? In ihren glitzernden Träumen war eine solche Vorstellung nie aufgetaucht. Es wäre eine Gelegenheit, ihr altes Ich ein für alle Male abzustreifen. Sie würde wieder ein normales Mädchen sein und dann eine normale Ehefrau. Dies war die Stadt, zu der alle Wege zu führen schienen. Das Ende jeder Geschichte, die sie je gelesen hatte.

»Vielleicht«, hauchte sie.

»Ja?« Seine Stimme war rau wie die eines Soldaten im Kampfe.

»Vielleicht Ja.«

Blütenregen

»Vergiss nicht den Vogelbeerzweig.«

»Den Vogelbeerzweig?«, fragte Mary und flickte weiter mit einem alten Stück Schnur den Henkel ihres Korbes.

»Den nagelt man über die Tür«, erklärte Mrs Jones geduldig. »Um die Hexen abzuwehren.«

Mary starrte Mrs Jones über den Küchentisch hinweg an und zuckte hilflos mit den Achseln. »Wie Ihr meint.«

Die Walpurgisnacht stand bevor, und Mrs Jones hatte Mary von dem endlosen Saum von Mrs Vaughans Musselinpelerine erlöst und in den Wald geschickt, um Blütenzweige zu sammeln. »Das bringt den Sommer ins Haus«, sagte sie halb im Scherz. »Wenn wir bis zum Maimorgen keine Blütenzweige aufgehängt haben, dann trägt nichts Früchte.«

Und Mary fand, dass die Welt ja tatsächlich voller seltsamer Dinge und noch seltsamerer Gestalten war. Was konnte es da schon schaden, ein paar Blütenzweige an die Wände zu nageln?

Die Abendluft war warm und der Fluss mit Schwänen und Möwen übersät. Die Bäume bogen sich vor schlafenden Krähen. Es gab purpurrote Blütenstände, die Mary erst entdeckte, als sie ganz nahe davorstand. Sie atmete tief ein und sah wieder die Körbe in Covent Garden vor sich: Flieder. Wie hatte sich dessen Duft früher immer über den Gestank der weggeworfenen und verfaulenden Früchte gelegt! Mary ging tiefer in den Wald hinein. Ein alter Baum lag zusammengesackt unter seiner eigenen, aufgerollten Rinde, er färbte sich schon überall grün. Durch die Risse in seinem Holz sprossen, nach Licht lechzend, frische Zweige hervor.

Auf einer Lichtung kam Mary an einem halben Dutzend Einheimischer vorbei, sie hackten Äste von einer umgestürzten Birke, die so groß war wie vier ausgewachsene Männer. Der Schmied Jarret schaute hoch und wischte sich Schweiß und Insekten von der Stirn. »Wie gefällt Euch unser Maibaum, Mary Saunders?«

Sie schenkte ihm ein flüchtiges Lächeln.

»Der ist doch wohl lang genug für Euch«, rief ein anderer Bursche verschlagen und lachte wiehernd auf.

Wer hatte das gerufen? Vielleicht der Rothaarige da hinten, einer von denen, deren Namen sie nicht kannte. Aber sie selbst kannte offenbar jeder. Ihr klopfte das Herz in der Brust. Hätten sie wohl mit jedem vorbeikommenden Mädchen so gesprochen, das heute durch den Wald kam? Immerhin war es die Jahreszeit der steigenden Säfte und der schmutzigen Witze.

Mary beruhigte sich, dass ihr nichts passieren konnte. Sie war noch keine sechzehn, eine Jungfrau ohne Vergangenheit. Ihr einziges Geheimnis war, dass sie mit Daffy Cadwaladyr verlobt war, einem anständigen, zwanzig Jahre alten Hausknecht.

Nichts war unmöglich.

Sie war sich nicht sicher, welcher Busch eine Vogelbeere war, fing aber an, ihren Korb mit wild durcheinanderwachsenden Blüten zu füllen. Wenn sie von allem etwas mit nach Hause brachte, würde es schon recht sein.

Ein Ast knackte, und sie wirbelte herum. Aber es war nur Daffy, sein lächelndes Gesicht strahlte wie ein Römisches Feuer. »Du bist mir wohl nachgeschlichen?«, fragte sie und versuchte, ernst zu bleiben.

»Mrs Jones hat mich geschickt, damit ich dir den Korb trage.«

»Hat sie nicht.«

»Hat sie doch!«

»Dann weiß sie es«, sagte Mary und ließ zu, dass er seinen Schlund auf ihren breiten, roten Mund drückte. »Sie ist ja so eine Romantikerin.«

»Sie kann es gar nicht wissen«, erwiderte er beunruhigt. »Ich habe noch kein Wort gesagt. Wir hatten doch ausgemacht, kein Wort bis nach Weihnachten.«

»Die Frau hat doch Augen im Kopf«, murmelte Mary. »Und sie kann es geradezu riechen. Jeder Vogel und jede Pflanze in diesem Wald machen gerade Hochzeit. Es ist eben die Jahreszeit dafür.«

Keine Antwort von Daffy. Er hatte ihr langes, dunkles Haar aus der gestärkten Haube gelöst und vergrub sein Gesicht darin. Sein Atem in ihrem Nacken war wie ein lebendiges Tier. Und plötzlich, zum ersten Mal in ihrem Leben, spürte Mary es. Ein Flattern im Bauch. Ein Wonneschauer, so hell wie der Schrei einer Amsel. Das, so dachte sie, muss es wohl gewesen sein, was Doll mit ihrem Zimmermannsgesellen erlebt hat: was normale Frauen unter den Händen normaler Männer erleben.

Lag es tatsächlich an der Jahreszeit, die überall alles sprießen ließ? Oder lag es an der Zielstrebigkeit der Finger dieses Mannes? Marys Körper erschauerte unter dem engen Korsett. Es gab keine Zeit zu verlieren. Als sie Daffys Kniehose aufriss, fiel ein Knopf in den Efeu. Daffy riss entsetzt die Augen auf. »Warte…«, stammelte er.

Mary machte sich nicht die Mühe zu antworten. Das

feuchte Haar hing ihr in die Augen. Es war ihr egal, ob sie sich durch solche frühreife Keckheit verriet oder ob ihre Hände die geübte Fingerfertigkeit einer Dirne hatten. Das Einzige, was jetzt zählte, war, dieses flüchtige Gefühl festzuhalten, bevor es für immer verschwand.

Sie war über ihm, und dann war er über ihr. Zweige hingen in seiner Perücke. Ihr Schuhabsatz hatte sich in einer Efeuschlinge verfangen. Überall um sie herum stieg der Duft zerdrückter Blüten auf. Daffys Lippen bewegten sich, als tränke er Südwein aus einer unsichtbaren Flasche. Seine Beine zuckten wie Flammen.

Sie schob ihn in sich hinein und verschlang ihn. Daffys ganzer Körper wurde totenstarr. Erst da begriff Mary, dass er es noch nie im Leben gemacht hatte. Er war viel zu unerfahren, um zu merken, dass sie keine Jungfrau mehr war. Mary war gerührt und entsetzt zugleich. Seine Wonne war so nah, dass sie sie beinahe schmecken konnte. Sie wartete, dass sie sich in ihren Körper ergoss und ihn erfüllte.

Tatsächlich aber fühlte sich der Akt selbst dann genauso an, wie er es immer getan hatte. Eine unvermeidliche Verbindung. Eine vorübergehende Beschäftigung. Mary fühlte sich wie taub. Sie war eine Million Meilen weit weg. *Nicht so groß wie der von seinem Vater, was?*, hörte sie im Geiste Doll sich mokieren.

Mary kniff die Augen zusammen. Ihre eigenen Gedanken widerten sie an. Nach ein paar Minuten war alles vorbei. »Oh Mary«, jaulte Daffy ihr ins Ohr, »oh Mary, oh Mary«, bis es nur noch ein Laut ohne irgendeine Bedeutung war.

Sein Gewicht auf ihr fühlte sich genauso an wie das jedes anderen Mannes. Dasselbe Gefühl, erdrückt zu werden, dieselbe klebrige Schwüle, die im Dämmerlicht rasch abkühlte. Nichts wollte sie lieber, als ihn von sich stoßen, und blieb nur aus Barmherzigkeit still liegen.

Als sie den Kopf hob, sah sie, dass seine Augen feucht waren. »Das ist die glücklichste Stunde in meinem Leben«, flüsterte er heiser.

Sie reckte den Hals, um eines seiner Augenlider zu küssen. Das Ganze war ein Hohn.

Daffy kniete sich hin, suchte im Laub nach seinem fehlenden Knopf und sprach nun wieder ruhiger. »Lass uns in jeder Walpurgisnacht wieder genau an diese Stelle kommen«, sagte er, »unser ganzes Leben lang.«

Mary hörte auf, sich Blätter vom Rock abzustreifen, und starrte ihn an. »Aber Daffy«, begann sie argwöhnisch, »wir werden doch gar nicht *für immer* in Monmouth sein.«

»Wo denn sonst?«

In Marys Kopf begann eine hölzerne Wächterrassel zu klappern. »Hier ist doch gar nicht genügend Platz für uns.«

»Aber Monmouth ist doch eine wachsende Stadt«, erklärte er ihr fröhlich. »Ich glaube, sie könnte schon bald zwei Korsettmacher und zwei Schneiderinnen vertragen. Vielleicht müssen wir zuerst in einer anderen Stadt in den Marken anfangen, aber es wird nicht lange dauern, dann sind wir wieder zu Hause.«

Zu Hause. Das Wort hinterließ einen bitteren Geschmack in ihrem Mund. Da also lag die Falle, erkannte sie jetzt. »Mein Zuhause ist London«, sagte sie beinahe schroff. »Nirgendwo sonst. Ich bin ein Mädchen aus London.«

Daffy schüttelte sanft den Kopf, als spräche er zu einem Kind. »Jetzt nicht mehr, mein süßer Schatz. Wenn du nur selbst sehen könntest, wie sehr du dich verändert hast…«

Vor lauter Wut sah Mary weiße Punkte. »Ich bin dieselbe wie immer. Und was dich betrifft, ich dachte, du hast behauptet, dass du Ehrgeiz hast!«, fuhr sie ihn an. »Ich habe nicht gewusst, dass du vorhast, dein Dasein in dieser kümmerlichen Krähenstadt zu fristen.«

Er wurde kalkweiß. »Wenn sie gut genug für die Jones' ist …«

»Zum Teufel mit den Jones!«, brüllte sie. »Ich will mehr vom Leben, als die Mrs Jones irgendeines armen Kerls zu sein.«

Daffys Finger waren ineinander verdreht wie ein nasses Tau. Er hatte den gepeinigten Gesichtsausdruck eines Menschen, der versuchte, sich an die zweite Strophe eines Liedes zu erinnern. »Mary, Mary«, protestierte er, »von allem anderen einmal abgesehen, wie könnten wir auch nur daran denken, unsere Kinder in der großen Stadt aufzuziehen?«

Sie starrte ihn entgeistert an. Einen Moment lang hatte sie vergessen, wie wenig er doch über sie wusste. Er hatte ja keine Ahnung, wer sie wirklich war: eine unfruchtbare, kaputte Hure. Seine Unschuld stieß sie ebenso ab wie ihre eigene Täuschung.

Sie und er waren vollkommen verschieden, das wurde ihr jetzt klar. Sie vermischten sich nicht besser als Öl und Wasser. Sie wollten unterschiedliche Dinge vom Leben und hatten unterschiedliche Vorstellungen, wie man sie erlangte. In diesem sprießenden Wald hatten sich ihre und Daffys Wege kurz gekreuzt, bevor sie sich in entgegengesetzten Richtungen weiterschlängeln würden. In dieser Geschichte war für das gute alte glückliche Ende kein Platz. Wie hatte sie nur eine solche Närrin sein können?

»Ich habe einen Fehler gemacht«, sagte sie leise, drehte sich um und hob ihren Korb auf.

»Was meinst du damit?«

»Ich kann dich nicht heiraten.«

»Nicht so bald, das weiß ich«, plapperte Daffy weiter, »aber in Bälde …«

Wie hatte sie nur je glauben können, sich mit einem solch gewöhnlichen Simpel paaren zu können? »Nie«, sagte Mary und verließ den Wald.

Der Kutscher John Niblett brachte die Nachricht mit, dass der Krieg gegen Frankreich nach sieben langen Jahren vorüber sei und die Regierung in jeder Stadt öffentliche Freudenfeiern angeordnet habe. Doch Mr Jones saß den ganzen Abend lang grübelnd über dem *Bristol Mercury* und verkündete beim Nachtmahl, vor sich die Pfannkuchen, dass dieser sogenannte Frieden eine Schande sei. »Wir haben diese Hunde offen und ehrlich geschlagen, und jetzt geben wir ihnen Guadeloupe und Martinique zurück!«

Mary wäre gern zum Freudenfeuer auf der Chippenham Meadow geschlendert – man erzählte, es würde getanzt werden. Aber sie befürchtete, dort auf Daffy zu treffen. Dessen Augen waren in den letzten Tagen so rot, als wären sie entzündet. Ständig schlich er um sie herum, als habe er eine großartige, entscheidende Erklärung abzugeben. Aber sie achtete darauf, dass sie nie mit ihm allein war. Nichts, was er hätte sagen können, konnte noch etwas ändern.

Innerhalb von nur wenigen Wochen waren die aufgeblühten Bäume wieder dürr geworden. Mrs Jones sagte, die Zeit, in der die Blüten von den Bäumen fielen, mache sie immer traurig. Es passierte so schnell. Die Blütenzweige, die sie an die Wand genagelt hatten, waren innerhalb weniger Wochen vertrocknet und verschrumpelt, aber ihr Geruch war stärker geworden.

Für Abi verströmten die Blüten immer einen starken Fäulnisgeruch. Eines warmen Maiabends lag sie spät auf ihrer Seite des Bettes und starrte aus dem winzigen Fenster. Der Laden stand weit offen, damit man ein wenig Luft schnappen konnte. Außer einem indigofarbenen Himmel gab es nichts zu sehen. Mary Saunders neben ihr blies anhaltend die Luft durch die Zähne.

»Du streiten mit dein Freund?«, fragte Abi.

Ruckartig wie ein Vogel wandte Mary ihr den Kopf zu. »Was für ein Freund?«

Abi schnaubte leise. Mit den Blicken, mit denen Daffy Mary in letzter Zeit durchbohrt hatte, hätte man Zunder entfachen können.

Mary rollte sich von ihr weg und sprach ganz leise in die Finsternis hinein. »Er ist nicht mein Freund.«

Das hieß also, doch. Ein schlimmer Streit. Abi wartete ab. Manchmal war Schweigen die lauteste Frage.

»Außerdem«, sage Mary, warf sich auf den Rücken und starrte die niedrige Decke an, »wette ich, dass ich allein weiter komme, als wenn ich mich an diesen harmlosen Ochsen kette.

»Wohin du gehen?«

»Was geht denn dich etwas an?«

Wieder wartete Abi. Sie hatte gelernt, sich von solchen Abfuhren nicht mehr verletzen zu lassen. Und dieses Mädchen musste man behandeln wie eine Katze mit ausgefahrenen Krallen.

»Für mich kommt nur London infrage«, sagte Mary schließlich, als würde die Finsternis die Worte aus ihr herausquetschen.

»Und wann?«

»Noch nicht so bald, aber irgendwann. Es hat keinen Zweck zurückzukehren, bevor ich anständige Kleider und Geld habe. Wenn du mit leeren Händen in der Großstadt auftauchst«, sagte Mary verächtlich, »dann kannst du dich auch gleich auf die Straße legen und darauf warten, dass die Kutschpferde über dich hinwegtrampeln.«

Abi schloss die Augen und war plötzlich wieder in Bristol, an jenem Tag vor neun Jahren, als das Schiff aus Barbados in den Hafen eingelaufen war, im kältesten Regen, den sie jemals erlebt hatte. An der Stelle, wo der Messingreif um ihren Hals gelegen hatte, war ihre Haut ganz aufgescheuert gewesen. Die Straßen waren nicht breiter als zwei ausgestreckte Arme und so voller Menschen gewesen wie ein mit Ratten übersäter Abfallhaufen und jedes Gesicht weiß. Während Abi darauf gewartet hatte, dass der Doktor seine ganzen Truhen in Empfang nahm, war ein riesiger, rasselnder Karren auf sie zugerollt, und im ersten Moment hatte sie den Gedanken gehabt, sich einfach davorzuwerfen. Was hatte sie damals wohl aufgehalten?, fragte sie sich jetzt. Feigheit? Oder die Angst, dass ihre Seele, wenn sie in diesem Straßengewirr losgelassen würde, niemals den Weg zurück nach Afrika fände?

»Ich fragen nach Lohn, wie du gesagt.«

»Wirklich? Ich hätte nie geglaubt, dass du dich das traust«, begeisterte sich Mary. »Und?«

Abi schüttelte stumm den Kopf.

Mary prustete verächtlich. »Ein Mädchen, das ich früher in London kannte, hat mir einmal gesagt, dass alle Herren sind wie Freier.«

»Freier?«

»Du weißt schon«, fügte das Mädchen hastig hinzu, »Männer, die zu Huren gehen. So benehmen sich Herren gegenüber ihren Bediensteten. Sie benutzen dich, und dann werfen sie dich weg wie Papier. Was hat er gesagt, als du ihn gefragt hast?«

»Sie«, verbesserte Abi. »War die Herrin.«

Es brauchte einen Moment, bis bei Mary der Groschen fiel. »Ach so«, sagte sie dann. »Ich dachte, es wäre der Herr gewesen. Trotzdem, gegen seinen Willen kann Mrs Jones ja nichts tun, oder? Letzten Endes«, fügte sie hämisch hinzu, »ist eine Ehefrau auch nur eine Art bessere Dienstmagd.«

»Hat gesagt, vielleicht gibt mir Geschenk für Weihnachten.« Abi hörte selbst die Mutlosigkeit in ihrer Stimme.

Sie spürte, wie ihre Hand über das Laken gezogen und

ganz fest gedrückt wurde. Es war ein sonderbares Gefühl, einerseits ein wenig unangenehm, aber auch tröstlich. Sie versuchte sich zu erinnern, wann das letzte Mal jemand so ihre Hand gehalten hatte. Ohne zu wollen, dass sie etwas dafür tat.

Marys schmale Finger glitten über die Narbe, die quer über Abis Hand verlief, vom Rücken bis zur Handfläche. »Was ist da passiert?«, flüsterte sie. »Ich weiß, dass es ein Messer war, aber was ist wirklich passiert? Ist es schon lange her?«

Abi seufzte ganz leise. Eine Weile schwieg sie. So lange, bis sie dachte, dass das Mädchen vielleicht eingeschlafen sei. Aber der Griff um ihre Handfläche lockerte sich nicht. »Ich komme in Haus ...«, begann Abi schließlich.

»In dieses Haus?«

»Nein, nein. Große Plantage in Barbados. Damals ich war Haussklavin. Hat mir Leben gerettet, weißt du. Auf dem Feld ich nicht hätte lang gelebt.«

»Weiter.«

Abi scheute sich ein wenig. Sie hatte diese Erinnerung noch nie in Worte gefasst, erst recht nicht auf Englisch. »Und an dem Tag stand Tür offen.«

»Ja?«

»Und Herr, er da auf Erde, ganz voll Blut.«

Vor Aufregung stieß Mary einen kleinen Pfiff aus.

»Da war groß Messer«, fuhr Abi fort. »Steckt in sein Auge. Sieht schlimm aus.«

»Was hast du gemacht?«

»Versuchen rauszuziehen, aber steckt fest.«

»Igitt!«

Abi lachte unglücklich. »Und dann rennen Nachbarmänner rein und finden mich mit Blut.«

»Auf deinen Händen?«

»Überall.«

»Und die glauben, dass du es warst?«, fragte Mary und stützte sich auf den Ellbogen.

»Sind sicher«, verbesserte Abi sie, »wegen Blut. Und sie wollen ... wie heißt das? Nach Mord?«

»Einen Prozess?«

Abi räusperte sich ungeduldig. »Nein. Ja. Ja zu Mord.«

»Ein Geständnis?«

»Das ist Wort. Aber ich sagen kein Ja. Nicht sagen, ich nichts gemacht. Nicht ich.«

»Also haben sie dich gehen lassen?«

Abi starrte zur dunklen Decke hoch. Was nützte es schon zu erzählen, was passiert war, wenn das Mädchen nicht verstand, wie es dort auf der Insel gewesen war?

»Erzähl weiter«, flüsterte Mary wie ein Kind, das man um seine Gutenachtgeschichte betrogen hatte.

»Also sie mich legen auf Küchentisch«, erklärte Abi mit Nachdruck. »Mir sagen, sie stechen Messer hierhin und dann dahin, bis ich Ja sagen, danach sie mich totmachen schnell.«

Es war still in der Mansarde. Dann kam: »Mein Gott!«

»Sie fangen an mit der Hand hier«, sagte Abi und entzog die Hand Marys Griff.

»Und was hat sie davon abgehalten weiterzumachen?«

»Anderer Nachbar kommt rein, sagt, sie haben den Mann gefangen, mit Blut auf Hemd.«

»Welchen Mann?«, fragte Mary verwirrt.

»Mordmann. Hatte Geldbeutel von Herr in sein Tasche.«

»Das war ja gerade noch rechtzeitig für dich.«

Abi grunzte kurz. »Du wissen gar nichts.«

»Dann erzähl es mir doch.«

»Dann Nachbarn bringen mich zu Sklavenmarkt, verkaufen mich, um zu zahlen Beerdigung von Herr.«

»Wie viel warst du wert?«

»Zwanzig Pfund«, erzählte Abi. Ob das Mädchen von dieser Summe wohl beeindruckt war? Oder hielt sie sie für ein Spottgeld? »Normal mehr«, fügte sie ein wenig entschuldigend hinzu, »aber meine Hand bluten.«

Mary lag ganz still neben ihr.

Alles in allem war Abi froh, dass sie die alte Geschichte erzählt hatte. Sie hatte den Eindruck, dass sie geringfügiger wurde, wenn man sie in Worte einwickelte und wegpackte. Jetzt rollte sie sich auf die Seite, schob ihren Kopf unter das Kissen und wartete auf den Schlaf.

An Marys Geburtstag ergab es sich, dass Mr Channing von den Pferderennen nach Monmouth zurückkehrte und die Rechnungen für neun Monate Schneiderarbeit voll und ganz bezahlte. Mrs Jones hieß seine Gattin, den besten Portwein aus seinem Versteck in der Vorratskammer zu holen, für eine doppelte Feier. Mr Channing ritt nach einem Glas davon, aber Mr Jones setzte sich nach dem Abendessen kerzengerade hin und trank auf das Wohl von König und Vaterland, auf das seiner Klienten und seiner gesamten Familie. »Auf unsere Dienstmagd Mary, die beste unter den jungen Frauen, mit den herzlichsten Glückwünschen zur Vollendung ihres sechzehnten Jahres.«

Sie erhoben ihre Gläser.

»Auf Henrietta Jones«, verkündete er als Nächstes, »den Liebreiz des Westens.«

»Warum reize ich dich?«, wollte Hetta wissen und zupfte ihren Vater an der Ärmelrüsche, während er trank.

»Weil du so viel Lärm machst«, bemerkte Mrs Ash, ohne von ihrer Bibel aufzusehen.

»Nein, mein Schatz«, sagte er und hob sie sich auf den Schoß. »Das ist ein anderer Reiz. Damit ist gemeint, dass du eine wunderschöne Dame bist.« Und als er nun auf ihr schneeweißes Köpfchen hinabsah, fand er tatsächlich, dass

Hetta alles war, was er sich von einer Tochter nur wünschen konnte. Und für manche Männer würde das ausreichen. Die würden nachts nicht von ihren Träumen geweckt werden, dass sie neben ihrem hübschen Sohn in einer Kutsche saß.

Hetta hüpfte heftig auf seinem Knie herum und fing wieder mit dem alten Spiel an. »Fafa, wo ist dein Bein hin?«

»Habe ich dir das noch nie erzählt?« Er riss die Augen auf. »Eines Nachts, als ich tief und fest schlief, kam eine große Ratte und hat es abgefressen.«

»Hat sie nicht!« Ihre Stimme bebte vor entzücktem Entsetzen.

»Hat sie doch. Hat sie dich noch nie geweckt, weil sie an deinen Zehen geknabbert hat?«

»Mach dem Kind keine Angst«, lachte Mrs Jones und schaute von ihrer Arbeit auf.

Nach seinem neunten Glas Portwein spürte ihr Gatte eine köstliche Benommenheit im Kopf. Er machte den Mund auf, und die Worte kullerten nur so heraus. Er bestand sogar darauf, Hettas Lippen mit Portwein zu benetzen, »um ihr einen Geschmack für das Beste« zu vermitteln. Nachdem seine Jane mit Mrs Ash gegangen war, um das Kind ins Bett zu bringen, schien sich Mr Jones nicht mehr von seinem Stuhl erheben zu können. Er fühlte sich ausgesprochen wohl. Der Alkohol hatte jede Kuhle im Rosshaar seinem Körper angepasst. Am Ende blieb nur noch seine Dienstmagd Mary bei der Flasche sitzen, stützte den Kopf auf eine Faust und hörte zu.

»Oh, in der Tat, große Pläne, große Pläne. In ein paar Jahren, Mary, will ich einen Tuchhandel aufkaufen und mit unserem Geschäft zusammenlegen. Die Jones' aus Monmouth werden als die umfassendsten Lieferanten eleganter Kleidung westlich von Bristol bekannt sein.« Er ergötzte sich an dem vornehmen Klang seiner Worte.

»Wie viele Jahre sind ein paar?«

Mr Jones zuckte unbekümmert mit den Achseln. »Spätestens, wenn unser nächster Knabe geboren wird.« Er konnte sehen, wie das Mädchen bei diesem Satz aufhorchte, doch er fuhr fort: »Meine Gewährsleute haben mir gesagt, dass der Wert unseres Gewerbes sich bis dahin wahrscheinlich verdreifacht haben wird.«

»Tatsächlich, Sir?«

Glaubte sie ihm etwa nicht? Manchmal hatten ihre Antworten etwas Schnippisches. Genau wie früher bei ihrer Mutter Su Rhys. Woran sich Mr Jones in Gegenwart seiner Gattin nicht zu erinnern erlaubte, war, dass er deren beste Freundin nie besonders gemocht hatte. »Hetta wird auf eine Schule für junge Damen gehen«, erzählte er rasch weiter, »und mein Sohn wird ein Gentleman werden.«

»Wie könnt Ihr da so sicher sein?«, fragte Mary.

»Ich werde ihn zu den besten Privatlehrern schicken …«

»Nein, ich meine …« Sie hielt inne, offensichtlich auf der Suche nach einer taktvollen Formulierung. »Wie wollt Ihr wissen, dass Ihr noch ein Kind haben werdet?«

Mr Jones strahlte auf sie hinab. Der Portwein sang in seinen Adern. »Meine Gattin ist noch jung. Gott wird es geben.« Er lehnte sich auf den Ellbogen vor, bis sein Gesicht nur noch einen Zoll von ihrem entfernt war. »Er ist mir noch etwas schuldig«, flüsterte er zu laut.

Mary wich ein wenig zurück.

»Weißt du …« Noch nie hatte Mr Jones irgendjemandem diese Überzeugung anvertraut. Einmal hatte er versucht, sie seiner Frau zu erläutern, aber die hatte sich die Ohren zugehalten und es frevelhaftes Gerede genannt. »… es ist eine Art … *Handel.*«

Das Mädchen beobachtete ihn argwöhnisch.

»So, wie ich es sehe, Mary«, fuhr er – nur ein wenig lallend – fort, »schuldet mir der Schöpfer den Preis eines Beines.«

Sein Grinsen löste auch bei ihr ein kleines Lächeln aus.

»Dann war es das alles am Ende wert.« Er warf einen kurzen Blick auf seine aufgeschlagene Kniehose. »Jedes Mal, wenn es dort schmerzt, wo es gar kein Fleisch mehr gibt, das schmerzen könnte, rufe ich mir das in Erinnerung. Ich werde einen Sohn haben, der am Leben bleiben und mich stolz machen wird, mit einem Einkommen, das es ihm erlauben wird, stilvoll zu leben. Wenn er groß ist, wird er ein Advokat sein oder ein Arzt.« Mr Jones' Stimme dröhnte in der kleinen Stube. »Er wird sechsspännig fahren, und seine Lakaien werden Livree tragen. Hinter seinen Namen wird er *Esquire* schreiben!« Mr Jones lachte zwar schallend, aber noch nie war es ihm ernster gewesen. »Das wird er, Mary, ich sage dir, das wird er. War nicht dieser gefeierte Reimeschmied auch der Sohn eines einfachen Leinenhändlers?«

Sie runzelte die Stirn.

»Du weißt doch, wen ich meine. Pott. Post. Mr Pond? Der Dichter eben.« Alles verschwamm ihm im Kopf.

»Pope?«

»Genau. Braves Mädchen. Ein kleines Hutzelmännchen mit einem Buckel, nicht größer als Hetta.«

»Tatsächlich?«, fragte sie zweifelnd.

»Tatsächlich«, erklärte Mr Jones. »Und hat das etwa seinen Ruhm beeinträchtigt? Nicht im Mindesten!« Ein endloses Gähnen verzerrte sein Gesicht. »Und was ist eigentlich mit dir, Mary, an diesem deinem Ehrentage?«, fragte er wohlwollend und neigte seine Tasse, um die letzten Tropfen Portwein zu ergattern.

»Mit mir?«

»Was sind deine eigenen … Aspirationen, falls du welche hast?« Er lehnte sich vor, um Marys bleiches Gesicht von Nahem zu betrachten. Sie wäre eine beachtliche Schönheit, dachte er gerade, wenn sie nur öfter lächeln würde. »Sechzehn ist ja noch jung, aber irgendwann möchtest du doch sicher einmal heiraten und eine Familie gründen.« Er lehnte sich noch näher heran. »Dann wirst du dir wohl einen strammen Waliser angeln, was?«

»Nein.« Ihre Antwort kam kühl.

Mr Jones war ohnehin schon zu der Ansicht gelangt, dass er sich bei ihr und Daffy geirrt haben musste. Die Art, wie sie in den letzten Tagen einander ausgewichen waren, ließ jedenfalls vermuten, dass sie sich nicht ausstehen konnten. »Trotzdem weiß man nie, was vielleicht passiert«, sagte er freundlich. »Jetzt erzähle ich dir einmal eine sonderbare Geschichte über einen Herrn, den ich kenne. Vor einigen Jahren fing er auf einer seiner Reisen nach Afrika diesen Schwarzen, verstehst du, und brachte ihn mit zurück in sein Dorf Dolgellau. Und er hat dem Burschen doch tatsächlich Englisch und Walisisch beigebracht und nannte ihn auch noch John Ystunllyn. Und angeblich kann dieser Schwarze nun seinen eigenen Namen so perfekt aussprechen wie ein Waliser! Inzwischen ist er dort sowohl Gärtner als auch Aufwärter, und das bei gutem Lohn. Und letztens habe ich gehört, dass er einer der englischen Mägde den Hof macht.«

Das Mädchen sah ihn ausdruckslos an.

»Du siehst also, Mary, am Anfang magst du vielleicht denken, dass dein Los hier ein bescheidenes ist. Aber wenn du es geduldig erträgst und dein Bestes tust, wirst du am Ende vielleicht eine höhere Stufe erklimmen.«

Sie schüttelte den Kopf. »Ich gehe zurück nach London«, erklärte sie unverblümt.

»In wessen Dienste?«

Mary schaute weg und kaute an ihrem Daumen. »Ich könnte ja vielleicht Schauspielerin werden.«

»Schauspielerin?« Er verzog ebenso entsetzt wie amüsiert den Mund.

»Oder die Frau eines reichen Mannes. Irgendetwas, was

es mir erlaubt, den ganzen Tag lang Seide zu tragen. Etwas, was mich über den Pöbel hinweghebt.«

Ihr Herr stellte fest, dass seine gute Laune ganz plötzlich verpufft war. Er setzte sich gerade. Sein Kopf brummte, und er hatte einen sauren Geschmack im Mund. »Deine Worte betrüben mich, Mädchen.«

Ihre Augen waren so dunkel wie Kiesel auf der Straße.

»Hat dir deine Mutter denn nie beigebracht, mit deinem Stand zufrieden zu sein?«

Mary erwiderte seinen starren Blick. Manchmal sah sie ein bisschen irre aus.

»Diese ganze Stickerei ist dir wohl zu Kopf gestiegen, oder vielleicht ist ja auch dieser Portwein zu stark für dein Blut. Du hörst dich an, als hieltest du deine Zukunft für eine Art Maskeradenspiel.«

»Es wird kein Spiel sein.«

Er versuchte, Freundlichkeit in seine Worte zu legen. »Mein liebes Mädchen, du bist jetzt in einer Dienststellung. Und in irgendeiner Art von Dienerschaft wirst du, ob verheiratet oder nicht, aller Wahrscheinlichkeit nach auch für den Rest deiner Tage bleiben, so oder so.«

»Habt ihr denn nicht die Briefe der Pamela Andrews gelesen?«, fragte Mary schrill. »Die war auch nichts weiter als eine Dienstmagd, und am Ende hat sie einen Lord bekommen.«

Mr Jones prustete kurz. »Aber Mary, das ist doch nur eine Geschichte.«

Sie wandte den Kopf ab, als würde sie ihm nicht glauben. Weinte das Mädchen etwa? Seine Stimme wurde weich, er streckte den Arm aus und griff nach ihrem Ärmel. Durch den dünnen Stoff drang die Wärme ihrer Haut. »Meine Liebe, es ist wie ein … großer Fluss.«

Als sie ihm wieder das Gesicht zuwandte, war es trocken. »Was ist wie ein großer Fluss?«

»Die Gesellschaft.« Mr Jones versuchte den Faden wiederzufinden. Das hatte er einmal in einer Predigt gehört, höchstwahrscheinlich von Joe Cadwaladyr. Jetzt hätte er sich gewünscht, nüchtern genug zu sein, um es richtig erklären zu können. »Manche treiben auf der Oberfläche dahin, verstehst du? Ich meine, sie bekommen das Licht der Sonne und breiten sich gewissermaßen aus. Andere, wie meine eigene Familie, die mittlere Art«, fuhr er etwas flüssiger fort, »fangen unten in der Dunkelheit an …«

»Ihr meint, in der Back Lane.«

Er zuckte zusammen. »Ja, zum Beispiel. Aber durch den göttlichen Plan«, fuhr er etwas souveräner fort, »bewegen wir uns im Wasser nach oben, hin zum Licht, wenn sich uns kein Hindernis in den Weg stellt.«

»Und wo bin ich dann?« Ihre Stimme klang gefährlich.

»Am Grunde des Flusses, nehme ich an«, sagte er verdutzt. War das richtig? Gab es keine nettere Art, das auszudrücken? »Du und die Deinen, ihr seid der Fels, auf dem die Gesellschaft ruht«, fuhr er fort.

Eine der dichten Augenbrauen hob sich ein wenig.

»Aber bedenke auch die Tröstungen deines Loses, Mary. Du hast keine eigene Familie, die du versorgen musst, und keinen Namen aufrechtzuerhalten. Von allen Ängsten derer, die besser sind als du, bist du frei.«

»Ihr seid also besser als ich?«

Sie wandte den Blick nicht ab. Am liebsten hätte er sie für ihre Frechheit geohrfeigt, doch das würde er nicht tun. Außerdem war es eine berechtigte Frage. »Das vielleicht nicht, Mary«, gab er zu und leckte mit der Zunge über den Tassenrand, »aber ich bin besser gestellt als du.« Nach einer langen Pause ergänzte er: »Ich wünsche nicht zu streiten, besonders nicht an deinem Geburtstag.«

»Nein, Sir.«

Das Lächeln, das sie ihm zuwarf, war höchst sonderbar.

Ihm drehte sich der Kopf. Schließlich hievte er sich hoch. »Soll ich die Laterne dalassen?«

»Das ist nicht nötig.«

Also nahm er sie mit und hüpfte seiner Bettstatt zu. Der Lichtkegel tanzte an den Wänden. Das Letzte, was er von Mary Saunders sah, war, dass sie immer noch am Stubenfenster saß und auf den abnehmenden Mond schaute.

Am nächsten Abend wirkte Mrs Jones nach dem Nachtmahl sehr blass, so als sei ihr übel. Sie hielt sich die Schürze vor den Mund.

»Verträgst du das Bier wieder nicht, meine Liebe?«, fragte ihr Gatte.

Mary sah ihre Gelegenheit und sprang so schnell auf, dass der Tisch wackelte. »Ich könnte Euch etwas frischen Apfelwein holen, Madam«, bot sie an.

Mrs Jones blinzelte sie an. »Wenn es dir nichts ausmacht, Mary. Ich glaube wirklich, das würde meinen Magen beruhigen.«

Auf der Hälfte der Grinder Street verlangsamte Mary ihren Schritt. Es war nicht gut, wenn sie Aufmerksamkeit erregte. Sie war eine ehrbare Dienstmagd auf einer ehrbaren Besorgung an einem schönen Sommerabend. Ihr Unterkleid war unter den Achseln schweißnass.

Hinter ihr trappelten Füße. Als sie sah, wer es war, wandte sie den Kopf ab und lief wieder schneller.

»Ich bitte dich«, rief Daffy, »warum sprichst du nicht mit mir?«

»Es gibt nichts zu sagen.«

»Ist es wegen dem, was wir getan haben, im Wald?« Seine Stimme klang erstickt. »Ich wollte dich auf keinen Fall ausnutzen. Wenn ich Mrs Jones ansehe und mir vorstelle, wie enttäuscht sie von mir wäre …«

»Sie weiß nichts«, sagte Mary kalt.

Daffy nickte so steif, als wäre sein Hals aus Holz.

»Weshalb denn dann? Ist es wegen London?« Seine Stimme wurde verzweifelt. »Weißt du, ich würde vielleicht … ich würde darüber nachdenken, in die Großstadt zu gehen, aber nur für ein Jahr oder zwei. Nur bis zum ersten Kind.«

»Vergiss es«, zischte sie ihn an. »Vergiss mich.«

»Wie kann ich das denn?« Er schrie fast. »Wir schlafen unter demselben Dach.«

»Wir würden nicht zusammenpassen«, sagte sie und drehte sich zu ihm um, damit er in ihr versteinertes Gesicht sehen konnte. Lieber hätte sie sanfter mit ihm gesprochen, doch das hätte seinen Schmerz nur verlängert. »Ich bin nicht wie Gwyn, musst du wissen.«

»Ist das der Grund?«, fragte Daffy, die Stimme vor Hoffnung schroff. »Möchtest du nicht die Hinterlassenschaft einer anderen haben? Denn wenn das deine Angst ist …«

Sie schüttelte den Kopf. Beinahe hätte sie gelächelt. »Ich bin nicht das, was du brauchst.«

Er machte den Mund auf, um zu widersprechen.

»Glaub mir einfach«, erklärte Mary ihm todernst. »Wenn du mich besser kennen würdest, würdest du mich nicht mehr wollen.« Dann drehte sie sich auf den Hacken um und machte sich, so schnell sie konnte, auf zum Crow's Nest. Mit einem Ohr lauschte sie auf Daffys Schritte hinter sich, doch sie hörte nichts.

Ihr Entschluss war gefasst. Mr Jones' betrunkener Vortrag über die Gesellschaft hatte sie von etwas überzeugt, was sie längst vermutet hatte. Als Dienstmagd würde sie nie dorthin gelangen, wo sie hinwollte. So rasch sie die Leiter auch erklimmen mochte, diese würde immer wieder im Morast versinken, oder jemand eine Sprosse weiter oben würde ihr auf die Hände treten. Ebenso wenig war sie in der Lage, genügend Geld zu verdienen, um stilvoll nach London zurückkehren zu können, es sei denn, sie nahm ihr altes Gewerbe wieder auf. Denn was sollte es für einen Sinn haben, sich ein Leben lang an einen Herrn zu binden, wenn man sich doch an so viele vermieten konnte? Sie hatte geglaubt, sie könne ihrem früheren Ich entkommen, aber das war nur ein Tagtraum gewesen. *Im Zweifel*, hörte sie Doll im Geiste sagen, *immer bei dem bleiben, was man kennt.*

Heute Abend zapfte Cadwaladyr des Pint Apfelwein selbst. Er wartete, dass Mary etwas sagte. Zwei junge Burschen hockten in Hörweite und schnippten Münzen über den Tisch. »Habt Ihr heut Abend, ähm, frischen Dorsch?«, fragte sie leise und schielte rasch zu den Zechern in der Ecke hinüber.

Eine lange Pause. Fast rechnete sie schon damit, dass er ihr ins Gesicht lachen würde.

»Könnte sein«, raunte er schließlich.

»Immer noch ein Schilling für jeden?«

Cadwaladyr nickte. Sein Gesicht unter den buschigen Augenbrauen blieb ausdruckslos.

Von überall her rund um Mary stieg der Gestank nach Misthaufen auf. Die Sterne zeigten sich heute nicht, und der Mond war, weil der Schöpfer ein Einsehen hatte, noch nicht über der Weide aufgestiegen. Mary stellte den Krug mit dem Apfelwein auf einen Backstein und tastete sich an der Hinterseite der Schenke entlang weiter ins Dunkel hinein. Irgendwann kam sie an eine baufällige Stiege und legte ihre Hände auf das Geländer. In ihrem Magen rumorte es.

Und da torkelte er schließlich um das Gemäuer herum. Der reisende Kaufmann, dessen Gesicht jetzt so rot war wie ein Euter. Sein Rock wehte hoch, und etwas Buntes flatterte im Wind. Ein Marketender für Bänder und Schleifen. Mary hatte einen bitteren Geschmack im Mund und hätte fast gelacht.

Sie stand auf und sah ihn einen Moment lang an. Da war es wieder, ihr altes Leben, und saugte sie auf. Die Zeit verlief nicht gerade, sondern im Kreis. Sie war wieder vierzehn und trat auf den Bändermann an St. Giles zu, und es gab kein Entrinnen.

Mary drehte sich um und stieg die dünnen hölzernen Stufen hinauf. Sie waren vermoost und rutschig. Der Händler rülpste genüsslich und folgte ihr. Alles, was sich in dem Raum befand, waren eine Strohmatratze und ein paar Packkisten. Alles stank nach Bier, selbst die Wände schienen es auszuschwitzen. Mary verlor keine Zeit. Sie raffte ihre Röcke über der Taille zusammen und legte sich mit dem Gesicht nach unten auf die Matratze. So würde sie ihn wenigstens nicht ansehen müssen.

Nach einigem Herumgestochere drang der Mann bis zum Anschlag in sie ein. Ihre Rippen ruckten über die raue Matratze. Wie von selbst verengte sich alles in ihr. *Als wenn man einen Jig tanzt,* sagte Doll in ihrem Kopf, *der Körper vergisst nicht.* Der Freier keuchte erschöpft, rackerte aber weiter. Wie das Tier im Manne ihn doch antrieb! Mary musste an die angepflockten Kampfhähne denken, die sie am Faschingsdienstag auf dem Marktplatz gesehen hatte. Sie waren in ihrem eigenen Blut herumgetaumelt, bis die lachenden Besitzer sie niedergeknüppelt hatten. »Warum tun die Männer das?«, hatte Hetta gefragt, und das Einzige, was Mary ihr hatte sagen können, war: »Weil es ihnen Spaß macht.«

Die Sache würde eine Weile dauern. Der Krämer war nicht mehr der Jüngste. Mary taten die Oberschenkel weh. Sie fing an, mit aller Kraft zu pressen, obwohl ihr von den vielen Stunden, in denen sie Mrs Hardings neue Unterröcke mit dem Kohleeisen geplättet hatte, der Rücken schmerzte. Um den Kerl anzuspornen, stieß sie einen kehligen Laut aus. Nicht etwa ein Wonneschrei, das wusste sie aus Erfahrung, konnte manche Männer aus dem Tritt bringen, sondern ein leise gegrunzter Schmerzenslaut.

Mit Entsetzen hörte sie, dass die Kirchenglocke zehn schlug. Selbst Mrs Jones würde niemals glauben, dass es so lange gedauert hatte, ihr einen Krug Apfelwein zu holen. Die Angst schnürte Mary die Kehle zu. O gnädige Vorsehung, lass sie nicht wieder Daffy losschicken, um nach mir zu sehen, flehte sie innerlich.

Sie überlegte schon, ob sie den Krämer ins Stroh abwerfen und davonlaufen sollte, aber dann würde sie ihren Schilling nie zu Gesicht bekommen, obwohl er sie nun schon eine Viertelstunde benutzte. Die Hände auf das stachelige Stroh gestützt, ertrug Mary die verzweifelten Stöße des Mannes und sein Gewicht. Wie ging noch gleich der Vers, den sie ihr in der Schule beigebracht hatten?

Wie der Wurm die Erd' tut pflegen,
Sollst auch du dich immer regen.

Schließlich fiel ihr ein Satz ein, den sie früher für solche Gelegenheiten parat gehabt hatte, wenn ein alternder Freier die ganze Nacht zu brauchen schien. »Warum tut ihr mir weh?«, beklagte sie sich und drehte den Kopf, sodass sie das heiße Schnaufen des Krämers an ihrem Ohr spüren konnte. »Ihr seid zu groß.« Er stieß noch fester zu. Einen Augenblick später wimmerte Mary: »Ihr reißt mich noch in Stücke!« Sie spürte geradezu, wie ihre Worte sich in den Kopf des Mannes drängten, seinen Puls beschleunigten und seine schuldbewusste Entschlossenheit versteiften.

Einen Moment später war alles vorbei, und sein Schaum durchtränkte den Saum ihrer Strümpfe.

Begleitet von einem leisen Klimpern in ihrer Tasche, huschte Mary die Inch Lane hinauf und übte ihre Worte ein. Die

Scham zerrte an ihren klebrigen Beinen wie eine Eisenkugel an einer Kette.

In der Stube war das Feuer fast heruntergebrannt, und Mrs Jones döste über ihrer Flickarbeit. »In der Gasse hat mich ein Krämer angerempelt, Madam«, keuchte Mary außer Atem, »und Euer Apfelwein war verschüttet. Ich musste den ganzen Weg noch einmal zurück und neuen holen.«

»Halb so schlimm, Mary«, gähnte Mrs Jones und nahm einen kleinen Schluck. »Du bist ein braves Mädchen, dass du so spät noch aus dem Haus gegangen bist. Oh, das schmeckt sehr gut. Das beruhigt den Magen bestimmt.«

Der bleiche Mond war durch den Fensterladen der Dachmansarde gekrochen. Abis Gestalt im Bett war nur mehr ein langer Schatten. Eine große Last schien Marys Schultern niederzudrücken, als sie sich bückte, um ihre Schuhe abzustreifen.

Sie war eine dreckige Hure, und damit hatte es sich. War es immer gewesen und würde es immer bleiben, und eine Närrin war sie gewesen, sich etwas anderes einzubilden. War sie vielleicht schon von der Wehmutter, die sie mit dem Kopf zuerst in die zugige Welt geholt hatte, als Hure gebrandmarkt worden? Trug sie ein winziges, unsichtbares Mal? Wenn man sich vorstellte, dass sie den weiten Weg quer durchs ganze Land hierhergekommen war, nur um dann noch wieder unter einem dreckigen Freier zu landen. So wie in Dolls altem Witz: *Der Schwengel hat überall die gleiche Länge.*

In ihrer Hand lagen zwölf klebrige Pennys, ein halber Schilling ihr Anteil. Nicht genug, nicht einmal annähernd genug für einen krummbeinigen Krämer. Andererseits, wann war es denn je genug? Wann war sie je von einem Freier weggegangen mit dem Gefühl, gerecht entlohnt worden zu sein?

Sie spähte in die von den Bahnen des Mondlichts durchbrochene Dunkelheit hinein. Das Mädchen für alles lag ausgestreckt da wie die Skulptur auf einem Sarkophag. Ein Schimmer fiel auf seine schimmernden braunen Wangenknochen. »Abi?«, flüsterte Mary zaghaft.

Keine Antwort. Die Stille hüllte die Schlafende ein wie eine Decke.

Marys Tasche lag unter dem Bett. Langsam zog sie sie hervor – nur ein leises Kratzen auf den Bodendielen war zu hören. Den Inhalt ihres Strumpfes kannte sie, ohne hineinsehen zu müssen. Einen nach dem anderen fügte sie die Pennys hinzu.

Einen Plan konnte man es eigentlich nicht nennen. Es war eher ein Hunger, der sich in ihrem übersäuerten Magen meldete. Eigentlich tat Cadwaladyr ihr sogar einen Gefallen. Die zehn Pfund im Jahr, die die Jones' ihr zugestanden, waren nicht annähernd das, was sie brauchte. Falls sie hier in Monmouth blieb, wo sie nie auch nur einen Schilling auszugeben brauchte, konnte sie vielleicht eine kleine Rücklage gegen die Armut bilden, indem sie demselben Gewerbe nachging, das sie in ihrem ganzen Erwachsenenleben betrieben hatte. Auf diese Weise würde es, wenn sie – vielleicht sogar schon im nächsten Frühjahr – nach London zurückkehrte, nicht mehr so sein wie vorher. Sie könnte mit ungeflickter Unterwäsche, schönen neuen Kleidern und einem dicken, fetten Batzen Geld in ihrer Tasche, wohlversteckt unter ihren Röcken, zurückfahren.

Mary lag reglos im Bett und verschwendete einen Gedanken an Daffy. Ob er wohl schlief? Oder lag er wach und verfluchte sie? Wie sich ihr Leben vielleicht mit einem herausgerutschten Wörtchen, einem *Ja*, hätte verändern können. Ehefrau und Mutter in einer kleinen Provinzstadt zu sein, das war ein Leben, das Millionen Frauen lebten und noch mehr Millionen sich erhofften. Was gab ihr eigentlich das Recht, die langweilige Routine häuslicher Pflichten zu verschmähen und ein Leben in Seide und Gold zu erwarten? Welcher Bandwurm in ihren Gedärmen machte sie immer hungriger auf noch mehr?

Mrs Partridge habe noch nicht Toilette gemacht, wurde Mrs Jones und ihr Mädchen beschieden, als sie im Monnow House vorsprachen. Schon das Gebäude selbst war eine Zurechtweisung. Es war drei Stockwerke hoch und schien vor der morastigen Durchgangsstraße die Rockschöße hochzuziehen. Mary schaute zu den glänzenden Fenstern hinauf und kostete die Vorstellung aus, so reich zu sein, dass man bis halb zwölf Uhr schlafen konnte. Mrs Jones machte vor dem livrierten Lakaien einen Knicks und bat um Erlaubnis, mittags noch einmal vorsprechen zu dürfen.

Mary kam es seltsam unerhört vor, mitten am Tag auf dem Kirchhof ihre Zeit zu vertrödeln. Es war das erste Mal überhaupt, dass sie ihre Herrin ohne irgendeine Arbeit in den Händen einfach nur herumschlendern sah. Die Mailuft war lind, und die Bäume rochen intensiv grün.

Mrs Jones ging bis zur Nordseite des Kirchhofs voraus. Hier unterbrachen keine Grabplatten das höckerige Gras. »Warum ist hier niemand beerdigt?«, fragte Mary.

»Oh, hier liegen durchaus Leute, mein Liebes. Ungetaufte Kinder, weißt du das nicht? Und Arme aus einer anderen Gemeinde.« Als sie um die Ecke der Kirche bogen, kam Mrs Jones an zwei Jungen vorbei, die die Schule schwänzten und auf den abgerundeten Grabsteinen Bockspringen machten. Aber Mrs Jones sprach sie nicht an, sondern lächelte nur. Auf der verwitterten weißen Mauer von St. Mary's befand sich ein Relief. »Sind das kämpfende Soldaten?«, fragte Mary.

Ihre Herrin nahm es in Augenschein. »Ich glaube, das sind Adam und Eva. Zu Zeiten meiner Großmutter war es noch deutlicher zu erkennen.« Dann trat sie zurück und zeigte nach oben. »Jetzt schau dir das einmal an. Unser großer Kirchturm soll zweihundert Fuß hoch sein.«

Mary nickte, als wäre sie beeindruckt. Wie sollte sie dieser Frau, die noch nie weiter gekommen war als bis nach Cheltenham, die Pracht von St. Paul's erklären? In diesem Moment kam eine frische Brise auf, und der goldene Vogel auf der Spitze drehte sich, genau wie der auf St. Giles an jenem Morgen, als sie weggelaufen war. Der Schwanz glänzte, als wollte er sie verhöhnen.

Um sich abzulenken, wandte Mary sich der nächststehenden Grabplatte zu.

Aus Erde ward mein Leib gemacht,
Zur Erde wird er nun gebracht.
Es ist das Ende meiner Tage
Und auch von meines Lebens Plage.

Mary dachte an ihren eigenen Leib, an seine feuchte Klebrigkeit. Daran, wie er ihr diente. Wie er sie erschöpfte.

»Wie wahr«, sagte Mrs Jones genüsslich. »Lies mir noch ein paar vor. Ich habe heute Morgen müde Augen.«

Mary lass die Inschriften für diverse Lukas', Prossers, Lloyds und Adams'. »*In Erinnerung an sein Weib, das ihm 2 Söhne und 1 Tochter gebar und im Juni 1713 mit 38 Jahren im Kindbett verstarb.*«

Mrs Jones überlief ein Schauder. »Das war Jessie Adams, sie war eine Freundin meiner Großmutter.«

Mary ging zum nächsten Grabstein weiter, der noch nicht moosbedeckt war. »*Geweiht dem Andenken an Grandison Jones …*« Von einem Moment auf den anderen versagte ihr die Stimme.

»*Sohn von Thomas Jones aus Monmouth und seiner Gemahlin Jane.*« Die Stimme der Älteren war sanft.

Das Mädchen wusste nicht, was es sagen sollte.

»Und dann kommt Delmont, unser Dritter«, sagte Mrs Jones und zeigte auf den Namen weiter unten auf dem Grabstein. »Diesen Namen habe ich aus einer Geschichte von Mrs Haywood. Obwohl sie ja ein wenig liederlich ist.«

Mary zählte die Namen. Es war ein kleiner Stein, und die Namen waren nur flach eingemeißelt. Mary versuchte zu schätzen, wie viel er gekostet hatte.

»Vielleicht wäre Thomas besser dran mit einem jungen Mädchen, das ihm noch ein Dutzend Jungen schenken kann«, fuhr Mrs Jones fort, als spräche sie über das Wetter.

Mary starrte sie an.

»Aber wer würde schon so gut zu ihm passen und seine Gepflogenheiten so gut kennen wie ich. Außerdem«, raunte sie und ging weiter zum nächsten Grab, »habe ich ja noch nicht aufgegeben.«

Irgendetwas in ihrem Tonfall alarmierte das Mädchen. Konnte das etwa sein? Unmöglich! Die Herrin lachte nur kurz und strich über dem Bauch ihr schlichtes schwarzes Mieder glatt.

»Ich seid doch nicht etwa ...«

»Habe ich das etwa gesagt?«, fragte Mrs Jones unschuldig.

Mary grinste sie breit an. »Ich dachte ...« Dann besann sie sich, bevor die Beleidigung ihr entwischte.

»Du dachtest, ich sei dafür zu alt. Ja«, sagte Mrs Jones nachdenklich, »ich fürchtete, dass ich es wäre.«

Sie gingen ein Stück weiter. Mary blieb stehen, um eine Inschrift mit so alten Buchstaben zu lesen, dass sie kaum noch zu entziffern waren.

Wir alle werden einst befreit von diesem Joch,
Mein Stundenglas ist aus, deins rinnet noch.

Als sie in Richtung Fluss weitergingen, hakte Mrs Jones sich bei Mary unter. »Thomas habe ich übrigens noch nichts gesagt«, sagte sie leise.

»Warum denn nicht?«, fragte Mary. Der Gedanke, dass sie die Erste war, die es erfuhr, war wie ein Zuckerstück auf ihrer Zunge.

»Oh, ich sollte ihm noch keine Hoffnungen machen. Früher habe ich es ihm immer sofort erzählt, wenn ich auch nur den geringsten Verdacht hatte, aber dann war er immer so traurig, wenn es nichts wurde. Und als uns Grandison im letzten Jahr genommen wurde, war er am Boden zerstört. Allerdings kann es jeden treffen, ob arm oder reich«, fügte Mrs Jones hinzu und schaute zum Monnow House hoch, dem höchsten in der Reihe der hell geweißelten Häuser.

»Die Dame, die dort wohnt, wurde zehnmal ins Wochenbett gelegt, und nicht eines hat überlebt.«

Mary versuchte, sich das vorzustellen. So etwas wie Ma Slatterys Keller, nur zehn Mal hintereinander. Wie alle Hoffnungen nur noch als Blut in einem Eimer endeten.

Als sie sich dem Fluss näherten, war sie überrascht, wie blau er wirkte. Obwohl die Sonne sich nicht zeigte, glitzerte die Monnow wie ein zerbrochenes Schwert, das in die Landschaft einschnitt. Sie hatte sich ein Stück Himmel geborgt, so musste es wohl sein. Mary schaute nach oben und sah das strahlende Blau, das zwischen den Wolken hervorblitzte. Mit dem Ende der Gasse hörten auch die kleinen Katen auf, danach kam nur noch eine sumpfige Wiese. Um ihre Schuhe nicht zu ruinieren, achteten sie gut darauf, wohin sie traten.

Am Flussufer wurde die Erde weich und schließlich eins mit dem Wasser. Mary sah den herankräuselnden Wellen zu. Dann streckte sie verwundert den Arm aus. »Ich dachte, sie fließt in die andere Richtung, hinunter nach Chepstow.«

»Das tut sie auch«, erklärte Mrs Jones bedächtig. »Sieh einmal genauer hin.«

Mary beugte sich über das Wasser, und da sah sie, was sie getäuscht hatte. Die kleinen Wellen waren nur an der Oberfläche und dem Wind geschuldet.

»Wenn du diesen Zweig und die Blätter da beobachtest, die auf uns zukommen«, fuhr Mrs Jones fort, »dann erkennst du unter den Wellen ihre eigentliche Richtung.«

Die Glocke schlug, es war Mittag. Sie machten kehrt und eilten zurück zum Monnow House.

Mr Jones brachte die Wirtschaftsbücher auf den neuesten Stand. Genauer gesagt, stützte er sich mit einem Ellbogen auf dem kleinen polierten Schreibtisch auf und sah Mary Saunders über die Schulter, die im Rechnen schneller war. »Hmm«, machte er hier und da, als würde er etwas verstehen.

Derweil war er mit seinen Gedanken ganz woanders.

Er hatte sämtliche einschlägigen Schriften gelesen. Gutes Geld hatte er ausgegeben für *Das Meisterwerk des Aristoteles* und *Eheliche Liebe*, die er in einer Schublade ebendieses Schreibtischs verschlossen hielt, um die Dienstboten nicht zu schockieren. Aus diesen Büchern hatte er viel Wissenswertes bezogen, wie zum Beispiel: Niemals den ehelichen Pflichten mit leerem Magen nachkommen. Oder auch: Ein oben liegendes Weib wird einen Zwerg gebären. Thomas Jones hielt sich für einen pflichtbewussten Ehegatten. Er hielt bei seiner Frau Ausschau nach den untrüglichen Anzeichen einer Schwangerschaft: dicke Knöchel und eine geschwollene Ader unter dem Auge. Er tat sein Bestes, seiner Gattin Befriedigung zu verschaffen, denn ohne dies, dessen war er gewiss, würde ein Weib niemals in andere Umstände kommen. Aber in letzter Zeit kam es ihm vor, als meide sie ihn.

Mary ließ nun schon seit geraumer Zeit erstickte Aufschreie hören. Gerade stach sie mit ihrem stummeligen Federkiel auf das Lineal ein. »22 Pfund, fünf Schillinge und ein Sixpence!«

Er beugte sich vor, um die Summe nachzulesen. »Ach, die Morgans.«

»Seit vierzehn Monaten haben sie Euch schon keinen Penny mehr bezahlt.«

Mr Jones leckte sich über die Lippen. »So lange schon? Nun ja, der Ehrenwerte Abgeordnete ist ein beschäftigter Mann.«

»Seine Frau kommt jeden Monat hier hereinstolziert.«

»Ach, Mary.« Mr Jones seufzte. »Du scheinst nicht zu verstehen, in was für einer vertrackten Lage wir sind. Solche Kundschaft darf man eben nicht unter Druck setzen.«

»Seid Ihr denn nur ein Wurm unter ihren Stiefeln?«

Mr Jones bedachte sie mit einem sehr frostigen Blick, worauf sie sich auf die Lippe biss. Er tippte auf das Lineal, zum Zeichen, dass sie mit dem Nachrechnen fortfahren solle.

Wo wohl seine Gattin stecken mochte? Zweifelsohne saß sie in ihrem Atelier und nähte, dass die Nadel nur so dahinflog wie eine Schwalbe. Denn wenn sie ausgehen wollte, um das Haus einer Klientin aufzusuchen, ließ sie es ihn immer wissen und informierte ihn, was sie Abi angewiesen hatte, zum Hauptessen aufzutragen. Und wann immer er sich nach ihrer Gesundheit erkundigte, antwortete sie nur: »Sehr gut, mein Bester, danke schön«, oder sie erwähnte eine belanglose Unpässlichkeit im Gesicht oder ein Gerstenkorn. Aber etwas wirklich Wichtiges hatte sie ihm schon lange nicht mehr anvertraut. Und vor allem erklärte sie nicht, warum sie in der Stunde, wo sie sich in ihre Kammer zurückzogen, immer genau in dem Moment einzuschlafen schien, bevor er nach ihr ins Bett stieg.

Mr Jones war kein übermäßig fordernder Mann, jedenfalls kam es ihm nicht so vor. In früheren Zeiten hatte er zum Beispiel, wann immer seine Frau schwanger gewesen war, durchaus die Notwendigkeit verstanden, sich zurückzuhalten, um nicht das Kind im Mutterleibe zu erschüttern. Das waren beschwerliche Zeiten gewesen, aber immerhin hatte er damals das Gefühl gehabt, dass er und Jane sich einig waren wie Verschworene einer gemeinsamen Sache. Manchmal trafen sich damals ihre Blicke über dem Teekessel, dann nahm er einen tiefen, brühend heißen Schluck und wusste einfach, dass all seine Selbstbeherrschung sich am Ende auszahlen würde. Nachdem sie im letzten Jahr Grandison verloren hatten, hatten sie es sofort erneut versucht, doch es war zu nichts gekommen. Und danach hatte er Jane nicht wieder so bald einer solchen Prüfung aussetzen wollen. Aber nun waren die Monate ins Land gezogen, und immer noch wandte sie sich ihm im Bett nicht zu oder jedenfalls so selten, dass er sich kaum noch an das letzte Mal erinnerte. Er wollte sie nicht bedrängen, aber eingedenk ihres Alters lief ihnen die Zeit davon. Und zu warten wie gegenwärtig, ohne ein Wann und Warum zu kennen, war mehr, als er ertragen konnte.

Ein schrecklicher Gedanke schoss ihm durch den Kopf. Waren sie sich denn nicht einig gewesen, dass sie es tatsächlich noch einmal versuchen wollten? Vielleicht war Jane die Sache ja leid. Vielleicht hatte sie insgeheim aufgegeben, ohne es je offen auszusprechen. Und welches Recht hatte er denn, von ihr zu verlangen, dass sie die Hoffnung nicht aufgab? Was wusste er überhaupt von den grässlichen Enttäuschungen eines weiblichen Leibes?

Im Flur konnte er Hetta hören, die immer wieder lachend irgendetwas anstieß. Der Himmel wusste, wie dankbar er für sie war. Aber eine Tochter, ganz gleich, wie ergeben sie ihnen war, gehörte ihnen immer nur für eine Weile. Sie würde in eine andere Familie einheiraten und Kinder mit einem anderen Namen gebären. War es da vermessen, sich nach einem einzigen Sohn zu sehnen? Einem Sohn, der das Geschäft erben und seine Eltern unterstützen würde, wenn sie zu alt zum Arbeiten waren? Es war ein großer Wunsch, doch er hegte ihn. Er war Teil seiner stillen Übereinkunft mit dem Schöpfer. Es war die glorreiche Zukunft, für die Thomas als Junge sein Bein eingetauscht hatte.

Mary schnaufte über den Büchern. »Geht es auf?«, fragte er.

»Noch nicht.«

Am hübschesten war sie, wenn sie sich konzentrierte, mit gespitzten, vom Kauen dunkelroten Lippen und die Augen auf ihre Arbeit gerichtet. Seine Gattin versicherte ihm, dass das Mädchen noch nicht einmal eine Frau war, was er sich nur schwer vorstellen konnte. Vorstellen konnte er sich aber durchaus, dass solch eine Trauer wie die von Mary über ihre tote Mutter derlei Dinge verzögern konnte. Er hoffte, dass sie noch mindestens zehn Jahre bei ihnen bleiben würde, trotz all ihrer albernen Hirngespinste, zur Bühne zu gehen oder sich einen reichen Gatten zu angeln. Am Ende würde wohl ein heimischer Handwerksgeselle das Mädchen heiraten oder vielleicht sogar ein Handschuhmacher oder Strumpfmacher. Weibsbilder konnten ja nicht all ihre besten Jahre in einer Dienststellung vergeuden und zur alten Jungfer vertrocknen. Da musste man sich nur die arme Mrs Ash ansehen. Wer würde denn glauben, dass sie vier Jahre jünger war als seine Gattin?

Hinter seinen Augen pochte es, als er versuchte, den Ziffern unter Marys Federkiel zu folgen. Niemals würde es reichen. Die Tuchhändler schickten ihre Rechnungen frühzeitig, die Kunden aber zahlten spät oder nie, und selbst in guten Monaten war das Geld knapp, woran einzig und allein die Holländer schuld waren. Manchmal staunte er selbst, dass jeden Abend etwas zu essen auf dem Tisch stand. Seine Gattin war eine tüchtige Haushälterin und klagte nie. Inzwischen teilte sie nicht einmal mehr ihre Sorgen mit ihm. Stattdessen vertraute sie sich diesem jungen Ding da an. Aus dem Atelier hörte er die beiden bei der Arbeit summen wie die Bienen, aber wenn er dann eintrat, wusste er nie, worüber sie sprachen. Dabei war die Vertraute, die seine Gattin sich gewählt hatte, für die Familie eine Fremde, die nichts von seiner Lebenserfahrung hatte, keinen annehmlichen Trost spenden konnte – und die vor allem Jane Jones nicht so liebte wie er selbst.

Was hatten die Weibsbilder nur miteinander, dass ihre Worte so leicht dahinflossen wie Milch? Was war es, was seine Frau ihm nicht sagen konnte?

Eines Nachmittags wollte es das Pech, dass Mrs Harding und Mr Valentine Morris beide mit ihren Kutschen ihre Garderoben vom Vorjahr in die Inch Lane schickten und verlangten, dass hier ein und dort zwei Zoll ausgelassen wurden und ob Mrs Jones wohl freundlicherweise dem Kragen einen etwas modischeren Schnitt geben und dann das Ganze plätten und rechtzeitig zum Maiball wieder zurückschicken könne. Der deutsche Kammerdiener von Mr Morris und die französische Kammerzofe von Mrs Harding beschimpften einander wüst im Flur.

»Ich kenne mich überhaupt nicht mehr aus, Mary«, seufzte Mrs Jones und lehnte einen Moment lang den Kopf an die Atelierwand. Ihr Herz klopfte, und sie fühlte sich schwer wie eine Eiche, obwohl sich ihre Figur überhaupt noch nicht verändert hatte. »Jedes Jahr neue Schnitte, die Nähstiche so winzig, dass ich sie kaum noch sehe, und Namen für die Sachen, die ich noch nicht einmal aussprechen kann ... nimmt das denn gar kein Ende?«

»Sind die Moden nicht immer schon gekommen und gegangen?«, fragte Mary.

Mrs Jones hob ein paarmal die Schultern, um ihre Nackenschmerzen zu lindern. »In letzter Zeit aber immer schneller, scheint mir. Manchmal stelle ich mir vor, was meine Enkel wohl einmal zur Kirche tragen werden. Vielleicht wüsste ich noch nicht einmal mehr das Wort dafür.« Ihre Hand ruhte auf ihrem Bauch, der immer noch flach war, und sie lächelte das Mädchen matt an.

Hetta war störrisch. Sie wollte unbedingt mit dem Nadelkästchen spielen, und nachdem Mrs Ash dreimal ins Atelier gekommen war, um sie zu ermahnen, sie werde es bestimmt fallen lassen, tat Hetta das dann schließlich auch. Die Amme zog das Kind am Ohr hinaus und schimpfte dabei leise: »Das kommt davon, wenn man einen Namen aus einem Märchenbuch hat«, was natürlich für die Mutter bestimmt war. Mrs Jones kniete sich neben Mary hin, um die winzigen Nadeln aufzusammeln.

»Hetta hasst sie«, flüsterte Mary beiläufig. »Und wundert es Euch vielleicht?«

»Ach, Mary.« Mrs Jones ließ die Nadeln wieder in das Kästchen fallen. »Wenn es dir doch nur gelingen könnte, etwas freundlicher zu der armen Mrs Ash zu sein ... sie wird ja nicht für immer hierbleiben, weißt du?«

Das Mädchen riss die Augen auf. »Ihr meint ...«

»Diesmal ist es ja anders, nicht wahr?«, murmelte Mrs Jones und schaute an sich selbst herab. »Wir werden eine Amme brauchen, die auch Milch hat, verstehst du?«

Mary nickte entzückt. »Also wird Mrs Ash gehen müssen.«

»Nun ja«, seufzte Mrs Jones ratlos. »Ich werde wohl anfangen müssen, nach einer Stellung für sie zu suchen, mehr wollte ich damit nicht sagen.«

»Wie ich höre, werden in Virginia Frauen gebraucht ...«

»Mary Saunders!« Mrs Jones schlug dem Mädchen auf das Handgelenk und verkniff sich ein Grinsen. Ein wenig belastete es sie, dass sie es nicht fertigbrachte, angesichts der Vorstellung, Mrs Ash nach all den Jahren treuer Dienste zu verlieren, besonders traurig zu sein. In letzter Zeit spielte kaum noch etwas anderes eine Rolle als das, was in ihr passierte: wie ein Posaunenstoß an einem lautlosen Tag.

Manchmal, wenn sie von ihrer Näharbeit aufschaute, kam es ihr vor, als wären zwanzig Jahre aufgerollt worden wie ein Teppich, und sie war wieder ein Kind, das mit Sue Sachen flickte. Zuweilen hatte sie zu ihrer alten Freundin gesprochen, in den letzten Monaten sogar öfter, seit den ersten Vermutungen, dass sie in anderen Umständen war. *Su*, sagte sie dann im Geiste, *danke für deine Tochter, und ich wünschte nur, du hättest die meine sehen können.* Unter ihren Rippen gab es die winzige Andeutung einer Wölbung, aber noch nicht so viel, dass man es sah. Sie schloss die Augen und wünschte sich ganz fest, dass es diesmal ein Junge würde. Und einer, der am Leben blieb.

Ihr Gatte hatte in letzter Zeit immer einen Hundeblick aufgesetzt. Nachts im Bett starrte er an die Decke und kam nicht im Traum darauf, dass neben ihm seine Zukunft spross wie ein Keim. Sie hätte ihn ja gern getröstet, so gut sie konnte, wenn es nur nicht das Kind hätte gefährden können. Es hatte Zeiten gegeben, da hatte sie Thomas alles erzählt. Aber das war Jahre her, bevor dann ihre Familie anwuchs und wieder schrumpfte, bevor all ihre Geheimnisse notwendig geworden waren. Sie sehnte sich danach, ihm die frohe Botschaft zu überbringen, aber irgendetwas legte ihr eine kalte Hand auf und riet ihr zu warten. Nur noch ein kleines bisschen. Vielleicht war das ja richtig. Vielleicht würde es nicht weiterwachsen. Vielleicht würde es nicht am Leben bleiben. Also behielt Mrs Jones ihr Geheimnis vorerst in ihrem Mund verborgen wie eine Perle. Sie setzte sich und stand auf und bewegte sich, als wäre ihr

Rock mit Silberfäden gesäumt, aber niemand außer Mary schien etwas aufzufallen.

Gerade lachten die beiden über irgendeine kleine Albernheit, als Daffy hereinkam und einen Stapel Koffer abstellte. Marys Lachen erstarb, als wäre eine Tür zugefallen. Mrs Jones blickte von ihrer Nadel auf und bemerkte, dass ihre beiden Bediensteten alles Mögliche im Raum ansahen, nur nicht einander. »Mary«, fragte sie leise, ein paar Minuten nachdem Daffy gegangen war, »gibt es da etwas, was du mir sagen möchtest?«

Das Mädchen schüttelte den Kopf und hielt die Augen auf seine Arbeit gesenkt.

»Ich will damit sagen … eine Zeit lang habe ich geglaubt … ich meine, ich weiß, wie jung du noch bist, aber eine Zeit lang habe ich mir eingebildet, dass du und Daffy vielleicht angefangen hättet, eine … Zuneigung füreinander zu entwickeln. Habe ich mich da getäuscht?«

»Nein«, murmelte Mary.

»Solche Dinge kommen in einem Hausstand oft vor«, erklärte Mrs Jones vage. »Das ist ganz natürlich.«

Endlich sah das Mädchen zu ihr hoch. Ihre Wangen glühten. »Um die Wahrheit zu sagen … er hat mich gebeten, ihn zu heiraten.«

»Mit sechzehn!« Mrs Jones schürzte entsetzt die Lippen.

»Er wollte mich heiraten und mit mir von hier weggehen, und ich habe Nein gesagt.«

»Mary!«, rief Mrs Jones aus. Die Vorstellung trieb ihr Tränen in die Augen. »Mein armes Mädchen. Mein armes Mädchen.« Ihre Bedienstete lächelte sie kurz scheu an, während die Herrin in sämtlichen ihrer Taschen nach einem Taschentuch suchte. »Kümmer dich nicht um mein närrisches Benehmen«, stammelte Mrs Jones tränenüberströmt. »Das kommt nur von meinem Zustand.«

Mary reichte ihr ein sauberes, gefaltetes Taschentuch,

und Mrs Jones tupfte sich damit die Augen ab. Wie froh sie war, wie gesegnet mit einer solchen Treue. Zu wissen, dass es eine gab, die zu sehr an ihr hing, um ihren Dienst bei ihr aufzugeben, die bei allen Prüfungen an ihrer Seite stehen würde!

»Apfelwein soll in den ersten Monaten ganz besonders stärkend sein, habe ich gehört«, sagte Mary ihrer Herrin und bot oftmals nach dem Essen an, zum Crow's Nest zu gehen und ihr welchen zu holen. Mr Jones begrüßte alles, was wieder etwas Farbe in die Wangen seiner Gattin bringen würde.

Marys Leben wurde umgeschlagen wie ein Saum. Es gab eine Tagesseite und eine Nachtseite, und wenn man die eine sah, hätte man sich die andere niemals vorstellen können. Sie war sich selbst nicht ganz sicher, welche Mary die echte war. Sonderbar, aber so war es nun einmal.

Der einzelne golddurchwirkte Strumpf, den sie unter dem Bett in ihrer Tasche verborgen hatte, wurde immer schwerer, je mehr Münzen sich ansammelten. Abgegriffene, glänzende, ein paar, bei denen Münzer ein Stück abgetrennt hatten, und eine ganze Krone, die ein sturzbetrunkener Advokat aus Edinburgh ihr als Trinkgeld zwischen die Brüste hatte fallen lassen, weil er sie vermutlich für einen Penny gehalten hatte. Cadwaladyr behandelte sie neuerdings freundlich, abgesehen von seinen höhnischen Augenbrauen. Er ließ ihr immer ein paar Minuten Zeit, damit sie ungesehen hinters Haus und in die kleine Kammer über dem Stall huschen konnte, bevor er ihr die Freier schickte. *Sukie* war der Name, den er ihr gegeben hatte, seine eigene Erfindung. »Sag Sukie, ich habe dich geschickt«, erklärte er den Freiern. Es waren alles Reisende, die hier nur auf dem Weg nach Bristol oder in den Norden kurz haltmachten, wegen einer Arbeit oder eines Verkaufs oder eines Geschäfts. Von Anfang an hatte Mary Cadwaladyr klargemacht, dass sie niemals einen Kerl aus den Marken anrühren werde, aus Angst, dass es dann in der Stadt Gerede gebe.

An den meisten Abenden fand sie es einfach, Sukie zu sein. Es war ungewöhnlich, so anständige Kleider zu tragen, ein ungeschminktes Gesicht zu haben und so schnell und so heimlich hinter einer Schenke zu arbeiten, aber davon abgesehen, war ihr das Gewerbe so vertraut wie ein alter Handschuh. Einmal wurde sie vor dem Stall von drei Männern aus Yorkshire begrüßt, die in einer Reihe standen und sich darum stritten, wer der Erste wäre. An einem anderen Abend wollte ein Betrunkener aus Cornwall es im Stehen machen, fiel dabei aber auf sie und besudelte ihren blauen Leinenrock mit Schlamm.

Sie bot keine Neckereien zum Aufwärmen an, außer wenn die Freier sie brauchten. Es war nicht mehr wie in den alten Zeiten in London, wo es sie mit gewissem Stolz erfüllt hatte, so zu gefallen, dass einige Kunden sogar wiederkamen und mehr wollten. Nein, neuerdings hatte sie es eilig und wollte nichts weiter als die Hälfte der zwei Schillinge, die es diese Männer kostete, sich in der Wildnis der Marken erleichtern zu können. Manchmal packten sie unter Gebrabbel ihre Brüste. Wenn sie es von vorne machte, musste sie den Biergestank im Atem der Männer riechen. Ein Rüpel versuchte sogar, sie zu küssen, doch sie drehte den Kopf weg. Am liebsten war es Mary, mit dem Gesicht nach unten auf der Strohmatratze zu liegen und an etwas anderes zu denken, zum Beispiel an den Unterrock, den sie gerade für Miss Lucy Allen im Diamantmuster bestickte, in dem sie selbst aber viel hübscher aussehen würde.

Ganz am Ende, wenn der Freier ermattet war, kam sie manchmal mit ihrem Mund ganz dicht an sein Ohr und sagte ihm, wenn er auch nur einer einzigen Menschenseele in Monmouth etwas über eine Sukie erzähle, dann werde sie ihm mit einem Messer nachkommen und eine Opernsängerin aus ihm machen.

Sie sah sich stets vor. Für die Zecher im Crow's Nest war sie nur eine Dienstmagd, die alle paar Abende einmal kurz wegen eines Pints Apfelwein für ihre Herrin hereinschaute und nie herumlungerte, um schöne Augen zu machen oder zu würfeln. Sie ging nie hinters Haus und zum Stall, wenn jemand sie hätte sehen können. Und Cadwaladyr würde doch ganz bestimmt nichts ausplaudern? Wohl nicht, solange er weiter seinen Anteil von ihr bekam. Aber manchmal fiel Mary sein Gesicht wieder ein, an jenem ersten Abend, als er in Jane Jones' neuer Dienstmagd das Mädchen wiedererkannt hatte, das ihn in Coleford übertölpelt hatte: wie ihm die Augen unter den buschigen weißen Brauen vor Wut aus dem Kopf gequollen waren.

Eines Abends versuchte ein nach Tabak stinkender Ire, dessen Schwengel nur ein Würmchen war, sie herunterzuhandeln: »Einen Sixpence für dich und dasselbe für den Schankwirt.«

»Warum?«, fragte sie. »Weil du nur halb so groß bist?«

Er schlug ihr eine blutige Nase. Sie lief mit leeren Händen nach Hause und erzählte irgendeine Geschichte, dass sie auf der Straße plötzlich Nasenbluten bekommen habe.

»Hast du ein schwarzes Kaninchen gesehen?«, fragte Mrs Jones kundig.

Mary schüttelte den Kopf, und ein weiterer roter Tropfen entkam ihrem Taschentuch.

»Ach, wenn einem die Nase blutet, sind doch immer schwarze Kaninchen daran schuld, weißt du das denn nicht?«

Es war das einzige Mal, dass Mary am Ende nicht bezahlt wurde. An den meisten Abenden war sie nach einer Viertelstunde wieder zu Hause und hatte einen oder zwei Schillinge in der Tasche. »Was für ein braves Mädchen du doch bist«, sagte Mrs Jones dann immer und nahm einen Schluck von ihrem Apfelwein.

In der Dachkammer träumte Abi vom Essen auf der Plantage: schleimige Makrelen, Kürbis und Straucherbsen und, wenn man Glück hatte, ein Schlückchen Rum. Kokos, Sapodilla, Jambalaya: Schon allein bei den Wörtern lief ihr das Wasser im Mund zusammen.

Sie tauchte langsam aus ihrem Schlaf auf und sah, dass Mary Saunders im Licht einer dünnen Talgkerze aus ihrem Unterrock stieg. Es war schon spät. Von dem Mädchen wehte ein Hauch herüber, und der erinnerte sie an etwas. »Du gewesen bei ein Mann?«, fragte sie neugierig.

Mary fuhr hoch und drehte sich zu ihr um. »Natürlich nicht!«

»Nur fragen«, murmelte Abi und vergrub das Gesicht in ihrem Kissen.

Das Mädchen faltete weiter seine Sachen über dem Stuhl, als wären es königliche Gewänder.

Wer mochte es wohl sein?, fragte sich Abi. Nicht Daffy Cadwaladyr. Der lief in letzter Zeit herum, als wäre sein Gesicht mit Wachs versiegelt, und verbrachte jede freie Minute über *Ein Historischer Abriss der Hebrideninseln*, so als werde etwas erst dann wirklich, wenn es in einem Buch aufgeschrieben stand. Konnte es sein, dass das Mädchen sich unter den Molkegesichtern von Monmouth einen anderen Liebhaber gesucht hatte?

Als Mary ins Bett stieg, hielt Abi den Saum der Decke fest. Sie hörte ein leises Klimpern: eine Kette vielleicht, ein Halsband oder zwei Münzen? Dann hörte sie ein leichtes Scharren, als eine Tasche zurück unters Bett geschoben wurde. Danach legte sich Mary wieder hin.

Endlich begriff Abi, und Traurigkeit überkam sie.

Sie hatte ein paar Sklavenmädchen gekannt, die von

ihren Plantagenherren feilgeboten wurden, wenn die Zeiten hart waren. Aber noch nie zuvor hatte sie eine Frau kennengelernt, die ihren Körper aus freien Stücken verkaufte. Und auch noch eine, die eine Arbeit und Essen und ein Dach über dem Kopf hatte. Es verließ sie aller Mut bei dem Gedanken, dass selbst Mary – die dreiste und flatterhafte Mary Saunders, die Londonerin mit den großen Plänen – keine freie Frau war.

Abi beschloss, eine riskante Frage zu stellen. »Mary? Du es machen für Geld?«

Eine entsetzliche Stille folgte. Abi wünschte sich, sie hätte ihren Mund gehalten. Dann hörte sie ein leises Seufzen, und Mary sagte: »Einen anderen guten Grund dafür kenne ich nicht.«

Darauf wusste Abi nichts zu antworten. Sie hatte schon so lange nicht mehr bei einem Mann gelegen, dass sie sich kaum mehr erinnerte, wie es sich anfühlte. Der Letzte musste wohl der Doktor gewesen sein, der sie nach England mitgebracht hatte. Er war jeden Morgen steif aufgewacht und hatte sie als Erstes geritten, während das Meer sich an ihrer Kabinenluke vorbeigewälzt hatte wie ein grünes Ungeheuer. Eines Tages hatte er anschließend ihre Grotte beäugt und sie als *höchst interessant* bezeichnet. Er hatte gesagt, die englischen Frauen seien nicht so geformt. Er hatte sogar eine Zeichnung davon angefertigt, um sie in ein Buch aufzunehmen, das er gerade schrieb. Abi hatten vor lauter Kälte die Beine gezittert, aber der Doktor hatte ihr befohlen, im Interesse der Wissenschaft stillzuhalten. Nach tagelangen Mühen hatte er ihr die Zeichnung gezeigt, und sie hatte entsetzt aufgeschrien. Es gab kein Gesicht, keinen Körper, nur eine aufgehackte Frucht, aus der etwas auf das Papier rann.

»Du sagst es doch keiner Menschenseele, oder?«, fragte Mary jetzt in die Dunkelheit hinein.

Abi beantwortete das mit einem verächtlichen Prusten, was das Mädchen zu beruhigen schien. »Als ich komme nach Inch Lane«, sagte Abi einen Moment später nachdenklich, »ich liege hier oben wach, warte, Herr schickt nach mir.«

»Was, Mr Jones?«, flüsterte das Mädchen mit einem unterdrückten Kichern.

Abi zuckte mit den Achseln. »Herren so sind mit Hausmädchen. Irgendwann ich denken, vielleicht Mr Jones mehr verlieren als nur Bein.«

Marys Lachen schwoll an und erfüllte die Kammer.

»Jetzt ich glaube, in diesem Land nur alles anders.«

Schweigend lagen sie nebeneinander. »Vermisst du die Sache?«, fragte Mary irgendwann.

Es fiel Abi schwer, darauf zu antworten. »Vielleicht das am Ende«, gab sie schließlich zu. Sie dachte an die feuchte Hitze, die sie bei den Malen umfangen hatte, als man sie für die Zucht zu dem großen Feldsklaven gelegt hatte, obwohl nichts daraus entstanden war. »Alles friedlich«, sagte sie, »kein Krach mehr, kein Wackeln.« Nichts wurde mehr von ihr verlangt, nichts hatte sie falsch gemacht, nichts musste sie mehr zu ergründen versuchen und sich für nichts mehr entschuldigen.

Am Samstagabend ging Mrs Jones früh zu Bett, denn sie klagte wieder über Rückenschmerzen. Ihr Gatte fragte sich, ob das nur ein erneuter Vorwand war, damit sie vor ihm eingeschlafen war. Er blieb noch über seinem *Bristol Mercury* sitzen, dessen Wörter im Kerzenschein kaum noch zu entziffern waren, bis alle anderen ebenfalls zu Bett gegangen waren. Heute Abend fühlte er sich rastlos. Die Mailuft, die durch das Fenster hereinwehte, duftete nach Blumen. Zum ersten Mal seit zehn Jahren verspürte er Lust, in eine Schenke zu gehen. Er griff nach seinen Krücken.

Aber als er die Schenke auf der Weide erreicht hatte, wo das Krähennest in der leichten Brise schaukelte, drückte ihn seine Blase. Er hüpfte bis zur Rückseite des Gebäudes. Und dort stand, an die Stallmauer gelehnt, niemand anderes als Mary Saunders.

»Mary?«, rief er verdutzt. »Ich dachte, du wärst im Bett.«

Ruckartig hob sie die Hand, um ihr Gesicht zu verbergen, ließ sie dann aber wieder sinken. Ihre Augen waren wie angelaufene Münzen auf weißem Leder. Ist das Mädchen krank, fragte sich Mr Jones, oder nicht mehr bei Sinnen? »Mary?«, wiederholte er und vergewisserte sich noch einmal, dass es dieselbe Person war, die eben noch beim Nachtmahl neben ihm gesessen hatte. »Was ist denn nur los?«

»Nichts, Sir.« Ihre Stimme klang seltsam aggressiv.

»Aber was um Himmels willen machst du noch so spät hier draußen?«

»Weiß nicht, Sir.«

Was für eine Närrin du doch bist, alte Schlampenfreundin! Wie schnell du in einer brenzligen Situation den Kopf verlierst! Mary meinte geradezu, Doll Higgins laut auflachen zu sehen. So viele Lügen gab es, die sie ihrem Herrn hätte auftischen können, wenn sie nicht so entsetzt gewesen wäre, ihn zu sehen. Zum Beispiel, dass sie sich die Beine vertrat, während Cadwaladyr den Krug für Mrs Jones füllte. Oder dass ihr in der Bierschenke übel geworden und sie nach draußen gegangen sei, um frische Luft zu schnappen. Sie hätte auch behaupten können, sich den Mond anschauen zu wollen – nur lag der Mond diese Woche im Dunkeln. Dann eben die Sterne. Dort war der Große Wagen, der die ganze Nacht über dahinfuhr.

Aber jetzt, nach diesem einen dummen Satz, »Weiß nicht«, war ihr Mund wie versiegelt. Mr Jones schwang seine Krücken und kam näher. Seine Miene veränderte sich. Mary sah, wie Argwohn in seine Falten kroch. Ihr fiel kein einziges Wort ein, das sie hätte sagen können. Gleich würde über sie beide das Verhängnis kommen.

Schwere Schritte. Da kam endlich Sukies Freier. Wie ein Schauspieler, der seinen Einsatz verpasst hatte, torkelte er um die Ecke und stützte sich dabei mit einer Hand an den verrußten Backsteinen ab. Vorfreude lag auf seinem bärtigen Gesicht. Mary starrte in den Himmel. Hoffentlich würde der Kerl, wenn er Mann und Weib so miteinander sprechen sah, an die Mauer pinkeln und dann wieder in die Schenke gehen.

»Wo wäre denn dann die Hure?«, rief er.

Mary kniff die Augen zusammen.

»Wie bitte?«, fragte Mr Jones, heiser vor Überraschung.

»Der Wirt hat gesagt, über dem Stall ist ein junges Ding, das macht es für zwei Schillinge.« Der Mann spähte in der Dunkelheit zu Mary herüber. »Ich warte auch, bis ich dran bin«, bot er Mr Jones freundlich an. »Aber lange kann ich nicht bleiben.«

Mary versuchte, ein entsetztes Gesicht zustande zu bringen, schaffte aber nur eine Grimasse. Die Schuld stand ihr ins Gesicht geschrieben.

Mr Jones holte geräuschvoll Luft. »Kümmer dich um deine eigenen Angelegenheiten, mein Freund.«

»Meine Schillinge sind doch wohl genauso gut wie die Euren!«

»Verschwinde, oder ich hole den Schutzmann!«, blaffte Mr Jones keuchend, schwang seine Krücke und drohte dem Kerl damit.

Mary sah dem Freier nach, wie er mit seiner schlammbespritzten Kniehose um die Hausecke verschwand. Hier stand sie nun neben ihrem Herrn und konnte sich nicht rühren. Endlich ließ er die Krücke sinken. Wenn er mich damit schlagen wollte, dachte Mary, dann hätte er wohl schon angefangen.

Wie zwei vornehme Fremde warteten beide, dass der andere etwas sagte. Mary versuchte, auf eine überzeugende Erklärung zu kommen, aber ihr Hirn war so zäh wie Sirup. Ihr Körper reagierte schneller. Sie fiel vor Mr Jones auf die Knie und spürte, wie ihr ein spitzer Stein ins Schienbein drang. Sie schlang ihre Arme um die Hüften ihres Herrn und presste den Kopf an seinen Körper. Plötzlich hervorquellende Tränen nässten den verschlissenen Samt seiner Hose. Sein männlicher Geruch stieg ihr in die Nase.

Mary war es vorher nicht klar gewesen, aber es tat ihr tatsächlich leid. Alles, was sie war und immer sein würde, alles, was sie getan und unterlassen hatte und niemals tun würde, tat ihr jetzt sonderbarerweise leid. Dass man ihr eine zweite Chance auf ein normales Leben gegeben und sie sie mit Füßen getreten hatte. Was wollte sie von diesem Mann? Strafe oder Vergebung? Harte Worte oder eine Hand, die ihr über die Haube streichelte? Vor allem wollte sie Komplizenschaft.

Er sagte kein Wort.

Ihr heißes Gesicht vergrub sich in Mr Jones' zugeknöpftem Hosenlatz. *Noch Anzeichen von Leben im Keller?*, hatte Doll früher immer kichernd gefragt. Schwere Hände legten sich ihr auf die Schultern und versuchten, sie wegzuschieben, aber sie ließ nicht los. Weit über ihr kam ein Räuspern aus einer Kehle. Sie hob das Kinn und drückte ihre Augen gegen den Samt, ihre Nase, ihre nassen Wangen.

Ah. Aha! Es war noch nicht alles verloren. Sie hauchte aufmunternd in den sich regenden Stoff hinein. Ihr Herr versuchte, von ihr loszukommen, und verlor fast das Gleichgewicht, aber Mary folgte seinen Bewegungen und hielt ihn fest, packte durch den Brokat seines Rockes seine zuckenden Hinterbacken. Sie konnte fühlen, wo das Bein aufhörte, und dahinter die ordentlich hochgeknöpfte Falte.

»Wenn Ihr wollt, Sir«, flüsterte sie. Sprechen war ein Risiko. Damit konnte sie sich einen Schlag mit der Krücke aufs Auge einhandeln und den einzigen Ort verlieren, den sie auf der Welt hatte. »Bitte, Sir, ich bin gut, Sir.« Sie wiederholte ihre Worte wie ein Kind. »Bitte, Sir, umsonst, was immer Ihr möchtet, wenn Ihr wollt, Sir.«

Die Kreatur, die sich in der Kniehose ihres Herrn eingerollt hatte, hörte das, erwachte nun vollends und reckte sich. Durch den heißen Stoff hindurch suchten Marys Lippen nach ihr. Alles, was sie von oben hörte, war ein kehliges Stöhnen. Die Knie taten ihr inzwischen so weh, dass sie kaum noch an etwas anderes denken konnte. Wenn sie jetzt losließ, dann schrak Mr Jones vielleicht doch noch zurück, aber wenn sie noch lange auf den Knien blieb, schlugen die am Ende noch Wurzeln in der Erde. Es hatte keinen Zweck, auf das entscheidende Wort zu warten. Was immer der Mann auch tat, er würde es nicht über sich bringen, dazu Ja zu sagen.

Mary rappelte sich taumelnd hoch. Sie versuchte, Mr Jones nicht in die Augen zu sehen. Stattdessen drehte sie sich zur Mauer um, suchte festen Stand, hob ihre Röcke, so hoch es ging, und wartete.

In den langen Momenten, die nun folgten, war ihr die Absurdität der Situation durchaus bewusst. Sie stellte sich vor, wie ihre weißen Hinterbacken in der Nacht leuchteten wie der nicht vorhandene Mond. Feuchte Luft drang in sie ein. Sämtliche Muskeln strafften sich. Schwer lagen die stählernen Poschen auf ihren Hüften. Ihre Strümpfe, die sich mit Schlamm vollgesogen hatten, rutschten ihr allmählich über die Knie. Vielleicht nicht gerade der einladendste Anblick für einen Mann, der noch mit sich rang. Gern hätte sie ein bisschen mit dem Hintern gewackelt oder etwas Unzüchtiges geraunt, wenn sie darauf vertraut hätte, dass dies ihre Aussichten verbesserte. Doch stattdessen legte sie ihre Wange an die kühlen Backsteine und schloss die Augen. Sie stand länger so da, als sie es für möglich gehalten hätte. Vielleicht hob Mr Jones ja gerade seine Krücke, um ihr einen heftigen Hieb zu versetzen. Oder vielleicht machte er auch schon kehrt, um nach Hause zu gehen und ihre Habseligkeiten aus dem Fenster in eine Pfütze im Hof zu werfen. Wie lange wollte sie noch so hier stehen bleiben, bevor sie sich eingestand, dass es vorbei war?

Hinter sich hörte sie leise die Krücken klappern. Sie riss den Kopf herum, um zu sehen, ob der Mann gestürzt war, doch er war direkt hinter ihr.

Mr Jones hatte beschlossen, dass er die Röcke des Mädchens herunterziehen und ihre Scham bedecken würde. Gleich würde der ganze Spuk vorbei sein. Er war nicht ein solch schwacher Sünder, dass er sich von schierer Nacktheit übermannen ließ.

Er würde ihre weiße Haut noch nicht einmal anrühren. Er würde seine Hose zugeknöpft lassen. Er würde nicht seine zitternden Finger in sie hineinschieben, auf der Suche nach ihrem nassen Feuer. Er war kein Mann, der zuließ, dass sein niederster Teil sich in irgendeiner finsteren Ecke aufbäumte. Er würde nicht an irgendeiner schmutzigen Mauer seine eigene Dienstmagd nehmen. Mit einem solch schändlichen Vergnügen wollte er nichts zu schaffen haben. Er würde nicht spüren, wie die Rundung ihres schrecklichen Muskels sich um ihn schloss, während sie ihn mitten in der Nacht in ihre dunkle, heiße Grotte zog.

Dem Schöpfer sei Dank für seine unendliche Gnade, wie Oberin Butler immer gesagt hat, dachte Mary. Nur die Backsteine der Mauer konnten ihr zotiges Grinsen sehen. Mr Jones umklammerte ihr Mieder. Als er sich vor- und zurückschob, knarrte das Fischbein. Seine Hitze in ihr erfüllte sie ganz. Sie presste, so fest sie nur konnte. Wenn sie es ihm sehr gut machte, würde sie das dann retten? Würde es sich auszahlen, dass sie alles auf eine Karte gesetzt hatte?

Er wurde schon immer schneller. Keine Spur mehr von Gentleman.

Ob die Jones' es wohl jede Nacht machen, nachdem sie sich ihre Nachthauben zugebunden haben?, fragte Mary sich. Oder höchstens einmal im Jahr? War es mit seiner Frau ein langwieriger Kampf, weil sie ihm ja nichts Neues mehr bot? Oder eher der kürzeste Weg zur lustvollen Erfüllung, da sie ja inzwischen bestimmt wusste, was bei ihrem Ehegatten am besten klappte? Bewegte er sich in ihr genau so, wie er sich in seiner Dienstmagd bewegte? Mary stellte sich vor, wie genau dieses Stück Fleisch in die Scham ihrer Herrin eindrang, und ein heftiger Schauer durchfuhr sie.

Wenn Mr Jones heute Abend nach Hause taumelte, würde immer etwas von Mary an ihm kleben. Er würde das Ehebett mit den unkeuschen Säften der Dienstmagd beflecken. Würde Jane Jones aus dem Schlaf erwachen und den Geruch erkennen? Würde der brünstige Duft dazu führen, dass sie auch etwas davon abhaben wollte? Würde sie ihre noch schläfrigen Beine spreizen und ihren Gatten anspornen, ganz gleich, ob er klagte, er sei zu erschöpft? Würde der Gedanke an Mary, an ihr eng geschnürtes Fleisch an der rauen Mauer des Crow's Nest, den Mann wiederaufstehen lassen? Würde er seinen allerletzten Tropfen heute Nacht in seine Gattin ergießen? Würde er die Saat seiner Dienstmagd in den Leib der Herrin pflanzen, ihre Säfte verrühren und ihre Gerüche miteinander mischen?

Mary erstarrte, und ein Blitz durchfuhr sie, spießte sie auf, riss sie entzwei, fuhr in jede Zehe, jeden Fingernagel, jedes Haar auf ihrem Kopf. Bei allen sieben Höllen, was …?

Danach klammerte sie sich an die Backsteine, aus Angst

hinzufallen. Die Erde unter ihr schien sich zu drehen, und nichts war mehr, wie es vorher gewesen war.

Etwas später wurde Mary allmählich bewusst, dass Mr Jones herausgeglitten war und ihr Bein überflutete. »Danke, Sir«, sagte sie gewohnheitsmäßig und ließ ihre Röcke fallen.

Sie ließ ihn stehen, den Kopf an die Wand gelehnt.

Nun verlor Mr Jones doch noch das Gleichgewicht. Sein Bein zitterte. Seine Krücken waren in den verkrusteten Morast gefallen. Vollkommene Erschöpfung hatte von ihm Besitz ergriffen. Das Mädchen hatte ihn aufgezehrt.

Im Stehen hatte er es noch nie gemacht. Und auch noch nie irgendwo anders als im Bett. Er hatte noch nie ein Weib angerührt, das nicht das seine war. Und seit dem Tod seines letzten Sohnes hatte er keine solche Trauer mehr gekannt.

Beim Frühstück machte Mary ein ausdrucksloses Gesicht. Niemand, der dieses Mädchen in dem gestärkten Halstuch anschaute, wäre je auf den Gedanken gekommen, dass ihm irgendetwas widerfahren war. Ihr Kopf tickte wie eine Uhr, während sie ihre Berechnungen anstellte. Sie beobachtete Mr Jones' Hände mit dem Messer und dem Löffel darin und erinnerte sich wieder daran, wie seine Finger ihr Mieder umkrampft hatten. Aller Triumph und alle Erregung waren der Scham gewichen. Mary knabberte an ihrem Röstbrot und versuchte, das Atmen nicht zu vergessen. Sie überlegte, welche Macht dieser Mann nun über sie hatte und welche sie über ihn.

Vielleicht würde er seiner Gattin einen anonymen Brief schicken, nach Art der Seven Dials. *Euer Magd is ne Hure. Mus man sie nur für ansehn.* Aber Mary war durchaus bereit, dann in Tränen auszubrechen und zu gestehen, dass der Herr ihr seit dem Tag, als sie in dieses Haus gekommen war, Gewalt antat. Würde sie das retten? Wem würde Mrs

Jones glauben? Würde sie der Tochter ihrer geliebten Su mehr vertrauen als ihrem Mann? Vielleicht würde sie sich trotzdem auf seine Seite schlagen und sich nicht besonders um seine Tändelei mit einer Dienstmagd scheren. So waren Männer nun einmal.

Mary konnte nur hoffen, dass im Kopf ihres Herren Schuld, Verwirrung und Lust eine solch dicke Suppe angerührt hatten, dass er weder etwas sagen noch etwas unternehmen würde.

Am späten Morgen saß sie allein im Atelier und stickte. Da hatte sie eine Frage zur Farbe eines bestimmten Fadens und konnte die Herrin nirgendwo finden. Also ging sie nach oben und klopfte an die Kammertür von Mr und Mrs Jones.

Von der anderen Seite der Holztür kam ein Laut wie von einem Vogel in einer Falle. Mary klopfte noch einmal, dann drückte sie die Tür auf.

Mrs Jones war allein. Mit schweißüberströmtem Gesicht kauerte sie auf dem Boden. Mary schloss die Tür und lehnte sich dagegen. Ihre Herrin schaute auf und versuchte zu sprechen. Hatte sie es herausgefunden? War es das? Wusste sie, was ihr Gatte und Mary Saunders letzte Nacht getan hatten? Konnte sie die Untreue in der Luft riechen, und brach es ihr gerade das Herz?

»Seid Ihr krank?«

Kein Wort.

»Herrin! Soll ich Mrs Ash holen?«

Heftiges Kopfschütteln. Und dann schien das Gesicht der Älteren zu zerspringen wie eine Schüssel, und aus jedem Sprung quollen Tränen hervor.

Mary kniete sich neben ihre Herrin und richtete sie auf. Sie versuchte, sie in Richtung Bett zu ziehen, aber Mrs Jones klammerte sich auf der Erde fest, ihre Unterröcke wogen schwer wie Zelte. »Blut.« Der schmale, feuchte

Mund der Herrin wiederholte das Wort noch einmal. »Blut im Topf.«

»Vielleicht ist es ja nur ein bisschen«, sagte Mary skeptisch und griff unter Mrs Jones' Röcke, um den Topf hervorzuziehen.

Dunkles Blut rann auf die Bodendielen und sammelte sich auf dem Holz in einer Pfütze. In dem überfließenden Topf war etwas, das kein Blut war. Mary drückte das Gesicht der Herrin an ihre Schulter, weniger, um sie zu trösten, als um ihr die Sicht zu nehmen. Jetzt fing Mrs Jones lautlos an zu zittern.

O Gott, hatte vielleicht sie, Mary, das irgendwie ausgelöst? War das der Zorn des Schöpfers? Aber wenn ja, dann wurde doch die falsche Frau bestraft. Mary sah sich wieder in Ma Slatterys Keller, Doll hielt ihre Handgelenke umklammert, und dann war dort der rote Wurm im Topf. Sie wenigstens war froh gewesen, ihn los zu sein. Aber für Mrs Jones war dasselbe schwimmende Ding kostbarer als alles Gold auf Gottes Erde. Mary drückte das weinende Gesicht noch fester an ihr Schlüsselbein.

Erstickte Worte drangen an ihr Ohr. Sie ließ die Frau los. »Das ist jetzt alles vorbei«, sagte Mrs Jones.

»Nein«, rief Mary und dann noch einmal, hastiger: »Nein, Ihr habt gewiss noch Zeit.«

»Ich bin dreiundvierzig Jahre alt«, sagte Mrs Jones. Ihr Gesicht war ausdruckslos und hölzern. »Ich kann meinem Gatten keinen Sohn mehr schenken.« Dann sprang sie mit einem grässlichen Ruck auf und hob den Nachttopf hoch.

Mary nahm ihn ihr ab, so wie an jedem anderen Tag. Sie musste sanft zerren, bis Mrs Jones ihn losließ. Dann legte sie ein Tuch darüber. »Ich komme gleich mit Wasser wieder«, sagte sie. »Für den Boden.«

»Sehr gut.«

»Wollt Ihr nun zu Bett gehen, Madam?«

Mrs Jones stand immer noch vorgebeugt da. Mit dem Ärmel wischte sie sich das Gesicht ab. »Nein, Mary, wir haben zu arbeiten.«

Schon an der Tür, rief sie Mary noch einmal zurück. Die wandte den Kopf um.

»Ich bin froh, dass du da warst.«

Das Schuldgefühl bohrte sich dem Mädchen ins Herz wie ein Splitter. Tränen trübten ihren Blick. »Ja.«

»Ach, und Mary. Keiner muss davon erfahren.«

Mary nickte langsam.

Als sie mit dem Tuch über dem Topf nach unten ging, überkam sie ein seltsames Gefühl, so als hätte sie Fesseln um die Fußgelenke. Auf der Treppe kam sie an Mrs Ash vorbei und musste den Topf beiläufig hochhalten, so als enthielte er nur die üblichen Ausscheidungen.

In der letzten Maiwoche wurde es erneut kalt, ganz so, als laufe das Jahr wieder rückwärts.

Mit versteinertem Gesicht notierte Daffy dieses für die Jahreszeit ungewöhnliche Wetter auf der Rückseite seines nicht gebundenen Bandes *Kuriosa von Monmouthshire* und blickte nur dann von der Seite auf, wenn es unumgänglich war. Abi trug zwei zusätzliche Schals, die sie sich von Mary geliehen hatte, und saß zusammengekauert da. Für Mrs Ash, die oben Papier in ihren kaputten Fensterrahmen stopfte und dabei den spärlichen weichen Schneeflocken zusah, war das nur eine weitere Plage, die den Sündern zur Warnung geschickt worden war. Doch sinnlos. Verschüttete Milch.

Mary erinnerte sich an einen Schneesturm in ihrem ersten Winter auf der Straße. An die umgeknickten Ulmen im Hyde Park, die Schneewehen, die Türen und Fenster versperrt hatten, und an die Familie in der Bedford Street, die verhungert war, bevor man sie ausgegraben hatte. Und an den Geruch der heißen Esskastanien in ihren Händen, während sie und Doll am zugefrorenen Themseufer entlanggestapft waren.

In letzter Zeit mieden sie und der Herr jeden Blickkontakt. Gesagt hatte er noch nichts, da war sie sich sicher, aber das konnte auch bedeuten, dass er nur noch an seiner Geschichte strickte. Ganz bestimmt hätte die Herrin schon bemerkt, dass etwas mit ihm nicht stimmte, wenn sie nicht selbst ein wandelnder Geist gewesen wäre. Mary kam es vor, als lege der Winter von Neuem seine Fesseln um sie alle und lasse sich nicht mehr abschütteln.

Am letzten Maiabend, als Mr Jones zu seinem Händlerklub aufgebrochen war, bettelte Hetta um die Geschichte mit der Königin. »Das ist doch eine Wintergeschichte, mein Schatz«, sagte Mrs Jones abwesend.

»Aber es ist doch kalt genug für Winter«, widersprach Hetta und hockte sich ans Feuer.

Also schloss Mrs Jones ihre brennenden Augen und rief sich die Einzelheiten der Geschichte wieder ins Gedächtnis. »Die Königin der Schotten trug ein schwarzes Samtkleid«, erzählte sie wie aus eigener Erinnerung, »hochgeschlossen, mit Gagatsteinen zugeknöpft und mit Perlen bestickt.«

Mary, die flickend neben ihr saß, nickte mit sachkundiger Anerkennung. »Ihr Schleier war lang«, erzählte Mrs Jones ihren beiden Zuhörerinnen, »und mit Spitze besetzt wie der einer Braut.« Mrs Jones bemerkte, dass diese Vorstellung sie tröstete.

»Weiß?«, fragte das Kind auf Mrs Ashs knochendürrem Knie.

»Was sollte eine Braut denn sonst tragen?« Mrs Jones lächelte ihre Tochter an. »Ihre Schuhe waren aus schwarzem spanischen Leder, ihre Strümpfe silbern durchwirkt und ihre Strumpfbänder aus grüner Seide.«

»Woher wisst Ihr das?«, fragte Daffy plötzlich.

Mrs Jones starrte ihren Hausknecht an.

»Ich wollte damit sagen«, erklärte er reichlich verwirrt, »wie konnte ... wie war es möglich, dass ... irgendjemand ihre Strumpfbänder sah?«

Ein Kichern von Mary. Mrs Ash keuchte auf. »Sollte der Bursche nicht lieber in der Küche sitzen?«

»Er meint es doch nicht böse«, sagte Mrs Jones.

»So eine Frage zu stellen!«, zischte die Amme.

Mrs Jones sammelte ihre Truppen. »Die Strumpfbänder wurden in der Chronik erwähnt«, erklärte sie kurzerhand. »Vielleicht haben ihre Kammerfrauen ja später alles aufgeschrieben. Nun, jedenfalls. Sie entkleideten die Königin. Die stand in der Mitte des Saales, müsst ihr wissen. Sie stand in ihrem Unterrock da – aus purpurnem Samt, mit einem Mieder aus purpurner Atlasseide, und sie banden ihr dazu passende rote Ärmel an.«

»Die Farbe von Blut«, bemerkte Mary.

»Ganz richtig.« Mrs Jones warf dem Mädchen ein beklommenes Lächeln zu. »Und nachdem die Königin dem Henker vergeben – und ihn auch noch bezahlt – hatte, band sie sich selbst ein weißes Tuch vor die Augen, mit Gold bestickt, und bedeckte auch ihr kastanienbraunes Haar.« Mrs Jones hielt einen Moment lang inne, damit die anderen sich vorstellen konnten, wie die flammenden Haare gelöscht wurden. Mrs Ash, die Schrift aufgeschlagen auf dem Schoß, tat so, als hörte sie nicht zu. Mrs Jones' Stimme schwoll an. »Dann kniete sich die edle Dame hin, den Rücken kerzengerade, und hielt sich für einen Moment mit ihren kleinen weißen Hände am Holzblock fest, um nicht das Gleichgewicht zu verlieren.«

»War er ganz blutbespritzt?«

»Wer, Mary?«

»Der Holzblock. Vom Letzten.«

»Wirst du die Frau jetzt einmal ihre Geschichte erzählen lassen?«, blaffte Daffy aus seiner Ecke.

»Lass nur, Daffy. Ich nehme schon an, dass er ein bisschen blutbefleckt war.« Mrs Jones starrte in die Glut und stellte sich die Blutspritzer vor.

»Weiter, Muda«, forderte Hetta. »Was hat Königin Mary dann gemacht?«

»Das weißt du doch genau«, sagte die Mutter und lachte matt. »Zeig es uns.«

Das Mädchen rutschte von der Mutter weg. Es warf den Kopf nach vorn und die Arme zurück und sah jetzt aus wie ein Pfeil.

»Genau so«, lobte ihre Mutter sie ermunternd. Was für ein kluges Mädchen ihr Kind doch einmal werden würde. Jetzt ging es darum, dankbar zu sein. Ganz ohne Kinder war sie schließlich nicht. Viele waren ihr genommen worden, aber eines war verschont geblieben.

Hetta hockte sich zu den Füßen ihrer Mutter hin. Eine milchweiße Locke löste sich aus ihrer Haube. Mrs Jones nahm sie einen Moment lang in die Hand, dann stopfte sie sie zurück.

»Und haben sie ihr dann wirklich den Kopf abgehackt, Muda?«

»Drei Hiebe haben sie gebraucht«, erklärte Mrs Jones und nickte ernst. Manche sagten ja, man solle Kinder vor solchem Wissen schützen, aber in einer grausamen Welt wie dieser würden sie solche Dinge früher oder später ohnehin erfahren. »Und dann geschah etwas höchst Sonderbares«, fuhr sie fort, weil ihr wieder etwas eingefallen war, was sie vergessen hatte. »Der Henker riss ihre Haube herunter und hielt den Kopf an den Haaren hoch. Und im nächsten Moment kullerte der Kopf über den Boden, aber das Haar hatte er immer noch in der Hand.«

Mary erschauerte und wandte sich ab.

»Ihr Kopf ist aus dem Haar gefallen?«, quiekte Hetta. »Das hast du noch nie erzählt.«

»Verstehst du denn nicht, Cariad? Es war eine Perücke! Eine schöne rote Perücke, um ihren armen Kopf zu bedecken, der nach all den Jahren im Kerker sein ganzes Haar verloren hatte.« Mrs Jones spürte, wie ihr aus lauter Trauer darüber plötzlich die Stimme brach. Nach all dem dann auch noch kahlköpfig zu enden!

»Ich habe in einem Bericht gelesen, dass sie den Kopf wieder aufgehoben haben«, erklärte Daffy sachlich, »und dass sich ihre Lippen noch eine Viertelstunde bewegt haben, aber niemand verstehen konnte, was sie sagte.«

Das hatte Mrs Jones noch nie gehört. Die Vorstellung verstörte sie, dass von solch königlichen Lippen nur noch irgendein unhörbares Gestammel hatte kommen sollen. »Alles, was ich weiß, ist«, erklärte sie, »dass die Königin Maria Stuart mit Anmut zur Axt gegangen ist.«

»Wie der erste König Charles«, trug Mary bei, »der zwei Hemden getragen hat, damit er auf dem Schafott nicht zitterte.«

»Ganz genau, mein Liebes.« Mrs Jones griff nach der kalten Hand des Mädchens und drückte sie.

»Allerdings war diese Schottenkönigin eine Papistin«, beschwerte sich Mrs Ash.

»Nun, dennoch war sie eine tapfere Dame«, erklärte Mrs Jones ungehalten. »Und außerdem ist ja auch alles schon lange her«, fügte sie einen Moment später hinzu.

»Sie ist für eine schlechte Sache gestorben«, murmelte die Amme kaum hörbar.

Manchmal wusste Mrs Jones selbst nicht, wie sie es mit diesem Drachen so lange ausgehalten hatte. »Meiner Ansicht nach, Mrs Ash«, sagte sie ruhig, »sind die Umstände ihres Todes uns allen eine Lehre, in schwierigen Zeiten den Kopf hochzuhalten. Besonders dir, Mary Saunders«, sagte sie und griff noch einmal nach den eiskalten Fingern des Mädchens. »Wenn ein Unglück hereinbricht, dann musst du dich immer an deine Namensschwester erinnern.«

»Was denn für ein Unglück?«, fragte das Mädchen ein wenig nervös.

»Ach, es trifft uns doch alle einmal«, erklärte ihr Mrs Jones auflachend. »Die Frage ist nur, wann.«

Als die Herrin aufstand, merkte sie, wie die Trauer sie wieder einhüllte wie ein bleierner Umhang. Sie ging in die Stube, um die Fensterläden zu schließen, und stellte fest, dass es den ganzen Abend geschneit hatte. Sie sah zu, wie die Luft in lauter kleine Diamanten zerstob, die wirbelnd zu Boden fielen, als freuten sie sich, ihre Fesseln abgestreift zu haben. Ein paar Sekunden lang war jede dieser Flocken einzigartig und frei, bis sie sich auf eine andere legte und Teil einer weißen Decke wurde, die das Feld über sich streifte. Die Silhouette eines jeden unansehnlichen Zauns oder rostenden Pflugs wurde verborgen, jede Erdscholle und jeder ausgebrannte Holzscheit ausgetilgt. Selbst die Furchen, die John Nibletts Kutsche auf der Grinder Street hinterlassen hatte, besaßen nun eine gewisse Schönheit. Der Schnee ließ sie aussehen wie Locken.

In dieser Nacht lag Mrs Jones im Bett und träumte vom Schnee. In ihrem Traum war alle Arbeit getan, und sie öffnete den Riegel der Küchentür und ging so leise hinaus, dass kein Ohr sie hören konnte. Sie ließ ihre Pantoffeln zurück, der Schnee beschwingte ihre nackten Füße und schärfte ihre Ränder. Ihre neuen Glassohlen trugen sie hinunter in den Garten, ohne einem anderen Pfad zu folgen als dem Wirbeln der fallenden Schneeflocken. Sie blieb stehen, um einen gefrorenen Apfel aus dem Baum zu pflücken. Sie aß ihn, und eine süße Kälte erfüllte sie.

Dann war sie müde und legte sich hinter dem Baum hin, wo alles nur noch aus Laken und Kissen bestand, unter ihr und über ihr und überall. Sie konnte fühlen, wie sich ein Schleier nach dem anderen über sie legte, schwerelos, bis sie ganz bedeckt war. Der Schlaf brannte in ihren Armen und Beinen. Noch nie hatte sie sich so unberührt gefühlt, so sicher. Jetzt konnte sie schlafen.

In kurzer Zeit würde der Schnee ihre Fußstapfen aufgefüllt haben. Sie hatte keine Spur hinterlassen. Und dann kam der Teil, an den zu erinnern sich Mrs Jones am nächsten Morgen immer verbat, ganz gleich, wie oft sie diesen Traum träumte. Es war Morgen, und überall suchten sie nach ihr, überall, wo eine Frau nur sein konnte. Doch sie kamen nicht darauf, unten im Garten nachzuschauen, wo der Schnee hinter den Apfelbäumen am höchsten lag, wo die Schneewehen auf dem Feld lagen wie weiße Brüste.

Strafe

Jener letzte launenhafte Maischnee war über Nacht geschmolzen, und der Juni kam mit schwüler Hitze herbei. Bei der eleganten Einladung der Morgans zur Feier des 25. Geburtstags des Königs, so hieß es, sei die Eiscreme schon zu einem Matsch geschmolzen gewesen, bevor sie serviert wurde.

Den ganzen Juni über war es heiß und windstill. Mary blieb jeden Abend zu Hause und wartete auf das Ende. Was sollte sie noch hier, in dieser erbärmlichen Stadt?, fragte sie sich. Daffy verabscheute ihren bloßen Anblick. Bei Mrs Ash war es noch nie anders gewesen. Mr Jones hielt die Fassade nur mühsam aufrecht, und jeden Tag konnte es passieren, dass er zusammenbrach und seiner Frau erzählte, was für ein Mädchen die Tochter von Su Rhys in Wirklichkeit war. Marys Nerven hingen an einem seidenen Faden, und an jedem Tag dachte sie mehrmals daran, ihre Tasche zu packen und wegzulaufen.

Aber dann stellte sie fest, dass sie das nicht konnte. Zum einen wusste sie keinen einzigen Ort auf der Welt, wo sie hätte hingehen können. So absurd es auch sein mochte, so wahr blieb es doch gleichzeitig, dass dies die einzige Familie war, die sie hatte. Außerdem konnte sie jetzt nicht mehr einfach so weggehen, nicht nachdem sie Mrs Jones auf Knien gefunden hatte, die ihre letzte Hoffnung in einen Nachttopf ausblutete. Die Frau war in letzter Zeit schmaler geworden, beinahe durchsichtig. Sie brauchte Mary mehr als je zuvor.

Die Wochen gingen ins Land, und schließlich redete Mary sich ein, dass ihr Herr kein Sterbenswörtchen gesagt hatte und es auch nie tun würde. Was auch immer in jener Nacht zwischen ihm und seiner Magd geschehen war, er hatte offenbar beschlossen, es zu vergessen. Er wäre nicht der erste Mann, der solche Dinge aus seinem Gedächtnis tilgen konnte. In jedem Fall aber war Mary unsagbar erleichtert.

»Apfelwein«, erinnerte sie ihre kalkweiße Herrin. »Ihr braucht jetzt etwas Stärkendes, sonst seid Ihr Eurer Familie keine Hilfe.« Also lief Mary fast jeden Abend hinunter zum Crow's Nest. Im Sommer waren viele Reisende dort, die in dem Verschlag über dem Stall eine Viertelstunde mit Sukie wollten. Der Strumpf unter ihrem Bett wurde allmählich so schwer wie ein Schädel.

Den ganzen Monat über arbeiteten sie und Mrs Jones weiter an Mrs Morgans samtenem Slammerkin und mühten sich, ihn nicht mit ihren verschwitzten Fingern zu beflecken. Der Silberfaden glänzte auf dem weißen Stoff und wand sich zu winzigen harten Äpfeln und zusammengerollten Schlangen. »Wo hat sie nur dieses Muster gefunden?«, wunderte sich Mary. »Ich habe noch nie etwas Ähnliches gesehen.«

»Oh, das ist von mir«, sagte Mrs Jones leichthin. »Mrs Morgan hat mich um etwas gebeten, was mit dem Paradies zu tun hat.«

An diesem Nachmittag schickte Mrs Partridge ihren Diener, um ausrichten zu lassen, dass bis zum Mittsommernachtsfest unbedingt noch ihr Seidenmieder und ihre Ärmel gewendet und mit neuen Bändern versehen werden müssten.

»Aber das ist doch schon am Mittwoch, oder?«, fragte Mary Mrs Jones. Sie wischte sich mit dem Handrücken die Stirn ab und achtete darauf, dabei nur nicht die Nadel zu benetzen. »Wie sollen wir denn da auch noch die Rüschen für Mrs Fortunes neuen Unterrock fertig bekommen?«

Das Gesicht ihrer Herrin war in letzter Zeit so blass wie ein Fischbauch, trotzdem lachte sie jetzt matt auf. Sie hob ihre knochige Hand und legte sie Mary einen Moment lang auf die Wange. »Das ist die Zeitrechnung in der Großstadt, mein Mädchen. Du denkst immer noch wie eine Londonerin. In den Marken gehen wir beim Datum nach dem Alten Stil. Und das heißt, Mittsommer ist erst in zwei Wochen.«

Mary starrte sie an. »Ihr meint ... hier ist das gar nicht passiert?«

»Was denn?«

»Die Verschiebung?«, rief Mary verwirrt. »Der neue Kalender. Als ich ein Kind war ...«

»Ach, das«, unterbrach Mrs Jones sie mit milder Geringschätzung. »Doch, die Daten wurden schon geändert, wie es die Regierung befahl. Aber die Zeit selbst kann man nicht verschieben.«

Ihre Augen ruhten auf den winzigen Nähstichen, und der Silberfaden um ihren Finger blitzte auf. Marys gequältes Lächeln sah sie nicht. Im Geiste sprach das Mädchen mit Cob Saunders: *Also, Vater, ich habe deine elf Tage wiedergefunden. Sie waren die ganze Zeit über da.*

Es war schon tiefschwarze Nacht, als die Männer begannen, auf dem Kymin das Mittsommernachtsfeuer zu entzünden. Die Jones' und Mary sahen von weiter unten auf dem Hügel zu. Mary stand neben ihrem Herrn und ihrer

Herrin und hielt Hetta auf dem Arm, die darauf bestanden hatte, dem zuzuschauen, was ihre Amme *heidnischen Unsinn* genannt hatte.

»Damit es eine gute Ernte gibt, muss der Funke, mit dem man das Feuer entzündet, von zwei Eichenästen stammen, die man aneinanderreibt«, erklärte Mrs Jones Mary aufgeregt. »Die Männer benutzen neun verschiedene Sorten Kienspan!«

Mary nickte und schaukelte das schwere Kind auf ihrer Hüfte. Sie sah zu, wie der erste Rauchschwaden aufstieg und um die Ohren des ungeschlachten, aus Weidengerten geflochtenen Riesen waberte. Er stand genau in der Mitte des Feuers, auf einem Scheiterhaufen aus altem Holz und Tierknochen. Sie war sich sehr bewusst, dass Mr Jones hinter ihr stand und in die andere Richtung schaute, hinunter zur Stadt.

Wie rot die Flammen im kleinen Herzen des Feuers waren! Röter, als sie es zu Hause im Herd je wurden. Feuer sollte man nicht in einem Rost einsperren, dachte Mary. Es sollte immer auf einem Hügel entzündet werden. Jetzt konnte der Riese sich hochrecken und all seine Arme ausbreiten. Jetzt konnte der vielköpfige Drache lodernd erwachen.

Um die Schultern des Weidenmannes züngelte weißer Rauch und wurde vom Wind davongetragen. Hetta hustete und kreischte begeistert. »Er brennt!«

»Richtig«, sagte Mary.

Das Feuer schien mit dem Rauch davonfliegen zu wollen. Manche Flammen hielten inne und schienen für eine Sekunde zu schweben, bevor sie dann ihre Flügel verloren und verschwanden. Es sah aus, als würden sie ohne das Freudenfeuer nicht mehr wissen, wie man brannte, ohne die Äste und alten Knochen, die sie am Boden verankerten. Der Wind drehte sich, die Wolken wurden rot, und Mary brannten von der enormen Hitze die Augen. Sie hatte das Verlangen, in die Umarmung des Feuers zu springen, damit es sie ganz in Farben verwandelte.

»Nun sieh nur!«, rief Mrs Jones, stieß sie mit dem Ellbogen an und streckte den Arm aus. Der geflochtene Riese brannte lichterloh, sein mächtiger Kopf wurde vom Feuer verschlungen und kippte auf seinem Sparrengerüst steil nach hinten. Sein Hals musste abgebrannt sein, denn plötzlich löste sich der Kopf und fiel hinab. Mr Jones packte Mary am Ärmel. Die Berührung ließ sie hochschrecken, und fast hätte sie Hetta fallen gelassen. Mr Jones riss sie beiseite, gerade als der Ball Funken sprühend an ihnen vorbeirollte.

»Danke, Sir«, murmelte Mary, aber ihre Worte wurden übertönt. Die nach Apfelwein riechende Menge johlte wie von Sinnen. Es war, als hätte ein unsichtbarer heiliger Georg das Ungeheuer geköpft.

Der Kopf kullerte in mehreren Teilen weiter und setzte an manchen Stellen das Gras in Brand. Drei Männer rannten herbei und traten das Feuer aus. Wenn sie nicht gründlich sind, dachte Mary, dann brennt noch der ganze Hügel ab. Das wäre mal ein Anblick! Sie stellte sich vor, wie jedes verdorrte Grasbüschel seine Leuchtkerze an das nächste weiterreichte, bis der ganze Kymin nur noch ein einziger, herrlich entflammter Kegel war, ein Leuchtturm, den man bis nach London sehen konnte.

Die Trommeln hatten den Rhythmus des Dudelsacks aufgenommen. Trotz allem, was war, spürte Mary eine ungezügelte Glückseligkeit in sich aufsteigen. Sie fing an, auf und ab zu hüpfen. Hetta jauchzte vor Vergnügen. »Tanzen! Tanzen!«

Mr Jones' Krücken gruben eine Steiglinie in das weiche Gras, als er zu seiner Gattin hinaufkletterte. Auf seinem Gesicht lag ein irres Grinsen. Er ließ die Krücken fallen und fing an, im Takt der Trommeln zu hüpfen, grazil wie ein Hase. Mary sah ihm entgeistert zu. Mrs Jones lachte laut auf, und keinerlei Spott lag darin. Sie nahm ihn bei den Händen und tanzte mit ihm auf einer Stelle. »Jawohl!«, rief sie Hetta zu. »Dein Vater war immer schon ein guter Tänzer.«

Hetta streckte ihre Arme nach ihren Eltern aus. Mary trat hinzu und stellte das Kind hin. Sie nahm die Hand ihrer Herrin, die weich und von der Anstrengung feucht war. Dann tanzten sie alle wie in einem Kreidekreis um das Kind herum und trotzten der Nacht. Mary riskierte es, nach der freien Hand von Mr Jones zu greifen. Sie ließ davon ab, als sie seine Augen sah, die im Schein des Feuers vor Zorn brannten. Abrupt hörte er auf zu tanzen und bückte sich, um mit der einen Hand Hetta und mit der anderen seine Krücken aufzuheben. Er umarmte das Mädchen, als wäre es ein Schatz. »Zeit, dass das Kind ins Bett kommt«, knurrte er.

»Ach, Thomas, aber es ist doch nur einmal im Jahr …«

»Bleib du noch«, sagte er zu seiner Gattin. »Ich bringe sie nach Hause.« Und ohne ein weiteres Wort machte er sich auf den Weg bergab, seltsam schwerfällig auf seiner einen, weit ausgestellten Krücke. Hetta umklammerte den Nacken ihres Vaters und stierte ihm beinahe wie betrunken über die Schulter.

Mrs Jones sah den beiden besorgt nach. »Ich finde wirklich, das Kind hätte noch ein wenig länger aufbleiben können.«

Mary stand neben ihr und hielt sich die Hände vors Gesicht. Ihre Zähne klapperten, als wäre es bitterkalt. Was hatte sie dieser Familie nur angetan!

»Mary, meine Liebe. Was hast du denn?«

»Ich muss Euch etwas sagen«, stammelte das Mädchen schluchzend.

»Ja?«

Aber ein Geständnis war unmöglich, erkannte Mary von einem Atemzug zum nächsten. Nichts, was sie sagen konnte, würde ihre Herrin nicht noch viel mehr verletzen als das, was sie ohnehin schon getan hatte. Alles, was sie flüsternd herausbrachte, war: »Ich bin nicht das Mädchen, für das Ihr mich haltet.«

Mrs Jones' schmales Gesicht war vollkommen arglos. Hinter ihr knisterte und prasselte das Feuer.

»Meine Mutter … ich hatte Streit mit meiner Mutter«, platzte Mary aufs Geratewohl heraus. »Bevor sie starb. Sie hat mich nie gemocht. Sie hat mich nie geliebt.« Tränen tropften ihr auf den Kragen. »Ich war nicht die Tochter, die sie haben wollte.«

»Ach, Mary.« Die Frau verzog das Gesicht, und Mary glaubte schon, sie sei vielleicht entsetzt, aber dann fing Mrs Jones leise an zu lachen und hielt sich den Bauch, als würde er ihr immer noch wehtun, als würde sie innerlich immer noch bluten. »Ach, Mary, mein Liebes. Wir streiten uns alle mit unseren Müttern, bevor sie sterben.«

»Tun wir das?« fragte Mary dümmlich.

»Aber natürlich. Nur wegen des Sterbens erinnern wir uns doch an den Streit, verstehst du?«

Marys Gesicht war tränenüberströmt.

Mrs Jones nahm das Mädchen auf dem verrauchten Abhang in ihre Arme. »Ist ja schon gut, Cariad. Pass mal auf, ich erzähle dir ein lustiges Geheimnis, soll ich?«, flüsterte sie ihm ins Ohr.

In dieser Umarmung fühlte Mary sich vollkommen geborgen.

»Etwas, was nicht einmal Thomas weiß.«

Das Mädchen nickte und drückte sein Gesicht an Mrs Jones' kühles Halstuch.

»Cob Saunders – dein Vater – hat mir den Hof gemacht, lange bevor er deine Mutter überhaupt anschaute.«

Erschreckt schaute Mary hoch.

Mrs Jones lächelte ein wenig verschämt mit einer Hand vor dem Mund. »Er wollte mich unbedingt heiraten und in die Großstadt mitnehmen. Aber ich hatte Angst. Cob war zwar ein charmanter Bursche, aber sicher sein konnte man sich bei ihm nie. Und wenn ich mir dann diesen ganzen Schmutz und Lärm vorstellte und die Tausende und Abertausende fremder Gesichter ...« Plötzlich brach ihre sich immer höher schraubende Stimme ab.

Mary zuckte mit den Achseln und wischte sich mit dem Handrücken über die Augen. »London ist ein Ort wie jeder andere.«

»Jedenfalls bin ich froh, dass ich nicht diejenige war, die mitgegangen ist. Denn während ich noch gezaudert habe, verstehst du, hat Cob sich doch tatsächlich an Sue herangemacht.«

Das Mädchen dachte einen Moment darüber nach. Gab es denn in dieser Welt gar keine Freundschaft, die nicht schon den Keim des Verrats in sich trug?

»Ich will nicht sagen, dass es mir anfangs gleichgültig gewesen wäre«, fuhr Mrs Jones bedächtig nickend fort, »und ich hatte mit Sue einen ziemlichen Streit deswegen. Aber schließlich hatte ich ja bei Cob meine Chance gehabt, bevor Sue überhaupt ins Spiel kam. Außerdem, was hätte es schon für einen Zweck haben sollen, über irgendwelche vielleicht verpassten Gelegenheiten zu weinen? Und zwei Jahre später kehrte dann Thomas aus Bristol heim, als Schneidermeister, und innerhalb eines Monats waren wir verheiratet. Die Klatschbasen nannten mich zwar *die Verflossene eines anderen*, aber Thomas hat dem nie eine Bedeutung beigemessen.«

»Aber wart ihr immer noch ...«

»Oh, deinen Vater habe ich ziemlich schnell vergessen. Nachdem Thomas und ich das Geschäft eröffnet hatten, war ich viel zu beschäftigt, um mir noch über irgendetwas anderes Gedanken zu machen. Ich mag in meinem Leben Momente des Bedauerns gehabt haben, aber zählte man die zusammen, käme, ehrlich gesagt, am Ende nicht einmal eine Stunde dabei heraus.«

Mary gestattete sich die Vorstellung, wie die Geschichte auch sonst noch hätte ausgehen können. Tränen schossen ihr in die Augen.

»Was ist denn jetzt schon wieder, Kind?«

»Das heißt …« Nur mit Mühe brachte Mary die Worte heraus. Ihr Hals fühlte sich an wie zugeschwollen. »Ihr hättet meine Mutter sein können.« Sie ließ den Tränen freien Lauf, die jetzt immer schneller hervorquollen. Wieder wurde sie an Mrs Jones' Brust gedrückt, und das Musselinhalstuch nahm alle Tränen auf.

»Ruhig«, flüsterte ihre Herrin ihr ins Ohr. »Nicht weinen, Cariad. Wein doch nicht.«

Das Mädchen fühlte die Trauer in sich aufsteigen wie Wasser in einem Brunnen. Welche Wonne.

Mrs Jones wiegte sie, streichelte ihr übers Haar und flüsterte ihr ins Ohr: »Bin ich dir denn jetzt keine Mutter?«

An einem heißen Sonntagmorgen war Abi allein in der Küche. Die Jones' waren zum Gottesdienst in St. Mary's gegangen, und es kam ihr vor, als würde das Haus sie einkreisen. In einer Ecke stand ein großer Stapel Teller vom Frühstück, die mit Sand gescheuert werden mussten. In einer anderen ein halber Topf ranzig werdender Butter. Nur das verräterische Scharren der Mäuse unterbrach die Stille.

Keine Minute später war sie schon halb durch die Monnow Street und entfernte sich immer weiter von den Kirchenglocken und den Damen der Stadt mit ihren riesigen Röcken und harten Gesichtern. Abi verließ das Haus nur selten, und wenn doch, fiel ihr jedes Mal wieder ein, warum nicht. Ein Junge blieb mitten auf der Straße stehen und sperrte den Mund auf. Ein größerer hinter ihm hob eine Handvoll Laub vom letzten Jahr auf. »Du Negerin«, kreischte er und bewarf sie damit. Der warme Wind wehte es zurück in sein eigenes Gesicht.

Abi beschleunigte ihren Schritt. Der Boden unter ihren Füßen glitt dahin. Es kam ihr vor, als würde sie jetzt, wo sie einmal losgelaufen war, nie wieder anhalten. Sie würde durch die ganze Welt laufen, und niemand würde sich ihr in den Weg stellen. Vielleicht kam sie sogar bis zur Sonne – der richtigen Sonne, nicht dem wässrigen Bild davon, das über diesem Land hing. Sie erinnerte sich an Sonntage auf der Insel, an denen sie im Schatten der Hütten gelegen hatten, zu müde, um sich zu rühren, und Musik wie aus einem fiebrigen Traum hatte in der Luft gelegen.

»Wenn die Herrin nichts von Lohn hören will, kannst du dich immer noch an die Quäker wenden«, hatte Mary Saunders ihr vor einigen Abenden beiläufig gesagt.

»Warum?«

»Es ist einfach nur allgemein bekannt«, sagte Mary und gähnte ausgiebig, »dass sie eine Vorliebe für Schwarze haben.«

Alles, was Abi über die Handvoll sogenannter Quäker in der Stadt wusste, war, dass sie sonderbare Leute waren, die graue Sachen trugen und ohne Hüte herumliefen. Wie ausgerechnet die ihre Situation verbessern sollten, konnte sie sich kaum vorstellen. Wenn sie die Plätteisen mit heißer Kohle befüllte oder die Salatsuppe rührte, machte sie sich Gedanken darüber, was dieser Satz bedeuten sollte: *eine Vorliebe für Schwarze*? War das dieselbe Vorliebe, die Männer für Mary hatten, die Männer, die ihr all die Münzen bezahlten, die sie unter dem Bett verbarg, wenn sie meinte, dass Abi schlief?

Manchmal wünschte sich Abi, Mary Saunders wäre nie

in das Haus an der Inch Lane gekommen, hätte sie nie aus ihrem Dämmerschlaf geweckt und die Worte *Lohn* und *Freiheit* ausgesprochen.

Es lag an der stickigen Rastlosigkeit, die heute in der Luft lag, dass sie beschlossen hatte, die Quäker ausfindig zu machen. Mary hatte gesagt, sie glaube, dass sie sich im Obergeschoss des Robin Hood träfen. Jetzt warf der Schankwirt ihr zwar einen neugierigen Blick zu, als sie den mit Sägemehl bestreuten Fußboden des Robin Hood überquerte, macht jedoch keine Anstalten, sie aufzuhalten. Die Stiege knarrte unter ihren Füßen. Oben legte sie ein Ohr an die Tür, um zu hören, was sich da tat, aber es gab keinen Laut. Zunächst dachte sie, die Zusammenkunft sei schon vorbei. Dann hörte sie, wie jemand sich räusperte, dann ein Zweiter. Es war, als würden die Menschen hinter der Tür alle darauf warten, dass jemand Wichtiges zu sprechen anfing. Sie blieb da, das feuchte Ohr ans Holz gedrückt. Es kam ihr vor wie eine Stunde, doch nichts durchbrach die Stille.

Als Abi schließlich hörte, wie Stühle zurückgeschoben wurden, floh sie. Sie würde sich nicht wie eine Lauscherin erwischen lassen. Dem Robin Hood gegenüber wartete sie unter einem Baum noch einmal eine lange Zeit. An das Brückengeländer gelehnt, starrte sie hinunter in das schnell dahinfließende Wasser. Es war ihr egal, dass es vielleicht Ärger gab, wenn sie nach Hause kam. Zumindest war es gut, wenigstens eine Stunde einmal die Hände frei zu haben, ohne etwas falten oder kochen oder waschen zu müssen.

Endlich kamen zu zweit oder dritt grau berockte Gestalten aus dem Seiteneingang des Robin Hood. Abis Herz klopfte. Sie wartete darauf, dass einer von ihnen aufschaute oder sie bemerkte, aber sie hielten alle die Köpfe gesenkt. Schließlich verlief sich auch das letzte Grüppchen, und sie beschimpfte sich selbst als feige Heulsuse, die das Leben verdiente, das sie hatte.

Da kam noch einer: ein älterer Gentleman ohne Perücke, der einen dicken Stapel Papier unter dem Arm hatte. Abi schüttelte ihre Starre ab und rannte ihm über die Straße nach. Sie folgte ihm über die ganze Chippenham Meadow hinweg, aber er sah sich kein einziges Mal um. Die Schritte hinter ihm schien er nicht zu bemerken. Seit sie sich erinnern konnte, war sie nicht mehr so schnell gelaufen. In der Quay Street war sonst niemand in Hörweite, also rief sie: »Sir?« und noch einmal heiser: »Sir?«

Er drehte sich um und runzelte die Stirn. »Warum nennst du mich so?«

Sie machte einen Schritt zurück. Der Mann war empört, dass sie es gewagt hatte, ihn anzusprechen.

Aber dann machte er einen Schritt auf sie zu. »Kenne ich dich?«

Abi schüttelte ganz schnell den Kopf. »Nein, Sir. Ich meine, nein«, verbesserte sie sich.

»Hab keine Angst, Schwester«, sagte er sanft und trat ganz nah zu ihr. »Ich bin nur eine einfache Menschenseele, so wie du selbst. Mein Name ist Daniel Flyte. Wozu brauchen wir solche Anreden?«

Abis Augen verengten sich zu Schlitzen. Das war ein sehr seltsamer Engländer. Er trug sein eigenes Haar, es war grau und schütter. Seine Knöpfe waren aus Horn. Sein Rock, sein Hemd, seine Kniehose waren alle in demselben Grau, als wären sie in einem Schafsbad gebleicht worden. Aber sein Gesicht war von der Sonne gebräunt, und die Augen strahlten.

»Was kann ich für dich tun?«, half er nach.

Sie wusste nicht, wo sie anfangen sollte.

»Begleitest du mich ein Stück?« Er nahm wieder seinen forschen Schritt auf.

»Mein Name Abi«, sagte sie auf einmal und stolperte neben ihm her.

»Abi, und weiter?«

Sie war ratlos. »Das alles.« Diesmal verkniff sie es sich, *Sir* zu sagen.

»Hast du denn keinen Nachnamen?«

»Manche sagen Abi Jones«, gab sie zu.

»Na fein«, sagte er wie zu einem Kind.

»Aber die Jones' nicht meine Familie«, platzte sie heraus. »Sie meine Besitzer.«

Dies war offensichtlich der Schlüssel, mit dem man sich Daniel Flyte erschloss. Er blieb wie angewurzelt stehen, und in sein Gesicht kam Leben, es war vor Gram ganz zerfurcht. »Schwester«, sagte er und nahm sie beim Handgelenk, »niemand besitzt dich.«

Manchmal war es am besten, man stimmte den Weißen einfach zu, egal, was sie sagten. Abi zuckte mit den Achseln.

»Du gehörst deinem Schöpfer, aber deine Seele ist frei«, versicherte ihr Daniel Flyte. »Kein Mensch darf einen anderen als Besitz halten.«

»Ja, aber die Jones' meine Herren trotzdem«, erklärte Abi ihm bedrückt. »Wir wohnen Inch Lane.«

»Du erhältst keine Vergütung?«

Sie blinzelte ihn verwirrt an.

»Keine Bezahlung? Lohn?«

»Nein, Sir.« Dann fiel ihr wieder ein, dass ihm diese Anrede missfiel. »Ich meinen …«

»Schon gut«, sagte Daniel Flyte mit einem freudlosen Lächeln. »Nenn mich, wie du willst.« Das Lächeln verschwand, und sein Griff wurde noch fester. »Also, diese Leute, diese Jones', die halten dich in erzwungener Dienerschaft?«

»Glaube ja«, sagte Abi.

Der alte Mann schüttelte so heftig den Kopf, als leide er

unter Schmerzen. »Ich gehöre zur Religiösen Gemeinschaft der Freunde«, erklärte er ihr, »die glaubt, dass alle Männer und Frauen dasselbe wert sind, weil in jedem von uns ein kleiner Teil desselben Lichts ist. Verstehst du?«

Abi starrte ihn an.

»Ein kleiner Strahl des Lichts, verborgen in unseren Herzen. Kannst du mir folgen?«

Sie nickte skeptisch.

»Weißt du, was in der Bibel über die Sklaverei geschrieben steht?«

Sie schüttelte den Kopf, wie er es wohl auch erwartet hatte.

Daniel Flytes Stimme bekam einen leidenschaftlichen Ton. »Dort steht, dass die Herren ihren Dienern einen gerechten Lohn geben sollen, denn auch sie müssen einen Herrn im Himmel haben. Dort steht: *Die Früchte eurer Hände Arbeit sollt ihr essen.* Und ferner: *Lasset euch nicht wieder unter ein Joch der Knechtschaft bringen!«* Seine Wangen zitterten vor Erregung, seine Lippen waren feucht.

Dieses Gespräch entglitt Abi. Sie musste ihn fragen, bevor sie unterbrochen wurden. »Deshalb ich mich fragen«, flüsterte sie und trat näher heran, »ich mich fragen, Ihr kommen vielleicht. Kommen und sprechen mit mein Herren.«

»Ah.« Jetzt ließ Daniel Flyte ihr Handgelenk los und hielt sich die Hand mit den dumpfen Fingernägeln vor den Mund, als sei ihm gerade etwas eingefallen. »Nun, das ist schwierig. Ich muss dir sagen, Schwester, dass unsere Gemeinschaft klein und in dieser Gegend allgemein wenig beliebt ist.« Seine Stimme wurde verzagter. »Unser Grundsatz ist es, nicht direkt zu … intervenieren. Soll heißen, in privaten Haushalten. Die Risiken sind so … Unsere Lage mit Blick auf unsere Nachbarn ist so heikel …«

Abi spürte, wie ihr die Kraft aus den Füßen rann. Als er

in seinem Vortrag eine Pause machte, murmelte sie: »Muss jetzt gehen. Nicht spät sein.« Sie drehte sich um und ging weg.

»Aber Schwester, wenn du in unsere Versammlung kommst …«

Sie ging weiter. Das kam also dabei heraus, wenn man mit Fremden redete: weniger als nichts. Der Mann in Grau versuchte nicht, sie aufzuhalten. Als sie einmal den Kopf umwandte, sah sie, dass er mit herunterhängenden Armen dastand und ihr nachsah.

Trotz ihrer Enttäuschung blieb ihr etwas von dem, was er gesagt hatte, im Gedächtnis haften: *die Früchte eurer Hände Arbeit.* Sie dachte an all die Früchte, die sie seit Barbados nicht mehr gesehen hatte: Pflaumen, Brotfrucht, Mango. Sie stellte sich Früchte vor, die ihren Mund prall füllten.

An jenem Tag begann Mrs Ash, ihre Ernte einzufahren. Es war eine langwierige und oft ermüdende Arbeit gewesen, aber am Ende hatte sie reiche Frucht getragen. Wie viele Stunden hatte sie bei nutzlosem, weltlichem Geplapper mit ihren Nachbarn verbracht und die Ohren gespitzt, wann immer der Name Mary Saunders fiel. Aber gestern hatte sie durch einen herrlichen Zufall in der Apotheke angestanden und war ausgerechnet mit dem Zapfjungen des Crow's Nest ins Gespräch gekommen. Er war ein sehr hilfsbereiter Bursche und höchst gesprächig, insbesondere nachdem Mrs Ash sich bereiterklärte, ihm einen Schilling zu leihen. Er erzählte ihr so viel über ein gewisses Mädchen namens *Sukie*, dass Mrs Ash Hetta hinausschicken musste, damit ihre Ohren nicht beschmutzt wurden.

Nicht zu fassen! Gottes eigener Hilfsprediger in Monmouth war ein Zuhälter für dieses verhurte Ding! Aber wo Mrs Ash jetzt noch einmal darüber nachdachte, hatte Cadwaladyrs Predigten schon immer die Strenge gefehlt. Stets hatten sie einen etwas zu großen Beigeschmack von Welt.

Sie hatte die Sache einmal überschlafen. Heute, am Sonntag, wollte sie das Werk des Herrn am Tag des Herrn vollbringen. Sie saß beim Nachtmahl, tunkte ihr Gerstenbrot in ihre Suppe, nahm kleine Bissen und beobachtete dabei die Londonerin. Den ganzen Abend wartete Mrs Ash. Sie brachte Hetta früh zu Bett und ignorierte jedes Betteln um eine Geschichte. Sie sagte nichts und tat nichts, als Mrs Jones ihren Liebling losschickte, um ein Pint mit Most zu holen. Mrs Ash stieg einfach nur bis zum letzten Treppenabsatz vor der Dachkammer hoch und setzte sich drei Stufen darunter hin, so leise wie eine Katze vor einem Mauseloch.

Als sie Mary Saunders durch das stille Haus heraufkommen hörte, stand sie auf. Ihr Schatten glitt über das blanke Holz. Das Mädchen schrak hoch, als es sie sah. *Kein Heil gibt es für die Gottlosen, spricht der Herr.*

»Was hat dich denn so lange im Crow's Nest aufgehalten, Miss?«, begann Mrs Ash höflich.

Das Mädchen starrte mit ausdrucksloser Miene zu ihr hoch. »Nichts. Es dauert eben eine Weile, bis der Apfelwein gezapft ist.«

»Tatsächlich?« Mrs Ash gönnte sich eine lange Pause. Sie wusste, dass das Mädchen einer Antwort nicht wiederstehen konnte.

»Ihr glaubt mir wohl nicht?«, fragte Mary und reckte das Kinn.

Die Amme kreuzte die Arme, als wären es Schlangen. »Ich weiß nur das, was ich gehört habe.«

»Und was habt Ihr gehört?«

»Dass man dich gesehen hat«, antwortete Mrs Ash und genoss jedes einzelne Wort.

»Wo?«

Mrs Ash schleuderte die Worte von sich wie Unrat: »Gleich hinter der Bierschenke, und zwar mit allen möglichen Männern.«

Mary schwieg, so als sei sie überrascht. »Wer behauptet das?«, fragte sie schließlich.

Mrs Ash zuckte mit den Achseln, als hätte sie die Informationen von ebenjenen Elementen.

»Auf jeden Fall stimmt es nicht!«, fauchte Mary. »Kein Wort davon. Ich weiß zwar nicht, mit welchen Wichtigtuern Ihr gesprochen habt, aber es ist üble Nachrede, und zwar von vorne bis hinten.«

Die Amme ließ die aufbegehrenden Worte des Mädchens so stehen, bis sie verklangen. Sie wollte sich an jeden süßen Moment dieser Situation erinnern können.

Mary holte tief Luft und stieg weiter nach oben. Im Vorbeigehen packte Mrs Ash sie bei den Röcken. Obwohl das Mädchen sich wehrte, durchwühlte sie wie im Fieber die Rockfalten. Da war er, ein nasser Fleck, so groß wie ihre Hand. Sie zog den blauen Stoff auseinander, um ihn zu präsentieren. »Und was ist das?«

»Ich muss mich wohl auf was gesetzt haben.«

Die Amme schnaubte verächtlich.

»Wollt Ihr mich etwa eine Lügnerin nennen?«, fragte das Mädchen schrill.

»Nein, so würde ich dich nicht nennen, *Sukie*«, antwortete Mrs Ash betont.

Das Mädchen erbleichte, die Schuld stand ihm ins Gesicht geschrieben. Es kam ihr vor, als würde das Haus unter ihren Füßen anfangen zu beben.

»*Ja*«, zitierte Mrs Ash, »*du hast das Land mit deiner Hurerei und deinen Zaubereien besudelt.*«

Mary starrte sie wie irrsinnig an.

»Du dreckige Hure! *Der Herr wird dich schlagen mit der Schwindsucht*«, zitierte Mrs Ash triumphierend weiter,

»*und dem Fieber, mit der Entzündung und der Fieberglut und mit dem Schwert und mit Aussatz, und sie werden dich verfolgen, bis du umkommst.*« Es war, als habe sie diese Worte ihr ganzes Leben lang in ihrem Gedächtnis verwahrt, nur für diesen einen Moment.

»Lasst mich«, fauchte Mary Saunders. Sie kämpfte sich die Treppe hoch, aber Mrs Ash hielt sie immer noch am Rock fest, deshalb schlingerte sie wie ein Schiff auf hoher See.

»*Und der Herr wird dich mit Wahnsinn schlagen*«, zischte die Amme, »*mit Blindheit und mit Sinnesverwirrung.*«

Fing das Mädchen etwa an zu weinen? Als es sich umdrehte, waren die Augen in seinem Gesicht wie brennende Löcher. »*Richtet nicht*«, sagte sie mit zitternder Stimme zu Mrs Ash. »Das steht auch in der Heiligen Schrift. *Richtet nicht, auf dass ihr …*«

Bevor sie den Rest zitieren konnte, wurde sie unterbrochen. Mrs Ashs spitze Fingernägel berührten schon fast ihren weichen Arm. »Du wagst es, mir die Schrift vorzuhalten, du dreckige kleine Schlampe!«

Mit einem Ruck riss Mary sich von ihr los. Mrs Ash bemerkte in den Augen des Mädchens eine Veränderung. Mary erkannte nun wohl, dass weiteres Leugnen sinnlos war. Die Schlange zeigte ihr wahres Gesicht. »Für mich bezahlen die Männer wenigstens gutes Geld«, fauchte sie über die Schulter hinweg, während sie die letzten Stufen erklomm. »Ihr dagegen müsstet die Männer bezahlen.«

In Mrs Ashs Ohren dröhnte es wie Kirchenglocken. Sie packte noch ein letztes Mal zu.

»Nehmt Eure Hände von meinem Kleid!«

Ein hässliches Reißen war zu hören, und im nächsten Moment sah man durch den Stoff von Marys Rock ihr schmutziges weißes Hemd. Das Mädchen beugte sich herunter und versetzte der Amme einen so festen Stoß, dass diese fünf Stufen hinabfiel.

Mrs Ash landete an der Wand. Mit zitternden Händen staubte sie sich ab, laut keuchend vor Wut und Angst. »Na schön«, hechelte sie, »ich werde dich nicht weiter belästigen. Ich gehe jetzt einfach zu den Jones' und wecke sie, falls sie nicht ohnehin schon wach sind. Du packst am besten schon mal deine Sachen.«

»Das wagt Ihr nicht.« Die Stimme des Mädchens klang unsicher.

Plötzlich erkannte Mrs Ash, wie jung dieses Geschöpf doch eigentlich war. Noch nie hatte sie eine solche Macht verspürt. Wie Hefe ging sie in ihrem Mund auf. »Das wirst du gleich sehen.«

Jetzt war es Mary, die die Treppe hinabkroch. »Bitte.«

»Bitte was, du gottlose Hure? Was hast du zu deiner Verteidigung zu sagen?«

Das Mädchen schwieg.

Mrs Ash stemmte die Hände in die Hüften und sah zu Mary hoch. »Hast du etwa geglaubt, du könntest in einer anständigen Stadt wie dieser dein lasterhaftes Unwesen treiben, ohne dass jemand etwas bemerkt? Unseren Prediger in einen schamlosen Kuppler verwandeln? Wie kannst du es wagen, am Tage einer guten Herrin zu dienen und bei Nacht herumzuhuren und dieses ganze Haus mit in den Schmutz zu ziehen?«

»Sagt es nicht der Herrin.« Das Mädchen fing an zu schluchzen, aber seine Wangen waren immer noch trocken. »Sie weist mir doch die Tür.«

»Etwas Besseres verdienst du auch nicht.«

Als Mary den Kopf hob, glänzten ihre Augen. »Ich weiß doch nicht, wohin. Bitte, Mrs Ash. Es tut mir leid, was ich gesagt habe. Bitte erzählt es ihnen nicht. Zu dem, was ich im Crow's Nest gemacht habe, wurde ich gezwungen.«

Die Worte des Mädchens kamen in einem Schwall. »Es war doch nur ein paarmal. Ich brauchte das Geld.«

»Wofür?«

»Alte Schulden.«

Das war ein wenig zu schlagfertig gekommen. Log das Mädchen etwa? Mrs Ash spähte zu ihm hoch und versuchte in dem blassen Gesicht zu lesen.

»Es war die einzige Möglichkeit, wie ich sie zurückzahlen konnte«, haspelte Mary weiter. In ihrer Stimme lag inzwischen etwas Flehendes. »Ihr wisst doch selbst, wie es ist, wenn die eigenen Möglichkeiten so begrenzt sind, dass man …«

»Dass man was?«, fragte die Amme drohend.

»Dass man aus seinem Körper ein … ein Gewerbe machen muss.«

Mrs Ash blieb wie angewurzelt stehen. Sie gab sich der Vorstellung hin, den Kopf des Mädchens gegen die Wand zu knallen. »Das ist wohl kaum dasselbe«, erklärte sie eisig.

»Nein. Überhaupt nicht.« Ein weiteres Aufschluchzen. »Vergebt mir.«

Die Amme starrte zu der Dirne hoch. Plötzlich mischte sich Erschöpfung in ihren Triumph. Sie wusste, sie würde jetzt nicht zu Mrs Jones gehen und sie aufwecken. Nicht heute Abend. Nicht sofort. Sie würde sich diesen Moment aufsparen, solange es sie gelüstete. Vielleicht in einem Tag, vielleicht auch in einem Monat. Welch herrliches Gefühl: Macht, gepaart mit Barmherzigkeit. Und das Mädchen erniedrigt auf der Treppe, heulend wie ein kleines Kind, weil es wusste, dass es in der Macht der Älteren stand, es zu ruinieren, zu jeder Stunde eines jeden Tages. »Ich gehe jetzt zu Bett«, verkündete Mrs Ash gravitätisch wie eine Königin.

Mary sah zu, wie die dunkle Gestalt unter ihr auf der Stiege verschwand, und blinzelte so lange, bis die Tränen sich wieder hinter ihren Augäpfeln verkrochen hatten. Dann stand sie auf und untersuchte den Schaden. Die Naht war um die gesamte Taille herum aufgerissen. Das würde ihr die alte Hexe irgendwie bezahlen, schwor Mary sich. Und dann auch noch diese Scheinheiligkeit – nicht zuzugeben, dass sie beide davon gelebt hatten, ihren Körper zu verkaufen. Ob Grotte oder Titte, was war denn da der Unterschied?

In ihrer Kammer setzte sich Mary vorsichtig aufs Bett. Das Herz schlug ihr immer noch wie wild gegen die Rippen. Mrs Ash war doch das beste Beispiel für eine Frau, die nichts riskiert und am Ende auch nichts gewonnen hatte. Das hatte man davon, wenn man eine Dienstmagd ohne irgendwelchen Ehrgeiz war: ein vertrocknetes Leben, das als Warnung für andere am Galgen hing.

Abi lag mit dem Gesicht nach unten auf dem Kissen. Wie müde musste sie gewesen sein, dass sie bei dem ganzen Krach vor der Tür weitergeschlafen hatte. Mary bückte sich und zog ihre Tasche unter dem Bett hervor. Ihr Strumpf war prall gefüllt und schwer. Ganz leise schüttete sie sich die Münzen in den Schoß. Sie bedeckten das ganze Kleid. Ihr schilferiges Gewicht war eine Wohltat für ihre Hände.

Mary versuchte, nicht daran zu denken, was für ein Gesicht Mrs Jones machen würde, wenn Mrs Ash es ihr erzählte. Stattdessen konzentrierte sie sich auf die Münzen unter ihren Fingern. Wenn alles andere in die Brüche ging, die hatte sie immerhin. Eine gewisse Zukunft lag da in ihrem Schoß ausgebreitet. Ein paar Münzen waren matt, andere glänzten, und auf jeder war ein anderes Gesicht. Seltsam, dass sie inzwischen gar nicht mehr unterscheiden konnte, welche davon sie sich mit einer Woche harter Näharbeit verdient hatte und welche mit einer Viertelstunde hinter einer Schenke. Sie rieb ein paar Münzen an ihren Ellbogenrüschen, um sie zu polieren. Zwar hatte sie auf jede einzelne, sobald sie sie bekam, gebissen und so geprüft, aber heute Abend wurde sie aus irgendeinem Grund von der Vorstellung heimgesucht, sie könnten in ihrer Abwesenheit womöglich durch gefälschte ersetzt worden oder verrostet sein. Sie suchte sich eine aus und biss darauf, trotz des leichten, von einem verfaulten Backenzahn herrührenden Schmerzes. Am liebsten hätte sie die Münze gegessen. Oder gleich alle heruntergeschluckt und sicher in der goldenen Höhle ihres Leibes verwahrt.

Abi konnte nicht mehr länger still liegen. Als Mary die Tasche wieder unters Bett geschoben hatte und unter die Laken geschlüpft war, stützte Abi sich auf den Ellenbogen und flüsterte: »Mary.«

»Was gibt es?«

»Ich heute sprechen mit ein Quäkermann.«

»Wirklich?«, kam es abwesend. »Und wird er vorbeikommen und mit der Herrin reden?«

»Nein«, sagte Abi niedergeschlagen.

Mary wandte ihr das Gesicht zu. »Du solltest weglaufen«, sagte sie spontan.

Abi verzog den Mund. Was war denn das für ein Unsinn?

»Ich meine es ernst«, sagte Mary aufgekratzt. »Wenn du nur einen Funken Schneid hättest, würdest du dir so eine Behandlung nicht gefallen lassen.«

Im Mädchen für alles flammte die Wut auf. Es warf die Decke zurück und zog ihr Nachthemd bis über den Oberschenkel hoch. Dann legte es seinen Finger auf das alte Brandzeichen.

»Was ist das?«, fragte Mary mit großen Augen. »Der Name eines anderen Herrn?«

»Genau gucken«, forderte Abi barsch.

Mary hielt die flackernde Kerze so nah an die Haut, dass sie ein schwarz eingebranntes R erkennen konnte.

»Das heißen *Runaway*«, erklärte Abi, bevor Mary fragen konnte. »Heißen, ich schon mal weglaufen, in Barbados. Heißen, weglaufen hat kein Zweck.«

»Erzähl«, drängte Mary begierig. »Was ist passiert? Wie lange ist es her?«

Abi riss die Decke hoch und drehte sich auf die Seite. »Genug erzählen«, stieß sie hervor.

»Na schön, dann erzählst du es mir eben nicht«, sagte Mary. »Ich meinte ja nur, dass deine Chancen in diesem Land besser stehen. Wenn du es bis nach London schaffst, finden sie dich dort unter all den Leuten nie.«

Eine Verwirrung erfasste Abi und eine gewisse Trauer. Wollte das Mädchen sie loswerden? Wollte es das ganze Bett für sich allein haben? Brauchte es in den langen Nächten ihre Gesellschaft gar nicht? »Was dich denn kümmern?«, fragte sie rau.

Mary zuckte mit den Achseln. »Ich denke nur ... ich finde, es sollte Herren nicht gestattet sein zu glauben, dass sie jemanden besitzen, mehr nicht.« Sie lehnte sich hinüber und löschte mit den Fingern die Kerze.

Das Mädchen für alles lag einen Moment lang grübelnd da. Dann sprach es in die Dunkelheit hinein. »Wenn ich tue ...«

»Mm?«

»Wenn ich weglaufen. Du mir dann sagen, wohin? In London?«

»Natürlich könnte ich das«, sagte Mary lebhaft.

»Du mir geben Geld?«

Eine kalte, knisternde Stille erfüllte das Bett.

»Mary?«

»Was für Geld?«, kam die beinahe abweisende Antwort.

Ganz plötzlich hatte Abi keine Lust mehr auf dieses Spiel. »Du glauben, ich taub?« Es war ihr egal, ob man in der Kammer unter ihnen ihre Stimmen hören konnte. »Du glauben, ich keine Ahnung, wie Geld klingen?«

»Das geht dich nichts an.«

»Du haben ganze Strumpf voll.«

»Das habe ich verdient.«

»Ich brauchen bisschen. Ohne Geld ich nie hier kommen weg.«

Mary lag stocksteif da.

»Bitte!«

»Es tut mir leid für dich, Abi, aber nein. Wie eine Freundin von mir immer so schön sagte: *Jedes Mädchen für sich allein.*«

Abi musste daran denken, wie einfach es doch wäre, jetzt das Kissen zu nehmen und es dem Mädchen auf sein hochnäsiges Gesicht zu drücken.

»Ach, und übrigens, ich weiß, wie viel ich habe, bis auf den letzten halben Penny.« Dann drohte Mary leise: »Und weißt du, falls du es jemals auch nur anrühren solltest, könnte ich deine Hände daran riechen.«

Abis Finger prickelten vor Mordlust. Sie steckte sie in den Mund und biss darauf.

In den Hundstagen des August kroch Mary ein Nesselausschlag bis zu den Rippen hoch, und die Ärmel klebten ihr in den Armbeugen. Von der Heuernte war lauter Staub in der Luft. Zum ersten Mal seit Monaten vermisste Mary London wieder und stellte fest, dass sie sogar nach den schlimmsten Dingen dort schmachtete, selbst nach dem Gestank der Themse bei Niedrigwasser.

Die Geschäfte gingen schlecht. Drüben in der Wye Street hatte kürzlich eine Junggesellin namens Rhona Davies eine Schneiderei aufgemacht. Sie bot nichts Ausgefallenes feil, aber ihre niedrigen Preise lockten alte Kundschaft von den Jones' weg. In dem Haus in der Inch Lane schwitzte Mary über der Faktur, während Mrs Jones an ihrem Daumennagel kaute. Fehlbeträge, ausstehende Rechnungen, faule Kredite. Alles hing von den Morgans ab, das war die Quintessenz. Wenn Mrs Jones und nicht irgendein aalglatter Schneider aus Bristol oder – Gott bewahre – gar ein Londoner Geschäft den Auftrag für die Ausstattung der jungen Miss Anna für ihre erste Ballsaison bekam, dann würde die Familie in der Inch Lane den ganzen Winter über anständiges Rindfleisch essen. Der größte Teil der sonstigen Kundschaft kurte irgendwo oder schloss sich mit riesigen papiernen Fächern in ihren Häusern ein. Niemand war in Bezahllaune.

Beim Frühstück, Hauptessen und Nachtessen, auf der Stiege und im Hof, überall fühlte Mary sich von Mrs Ash beobachtet wie von dem Engel, der die guten und bösen Taten der Menschen aufschrieb. Jeden Tag konnte dieses Weib aus einer Laune heraus beschließen, die Vernichtung über Marys Haupt zu bringen. Das war es, was Mary folterte: nicht zu wissen, ob überhaupt etwas geschehen würde und wann. Sie hielt den Kopf gesenkt und vermied alles, was die Amme provozieren könnte. Als sich eines Morgens Hetta an Mary klammerte und erklärte, sie wolle sticken lernen, musste Mary sie wegstoßen. »Geh wieder zu Mrs Ash.«

Die Kleine spürte den Hauch von Gift in der Stimme und dachte, sie wäre gemeint. Sie zog eine Schnute. Aber was konnte Mary schon tun? Mrs Ash lächelte sanft und reichte Hetta eine Hand.

Mary ging nie wieder auch nur in die Nähe des Crow's Nest, nur für den Fall, Mrs Ash könnte es irgendwann erfahren. Stattdessen holte sie den Apfelwein für Mrs Jones aus dem Green Oak und machte ihrer Herrin weis, der sei viel frischer. Bei den wenigen Gelegenheiten, wo sie auf den

Hilfsprediger Cadwaladyr traf, auf dem Markt oder nach der Messe am Kirchenportal, schaute sie weg. Ihr Münzschatz wuchs nicht mehr. Wenn sie ihn zählte, blieben die Geldstücke ihr an den Handflächen kleben. Sie waren alles, was Mary besaß, aber es waren nicht genügend.

Sie und Abi teilten sich nun die Kammer, ohne einander anzusehen. Nachts lagen sie stocksteif nebeneinander, nur wenige Zoll voneinander entfernt.

Vom Keltern des Apfelweins lag ein Gärungsgestank in der Luft. Und Marys Stirn war beständig in Falten gelegt.

»Was ist denn nur in letzter Zeit mit dir los?«, fragte Mrs Jones eines Nachmittags, als sie unten in der Küche Laken plätteten.

»Es ist nur die Hitze«, antwortete Mary knapp.

Den ganzen August hindurch zerrissen alle paar Tage Gewitter den Himmel. Kaum hing die Wäsche auf der Leine, war sie auch schon wieder triefnass. Die Bauern beklagten sich über Mehltau auf dem Getreide. Mary hatte das Gefühl, auf irgendetwas zu warten. Aber worauf? Das Einzige, was sie neuerdings tat, war, die Zeit totzuschlagen.

Am ersten Tag im September trat Mrs Morgan zur letzten Anprobe ihres samtenen Slammerkins ein. Trotz der Hitze war sie immer noch in ihre pelzbesetzte schwarze Pelerine gewandet. Ehrfürchtig nahm Mrs Jones das schneeweiße samtene Kleid vom Haken und breitete es in Mrs Morgans Schoß aus, um ihr zu zeigen, wie die Schlangen und Äpfel der Schleppe im Licht glänzten. »Und wenn man sich nur vorstellt, wie der Silberfaden das Haar von Madam zur Geltung bringen wird!«, jauchzte sie.

Was nichts anderes heißt, dachte Mary gelangweilt, als dass Mrs Morgan so grau ist wie ein alter Hund.

»Sie werden in Bath alle anderen in den Schatten stellen«, trällerte Mrs Jones.

Ja, bei dem Kleid, selbst wenn ein Maultier es trüge, dachte Mary. Ihr Nesselausschlag trieb sie schier zum Wahnsinn. Um sich von dem Juckreiz abzulenken, streichelte sie mit ihrem schwieligen Finger gegen den Strich des samtenen Slammerkins.

»Es ist eine schöne Arbeit«, gestand Mrs Morgan schließlich zu. »Gut gemacht, Mrs Jones.«

Die Schneiderin knickste dankbar.

»Ich denke, für den Winter lasse ich bei Euch ein Reitkleid machen, außerdem drei komplette Garderoben für die erste Saison meiner Tochter. Und Euer Gatte könnte von uns beiden die Maße für einige Mieder nehmen.«

Mrs Jones nickte strahlend. Mary sah, dass sie zu aufgeregt war, um etwas zu sagen. Über Mrs Morgans Schulter hinweg trafen sich ihre Blicke, und Mrs Jones zwinkerte ihr kurz zu, als wolle sie sagen, dass ihre Sorgen vorüber seien. Die Schneiderin hob das Kleid hoch, und Mary eilte herbei und half, es wie eine Wolke über Mrs Morgans Kopf auszubreiten, damit Madam sich hineinschlängeln konnte.

Mary trat zurück und überlegte. Was für eine unvorstellbare Verschwendung für ein Jahr Stickarbeit! In der silbern durchwirkten Pracht sah diese Frau gewöhnlicher aus als je zuvor. Der Slammerkin breitete sich über die riesigen Reifen und zahlreichen Unterröcke und schien den gesamten Raum auszufüllen. Er wippte gegen die Truhen und warf beinahe einen Stuhl um. Er sah prachtvoll aus in dieser bescheidenen Umgebung, aber auch ein wenig lächerlich. Mary hätte ihn am liebsten anprobiert. Wie viel besser er ihr doch stehen würde als Mrs Morgan. Schon allein Marys Brüste waren doppelt so groß. Ein Gluckser stahl sich aus ihrer Kehle.

»Warum starrt Euer Mädchen mich so unverschämt an, Mrs Jones?«

Mary blinzelte und schaute auf ihre Hände hinab. Sie hatte vergessen, sich vorzusehen.

»Hat sie das, Madam?«, fragte Mrs Jones atemlos.

»Allerdings.«

Mary hatte sich inzwischen umgedreht und tat so, als gehe sie ein paar Jacken durch, die von der Decke hingen. Sie vergrub den Kopf in ihnen und biss sich auf die Lippe, um das Lachen zu unterdrücken.

»Nun, Miss, was hast du dazu zu sagen?«

Mrs Morgans Stimme, die sich anhörte wie das Gackern eines Huhns, steigerte Marys Erheiterung noch. Sie drückte ihr Gesicht an eine Schleppe aus kühlem Satin.

»Es tut mir wirklich leid.« Ihre Worte kamen erstickt.

»Sieh mich gefälligst an, wenn du mit mir sprichst!«

Mary drehte sich um. Ihr Gesicht war so unbeweglich, als wäre es aus Porzellan.

»Höchste Zeit, dass du lernst, Respekt vor denen zu haben, die über dir stehen.«

Die Worte hingen zwischen den beiden in der Luft. Mary presste die Lippen zusammen, konnte es sich aber nicht verkneifen, eine Augenbraue zu heben. Eine Geste, die sagte: *Ihr steht über mir?*

Die Augen der Herrin sprangen inzwischen nur noch panisch zwischen ihnen beiden hin und her.

»Ich bitte Euch um Entschuldigung, Madam«, sagte Mary zu Mrs Morgan, und nur um sicherzugehen, fügte sie einen tiefen Knicks hinzu.

»Sie hat es nicht böse gemeint.« Mrs Jones lächelte ihre Klientin wie gelähmt an.

Mrs Morgan seufzte und drehte sich zur Seite, um im langen Spiegel ihr Profil zu begutachten. »Ich persönlich würde ein solch freches Mädchen nicht behalten«, bemerkte sie.

»Nein, Madam«, sagte die Schneiderin. »Normalerweise ist sie nicht so. Es muss die Hitze sein.«

»Ich bezweifle, dass sie sich ohne Eure Ermutigung zu einer solchen Respektlosigkeit aufgeschwungen hätte, Mrs Jones.«

Keine Antwort.

Die Gattin des Ehrenwerten Abgeordneten hob resigniert die Arme, um anzuzeigen, dass Mrs Jones damit beginnen solle, ihr den Slammerkin auszuziehen. »Den Ausschnitt einen Fingerbreit tiefer, denke ich.«

»Sehr wohl, Madam.«

Sie stand mit erhobenen Armen da wie eine Puppe. Und Mary, die sie durch halb geschlossene Lider beobachtete, erkannte urplötzlich, dass die Reichen nichts taugten. Je mehr Bedienstete sie brauchten, desto schwächer wurden sie. Parasiten!

Trotzdem trat sie hinzu und half der Herrin in vollkommen devoter Ergebenheit. Für den Rest der Anprobe wollte sie sich wirklich gut betragen. Und tatsächlich ging alles glatt, bis bei der heiklen Aufgabe, Mrs Morgan das enge Korsett über den Kopf zu ziehen, ihr Hemd verrutschte und die linke Brust über den Saum des Mieders sackte. Eigentlich sah sie genauso aus wie ein kurz gebratenes Spiegelei, das bleich, länglich und schwabbelnd auf dem Tellerrand lag. Noch nie in ihrem Leben hatte Mary etwas Lustigeres gesehen. Als sie aufblickte, sah sie, dass die Gattin des Ehrenwerten Abgeordneten bemerkt hatte, wohin sie gestarrt hatte. Und noch bevor sie wusste, wie ihr geschah, brach sie in ein unbezähmbares, entsetzliches Gelächter aus. Sie hielt sich noch eine Faust vor den Mund, aber es war schon zu spät. Kurz darauf stand Mary in der Diele an der gerade zugefallenen Tür, und ihr Herz klopfte so laut, dass es sogar Mrs Morgans Geschrei übertönte. »Beim Erlöser schwöre ich, dass sie mich ausgelacht hat. Ich sage Euch, dieses Flittchen hat mir mitten ins Gesicht gelacht!« Später erinnerte Mary sich nicht mehr an das Gesicht von

Mrs Morgan, sondern nur noch an das von Mrs Jones: verwirrt und vollkommen verängstigt, wie das eines verlaufenen Kindes im Wald.

Beim Nachtessen brachte Mrs Jones keinen Bissen herunter. Danach wartete sie, bis sie mit ihrem Mann allein war.

»Jane.«

Sie schaute auf, erschrocken, dass er sie beim Vornamen nannte.

Mr Jones legte seine warme Hand auf ihre. »Du bist heute Abend gar nicht du selbst.«

Sie blinzelte ihn unter dankbaren Tränen hinweg an. »Es ist nichts.«

»Hat das Kind dich ermüdet?«

Wie gerne hätte sie genickt und alles auf die belanglose Erschöpfung eines gewöhnlichen Tages geschoben. Es wäre schließlich nicht das erste Mal gewesen, dass sie etwas vor Thomas verbarg. Sie hatte größere Geheimnisse – Unterlassungssünden.

Stattdessen schüttelte sie bedauernd den Kopf. »Es ist nur wegen … Mary. Sie war heute ungehörig. Zu Mrs Morgan.«

Seine Stirn kräuselte sich. »Ungehörig?«

»Sie hatte nichts Böses im Sinn. Sie hat nur gelacht …«

»Gelacht? Und weswegen?«, unterbrach er sie mit finsterer Miene.

»Wegen nichts«, antwortete Mrs Jones ohne rechte Überzeugungskraft. Irgendwie ertrug sie es nicht, den Vorfall mit dieser so entsetzlich bleich herabhängenden Brust zu beschreiben. Halb befürchtete sie, dass sie selbst würde lachen müssen.

»Und was ist mit der Bestellung?«

Seine Gattin wand sich. »Das ist es, was mir Sorgen macht. Deshalb bringe ich es überhaupt zur Sprache. Als

Mrs Morgen heute hereinkam, hat sie mich zunächst gebeten, drei Garderoben für ihre Tochter …«

»Und nun scheint es also, dass Mary Saunders einen endgültigen Bruch mit unserer bedeutendsten Klientin verursacht hat!« Mr Jones artikulierte die Worte, als stünde er vor Gericht.

Seine Gattin zuckte zusammen. »Ach, ich weiß nicht, Thomas. Mrs Morgan ist so überhastet aufgebrochen …«

Er schlug krachend mit der Faust auf den Tisch. »Wir können von Glück sagen«, knurrte er, »wenn auch nur ein Mitglied dieser Familie je wieder unser Geschäft betritt.«

Mrs Jones legte den Kopf in die Hände.

»Und was diese Göre betrifft: Die werde ich lehren, noch einmal *ungehörig* zu sein. Du holst das Mädchen auf der Stelle herunter, dann werde ich ihm das Lachen schon austreiben.«

Seine Gattin merkte selbst, wie sich ihr Gesicht zu einer entsetzten Maske verzerrte. »Aber mein Lieber, bedenke doch …«

»Du holst sie sofort herunter, und dann setzt es ein Dutzend Schläge. Und keine Widerworte. Eine andere Sprache versteht so eine nicht.«

»Thomas.« Mrs Jones versuchte, all ihren Mut zusammenzunehmen. »Zu solcherlei Bestrafungen haben wir uns in dieser Familie noch nie hinreißen lassen. Ich bin nicht damit einverstanden, dass …«

»Du bist nicht einverstanden?« Die Ader an seiner Nase trat hervor. »Nun, was macht es schon, ob du einverstanden bist oder nicht? Ich will nicht hoffen, dass in diesem Hause die Unterröcke regieren!«

Im Verlauf ihrer gesamten Ehe, ob nun bei finanziellen Problemen oder häuslichen Streitigkeiten, hatte Mrs Jones ihren Mann noch nie mit einem solch verzerrten Gesicht gesehen. Sie erkannte ihn gar nicht wieder. Es schien tatsächlich, als hätte Mary Saunders mit einer kleinen görenhaften Dummheit das Leben ihres Herrn zerstört.

Mr Jones schob seinen Stuhl zurück, was ein entsetzlich schrilles Geräusch verursachte. Jede Faser im Körper seiner Gattin wollte ihm entfliehen, doch sie blieb, wo sie war. Schwer atmend stand er auf. Irgendetwas sorgte dafür, dass sein Gesicht wieder weicher wurde. Doch es kam ihr nicht wie Freundlichkeit vor, sondern eher wie ein seltsamer Zweifel. Während er nach seinen Krücken tastete, murmelte er in sich hinein, so leise, dass sie es kaum verstand.

»Wie bitte?«, flüsterte sie.

»Du machst es. Das ist geziemender.« Und damit schwang er sich aus der Stube.

»Abi hat mir gesagt, ich möge kommen.«

Als Mary eintrat, stand die Herrin in der Stube wie eine Diebin, die Augen rot, die Arme hinter dem Rücken verborgen. »Mary«, sagte sie hastig, »Mr Jones ... das heißt wir ... haben beschlossen, mein Gatte und ich, dass du für dein heutiges Betragen Schläge verdienst.« Hinter ihren Röcken kam eine Birkenrute zum Vorschein. Mrs Jones probierte sie aus, als wäre sie ein neumodisches Accessoire, von dem sie noch nicht wisse, wozu es nutze war.

Mary sah ihre Herrin sehr fest an. Beide warteten. Eine dumpfe Stille breitete sich aus. Mary konnte es eigentlich nicht glauben. Seit ihrem dreizehnten Lebensjahr war sie nicht mehr geschlagen worden, und damals hatte sie aus einem Loch in ihrer Tasche einen Penny verloren.

Mühsam presste Mrs Jones die Worte heraus: »Was du getan hast, war sehr schlimm.«

»Was genau habe ich eigentlich gemacht?«

Die Lippen der Älteren bebten. »Du hast Mrs Morgan ausgelacht.«

»Ich habe mir nichts dabei gedacht. Und ich habe gesagt, es tut mir leid.«

Ihre Herrin hielt sich die Hand vor den Mund. Als sie bemerkte, dass sie immer noch die Rute in der Hand hatte, legte sie sie weg. »Es war die Art, wie du sie angeschaut hast, als du gelacht hast.«

»Ich bin nicht verantwortlich für mein Gesicht, Madam!«

Aber Mary wusste selbst, dass das nur Gerede war. Indem sie damals im Frühling den Vorschuss auf ihren Lohn angenommen hatte, hatte sie sich freiwillig verschrieben: ihren Rücken, ihre Hände, ihre Worte und jeden Muskel in ihrem Gesicht.

»Dein Verhalten hat Mrs Morgan zutiefst beleidigt. Es hat uns wahrscheinlich das wichtigste Geschäft in diesem Jahr gekostet.«

»Aber warum musste sie denn auch so empfindlich sein«, murmelte das Mädchen.

»Ach, Mary«, rief Mrs Jones ratlos aus, »welche Lady würde es denn wohl ertragen, in einem solchen Moment so angestarrt zu werden?«

Hier konnte Mary es sich nicht verkneifen, ihren Mund kurz zu einem Grinsen zu verziehen.

»Wenn sich herausstellt, dass du noch ein Kind bist«, erklärte Mrs Jones mit steifer und ganz fremder Stimme, »dann muss ich dich auch wie eines behandeln.« Dann rief sie so laut, dass sie beide aufschraken: »Komm herein, Abi!«

Erst als das Mädchen für alles mit ausdruckslosem Gesicht eintrat und sich vorbeugte, verstand Mary. Sie sollte die Bänder ihres Mieders lösen und ihren Rücken entblößen, Abis Hände nehmen, sich an ihren Rücken lehnen und dann Stockhiebe empfangen wie ein dahergelaufener Sträfling. Dabei hatte sie nichts weiter getan, als im falschen Moment zu lachen! Und die Anweisung war eindeutig von

Mr Jones gekommen, der sie nicht für heute bestrafen wollte, sondern für den Abend, als sie vor ihm die Röcke gelupft hatte.

Das brauchte Mary sich nicht gefallen zu lassen. Alles, was sie tun musste, war, nach oben zu gehen und ihre Sachen zu packen. Sie hatte mehr als genug Geld, um in Nibletts Kutsche Richtung London zu steigen und neu anzufangen.

Aber irgendetwas hielt sie davon ab. Vielleicht die Gewöhnung an Unterwürfigkeit. Vielleicht auch das Schweigen aller drei Frauen, als wären sie maskierte Schauspielerinnen in einem Stück. Oder vielleicht der Blick in den wirren Augen ihrer Herrin, der sie anflehte: *Hilf mir, Mary*!

Mr Jones stand da und hatte einen Kopf so fest an die Tür gedrückt, dass ihm das Ohr klingelte. Bei jedem neuen Schlag in der kleinen Stube meinte er, sie würde wackeln. Niemand dort drinnen sprach ein Wort oder stieß einen Schmerzensschrei aus. Ganz offensichtlich drückte sich seine Gattin nicht vor ihrer Verantwortung, und das, obwohl sie nicht wissen konnte, dass er lauschte. Wenn Jane sich einmal zu etwas durchgerungen hatte, erkannte er jetzt mit Liebe und Entsetzen gleichermaßen, dann führte sie es auch durch, so gut sie konnte. Selbst wenn es nicht ihre Entscheidung gewesen war.

Die Schläge kamen jetzt schneller und in regelmäßigem Abstand. Beim zehnten gab es eine Unterbrechung, als habe Jane sich verzählt. Oder der Anblick eines Blutstropfens hatte sie erschüttert, der das Hemd des Mädchens tränkte. Aber dann kamen der elfte und schließlich der zwölfte Schlag. Die Stille danach war eine grausige Erleichterung.

Eigentlich war er es, der Prügel verdiente. Jetzt, wo er sich ein wenig beruhigt hatte, war Mr Jones das klar. Eigentlich hätte er selbst dort drinnen stehen sollen, sich der Birkenrute in der Hand seiner Frau darbieten und sie anflehen, ihm die Haut vom Leibe zu prügeln. Er hätte sich zu ihren Füßen hinknien und gestehen sollen: *Ich habe unser Ehegelübde mit einer dreckigen Hure gebrochen, die du für eine Tochter hältst.* Und dann hätte er fragen sollen: *Was kann ich tun, um es wiedergutzumachen? Welchen Handel müssen wir eingehen, damit wir weitermachen können?*

Galle ist ein karges Mahl. So hatte Marys Mutter es immer gesagt. Und heute Abend hatte Mary die Bitterkeit schmecken können, schwer wie eine Nuss lag sie ihr im Magen, pflanzte sich dort ein, schlug Wurzeln und nährte sich an ihrem dunklen Blut.

Jetzt war sie allein in der Dachkammer und veränderte auf dem Bett ihre Lage. Vor Schmerz keuchte sie kurz auf. Mit zitternden Händen griff sie nach hinten und begann, das Mieder aufzuschnüren. Es dauerte länger als gewöhnlich, bis sie es aufhatte. Aber der Teufel sollte sie holen, wenn sie jetzt heulte.

Was hatte damals Doll noch gesagt, als sie in einer Winternacht betrunken nach Hause gingen: *Sinnlos, jemanden gern zu haben. Am Ende wird man doch nur im Stich gelassen.* Mary griff unters Bett, und die Striemen ließen sie zusammenzucken. Sie tastete nach dem Strumpf, dem kleinen Wurm, der all ihre Hoffnungen enthielt. Dann schüttete sie ihren Reichtum auf die raue Decke und jubilierte einen Moment lang angesichts des Glanzes und Geklimpers. Das war es, was sie von allen anderen Mädchen hier unterschied. Das war alles, worauf sie sich verlassen konnte: Gold, Silber und Messing, solider als jedes Bratenstück zwischen ihren Zähnen. Sie stapelte ihren Besitz vor sich auf und legte Buchstaben und Ziffern damit. Es las sich wie Freiheit.

Die Kerze war bis auf ein sechstel Zoll herabgebrannt. Mary war hundemüde. Auf ihrem Rücken lief der Schmerz hin und her, als hätte ihr jemand dicke Linien daraufgekritzelt. Ganz plötzlich konnte Mary die Augen nicht mehr offen halten. Sie ließ sich auf das Bett sinken und umarmte ihren Drachenschatz. Ob sie wohl mit einem versteinerten Herzen aufwachen würde?

Mrs Jones stand ganz still. Kein Laut war hinter der Tür zu hören, und aus dem Schlüsselloch drang kaum ein Schimmer. Sie hob die Hand, um anzuklopfen, doch sie zitterte. Von den Schlägen mit der Gerte schmerzten ihr immer noch die Finger.

Sie schob die Tür auf, und für den Bruchteil einer Sekunde, bevor der Luftzug die Kerze ausblies, sah sie Mary Saunders in ihrem Hemd regungslos auf dem Bett liegen, wie ein Kind, das eingeschlafen war, ohne es zu merken. Das winzige Licht ließ ihr dunkles Haar aufschimmern, bevor es verlosch.

Mrs Jones hörte ein Klimpern, einen unterdrückten Fluch und das Klappern einer Zunderbüchse. »Nein, bitte, Liebes«, sagte sie, »es tut mir leid …«

»Warte«, befahl das Mädchen aus der Dunkelheit heraus.

Als die Kerze wieder brannte, trat Mrs Jones ein und setzte sich an den äußersten Rand des Bettes. Zwischen ihnen lag ein dünnes Kissen.

»Ich dachte, es wäre Abi«, sagte das Mädchen eisig.

»Nein.« Mrs Jones' Stimme war belegt. »Abi soll heute bei Mrs Ash schlafen. Ich dachte, du kannst dich vielleicht besser erholen, wenn du das Bett für dich hast.« Sie sah auf ihre Faust hinunter. »Es gibt etwas, was ich dir sagen muss, mein Liebes. Kannst du nicht selbst erraten, was es ist?«

Diese Augen! Wie Brandflecken auf einem Laken.

»Es war nicht mein eigener Wunsch, dich so zu bestrafen. Ich weiß, dass du bei Mrs Morgan nichts Böses im Sinn hattest …« Sie räusperte sich, ein ohrenbetäubender Laut in der kleinen Dachkammer. »Nun ja«, flüsterte sie ganz leise, »wir haben denselben Herrn, du genauso wie ich.«

Da war wieder die kecke Augenbraue, die sich um eine Winzigkeit hob und hinter alles ein Fragezeichen setzte.

»Sind wir denn nicht alle auf die eine oder andere Weise Dienerinnen, Mary?«, fragte ihre Herrin flehentlich.

Das Mädchen legte seine Hände aufs Kopfkissen und beugte sich ganz nah zu Mrs Jones vor. »Vielleicht, Madam. Aber einige spüren den Stock«, flüsterte sie mit heißem Atem, »und andere haben den Stock.«

Die Ältere merkte, wie ihr die Augen überliefen. Sie war blind gewesen. Jetzt sah sie in ihr eigenes, kohlrabenschwarzes Herz.

Nach einiger Zeit öffnete sie ihre Faust und reichte dem Mädchen einen winzigen, mit Papier bedeckten Tiegel. »Salbe. Für deinen Rücken. Darf ich dich damit einreiben?«

Im ersten Moment glaubte sie, Mary würde ihn ihr ins Gesicht werfen. Aber das Mädchen drehte sich um und begann, sein Hemd hochzuziehen. Seine Schultern waren im Kerzenschein weiß wie Sahne, bis hinunter zur ersten Strieme. Mrs Jones rückte auf dem Bett näher heran. Aus dem Kissen zwischen ihnen kam ein eigenartiges Klimpern. Mary erstarrte. Und eher noch als das Geräusch war es das, was ihre Herrin stutzig machte. Sie hob das Kissen hoch und sah, dass das schmale Bett übersät war mit Münzen.

»Was ist das denn?«, rief Mrs Jones. Mehr fiel ihr vor Überraschung nicht ein. Dann fing sie an zu zählen. Mit zitternder Hand drehte sie die größeren Münzen um wie Steine in einer Pfütze. Schließlich fragte sie: »Wie viel ist es?«

Die Magd drehte sich um und musterte das Geld, als hätte sie es noch nie zuvor gesehen. »Elf Pfund, drei Schillinge und ein paar halbe Pennys«, sagte sie.

Mit tonloser Stimme wiederholte Mrs Jones die Summe. Sie legte sich das Kissen in den Schoß und legte die Hände darauf. Einen Moment lang war sie versucht, aufzustehen und hinauszugehen und zu vergessen, dass sie heute Abend überhaupt zum Dachboden hinaufgestiegen war. Dann fand sie ihre Stimme wieder. »Mary Saunders!« Es war eine Anschuldigung, ein Angriff, aber auch eine flehentliche Bitte.

»Was?«

»Woher hast du dieses Geld?«

»Es gehört mir«, sagte Mary.

»Aber wie kann das denn sein?«

Mary erwiderte ihren Blick so ausdruckslos wie eine Katze.

Mrs Jones sammelte all ihre Kraft und Entschlossenheit. »Ich weiß, dass du mich bei deinen alten Schulden angelogen hast. Aber wie kann eine Dienstmagd in deiner Position *überhaupt* ein solches Vermögen anhäufen?«

Wieder die Augenbraue.

»Würdest du es vielleicht kein Vermögen nennen?«, fragte die Herrin erschöpft. »Elf Pfund?«

Dem Mädchen war kein Wort zu entlocken.

Mrs Jones schloss einen Moment lang die Augen. Sie musste die Kontrolle über dieses Gespräch bekommen. »Entscheidend ist nicht, wie viel es ist«, fuhr sie in ruhigerem Tonfall fort, »sondern, wo du es herhast.«

»Das ist meine Angelegenheit«, blaffte Mary.

Ihrer Herrin kam ein schrecklicher Gedanke. Ihr Mund verzog sich zu einem entsetzten O. »Ich dulde in diesem Haus keinen Diebstahl.«

»Ich habe nichts gestohlen.«

»Das musst du doch. Du musst Geld von unseren Kunden geraubt haben. Auf andere Weise hättest du nie und nimmer darankommen können, wenn du keinen Penny hattest, als du bei uns ankamst«, sagte Mrs Jones. Die Panik schlug über ihr zusammen wie eine Woge. »Sag mir, von wem es ist! Gehört es den Robbins-Töchtern?«

Das Mädchen schüttelte den Kopf.

»Doch hoffentlich nicht etwa Mrs Morgan?«

Ein weiteres müdes Kopfschütteln.

Da kam Mrs Jones ein entsetzlicher Gedanke. »Ist es etwa von uns? Würdest du dich derart erniedrigen, so etwas zu tun? Sachen von deiner eigenen Familie zu stehlen, damit du sie verkaufen kannst? Denn wir sind deine Familie, verstehst du? Wir sind alles, was du hast.«

Das Mädchen starrte sie an, in seinem Blick lag nichts als wütendes Leugnen. Kamen da etwa Tränen, oder war es nur der Kerzenschimmer? »Ich habe nichts gestohlen!«, rief Mary schrill. »Es ist meins, das schwöre ich. Jeder einzelne Penny.«

»Aber woher stammt es?«

»Was spielt das schon für eine Rolle?« Marys Stimme wurde zu einem Kreischen. »Geld kommt immer von irgendwoher. Besser gesagt, von überall her. Denkt nur, in wie vielen Taschen diese Münzen schon gelegen haben. Entscheidend ist, dass ich sie mir verdient habe.«

»Wirklich?«

Eine lange Pause. »Ja.«

»Du bist eine Lügnerin«, erklärte Mrs Jones. Die Galle kam ihr hoch, sie schluckte sie hinunter. »Ich weiß nicht, was du sonst noch bist. Ich glaube auch nicht, dass ich es wissen will.«

Mary zuckte wieder mechanisch mit den Achseln. Mit ein paar verzweifelten Bewegungen schaufelte Mrs Jones die Münzen in ihre Schürze. Marys streckte die Hand aus, aber ohne lange nachzudenken, schlug Mrs Jones sie weg. Von dem Schlag brannten dem Mädchen die Finger. »Kennst du die Gesetze dieses Landes, Mary Saunders?« Mrs Jones unterbrach sich, um Luft zu holen. Vor lauter Münzen hing ihre Schürze jetzt durch. »Wenn man dir nachweist, dass du auch nur ein Taschentuch gestohlen hast, wirst du hängen.«

»Ich bin keine Diebin!«, fauchte das Mädchen.

Über ihre Schürze gebeugt, lief Mrs Jones zur Tür. Einmal wandte sie sich noch um und sagte mit zitternder Stimme: »Vergiss nicht zu beten.«

Hinter ihr knallte die Tür zu.

Der Morgen zeigte sich in Marys Fenster wie an jedem anderen Tag.

Sie schnürte sich auf dem verletzten Rücken das Mieder zu und zog es so fest, dass sie vor Schmerzen die Zähne zusammenbiss.

Den ganzen Tag über arbeitete sie mit gesenktem Blick im Atelier und schwitzte in der Septemberhitze. Jede Bewegung ihres Körpers schien sagen zu wollen: *Vergesst es nicht. Vergesst nicht, was für eine gute Dienstmagd ich bin. Vergesst nicht Euer Versprechen, dass Ihr mich behandeln wolltet wie eine Mutter.*

Mrs Jones' Gesicht war wächsern. Heute gab es beim Nähen keine Plauderei. Sie wechselten kein einziges Wort, außer um Schere oder Faden zu verlangen. Alle Vertrautheit hatte sich in Stein verwandelt. Beim Arbeiten zitterte Marys Hand. Die ganze Zeit über meinte sie, im nächsten Moment losweinen zu müssen. Wie Pfeile schoss sie ihre Gedanken ab: *Vertraut mir. Ich kann Euch nicht sagen, wo das Geld her ist. Aber vertraut mir trotzdem.*

Wortlos vollendeten sie die letzten Stiche an dem nun tieferen Ausschnitt von Mrs Morgans weißem Samt-Slammerkin.

Zur Essenszeit dröhnte es in Marys Kopf wie von Glockengeläut. Sie stocherte in ihrem Essen herum. Zäh flossen ihre Gedanken dahin. Sie wusste, dass sie es ganz falsch anstellte. Irgendwo hinter ihren Augen konnte sie Doll keifen hören: *Gib einfach zu, dass du eine Hure bist, Herzchen, dann wirst nur an einen Karren gebunden und bekommst eine Tracht Prügel oder schlimmstenfalls ein paar Tage im Kerker. Aber wenn deine Herrin da dich wegen Diebstahl verhaften lässt, dann bedeutet das den Strick, Mädchen.*

Aber es gab da etwas, was Doll niemals verstanden hätte: wie gern Mary hierbleiben wollte. Genau hier, in dem stickigen Durcheinander der kleinen Nähstube im Haus der Jones' in der Inch Lane im Städtchen Monmouth, das in England lag oder in Wales oder irgendwo dazwischen. Trotz der eisigen Kälte in den Augen ihrer Herrin und trotz allem, was geschehen war. Erst an diesem Nachmittag begriff Mary es eigentlich: Dies hier war ihr Zuhause.

Und wie sollte sie hierbleiben können, wenn sie es jemals beim Namen nannte? *Männer* und *Crow's Nest* und *Ein Schilling pro Nummer.* So etwas konnte man nicht verharmlosen. Sobald diese Worte ausgesprochen waren, war alles verloren. Mrs Jones hätte eine andere sein müssen, um auch nur den Beiklang dieser Worte ertragen zu können. In dieser Familie war kein Platz für eine Hure.

Am folgenden Sonntag ging Mary mit den Jones' zur Kirche, obwohl sie Hitzeflecken auf der Haut hatte und kleine Punkte vor den Augen sah. Sie kniete sich demütig hin, die Pose war ihr noch vom Magdalen her vertraut. In der Predigt ging es um Geduld. Der Pastor Cadwaladyr umklammerte mit schwitzenden Händen die Kanzel und ermahnte seine Schäfchen, alles Ungemach in demütiger, christlicher Ergebung zu ertragen. »Wenn eure Ränke zu nichts geführt haben, wenn eure Pläne nicht aufgegangen sind«, mahnte er, »dann vertraut auf den Allmächtigen.«

Einen Moment lang war Mary in Versuchung, dem Mann zu glauben, trotz allem, was sie über seine vollkommene Scheinheiligkeit wusste. Könnte der Allmächtige sie vorm Galgenstrick der Diebe bewahren? Könnte der Herrgott Mrs Jones zwingen, ihr ihr Geld zurückzugeben und sie wieder zu mögen wie früher? Würde der Schöpfer es erlauben, dass sie ihrer Herrin die Wahrheit sagen konnte, ohne dass ihnen beiden der Himmel auf den Kopf fiel?

»Seid wie das Schilfrohr«, sprach der Hilfsprediger, »das sich biegt, aber vom selben Wind, der die hohe Zeder fällt, nicht zerbrochen wird.«

Mary stellte sich einen Sturm vor, der mit seinen Zähnen Blätter von Ästen riss, die überall um sie herum herunterkrachten. Ihr Herz scharrte in der Brust wie eine Ratte in einer Falle. Übelkeit stieg in ihr hoch, und ihr wurde schwindelig, Cadwaladyrs Worte hörte sie nur noch von Weitem.

»Mary?« Ein leises Flüstern von Mrs Jones.

Gern hätte sie geantwortet, aber sie war zu weit weg. Ihr schwirrte der Kopf, die Knie wurden ihr weich. Etwas kam ihr die Kehle hoch, und sie presste fest die Lippen zusammen.

Ein sanfter Arm legte sich um sie, eine Hand streichelte ihr Gesicht, die Finger so kühl wie Wasser. Dann übergab sich Mary heftig in die Hand ihrer Herrin.

Mitten in der Nacht wachte Mary schweißgebadet auf. Eine Hand drückte ihr ein kühles Tuch auf die Brust. Sie umklammerte es mit ihrer eigenen. Kurz drückte jemand ihre Finger.

»Ich bin bestimmt nicht mehr lange krank«, krächzte Mary nach einer Weile. »Ich schwöre es.«

»Psst, Cariad.«

»Werft mich bitte nicht hinaus.« Heiße Tränen liefen Mary von den Augen in die Ohren und über die Wangen.

»Ruhig, Kind. Du gehörst doch zur Familie. Das habe ich dir schon gesagt.«

»Ich will auch immer folgsam sein, wenn du mich nur bleiben lässt«, schluchzte Mary.

»Das weiß ich doch.« Die Stimme ihrer Herrin war daunenweich.

»Lass mich bleiben. Es tut mir leid. Es tut mir so leid.« Was, das wusste Mary nicht einmal mehr.

»Ich weiß, ich weiß.«

Dann fiel es ihr wieder ein. Diese schreckliche Tat. »Ich werde es nie wieder tun, Mutter. Es war doch nur für das rote Band.«

»Psst.« Die kühle Hand drückte das Tuch auf ihre Stirn. »Es gibt gar kein Band.«

Panik erfasste Mary, sie versuchte, sich aufzurichten. »Wo ist es hin?«

Ihre Mutter drückte sie zurück aufs Kissen und küsste sie auf die Stirn. Ganz schwer und ganz weich. »Ich habe es sicher verstaut.«

Mary ließ sich wieder zurücksinken. »Doll war die Erste, die eines hatte.«

»Doll?« Die Stimme klang verwirrt. »Wer ist Doll?«

Mary vergrub ihr heißes Gesicht im Kissen. »Doll ist im Hinterhof.«

Sie versank erneut in der Dunkelheit.

Als sie wieder aufwachte, beugte sich ein Mann mit einem Messer über sie. Seine teuflischen Augenbrauen kannte sie. Sie schrie so laut, dass er zurückschrak.

»Ich halte sie fest, und du versuchst es noch einmal, Joseph.« Diese sanfte Stimme. Das war gar nicht ihre Mutter, begriff Mary. Das war natürlich Mrs Jones.

Sie spuckte dem Mann ins Gesicht. »Ich kenne Euch«,

kreischte sie. »Ihr mit Eurem großen Messer und Eurem Ornat. Für Euch macht das zehn Guineen, Sir.«

»Psst«, machte Mrs Jones. »Mr Cadwaladyr war so nett, herzukommen und beim Aderlass zu helfen.«

Unter den sie fesselnden Laken fing Mary an, zu bocken und zu treten.

»Danach fühlst du dich besser, mein Liebes«, versprach ihre Herrin. »Es ist die einzige Möglichkeit, das Fieber zu senken.«

»Das Blut war schon vorher auf dem Laken«, schrie Mary den Mann an. »Und in Wahrheit war es Wein!«

Cadwaladyr hatte sich in die Ecke der Kammer zurückgezogen und die Arme verschränkt, das Messer wies dabei bedrohlich nach oben. Mrs Jones winkte ihn wieder her. »Komm zurück, Joseph. Sie spricht doch nur im Fieber.«

Mary versuchte, noch einmal zu spucken, aber in ihrem Mund hatte sich alles in Asche verwandelt.

Dann drückte die Frau sie nieder, während der Mann ihr an der Seite den Hals einritzte. Mary sprach kein Wort, sie lauschte auf das Blut, das in den Blecheimer tropfte. Halb wurde ihr bewusst, dass die Frau weinte. »Wir wollen doch nur dein Leben retten, Mary. Wir würden es nicht tun, wenn es dir nicht das Leben retten würde.«

Als Mrs Jones nach unten kam, war ihre ganze Schürze voller Blut. Ihr Gatte stand in der Stube und sah ihr nach, wie sie hin und her lief. Wie gern hätte er die Arme nach ihr ausgebreitet, doch sie hingen wie gefesselt herab. »Wie geht es dem Mädchen?«, fragte er leise.

Ruckartiges Achselzucken.

»Steigt das Fieber noch?«

Sie nickte wie eine Marionette. Wenn das Mädchen starb, das wusste er, dann würde seine Gattin es ihm nie verzeihen.

Schließlich blickte sie zu ihm auf und sagte: »Ich weiß, dass du Mary nicht leiden kannst. Ihre Mutter hast du ja auch immer verabscheut, nicht wahr?«

Er blinzelte erstaunt. »Verabscheut? Su Rhys? Keineswegs. Wieso hätte ich die arme Frau denn verabscheuen sollen? Ich will aber gern zugeben«, stammelte er, »ich halte sie … ich hielt sie deiner Freundschaft nicht mehr recht für würdig, als ihr erwachsen wart.«

Die Augen seiner Gattin funkelten wie winzige Glasscherben. »Du dachtest, sie hätte eine schlechte Wahl getroffen, als sie Cob Saunders heiratete, und deshalb ihre Strafe verdient.«

Er wusste nicht, was er darauf sagen sollte.

»Aber manchmal, Thomas, manchmal kommen Strafen einfach über einen.«

Urplötzlich war ihr Gesicht tränenüberströmt. Mit zwei Sätzen war er bei ihr. Wie Efeu umklammerte er sie. »Was ist denn, mein Schatz?«, fragte er immer wieder, während vor Schluchzen ihr ganzer Körper bebte. »Was ist los?«

»Das Kind.«

Er dachte, er müsse sich verhört haben. Er hielt sein Ohr näher an ihren Mund. »Welches Kind?«

»Das letzte.«

Er umarmte sie ganz fest, und sie weinte nur und weinte. Er wartete.

Schließlich richtete Jane Jones sich auf und wischte sich mit dem Handballen die Augen ab. Sie machte ein Gesicht, das wohl ein Lächeln sein sollte. Sie unterdrückte ihr Schluchzen und sagte dann leise: »Ich habe es im Mai verloren. Jetzt tut es mir leid, dass ich es dir verschwiegen habe.«

Es verschlug ihm vollkommen den Atem.

»Diesmal waren es nur wenige Monate. Ich weiß nicht, ob es ein Junge oder ein Mädchen geworden wäre.«

Unwillkürlich kniete ihr Mann sich auf ihren Rock und fasste sie bei beiden Ellbogen. »Wir müssen es noch einmal probieren«, sagte er ohne Umschweife. »Am Ende wird der Schöpfer uns belohnen. Wir müssen auf seine Gerechtigkeit vertrauen.«

Immer wieder schüttelte sie den Kopf. »Thomas«, sagte sie erst flüsternd und dann entschlossener: »Thomas. Wir haben eine Tochter.« Sie hielt inne, so als wolle sie Kraft sammeln. »Und wir haben einander. Das ist unser Los.«

In dieser unbequemen Haltung blieben sie eng umschlungen hocken. Sein Bein wurde taub, dann sein Arm, und schließlich konnte er seinen eigenen Körper nicht mehr von ihrem unterscheiden.

Die Kirche von St. Mary's war leer. Mrs Jones kniete sich im hinteren Teil des Raumes hin und sprach ein Dankgebet für die Genesung ihres Hausmädchens.

In ihrer Tasche, deren Gewicht sie zur Seite zog, war ein Strumpf voller Münzen. Erst heute Morgen hatte sie sie noch einmal nachgezählt. Mit rotem Kopf hatte sie die silbernen Münzen von den goldenen getrennt. Ihr Herz hatte geklingelt wie ein Hufeisen auf einem Amboss. *Wo in aller Welt …?*, das war ihr einziger Gedanke. *Wo in aller Welt hatte das Mädchen sie her?*

Jetzt legte Mrs Jones ihren Kopf an die kühle Lehne der Kirchenbank. Ihre Gedanken drehten sich im Kreis, und sie hatte das Gefühl, sie hätte sich im Nebel verlaufen. Irgendwo hatte sie einmal gelesen, wenn man jemanden dazu bringen wolle, ein Verbrechen zu gestehen, müsse man ihm die Zunge im Schlaf auflegen, die man einem Frosch bei lebendigem Leibe herausgeschnitten hatte. Im Schlaf würde er dann so ehrlich sprechen wie ein Kind.

Unsinn. Sie hätte Mary Saunders einfach fragen sollen, woher sie das Geld hatte, ihr dieselbe Frage während ihres

Fiebers und ihrer Genesung immer wieder aufs Neue stellen sollen, bis sie eine Antwort bekam. Aber sie hatte sich nicht getraut. Es gab so vieles, was sie gar nicht wissen wollte. Wie auch immer die Wahrheit aussehen mochte, zum Allermindesten würde sie Mary auf die Straße hinauswerfen müssen. Bei dem Gedanken bebte ihr das Herz. Sie hatte sich inzwischen auf Mary verlassen – zu sehr, das begriff sie jetzt. Sie war schwach gewesen. Sie hatte aus einer Bediensteten eine Vertraute gemacht, aus einem halbwüchsigen Mädchen. Sie hatte mit ihrer Magd Geheimnisse geteilt, die sie nur ihren Gatten hätte wissen lassen dürfen. Sie hatte sich einer Schwindlerin anvertraut.

Nun, wenigstens wusste sie, was mit dem Geld zu tun war. Sie hatte es mitgebracht, um es in die Armenkollekte zu werfen. Nächstenliebe war die höchste Tugend, sagte Cadwaladyr das nicht immer in seinen Predigten? *Selig sind die Mildtätigen.* Und den Segen Gottes konnte Mrs Jones jetzt gut gebrauchen.

Cadwaladyr würde nie erfahren, von wem die elf Pfund stammten. Er würde über eine solche Gutherzigkeit staunen und sich fragen, welcher Reiche aus der Gegend eine derartig großzügige Geste gemacht hatte. Und falls später dann irgendjemand fragen sollte, ob man in Mary Saunders' Kammer Geld gefunden hatte, würde sie jedes Wissen darüber abstreiten. In ihren Augen war es schmutziges Geld, solange es nicht in dem Kästchen war. So konnte man damit wenigstens einige Monate lang ein paar unglückliche Landlose und Arbeitslose aus der Stadt ernähren oder die Bestattungen von einem Dutzend Armen bezahlen.

Als Mrs Jones aufstand, spürte sie das Gewicht an ihrem Bein. Die Versuchung durchflutete sie wie eine Welle des Verlangens. Zum ersten Mal kam ihr in den Sinn, dass sie das Geld ja auch behalten könnte. Sie könnte es heimlich zu ihren persönlichen Ersparnissen legen, die sie in einer Schatulle ganz hinten im Kleiderschrank verwahrte. Es könnte die Familie für den Verlust der Bestellung der Morgans entschädigen. Es könnte ein weiterer Damm gegen das Unglück sein, für den Fall, dass ihr ganzer Plan vom Aufstieg zunichtewurde. Keiner würde je davon erfahren müssen.

Die Vorstellung ließ sie schwindeln. Geld aus dem Nichts, für das nicht gearbeitet, nicht geschwitzt worden war. Einen Moment lang stand Mrs Jones regungslos da. Jeder, der sie sah, hätte gedacht, dass sie betete. Und in gewisser Hinsicht tat sie das auch. *Das Jüngste Gericht*, ermahnte sie sich schweigend. *Denk an den Tag des Jüngsten Gerichts.*

Sie schaute sich verstohlen um: niemand in Sicht. Dann zog sie den Strumpf aus ihrer Tasche und huschte hinüber zur Armenkollekte an der Wand. Ihre Hände waren voller Münzen. Sie schob sie durch den Schlitz.

In der zweiten Septemberwoche kühlte sich die Luft ein wenig ab. Unten am Fluss beschnitt Jennett der Kastrierer die Eber. Ihr ungläubiges Quieken scholl durch die Stadt. Mary ging mit einem Korb Malz für die Winterbrauerei nach Hause. Ihre Beine zitterten, ihr Atem ging flach. Die Felder waren frisch mit Roggen bestellt. Sie sah einen kleinen Jungen auf die Vögel zurennen, um sie zu verscheuchen. Wie lange es wohl dauerte, bis er damit einen Penny verdient hatte? Ihre Augen brannten. Seit das Fieber abgeklungen war, konnte sie bei jeder Kleinigkeit in Tränen ausbrechen.

Vollkommen untätig war sie während ihrer Genesung nicht gewesen. Sie hatte sich eine gute Geschichte ausgedacht, so simpel, dass sie sich verwünschte, weil sie ihr nicht früher eingefallen war. Das Geld, würde sie Mrs Jones anvertrauen, sei eine heimliche Erbschaft von ihrer Mutter.

Erzähl niemandem, dass du es hast, hat Mutter mir auf dem Totenbett gesagt. Versteck es für schlechte Zeiten. Für deine alten Tage. Die ganze Woche über hatte Mary ihr Märchen einstudiert, bis es sich anhörte wie die Wahrheit des Evangeliums.

Neben der Brücke, die in die Stadt führte, hing von einem Zaun etwas Schwarzes. Marys Augen waren vom Fieber immer noch geschwächt und ihr Blick verschwommen. Sie trat näher heran. Eine tote Krähe hing an den Füßen herab, die Flügel weit gespreizt, als flöge sie nach unten und würde im nächsten Moment auf die Erde prallen. Sie schaukelte im Wind. Mary stieg der düstere Moschusgeruch des Tieres in die Nase.

Schnell lief sie nach Hause.

Sie hatte gewusst, dass der richtige Moment kommen würde, wenn sie nur aufpasste und wartete. Und so war es auch geschehen.

»Wie fühlst du dich denn inzwischen, Mary?«, fragte die Herrin.

»Recht gut.« Das war nur eine geringfügige Lüge. Ihr Blick war noch ein wenig getrübt, und das Zittern ihrer Hände konnte sie unterdrücken, wenn sie daran dachte.

Mr Jones war in seinen Klub gegangen, wohin er in letzter Zeit abends immer häufiger ging. Mrs Ash saß oben murmelnd über ihre Heilige Schrift gebeugt. Daffy war allein zu einem Spaziergang am Fluss aufgebrochen. Und sogar Abi war draußen, um ein wenig die milde Abendluft zu genießen.

Wenn Mary jetzt nichts sagte, würde sie vielleicht nie wieder eine Gelegenheit bekommen. »Ich habe mich gefragt …«, begann sie, »wo ich doch jetzt wieder bei Gesundheit bin …«

»Ja?«, ermunterte die Herrin sie.

»Kann ich mein Geld zurückhaben?«

Ganz plötzlich löste sich das strahlende, liebevolle Gesicht in nichts auf. Mrs Jones seufzte tief. »Ach, Mary.«

»Ich bin auch bereit, Euch zu sagen, woher ich es habe«, fuhr das Mädchen fort und setzte dabei ein Lächeln auf, das, so hoffte sie, unschuldig aussah. »Ich hätte es ...«

Kopfschüttelnd unterbrach Mrs Jones sie. »Nicht nötig, nicht nötig.«

»Aber ich will es Euch doch sagen«, beharrte Mary. »Ich will Euch beruhigen. Euch kann ich anvertrauen, was ich noch keiner Menschenseele gesagt habe.«

»Mary.« Mrs Jones legte ihrer Magd die Fingerspitzen auf den Mund, um sie zum Schweigen zu bringen. Nach einem langen Moment fuhr sie beinahe flüsternd fort: »Es ist weg.«

Marys Gesicht erstarrte. »Weg?«

Mrs Jones benetzte nervös ihre Lippen. »Ich habe getan, was das Beste war.«

Das Mädchen wartete.

»Ich habe es in die Armenkollekte gegeben.«

Mary hörte zwar die Worte, doch sie ergaben keinen Sinn. Das war doch unmöglich.

»Weißt du, mein Liebes«, fuhr ihre Herrin eilig fort, »ich weiß, dass du etwas Unrechtes getan hast ... obwohl ich nicht genau weiß, was. Aber tief im Herzen weiß ich auch, dass du kein böses Mädchen bist. Auf diese Weise dient das Geld einer guten Sache, und du bist von der Sünde reingewaschen. Verstehst du? Es kommt den Armen und Waisen zugute.«

»Waisen?«, wiederholte Mary heiser.

»Ja, armen Geschöpfe, die genauso verwaist sind, wie du es warst.«

Marys Gedanken überschlugen sich. Sollten sie doch für ihr Brot arbeiten, so wie sie es auch getan hatte!

»Jetzt brauchst du nicht mehr daran zu denken«, plapperte Mrs Jones weiter und schaute sie an. »Du kannst ganz neu anfangen.« Sie beugte sich vor und tätschelte Marys Hand. Dann stieß sie einen Seufzer der Erleichterung aus. »Ich glaube, ich gehe jetzt auch noch ein wenig frische Luft schnappen, bald ist schon Abend.« Sie eilte zur Tür.

Die Stille des Hauses umfing Mary, und sie blieb dort sitzen wie eine unvollendete Statue. Alles war so rätselhaft, so verwirrend. Ihr Kopf war vom Fieber immer noch erschöpft, bestimmt lag es daran. Gleich würde sie alles begreifen.

Gottes Gnad in Ewigkeit
Den Taten der Barmherzigkeit.

Aber was war mit Raubzügen der Barmherzigkeit? Sünden der Barmherzigkeit? Mit der Arroganz einer Frau, die das schwer verdiente Vermögen einer anderen konfisziert und in die Armenkollekte geworfen hatte? Die sich durch den Schweiß einer anderen zur guten Fee aufgeworfen hatte, mit den Erträgen von hundert Nächten hinter dem Crow's Nest?

Mit einem Satz war Mary bei der Treppe. Sie würde es sich zurückholen. In der Kammer der Jones' ging sie direkt zum Kleiderschrank. Die Schatulle war verschlossen, aber das würde sie nicht aufhalten. Sie lief nach unten, ihr Herz schlug wie eine Trommel. In der leeren Küche nahm sie das Erstbeste, was sie finden konnte, ein Hackmesser mit Schafsfett auf der Klinge. Auf dem Weg zurück nach oben hörte sie sich selbst hecheln wie einen Wolf. Mit der stumpfen Seite des Hackmessers schlug sie auf das Schloss der Schatulle ein, bis es abbrach. Mit lautem Knall sprang der Deckel auf.

Sie zählte und zählte noch einmal und glaubte, ihre Augen

würden ihr einen Streich spielen. Da waren nur fünf Pfund, drei Schillinge und ein Sixpence. Mrs Jones' kümmerliche private Rücklage. Einen Moment lang tat die Herrin ihr beinahe leid.

Dann fiel ihr die Armenkollekte wieder ein, und der Zorn in ihr schäumte erneut hoch. Diese Wut war stärker als das Fieber. Sie durchfuhr Mary wie ein mächtiger Wind, der alles auf seinem Weg davonfegte. So heftig, dass es sie selbst überraschte. Wut auf jeden Freier, den sie je bedient hatte, auf jedes tadelnde Gesicht irgendeiner Frau, auf ihre Mutter und sogar auf Doll – auf alle, die über sie gerichtet und sich mokiert und geglaubt hatten, sie wüssten alles besser, und sie letzten Endes im Stich gelassen hatten. Die sie hinausgeworfen oder verlassen hatten, das eine oder das andere oder gar beides, immer und überall. All ihre alten Kümmernisse wallten wieder auf, aber die Wut fraß sie, sobald sie hochkamen. Sie hatte die Lippen zusammengepresst, die Beine waren stocksteif, die Hände wie Messer. *Dieses Miststück bekommt, was es verdient.*

Als Erstes füllte Mary ihre Tasche mit dem Inhalt der aufgebrochenen Schatulle. Auf keinen Fall würde sie nach London zurückkehren ohne ein bisschen Geld, mit dem sie ein neues Leben beginnen konnte. Danach ging sie in ihre Kammer und schminkte sich die Lippen und Wangenknochen rot. Dann lief sie wieder nach unten. Jetzt konnte sie nichts mehr ermüden. Mit dem Hackmesser schlug sie den Vorratsschrank auf. Sie besaß die Stärke von zehn Frauen. Sie riss den Korken aus einer Flasche besten Südweins und trank sie leer, obwohl die Säure sie husten ließ. Eine zweite Flasche nahm sie mit ins Atelier.

Wenn ich ohne schöne Kleider nach London zurückkehre, dachte sie benommen, dann bin ich nicht mehr als ein Tier auf dem Feld, eine Vagabundin, die man von einer

Gemeinde zur nächsten scheucht, bis sie schließlich in einem Zuchthaus endet, mit den Füßen an die Wand gekettet. Die Zeit schien langsamer zu laufen. Der lange Spiegel lockte sie, und so streifte sie ihr schlichtes braunes Kleid ab und stieg in Mrs Morgans weißen, samtenen Slammerkin. *Ein leichtes Gewand für ein leichtes Mädchen,* hörte sie Doll im Geiste lachen. Mit den vom Alkohol schwerfälligen Fingern fiel es ihr schwer, das Kleid richtig anzuziehen, aber sie schaffte es. Sie füllte das Gewand aus, als wäre es für sie gemacht. Die kleinen silbernen Schlangen wanden sich über die lange Schleppe. Mary stand vor dem Spiegel und drehte sich, und alle Welt schien sich nach ihr umzudrehen. Verzückt ergriff sie die Weinflasche und prostete sich immer wieder selbst zu, von der nicht enden wollenden Schleppe bis zu den scharlachroten Lippen. Noch nie hatte sie etwas Schöneres gesehen.

Es war schwer zu entscheiden, was sie sonst noch mitnehmen sollte. Ihre Gedanken glitten dahin wie auf Eis. Sie wusste, dass ihre Zukunft möglicherweise von der Tiefe ihres Ausschnitts abhing. Natürlich, die neue rote Pelerine für Miss Theodosia Fortune und Mrs Partridges grün-seidenes Sackkleid. Auch konnte sie sich nicht vorstellen, das rosafarbene Mieder der alten Miss Elizabeth Roberts zurückzulassen, das sie mit Rüschen besetzt hatte. Für Miss Roberts war es ohnehin zu jugendlich, fand sie. Wozu sollte man sich denn im Grab aufputzen? Mary drückte Taftstoffe zusammen und lud sich ganze Stapel glatten Satins auf die Arme. Dann klemmte sie sich ein Paar hochhackige Pompadourschuhe unters Kinn. Dem, was sie heben konnte, waren keine Grenzen gesetzt. Sie hatte diese Kleider gemacht, hatte ihren Schweiß hineingenäht. Sie würde sie auch tragen. Sie gehörten ihr.

»Mary?«

Sie erstarrte. In ihrem Kopf strudelte der Wein. Schließlich drehte sie sich um, unter ihrer Last schwerfällig wie ein Packpferd. Sie stolperte über die schneeweiße Schleppe.

»Mary!«

Noch nie zuvor hatte sie ihre Herrin schreien hören. Vor lauter Schreck entglitten ihr die Kleider und fielen zu Boden.

Mrs Jones' Gesicht war wutverzerrt. »Zieh das sofort aus!«

Mary blickte an sich hinab, sah den weißen Samt, der an ihrem Körper hinabfloss, und von einem Moment auf den anderen war sie stocknüchtern.

Hier also war alles zu Ende. Wohin konnte sie diesmal noch entkommen? Sie wusste, gleich würde Mrs Jones den Schutzmann rufen und ihr Dienstmädchen als Diebin abführen lassen. Für so etwas konnte man gehängt werden. Schon für ein einziges Spitzentaschentuch würde man sie aufknüpfen, ganz zu schweigen von zwei Armen voll mit den besten Kleidern westlich von Bristol. *Diese Frau hat alle Macht,* dachte Mary mit vollkommener Klarheit. *Von ihrem Wort hängt es ab, ob ich lebe oder sterbe. Sie hat gesagt, ich sei ihre Tochter, aber sie könnte mich töten lassen.*

»Redet nicht so mit mir«, sagte sie schließlich. Die Worte kamen langsam aus ihrem Mund, zäh wie Schlamm. »Ihr wisst nicht einmal, wer ich bin.«

»Ich weiß sehr wohl, was du bist«, sagte Mrs Jones. »Du bist mein Dienstmädchen.«

So viel also zum Thema Liebe, dachte Mary. Sie sammelte alle Galle in ihrem Mund und spuckte ihrer Herrin ins Gesicht.

Die Ältere starrte sie an, zur Salzsäule erstarrt. Speichel lief ihr über die Wange.

»Zunächst einmal bin ich keine Waise«, erklärte Mary. »Meine Mutter ist gesund und munter und hasst mich abgrundtief. Jedes einzelne Wort, das ich Euch je erzählt habe, war eine Lüge.«

Alle Farbe war aus Mrs Jones' Gesicht gewichen.

»Ich bin eine Hure. Seid Ihr darauf etwa noch nicht gekommen? Besonders helle seid Ihr nicht gerade, oder, Mrs Jones? Das Geld, was Ihr gestohlen habt, habe ich mit meiner eigenen Furche verdient. Jeden Fremden, der durch diese erbärmliche sogenannte Stadt kam, habe ich herangelassen.«

Wie ein Blitz fuhr der Schmerz in die Stirn der Frau.

»Sogar Euren eigenen Gatten hatte ich, an einer Mauer!«

Nur der Mund verfinsterte sich.

Danach fiel Mary nichts mehr ein, was sie noch hätte sagen können. Sie fühlte sich leer und hohl. Sie wartete darauf, dass Mrs Jones unter der Last dessen in die Knie ging. Gerne hätte sie sie weinen gesehen. Doch stattdessen räusperte ihre Herrin sich nur und sagte beinahe schläfrig: »Verschwinde aus meinem Haus.«

Mary begann zur Tür zu schweben, leicht wie eine Feder.

»Und zieh dieses Kleid aus, bevor du es noch schmutzig machst.«

Mary blieb wie angewurzelt stehen. Das Seltsame war, dass sie spürte, wie die Worte ihrer Herrin wahr wurden. Ihre Haut wurde ranzig, Gift drang durch jede Pore und besudelte jede Naht der silbernen Stickerei. Der Samt hing an ihr wie eine Schlangenhaut. Sie konnte ihn jetzt nicht abstreifen, sonst wäre nichts mehr von ihr übrig. Unfähig, etwas zu sagen, schüttelte sie nur den Kopf.

Mrs Jones wies mit der Hand. Als Mary sich nicht rührte, machte die Herrin mit den Fingerspitzen eine kleine, gebieterische Geste.

Das Hackmesser lag auf dem Nähtisch, wo Mary es abgelegt hatte. Jetzt nahm sie es. Sein Gewicht fühlte sich in ihren Fingern köstlich an. Dies war die Hand, die sie immer gewollt hatte, die Hand, die niemand abschütteln, niemand ignorieren konnte. Jetzt war sie ganz sie selbst. Jetzt war sie die Königin.

Mrs Jones schien diese Verwandlung nicht zu bemerken. Sie trat auf Mary zu und zerrte am Ärmel des weißen Samt-Slammerkins. Beide hörten, wie er riss.

Mary starrte auf ihre magere Schulter, die nackt aus dem Riss lugte wie ein Tierknochen. Jetzt war alles verdorben. Es gab nichts Reines mehr in der Welt.

Der erste Hieb war ganz einfach. Er war geschehen, noch bevor Mary es begriff – so als hätte das Messer im Namen des Kleides seine eigene, schlichte Rache geübt. Mary wusste erst, was passiert war, als sie sah, wie ein feiner Sprühnebel von Blut auf ihr weißes Mieder stob.

Verdorben, alles verdorben.

Also umklammerte sie das glitschige Hackmesser noch fester und schlug wieder zu. Diesmal grub sich die breite Klinge in Mrs Jones' Hals. Sie lag auf dem Boden. Blut spritzte hoch wie aus einem Springbrunnen, wie bei einem Feuerwerk.

Marys Blick traf auf den ihrer Herrin, und nun wusste sie nicht mehr, wer fiel, wer blutete. Alles kam ihr vor wie in einem seltsamen Theater. Mrs Jones versuchte etwas zu sagen. Mary versuchte zu antworten. Beider Lippen bewegten sich kaum. Sie sprachen miteinander wie wilde Tiere, in einer Sprache, die keine von ihnen verstand.

Die Sterbende sah, wie ihr Mädchen vor ihr auf die Knie fiel, sah, wie ihre Lippen sich öffneten, doch hören konnte sie nur ein lautes Schreien. Es gab keinen Schmerz, nur ein Verwischen aller Konturen. Mrs Jones konnte nicht verstehen, was geschehen war. Sie wusste nur, dass etwas ganz und gar nicht stimmte. Da waren bloß noch Verwirrung und Trauer und eine Kerze, die langsam verlosch. Irgendetwas hatte sie vergessen zu sagen oder zu fragen, und wo waren die Kinder? Was war es gleich, was sie nicht vergessen durfte, noch vor Einbruch der Dämmerung zu erledigen? Alles war rot, und wer sollte das sauber machen? Sie konnte doch noch nicht schlafen gehen. Sie konnte doch den Tag nicht beenden, bevor alles erledigt war.

Mary hatte keine Ahnung, welcher Moment der des Todes war. Zu keinem Moment schlossen sich die kleinen Augen. Stunden schienen zu vergehen. Sie konnte die Zeit nur daran ermessen, wie sich die Blutlache langsam bis hin zu der Stelle ausbreitete, an der sie hockte. Als ihr Saum schon rot durchtränkt war, stand sie schwankend auf.

Die Augen der Herrin starrten sie an. Mary beugte sich über die dunkler werdende Lache und schloss eines mit ihrem Finger. Zurück blieb eine Blutschliere von der Augenbraue bis zur Wange, als hätte sich jemand für den Mummenschanz am Dreikönigsfest geschminkt. Mary starrte an ihrem Kleid hinab, das dunkelrot besprenkelt war. *Kaltes Wasser und dann mit Zitrone abreiben, Mary, damit geht es raus.* Sie brachte es nicht über sich, auch das andere Auge zu berühren. Es beobachtete sie, wie sie über die Dielen zurückwich. Sie hatte Angst, ihm den Rücken zuzukehren, so wie vor einem Mitglied des Königshauses oder bei einem Dämon.

Wahllos und ohne hinzusehen, raffte sie eine Handvoll Kleider zusammen. Im Flur hinterließen ihre Füße klebrige Abdrücke. Sie war zu langsam. Ungeschickt ruckelte sie am Türriegel. Irgendwo in ihrem Kopf wusste sie, dass sie jetzt eine Gesetzlose war. Aber in Wahrheit konnte sie sich nicht vorstellen, dass auf der Welt überhaupt noch irgendjemand lebte.

»Herrin?«

Als Abi die Tür zum Atelier öffnete, raubte der Schock ihr den Atem.

Sie blieb in sicherem Abstand stehen, damit die Blutlache sie nicht besudelte. Aber dann sah sie es auf ihrem Arm, einen langen roten Streifen. Vielleicht von der Tür? Sie fing an zu zittern. Ohne einen Laut wich sie aus dem Zimmer zurück.

Dann stand sie wartend im Flur, schloss die Augen und versuchte, verschwinden zu lassen, was sie gesehen hatte. Noch empfand sie nichts für die Tote, sie war zu beschäftigt damit, einen Plan zu schmieden. Wie sollte sie beweisen, dass sie nicht hier gewesen war? Wer konnte es bezeugen? Sie konnte jetzt weglaufen, auf der Stelle, ans andere Ende der Stadt. Aber was, wenn jemand sie gehen sah?

Seit Wochen wurde Abi nun schon von Barbados verfolgt. Als sie hereingerufen worden war, um Mary Saunders bei ihren Stockhieben festzuhalten, war das der Anfang gewesen. Nicht, dass auch nur ein Hieb ihrer Herrin Abi getroffen hätte, aber als sie ihre sogenannte Freundin, die sie im Stich gelassen hatte, bei den Handgelenken packte und ihr Gewicht auf sich spürte, als die Schläge der Birkenrute durch den Körper des Mädchens hindurch in ihrem eigenen widerhallten, da schmeckte sie die entsetzliche Angst in ihrem Mund wie Galle. Sie war wieder in Barbados, und es war nicht die sonnendurchflutete, vor Fruchtbarkeit strotzende Insel ihrer trügerischen Erinnerung, sondern der Ort, an dem sie fast zwanzig Jahre ihres Lebens geschuftet und sich nie sicher vor Schlägen gefühlt hatte, nicht einen einzigen Moment lang.

Und als sie jetzt sah, wie sich unter der klaffenden Wunde an Mrs Jones' Hals die dunkle Lache ausbreitete, da wusste Abi, dass ihre Welt aufs Neue zerbrochen war. Das letzte Mal, als einer ihrer Herren gestorben war, hatte man ihr zur Strafe ein Messer durch die Hand gestoßen. Was würden sie ihr diesmal antun?

Hinter sich hörte sie die Haustür knallen. Dann kamen Daffys Pfeifen und ein Hauch hereinwirbelnder Luft.

Abi riss den Mund auf und fing an zu schreien. Schreien, das war es doch, was Unschuldige taten! Abi tat es leidenschaftslos wie jemand, der Vögel verscheucht. Jetzt müsste sie eigentlich zu den Nachbarn rennen, das war für eine Unschuldige doch das normale Verhalten. Ohne noch einmal haltzumachen und etwas zu erklären, drückte sich Abi im schmalen Flur an Daffy vorbei. Sie schoss um die Ecke und die Grinder Street hinab bis zur nächsten Schenke, dorthin, wo ächzend das Krähennest im Septemberwind schaukelte.

Daffy kam es vor wie eine Prozession, nur viel schneller. Etwas Althergebrachtes mit Kostümen, festen Regeln und Ritualen, die keiner verstand. Die Stepney Street entlang rannte er den flackernden Laternen der älteren Männer nach. Er holte auf. Ihre Rufe hallten wie Fetzen eines obskuren Festes, das zu ihren Lebzeiten noch nie begangen worden war.

»Haltet sie«, rief einer.

»Packt sie«, schrie ein anderer.

Daffy sparte sich seine Luft fürs Rennen auf. Wie ein Wurm erstreckte sich die Monnow Street bis hinunter zum mondbeschienenen Fluss. An der Spitze der dahinpreschenden Jagdmeute konnte er seinen Vater sehen, dem die nasse Perücke vom Kopf rutschte, er rannte schneller als alle anderen. Daffys Füße klatschten auf das Pflaster. Kurz rutschte er auf einem alten Stück Obst aus. Vor ihnen allen torkelte wie eine Betrunkene Mary Saunders. Ihre glänzend weiße Schleppe glitt durch den Schlamm. Wie einen Säugling hielt sie einen Packen an die Brust gedrückt. Eine Spitzenborte fiel hinab, und sie bückte sich, um sie aus dem Dreck zu retten.

Alle Bewegungen schienen auf dieser langen, geraden Straße schon vorherbestimmt. Sonst konnte man nirgendwo hin. Bis auf die Gejagte und die Jäger und ein paar aufgeschreckte Gesichter in den Fenstern war die Straße leer. Das Mädchen hielt direkt auf die Brücke zu, deren steinerner Durchlass sich verengte wie ein Nadelöhr. Cadwaladyr hinter ihr war ein menschlicher Faden. Nein, begriff Daffy, sie würde nicht in den Fluss springen. Sie glaubte immer noch, dass sie entkommen konnte.

Wie die Krähe fliegt

Die ganze Nacht blieb Thomas Jones bei seiner Frau in der Küche. Er hielt sie in seinem Schoß. Als knarrend die Tür ein wenig aufging und Mrs Ash ihren Kopf durch den Spalt schob, verwünschte er sie mit einem walisischen Schimpfwort, das er längst vergessen zu haben geglaubt hatte.

Aber das Wetter war für September warm. Die Bestattung konnte nicht warten.

Im gleißenden Mittagslicht kam Mr Jones aus seinem Haus, lief zum Zimmermann Dai und schlug an die Tür. Seine Kniehose war vom Blut rostrot befleckt. Seine Krücken staksten und scharrten im Staub. In seiner Tasche hatte er Münzen für einen guten Buchensarg, die zusammen zwei Guineen ausmachten – ein Teil des Betrages aus der Geldtasche, die man der Gefangenen abgenommen hatte.

Anschließend tat Mr Jones etwas, was er in seinem ganzen Leben noch nicht gemacht hatte: Er stieg am helllichten Tag nach oben und legte sich hin. Legte sich im leeren Bett auf den Rücken, ohne zu wissen, wo er war. Alles drehte sich um ihn wie in einem Strudel. Wenn er aufhörte zu denken, würde es still werden, und das wäre das Schlimmste.

Also bestürmte er seinen Kopf mit Fragen, so laut, dass sie seinen Kopf ausfüllten, wie ein Kind einen schlafenden Hund mit Steinen bewirft. Wann sollte er die Zeit finden, das Satinkorsett für Mrs Greer fertigzustellen? Hatte Mr Jenkins eigentlich je die letzten zwei Schillinge für den Sommerrock bezahlt? Wie viel Wurst war noch in der Vorratskammer, oder war sie vielleicht verdorben?

Trauer war eine kostspielige Angelegenheit. Er wusste, er würde noch vor dem Abend zu Rhona Davis in der Wye Street – der jetzt einzigen Schneiderin der Stadt – gehen müssen und für sich selbst, das Kind und auch die Bediensteten Trauerkleidung bestellen müssen. Dann würde man Fleisch und Getränke für die Totenwache ins Haus schaffen müssen. Nicht, dass er irgendein Verlangen danach gehabt hätte, die Nachbarn einzuladen, damit sie die ganze Nacht lang den Leichnam seiner Frau begaffen konnten, aber so war es nun einmal Sitte.

Der Schmerz in seinem Bein, unbestimmt und zaghaft. Nicht in seinem echten Bein, sondern in dem, das der Barbier ihm vor vierzig Jahren abgeschnitten hatte. Was sie wohl mit dem schwarzen Glied angestellt hatten?, fragte er sich jetzt. Lag es irgendwo begraben, vielleicht im Gemüsegarten hinter dem alten Haus in der Back Lane? Er erinnerte sich nur noch an das Geräusch, als die Säge am Knochen abgerutscht war, und wie seine jungenhaften Gedanken sich überschlagen hatten, damals wie jetzt, voller Pläne und Fragen: *Welches Handwerk könnte ich erlernen, für das es keine zwei Beine braucht? Wie soll ich das, was mir fehlt, ausgleichen?* Und dann die eigentliche Frage, die in seinem kindlichen Herzen gepocht hatte: *O Herr, wie wirst du es mir vergelten?*

Nach dem Essen, als Abi seinen unberührten Teller abgetragen hatte, schaute Mr Jones zum ersten Mal seine Tochter an. Schaute auf ihr weiches, molliges Gesicht und in die

Augen, die denen ihrer Mutter so ähnlich waren. Wieso war ihm das nie aufgefallen?

»Fafa«, fragte sie müde, »wo ist Muda hingegangen?«

Die Stille schnürte sie alle ein wie ein Netz. »In den Himmel, Kind.« Tief seufzend brachte er die Worte hervor.

Eine Pause entstand, in der Hetta ihren Finger auf einen Brotkrümel drückte und ihn aufaß. Mrs Ash starrte in ihren Schoß. Daffy schob scharrend seinen Stuhl zurück, als wolle er vom Tisch aufstehen. Dann fragte Hetta: »Ist sie in den Fluss gefallen?«

Die Amme holte tief Luft, so als wolle sie das Mädchen schelten, aber die Antwort des Herrn war sanft: »Nein.«

Eine noch längere Pause. Die drei Erwachsenen starrten das Kind an, als wäre es eine Gewitterwolke, die auf sie zukam.

»Hat eine große Ratte sie aufgefressen?«, fragte Hetta. Sie spielte das Entsetzens-Spiel.

Mrs Ashs Hand schoss vor, um Hetta den Mund zuzuhalten, aber Mr Jones war schneller. Seine Ellbogen spannten die Tischdecke. Er hielt ihr kleines Gesicht in den Händen. Fast berührte seine Nase die ihre. »Nein, es war keine Ratte.«

Hetta versuchte zu nicken. Sie hatte die Wangen eingezogen.

»Es war Mary Saunders, die sie getötet hat. Verstehst du mich, Kind?«

Mrs Ash rutschte auf ihrem Stuhl hin und her, als hätte sie Bauchschmerzen. »Mr Jones ...«

»Kind?«, wiederholte er. Er musste sichergehen, dass Hetta es verstand. Im Augenblick war es ihm egal, wenn es sie entsetzte. Er musste hören, wie die Wahrheit ausgesprochen wurde, und dafür sorgen, dass seine Tochter sie kannte.

»Unsere Magd Mary?«, fragte Hetta, und Tränen glitzerten in ihren Augen.

»Ganz recht. Mary hat deine Mutter totgemacht.«

Die Kleine verzerrte das Gesicht, als hätte er sie geschlagen.

»Sag uns nur eines, und zwar schnell: Hatte die Schwarze ihre Hand im Spiel?«

»Nein«, antwortete Mary, noch bevor sie recht verstanden hatte, was der Schutzmann meinte.

»Die Schwarze hat behauptet, sie hätte die Leiche gefunden. Sie hatte einen Fleck am Ärmel.«

Mary sah einen Hoffnungsschimmer, doch noch entrinnen zu können. Die Lüge, die sie vielleicht rettete, die eine Silbe, an der vielleicht ihr ganzes Leben hing. Die Versuchung tat sich auf wie ein schwindelerregender Abgrund. Wie einfach es doch wäre, ihnen zu geben, was sie wollten, sie glauben zu lassen, dass Abi hinter allem steckte …

Plötzlich war sie von sich selbst angewidert. Reichte ihr ein Mord denn noch nicht? »Nein«, wiederholte sie noch entschiedener.

Der Schutzmann schüttelte Mary durch wie einen Lumpen. »Es wird dir nichts nutzen, die Heidin zu decken.«

»Das tue ich nicht. Ich decke niemanden.«

»War es nicht zumindest die Idee der Schwarzen?«

»Abi hat nichts getan. Und nichts gesagt«, keuchte Mary. »Ich schwöre es. Sie hat nichts gewusst. Niemanden trifft eine Schuld außer mir.«

»Ein sechzehnjähriges Mädchen?«

»Ich bin über und über voll mit dem Blut der Frau!«, kreischte Mary ihn an und wedelte vor ihm ihren schweren Rock. Üppige Spritzer und Flecken lehmbraun getrockneten Blutes besudelten den weißen Samt, die silbernen Schlangen und Äpfel. »Was für Beweise braucht ihr Narren denn sonst noch?«

Mary dachte, danach wäre alles bald vorbei. Aber als sie

dann im Keller des Gerichtshofs wartete, nackt bis auf ihr Hemd und eine Decke, begriff sie allmählich, dass sie sich geirrt hatte. Am Ende des Morgens hatte man beschlossen, ihr anlässlich der jährlichen Sitzungen des Gerichts den Prozess zu machen, aber niemand war auf den Gedanken gekommen, ihr zu sagen, wann das sein würde. Man hatte schließlich keine Eile, das begriff sie jetzt. Sie war nicht wichtig.

Hier draußen am Kerker von Monmouth war sie noch nie gewesen. Sie hatte nie einen Grund gehabt. Er lag weit draußen auf der Hereford Road. Die Schutzmänner brachten sie auf einem Fuhrwerk hin, die Ellbogen hinter dem Rücken gefesselt. Vom Wind lief ihr eine Träne aus dem linken Auge. Ihr Gesicht juckte. Das Fuhrwerk kroch an den wenigen solide gebauten neuen Häusern und ein paar Höfen vorbei. Dann war die Stadt Monmouth zu Ende, und es gab nur noch braches Land. Es kam Mary vor, als käme sie in die Wildnis, in ein Land jenseits aller Zeit.

Was spielte es auch schon für eine Rolle, wohin sie sie gebracht hatten? Ihr Weg war zu Ende. Ihre Geschichte erzählt. Was sie für ihr Leben gehalten hatte, war vorbei, und nichts würde an seine Stelle treten.

Die Beerdigung war am dritten Tag. An diesem Nachmittag war alles auf den Beinen. In der Inch Lane drängten sich die Trauernden. Zum Zeichen des Respekts schickten die Morgans ihre Kutsche und ließen sie an der Ecke zur St. Mary's Street anhalten – machten sich jedoch nicht die Mühe, selbst zu erscheinen, wie Mr Jones bitter enttäuscht feststellte. Nachdem die Männer den Sarg aus dem schmalen Haus gewuchtet hatten, setzten sie ihn auf der Erde ab und richteten Bier und Brot darauf an. Der Zimmermann Dai war es, der aus Mr Jones' geballter Faust den kurzen Strohhalm zog und den Sündenesser geben musste. Er nahm ein Stück trockenen Brotes in den Mund und spülte es mit Bier hinunter. Mr Jones warf ihm einen Sixpence hin, und Dai klaubte ihn aus dem Dreck. Dann traten alle an ihn heran und bespuckten ihn, und Dai schob sich durch die dicht gedrängte Menge und schlurfte davon. »Alle Sünden meines Weibes gehen mit dem Sündenesser davon«, verkündete Mr Jones laut. Er hoffte, dass der Teufel ihn hörte. Er hoffte, dass es stimmte.

Und wer würde seine eigenen Sünden mitnehmen? Was er nicht vergessen konnte, wovon er keiner Menschenseele erzählen konnte, war jener Maiabend hinter dem Crow's Nest, als er seine Kniehose heruntergelassen und dem Ungeheuer nachgegeben hatte, das im Schoß eines jeden Mannes lauerte. Sein Mund war staubtrocken. Was war denn Thomas Jones noch ohne seine Gattin? Doch nur ein alternder Krüppel, ein einbeiniger Tölpel, der sich von einer mageren kleinen Hure hatte hereinlegen lassen.

Er ließ es sich um keinen Preis nehmen, seine Ecke des Sarges anzuheben, gemeinsam mit den drei Vettern seiner Frau und einem Neffen. Er ließ eine Krücke fallen und presste seine Schulter an die glatte Buche. Er wusste, dass er das Fortkommen der anderen behinderte. Jedes Mal, wenn er sich auf seine Krücke stützte und sich nach vorne schwang, hüpfte der Sarg, als versuchte etwas Lebendiges darin herauszukommen. Um den Rand seiner Perücke legte sich eine Dornenkrone aus Schweiß. Er hatte jedes Vertrauen in seine Sinne verloren. Er konnte nicht mehr sagen, ob der Himmel, den die Turmspitze von St. Mary's durchbohrte, grau war oder die Erde unter seinen Füßen braun.

Die Totenglocke war vor der Kirche an eine Eibe gebunden. Prediger Cadwaladyr schlug sie so heftig an, als wollte er vor einer Invasion warnen. Sein Gesicht sah aus wie rohes Fleisch. Hatte er etwa geweint? Er hatte immer schon eine Schwäche für Jane gehabt, fiel ihrem Witwer wieder ein.

Vertrocknete Chrysanthemen, an den Rändern schon braun. Das Südende des Kirchhofs war übersät mit den ausgedörrten Blumen der letzten Beerdigung. Auf der Parzelle der Jones' war über den ganzen Kindersärgen nur noch wenig Platz. Jetzt versammelten sich die Männer auf der linken Seite, die Frauen auf der rechten, genau, wie sie es in der Kirche taten. Mr Jones, aufrecht wie eine Säule, nahm seinen Platz neben dem Grabstein ein, in den eine neue Inschrift eingemeißelt war.

Hier liegen die Gebeine
von Jane Jones,
ermordet.

Er hatte eigentlich noch ein wenig mehr gewollt. Etwas, was sie zumindest ein wenig beschrieb: *tugendhaftes Eheweib und geliebte Mutter* oder *tief betrauert von allen, die sie kannten* oder *die sich durch lauter achtenswerte Taten die ewige Ruhe verdient hat.* Vielleicht sogar: *deren allzu früher Tod den Himmel um Vergeltung anruft.* Aber es war kein Platz mehr auf dem Stein, und jeder Buchstabe hatte seinen Preis. Außerdem hatte Mrs Ash ihn davon überzeugt, dass seine Gattin keine Extravaganz gewollt hätte. Allerdings hatte er darauf bestanden, die Wahrzeichen ihres Gewerbes einmeißeln zu lassen: Spule, Ahle und Schere – und das, obwohl der Steinmetz gegrollt hatte, bei einer Frau sei so etwas nicht üblich.

Eine kühle Brise strich durch die Bäume, ein erster herbstlicher Hauch. »O Gott«, zitierte Cadwaladyr aus seinem zerfledderten Gebetbuch, »ich glaube, dass du aus gerechtem und weisem Ratschluss dem Menschengeschlecht solch unterschiedliche Lagen und Umstände des Lebens beschert hast und dass all die Übel, die uns irgendwann widerfuhren, nur zu unserem Wohle erschaffen wurden.«

Wie schon so oft zuvor hörte Mr Jones diese Worte, und plötzlich glaubte er sie nicht mehr. Zu wessen Wohl sollte denn eben dieses Übel sein, dieser unfassbare Tod? Mr Jones tastete sein Innerstes nach seinem Glauben ab, aber er war verschwunden. Er glaubte nicht weiter daran, dass der Schöpfer ihn für all seine Verluste entschädigen würde. Die Bank war leer.

»*Dort finden Ruhe, deren Kraft ermattet*«, las Cadwaladyr vor, und seine dunkel umringten Augen sahen kurz von der Seite hoch, »*und frei ist der Knecht von seinem Herrn.*«

Aber Jane ist zu jenem Herrn gegangen, von dem nie jemand frei wird, dachte ihr Witwer. Um ihn herum fielen die Leute aus Monmouth in die altvertrauten Verse ein, er aber nannte Gott bei neuen Namen und nicht gerade heiligen.

Schurke.

Hurensohn.

Scheißhaufen.

Die heilige Übereinkunft, die getroffen worden war, als sich die Säge in das Bein des Jungen gefressen hatte, galt nicht mehr.

Andererseits, wie konnte er beweisen, dass es eine solche Übereinkunft überhaupt je gegeben hatte? Der Schöpfer sprach nicht, jedenfalls nicht in Worten. Nicht vor vierzig Jahren und auch heute nicht. Was für ein Narr der kleine Thomas doch gewesen war, dass er Gottes Schweigen für Zustimmung gehalten hatte.

In Mr Jones' Ohren rauschte es. Jetzt wurde der Sarg herabgelassen, bis ganz nach unten, er stieß gegen die anderen. Mr Jones trat mit der ersten Handvoll Erde heran. Er schleuderte sie so fest hinab, als wolle er sein Weib aufwecken oder seinen Schöpfer oder irgendjemanden, damit ihm geantwortet wurde.

Der arme Mann, dachte Mrs Ash. Das Mitleid schmeckte auf ihrer Zunge wie Zucker.

Nicht, dass es ihr an Mitgefühl gefehlt hätte. In den drei Tagen und Nächten, seit sie den rot besudelten Leichnam auf dem Küchenboden hatte liegen sehen, hatte sie immer wieder geweint. Noch immer raste ihr von dem Schock dieses Anblicks der Puls. Nicht zu fassen! *Wir wissen weder Tag noch Stunde.* Natürlich trauerte sie um Mrs Jones, die nicht die schlechteste Herrin gewesen war, weiß Gott nicht. Ohne ihre leichtfüßigen Schritte würde das Haus sich hohl und leer anhören.

Was für eine Unverfrorenheit vom Prediger Cadwaladyr, sich da fromm wie ein Mönch hinzustellen, wo doch die Schillinge in seinen Taschen von der Zuhälterei einer Mörderin stammten! Gestern war Nance Ash die fünf Meilen bis zum Haus des Vikars gelaufen, um ihm von der schändlichen Beziehung seines Hilfspredigers zu dem Mädchen zu berichten, das Mrs Jones getötet hatte. Aber zu ihrer Demütigung hatte der ihr erklärt, Cadwaladyrs Handlungen als Wirt des Crow's Nest unterlägen nicht der Aufsicht der Kirche – und der Fall sei auch ohne ihre Einmischung schon schlimm genug.

Denn sterben müssen wir zwar
und sind wie Wasser, das auf die Erde geschüttet wird
und das man nicht wieder fassen kann.
Aber Gott will das Leben nicht wegnehmen.

Nance Ash nickte mit fromm gesenktem Haupt. Es gab einen verborgenen Plan, einen Grund für all diese Gräuel, auch wenn die meisten Sterblichen zu blind waren, um ihn zu erkennen.

Unter ihren Rippen spürte sie eine Freude. Es war nur ein kleiner, vertrockneter Kern, aber trotzdem Freude. War sie jetzt gekommen, die Stunde der Erlösung? Würde die Dienerin jetzt ihren gerechten Lohn erhalten?

Jemand muss sich ja schließlich um Mr Jones kümmern, sagte sie sich. Der Mann musste auf jeden Fall wieder heiraten, zu seinem eigenen Wohle und dem des Kindes. Ein tugendhaftes Weib, jemanden, der alt genug war, seine Last mit ihm zu tragen. Aber vielleicht immer noch jung genug, um ihm einen Sohn zu gebären.

Nance Ashs Herz klopfte. Sie schämte sich nur ein wenig, dass sie einen solchen Gedanken schon so früh zuließ. Sie drückte ihn an ihr Herz. Mit gesenktem Kopf betete sie darum, dass aus Bösem Gutes erwachsen möge. Verstohlen warf sie Mr Jones einen Blick zu und kaute auf ihren Lippen, damit sie röter wurden.

Die Totengräber standen für das Schaufelgeld an der Tür. Die Trauernden, die einer nach dem anderen hinauskamen, gaben ihnen mehr, als sie sich leisten konnten, zum Zeichen des Respekts.

Daffy blieb da, bis alle weg waren, und nestelte an dem Papiertütchen in seiner Tasche herum. Die Kühle der leeren Kirche ließ ihn zittern. Seit drei Tagen fühlte er sich, als hätte er Fieber. Dass er sich mit einer Mörderin eingelassen hatte … dass er um ein Haar ein Ungeheuer geheiratet hätte … Wieder schloss er die Augen und dankte seinem Schöpfer.

Die Erde vom Skyrrid in seiner Tasche war feucht. Er verteilte eine Handvoll auf dem Sarg im offenen Grab, damit seine Herrin leichte Ruhe fände. Nicht alles, Gott behüte. Er behielt eine ordentliche Portion, für den Fall, dass im Winter der Husten wiederkam. Man sollte immer ein wenig in Reserve haben, das wusste er. Schließlich konnte man sich nie sicher sein, welche Übel einen erwarteten.

Draußen in der Sonne klopfte er sich gerade den Bergstaub von den Händen, als er spürte, dass jemand neben ihm ging. Blondes Haar, ein rosa Gesicht mit Sommersprossen. Er starrte seine Kusine Gwen an. Seit Monaten hatten sie kein Wort mehr gewechselt.

»Daffy«, murmelte sie.

»Gwyneth. Eine schöne Trauergesellschaft«, fügte er hinzu, um ihnen über die peinliche Stille hinwegzuhelfen.

Ihr geflochtenes Haar war voller Licht. Sie nickte, die blassen Augen niedergeschlagen. »Sie war sehr geachtet, deine Herrin.«

»Nie habe ich einer besseren gedient«, erklärte Daffy.

Nach einer kleinen Pause sagte Gwen: »Wie ich höre, haben sie das Mädchen gefangen.«

»Ja.« Er verlangsamte den Schritt. Ihm wurde übel.

»Du musst sie ja besser gekannt haben als die meisten anderen«, sagte seine Kusine, ohne ihre Neugier zu verbergen.

Er zuckte nur kurz resigniert mit den Achseln.

»Hättest du das je von ihr gedacht?«, fragte sie mit leuchtenden Augen.

Daffy wollte schon den Kopf schütteln, hielt dann aber inne. »Wenn ich jetzt darüber nachdenke«, sagte er unwillkürlich, »sie hatte immer so etwas an sich.«

Gwen riss die himmelblauen Augen auf. »Etwas Böses?«

»Nein, nein.« Er dachte darüber nach, während er ein wenig näher neben ihr weiterlief. »Aber irgendetwas, das nicht zu einer Dienstmagd passte. Sie war … ein Störenfried.«

Gwen ließ ein längeres Schweigen zu. Dann murmelte sie: »Wenn man auf das Gerede der Leute hört …«

»Dann?«

»Dann hat sie … na ja … du weißt schon, mehr als eine Art gekannt, wie man sich einen Penny verdient.«

»Davon habe ich nie gehört«, sagte Daffy und hielt die

Augen auf die Menge gerichtet, die sich vor ihnen ausbreitete. Dann wandte er sich um und sah seine Kusine hart an. »Was genau meinst du?«

Ihr Gesicht nahm eine höchst anmutige, lachsrote Färbung an. »Einzelheiten weiß ich nicht.« Er merkte es immer, wenn sie log. »Aber es hat etwas mit einer Schenke zu tun. Und mit Durchreisenden.«

Daffy machte einen Moment lang die Augen zu, und plötzlich sah er sie vor sich, Mary Saunders, den Apfelweinkrug in der Hand, wie sie beinahe jeden Abend bei Wind und Wetter zum Crow's Nest gelaufen war, um Mrs Jones gefällig zu sein. Ihre schwarzen Augen, ihre großen Schritte. Aber natürlich. Vor lauter Scham glühte seine Haut. Trotz all seiner Bücher hatte er nicht die Geschichten lesen können, die hell wie der Tag in den Gesichtern der Menschen um ihn herum geschrieben standen.

Jetzt spielte es keine Rolle mehr. Er musste das Thema wechseln, bevor er sich noch verriet. Er wandte seinen Blick Gwen zu, den sanften Rundungen unter ihrem geflickten lavendelfarbenen Kleid. Warum sollte er sie nicht noch einmal ausgiebig in Augenschein nehmen, bevor der Kastrierer Jennett sie in seine stinkenden Hände bekam. »Und? Weißt du schon den Tag?«, fragte er so höflich, wie er konnte.

»Den Tag?«

Wie ein Kind mit Schorf wusste er, dass er an dieser Sache besser nicht kratzte. Trotzdem fuhr er fort: »Den Tag deiner … deiner …«

Sie unterbrach ihn, bevor er das Wort aussprechen musste. »Oh, nein.«

»Nein?«, fragte er mit vor Überraschung hoher Stimme nach.

»Das hat sich erledigt.«

Daffy blieb wie angewurzelt stehen.

Schon wieder färbten sich ihre Wangen hochrot. »Jennett ist nach Norwich gegangen«, erklärte sie, »um eine Witwe mit einer Bäckerei zu heiraten.«

Daffy nickte auf eine Weise, von der er hoffte, dass sie mitleidsvoll aussah. Ein Funken fiel auf den Kienspan seines Herzens, blieb dort liegen und glomm. Daffy fühlte sich, als könne er in Flammen aufgehen. Er fühlte sich, als könne er im nächsten Moment vor lauter Aufregung mitten auf der Straße umfallen.

Ohne noch weitere Worte zu riskieren, gingen sie gemeinsam die Straße hinauf bis zum Haus der Jones', wo Daffys Herr dastand wie ein vom Blitz getroffener Baum und die Beileidsbekundungen der Nachbarn entgegennahm.

Abi nahm nicht an der Beerdigung teil. Als Rhona Davies gekommen war, um bei der Familie für die Trauerkleidung Maß zu nehmen, war Abi in ihrer Kammer geblieben und hatte nicht herunterkommen wollen. Deshalb beobachtete sie den Trauerzug jetzt vom Dachbodenfenster aus.

Sie hatte gehört, wie Mr Jones Hetta vom Himmel erzählt hatte, aber das waren Geschichten für Kinder. In Wahrheit würde man Mrs Jones in ein Loch auf dem Friedhof legen, und ihr Geist würde in die Erde übergehen. Wenn allerdings sie selbst einmal starb, dann würde sie in ihr eigenes Land zurückkehren, das wusste Abi. Manchmal sehnte sie sich danach: nach der flirrenden Hitze, den satten Farben. Immer vorausgesetzt, dass ihr Geist auch den Weg fand.

In der Gasse hinter dem Haus stachen einige Männer gerade ein Schwein ab. Abi wartete, dass das Quieken aufhörte. Jedes Jahr verriet ihr dieser Lärm, dass der Winter nahte und das Vieh geschlachtet werden musste. Als sie Luft holte, stieg ihr aus der Gasse der Gestank der Gerbergruben in die Nase, in denen frische Schweinehäute langsam zu Leder schrumpften. Das Fleisch für die Fastenzeit musste gepökelt werden. Bald würden die Vögel am Himmel kreisen und sich auf ihren Zug vorbereiten.

Zeit zu gehen.

Genau in dem Moment, als Mr Jones in sein Haus stolperte und die Vordertür vor der Menge verschloss, huschte Abi durch die Hintertür hinaus. Unter ihrem linken Arm trug sie die Tasche, die Mary Saunders in ihrer beider Schlafkammer zurückgelassen hatte, angefüllt mit bunten, hauchdünnen Gewändern, in denen Abi Mary nie gesehen hatte. So etwas schienen die Frauen in London wohl zu tragen.

In ihrem Lederkorsett versteckt waren fünf Pfund in Silbermünzen, die die Quäker ihr gegeben hatten, nachdem sie sich einen Monat lang immer wieder getroffen und die Angelegenheit in aller Stille beratschlagt hatten. Sie hatte Daniel Flyte gefragt, wann er und seine Gesellschaft die Rückzahlung erwarteten. Da hatte er seltsam gelächelt und gesagt: »Nicht in diesem Leben.«

Jetzt schnürte die Angst ihr die Kehle zu wie ein Messingkragen.

Würde man sie verfolgen? Sie wusste es nicht. Alles hing von Mr Jones ab. Vielleicht war er ja zu sehr in seiner Trauer versunken, um an irgendetwas anderes als seine Frau zu denken. Aber vielleicht sah er Abis Flucht ja auch als einen weiteren Verrat an und rief die bestellten Sklavenfänger aus Bristol, damit sie sie in Fesseln zurückbrachten. Falls es Verfolger gab, so vermutete sie, dann würden sie damit rechnen, dass sie John Nibletts Kutsche nach London nahm. Doch Abi würde stattdessen in Chepstow ein Boot nehmen, den Severn hinab- und dann entlang der Küste weiterfahren. Sie hatte sich alle Sätze zurechtgelegt, die sie sagen musste: *Ich bin für meinen Herrn unterwegs. Fahrt nach London bitte. Hier habe ich Geld.* Die Quäker hatten ihr eine Karte gezeichnet. Die Wörter darauf konnte sie nicht lesen, aber sie konnte auf die richtigen Straßen zeigen.

Daniel Flyte hatte ihr versichert, dass sie in London sicherer sein werde, sich aber vor den Sklavenfängern in Acht nehmen müsse, besonders wenn nach ihr gefahndet würde. Er hatte ihr einen oder zwei Steckbriefe aus den Zeitungen vorgelesen, und seine Stimme hatte dabei vor Empörung gezittert. *Ihrem Herrn am 15. September entlaufen,* würde ihrer vielleicht lauten, *eine gewisse Abi Jones, etwa dreißig Jahre alt, mit einer Narbe auf der linken Hand. Wer immer Mr Thomas Jones über der Robin Hood Tavern in Monmouth etwas über ihren Verbleib mitteilt, soll für seine Mühe eine Belohnung von zwei Guineen erhalten.*

Aber sie wusste, dass es in der großen Stadt noch andere schwarze Gesichter geben würde, und im Allgemeinen konnten Weiße die Schwarzen nicht auseinanderhalten. Daniel Flyte hatte ihr einige Adressen gegeben, wo man sie vielleicht für eine Nacht aufnahm, von Sympathisanten dessen, was er *die Sache* nannte.

Abi hatte keine Ahnung, was sie in London erwartete. An jeder Wegbiegung erwartete sie, ausgeraubt, vergewaltigt und zum Sterben liegen gelassen zu werden. Aber eines wusste sie: Hier gab es nichts mehr, wofür es zu bleiben lohnte. Eine innere Stimme rief ihr zu: *Lauf!*

Marys Kleid war ein zerschlissener brauner Fetzen, den man ihr bei ihrer Ankunft im Kerker von Monmouth gegeben hatte. Sie fragte sich, woher es stammte. Vielleicht von einer Frau, die es für einen Schnaps verkauft hatte oder gar darin gestorben war? Kleider überdauerten die Menschen, so viel wusste sie. Auf Kleider war mehr Verlass. Mary fragte sich, was sie wohl mit dem Slammerkin aus weißem Samt gemacht hatten. Er war aus einem guten Stoff, zu gut, um ihn wegzuwerfen. Hatte jemand versucht, das Blut auszuwaschen oder wenigstens die brauchbaren, fleckenlosen Stücke aus dem bestickten Samt der Schleppe herauszuschneiden und aufzuheben?

Ungehindert wehte die feuchte Herbstluft in den Tagessaal, durch ein Fenster hinein und das andere wieder hinaus. Hier, hoch oben über der Stadt, existierte keine Zeit, nur Wetter. Manchmal hörte sie jemanden irgendwelche Daten erwähnen, und dann fiel ihr wieder ein, was sie früher bedeutet hatten, aber jetzt war der Kalender für sie nur noch ein Kindermärchen. An Halloween stand der Geruch von Freudenfeuern in der Luft. An Allerseelen stellte Mary sich vor, wie die Leute von Monmouth all die Gräber auf dem Kirchhof mit frischem Immergrün bedeckten. Das Grab von Mrs Jones sah inzwischen wahrscheinlich schon genauso aus wie die anderen. War vielleicht der Sinn dieses Allerseelenrituals, die Toten unter Moos und Schlamm zu verbergen, dass man damit den Prozess des Vergessens beschleunigte, bis die Erinnerung nur noch ein Morast und alles Feste im nassen, ebenen Erdgrund begraben war?

Mary versuchte zwar, keine Erinnerungen hochkommen zu lassen, doch sonst gab es nichts zu tun. Ihre ganze kurze Vergangenheit überrannte sie, bis hin zu jenem Tag, an dem die Taschendiebin versucht hatte, ihr das rote Band wegzunehmen. Tagsüber konnte sie wenigstens aus dem Fenster schauen. Die Felder waren jetzt rostbraun, der Winter stand bevor. Noch nie hatte Mary eine solche Erdfarbe gesehen. Hatte ihr Verbrechen die ganze Welt befleckt?

Im Nachtsaal, wo alle Gefangenen zusammengedrängt wurden wie zerquetschtes Obst, warteten die Bilder auf Mary. Hier gab es überhaupt keine Regeln. Nicht einmal zu überleben war Pflicht. Wer wollte, drehte vielleicht einfach sein Gesicht zur Wand. Manchmal, wenn Mary in der Finsternis erwachte und all die Leiber um sich herum roch, verfiel sie kurz dem Irrglauben, sie wäre wieder in der Rookery und wartete darauf, dass Doll heimkehrte. Sie hatte ihr altes Ich wiedergefunden, das gesetzlose. Sie konnte sich nicht vorstellen, jemals rein gewesen zu sein oder je zu einer Familie gehört zu haben. Diese Ketten waren endgültig gesprengt.

Sie stand neben dem Fenster des Tagessaals und lauschte auf die Krähen. Ein Vogel allein hörte sich schroff an wie ein Riss im Himmel. Fünf drehten rastlos ihre Kreise. Aber bei mehr als zehn wurden die Schreie in der Ferne sanfter, und das Dämmerlicht begann zu schimmern und zu flirren. Jetzt endlich begriff Mary, warum die Krähen so unablässig krächzten. Um zu beweisen, dass sie da waren.

Im Dezember wurden zwei Fälscher eingekerkert. Sie erboten sich, Mary einen dicken Bauch zu machen, damit ihr der Strang erspart blieb. Sie erklärte ihnen, dass sie unfruchtbar war, aber die beiden hörten nicht hin. Sie nahmen sie auf der Erde, ein Stück Kohle bohrte sich ihr in den Rücken. Mary fragte sich, warum irgendjemand in einen Körper wie ihren eindringen wollte, ein Grab aus Fleisch.

Sie wusste nicht, wann sie sterben würde. Aber dass sie sterben würde, wusste sie. Entweder im Nachtsaal, das Gesicht in die Erde gedrückt, oder an einem Strick baumelnd auf dem Marktplatz. Dagegen aufzubegehren kam ihr nicht in den Sinn. Sie war weiter entfernt von den Lebenden als von den Toten, und den Weg zurück fand sie nicht mehr. An den schlimmsten Tagen sehnte sie sich nur noch danach, über diesen Winter hinwegzuspringen wie ein Stein über einen See. Der vage Wunsch, die Zeit möge – so wie im letzten Jahr ihres Vaters auf Erden – einen Satz nach vorn machen und ganz plötzlich der Tag ihres Todes da sein.

Des Nachts ertappte Mary sich oft dabei, wie sie mit ihrem Vater sprach. Plötzlich war es einfach, das zu tun, was sie noch nie getan hatte: Cob Saunders zu verzeihen. Seine Verrücktheit, seine unverschämten Erwartungen, die Art, wie er für elf gestohlene Tage sein Leben weggeworfen hatte. Mary wusste jetzt, dass der Tod mit dem Gesicht eines gewöhnlichen Fremden durch die Menge streifte und einem ohne Vorwarnung auf die Schulter tippte. Da war es doch besser, man lief in seine Umarmung.

Es war nicht so, dass sie mit besonderer Leidenschaft zu sterben wünschte. Sie atmete immer noch alle verfügbare Luft ein und aß das bisschen, das sie zusammenkratzen konnte, wenn auch vor allem, um etwas zu tun zu haben. Es war eher so, dass sie nicht länger glaubte, wirklich am Leben zu sein oder irgendetwas Wertvolles in der Welt zurückgelassen zu haben. Jeder, den sie je geliebt hatte, hatte sie verlassen, und immer durch ihre eigene Schuld. Sie hatte ihrer Mutter das Herz gebrochen, Doll im Stich gelassen und die Herrin getötet, die sie geliebt hatte. Das machte es schwer für Mary, sich eine Zukunft vorzustellen, für die es sich lohnte, am Leben zu bleiben.

Spät am Dreikönigstag war der ganze Himmel von einer Finsternis überzogen wie von vergossenem Pech. Die Wachen waren betrunken. Noch immer waren sie nicht gekommen, um die Gefangenen in den Nachtsaal hinaufzubringen. Gegen die Kälte in eine halbe Decke gehüllt, stand Mary am Fenster. Das einzige Licht kam von einer Laterne in einer Zellenecke, wo Gefangene zusammengedrängt über einem Würfelspiel hockten. Der gelbe Schein ergoss sich in die Nacht und verlor sich dort. Mary spürte ihre Finger nicht. Eine Hand war in die Decke verkrampft, die andere um die Gitterstäbe gewunden. Wenn sie noch länger hier stehen blieb, würden die Wachen sie wie Efeu losreißen und ihr dabei die spröden Finger brechen müssen.

Endlich wurde ihr klar, dass das, was sie für das Blöken der Schafe vor der Stadt gehalten hatte, ein Chor von Stimmen war, den der Wind fast verwehte. Sie hörte Männergesang näher kommen, konnte aber kein Wort des Liedes verstehen. Dann hörte die Musik auf, und einen Moment lang hörte man nur noch das Scharren der Füße auf der kalten Straße vor dem Kerker. Mary legte den Kopf an die Gitterstäbe, konnte aber in der Dunkelheit nichts erkennen. Der Himmel drückte ihr auf die Augen. Unten wurde an die Tür gepocht.

Was sich da vor dem Fenster aufbäumte, war ein Albtraum, den Mary noch nie gehabt hatte. Das Pferd war schneeweiß und trug statt eines Fells nur Knochen. Die Zähne waren in unergründlichem Entzücken gebleckt. Sein Körper war eine Wolke, die sich in der nächtlichen Brise kräuselte. Also kommt er mich jetzt doch noch holen, dachte Mary. Der Schimmel aus ihren Träumen, der triumphal durch die Menge trabte. Er machte sein großes Maul auf und wieder zu, die Zähne klapperten.

Sie musste wohl unwillkürlich geschrien haben, denn plötzlich drängten sich alle möglichen Gefangenen ums Fenster und versuchten einen Blick zu erhaschen. Mary wurde gegen die Stäbe gedrückt, die Male auf ihren Rippen hinterließen. Sie stemmte ihren Fuß gegen die Wand, aber die Menge gab nicht nach. Mit jedem neuen Anbranden, jedem Stoß schwankte ihr Körper vor und zurück. Kaum eine Armeslänge von ihr entfernt starrte das Pferd sie aus glitzernden Augenhöhlen an.

»Es ist die Mari«, rief ein Alter hinter ihr.

Und dann erklang wieder das Lied, diesmal wurde es von drinnen erwidert, überall um sie herum, in den rauen Stimmen der Verurteilten, und von unten hörte Mary Schellen und Tamburine und den Refrain. Sie konnte kein Wort verstehen. Er war ebenso sinnlos wie das mahlende

Gebiss des Pferdes, das, wie sie jetzt sah, auf einem Stock kaute. Unter den papiernen Ohren des riesigen Tieres hingen grüne Bänder wie Zügel, und die Augenhöhlen waren voller Glassplitter. Es fing an herumzutanzen, und plötzlich konnte Mary den Mann darin erkennen, dessen Beine unter dem gebleichten, bis in den Morast hängenden Laken aussahen wie die eines Insekts. Er wurde von seinen Kameraden umringt, die schlammverschmierte Gesichter trugen. Jetzt grölten sie noch lauter, einer mit einer Fiedel, ein anderer als Hexe verkleidet. Und alle drehten sie sich im Kreis wie Menschen, die von Bienen verfolgt wurden.

Als das Lied vorbei war und die Mummen ihre Mützen hochhielten, regnete es aus dem winzigen Fenster Pennys herab. Bald darauf trollten sich die Sänger. Die Menge verlief sich, die Menschen machten sich wieder auf den Weg zurück in die Stadt. Die Fiedel verhallte zu einem weit entfernten Krächzen.

Der Alte hinter Mary vergrub seinen Kopf in ihrer Decke. Sie drehte sich um und stieß ihn weg. Sein Gesicht war in Tränen aufgelöst. Ohne jemand Bestimmten anzureden, flüsterte er: »Hätte ich nie gedacht. Hätte nie gedacht, dass ich es noch einmal erlebe, wie sie die Mari rausholen.«

Dann kamen die Wachen, um sie in den Nachtsaal zu treiben.

Der Fall Saunders wurde für den ersten Sitzungstag des Gerichts von Monmouth im März 1764 anberaumt. Seit sechs Monaten war Mary nicht mehr im Freien gewesen. Auf dem Karren, der sie vom Kerker in die Stadt brachte, kniff sie im grellen Frühlingslicht die Augen zusammen. Seit einigen Tagen hatte sie nicht mehr richtig geschlafen oder gegessen und nahm daher alles nur wie betäubt wahr. Das Gras unter den rasselnden Rädern war nass.

Wie ging noch gleich das Gebet, das sie in der Schule gelernt hatte?

O Herr, in dem mein Heil ich finde,
Vertreibe mein' Sünd' in alle Winde.

Der Frühling drang Mary in die Nase. Die Felder waren mit Mist gedüngt.

Der Gerichtshof am Marktplatz hallte von Stimmen und trappelnden Füßen wider. Als alle Bänke mit den achtbaren Stadtbewohnern gefüllt waren, mussten die Wachen die Türen verriegeln, um das Gesindel auszusperren. Zwischen zwei Wachen hinkte Mary ins Gericht.

Erst als sie ihn hörte, hob sie den Kopf. Da stand Mr Jones, zeigte mit dem Finger auf sie und kreischte höher als ein Weib: »Mörderin! Mörderin!«

Der Hammer des Richters zeigte keine Wirkung.

»Mörderin!«

Die Wachen mussten ihn mit Gewalt hinausbringen. Mary sah stumm zu, spürte aber in ihrer Brust einen Funken Leben aufglimmen. So sehr gehasst zu werden erinnerte einen wieder daran, dass man existierte. Auf dem Gang konnte sie Mr Jones immer noch schreien hören.

Die Advokaten waren am meisten an den Einzelheiten dessen interessiert, was sie *dieses höchst gräuliche Verbrechen* nannten. Die Verletzungen am Hals der Dahingeschiedenen – entstammten sie zwei, drei oder vier Hieben? Die fünf Pfund, drei Schillinge und ein Sixpence, die man bei der Gefangenen konfisziert hatte – in welchen Münzen?

Erst spät am Tag kamen sie endlich zu der Frage, warum. »Wenden wir uns nun vom Mittel dem Motiv zu«, sagte der Richter zur Rechten und räusperte sich mit einem schleimigen Rasseln. »Mary Saunders, kannst du uns irgendeine Rechtfertigung für deine ruchlosen Taten nennen?«

Rette dich, du dummes Aas, drängte Doll sie im Geiste. Also machte Mary den Mund auf und fing an, wie eine Irrsinnige zu jammern. »Ja, Sir. Das kann ich, Sir. Ich bin eine arme, elende, misshandelte Kreatur, Sir.«

Eine weiße Augenbraue hob sich.

Mary erzählte dem Gericht, dass Mrs Jones die denkbar grausamste Herrin gewesen sei. Sie habe Mary bis aufs rohe Fleisch geprügelt, ihr Nadeln unter die Fingernägel gesteckt und das Erbe von Marys toter Mutter gestohlen. Mr Jones habe sie gezwungen, jede Nacht bei ihm zu liegen, sie mit einer schändlichen Krankheit angesteckt und ihr gedroht, sie in Stücke zu hacken. Mary kreischte und schrie und erzählte dem Gericht all die entsetzlichen Dinge, die sich in der Inch Lane hinter verschlossenen Türen zugetragen hätten.

Die Menge machte zwar »Oh« und »Ah«, aber trotzdem merkte Mary, dass keiner ihr auch nur ein Wort glaubte.

Schließlich sackte Mary wieder wie betäubt in sich zusammen. Sie hatte nichts mehr zu sagen.

Der Richter zur Rechten wachte plötzlich auf und rieb sich die wässrigen Augen, um sie anzusehen. »Gibt es irgendeinen achtbaren und vermögenden Menschen, der vor Gericht den guten Charakter der Gefangenen bezeugen kann?«

Sie schüttelte den Kopf.

»Hat die Gefangene Reue gezeigt?«

Mary wusste, dass das ihre letzte Chance war. Es war wie beim Aufnahmetag im Magdalen. Diese Männer wollten nicht die Wahrheit, sie wollten eine rührselige Geschichte. Aber wenn sie dein Leben in ihren Büchern niederschrieben, dann immer nach ihren Regeln.

»Empfindest du Scham oder Bedauern?«

Mary kaute auf ihren Lippen.

»Lässt du denn nie den Kopf hängen und weinst?«, fragte der Richter verärgert.

Sie räusperte sich. »Manchmal.«

Das war offensichtlich nicht die richtige Antwort.

»Wenn du weinst«, half er nach, »ist es dann aus echter Reue oder nur aus Selbstmitleid?«

»Aus Reue.«

»Und was bereust du?«

Mary tat der Nacken weh, weil sie die ganze Zeit zu ihm aufschauen musste. Im Kerker hatte sie munkeln gehört, dass sie, wenn man es nur hinbekam, dass man ihnen richtig leidtat, das Urteil vielleicht in die Deportation nach Amerika umwandelten. Aber wenn sie sich ein solches Land vorzustellen versuchte, sah sie gar nichts vor sich. Sie dachte an Abi, wie sie vornübergebeugt in der Mittagssonne Zuckerrohr bündelte. Sie wagte kaum zu atmen. Sie war ehrlich, ganz als redete sie mit sich selbst. »Der Slammerkin.«

»Lauter!«

»Ich bereue das mit dem Kleid.«

»Was für ein Kleid?«

»Ein Slammerkin aus weißem Samt, mit Silberfaden bestickt«, erklärte Mary langsam und überdeutlich.

»Das Kleid, das du trugst, als du verhaftet wurdest? Das Mrs Morgan gehört?«, fragte einer der Advokaten.

»Es gehört mir.«

»Wie das? Wieso soll es dir gehören, Gefangene?«, fragte er.

»Ich habe es bestickt.« Nur mühsam brachte sie die Worte hervor. »Ich habe es mir verdient.«

»Du hast deine Dienstherrin wegen eines Kleidungsstücks umgebracht?«

Von der Menge kam ein ausgedehntes Zischen. Mary versuchte sich an den Moment zu erinnern, als Mrs Jones ihr das Kleid von der Schulter gerissen hatte. Sie zuckte nur mit den Achseln. Plötzlich war sie zu erschöpft für irgendwelche Erklärungen.

»War es wegen des Geldes, das es einbringen würde?«

Vom hellen Licht der Kerzen an allen Wänden schwindelte ihr der Kopf. Der Advokat verschwamm vor ihren Augen. Sie schmolz, sie zerfloss. Er verstand es nicht. Keiner dieser betuchten Männer verstand es. Ihre Roben waren mit dem edelsten Pelz besetzt, und sie merkten es nicht einmal. Seit Monaten hatte Mary nicht mehr so viele Worte auf einmal gesprochen. Sie räusperte sich und unternahm einen letzten Versuch. »Sie hätte mir nicht wegnehmen sollen, was meins war«, erklärte sie schroff.

»Wer ist diese Person, von der du sprichst?«

Mary versuchte, den Namen der Toten auszusprechen, aber ihre Kehle war wie zugeschnürt. »Es gehörte mir«, konnte sie nur wiederholen.

Die Gesichter der Männer waren vollkommen ausdruckslos. Die Advokaten und Richter in ihren verstaubten schwarzen Roben stellten ihr keine Fragen mehr. Sie zankten sich herum wie Vögel.

»Es wird doch keiner bestreiten wollen, Gentlemen«, begann einer, »dass, wenn ein Priester einen Bischof tötet, ein Mann sein Weib oder ein Diener seinen Herrn, dass dieses Verbrechen vom Naturgesetz insofern als eine Art Verrat angesehen wird, als es die natürliche Ordnung der Autorität umkehrt. Deshalb muss das Mädchen brennen.«

»Aber da Mrs Jones nicht die Herrin war«, wandte ein anderer ein, »sondern nur die Gemahlin des Herrn, ist das Verbrechen ein einfacher Mord, und das Mädchen sollte nur hängen.«

Ein Gähnen. Der Richter zur Linken war wieder aufgewacht. Aus der Masse der Gesichter erhob sich eine versöhnliche Stimme. »Gentlemen, wie wäre es, wenn wir sie zunächst hängen und dann verbrennen?«

Von überall einverständiges Nicken.

Mrs Ash hielt Hettas Hand fest umklammert, damit sie sie nicht in der Menge verlor, die sich am Morgen der Hinrichtung auf dem Marktplatz versammelte. Das Kind wollte seine Finger herauswinden, aber die Amme packte sie nur umso fester. Während sie an der schmalen Einmündung der Stepney Street nach dem Karren Ausschau hielt, der die Gefangene vom Kerker herunterbringen sollte, lächelte sie schmal. Mrs Ashs Lippen bewegten sich im Gleichklang mit dem göttlichen Wort.

Zuletzt aber ist sie bitter wie Wermut,
Scharf wie ein zweischneidiges Schwert.
Ihre Füße gehen hinunter zum Tod,
Ihre Schritte streben der Unterwelt zu.

Wenigstens würde dieser Tod einen Sinn haben, anders als so viele andere. Seine Botschaft würde so offen zutage liegen wie die fett gedruckte Moral in einem Märchenbuch: Am Ende wurde immer der Gerechtigkeit Genüge getan.

Der Amme tat der Rücken weh. Schon seit dem Morgengrauen wartete die Familie auf dem Marktplatz. Das hieß, was von der Familie noch übrig war: sie, Hetta und Mr Jones. Der Hausknecht Daffy hatte sich in unziemlicher Hast eine andere Stellung gesucht, und die Sklavin Abi war ohne die geringsten christlichen Gewissensbisse weggelaufen. Mrs Ash war der Ansicht, sie hätten einen Steckbrief auf sie veröffentlichen sollen, aber Mr Jones war nicht dazu zu bewegen gewesen. »Lasst sie gehen«, hatte er gemurmelt, »lasst sie alle gehen.«

Aber die verbliebene Familie würde notfalls den ganzen Tag warten, wenn man nur am Ende das Mädchen hängen sah. Warten war Nance Ashs Stärke. In den vergangenen sechs Monaten, einer Zeit der Erschütterung und des Verlusts, hatte in ihr stets eine kleine Flamme der Hoffnung gebrannt. Zumindest wartete sie, nachdem sie so viele Jahre einfach nur gewartet hatte, nun gezielt darauf, dass man ihr eine Frage stellte.

Durch ihre schütteren Wimpern hindurch schielte sie zu dem Mann neben sich hoch. Reglos wie ein Pfosten stand Mr Jones da. Seine Krücken schienen sich eher auf ihn zu stützen als er sich auf sie. Das Kind wartete zwischen den beiden Erwachsenen. Sie bildeten ein perfektes Dreieck.

Die Worte lagen schon in der Luft, davon war Mrs Ash überzeugt. Sie blähten sich wie hinter einer Membran. Irgendwann in den nächsten Tagen würde Mr Jones die Frage stellen. Vielleicht ganz unverblümt, vielleicht auch mit einer zarten Andeutung. Vielleicht würde sie sich platt anhören, vielleicht aber auch ihre brennenden Augen mit Tränen füllen. Aber ganz gewiss würde sie sie erkennen, wenn sie sie hörte.

Oder sollte ich vielleicht selbst davon anfangen?, fragte sie sich. Männer waren ja solche Feiglinge. Hetta riss sich von der schwitzigen Hand der Amme los und verbarg sich hinter dem Bein ihres Vaters. Mr Jones blickte abwesend nach unten.

Mrs Ash ergriff die Gelegenheit beim Schopf. »Sie braucht eine Mutter«, sagte sie.

Der Schmerz huschte dem Mann übers Gesicht wie eine Eidechse.

Kurz bedauerte sie, ihn entfacht zu haben, doch dann setzte sie nach. »Ich würde mich nie in Eure Trauer einmischen wollen, Mr Jones, aber habt Ihr schon einmal in Erwägung gezogen …«

Hatte er Nance Ash in Erwägung gezogen? Jemals? Hatte er sie in all den Jahren, die sie unter einem Dach gelebt hatten, auch nur einmal ernsthaft in Erwägung gezogen, ihre vielen unschätzbaren Qualitäten erkannt, ihren Wert, kostbarer als Rubine?

Sie drängte weiter. »Um Eures Kindes willen. Eurer Kinder willen …« Sie kam ins Stocken. »Derer, die noch nicht geboren sind.«

Er starrte sie an. Die Ringe unter seinen Augen waren beinahe schwarz. »Ihr glaubt, ich sollte mich neu vermählen, Mrs Ash?«, fragte er vage.

Sie nickte gravitätisch. Sie durfte jetzt nicht zu begierig wirken. »Vielleicht ist das Gottes verborgener Ratschluss.«

Mr Jones zuckte mit den Achseln, als seien die Ratschlüsse seines Schöpfers ohne Belang. Sein Blick war zum Zimmermann auf dem Galgenpodest zurückgekehrt. Er hob Hetta auf seine Schultern, damit sie besser sehen konnte. Einen Moment später sagte er: »Ich weiß lediglich, dass ich allein zu nichts gut bin.«

Mrs Ashs Mundwinkel hoben sich zu einem Lächeln, das sie sich rasch wieder verkniff.

»Habt Ihr schon darüber nachgedacht … habt Ihr schon eine Frau getroffen, die Euren Ansprüchen gerecht werden kann?«

Das war der Moment. Jetzt musste er sie fragen.

Den, der im Schweiße seines Angesichts sein Brot verdient …

»Zufällig habe ich das, in der Tat.«

Eine schier endlose Pause.

»Ich habe mit Rhona Davis gesprochen. Ihr wisst, die Schneiderin«, erklärte Mr Jones rundheraus, den Blick weiter auf den Galgen gerichtet. »Wir werden im Juni heiraten.«

Ein Schwert ins Herz.

Mrs Ash wandte das Gesicht ab, damit er nicht sah, wie ihr die Züge entglitten. Hetta starrte dumpf zu Boden.

Wie ein Schatten sind unsere Tage auf Erden, ohne Hoffnung.

»Ruhig, Hetta«, ermahnte er seine strampelnde Tochter, ließ sie für einen Moment hinunter und gab ihr noch ein Stück Pfefferkuchen. Sie konnte in der Menge nichts sehen, stolperte, weil andere sie anrempelten, und suchte Halt an der Krücke ihres Vaters. Mrs Ash hatte das Gesicht in den Händen verborgen und schien es nicht zu bemerken. Sie weinte doch nicht etwa um Mary Saunders? Wie seltsam, dachte Mr Jones; ausgerechnet bei solch einer vertrockneten alten Erbsenschote eine derart verfehlte Weichherzigkeit.

Hetta hielt sich immer noch an seiner Birkenkrücke fest und streichelte mit ihrem Daumen das Holz. Ohne dieses Kindchen mit dem klebrigen Gesicht, dachte er, gäbe es überhaupt keinen Sinn mehr im Leben, und ich könnte ebenso gut hinunter ans Ufer des Wye gehen. Es würde vollkommen verlassen sein. Heute Morgen waren alle hier oben auf dem Platz. Er könnte sich ins Wasser fallen und von den Schlingpflanzen unter die Strömung ziehen lassen.

Mr Jones schob den Gedanken beiseite und schmiedete weiter Pläne. Er überdachte einige unbestreitbare Tatsachen. Rhona Davis war 27 Jahre alt und eine sehr zufriedenstellende Näherin, wenn auch nicht unbedingt bekannt für elegante Stickerei. Höchstwahrscheinlich würde sie ihm eine ausgezeichnete Gattin sein. Es war für eine Frau bestimmt nicht einfach, ein eigenes Geschäft zu führen. Natürlich hatte sie die Gelegenheit, sich mit einem Korsettmacher zusammenzutun, beim Schopfe ergriffen und ohne Scheu oder irgendwelche Ausflüchte Ja gesagt.

Sie würde freundlich zu Hetta sein, das wusste er. Sie würde auf dem Stuhl seiner toten Gattin sitzen, ihren Nähbeutel benutzen, seine schon zweimal gestopften Socken ausbessern und aus seiner Porzellankanne Tee einschenken. (An jenem ersten Abend hatte er darüber nachgedacht, sie zu zerschmettern, nur um irgendetwas kaputt zu machen, aber das hätte Jane missbilligt.) Zu Anfang würde ihm diese zweite Ehe wie ein Hohn und Mummenschanz vorkommen, aber vielleicht würde er sich ja daran gewöhnen. Vielleicht hatten er und Rhona Davis noch ein ganzes Leben vor sich, zwanzig Jahre Gelegenheit, einen Sohn zu bekommen oder sogar mehrere Kinder. Kinder, die nichts von Jane Jones haben würden.

Der Gedanke ließ ihn erschauern.

An Rhona Davis war nichts auszusetzen. Sie war kräftig und robust, allerdings auch scharfsinniger, als er es bei einer Frau schätzte. Ein ganz klein wenig wie Mary Saunders, dachte er und merkte, wie ihn schon wieder der Hass überflutete.

Er starrte den neuen weißen Galgen und das Podest mit dem noch aufgewickelten Strick an. Er musste genau hinsehen und die bevorstehende Szene seinem inneren Auge anvertrauen. Wie die Hexe auf dem Karren hockte, wie die Schlinge der Gerechtigkeit sie hochzerrte. Sein Gedächtnis war nicht mehr so gut wie früher. Schon jetzt begannen die Bilder seines Lebens mit Jane langsam zu verblassen. Schon jetzt sah er nicht mehr das Gesicht seiner Frau vor sich, wie es einmal gewesen war, sondern nur noch die feuchtkalte Maske, die sie zurückgelassen hatte, umrahmt von ihrem eigenen Blut. Aber das, was jetzt kam, konnte er doch unmöglich wieder vergessen. Jede Faser in seinem Leib schrie den Tod des Mädchens herbei. Bestimmt würde sich doch in ihm, wenn der Körper von Mary Saunders erst zu Asche verbrannt war, irgendein geklemmter Nerv lösen und ein Loch in seiner Welt abgedichtet werden.

Fast jeder Gefangene im Kerker von Monmouth bot Mary einen Schluck aus seiner Flasche an. Das war Tradition. Als sie schließlich vor dem Kerker auf den Karren kletterte, war sie betrunken. Sie spürte keine Angst.

Gehorsam wie ein Kind streckte sie die Arme vor, und der Henker fesselte ihre Handgelenke. Bis auf einen roten Haarschopf und ein fliehendes Kinn war sein Kopf unter einer Maske verborgen. Sie erkannte ihn nicht. Eines war klar, das dort war kein Thomas Turlis, Meister von Tyburn. Wahrscheinlich war der Kerl irgendein Bauer und hatte womöglich bislang nur Schweine und Füchse getötet. Mary hoffte, dass er wusste, wie man ein Mädchen hängt.

Das erste Sonnenlicht fiel auf die Türme und Dächer von Monmouth und wurde von dort zurückgeworfen. Als Mary schwankend dahinrollte, kam es ihr vor, als hätte sich das Rad des Jahres wieder zurückgedreht. Sie war wieder die Fremde, die gerade in John Nibletts Kutsche angekommen war. Eigentlich ein hübsches Örtchen, dachte sie dumpf.

Sie war nicht so betrunken, um nicht zu wissen, wohin der Karren sie an diesem schönen Frühlingsmorgen brachte, aber doch betrunken genug, um sich glauben zu machen, dass es ihr egal war. An das Ruckeln war sie nicht mehr gewöhnt, und sie meinte schon, sich über den Rand des Karrens hinweg übergeben zu müssen. Aber der schottischen Königin wäre so etwas auf dem Weg zu ihrer Hinrichtung niemals passiert, sagte sie sich und schnalzte, wie ihre Herrin früher, missbilligend mit der Zunge.

Es war gar nicht weit. Hereford Road, Monk Street, Whitecross Street, Stepney Street. Als sie um die letzte Ecke bogen, rollte der schlingernde Karren in ein Loch, und ein Splitter bohrte sich in Marys Knie. Sie zog sich hoch und schaffte es mit gefesselten Händen, ihren Rock zwischen ihre Beine und das raue Holz zu schieben. Erst dann fiel ihr auf, wie seltsam es doch war, dass sie sich noch um einen Leib kümmerte, der schon bald tot sein würde.

Der Marktplatz quoll über vor Menschen. Als Mary über den Rand des Karrens spähte, fragte sie sich im ersten

Moment, ob heute wohl irgendein Fest stattfand. Lag denn Ostern in diesem Jahr so früh? Da erhoben sich beim Auftauchen des Karrens zaghaft die ersten Schreie, und Mary begriff mit seltsamem Entzücken, dass es hier einzig um sie ging.

Die braven Bürger von Monmouth mussten sie unbedingt hängen sehen, selbst wenn es sie einen Tageslohn kostete. Auf ihren Gesichtern lag erwartungsvolle Anspannung. Sie glotzten Mary an, als hätten sie sie noch nie zuvor gesehen. Mary erkannte eine Handvoll Bediensteter, mit denen sie früher gesprochen hatte, und eine ganze Reihe ihrer Kunden – Mr und Mrs Jenkins und sogar die beiden alten Misses Roberts in ihren Sänften. Und eine Menge Fremde, die wohl für diesen Tag angereist sein mussten. Aber es war trotzdem nicht eine solche Menschenmenge wie in Tyburn, mit all den Huren und Ausflüglern, die so an diesen Anblick gewöhnt waren, dass er ihnen kaum noch ein Lachen entlockte. Mary wäre jede Wette eingegangen, dass die meisten Leute in Monmouth noch nie jemanden hatten baumeln sehen.

Als der Kutscher abstieg, umringte die Menge den Karren. Ein kleines Mädchen auf den Schultern seines Vaters grinste die Gefangene an. Mary konnte Orangenschalen und heißen Pfefferkuchen und ein offenes Bierfass riechen. Jeder war herausgeputzt. An den Hüten blitzten die Bänder. Trotzdem herrschte keine ausgelassene Stimmung, die meisten Gesichter sahen angespannt und verdrießlich aus.

Du hast etwas in dir, das erst dann zufrieden ist, wenn du hängst, Mary.

Klar und deutlich hörte sie im Geiste die Stimme ihrer Mutter. War es möglich, dass Susan Digot inzwischen vom Tod ihrer alten Freundin Jane erfahren hatte? Würde sie den Namen des Mädchens erfahren, das den Mord begangen hatte? Besonders überrascht wäre sie jedenfalls nicht.

Ein schändlicher Tod, genau wie der deines Vaters.

Jetzt begriff Mary, dass ihre Mutter am Ende doch recht behalten hatte: dass es ihr in die Wiege gelegt war. So schnurstracks wie die Krähe flog, war Mary in nur sechzehn Jahren den kürzesten Weg entlanggeprescht, den sie zwischen Leben und Tod hatte nehmen können.

Nichts von dem, was hier geschah, war wirklich. Es war eine Geschichte, die holzschnittartig zum Leben erwacht war.

»Aber was für ein Mädchen war sie?« Gwyneth stellte sich auf die Zehenspitzen, um über den Platz schauen zu können.

Daffy sah weg und zuckte kurz mit den Achseln. Wie konnte er in der Vergangenheit über Mary Saunders sprechen, wo sie doch keine hundert Yards von ihm auf diesem Karren saß? Mit Augen wie Tintenflecken und ihrem markanten Profil, das ihn immer noch in seinen Albträumen verfolgte, selbst nach so vielen Monaten noch. Er versuchte, nicht auf den Galgen hinter ihr zu schauen und auf den wie eine Schlange daliegenden Strick. Es war ein schlechter Einfall gewesen, heute herzukommen.

Dort drüben, zwanzig Fuß weiter, stand sein Vater und schaute er über die Menge hinweg, als wolle er Taschendiebe erspähen. Daffy fand, dass sein Gesicht von den Falten eines alten Mannes zerfurcht war. Gegen seinen Willen erhaschte er Cadwaladyrs Blick. Er nickte kurz. Nicht zu ehrerbietig. Keine Andeutung einer Entschuldigung.

Aber da nickte Cadwaladyr schon zurück und schob sich durch die Menge. »Davyd.«

»Vater.« Es waren die ersten Worte, die sie seit anderthalb Jahren wechselten.

»Gwyneth, wie geht es dir?«

»Sehr gut, Sir«, antwortete sie errötend und machte einen Knicks.

Danach schien man sich nichts weiter zu sagen zu haben. Cadwaladyr schaute zu Boden und streifte mit der Spitze des einen abgetragenen Schuhs ein Blatt vom anderen.

Daffy räusperte sich. »Ich glaube, Mrs Jones hätte sich darüber gefreut, dass du es warst, der ihre Trauerfeier abgehalten hat.«

Sein Vater hob eine Augenbraue. Die weißen Härchen waren struppig wie Dornen.

Um das Schweigen zu brechen, sagte Daffy: »Sie war eine gute Frau.«

»Haben deine ganzen Bücher dich keine stärkeren Worte als diese gelehrt, Junge?«, fuhr Cadwaladyr ihn an. »Jane Jones war das beste Frauenzimmer in diesem gottverlassenen Land.«

Und mit diesen Worten verschwand er in der Menge.

Gwyn schenkte Daffy ein kurzes, aufmunterndes Lächeln. Ihre Hand schob sich durch seine Armbeuge wie ein Wurm durch lockere Erde. »Trotzdem bin ich froh, dass du das Haus in der Inch Lane verlassen hast, Daff. Wärst du geblieben, es wäre nichts Gutes dabei herausgekommen.«

»Ich weiß nicht recht«, antwortete Daffy. In seinem Schädel pochte etwas. »Der Herr tut mir leid.«

»Es ist ein verwünschtes Haus«, erklärte sie ihm und umklammerte ihn noch fester. »Bei den beiden Misses Roberts bist du besser dran.« Sie behielt weiter den Karren im Auge, auf dem wie träumend die Gefangene saß.

Daffy schloss die Augen und konzentrierte sich auf die Wärme vom Gwynth' Arm in seinem. Mehr brauchte er nicht. Wenn sie ihn nur am Ende heiratete, wie sie es ihm diesmal auf die Heilige Schrift versprochen hatte, dann würde er ihr die lange Wartezeit nicht nachtragen. Eine gute Frau zu heiraten war mehr, als er verdiente. Mehr, als sein Vater je gehabt hatte. Und wenn auch noch das Bild der Londonerin in seinen Träumen lauerte – nun ja, mit einem oder zwei Gespenstern musste ein Mann eben leben können.

Verstohlen sah er wieder zu dem Mädchen auf dem Karren hinüber. Er konnte einfach nicht anders. Sie hatte das weißeste Gesicht auf dem ganzen Marktplatz. Plötzlich wurde sein Innerstes von einem tiefen Mitleid erschüttert. Sie war doch erst sechzehn Jahre alt. Noch im letzten Jahr hatte sich Mary Saunders mit ihm in den Maiblüten gewälzt, und heute trat sie dem Tod entgegen, mit etwas hochmütigem Gesicht.

In diesem Moment begriff Daffy, wie schnell das Niederste in einem Menschen sich erheben und zuschlagen konnte. Wie wenig Macht selbst der aufgeklärteste Mensch über seine dunklen Seiten hatte.

Abi hatte sich in den Straßen Londons verlaufen. Der Plan, den sie dabeihatte, war nutzlos. Die Häuser waren aneinandergedrückt wie Zehen in einem Stiefel.

Einen Moment lang musste sie an Mary Saunders denken. *Bist du schon tot, du armes Miststück?* Sie brauchte jemanden, der sich auskannte, jemanden wie Mary, die das Getriebe in dieser Stadt kannte. Fassungslos bemerkte Abi den ganzen Unrat, die grellbunte Wildheit und die Gerüche, die aus den Kaffeehäusern und Fischgeschäften drangen. Sie blickte hoch und sah einen goldenen Vogel, der sich im Wind drehte. »Wo bin ich hier?«, fragte sie einen vorbeikommenden Jungen.

Er spuckte einen schwarzen Flatschen aufs Pflaster. »In St. Giles«, sagte er. »Wo denn sonst?«

Die Menschenmenge schien sich für eine Sekunde zu teilen, und dann war da ein Schwarzer. Aber so einen hatte Abi noch nie gesehen. Sein Gesicht hatte einen Glanz, der vom Genuss frischer Butter herrührte, und auf dem Kopf trug er eine Perücke, die so groß und schimmernd war wie eine Wolke. Sein weißer Samtrock spannte über den Schultern, und die Waden in den glatten Strümpfen waren gewaltig. Neben den anderen Leuten wirkte er wie ein Herrscher. In dieser vollkommen verrückten Stadt schien alles möglich zu sein.

Abi lächelte ihn an. Sie konnte einfach nicht anders. Sein Blick aber glitt über sie hinweg, als wäre sie nur ein Pflasterstein auf der Straße. Da fiel ihr wieder ein, dass sie ja nicht mehr jung und schön war. Als der Mann an ihr vorüberging, sah sie, weshalb sein Rock sich über der Hüfte so ausbeulte. Da steckte etwas in seinem Gürtel – ein Messer, so groß, dass er ihr damit den Kopf hätte abhacken können.

Abi wich zur Seite und fiel beinahe in die Gosse. Sie taumelte, fand aber ihr Gleichgewicht wieder. Die Fremden drehten sich kaum nach ihr um. Sie fragte sich, ob wohl ihre Haut über Nacht weiß oder ganz unsichtbar geworden war. Hier bin ich richtig, dachte sie mit einer plötzlichen Aufwallung von Hoffnung. Niemand wird mich hier je finden.

Ganz plötzlich schlugen die Glocken von St. Giles so laut an, dass der Lärm, von den Häusern widerhallend, sie betäubte. Abi glaubte, sie würden bis zum Ende der Welt weiterdröhnen.

Alle Augen waren am Marktplatz auf Mary Saunders gerichtet, und nichts wollten sie sich entgehen lassen. Endlich Ruhm! Dies also war der Augenblick, von dem sie so oft geträumt hatte – wie eine Menschenmenge sich versammelte und gaffte, wenn sie vorbeiritt. Sie schaute an ihrem stinkenden, zerlumpten Rock hinab, der kaum das Gewand war, das dabei zu tragen sie sich einmal vorgestellt hatte. Als Armbänder zwei enge, verrostete Ketten, die ihre Handgelenke aneinanderfesselten. Als Halskette die Schlinge, die der Henker ihr gerade über den Kopf gestreift hatte. Der raue Strick kratzte auf ihrem Schlüsselbein. So gewöhnlich, nur ein einfaches Rund, ein träge geöffnetes Maul, das sie verschlingen würde. Die lange Hanfschlange lag aufgerollt zu ihren Füßen im Karren.

Der Zimmermann Dai machte sich immer noch am Galgenpodest zu schaffen und schlug die letzten Nägel ein. Neben ihm stand der rothaarige Henker und kratzte sich unter seiner Maske. Im Nebel ihrer Trunkenheit wallte in Mary plötzlich Mitleid mit diesem Mann auf. Als sie selbst getötet hatte, war das Hackmesser so schnell gewesen, dass sie kaum die Zeit gehabt hatte, sein Gewicht in ihrer Hand zu spüren. Dieser Mann aber musste seine Werkzeuge bei sich tragen. Seine Arbeit war gekennzeichnet von einem entsetzlichen Ritual. Schon in der Nacht vor der Hinrichtung wusste er ganz genau, was man am nächsten Tag von ihm erwartete – ohne irgendeine Wut oder Tollheit, die ihm dabei half. Und am Abend darauf musste er seine Maske abstreifen, sich die Hände waschen und schlafen.

Marys Kopf war wie aufgedunsen. Sie fragte sich, was der Henker wohl anschließend mit ihr machen würde? Schließlich waren ja alle Leichen etwas wert. In London, fiel ihr wieder ein, brachte man sie als weitere Strafe zur Sektion in den Chirurgensaal. Ob wohl ein junger Chirurg aus Monmouth eine halbe Krone für ihren Leichnam zahlen würde, um sein Wissen zu erweitern? Würde er sie heute Abend auf seine Steinplatte legen, als ihr letzter, eiliger Freier? Und was würde er in ihr finden? Würde es ein Mal geben, einen Fleck, einen kleinen Knoten voller Bosheit?

Aber nein. Der Alkohol hatte sie wohl vergesslich gemacht. Anschließend würden sie sie ja verbrennen. Wenn Mary den Kopf zur Seite reckte, konnte sie den riesigen Scheiterhaufen sehen. Wie wild begann ihr Herz zu hämmern. Ihr Körper würde einen helleren Schein erzeugen als die Mittsommernacht auf dem Kymin, bei der die Familie aus der Inch Lane ihren letzten Tanz getanzt hatte. Die Damen, denen sie ein Jahr lang Tee serviert hatte, würden heute Abend an ihrem Freudenfeuer ihre knöchernen Finger wärmen. Sie würden drei Kreuze machen, dass sie sie los waren, und sich schaudernd beim Gedanken an die arme Mrs Jones zuflüstern: *Es hätte jeder von uns passieren können*!

Mary wandte die Augen vom Scheiterhaufen ab. Ihr Blick fiel auf Daffy Cadwaladyr. Er stand zu weit weg, als dass sie hätte sagen können, ob er zu ihr hinsah. Aber warum war er sonst hier, wenn nicht, um zuzuschauen, wie sie bestraft wurde. Dann fiel ihr ein, dass es, hätte sie ihn geheiratet, nun vielleicht jemanden gäbe, der sie betrauerte. Vielleicht hätte sie dann ein Leben gehabt, das zu betrauern sich lohnte. Wie sollte man schließlich sonst den Wert eines Lebens bemessen, wenn nicht an den Tränen, die bei seinem Ende vergossen wurden? Daffy war ihre beste Gelegenheit gewesen, das erkannte sie jetzt. Und sie hatte ihn weggeworfen wie einen Fetzen Papier.

Da sah sie, wie er den Kopf zu der Frau neben sich hinabbeugte, und sie erkannte das strohblonde Mädchen wieder, seine geliebte Gwyneth. Für manche Menschen waren Prüfungen eben nur vorübergehend. Selbst durch widrigstes Wetter segelten sie dem Glück entgegen.

Mary schmeckte Galle im Mund. Ihr Rausch verflüchtigte sich allmählich. Zur Probe kniff sie sich mit dem Fingernagel in die weiche Armbeuge. Der Schmerz war spürbar und stechend. Sie begriff, dass dies hier nicht nur eine Geschichte war, sondern das letzte Stündlein ihres echten Lebens. Sie fing an zu zittern.

Es wäre besser gewesen, wenn die Nachbarn mich gleich erschlagen hätten, als sie mich gefangen hatten, dachte sie verzweifelt. Cadwaladyrs Hände hatten sich ja bereits um ihren Hals gelegt, als er sie an jenem Abend auf der Brücke eingeholt hatte, und fünf Männer waren nötig gewesen, um ihn von ihr wegzuzerren. Ja, es wäre besser gewesen, wenn Cadwaladyr sie wieder in die Inch Lane zurückgezerrt, ihr Gesicht in die Pfütze mit dem schon erkaltenden Blut von Mrs Jones gedrückt und sie gleich dort auf dem Boden darin ertränkt hätte. Dann wäre Raserei mit Raserei vergolten worden anstatt mit dieser kalten Rache. Ihr wurde übel bei dem Gedanken an die ganzen imposanten Vorbereitungen für dieses Ereignis. Warum, fragte sie sich, hatte die Obrigkeit sie denn den ganzen Winter über genährt und beherbergt, wenn es sie doch nur danach gelüstete, sie heute in der Luft strampeln zu sehen? Warum taten die Männer des Gesetzes so, als wären sie über andere Mörder weit erhaben?

Mord war letzten Endes einfach nur Mord. Strafe war etwas Sinnloses. Sie kam auf einen herab wie ein Hagelschauer.

Mary schaute wieder hinüber zum Scheiterhaufen am Rand des Platzes. Mit einer Hand umklammerte sie das zuckende Gelenk der anderen und konzentrierte sich darauf, jetzt keine Zeit auf Angst zu verschwenden. Schließlich würde sie ja nicht mehr am Leben sein und spüren müssen, wie ihre Füße verbrannten. Die Leute von Monmouth waren es, die den Gestank würden ertragen müssen. Männer wie Daffy Cadwaladyr waren es, die sich immerzu daran würden erinnern müssen.

Für ein Moment kletterte ein hagerer Junge auf den Karren. Mary starrte ihn feindselig an und wartete darauf, dass er sie beschimpfte. Er aber blies ihr einen schmatzenden Kuss zu und warf ihr ein Flugblatt in den Schoß. Bevor der Wind es davonwehen konnte, griff sie mit gefesselten Händen danach. Die Tinte war noch feucht. *Bekenntnisse und letzte Sterbensworte der Mary Saunders.*

Im ersten Moment war sie verwirrt. Wer war diese verurteilte Namensvetterin? Dann begriff sie und hätte fast laut aufgelacht. Sie war gemeint. Schwarz auf weiß eine Heldin. Und dies war ihr eigenes Exemplar. Irgendein Schmierfink hatte alles erfunden, Wort für Wort.

Marys Vater war, wollte man den *Bekenntnissen und letzten Sterbensworten* Glauben schenken, ein Arbeiter aus Herfordshire, der sein Brot im Schweiße seines Angesichts verdient hatte und schließlich aus Trauer gestorben war, nachdem er von ihrer Gefangennahme gehört hatte. Außerdem besaß sie eine Schwester in der Nähe von Bristol, der sie kürzlich geschrieben hatte. *Ach, ehrliche Armut ist besser als schändlich erworbene Reichtümer. Und nun sage ich Dir in dieser Welt auf immer adieu!* Die erfundene Mary Saunders rollte, angetan mit einem dünnen Kleid aus Camelot, einem seidenen Taschentuch und einer schwarzen Haube, in ehrlicher Reue herbei, um vor Gott für ihre Sünden einzustehen.

Mary schloss für einen Moment die Augen und sah diese andere Mary vor sich, die makellos und bußfertig in die Mittagssonne hinausfuhr. Was hatte sie an jenem Tag auf dem Kymin noch zu Daffy gesagt? *In Büchern stehen nur Lügen.*

Das Flugblatt zitterte im Wind. Mary sah sich auf dem Karren um, ob sie es irgendwo hinstecken konnte. Erst da wurde ihr klar, dass sie ja gar keine Gelegenheit mehr haben würde, es – oder überhaupt irgendetwas – noch einmal zu lesen. Sie öffnete die Hände und ließ es davonflattern. Es streifte noch die roten Wangen eines kleinen Jungen, der im Schoß seines Vaters saß, dann war es nicht mehr zu sehen.

Welche Rolle spielte es schon, was und was nicht auf irgendeinem verschmierten Pamphlet geschrieben stand? Schon bald würden ohnehin sämtliche Einzelheiten in Vergessenheit geraten sein. Die Auswärtigen mochten sich vielleicht noch an ihre Reise nach Monmouth erinnern, um ein Mädchen hängen zu sehen, aber wer würde schon irgendwann später noch einen Gedanken darauf verschwenden, wer wann was verbrochen hatte? Die Kinder würden sich vielleicht an den Geschmack der Orangen erinnern und an das gierige Aufkeuchen der Menge, aber sonst an nichts. Nicht an ihren Namen.

Bei dem Gedanken biss sich Mary bekümmert auf die Lippe. Namenlos. In Vergessenheit geraten. Wenn nicht ihre düstere und grausame Geschichte in irgendeiner Form überdauerte, welchen Beweis gab es denn dann, dass sie überhaupt gelebt hatte?

Mr Jones stand keine drei Ellen von ihr entfernt, wie eine Spinne, die sich in ihrem eigenen Netz verfangen hatte. Mary schrak zurück. Seine Hände umklammerten die Krücken. Auf seinem schwarzen Rock war ein Fleck. Ei oder vielleicht Brühe?

Mit Essig könnte es rausgehen, Mary, oder vielleicht mit ein bisschen Salz.

Die Stimme ihrer Herrin. Eine Sekunde lang setzte Marys Pulsschlag aus.

Die Augen des Herrn lagen nicht auf ihr, sondern auf dem Karren. Diesmal schrie er nicht auf. Es war, als könnte er sie nicht sehen, als wollte er sie nicht sehen, bis er sie tot sah.

Mary stellte fest, dass er seine Tochter auf die Schultern gehoben hatte, damit sie besser sehen konnte. Eine solche Lektion könnte man Hetta in der Schule nicht beibringen. Mary schaute weg, aus Angst, Hetta in die Augen zu blicken. *Hast du wirklich keine Mutter?*, hatte das Kind sie in der ersten Woche im Haus in der Inch Lane gefragt, in den Augen staunendes Mitleid.

Anschließend, so vermutete Mary, würden Vater und Tochter Hand in Hand nach Hause gehen, und Mr Jones würde es nicht zulassen, dass der Name Mary Saunders in seinem Haus je wieder fiel. Von nun an würde das Kind vermutlich glauben, dass es so in der Welt eben zuging. Es würde immer damit rechnen, dass die Menschen, die es liebte, einander umbrachten.

Mehr als alles andere waren es Hettas Augen, die bei Mary salzige Tränen hervorquellen ließen. Sie liefen ihr übers Gesicht und machten sie blind.

Um Mr Jones herum wogte die Menge wie Wellen um einen Felsen. Die Leute von Monmouth wollten nicht mehr länger darauf warten, dass das Schauspiel endlich begann. Mit verschwommenem Blick starrte Mary an ihrem verdreckten Hemd hinab. Ob sie das wohl auch verbrennen würden? Oder würden sie es Stück für Stück als Andenken verhökern? Sie wusste, dass es eigentlich belanglos war, aber sie hätte alles dafür gegeben, in schwarzer Atlasseide gehängt zu werden. Dass doch die Eitelkeit bis ans Ende andauerte! Wenn Kleider keinen Schutz böten, sagte sie sich, dann könnten die Leute sie ja ebenso gut ablegen und nackt durch die Welt laufen.

Nun wrang die Angst sie aus wie einen Lappen.

Unten in ihrem Mieder fand Mary das Band. Dolls rotes Band, inzwischen zur Farbe von roter Beete verblasst. Sie wickelte es sich so fest um die tauben Finger, dass es wehtat. Doll hätte nichts Angst machen können, nicht einmal der Galgen. *Kopf hoch, alte Schlampenfreundin.*

Ganz plötzlich fiel ihr die Lösung ein. Wenn man gehängt wurde und auf der Welt keinen einzigen Freund hatte, der an seinen Füßen zog, dann gab es nur eine Möglichkeit, einem langsamen Ersticken zu entgehen: *springen.* Das Meteyard-Weib in Tyburn fiel ihr wieder ein, das die Menge betrogen hatte, das versteinerte Gesicht und der Sprung ins Leere. Wie unschuldig sie damals doch noch gewesen war. Menschen, die einen Mord begingen, hatte sie für ganz fremde Wesen gehalten. Sie hatte angenommen, dass sie die Leute hassten, die sie umbrachten, als seien sie überhaupt zu einer Gefühlsregung fähig. Niemals hätte sie geglaubt, dass solche Dinge über einen kommen konnten wie eine Krankheit oder das Wetter oder die Liebe.

Ihre Oberschenkel waren jetzt so angespannt wie Zweige bei starkem Wind. Sie musste geduldig sein und durfte sich nicht verraten. Sie musste so lange warten, bis sie wusste, dass der Strick am Galgen festgebunden war. Bis der Henker ihr den weißen Sack über den Kopf streifte, vom Karren stieg und dem Pferd auf die Flanke schlug. Das würde ihr Wink für den Sprung sein. Wenn sie es zu früh versuchte, verpatzte sie es noch, und man hievte sie wieder zurück auf den Karren.

Vor Angst und Erregung schlug Mary das Herz bis zum Halse. Sie spürte, wie die Schlinge um ihren Hals sich bewegte. Ihr Kopf ruckte zur Seite. Aber der Henker wickelte nur gerade den Strick ab und warf das Ende über den Galgen, so wie ein Seemann, der aufs offene Meer hinausfährt. Fest verknotete er den Strick am Holz. Spärlicher Applaus.

Dann kam er, den kleinen weißen Sack in der Hand, auf den Karren. Er schwang sich hinauf wie ein Kind, das auf einem Zaun spielt. »Vergebt mir«, murmelte er Mary förmlich zu.

Ihre letzte Gelegenheit, noch einmal menschliche Haut zu berühren. Sie folgte einem Impuls und küsste den Mann unter der Maske auf seine stoppelige Wange. Seine Haut war warm. Er fuhr ein wenig zurück, erschauerte aber nicht und wischte nichts ab. Stattdessen hob er den weißen Sack über ihren Kopf und ließ ihn fallen.

Alles Licht war ausgelöscht. Als der Mann hinuntersprang, wackelte der Karren.

Raues Sackleinen auf ihrer Nase, ihre Schläfen juckten. Sie hatte ganz vergessen, einen letzten Blick auf die Welt zu werfen. Sie hätte in den Himmel hinaufschauen sollen, solange er noch da war. Ein wenig Licht drang noch durch den bemehlten Stoff. Mary nahm all ihren Mut zusammen und wartete darauf, dass der Henker dem Pferd auf die Flanke schlug. Was, wenn das Gelärm der Menge das leise Geräusch übertönte? Was, wenn sie, bevor sie wusste, wie ihr geschah, schon das beständige Zerren der Schlinge spürte, die sie ins Bodenlose zog? Die nackte Angst schlug an ihre Rippen wie ein Schuldeneintreiber, der nicht länger warten wollte.

Wenn ein Unglück hereinbricht, dann musst du dich immer an deine Namensschwester erinnern, Mary. Diese Stimme in ihrem Kopf, so sanft wie Milch. Beinahe glaubte sie, es wäre Mrs Jones selbst. Beinahe konnte sie die weiche Hand ihrer Herrin auf ihrer eigenen spüren.

Die schottische Königin soll dir eine Lehre sein, den Kopf hochzuhalten.

Das würde sie. Sie würde höher springen als bis zum Kirchturm von St. Mary's.

Nun komm, Mädchen.

Die Leute aus der Stadt würden sich keuchend die Hände vors Gesicht halten, wenn sie gleich hin und her baumelte wie ein dunkler Engel.

Es ist Zeit, Liebes.

Bald war sie von allem frei. Bald hatte sie dieses vertrackte, beschwerliche Ich hinter sich gelassen.

Hier entlang, Mary.

Das Pfeifen des Henkers, beinahe fröhlich. Das Schreien eines Kindes, das fortgezogen wurde.

Mary?

Das Klatschen der Henkershand auf die Flanke des Pferdes, so innig, so vertraut.

Komme schon, Herrin, hörte sie sich im Geiste rufen.

In dem Moment, als der Strick ihr seinen Kuss auf den Hals drückte, rappelte Mary sich auf dem ruckenden Karren hoch. Sie sprang ins Nichts hoch, höher, als sie je zuvor in ihrem Leben gesprungen war. Mit einem kurzen Knacken kam sie unten an, und wie Vögel schoss die Menge vor ihren schaukelnden Füßen davon.

Anmerkungen

»Das rote Band« ist eine erfundene Geschichte, die inspiriert wurde von den noch erhaltenen Fakten über das Leben der wahren Mary Saunders, die umstritten und spärlich sind. Sie war die Dienstmagd einer gewissen Mrs Jones in oder am Rande der Stadt Monmouth, die damals in England lag, heute aber in Wales liegt. Am 13. September 1763 tötete sie Mrs Jones mit einem Hackmesser. Bis zu ihrer Gerichtsverhandlung am 7. März 1764, bei der sie des Mordes schuldig gesprochen wurde, war sie im Kerker von Monmouth eingesperrt. Am 21. März 1764, im Alter von sechzehn oder siebzehn Jahren, wurde sie entweder erhängt oder verbrannt oder beides.

Noch einige andere reale Zeitgenossen Mary Saunders' haben in diesem Roman ihren kurzen Auftritt. Mrs Farrel, die aus ihren zwanzig Mietshäusern in St. Giles ein Vermögen herauspresste; die Meteyards, Mutter und Tochter, die ihr Lehrmädchen Nanny Nailor umbrachten und von Thomas Turlis am 19. Juli 1762 hingerichtet wurden; James Boswell und Samuel Johnson; die Prostituierten Alice Gibbs, Elizabeth Parker und Ann Pullen (alias Rawlinson), die im Januar 1763 angeklagt wurde, Kleider ihrer Herrin gestohlen zu haben; im Magdalenenhospital die Oberin Elizabeth Butler und der Pastor William Dodds, der seinerseits 1777 gehängt wurde, weil er den Namen von Lord Chesterfield gefälscht hatte.

Doll Higgins ist eine Erfindung, aber im schrecklichen Winter von 1762/63 wurden in London mehrere Frauen gefunden, die verhungert und erfroren waren. Die Figur der Abi ist inspiriert vom Fall einer anonymen Frau, die in Angola versklavt und nach Barbados und anschließend nach Bristol gebracht wurde. Ihre Genitalien wurden auf einem ausklappbaren Kupferstich in einem von Dr. James Parsons veröffentlichten Buch dargestellt.

Die wenigen Kommentare aus der Zeit, die es über den Mord an Mrs Jones gab, legen verschiedene Motive nahe. Das *Gentleman's Magazine* behauptete, Mary Saunders habe das Verbrechen sorgfältig geplant, um an die Ersparnisse ihrer Herrin zu gelangen. Aber nach einem Flugblatt mit dem Titel *Beichte und letzte Worte vor dem Tode der Mary Saunders* tat es das Mädchen, weil es sich nach »feinen Kleidern« sehnte.

PIPER

Emma Donoghue
Raum

Roman. 416 Seiten. Piper Taschenbuch

Für Jack ist Raum die ganze Welt. Dort essen, spielen und schlafen er und seine Ma. Jack liebt es fernzusehen, denn da sieht er seine »Freunde«, die Cartoonfiguren. Aber er weiß, dass die Dinge hinter der Mattscheibe nicht echt sind – echt sind nur Ma, er und die Dinge in Raum. Bis der Tag kommt, an dem Ma ihm erklärt, dass es noch eine Welt da draußen gibt und dass sie versuchen müssen, aus Raum zu fliehen …

01/2010/01/R